야만과 신화

———

한승원 등단 50주년 자선 중단편집 ——— 한승원 지음

야만과 신화

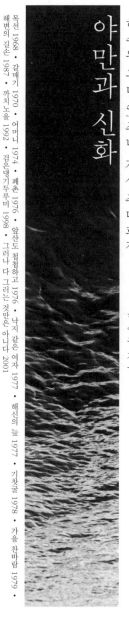

위즈덤하우스

나를 역사 속에 묻으려는 시간의 의지일지도 모르지만

석가모니는 길에서 태어나 길을 걸어 다니면서 길에 대하여 설하다가 길 위에서 입적했다. 입적을 앞둔 그에게, 제자 아난이 "스승님이 가시고 나면 우리는 어디에 의탁할까요?" 하고 물었을 때 그가 한 말을 나는 평생 좌우명으로 삼고 살아왔다.

"사람은 하나하나의 섬이다. 신에게도 의탁하지 말고 악마에게도 의탁하지 말고, 자기 등불은 자기가 켜 들고 나아가거라. 끊임없이 정진하여라."

이것은 "하늘 위 하늘 아래 나 혼자 우뚝 서 있다(天上天下唯我獨尊)"는 말과 궤를 같이한다. 나는 그것을 '자기의 절대 고독을 자기가 짊어지고 나아가라'는 의미로 받아들인다.

소설가도 태어나면서부터 목숨이 다하는 날까지 길 위에 서 있는 존재이다. 길을 가는 자는 늘 깨어 있지 않으면 안 된다. '깨달으면 나도 부처다, 반항한다, 그러므로 나는 존재한다'라는 불제자들과 실존주의자들의 말을 존숭하며 살아왔다.

굴원의 어부사에 '다들 취해 있지만 나 혼자 깨어 있다(衆人皆醉我獨醒)'는 구절이 있다. 깨어 있는 자만이 우주와 소통할 수 있다. 문학은 우주와 소통하기의 일환이다.

팔순을 앞두고 있는 나는 노인성 우울증이 문득 엄습하곤 하지만 '살아 있는 한 글을 쓰고, 글을 쓰는 한 살아 있을 것이다'라고 생각하며 살고 있다.

이 자선 소설집은 고향의 후배 소설가 이승우 교수, 시인 백수인 교수, 시인 이대흠 장흥동학기념관장의 기획에 의하여 내 등단 50주년 기념행사의 일환으로 이루어진 것이다. 나는 1966년 《신아일보》에 〈가증스런 바다〉가 입선되고, 1968년 《대한일보》에 〈목선〉이 당선되었는데, 내 작가 활동이 본격적으로 시작된 것은 〈목선〉 이후부터라고 할 수 있다. 그렇지만 소설가로서의 길을 확정 지어준 것은 〈가증스런 바다〉이다. 장사를 하고 살 것인가, 문학을 하고 살 것인가를 놓고 고민할 때 이 소설이 나의 가능성을 증명해주었던 것이다.

이 책의 교정을 보면서 걸어온 길을 되돌아보았다. 내 문학은 인간과 역사의 폭력에 자유롭지 못했다. 인류 역사가 야만에서 문명으로 나아갔듯이 내 문학도 늘 그러한 길을 걸어서 걸어서 왔다. 야만은 인류 최첨단의 문명 속에서도 잠재해 있다가 고개를 들곤 한다. 부끄러운 기록들이지만 그것은 어찌할 수 없는 내 실제의 발자국들이다.

따지고 보면 이 책과 등단 50주년 기념행사는 나를 역사 속에 묻으려는 시간의 의지일지도 모르지만 나는 행복해하며 받아들인다.

리얼리즘 소설, 현실 고발 소설들이 주류를 이루는 시대를 나는 살아왔다. 그럼에도 불구하고 내 소설은 신화적, 설화적, 환상적인 리얼리즘 소설이다. 리얼리즘 소설을 좋아하는 의식 있는 독자들은 신화적·환상적인 것을 싫어한다. 그것을 나는 그들의 후진성이라고 생각한다.

나는 파격을 좋아했다. 파격과 더불어 신화적인 향기는 싹터났으리라. 가령 〈폐촌〉, 〈낙지 같은 여자〉, 〈해신의 늪〉 같은 소설들은 파격이다. 그 파격은 오독함으로 인해 병이 날 요인을 내포하고 있을 수도 있다. 야만과 신화는 한 골목에 들어 있다고 나는 생각한다.

이 책을 기획해준 후배들과 위즈덤하우스 여러분에게 사랑과 감사의 인사를 올린다.

2016년 9월

해산토굴 주인

한승원

| 차례 |

목선木船

봄부터 가을까지 채취선을 빌려다 쓰기로 하고, 지난해 겨울 동안 양산댁네 김 채취 머슴을 산 석주는 어처구니가 없었다. 양산댁이 하루아침에 마음이 싹 변하여 채취선을 못 내주겠다고 발뺌을 하는 것이었다. 스물다섯에 홀어미가 되어, 올해 중학교에 들어가는 아들과 단둘이 사는 여자로, 이 마을에선 흔하지 않은 채취선을 한 척 가졌기로서니 이럴 수가 있느냐 싶었다. 그 채취선은 육 년 전 그녀가 양산에 있는 친정 산에서 나무를 얻어다 지은 것인데, 그것을 부리면서는 해마다 김을 잘 해 먹었노라고 언젠가 그녀가 말했었다. 그래서 선뜻 내어주기가 아깝고 짠했는지도 모른다. 그러나 한 번 빌려주겠다고 단단히 하였던 약속을 이렇게 내리 씻어버릴 수 있느냐 싶었다. 석주는 꾀죄죄하게 검은 때가 엉겨 붙은 마루 위에 걸터앉아서 담배 한 개비를 꺼내 물었다. 허우대가 큰 데다 누른빛 나는 머리칼이 더부룩하고 눈이 부리부리한 그는, 뾰로통해서 토라져 앉은 양산댁의 갸름한 얼굴을 건너다보았다. 양산댁은 작달막한 몸집에 거무스름한 얼굴빛이 조금 야윈 듯했다. 양미간과 볼에 잔주름이 한둘 잡혀 있었다. 이마가 넓고 코가 작았다. 사십 대에 들어선 여자치곤 매끈하고 앳된 얼굴이었다. 그녀는 입술을 뾰족하게 오므리고, 부어오른 듯 부석부석한 눈두덩이 툭 까지도록 눈살을 찌푸린 채 바다를 바라보고 있었다. 걸핏하면 커다란 떡니를 하얗게 내어놓고 환히 웃곤 하던 여자가 어쩌면 저렇게도 사납게 일그러진 얼굴을 할 수 있을까 싶었다.

그는 버팀목 같은 뻐드렁니 때문에 더 튀어나온 두꺼운 입술로 담배 개비 끝을 꼭 누르며 성냥을 그어 댕겼다. 담배 연기를 빨아들였다. 양산댁이 태수의 농간에 넘어가고 있음에 틀림없었다. 간밤 태수가 하얀 두루마기에 중절모자를 비뚜름하게 쓰고 쿠릿한 술 냄새를 풍기며 왔다. 볼일이 있어 읍에까지 나간 김에 양산댁의 심부름으로 그녀네 아들 태범의 입학금을 학교에 넣었는데, 그 영수증을 넘겨주려고 온 것이라 했다. 영수증을 건네는 데 그처럼 오랜 시간이 걸릴까 싶었다. 태수는 두어 시간 동안이나 양산댁과 무엇인가를 도란도란 이야기하다가 돌아 갔다. 모퉁이에 있는 방에 앉아서 이야기 소리가 들려오는 안방 쪽으로 귀를 기울여보았지만, 너무 작은 소리로 말을 했기 때문에 한마디도 알아들을 수가 없었다. 태수가 돌아갈 때 마당에서 하는 소리만은 귀를 기울이지 않고도 알아들을 수 있었다.

"어두워서 어쩌께라우?"

"별이 환하게 비춰준께 괜찮겠소."

태수가 다녀가기 전까지만 하여도 양산댁은 그에게 채취선을 내어줄 채비를 하고 있었다. 전날, 노루목 등성이 너머로 해가 떨어질 무렵이었다. 양식장에 흩어진 말목들을 모두 빼어다가 그녀네 집 모퉁이 옆에 쌓고 나자, 양산댁은 하얗게 떡니를 내놓고 그를 향해 웃었다.

"욕보셨소마는 내일 배 타고 갈라면 오늘 아주 깨끗이 닦아놓으씨요."

말목을 싣고 오느라고 채취선은 갯벌투성이가 되어 있었다. 그는 이맛살을 찌푸리고 양산댁을 향해 웃으며, 피로하니 내일 아침에 닦아 타고 가겠노라고 했다.

석주는 어제 그처럼 배를 시원스럽게 내어줄 듯이 말하던 양산댁의 웃는 얼굴을 생각하며 엉성한 돌담 너머로 모래밭을 바라보았다.

조개껍데기들이 하얗게 빛나고 있었다. 찰싹찰싹 모래톱을 핥으며 부서지는 물결들이 햇빛을 받아 고기비늘처럼 빛났다. 황소만큼 한 시절바위가 바닷물에 허리를 적시고 있었다. 그 앞에 갯벌투성이가 된 채취선 한 척이 일렁이는 물결을 따라 이물[船頭]을 끄덕거렸다. 다리뼈가 부러지더라도 저걸 빼앗아 가든지, 자기가 죽고 말든지 하리라 했다. 문득 몸집은 땅딸막하고 조그맣지만 다부지고 오기 많은 태수의 툭 불거진 광대뼈를 생각하며 혓바닥으로 입안을 쓸었다. 바특한 침이 혀끝에 뭉쳐졌다. 뱉었다. 모래가 하얗게 깔린 마당으로 침방울이 떨어졌다. 스무 살 안팎 때엔 더러 씨름판에 나가 송아지를 끌어오기도 했다는 태수의 딱 바라진 가슴팍과 굵은 팔뚝을 생각하고 이를 물었다. 코가 주먹처럼 뭉툭하고 양 볼에 얽은 자국이 있는 얼굴을 험상궂게 일그러뜨렸다. 아무리 긴다 난다 하는 태수지만 무서울 게 없다고 생각했다. 하라지 끝에 내려오기만 하면 바닷물 속에 거꾸로 처박아주겠다 했다. 담배 연기를 들이마시며 바다로 눈길을 던졌다. 푸른 바다에는 한가로운 잔물결의 이랑들이 햇빛을 받아 반짝거렸다. 그 반짝거림 속에 떠 있는 오징어잡이 배들이 장난감 배처럼 조그맣게 보였다. 올봄 들어 오징어는 예년에 볼 수 없는 풍어여서, 하루 잡아 보통 쌀 두 말 벌이는 된다고들 했다.

어렸을 적에 머슴살이하던 집을 찾아가 헌 그물을 조금 얻어다 꾸미고 고기알붙이로 쓸 쑥대를 천관산에까지 가서 베어다 채우고 하려면 며칠은 걸릴 터인데, 그사이에 이 풍어기를 놓칠까 싶었다. 손가락 끝이 따갑도록 타 들어간 담배꽁초를 퉁겨 던졌다.

"첨에 뭣이락 했소, 당신?"

양산댁을 향해 무뚝뚝하게 말했다. 굵은 침방울이 양산댁의 거무스름한 얼굴로 튀어 갔다. 양산댁이 얼굴에 튀어 온 침방울을 손바닥으로 닦으며 석주를 향해 돌아앉았다.

"그렁께 내가 사정 이야길 안 하요?"

"무슨 사정 얘기가 그렇다우, 인제 와서?"

석주는 이마와 목줄의 정맥이 파랗게 튀어나오도록 소리를 질렀다. 양산댁이 다시 바다를 향해 돌아앉으며 볼멘소리를 했다.

"암만 그래도 못 할 것은 못 해라우, 나도 벌어묵고 살아야 쓰것은께."

"나는 뭐 미쳤다고 석 달 동안이나 공머슴 살았는지 아요?"

"수공 준다 말이오, 근께?"

"수공 몇 푼 받을라고 머슴 살었드라우?"

"그건 당신 사정이제라우."

양산댁이 아주 막말을 하였다. 석주는 뿌드득 소리가 나도록 이를 물었다. 닥치는 대로 물어뜯고 쥐어질러 죽이고 싶은 충동이 왈칵 일어났다. 문득, 아내 복님의 하얗게 웃는 얼굴과 오 년 전, 비록 소나무 널빤지로 지은 것이긴 했지만 노르스름한 빛을 띤 것이 제법 늠름하게 보이던 자기네 채취선의 모습이 눈에 보이는 듯했다. 복님은, 군대에서 제대를 하고 돌아와보니 기어이 이웃에 살던 김 장수 백철두하고 배가 맞아, 그가 신주 모시듯 아끼고 사랑하던 채취선을 팔아 도망가버리고 없었다.

자기의 주제에는 너무 예쁜 아내요, 자기의 재산으로선 너무 벅찬 채취선이었는지 몰랐다. 어쩌면 옛날이야기에 나오는, 둔갑한 여우가 아내로 들어와서 마련하여준 채취선이었는지 몰랐다.

열 살 때부터 머슴살이를 하여 모은 밑천으로 그는 복님에게 장가를 들었다. 스물일곱 살 나던 해였다. 건너편 우산도 부둣가에다 오막집을 한 칸 짓고 살았다. 꼬박 두 해 동안 부지런히 김을 뜯어 모은 돈으로 채취선을 한 척 지었다. 철이 들면서부터, 아내를 맞아들인 다음 내 것이다 하고 채취선을 한 척 마련해서 살아보겠다 했던 소망이 바야흐로 이루어지는구나 싶었다. 이젠 어느 누구도 부럽지 않게 살아갈 수 있겠다 싶었다. 한데 그해, 스물아홉 살 나던 해 가을, 뜻밖에 소집영장을 받았다. 호적상의 나이가 실제 나이보다 일곱 살이나 아래였던 것이다. 소집영장을 찢어버렸다. 예쁜 아내와, 비록 소나무 널빤지로 지은 것이긴 하지만 노르스름한 빛을 띤 것이 보면 볼수록 늠름해 보이는 채취선을, 한해도 부려보지 않은 채 고스란히 두고 도저히 군대엘 갈 수가 없었다.

그 후로는 한시도 마음을 놓을 수가 없었다. 늘 조마조마했다. 그래도 서른다섯 살 되던 해 가을까지는 무난히 넘겼다. 하나 그해 겨울, 살갗을 깎아내는 듯한 북풍이 몹시 불어서 바다가 허옇게 뒤집힌 채 으르렁대던 어느 날 탈이 나고 말았다. 김 장수 백철두하고 대판거리로 싸웠다. 예쁘장한 얼굴인 데다 하모니카를 여느 때 멋들어지게 불어대곤 하는 백철두와 아내와의 사이가 걷잡을 수 없이 가까워져 있었다. 겨울에서 이른 봄까지 김 장사를 하고 사철을 빈둥빈둥 놀며 지내는 백철두한테 아내가 끌렸었는지 몰랐다. 조용히 백철두를 불러, 그의 아내한테서 당장 손을 떼라고 타일렀다. 백철두는 무슨 헛바닥 자를 소리를 하느냐고 따지고 들었다. 도둑이 매를 드는 것도 이만저만이 아니었다. 백철두의 멱살을 틀어쥐고 부두로 나갔다. 바닷물 속에다 처박아버렸다. 이튿날 그는 경찰의 손에 붙잡혀 군대엘 가고 말았다. 제대를 하고 왔을 때, 아내와 살던 오막집은 텅 비어 있었다. 세간살이라곤 떨어진 양말짝 하나도 없었다. 부둣가에 둥실 떠 있어야 할 그의 채취선은 온데간데없었다. 아내가 섬에서 온 사람한테, 살림살이가 쪼들린다면서 팔아버렸다고들 했다. 분해서 견딜 수가 없었다. 오막집을 헐값으로 팔았다. 아내와 백철두를 잡아 죽이겠다 하며 서울로 갔다. 돈만 다 뿌려버렸다. 서울로 도망갔다는 것만 알았지, 서울의 어디에 박혀 있는지조차 모르는 그들을 찾겠다고 나선 자기가 얼마나 미련한 놈인가 하고, 혀를 깨물어 뜯으며 돌아왔다. 이때껏 여우한테 홀려 살아오다가 이제야 깨어났노라고만 생각하기로 했다.

한데 이번에 채취선을 빌려 쓰기로 하고 머슴살이를 한 일도 꼭 여우한테 홀리고 있는 것만 같았다. 어쩌면 복님이 양산댁으로 둔갑했는지도 모른다 싶었다.

집 판 돈을 다 뿌려버리고 와서부터 그는 매일 날품을 들었다. 태어난 고향이었지만 우산도에는 발도 붙이지 않고 덕도 일우만 쓸고 다니며 뒷간도 퍼주고 거름도 옮겨주었다. 지난겨울, 호된 첫 추위도 아직 오지 않고 연일 따뜻한 날씨가 계속되던 어느 날, 하라지 끝에 사는 양산댁네 뒷간 푸는 일을 해주었다. 그때 양산댁은 혼잣손이라 바쁘게 김을 떠서 널고 벗기곤 하고 있었다. 뒷간을 다 푸고 마루에 앉아 담배 한 대를 피우는데 양산댁이 술상을 내다 놓았다. 컬컬하던 김이라, 두어 잔을 단숨에 들이켜고 나자, 양산댁이 어색하게 웃으며 말했다.

"우산 양반한테 어려운 청이 있소."

사근사근한 무김치를 씹으며 양산댁의 거무스름한 얼굴을 건너다보았다. 양산댁이 이마로 흘러내린 머리칼을 쓸어 올리며 마주 건너다보았다.

"날품 들러 다니느니, 우리 집에서 올겨울 동안 해의(海衣)나 해주씨요."

"머슴 살자 그 말씀이시오?"

"날품 든 것보다 낫게 수공 드리께라우."

김 채취 머슴으로 있던 친정 편 동생이 엊그제 군대엘 갔기 때문에 혼잣손이 되었다고 했다. 아들이 하나 있기는 하지만 국민학교 6학년이기 때문에 아침에 학교엘 갔다가 저녁 늦게 돌아오곤 하여 일을 부릴 수가 없다 했다. 바다에 있는 김은 갯마을 사는 태수가, 죽은 남편하고 살던 정 때문이라며 자기네 것을 뜯어 오는 김에 한 줌씩 뜯어다 주긴 하지만 그것으로 어디 분에 차기나 하느냐 했다.

"머슴 살면 뭣 할 것이오?"

퉁명스럽게 내뱉었다. 열 살 때부터 머슴살이를 한 밑천으로 아내를 구하고 채취선까지 얻게 되었었지만, 지금 남은 것은 빈 손바닥 두 장뿐인 자기였다. 또 머슴살이를 하겠다고 나설 생각이 없었다.

"그럼 밤낮 날품만 들어 묵고 살다 늙어 죽을라우?"

양산댁의 신경질적인 대꾸에 말이 막혔다. 그쪽의 말이 옳다고 생각되었다. 지금은 젊으니까 그렁저렁 지내도 되지만 늙어지면 몸을 의탁할 만한 곳이 있어야 할 것이었다. 막걸리를 한 사발 들어 단숨에 들이켰다. 투우 하고 거칠게 숨을 내쉬었다.

"손해나게 안 해드리께, 우리 집에서 머슴 삽시다."

얼른 대답을 않고 있자 양산댁이 바짝 졸라댔다.

"원하는 대로 수공으로 달라면 수공으로 드리고, 내년 봄부터는 배를 놀려두게 될 텐께 배를 빌려달라면 배를 내어드리께라우."

채취선을 내어줄 수도 있다는 말에 귀가 번쩍 뜨였다. 머슴살이를 해서 돈을 모아 채취선을 마련하기란 너무 까마득한 일이어서 포기하는 게 좋은 일이었다. 그러나 채취선을 당장 내어주겠다 하는 데는 마다할 수가 없었다. 채취선만 손에 들어온다면 혼잣손으로라도 한밑천 마련할 자신이 서는 것이었다.

"정말이오?"

"뭣 할라고 거짓말해라우?"

"그럼 내년 봄부터 가을까지 배 내어주고, 수공은 수공대로 줄라우?"

양산댁이 대번에 그렇게 하자고 했다.

석 달 동안 부지런히 일했다. 바다에 나가서 모든 일을 자기의 마음 내키는 대로 서둘러 하다 보니, 머슴살이하는 것 같지가 않았다. 집 안에 들어와서도 마찬가지였다. 양산댁이 건장에서 해가 기울도록 바쁘게 허덕거리는 것을 도와, 다 못 벗긴 마른 김을 나란히 앉아 벗겼다. 그런 날 밤이면 양산댁이 김을 굽는, 매생이국을 끓인다 하여 저녁상을 무겁게 차려 들이곤 하였다. 그러다 보면 얼핏 양산댁과 자기가 아주 정다운 부부인 것만 같은 착각이 들곤 하였다. 착각인 줄 알면서도 그 착각 되씹는 것이 싫지 않았다. 거기다 이듬해에 채취선을 빌려 쓰게 된다는 것을 생각해보면 기쁘기 한이 없었다. 그것으로 봄엔 오징어잡이를 하고 여름엔 장어 줄낚시라도 하면, 가을에는 다 찌그러진 것일지라도 자기 것으로 채취선 한 척을 구할 수 있을 것이니 말이었다. 이듬해 봄, 여름에 더 부지런히 벌면 김발을 막을 수 있을 것이었다. 그렇게 되기만 하면 마음 고운 여자를 아내로 맞아들이겠다고 하였다. 도망간 아내가 깜짝 놀라고, 양산댁이 부러워 못 견딜 만큼 재미나는 살림살이를 꾸미겠다 하였다.

그 꿈이 산산이 부서진 것이었다. 마루에 걸터앉아 멍청히 바다를 내다보던 석주는 벌떡 일어서면서 소리쳤다.

"그래, 죽어도 배는 못 내주겠다 그 말이지라우?"

"허리에 치마는 둘렀어도 빈말은 안 하는 사람이오."

양산댁이 바다를 바라보며 싸늘하게 내뱉었다. 눈살을 찌푸리고 있었다.

석주는 홍 하고 콧방귀를 뀌며 마당으로 내려섰다.

마루에 걸터앉아 있던 양산댁이 벌떡 일어섰다. 마당으로 내려서서 잠시 서성거렸다. 툇마루 밑에서 새끼줄 토막을 몇 개 주워 둘둘 말아 쥐었다가, 그것을 마당 가운데다 아무렇게나 팽개쳐버렸다. 바가지를 찾아 들었다. 팽개쳐버렸던 새끼줄 토막을 다시 주워 들었다. 시절바위 앞으로 갔다. 채취선 위로 뛰어 올라갔다. 바닷물을 퍼서 뱃전에다 끼얹고, 말아 쥔 새끼줄 토막으로 문질렀다. 뱃전에서 시꺼먼 갯벌물이 흘러내렸다.

마당 가운데 우두커니 서서, 그녀의 신경질적으로 서둘러대는 모습을 물끄러미 바라보던 석주는 문득, 그녀와 함께 바다로 김을 뜨러 갔던 날 저녁의 일이 생각났다. 겨울철에 어울리지 않게 굳은비가 이틀 동안이나 계속 내리다 갠 날이었다. 양산댁이 집 안에서 건장의 일을 할

게 없다며 김을 함께 뜯으러 가자고 했었다. 마침 날이 저물어지면서 썰물이 지곤 할 때라, 어두워지기 전에 두 사람이 힘을 모아 욕심껏 김을 뜯어 오겠다는 심산이었다. 그날은 저녁놀이 유독 붉었다. 바다의 물결이 붉고 푸른 물감을 온통 칠해놓은 듯 찬란하게 빛나며 출렁거렸다. 멀지 않게 바라다보이는 하라지 끝의 시절바위는 한쪽이 새까맣게 물들었는데, 다른 한쪽은 피에 젖은 듯 빨갛게 불타고 있었다. 김발에 채취선을 붙이고 뱃전 앞에 쭈그리고 앉아 바쁘게 김을 뜯고 있던 그는 갑자기 채취선이 한쪽으로 기우뚱하기에 깜짝 놀라 고개를 들었다. 옆에 앉아서 김을 뜯던 양산댁이 일어서서 이물 쪽으로 걸어가고 있었다. 덕판 앞까지 간 그녀는 물 묻은 손을 갯두루마기 자락에다 닦으며 돌아섰다. 고물(船尾)로 갔다. 사방을 둘러보았다. 양식장 여기저기에서는 마을 사람들이 김을 뜯고 있었다. 그녀는 다시 이물로 달려갔다. 덕판 앞에서 우뚝 섰다. 잠시 망설이며 그를 바라보았다. 이맛살을 찌푸린 채 엉거주춤 옆으로 돌아앉으며 통 넓은 갯바지를 끌어 내렸다. 그녀의 얼굴이 저녁놀에 빨갛게 물들어 있었다. 그는 고개를 떨구고 김을 뜯었다. 갑자기 이쪽도 오줌이 누고 싶어졌다. 참았다가 조금 어두워지면 누리라 했다. 파란 물결을 들여다보며 김을 뜯기는 뜯지만, 머릿속에는 자꾸 저녁놀에 발갛게 물든 그녀의 얼굴이 그려졌다. 뱃전을 찰락찰락 두드리는 물결 소리에 섞여, 뱃바닥에 괸 물로 내리뻗치는 그녀의 오줌 줄기 소리가 쉬이 하고 들렸다. 그 소리를 들으며 김을 한 줌 뜯었다. 다시 한 줌 뜯었다. 아직 그 소리는 줄곧 줄기차게 뱃바닥을 울리며 그의 가슴속으로 전류처럼 울리어왔다. 그 울림이 배꼽 아래로 번져갔다. 쉬이 소리가 점차 약해졌다. 군침이 입안에 괴었다. 꿀꺽 삼켰다. 쉬이 소리가 멎었다. 자기도 모르는 사이에 흘끗 덕판 앞을 바라보았다. 그녀가 일어서면서, 오줌을 누기 위해 엉덩이 밑으로 끌어 내렸던 속옷을 올려 입고 있었다. 저녁놀 때문에 빨간 물이 든 것처럼 보이는 하얀 속옷이 상어의 등처럼 둥그런 살결을 덮고 있었다. 그녀가 그를 힐끔 바라보며 재빨리, 역시 빨간 물이 든 것처럼 보이는 하얀 속치마를 털어 내렸다. 그 위로 통넓은 갯바지를 끌어 올려 입었다. 그녀의 얼굴이 타는 듯이 빨갰다. 그는 고개를 떨구고 김을 뜯었다. 그녀가 이쪽 옆으로 걸어와서 김 구럭 옆에 쭈그리고 앉았다. 아직 시울도 차지 않은 김을 다독거렸다. 어쩌다 한 가닥씩 섞여 있기 때문에 골라낼 필요도 없는 파래 가닥을 골라내고 있었다. 이쪽 옆으로 다가앉아 김 뜯기를 주저하고 있었다. 하나의 고용인으로만 대수롭지 않게 생각했던 그가 갑자기 자기의 육체 일부를 보아버린 하나의 어엿한 남성으로 그녀의 가슴속에 나타나고 있었는지도 몰랐다. 그러자 수절을 하고 있는 과부인 그녀로서는 이쪽과 단둘이 조그마한 채취선 위에서 나란히 앉아 김을 뜯기가 서먹서먹해졌는지 몰랐다.

이쪽도, 쉬이 하는 오줌 줄기 소리와 하얀 속옷과 상어의 등처럼 둥그런 엉덩이를 바라보면서부터 새삼스럽게 양산댁이 하나의 여자요, 더구나 임자 없는 과부라는 사실에 가슴이 설레고 있었다. 분위기가 갑자기 어색하게 느껴졌다. 무슨 말을 꺼내야 될 것만 같았다.

"얼릉 뜯으시오, 저물겠소."

파란 바닷물 속에 눈길을 묻은 채 말했다. 고용인으로서 주인에게 할 성질의 말이 아니라는 생각이 들어 더욱 어색한 느낌이 들었다. 그녀가 용기를 내어 이쪽 옆으로 다가앉으며 김을 뜯었다. 저녁놀이 꺼지면서 땅거미가 깔리고, 그 땅거미가 몰고 온 듯 쌀쌀한 바람이 불기 시작했다. 양식장 여기저기에서 삐그덕삐그덕 노 젓는 소리가 들려오기 시작했다. 김을 구럭에 가득히 뜯어 담은 채취선들이 갯마을 앞 부두로 돌아가고 있었다. 오줌을 누어야겠다고 생각하며 고개를 들었다.

"석주, 고만 가세."

옅은 어둠이 깔린 김발 아래쪽에서 태수가 낡은 채취선을 저어 가며 말했다. 그와는 마주 앉아 술 한잔 나누며 정담 한번 건네본 일이 없는 사이였지만, 여느 때처럼 태수 쪽에서 다짜고짜로 '하시오' 하지 않고 '하소' 하니까 할 수 없이 그도 '하소'로 받으며 말만은 허물없는 사이처럼 하고 지내는 처지였다.

"먼저 가씨요. 두 말뚝 새만 더 뜯어갖고 갈라우."

양산댁이 고개를 들고 받았다.

"좀 뜯어주리라우?"

태수가 노를 놓으며 돌아다보았다.

"말이라도 고맙네."

그가 김 한 줌을 구럭에 던져 넣으며 퉁명스럽게 받았다. 방광이 뻐근하게 아파왔지만 이를 악물고 참았다. 좀 더 어두워지면 오줌을 누리라 했다. 거멓게 우거진 김발 사이로 스며들듯 미끄러져 가는 낡은 채취선 위에서 태수가 그를 향해 말을 던졌다.

"달 밝은께 천천히 해갖고 오소."

거먼 소록도 위에 턱이 조금 찌그러진 하얀 달이 둥실 떠 있었다. 좀 더 짙은 어둠이 밀려드는 듯하자 달이 더욱 하얗게 빛났다. 바다는 온통 은물을 칠해놓은 듯 하얗게 출렁거리며 빛났다. 뱃전에 와 부딪는 물결이 하얗게 부서졌다. 그 물결 속에서 저녁놀을 받아 붉게 물이 든 듯하던 하얀 속옷과 상어의 등처럼 둥그렇던 엉덩이의 살결이 보이는 듯했다.

찰락거리는 물결 소리에 섞여 쉬이 하는 오줌 줄기 소리가 뱃바닥을 타고 가슴속으로 쩌릿하게 울려오는 듯했다. 그 쩌릿한 울림은 이상한 열기를 뿜게 하였다. 아내 복님의 하얗게 웃는 얼굴이 떠올랐다. 불처럼 뜨겁게 달아 가슴속을 파고들던 부드러운 살결이 생각났다. 그 살결이 파들파들 몸부림칠 때 그가 내뿜던 열기가 지금 코끝에서 뜨거운 김으로 솟고 있었다. 방광이 터질 것 같았다. 더 참을 수가 없었다. 몸을 일으켰다.

"고만 가께라우?"

구럭의 시울 위로 두둑이 올라온 김을 다독거리며 양산댁이 말했다. 그는 고물로 성큼성큼 걸어가다 말고, 달빛을 하얗게 받고 있는 그녀의 얼굴을 멀거니 바라보았다.

'갑시다' 했어야 할 여주인이 '가께라우?' 한다는 사실이 신기했다.

물 묻은 손을 갯바지에 쓱쓱 닦아 씻고 허리띠를 풀면서 고물 쪽으로 돌아섰다. 참았던 오줌이 요도를 통해 빠져나가자 온몸에 오싹 소름이 쳐졌다. 오줌이 물로 떨어지면서 하얀 물방울을 튀겼다. 그 주르르 하는 소리가 그녀의 가슴속에 전류 같은 울림을 가져다줄지도 모른다 싶었다. 문득 주위가 바다인 데다 조그마한 채취선이라는 한정된 장소 안에서 단둘이 있을 뿐이라는 사실이 가슴 뿌듯하게 했다. 침을 삼키며 허리춤을 여미고 돌아섰다. 또 저녁놀에 젖어 빨간 물이 든 것처럼 보이던 하얀 속옷과 속치마와 상어의 등처럼 둥그렇던 살결이 머릿속을 꽉 채웠다. 홀로 사는 여자를 홀로 사는 남자가 한 번쯤 만져주었다고 죄가 되면 얼마나 되랴 싶었다. 그녀의 얼굴을 빤히 들여다보았다. 달빛에 젖은 그녀의 얼굴이 스무 살 안팎의 처녀 같았다. 가슴이 두방망이질을 하듯 뛰고 코와 입에서 뜨거운 김이 새어 나왔다. 그녀가 그를 흘끗 보더니 일어서서 이물로 갔다. 덕판 밑에 앉으며 새우등처럼 몸을 웅크렸다. 성큼성큼 그녀 앞으로 걸어갔다. 팔짱을 낀 그녀의 한쪽 손을 훔켜 잡았다.

"양산댁, 나하고 삽시다."

"미쳤소?"

그를 향해 어처구니없어 하는 투로 날카롭게 말했다.

"안 미쳤은께 이러요."

"목 벨 소리 하지 말고, 얼릉 갑시다."

"당신하고 한번 살아봤으면 원이 없겄소, 죽어도."

"춥소, 집에 가서 이약합시다."

"시방 대답해주씨요."

그녀의 손을 끌어당겼다. 가슴을 끌어안았다.

"이 양반이, 여그 못 놓겄소?"

유리병을 깨뜨리는 듯한 날카로운 목소리로 말했다.

"좋소, 만고에 홀애비가 홀엄씨를 한번 건드렸다고 죄 될랍디여?"

한 손으로 목을 끌어안고 다른 한 손으로 그녀의 통 넓은 갯바지 허리띠를 잡아챘다. 허리띠가 끊어졌다. 갯바지를 잡아 내렸다.

"미쳤소? 얼어 죽고 싶어서? 집에 가서 이약하잔께?"

그녀가 안간힘을 쓰고 아랫몸을 비비 꼬며 바지를 붙잡았다. 그녀의 발끝에 걸린 바지가 찢어졌다. 그녀가 사람 살리라고 비명을 지르며 그의 몸에 찰싹 달라붙었다. 순간, 팔뚝의 살점이 떨어져 나가는 듯한 아픔을 느끼며, 끌어안았던 그녀를 놓고 모로 벌렁 나가둥그러졌다.

그녀가 팔뚝을 물어뜯은 것이었다. 그녀는 갯바지를 벗어 던지고 덕판 위로 뛰어오르며, 뱃전을 잡고 바닷물로 뛰어들 자세를 취하였다.

"가까이 오기만 해봐라, 콱 빠져 죽어뿔 것인게."

앙칼스럽게 소리쳐 말했다. 그는 이를 갈며 몸을 일으켰다. 이렇게 된 바에야 기어이 그녀의 몸을 범하고 말든지 목을 비틀어 죽이든지 하리라 했다. 그녀에게 덤벼들었다. 설마 물로 몸을 던지지는 못할 것이라 생각되었다.

"어디 죽어봐라 이년, 이 우악스런 년아."

그녀가 물로 몸을 던졌다. 풍덩. 그녀의 몸이 잠긴 물 위로 물결이 하얗게 부서지며 솟아올랐다. 그는 몸서리가 쳐졌다.

"양산댁, 내가 죽일 놈이오."

그녀는 미리 닻줄을 한 가닥 붙잡고 물로 뛰어들었기 때문에 쉽사리 배 위로 기어 올라왔다. 그는 그녀의 그악스러움에 질려버렸다. 그날 밤 양산댁이 잠든 뒤에 그는 부엌으로 가서 몰래 안방 아궁이에다 불을 지펴주었다. 수절하는 과부를 짓밟아주려고 한 자기는 죽어야 마땅한 놈이라 하며 혀끝을 물어뜯었다.

날이 밝으면 어떻게 양산댁과 그녀의 아들 태범이를 대할 수 있을 것인가 두렵기만 했다. 채취선을 빌려다가 한밑천 장만하겠다 했던 꿈이고 뭐고 다 팽개치자 했다. 멀리 낯선 곳으로 가서 날품이나 들어 먹고 살자 했다. 불을 다 지펴주고 모퉁이 방으로 가서 옷 보따리를 챙겼다.

마당으로 나왔다. 차가운 달빛이, 하얗게 서릿발 깔리는 마당을 비추고 있었다.

고개를 떨구고 꺼먼 달그림자를 밟으며 사립문 앞으로 갔다. 살며시 문고리를 벗기고 밀었다. 대로 엮어 만든 사립문이 삐그덕 하고 소리를 냈다. 그때 안방 문이 열리고 하얀 속치마 바람의 양산댁이 마루로 나오며 나지막한 목소리로 말했다.

"그거 뭔 짓이오?"

깜짝 소스라치며 혀를 물고 그녀를 멀거니 바라보았다. 모래톱을 핥는 잔물결 소리가 찰브락찰브락 마당 안으로 가득히 굴러들고 있었다.

"가드라도 팔뚝이나 다 나아갖고 가씨요."

"나 같은 놈의 팔뚝 같은 것 떨어져 나가도 싸지라우."

다시 사립문을 밀었다.

그녀가 하얗게 서릿발이 깔리는 마당에 비치는 달빛처럼 싸늘하게 떨리는 목소리로 말했다.

"남자가 왜 그런다우? 올겨울 해의 다 해주기로 약속해놓고. 그라고 왜 그렇게 무서워서 벌벌 떠요? 서로 말만 안 내면 될 것인디, 왜 그렇게 대가 무르다우?"

목이 메어 말끝을 흐리며 돌아서서 방 안으로 들어갔다. 방문을 쾅 닫았다. 소리가 밖으로 새어 나오지 않게 이불을 뒤집어쓰고 흐느껴 우는 듯한 소리가 간헐적으로 들려왔다. 은물을 칠해놓은 듯 하얗게 번쩍번쩍 빛나며 출렁거리는 바다를 멍청히 바라보았다.

석주는 담배 한 개비를 꺼내 물고 성냥을 그어 댕겼다. 양산댁이 새끼

줄 토막으로 뱃전을 닦고 나서 물을 끼얹자 갯벌이 묻어 꺼멓던 채취선
이 노란 몸을 드러냈다. 일렁이는 물결을 따라 이물을 주억거릴 때마다
맑은 햇빛을 받아 금빛으로 반짝반짝 빛났다. 양산댁이 한쪽 뱃전을 다
닦고 다른 쪽 뱃전에 물을 끼얹기 시작했다.

"왜 그렇게 대가 무르다우?" 하던 양산댁의 말을 생각하며 이를 악물
었다. 모래밭으로 걸어갔다. 발목이 모래밭에 흠씬 묻힐 만큼 빠졌다.
노루목 응달을 향해 걸었다. 기다란 부두가 파란 바다 가운데로 죽 뻗
어 있는 노루목 응달의 모래밭에는, 갯마을 사람들이 오징어 그물을 꾸
미고 거기에 쑥대를 다느라고 개미 떼처럼 우글거렸다. 태수는 거기에
서 오징어 그물을 꾸미고 있을 것이었다. 태수의 멱살을 끌고 내려오리
라 했다. 양산댁이 보는 앞에서 태수를 죽이든지 자기가 죽든지 하리라
했다.

어엿하게 아내까지 거느린 데다 아들 둘 딸 둘을 낳아 기르면서, 양산
댁네 아들 태범이의 진학 문제 때문입네, 홀로 하는 살림살이를 보아줍
네 하고, 자꾸 찾아와서 밤늦게까지 도란거리다가 돌아가는 것 같은 것
이야 그와 아무 상관도 없는 일일 수 있었다. 그렇지만 그가 빌려놓은
채취선을 가로채는 것까지를 용납할 수는 없었다.

석주는 흰 바지저고리를 입은 태수를 데리고 하라지 끝으로 갔다. 노
루목 응달에서 하라지 끝을 향해 뻗어간 모래밭길을 걸었다. 고개를 떨
구고 기다란 두 팔을 흐느적흐느적 흔들면서, 석주는 태수를 흘끗 곁눈
질해 보았다. 태수는 땅딸막한 몸을 꼿꼿이 세운 채, 시절바위 앞에 정
박한 채취선 위의 양산댁을 바라보며 걷고 있었다. 자기가 오징어잡이
를 함께하자고 양산댁을 꾀지는 않았으니 오해하지 말라고, 태수는 조

금 전에 자신 있게 말했었다. 그가 채취선을 빌려 가기로 하고 머슴살이한 줄은 정말 몰랐었노라고 시치미를 뗐다. 석주는 이를 물었다. 물 묻은 뱃전이 햇빛을 받아 눈부시게 빛나는 채취선의 덕판에 물을 쫙쫙 끼얹고 있는 양산댁의 뒷모습을 바라보았다. 모래를 걷어차며 성급하게 걸었다.

그들이 거칠게 모래를 밟으며 시절바위 앞으로 다가가도 양산댁은 모르는 체, 물이 줄줄 흐르는 덕판을 새끼줄 토막으로 문질러대기만 했다. 태수가 걸음을 멈추기가 바쁘게 석주에게 말했다.

"물어보소, 내가 먼저 양산댁한테 오징어잡이를 함께하자고 했는가, 양산댁이 먼저 그랬는가, 원대로 물어봐."

석주의 턱을 쥐어지를 듯이 삿대질을 했다. 석주는 태수의 거무죽죽한 얼굴을 빤히 바라보았다. 이를 악물었다. 태수의 시꺼먼 속이 훤히 들여다보였다. 간밤, 태수가 양산댁에게 붙였을 수작이 눈에 보이는 듯했다. 오고 가던 말끝에 태수가 문득 생각난 듯이 이렇게 말했을 것이었다.

"참말로 배 내줄라우?"

"놀려두기 그런께 내줘뿔라우."

"오징어잽이 하제 잘못한 것 같소."

"누구하고 할 것이오?"

"아무하고라도 맘에만 맞으면."

"마음에 맞는 사람이 어디가 있소?"

양산댁이 가볍게 한숨을 쉬자 태수가 대뜸, "글쎄라우, 나도 작년에 같이했던 사람이 마음에 안 맞어서 다른 사람을 골라보고 있는디, 그것이 영 곤란하요"라고 말했을 것이었다.

그러자 양산댁이 반색을 하며, "아니, 순덕이 아부지도 아직 어울려 오징어잽이 할 사람 못 구했소?" 하며 응수를 했을 것이었다.

석주는 태수의 멱살을 재빨리 움켜잡았다.

"요 새끼, 그런 걸 따지자고 널 데리고 내려왔는 줄 아냐? 양산댁 보는 앞에서 물속에다 콱 처박아 죽일라고 그런다."

주먹을 부르쥐어 태수의 눈앞에다 들이댔다. 태수는 가소롭다는 듯이 석주가 하는 대로 몸을 맡겨주며 말했다.

"어디, 너 하고 싶은 대로 해봐라."

"안 죽고 싶으면 바른 대로 대라."

"뭐어?"

태수는 석주의 손을 비틀어서 뿌리쳐버렸다. 석주는 날쌔게 빠져나간 태수를 붙잡으려고 쫓았다.

양산댁의 얼굴은 하얗게 질렸다. 새끼줄 토막과 바가지를 뱃바닥에 내던졌다. 덕판 앞에 우뚝 서서, 두 사람의 으르렁대는 꼴을 바라보며 부들부들 몸을 떨었다.

태수가 두어 걸음 뒷걸음질을 치며 피하는 체하더니 석주의 가랑이 속으로 파고들어 갔다. 씨름을 하듯 석주의 가랑이를 걷어서 배에 붙였다가는 냅다 내리쳐버렸다. 석주는 태수의 허리띠를 틀어쥔 채 모래 위로 나가떨어졌다. 태수는 나가떨어진 석주의 가랑이 속에 끼여 함께 나동그라졌다. 석주는 태수의 허리를 끌어안았다. 두 다리로 태수의 아랫도리를 감았다. 눈을 감고 데굴데굴 굴렀다. 등줄기와 뒤통수가 질퍽 바닷물 속에 잠겼다. 잔물결이 여리게 찰싹거리는 모래톱에까지 뒹굴어 온 것이었다. 순간 석주는 가슴팍의 살점이 한 점 떨어져 나가는 듯한 아픔을 느꼈다.

"으윽."

태수가 그의 가슴팍을 물어뜯은 것이었다. 석주는 이를 갈며 다시 한 번 뒹굴었다. 태수가 물속에 잠겼다. 석주는 태수의 머리를 가슴으로 덮쳐눌렀다. 태수는 물속에서 석주의 팔을 뿌리치려고 기를 쓰고 허우적거렸다. 바닷물을 삼켜댔다. 마치 빈 병을 물속에 처넣었을 때처럼 둥그런 공기 방울만 한두 개씩 올라왔다.

"실컷 퍼묵어라, 내 가슴 뜯어묵은 새끼야, 배가 터지도록 퍼묵어라."

석주는 몸을 떨면서 허우적거리는 태수의 몸을 전신으로 누르고 소리쳐 말했다. 태수가 두 손을 석주의 겨드랑이 사이로 뻗어 내젓자, 양산댁이 치맛자락을 걷어 여밀 사이도 없이 "사람 죽네, 사람 죽어"라고 앙칼스럽게 외치며 물로 뛰어내렸다. 주먹으로 석주의 등을 때렸다.

석주는 태수의 멱살을 잡아 일으켜서 시절바위 앞으로 밀어 던졌다. 태수는 허리춤이 잠기는 물속으로 거꾸러졌다. 허우적거리며 일어섰다. 간신히 시절바위의 모서리를 붙잡고 섰다. 숨을 가쁘게 쉬며 석주를 돌아다보았다. 몸을 떨면서도 석주를 날카롭게 쏘아보았다.

양산댁은 잠시 두 사람을 번갈아 보다가 채취선 위로 뛰어 올라가며 말했다.

"배 못 내주겠소. 아무한테도 못 내줘라우."

시절바위에 맨 밧줄을 풀고 덕판으로 달려가서 닻을 캤다. 채취선이 바다를 향해 둥실 떠나갔다. 석주는 픽 하고 웃었다.

"이번엔 니 차례다, 이년아."

바닷물로 뛰어 들어갔다. 배를 향해 헤엄쳐 갔다.

닻을 캐어 실은 채취선은 시절바위 쪽으로 이물을 빙그르르 돌리더니 바다 가운데로 밀려갔다.

석주는 네댓 걸음 헤어 가서 채취선의 뱃전 위로 한쪽 손을 걸쳤다. 몸을 솟구쳐 배 위로 올라갔다.

닻을 덕판에 얹고 노를 걸어 저으려던 양산댁은 우두커니 서서, 머리칼과 옷에서 물이 줄줄 흐르는 석주의 험상궂게 일그러진 얼굴을 바라보았다. 그녀의 얼굴은 하얗게 핏기가 가셨다. 그녀는 눈을 밑으로 내리깔며 고개를 돌렸다. 뱃바닥에 주저앉았다. 석주는 몸에 착 달라붙은 옷자락을 털며 그녀의 앞으로 걸어갔다.

"쌍년아, 사람을 어떻게 보냐."

왁 울음이 터져 나올 것만 같았다. 이를 악물었다. 양산댁의 파랗게 질린 얼굴을 노려보았다. 양산댁은 노루목 응달로 눈길을 뻗었다. 노루목 응달의 모래밭에는 마을 사람들이 오징어 그물을 꾸미느라고 우글거리고 있었다. 모두들 바쁘게 서두르고들 있었다. 석주는 양산댁의 저고리 앞섶을 움켜잡았다.

"대 무른 놈한테 한번 죽어볼래? 이 여우 같은 년아."

목이 메었다. 아내 복님의 하얗게 웃는 얼굴이 눈앞에 보이는 듯했다. 닥치는 대로 쥐어지르고 걷어차서 바닷물 속에 내리꽂아 죽이고 싶은 충동이 온몸을 떨게 했다.

"배 가져가시오."

양산댁이 체념을 한 듯 풀 죽은 소리로 말했다.

배는 둥실 바다로 떠밀려 갔다. 서풍이 불고 있었다. 양산댁이 먼 바다를 바라보며 말을 이었다.

"그런디 나는 배 없이 어떻게 살 것이오? 한시도 못 살어라우, 배 없이는 죽어도……."

양산댁의 눈에 물이 괴고 있었다. 석주는 양산댁의 저고리 앞섶을 움켜쥔 채 바닷물이 흘러들어 쓰린 눈알을 껌벅거렸다. 여우 같은 양산댁이 또 자기를 꾀고 있다 싶었다. 양산댁을 물속에 처넣어주어야 한다고 생각했다. 그러면서도 그는 멍청히 양산댁이 바라보는 먼바다의 한 점을 바라보고만 있었다. 먼바다에는 한가로운 잔물결의 이랑들이 햇빛을 받아 금빛 고기비늘처럼 반짝거리고, 그 반짝거림 속에 오징어잡이 배들이 장난감처럼 조그맣게 보였다.

(1968)

갈매기

1

백합 꽃잎같이 흰 날개를 나비처럼 부드럽게 저으며 갈매기가 날아오고 있었다. 눈을 감아도 날아오고, 눈을 떠도 날아왔다. 비 오려고 우중충한 때에 들끓는 하루살이 떼처럼 어지럽게 날아오고 있었다.

알 수 없는 일이었다. 바다낚시 가는 친구를 따라나서면서부터 내 머릿속은 온통 갈매기 떼로 가득 차 있었다. 가는 곳이 하필 고향 바다이기 때문이었을까.

내 고향 덕도 앞의 득량만은 마치 큼직한 호수 같은 바다로, 쪽빛 에나멜 수천수만 드럼을 퍼부어놓은 듯 짙푸르렀다. 그 바다 위를 나는 갈매기는 티 없이 맑은 처녀의 혼령이 된 새처럼 맑고 깨끗했다.

열아홉 살 되던 해에 그 바다에 몸을 던져 죽은 정월이라는 처녀가 있었다. 얼굴이 갯바람 쐬며 산 처녀답지 않게 흰떡처럼 탐스러웠었다. 그 처녀가 웃을 때면 윗입술 밖으로 살짝 내다보이는 덧니가 있었다. 한데 그 갈매기는 바로 그 처녀의 덧니를 생각나게 하는 흰 새였다. 여느 때 나는 그 흰 새를 머릿속에 떠올려주는 흰빛을 싫어했다. 그 처녀에 대한 생각 속에 잠기는 것은 나로선 그렇듯 유쾌한 일은 아닌 것이었다.

차가 녹동 선창에 도착했을 때는 밀물이 범람할 듯이 밀려들어 있었다. 우리는 지정된 바다낚시 안내관광선에 올랐다. 바다는 산과 들에 바야흐로 솟아나는 연두색의 새 잎사귀들처럼 싱그러웠다. 알 것을 미처다 알지 못한 이십 대의 여자처럼 부끄러움을 탔다.

배가 달렸다. 이물과 뱃전이 갈라 치는 물결들이 하얗게 뒤집히고 있었다. 바다는 배가 벌거벗기는 자기의 몸을 수줍어하면서 감추려고 몸부림치고 있었다. 배는 수사자처럼 그 바다를 물어뜯어 젖히면서 달려가고 있었다.

바다는 수줍어하면서 배를 위하여 흰 거품을 내뿜으면서 일렁거려주고 있었다. 가슴과 엉덩이가 아름답고 풍만한 여자, 가슴에 휘황찬란한 아방궁의 신비를 가지고 있으면서 그것을 까발려 자랑하지 않는 우렁이 각시 같은 미녀였다.

나는 갈매기와 정월이에 대한 생각에 묻히지 않기 위하여 엉뚱한 생각을 하려고 애를 썼다. 해가 득량 바다 건너에 아득하게 보이는 자줏빛지재산 위로 기울고 있었다. 그 지재산 아래 거멓게 웅크린 섬이 있었다. 그것을 보면서 나는 멍해지고 있었다. 그것은 내가 태어난 덕도라는 섬이었다. 그걸 보면서 나는 곧 열아홉 살에 죽은 정월이에 대한 생각속으로 잠겨들고 있었다. 정월이에 대한 기억은 흰떡 같은 얼굴에 하얗게 드러난 덧니뿐이었지만, 그것은 내 속에 독소처럼 퍼지면서 나를 늘아프게 고문하곤 하는 것이었다.

배 가까이로 갈매기 한 마리가 날아오고 있었다. 반사적으로 몸을 움츠리면서 그 갈매기를 쳐다보았다. 갈매기는 끼룩끼으 하고 피맺힌 듯한 소리로 울면서 내가 탄 배를 한 바퀴 돌더니 소록도 쪽으로 날아갔다. 그 섬의 검은 그늘 속으로 아득하게 멀어져 갔다.

"정말 그럴 수가 있을까?"

산과 들에 들솟는 연두색 신록이 스며들어 있는 듯한 바닷물 속을 들여다보며 나는 몸을 웅크렸다.

2

아버지의 장례를 치른 이튿날 바닷가에서 나는 정월 어머니하고 참으로 어이없고 기막힌 입씨름을 했었다.

정월 어머니는 당시 아버지보다 다섯 살 아래이던 여자로, 오래전부터 외딸인 정월이 하나만을 데리고 살아오던 과부였다. 한데 그 여자는 아버지의 장례를 치르는 것을 전후해서 우리 식구들 모두를 짜증나게 했었다. 그 여자의 들썽거림은 나를 특히 미쳐 날뛰게 만들었다.

장례를 처음으로 치러보는 나에게는, 그 의식 절차에 따라 일을 하나씩 하나씩 풀어나가는 것들이 여간 까다롭고 성가시고 짜증스러운 게 아니었다. 기억 속에 들어 있는 얼굴의 이름들을 생각해내서 부고를 써 보내게 하고, 마포와 광목 등을 사러 보내고, 제사장을 보아 오게 하고, 멀고 가까운 데서 찾아오는 조객들을 맞아 그들의 조문에 일일이 응답을 해야 하는 이런 일들이 나는 무척 괴로웠다. 더구나 아버지의 친구라는 사람들이 열이면 열, 스물이면 스물 모두가 따로따로 와서 당신의 평소 성품이라든지 동네일을 보면서 남긴 업적이라든지를 들먹거리며 본을 따라야 한다는 둥 어쩐다는 둥 하여대는 말들을 모두 고개 끄덕거려 받아주면서, 나는 환장할 것같이 괴롭고 따분한 속을 이 악물어 참느라고 속으로 가래침같이 끈끈한 땀을 흘렸었다. 이렇게 지치고 짜증 나 있는 내 신경을 정월 어머니는 내내 들쑤셔댔던 것이었다.

정말로 통곡을 하며 날뛰어야 하는 내 어머니는 눈물 한 방울 흘리지 않았었다. 가만히 서 있지를 않고 바쁘게 나댔다. 호상을 맡아보는 당숙을 불러서 소주 몇 상자를 더 들여오라는 둥 백 근 나가는 돼지 한 마리 잡은 게 부족할 것 같으면 한 마리 더 말해놓으라는 둥 간섭을 했고, 상복 짓는 방을 들락거리며 마포와 광목을 내어주고, 상복을 꼭 입거나 두건을 써야 할 사람이 못 입고 안 쓰는 일이 없도록 하라고 당부를 하며 다녔다. 심지어는 조문객들에게 일일이 알은체를 하기도 했다. 내 어머니는 그만큼 집안의 큰일을 많이 치러보았고 그때마다 남자 못지않은 요령과 수완으로 빈틈없이 그걸 치러내곤 했던 분인 것이었다.

한데, 엉뚱하게도 정월 어머니가 아버지의 관 앞에 엎드려서 울다가 지쳐 끄윽끄윽 목쉰 소리를 내곤 하는 것이었다. 이것은 정말 배알이 뒤틀리고 삼 년 묵은 깍두기가 넘어올 만큼 속이 뒤집히지 않을 수 없는 일이었다. 그 여자는 무척 데면데면한 여자였다.

물론 남편도 없고, 의지할 만한 친정도 없으며, 남편의 가까운 살붙이도 없는 데다, 하나밖에 없는 딸 정월이마저 십여 년 전에 물에 빠져 죽어버리자, 아버지한테 거머리처럼 붙어 나의 어머니의 속을 썩이면서까지 살아보려고 애를 써야만 했던 그 속마음을 짐작 못하는 바 아니었다. 그러나 아버지를 어머니한테서 빼앗아 약산 어느 마을로 가 술장사를 하며 칠팔 년 동안 살다가 왔으면 어머니나 그 밑에 딸린 자식들에게 미안하고 죄스러운 생각이 들어서 이렇듯 소리 높여 울지는 못할 게 아니겠는가 말이었다.

장례 준비가 시작되면서부터 집 안은 온통 그 여자의 울음소리로 가득 차버렸다. 고모 한 분과 누님 두 분이 있었는데 그들은 그 여자에 대한 미운 생각 때문에 울음이 잘 나오지 않는 듯 그저 형식적으로 조금 우는 척하다가 상복 만드는 방으로 들어가버렸다. 오죽하면 그 정월 어머니가 무슨 독벌레라도 되는 것처럼 우리 식구들은 그 여자의 흐느껴 우는 몸뚱이 위로 눈길이 가는 것마저 끔찍스러워했을까.

장례를 치르던 날엔 더욱 어처구니없었다. 그 여자가 장지에까지 따라와서, "나는, 나는 어쩌라고, 혼자 가요, 혼자 가요" 하고 노래 반 울음 반의 찢어진 목소리로 산골짜기를 흔들어댔고, 장례를 마치고 돌아와서는 밤을 새워가며 상방에 걸린 아버지의 사진을 쳐다보고, "나도 갈라우, 당신 따라서 나도 갈라우" 하며 울어댔다.

고모와 누님들은 그 여자가 하는 짓이 얼마나 눈꼴사나웠던지, 장례의 모든 절차를 대강대강 끝내버리자고 재촉을 했다. 여느 때 성격이 차분하고 술을 잘 마시지 않던 형님도 그 여자의 하는 짓이 구역질 날 만큼 못마땅했던지, 자청해서 턱없이 많은 술을 마시고 곯아떨어져버렸다. 나는 마당가에 펴놓은 명석에서 국민학교 다니던 무렵의 친구들과 함께 소주를 마시며 들끓어 오르는 짜증을 억누르며 그날 밤을 보냈다.

이튿날 저녁 무렵에 나는 완전히 맥이 풀려버리고 말았다. 우리 고씨 문중의 어른들 때문이었다. 그들은 사랑방에 모여 앉아, 아버지가 생전에 그토록 사랑하던 것을 생각하여 의지할 데 없는 정월 어머니를 작은 어머니로 맞아들일 것과, 여생을 편히 보낼 수 있도록 모시는 것을 작은

아들인 내게 맡기자는 말들을 하고 있었던 것이다. 이래서 나는 상복을 벗어 던지고 집을 뛰쳐나왔다.

내가 나서는 것을 어느 틈에 알았던지 정월 어머니가 뒤를 따라오고 있었다. 나는 물려고 쫓아오는 개를 쫓듯이 돌멩이를 집어 던져주고 싶은 충동을 억누르며 모른 체하고 모래밭길로 들어섰다.

해 질 무렵의 바다는 잔잔했다. 곰솔숲이 거멓게 덮인 소록도와 금당도와 고흥 반도가 가로막혀 있어 커다란 호수 같기만 한 득량만 일대의 바다는 진한 쪽빛으로 가라앉아 있었다. 게으름을 피우는 늙은 암소가 엎드려 누워서 파리 날리는 꼬리질을 하듯 바다는 찰브락거리고 있었다. 가뜩이나, 음력 스무날은 물힘이 죽어지는 무렵이라 고깃배들이 떠 있지 않아 바다는 휑 비어 있었다.

"어야!"

뒤따르던 정월 어머니가 아버지의 장례를 전후해서 울어댄 때문에 걸걸하게 쉰 목소리로 나를 불렀다. 나는 일부러 못 들은 체하고 걷기만 했다. 발목까지 빠지는 가는 모래밭길에 들어섰다.

"어야, 종현이 조카."

물결 찰브락거리는 모래톱으로 내려서는데, 그 여자가 더 큰 소리로 나를 불렀다. 나는 눈살을 찌푸리며 이를 물고 발을 멈추었다. 돌아서서 그녀의 늙어 천덕스러워진 얼굴을 바라보았다. 그녀는 물에 빠져 허우적거리는 사람처럼 나를 향해 두 손을 내저었다. 비틀거리며 가는 모래밭길을 달려오고 있었다.

"나 할 이야기가 있네. 조끔만 거기 기다려주소."

나는 이를 문 채, 하얀 치맛자락으로 가는 모래밭을 쓸며 달려오는 그녀를 기다렸다.

'추한 늙은 여자' 하고 나는 속으로 중얼거렸다. 광주의 우리 집 뜰에 장미 나무가 키 차게 자라 있었다. 사오월에는 진홍의 장미 꽃송이들이 열매처럼 주렁주렁 열렸다. 한데 한 사흘 동안 싱그럽게 벌어져 있던 꽃송이들도 나흘이나 닷새째 되면서는 검붉게 색깔이 변하면서 이울어갔다. 더구나 꽃잎이 늘어지고 처지면서 몇 잎씩 빠져버린 꽃송이는, 젊은 시절을 화려하게 보내다가 늙고 병들어 쭈그러든 노파처럼 보는 사람을 구역질 나게 만들었다.

아버지는 저런 여자의 어디가 그렇게도 좋아서 어머니를 깜박 잊고 저 여자와 함께 여기저기를 떠돌았을까. 나는 그처럼 속 얕은 아버지의 아들이라는 사실에 가슴 쓰라렸다.

"저쪽으로 가세."

가까이 온 정월 어머니가 모래톱에 거멓게 흩어져 박힌 바윗돌들을 향해 나를 이끌고 갈 때에 나는 광주의 우리 집 뜰에 시들어 처지던 장미꽃들을 생각했다. 여자는 대개 젊은 시절을 실속 없이 화려하게 지낸 만큼 늙어서 추하게 쭈그러든다는 사실도 생각했다.

그 여자가 권하는 대로 나는 바윗돌 위에 엉덩이를 붙이고 앉았다. 그 여자는 내 옆에 나란히 앉으며 바다를 바라보았다. 한데 그 여자는 얼른 무슨 말을 꺼내지 않았다. 나는 눈살을 찌푸린 채 그 여자 쪽에서 먼저 말을 꺼내기를 기다리고 있었다.

먼바다에서 한가롭게 굽이돌면서 물살 짓고 있는 검푸른 물결 위에서 하루 내내 지쳐 느슨하게 길어진 해거름의 비낀 햇살이 섬들을 점차 감빛으로 물들이고 있었다. 나는 문득 먼 언덕에서 야울야울 꽃처럼 타오르던 불이 생각났다. 그와 동시에 하얀 사기 바탕에 까만 먹점을 찍어놓은 듯한 눈망울을 빛내면서 흰 덧니를 내놓고 웃는 열아홉 살 처녀의 얼굴 하나가 눈앞에 그려졌다. 갯물에 절여진 치마 냄새, 치렁거리는 머리채에서 나는 냄새, 목덜미와 볼에서 나는 싸구려 화장품 냄새⋯⋯. 이런 것들이 한데 어우러진 시골 처녀의 독특한 몸 냄새가 콧속으로 스며들고 있었다. 내 가슴속에는 뜨겁게 주먹같이 뭉쳐진 덩어리 한 개가 들솟고 있었다.

정월이가 죽은 그해, 강추위의 고비는 다 지난 정월 대보름 밤, 정월이하고 나하고는 이 바윗돌 위에 나란히 앉아 있었다. 그때 우산도의 산기슭 밭언덕에는 벌겋게 꽃불이 피어오르고 있었다. 그날 밤에 정월이가 하던 말들이 되살아나고 있었다.

"어디로 멀리 가버리자."

나는 그 말을 머릿속에서 지우기라도 하려는 것처럼 정월 어머니에게 소리쳐 말했다.

"울 아버지는 잘 죽었어요. 이젠 그 아버지를 따라서 당신만 죽으면 모든 게 다 끝납니다."

정월 어머니는 나의 살기 돋친 악담에 별로 놀라는 기색도 없이 담담하게 입을 열었다.

"알았네. 나도 금방 따라 죽으려고 생각하고 있네. 걱정 말소. 내가 기어코 자네를 따라가서 살겠다는 말을 하러 쫓아온 것은 아니네."

그 여자는 한숨과 푸념을 섞어가며 말하고 있었다. 나는 그 여자가 계속해서 하여갈 말을 모두 짐작하고 있었다. 정월이의 죽음에 대하여 따져 물으려는 것일 터였다. 나는 그 여자의 머리카락처럼 가는 주름살 얽힌 얼굴을 노려보면서 다그쳤다.

"그럼 뭐 하러 따라 나오셨소? 나를 들볶아서 미치게 만들어놓으려고 왔소?"

그 여자는 고개를 저었다. 내 옆으로 좀 더 가까이 다가앉으면서 턱을 쭉 빼고 받은 침을 삼켰다. 바닷물처럼 차분히 가라앉는 목소리로 말했다.

"한 가지만 대답해주소. 우리 정월이가 죽기 전날 밤에 말이시, 그때 그 애가 한 말이 뭣이었는가?"

흥, 하고 나는 코웃음을 쳤다. 그 여자의 분을 이겨 바른 듯이 흰 주름살들을 향해 침을 뱉어주고 싶은 충동을 느끼며 소리쳐 말했다.

"없어요, 아무 말도 없었어요. 우린 그저 멍청히 앉아 있었을 뿐이었어요. 바로 이 바윗돌 위에서 지금 당신과 내가 이렇게 앉아 있듯이 말이오."

그러나 내가 한 이 말은 거짓말이었다. 정월이는 그 음력 대보름날 밤에 수없이 많은 말을 지껄여댔었다.

"어떻게 했으면 좋겠냐? 어젯밤에도 느그 아부지가 우리 집에서 잤어야. 마을에서 자고 새벽에 일찍이 밥을 하려고 집에 들어간께 그때까지 자고 있더라. 집에다가 불을 확 싸지르고 멀리 달아나버릴 것인디……."

발을 동동 구르며 바다의 검은 물굽이를 향해 지껄여대던 것이었다. 그 정월이의 목멘 소리를 생각하며 나는 소리쳐 말했다.

"우린 만나도 그저 멍청히 앉아 있다가 헤어지곤 했어요. 나하고 정월이하고는 그렇게 뜨겁고 깊게 가까워진 사이가 아니었어요. 동네에 퍼진 소문처럼 살이 닿고 애를 배고 어쩌고 한 것은 아녔단 말이오. 그냥 친구였죠. 동갑이었고, 학교를 함께 다녔으니까요. 2학년 때던가는 정월이하고 나하고 단둘이서 산토끼 춤을 추지 않았어요? 학예회 때 말이죠. 아니, 나는 사실 그 애를 여동생처럼 아꼈고, 그 아이는 나를 오빠처럼 따랐어요. 내 생일이 더 빠르잖아요. 어디까지나 그런 사이일 뿐이었기 때문에 나는 정월이가 죽었어도 따라 죽지 않았던 거예요. 오히려 이렇게 살이 피둥피둥 찌고, 장가들고, 선생질도 하면서 잘살고 있는 거예요."

나는 여전히 거짓말을 퍼부어대고 있었다. 나는 그런 내가 미웠다. 동시에 그 거짓말을 들으며 눈에 물을 홍건히 담고 바다를 바라보는 정월 어머니가 미웠다. 나는 호주머니 속에서 담뱃갑을 꺼내면서 말을 이었다.

"그렇지만, 우리 아버지하고 정월 어머니하고는 사정이 다릅니다. 죽자 살자 하며 저 장흥에서 부산으로, 부산에서 제주로, 제주에서 완도로, 완도에서 약산으로…… 이렇게 떠돌아다녔잖아요? 그러니까 정월 어머니는 돌아가신 우리 아버지를 따라서 당장 죽어도 어엿하게 명분이 설 거예요. 그게 사람으로서 할 도리일 거예요. 왜, 제 말이 틀렸어요?"

나는 담배 한 개비를 꺼내 물고 불을 댕겨 빨았다. 화가 난 탓인지, 담배 연기의 씁쓸하고 매캐한 맛이 혀끝과 목구멍과 가슴속에 달고 시원스럽게 감기어들었다. 나는 서너 모금의 담배 연기를 거듭 들이마셨다.

"알았네, 나도 담배 한 대 주소."

내가 담배 한 개비를 건네주고 성냥을 그어주자 정월 어머니는 담배 연기를 깊이 들이마셨다. 모래톱을 핥는 잔물결 위로 눈길을 떨어뜨렸다. 산 그림자가 넓바위 연안을 덮고 있었다. 그늘에 잠긴 바다는 잉크 빛깔이 되고 있었다. 어쩌면 정월 어머니의 입에서 흘러나온 담배 연기가 그 바다 빛깔처럼 잉크빛인 듯했다.

"내 이야기를 조금 더 들어보소."

그 여자의 담배 개비 든 손끝이 떨고 있었다. 잉크빛인 듯한 담배 연기를 코로 내놓으며 담배 끝을 다시 빨았다. 코에서 나와가지고 가는 주름살이 머리카락처럼 걸쳐진 볼과 눈 가장자리와 헝클어진 머리 위로 흩어지는 모양이 여간 흉해 보이지 않았다. 나의 눈길은 소록도 위에 뜬 흰 구름으로 옮기어 갔다.

"점을 쳐봤네. 약산 해당에 하두 영한 귀신 점쟁이가 있다고 해싸서 쳐봤어여."

나는 코웃음을 쳤다. 점쟁이라는 사람의 어수룩한 거짓 점괘란 뻔한 것이었다. 점치러 온 사람의 눈치를 살살 보아가면서 유도 신문을 하듯이 풀어가는 것이었다.

정월 어머니는 내 비웃는 소리를 아랑곳하지 않고 말을 이었다.

"생일 생시 죽은 날짜하고 시를 넣은께 정월이가 나오대. 저세상에서 아직 머리를 안 걷어 올리고 산다고는 하대마는 조그만치도 안 서럽다고 하대. 제 낭군이 찾아올 때까지 끝내 그러고 살란다고 하면서, 금메 이러더란 말이시" 하고 나서 그 여자는 정월이의 혼 들린 점쟁이가 하더라는 말을 그대로 옮겨놓고 있었다. 마치 죽은 정월이가 자기는 속 썩는 일 없이 사는데 팔자 사나운 어머니를 잊을 수 없어 항상 서럽다는 투로 목울음 섞어 말하고 있었다. 그 속에는 분명히 그 딸의 그 어머니에 대한 진정 어린 생각이 뜨겁고 아프게 서리어 있었다.

"어메 어메, 우리 어메, 내 걱정은 하지 말소. 나는 저세상에서 살다가도 인간 세상에 와보고 싶으면 갈매기로 환생해서 여기저기 날아댕기다가 가고는 하네. 불쌍한 우리 어메, 어째서 그렇게 생각을 못 하는가? 어메가 시방 따라다니는 어른이 어메네 사돈이네. 이내 소원 풀라거든 지금이라도 갈라서 살소. 나는 나는 죽어도 임자 있는 몸이라네. 머리를 안 걷어 올렸은께 그러제 내가 어디 처녀란가? 거기서 배갖고 온 애기를 여기 와서 낳았더니, 옥동자네, 금동자네. 어쩌면 그렇게도 제 애비를 닮았는고. 아주 빼다가 박아놨네. 불쌍한 우리 어메는 어째서 그리 복이 없는가. 딸 잃고 사우 잃고 외손자까지 다 잃었으니, 우리 어메 죽은 뒤엔 누가 물 한 사발 떠놓을란고. 불쌍한 우리 어메야, 우리 낭군 만나거든 아들이라 하지 말고 조카라고도 하지 말고, 사우라고 불러주소. 불쌍한 우리 어메, 내가 보고 싶으면 갯가에서 훨훨 나는 갈매기를 보아주소."

정월 어머니는 검푸른 물굽이 너머에서 감빛으로 물들고 있는 녹동반도를 바라보면서 눈물을 흘리고 있었다. 나는 어려서 누구한테선가 들은 갈매기에 대한 이야기를 생각하며 소록도 위에 뜬 흰 구름을 바라보고 있었다. 갈매기는 시누이의 넋이 환생한 새라던 것이었다.

오빠, 올케, 시누이, 이렇게 셋이서 갯벌길을 건너다가 급하게 밀려든 밀물에 쫓기었다. 썰물이 지면 갯벌밭이 훤히 드러나서 맨발로 건널 수 있지만, 일단 밀물이 밀려들었다고 하면 세 길도 넘는 바다 한가운데가 되어버리는 곳이었다. 그들은 허리에 차던 바닷물에 목 부분까지 잠기고, 거기에 치달아 오르는 물힘까지 세차져서 더 걸어 건널 수가 없었다. 살아나려면 헤엄을 쳐서 건너가야만 하는 것이었다. 한데 헤엄을 칠 줄 아는 것은 오빠뿐이었다. 처음에 오빠는 자기의 아내와 누이를 다 함께 끌고 헤엄쳐 가려고 했다. 그러나 그러다가는 셋이 다 죽을 것 같았다. 누군가 하나를 버리고 한 사람만을 선택해서 살려야 될 것 같았다. 여기서 오빠는 아내를 택했다. 누이는 세찬 밀물 줄기에 휩쓸려 떠갔다. 오빠를 원망하며 죽어간 누이의 말을 누군가가 노래로 만들었다는데, 이 섬마을 사람치고 그 노래를 모르는 사람이 없었다.

> 무정함도 무정하네.
> 우리 오빠 무정하네.
> 앞에 가는 나를 두고
> 뒤에 오는 처를 잡네.
> 처는 얻으면 또 처 되고
> 나는 다시 못 얻는데…….
> 동산에 뜬 달 같은 나
> 고기밥이 되어가고,
> 석 자 세 치 고운 머리
> 물결 따라 흘러가네.
> 무정함도 무정하네.
> 우리 오빠 무정하네.
> 바다 위에 나는 갈매기
> 죽은 난 줄 알아주소.

이렇듯 원통한 누이의 넋으로 된 갈매기는 세상의 모든 오라버니들의 고기잡이배들을 따라다니며 고기 창자를 얻어먹고, 조개나 낙지나 해초를 잡으러 다니는 모든 올케들의 머리 위를 날아다니며 피맺힌 목소리로 끼르륵끼으 하고 울어댄다는 것이었다.

정월 어머니는 저고리 섶을 잡아다가 눈꼬리를 찍어내고 있었다. 나는 흥 하고 코웃음을 쳤다. 혀를 물었다. 정월 어머니의 푸념에 코웃음을 치는 스스로가 얄미웠다. 어떻게 감히 정월 어머니를 비웃을 수 있단 말인가. 나는 얼마나 떳떳한 사람이었는가. 과연 누가 정월이를 죽게 만들었단 말인가. 누가 정월이를 그 추운 겨울에 치맛자락 뒤집어쓰고 바닷물로 떨어져 죽게 만들었단 말인가.

나는 짙은 남빛이 되고 있는 바다를 바라보았다. 정월이를 농락한 것은 나였다. 한 여자친구한테서 따돌림을 당한 데 대한 복수를 정월이한테 한 셈이던 것이었다.

조개껍데기를 주워 모아서 단단한 상자에 넣어가지고 한 여자친구에게 우편으로 보내주곤 한 적이 있었다. 고등학교를 졸업하고 집에서 두 해 동안 살면서였다. 대학 진학을 포기했노라고 하면서, 나는 김 양식과 농사일을 도우며 살았다. 그것은 한 여자친구를 잊어보자는 수작이었다. 아니, 사실은 나를 버리고 돌아선 여자친구의 관심을 내 쪽으로 끌어들이자는 어설픈 수작이었다. 나는 그 여자친구에게 보름 만에 한 번씩, 그때마다 모양이 다른 조개껍데기들을 주워 모아서 우편으로 띄워 보내곤 했다. 끈질기게 그 짓을 계속했다. 그러나 그편에서는 고맙다는 뜻 담긴 엽서 한 장도 오지를 않았다. 그래도 나는 조개껍데기를 주워 싸 보내는 일을 그만두지 않았다. 그녀의 가슴속에, 내가 몸담고 있는 바다의 가슴과 숨결을 끊임없이 보내주면 언젠가는 제 발로 그녀가 걸어오게 될 것이라는 계산이었다. 그것은 그녀를 가로채 간 고등학교 적 친구에 대한 복수이기도 했다.

조개 주워 보내는 일은 따분하지 않았다. 바다가 잔잔하면 그만큼 예쁘고 곱게 닳아진 것을 주워 모았고, 하얀 누엣결 뒤집어쓴 파도가 들썽거릴 때면 또 그만큼 쭈뼛쭈뼛하고 사납게 일그러진 것들을 주워 모았다. 바다의 그때마다 다른 목소리와 냄새와 살 색깔을 가슴에 새기며 모래 위를 찬찬히 살펴 조개껍데기를 줍는 재미는, 조개껍데기들의 하얗게 닳았거나 기묘하게 깨어지거나 일그러진 모습들처럼 오밀조밀 좋았다.

김 양식장에서 발을 옮기거나 말박이를 하고 돌아오면서 조개껍데기를 주워 들면, 지치고 찌드러진 채 짜증스런 가슴에 새로운 오기가 생기곤 했다. 생각해보면 대학 진학을 기어이 해야 한다고 이를 갈게 된 것도 그 조개껍데기를 주우면서였고, 이 세상에 여자가 나를 버리고 돌아선 그 여자친구뿐이냐고, 다른 여자도 얼마든지 있지 않느냐고 혀를 문 것도 역시 조개껍데기를 주우면서였다. 근처 마을에서는 견줄 얼굴이 없다고 이미 소문이 나 있는 정월이에게 손을 뻗치자는 생각을 한 것 또한 조개껍데기를 주우면서였었다.

정월이는 고등학교를 졸업하고 김 양식을 하며 살겠다고 나선 나의 유혹에 약했다. 내가 만나자고 하는 대로 나와주곤 했다. 나는 그녀를 주로 바닷가로 끌어내곤 했다.

수영 팬티 하나만을 걸친 채 추석 무렵의 쌀쌀한 바닷물에 뛰어들어 입술을 잉크빛으로 물들이고 몸을 떨면서 김발을 막은 날 밤에도, 포자 부착된 김발을 물 깊은 곳으로 옮겨 막고 끙끙 몸살을 앓은 다음 날 밤에도, 나는 정월이를 데리고 바닷가에서 밤을 새우곤 했다. 살을 에는 듯한 겨울 높바람을 뚫고 김을 뜯어 오다가, 장화도 신지 않은 채 얼음 같은 물에 들어가서 김 이삭을 줍느라고 오리발처럼 빨개진 정월이의 발과 다리와 손을 보기 애처로워, 한사코 마다지만 남몰래 내 구럭의 김을 퍼가지고 그녀의 바구니를 가득 채워준 그날 밤에도 나는 그녀와 함께 바닷가 모래밭을 거닐면서 밤을 새우곤 했다.

정월이가 바닷물에 몸을 던진 정월 대보름날 밤, 그날 밤엔 전에 없이 정월이 쪽에서 만나자고 하여 바닷가로 나왔다. 그때 정월이는 있어야 할 그게 두 달째나 계속 없는 데다 구역질까지 나곤 하는데, 이 일을 어쩌면 좋겠느냐고 발을 굴러댔다. 안달을 하는 그녀의 말을 들으면서 나는 멍해졌다. 막연했다. 나는 눈살을 찌푸린 채 우산도 산기슭에서 꽃처럼 타오르는 불을 바라보고만 있었다. 떼어버리자는 말도, 아무 소리 말고 낳아 기르자는 말도, 어디로 도망쳐 가서 살자는 말도, 조금만 더 참고 기다리자는 말도, "걱정 마라, 결혼을 해버리면 되는 것이니까" 하는 따위의 말도 해줄 수가 없었다.

나는 먼저 마을에 퍼질 소문부터 겁내고 있었다. '놈과 년이 붙어 나돌더니, 그놈의 아들과 그년의 딸이 또 그렇게 붙어 나돌다가 애기를 뱄다네'라는 소문이 퍼지면 어떻게 되는가. 그게 두려워지자 나는 나대로 안달이 나기 시작했다. 어쨌든 뱃속에 든 것을 없애버려야 한다는 생각이 들긴 들었지만, 손에 잡히는 돈이 없었고, 그 돈을 얻기 위해 아버지한테 사정 이야기를 하자니 입이 떨어지질 않을 것 같았고, 그렇다고 달리 돈을 타낼 만한 거짓말이 얼른 떠오르지도 않았다. 안달이 난 채로 뾰족한 수를 이리저리 짜낸다고 짜내보다가 스스로 지치고 말았다. 곧 모든 게 귀찮고 짜증스러웠다. 모든 것을 떨쳐버리고 어디론가 혼자서 날듯이 달아나버리고 싶기만 했다.

"알 게 뭐야. 빌어먹을 것, 알아서 해버려. 낳든지, 없애버리든지, 어디로 도망을 치든지, 쥐약을 먹고 죽어버리든지, 물에 빠져 죽어버리든지, 알아서 하란 말이야."

잿빛 안개와 달그림자에 묽은 먹물처럼 잠긴 연안이 찌렁 울리도록 정월이에게 나는 소리쳤다.

나는 감빛으로 물든 섬을 보면서 혀를 깨물었다. 가슴이 아렸다. 나는 어떻게 감히, 쇠로 만든 가슴과 얼굴을 가진 사람처럼 그렇듯 잔인한 말을 할 수가 있었더란 말인가. 내 가슴에는 나의 악마적인 행위에 대한 울분과 아픔이 뒤엉켜 끓고 있었다. 이때 정월 어머니가 입을 열었다.

"내일 올라가기 전에 잠깐 나를 따라가세. 자네한테 꼭 줘사 쓸 것이 있네. 아부지가 돌아가시기 전에 자네한테 주라고 하대. 또 내가 줘사 쓸 것도 있네."

오래전부터 하겠다고 별러오던 말이기라도 하듯 그 여자는 아무 생각 없이 그저 입으로만 지껄이고 있었다. 그만큼 그 여자의 얼굴은 차분하게 가라앉아 있었다. 아니, 어쩌면 멍해진 채 앉아 있는 듯했다.

나는 그 여자를 쏘아보았다. 쉰 몇 살 된 여자답지 않게 주름살이 깊지 않은 그 여자의 얼굴은 수척해 있었고, 눈에는 맑은 빛이 없었다. 나는 정월이를 죽게 한 나의 악마적인 얼굴 모습이 바로 눈앞에 앉아 있는 그 여자의 얼굴 위에 나타나고 있는 것만 같았다. 정월이를 죽게 한 것은 나의 악마적인 심보와 부끄러움을 모르는 데면데면한 살가죽이었다. 나는 불덩이 같은 것이 가슴속에서 불끈 일어서고 있었다. 혀를 깨물었다. 가슴이 미어터질 것같이 답답했다. 나는 나도 모르는 사이에, 가슴속에서 곤두서고 있는 불덩어리를 뿜어내듯이 외쳐댔다.

"뭔데요, 그게 뭔데요? 기껏 돈이겠죠. 그게 몇 백만 원이오, 몇 천만 원이오? 그리고 당신이 따로 주겠다고 한 건 아마 당신이 지금 손가락에 끼고 있는 금반지 따위일 테죠. 그런데 그런 것들을 가지고 가서 저 보고 어쩌라는 말인가요? ……필요 없어요. 그런 것들이라면 당신이 죽을 때 널 속에다가 넣어가지고 가시오."

나는 그 여자를 향해 삿대질을 하며 소리쳐대고 있었다. 그 여자는 나의 삿대질을 아랑곳하지 않고, 마치 앞에 가로누운 바다의 조용한 일렁거림처럼 차분하게 가라앉은 목소리로 달래듯이 말을 하였다.

"들어보소. 자네 아부지나 나는 자네를 위해서 몇 푼 안 되는 것이기는 해도 모두 물려주자고 의논을 했네. 시방 내 손에 든 것 이백만 원하고, 외상 깔린 것 거둬들이고 가게 그것 팔면은 한 오백쯤 될 것이네."

돈 이야기를 들으면서부터 나는 눈앞이 캄캄해졌다. 그런 모욕이 있을 수 없었다. 그 여자가 내 얼굴에다 똥물이라도 뒤집어씌우고 있는 것만 같았다. 나는 그 여자의 얼굴을 노려보면서 빈정거리듯이 말했다.

"인제 보니까 진짜로 상판때기가 두껍구만요. 그렇게 두꺼우니까 딸을 죽게 만든 죄를 돈 몇 백만 원 가지고 씻어보겠다고 나설 테지요."

"억지소리 하지 말소. 내가 어째서 내 딸을 죽게 만들었단 말인가?"

"왜 아녀요? 정월이를 물속에 처넣어 죽인 것은 바로 당신이에요. 당신이 물에 빠져 죽어버리라고 했기 때문에 그 아이가 물에 뛰어든 거예요."

내 말에 정월 어머니가 날카롭게 소리쳐 말했다.

"자네 오늘 본께 참 이상하네. 어쩐다고 죄를 나한테 돌돌 몰아 씌운가? 그렇다면은 나한테도 할 말이 있어. 자네한테는 죄 없는 줄 안가? 어째서 남의 집 딸을 꾀어내서 애기를 배게 만들었던가?"

그 여자의 잉크빛 나는 입술이 떨리고, 그 떨림이 볼을 타고 머리카락 같은 주름살 얹힌 눈 가장자리로 번져갔다. 그 여자의 말들은 바늘이 되어서 내 가슴으로 날아와 아프게 박히고 있었다. 나는 그 아픔을 견딜 수 없었다. 나는 악을 쓰듯이 소리쳐 말했다.

"그럼, 왜 정월이가 아기를 밴 줄 알았으면서도 우리 사이를 아주 떼어놓으려고 했어요?"

"안 그랬으면은 참말로 자네가 우리 정월이를 데리고 살랬던가? 그냥 장난으로 건드려본 것 아녔던가?"

그 여자가 지지 않고 대들었다. 내 가슴에는 송곳 같은 화살이 날아와서 박힌 듯 아팠다. 그 여자는 내 속을 훤히 뚫어보고 있었다. 나는 할 말이 없었다. 그러나 나는 그 여자의 말꼬투리 하나를 잡고 늘어지고 있었다.

"내가 장난으로 한 짓이었다고요? 그럼 그때 당신들이 저지른 일은 무엇이었어요?"

정월 어머니는 하얗게 핏기 가신 얼굴을 숙이고 낮은 소리로 말했다.

"그만두세. 죽은 자네 아부지는 건드리지 마소."

"왜 그만둬요? 나온 김에 한번 따져봅시다. 그때 말이오, 우리는 서로 경쟁을 하고 있었어요. 당신하고 우리 아부지 편이 이기나, 정월이하고 내 편이 이기나 싸우고 있었던 거예요. 그런데 도중에 정월이가 그 싸움을 포기했어요. 왜 포기했는 줄 알아요? 정월이가 당신보다는 더 철이 많이 들었고 너그러웠기 때문이었어요. 당신들의 철없는 불장난을 불쌍하게 여긴 때문이었어요. 정월이가 죽기 전날 밤에 당신은 정월이를 불러놓고, 나 종현이네 아부지를 따라 살고 싶은데 네 생각은 어떠냐, 이랬죠? 마찬가지로 그날 밤에 우리 아부지는 나를 불러놓고 이랬어요. 종현아, 정월 어무니를 느그 작은어무니로 삼으려고 생각하고 있는데, 네 생각은 어떠냐? ……두 분이 서로 찰떡같이 약속을 하고 먼저 손을 쓴 것 아녔어요? 우리 둘 사이가 더 가까워지기 전에 찬물을 끼얹자고 그런 것 아녔어요? 그러자 그때 나는 아부지한테 선뜻 대답했었죠. 좋다고 말이오. 왜냐하면 나는 처음부터 정월이를 한번 따먹고 걷어찰 심산으로 밤이면 홀려내곤 했었어요. 그런데 걷어찰 핑계가 생겨 다행이다 싶었던 거예요. 그러자 정월이는 그게 아니었을 거예요. 당신의 물음에 대뜸 안 된다고 말을 했을 거예요. 그때 이미 정월이 몸에는 달마다 있어야 할 그게 없을 뿐만 아니라 구역질까지 나곤 했기 때문이죠. 그런데 정월이가 안 된다고 대답을 하니까, 당신이 나 종현이네 아부지를 따라 살면은 안 되겄냐? 하고 따졌을 거예요. 그러자 정월이는 포기를 하고, 그럼 잘살라고, 자기는 어머니 없는 먼 데로 가서 살겠다고 말을 했을 거예요. 그때 보름날 밤에 나를 만나러 나온 정월이가 그렇게 말을 했었어요. 당신은 악마 같은 사람이에요. 당신은 당신이 즐겁게 지새워야 할 밤들을 위해서, 그 깜깜한 어둠 속에서 마음껏 남자를 안고 뒹굴기 위해서 당신의 어린 딸을 바닷물 속에 밀어 넣은 거예요. 그만큼 당신은 우리 아부지한테 사족을 못 쓴 거예요. 그런데 지금 당신은 뭣이오? 어째서 그렇듯 딸을 죽이면서까지 따라다녔던 우리 아부지를 따라 죽지 못하는 건가요?"

나는 눈앞이 어지러웠고 목이 바싹 발랐다. 혓바닥을 내둘러 입술을 축이고, 밭은 침을 삼키며 담배 한 개비를 꺼내 물었다. 불을 댕겨 빨았다. 내 가슴속은 서늘하게 비어 있었고, 그 속으로 담배 연기는 한없이 스며 들어가고 있었다.

"알았네."

정월 어머니가 굳게 다물고 있던 입을 열고 말했다.

"나도 곧 죽을 것이네. 그런디 죽기 전에 자네한테 아까 말한 것들을 줘사 쓰겠네. 마다고 하지 말고 받아 가소. 그리고, 나사 뭐 상관 있는가마는 내 딸 제사나 조끔 맡아 지내주소."

"뭐라고요?"

나는 기가 막혀 말이 나오지 않았다. 입을 벌린 채 멍하니 있는 사이에 정월 어머니는 조용히 말을 잇고 있었다.

"거북하게 장만해서 제사를 지내라는 것은 아닌께 걱정 말소. 마음만 두라는 것이네. 그날은 그 애가 좋아하는 밀죽 한 그릇만 쒀서 자네 밥상 앞에 놓아두면 될 것이네. 부탁하네."

그 여자는 내 두 손을 모아 잡았다. 그걸 흔들면서 "나 시방 회진으로 가서 자고, 약산 가는 배 탈 준비 하고 있을 텐께, 내일 아침에 일찍 와주소" 하고 나서 몸을 일으켰다. 모래밭길을 걸어갔다. 눈에 띄도록 휘청거리는 걸음걸이였다. 바야흐로 연안 뒷산 너머로 피 칠을 해놓은 듯 노을이 타고 있었다.

"미친 소리 말아요. 내가 왜 그 아이 제사를 지내요? 내가 왜 당신을 따라서 약산엘 가요."

나는 게으름 피우며 엎드려 누워 있는 늙은 암소 같은 바다가 꿈틀하고 놀랄 만큼 소리를 질렀다. 이때 어디에서 나타났는가, 정월 어머니의 머리 위를 갈매기 한 마리가 끼르륵끼으 하고 울며 날았다. 그게 나한테로 날아왔다.

"저 갈매기 보소, 저 갈매기."

정월 어머니는 몸을 돌려 내 옆으로 달려왔다. 갈매기는 약산도 쪽 바다를 향해 날아가고 있었다. 나는 발을 구르고 몸을 부르르 떨면서, 미친 소리 말라고 소리쳤지만, 눈길은 그 갈매기의 날갯짓을 좇고 있었다. 노을빛을 받은 바다는 불그죽죽한 남빛이 되었고, 아득하게 바라보이는 섬들은 꽃자줏물을 들여놓은 듯했다. 갈매기의 흰 날개에는 핏빛 불이 댕겨져 있었다.

3

배가 달려가고 있었다. 내가 정월 어머니에게 미친 소리 말라고 외쳐대던 그때처럼 섬과 바다는 저녁노을에 물들어 있었다. 소록도 쪽으로 날아간 갈매기는 산그늘 속에 부연 점이 되어버렸다. 부옇게 없어진 듯하던 점이 갈매기가 되어서 내게로 날아오고 있는 것이었다.

눈을 감았다. 머릿속에 바닷물처럼 파란 어둠이 밀려들고 그 속에서 갈매기들이 어지럽게 흩날리는 눈송이나 벚꽃잎들처럼 날아오고 있었다. 나는 혀를 깨물었다. 벌떡 일어서면서 뱃전 난간을 잡았다.

나는 너무했다. 정월 어머니의 소망들을 모두 짓뭉개버린 것이었다. 그 여자를 따라 약산도엘 가서 돈을 가져오지도 않았고, 정월이의 제사를 지내주지도 않았다. 아버지가 돌아가신 지 한 해가 미처 못 된 어느 겨울날 '정월어머니사망속래'라는 전보를 받았지만, 나는 그걸 그 자리에서 갈기갈기 찢어버렸다.

류색에 넣어 온 소주병을 꺼냈다. 병마개를 열고 서너 모금 거푸 들이
켰다. 속이 화끈 불타면서 아릿했다. 나는 그들 모녀에게 너무했다는 생
각 속으로 빠져들어갔다. 소주 한 모금을 다시 넘기는데 또 어디서 날아
왔는지 갈매기 한 마리가 내 머리 위를 끼룩끼으 하고 울면서 돌고 있었
다. 나는 술병을 든 채 멍해졌다. 갈매기의 흰 날개가 노을빛에 젖어 있
었다. 그 갈매기가 내 고향 덕도를 향해 날아가기 시작했다. 그걸 보면
서 나는 계속 소주를 마셔댔다. 가슴이 저녁노을처럼 불타고 있었다.

(1970)

어머니

1

　미역 장사를 해야겠다고 이를 악문 채, 왼팔과 오른손에 든 지팡이를
부지런히 내저으며 윗마을로 들어서는 늙은 어머니는, 비루먹은 황소
등허리의 털 빠진 살갗처럼 희끗희끗 쌓인 앞산의 눈을 쓸어 검은 들판
을 건너온 찬바람이 마을 앞 사장의 늙은 팽나무 가지를 스치고, 흰 가
는베 치맛자락과 반백의 머리털을 쥐어뜯을 듯이 싸고돌았을 때 쿨룩
하고 기침을 하기 시작했는데, 그게 시작되자 쪼그리고 앉아 윗몸을 움
츠리며 연거푸 쿠울룩 쿠울룩 소리를 터뜨려놓았다.
　점차 자지러진 쿨룩 쿠울룩 소리를 계속 흘려놓더니, 창자가 오그라
져 들어가는 듯 그걸 끌어안고 한참 동안 숨이 끊어질 때 나는 곰 고욞
소리만 내다가, 자꾸 헛돌던 치차(齒車)가 무언가 잘못되어 드륵 제 톱
니에 걸리듯 "으, 으으음" 하는 앓는 소리를 하고, 마른침을 뱉으며 일어
서서는, 활개만 부지런히 내저으면서 매듭이 촘촘 박힌 지팡이를 앞으
로 앞으로 내어 짚을 뿐으로, 몸은 별로 나아가는 것 같지도 않게 윗마
을로 향하고 있었다. 그런 늙은 어머니가 그렇게도 억척스럽게 미역 장

사를 하는 데는 그럴 만한 이유가 있었다.

이 겨울 널빤지 위에서 올골골 떨고 있는 막동이, 원 세상에, 소같이 큰 몸뚱이에 눈알이 소 눈깔같이 크다는 것, 그것이 죄라면 죄일 뿐으로 그 이상 유순할 수가 없는 그놈이 풀려나올 때까지는 면회를 다녀야겠다는 것이었고, 그러는 데 필요한 여비를 마련하여야겠다는 것이었다.

물론, 그런 정도의 노비를 마련해줄 만한 큰 자식들이 있기는 있었지만, 면회 그것도 한두 번이지, 이해 들어 벌써 여남은 번을 줄곧 다니고 나니, 이젠 '면' 자만 들먹여도 큰아들 일현은 눈살을 으등카리같이 싸짊어지고 "그놈으 반디 그만저만 댕기씨요. 그라다가 길바닥에서 죽으면 어짜실라우" 하면서 휙 돌아앉아 곰방대에 써레기나 쑤셔 넣곤 하였고, 며느리란 년은 궁상스럽게 축 처진 볼을 흐물거리며 이쪽의 늙은 마음을 위로해준답시고 "아제도 아제제마는 어마니가 살어사 안 쓰겄소?" 할 뿐, 노비를 주는 것은 고사하고, 그것 마련할 걱정 같은 것을 손톱만큼이라도 내비칠 엄두마저 내지 않는 것이니 어이할 것인가. 개잡놈 같으니라고, 주둥이에 퍼 넣을 술 한잔 값 아끼고, 노름판엘 한 번만 안 가면 그만한 돈은 마련해줄 수 있을 것 아닌가.

그렇다고는 하여도, 어지간하면 또다시 졸라보기라도 하련만, 한 달 전 어느 날이던가 면회를 갔다가 아침부터 세 끼를 굶은 채 뱃가죽이 등가죽에 붙어 들어오는 어미를 보고, 또 어디서 한잔 걸치고 노름판에서 얼마를 때려 엎었는지, 괜스레 분풀이를 하느라고 그러는 것임에 틀림없는 그런 태도로 "막동이만 자식이고 나는 자식 앵이오, 앵여? 나도 묵고살기 탁탁한디, 뭔 놈의 면회만 댕긴다고 싸댕기요, 그릏게?" 하고 악다구니 쓰던 것을 생각하면, 그놈 앞에서 혀를 물고 돌로 된 장승님이 넘어지는 것같이 죽는 한이 있더라도 다시 그런 말 빼지 않겠다고 작정을 한 터였다.

늙은 어머니는 허우허우 지팡이를 옮기고 활개를 저으면서 윗마을로 가고 있었는데, 그것은 작은아들 이현이한테 미역 장사할 밑천을 말해 볼 셈에서였다.

"빙할 놈, 급살 빙할 놈."

늙은 어머니는 큰아들 일현을 향해 입에 못 담을 욕을 뇌까리다가 "아야, 나 잔 봐라" 했다. 그 큰놈도 갯논 다섯 마지기 묵갈림으로 부쳐 번다고 벌어보았자, 겨우 쌀 다섯 가마니 쳐지는 것이 고작일 것이라, 어느 누구한테 비할 데 없도록 어렵고 갑갑할 것이라는 생각이 들어서였다. 그러나 어머니는 금방 혀를 깨물어 뜯으며 큰아들 일현을 욕했다. 아무리 죽겠네 갑갑하네 해싸도, 이 한겨울에 콩밥 먹으며 널빤지 위에서 동태가 되는 신세보다 더할 것이랴 싶은 생각이 가슴을 눌렀다.

"독한 놈, 독사(毒蛇)보다 더 모진 놈."

2

큰아들에게 입에 못 담을 욕을 하며 작은아들의 집으로 가기는 가는 것이었지만, 역시 뾰족한 수가 없을 수밖에 없는 것은, 작은아들 이현이 빠듯이 저나 먹고살 수 있을 정도로 가난한 측간 목수에 지나지 않는 데다가, 그나마 겨울철이라 어디서 일자리 하나 나지 않기 때문에 부순방에 배 깔고 엎드려 일 생기는 봄철의 해 길어지는 때를 기다리고만 있을 것이기에였다.

"와마, 이 바람 속에 뭔 일이라요, 어머니?"

툇돌로 내려서서, 늙은 어머니의 북어 껍질 같은 손을 잡아 방으로 끌어들이고, 가르릉거리는 어머니의 해수기 걱정부터 해드리는 것이지만, 그 어머니는 자기의 외롭고 슬프고 원통함을 울음으로 터뜨려놓기부터 하는 것이었다.

"너는 따뜻한 부순방에 자빠졌음스롱, 그도 추와서 요때기를 덮고 있냐아?"

늙은 어머니가 이렇게 서두를 빼고 북어 껍질 같은 살가죽이 멀겋게 퍼지도록 주먹을 그러쥐어 앙가슴을 찍고는, "새끼 새끼 우리 새끼는, 이 엄동설한에도 얼음장 같은 판자때기 바닥에서 꽁꽁 얼어갖고, 온 살이 푸릿푸릿하게 부었드라. 참말로, 눈에서 피가 빠져서 눈뜨고는 못 보게 되었는디. 이 독사같이 모진 느그들은 면회 한번 가잤수 않고, 동상 어쨓드냐고 한번 물어보잣수도 않고……" 하며 목이 메어 말꼬리를 삼켰다. 사철 가야 허리에 두른 것이라고는 그것 하나뿐인, 무명베에 검정물을 들인 치맛자락을 가져다가 코를 풀면서 같이 울어주는 며느리의 젖무덤에 붙어 있던 세 살배기 손자 놈은 허옇게 눈알을 굴리며 할머니와 어머니를 번갈아 볼 뿐이고, 핫걸레 속에 묻힌 그 손자 놈의 아비인 이현은 물 건너 손자 죽는 꼴을 건너다보고만 있는 바보스런 할아버지의 모습으로 괴춤에 두 손 찌른 채, 찬바람에 풀썩거리는 문풍지만 바라보는 것이었다.

"이 간도 쓸개도 없는 새끼들아, 느그도 사람 껍데기를 둘러썼그덩 가서 봐라. 날이면 날마당 면회 댕김스롱, 쇠괴기다 닭괴기다 끓에다 먹이는 꼴을 보면 느그가 얼마나 독사같이 모진 새끼들인 중 알 것이다. 내가 뭣 할라고 그짓말할 것이냐, 내가 요물스런께 요물을 비리냐 어짜냐?" 하고 퍼붓던 어머니가 차오른 설움을 참느라고 숨을 뽑아 들이더니, "나 암만 해도 담배 한 대 피워야겠다. 글 안 할락 했다가도 생각나면 그냥, 여그 여 옴막 가슴 위로 요러튼 것이 차오르면 금방 죽을 것만 같단 말다" 하고 헉헉거리며 북어 껍질 입혀놓은 듯한 주먹을 앙가슴께에다 대어 보이더니, 봉창 문턱 아래 놓인 곰방대를 집어 들었다.

아들 이현이 써레기 한 무더기를 곰방대에 다져 불을 붙여주자, 그것을 빨던 늙은 어머니는 기침을 쿨룩 시작하더니, 또 그 창자를 그러쥐고 숨넘어가는 콜록 소리를 간드러지게 잇달아 늘어놓다가, 코를 풀던 며느리와 멍청히 앉아 있던 이현이 눈을 휘둥글리며 놀랄 때서야 "으, 으음" 하고 기침을 거두면서 가래 끓는 소리를 섞어, "나 미역 장사해사 쓰겄다" 하고 말했는데, 그 말에 며느리와 아들은 약속이나 한 듯이 고개를 저으며 그것만은 안 될 말씀이라고, 북어 껍질 입혀놓은 듯한 어머니의 손을 잡았다. 그러나 아무리 늙었다고는 하지만 젊어서부터 대쪽 같기로 소문난 그 어머니가, 큰 자식들 있다고 해보아야 어느 한 놈도 믿을 수 없으니 막동이 자식 마룻바닥에서 동태 되지 않게 하기 위해서는 스스로 떨치고 나설 수밖에 없노라 하는 것을, 무슨 말 무슨 재간 있어 막아낼 수가 있겠는가.

이현이 가진 재주라고는 그저 농사짓고 살기 넌덜머리 나니 너나 뛰어난 기술 얻어 이 가난 면하고 살아보라는, 수년 전 돌아가신 아버지의 등쌀에 못 이겨, 열두 살 나던 해부터 건넛마을의 김 목수 양반을 따라다니며 익힌 나무 깎고 툭턱툭턱 못대가리 두들기는 재주밖에 없는데,

그나마 이 겨울 들어 못대가리 하나 두드릴 자리가 나지를 않으니 무슨 돈 만져볼 수 있어, 그 어머니 미역 장사 못 하게 하고 그렇게도 발싸심을 하는 면회를 보내드릴 수 있노라고 장담을 할 수가 있겠는가 말이었다.

며느리로 말한다 하여도 이보다 더 나을 게 없는 것이, 작달막한 키에 얼굴 하나는 반반하고 마음씨 또한 더 착할 수가 없다 하지만, 원래 부모 없이 자란 데다가 남의 집 아기업개나 부엌데기로만 커 시집온 터라, 길쌈을 한다거나 품을 팔아 잔돈을 마련하여 살림 늘릴 시샘 한 톨 가진 바라고는 애초에 없고 그저 서방이 벌어 오는 대로 지져 먹고 볶아 먹고 이웃이나 형제간 좋자 하는 대로 푼푼이 나누어 먹을 줄만 알 뿐이며, 남편 끌어안고 잠자고 애 낳는 일 외에 무슨 장사라든지 왼데 출입을 하여본 바 없으므로, 그 해수(咳嗽)가 이 겨울 들어 더 심해진 시어머니의 장삿길을 무슨 재주 부려 막을 수는 없는 터였다.

늙은 어머니는 자기의 손을 꼭 잡은 채 커다란 눈에 눈물만 그렁그렁 담는 아들과, 자꾸 검정 무명베의 치맛자락을 들어 올려 코를 훔치는 며느리의 더 말 못 하는 마음을 모르는 바 아니어서, '에라, 내가 독살스럽고 모진 년이구나, 시상에 즈그들이 나이 서른을 넘었닥 해도, 남 모양으로 출중나게 배우기를 했는가, 천 장 만 장 쌓아준 노적가리를 보듬고 저저금(分家)을 냈는가, 지질지질 봄부터 가을까지 못대가리만 두드려서, 즈그들 목구녕 풀칠하기도 어려울 것인디, 그 위에 이 못된 창아지가 더 독한 소리를 하고 있으니, 내가 모진 년이다. 내가 독사다' 하고 맘을 돌리며, 아무래도 쌀말 값이나 얻을 수 있을 데라고는 비록 섬일지라도 이 면(面) 관내에서는 내리지 않게 산다 하는 집안으로 시집을 가서 사는 바라대기 딸뿐이라 생각하며 몸을 일으켰다. 며느리는 핫걸레 같은 누더기에 싼 세 살배기 손자 녀석을 내려놓고 일어서며 진지나 잡숫고 볕이 두꺼워지면 가시라고 말이라도 하였는데, 아들 이현은 그저 어머니가 봉창문 앞 재떨이 위에 걸쳐두었던 곰방대를 뻐금뻐금 빨면서, 풀썩거리는 문풍지만 멀거니 바라보고 있을 뿐이었다.

'이도 자석, 저도 자석인디, 내가 너무 독한 소리만 해싸서 속에 빙이 나 나면 어짤꼬' 하고 근심이 된 늙은 어머니는 "복자가리 없어 콩밥을 묵는 놈은 묵드라도 느그들이나 푸덕푸덕 성해갖고, 놈 보란 듯이 잘살어라. 내 걱정은 말고…… 나사 느그들이 이렇게 다 이녁 목구녕 구안하고 살 만한 거 보았은께, 저 뒤틍이 막동이만 나오는 거 보고 죽으면 고만인께" 하며 검버섯이 낀 얼굴에 억지웃음을 띠고, 아들 이현을 바라보며 문을 밀려고 하자, 아들 이현이 고개를 들고 "어무니, 조깐만 앉어 기시씨요" 하며 굼뜨게 몸을 일으키는 것이었다.

<u>3</u>

이제 그만 낳아야겠다 했는데, 느닷없이 배가 불러와가지고 낳은 딸, 이걸 언제 키워 여의고 죽을 것이냐고, 그냥 낳는 대로 엎어버리거나, 아들딸 하나도 못 낳은 불쌍한 사람들한테 키우라고 줘버리거나 어쩌거나 하자는 의논을 영감하고 몇 번이나 하기는 했지만, 그게 막 나오면서부터 소리가 쨍 맑은 데다 얼굴이 해맑으며, 눈이나 코가 하도 또록또록 맑고 오뚝하여 그냥 노리개 삼아 키우자 하였고, 그래 이름을 바라대기라고 지었던 딸, 그것이 그래도 얼굴 곱고 이웃 어른들께 하는 말이며

인삿결이 곱다고 소문이 나, 이 늙은 어머니네 집안의 밭뙈기 하나도 없는 푼수로선 아무래도 분에 넘치는 집안으로 시집을 간 뒤로, 큰아들 일현이 "덕 본 일 없다, 덕 본 일 없다" 하고 억지소리를 밥 먹듯이 하곤 하지만, 철마다 쌀말씩을 얻어다 먹는 정도의 덕을 보아오는 터인 딸네 집으로 가는 늙은 어머니의 발걸음은 가벼웠다. 작은아들 이현이, 이 마을에서는 유일하게 모두 제 논으로만 삼십여 마지기를 벌고 사는 구장네에게 봄 들어 생기는 일을 모두 해주기로 하고 쌀 한 말 값을 얻어다 준 때문이었다.

이걸 가지고, 딸네 집 건너에 있는 약산섬에 가 미역 한 둥치를 받아와서, 딸네 동네서 김으로 바꾸어다 광주에 가 팔면, 왕복 여비가 되고도 막동이에게 쇠고깃국을 한 번 끓여 먹일 수 있을 것이며, 잘만 남으면 다시 더 장사를 이어 해나갈 수도 있으리라 싶었다. 그 어머니는 지팡이를 들지 않은 손에 국 끓일 냄비를 미역 쌀 보자기로 둘둘 말아 싸 들고 있었다.

검은 벼그루들이 점점이 박혀 있거나, 두둑보리를 간 들판이 바둑판 모양으로 갈라져 있는 간척지의 농로를 밟아 가면서, 늙은 어머니는 후유 한숨을 쉬는데, 쿨룩하고 기침이 나왔다. 곧 창자를 그러쥐고 간드러진 쿨룩 소리를 연발하면서 눈앞이 아득해지는 걸 느끼고, 그 자리에 주저앉아 곰 고욺 소리만 내다가, 이윽고 "으, 으으음" 하면서 일어선 늙은 어머니는 막동이를 원망했다.

"지 같은 것이 뭣이 잘났다고, 한 일 년만 은신한 셈치고 살다가 들어오란께…… 애꿎은 죄만 둘러쓰고……."

기침 때문인지, 아들에 대한 그리움과 가슴 아프도록 짠한 생각 때문인지, 스스로의 소갈머리 없음에 대한 회한 때문인지, 두 눈에 괴는 눈물을 소매 끝으로 훔치면서, 부지런히 활갯짓을 하고 지팡이를 옮겨 짚었다. 이날로 시오릿길이 훨씬 넘는 회진 포구에까지를 가야 하는 것이었다. 실팍한 사람의 걸음으로는 한 시간 남짓이면 갈 길이겠지만, 이 늙은 어머니의 걸음으로야 한나절은 더 잡아야 할 것이었으므로, 서둘러 걸을 수밖에 없었다.

저수지의 차가운 수면을 스쳐 둑을 타 넘는 매운바람, 그 바람을 피해 둑 밑으로 내려서면서 "아야, 아야, 이 새끼야" 하고 흥얼흥얼 콧노래를 부르는 그 늙은 어머니의 눈물 그렁그렁한 눈에는, 비록 묵갈림으로 벌던 농사라고는 하지만, 그래도 봄이면 그놈이 꺾어 피리를 만들어 불던 수양버들가지같이 야들야들하고 흥청흥청하게 여문 나락짐을 짊어지고, 이 둑을 올라서던 그놈의 모습이 어른거렸다.

그때, 부쳐 벌던 다섯 마지기 묵갈림 농사, 그 농사일을 틈틈이 어슴새벽으로 하고 품을 든 것으로만 해서도 막동이는 쌀 몇 말씩은 넉넉히 물어들이곤 했는데, 어머니 생각으로는 그 막동이의 피땀으로 물어들인 쌀 몇 말 그것만은 죽어도 솥에 삶아 먹어 없애지 않으리라 하여, 색갈이로 불리기도 하고, 송아지로 바꾸어 도짓소로 내어주었다가 받아들이기도 하고 해서 그놈의 장가 밑천을 만들려고 하지 않은 바 아니었으나, 그게 그놈의 이런저런 뒷바라지로 하여 다 들어가버린 게 못내 가슴 아프고 원통하기만 하였다. 아니, 이제 와서 그 늙은 어머니의 가슴을 더 아프게 하는 것은, 그 막동이에게 대처로 나가라고 들쑤신 것이 다른 사람 아닌 자기라는 생각이었다.

"아야, 아야, 이놈의 소가지야."

이래 죽었건 저래 죽었건, 어쨌든지 한번 죽어버린 아비 이야기를 아들들한테 해주는 것이 아니었는데, 조개껍데기에 긁어 담아도 한쪽 귀퉁이에도 못 찰 이 어미의 소갈머리가 그걸, 그도 울면서 터뜨려놓았던 것이었다.

4

아비가 늑막염을 앓기 시작한 것은, 돌아가시기 전해의 겨울부터였는데, 그걸 앓게 되도록 옆구리에 얼이 든 것은 그해 늦은 가을의 일이었다.

수확 때문이었다.

나락 이삭이 누렇게 익어 고개를 숙이면, 참봉네 마름은 묵지를 넣어 집게로 집은 서류를 들고, 참봉네 소유로 된 논들을 찾아다니며 수확을 매기던 것이었다. 이삭에 맺힌 이슬에 날개 젖은 고추잠자리가 아직 푸드득거리지도 못하는 이른 아침, 앞 산마루에서 마을 어귀로 파르스름한 아침의 안개가 산기슭을 돌아 나갈 무렵부터 나온 마름은 맨 먼저 이 저수지 둑 아래서부터 수확을 매겨가기 시작했는데, 그때 부쳐 짓던 묵갈림 농사 다섯 마지기는 상토(上土)란 어림도 없고, 중토에서도 조금 아래로 묶는 논이므로, 많이 거둔다 해보아야 마지기당 기껏 두 섬 반 정도밖엔 못 거둘 것을 석 섬 반으로 매기겠다고 나선 것이었다. 말하자면, 마지기당 두 섬 가까운 나락을 빼앗아 가겠다는 것인데, 이 논이 기껏 두 섬 반지기이니 일 년 내내 피나게 농사지은 대가로 남는 게 얼마란 말인가. 다섯 마지기 논에서 기껏 다섯 가마니가 남는데, 이걸 가지고 쪽박에 밤 주워 담은 것 같은 자식들하고 어떻게 먹고살거나 하겠는가.

성질이 급하고 뚝심 세기로 이 근동에서는 이름난 아비는 눈앞이 아득해졌지만 경위가 경위인지라 석 섬 반은 너무하니 석 섬으로 매겨주면 명년 한 해 더 잘 지어보겠노라고 하였었는데, 그쪽에서 "자네한테 논 맡겼다간 수를 많이 못 받는 것은 그만두고라도, 논까지 버리겠네" 하면서 딱 자르고, 석 섬 반 매기는 게 그렇게도 억울하면 논을 아주 돌쇠네에게로 넘겨주겠다고 하였기 때문에, 더 이상 입을 떼지 못하고 말았던 것이었다.

한데, 기어이 일이 터지고 만 것은, 바로 이 논의 나락을 져 들이던 날 저녁 무렵이었다.

그 직위가 일개 면 서기에 지나지 않기는 해도, 당시 이 관산면사무소 안에서는 일본 놈 면장의 신임을 가장 두터이 받는다고 떵떵거리던 참봉네 아들 최 주사가 면사무소에 나갔다가 이 농로를 타고 돌아오고 있었다. 그를 이 저수지 둑에서 만난 이편 아비가 때마침 얼근히 취해 있던 참이기도 했으려니와 어려서부터 고추자지 맞잡고 자란 사이기 때문에 별 어려움 없이, 세상에 이렇게 억울할 수가 있느냐고, 이 나락을 한번 보라고, 이래 가지고 어떻게 석 섬 반 나락을 훑어낼 수 있겠느냐고, 수확을 두 섬 반이나 석 섬으로만 매기면 살 것 같으니 그렇게 좀 마름한테 말해달라고, 금년에는 자기가 농사를 잘못 지어 이런 것일지도 모르니 너그러이 보아 명년에 한 번 더 부지런히 지을 기회를 달라고, 매긴 것이 너무 과하다고 따지는 것을 고깝게 여겨 숫제 이 논을 돌쇠네로 넘겨주겠다고 으름장을 놓는 것은 너무하는 일이 아니냐고,

최 주사의 소매를 잡고 울면서 하소연을 한 것이었는데 그게 바로 화근이었다.

어디서 농주라도 한잔 얻어 걸쳤는지 이편 아비와 마찬가지로 얼근해 있던 참봉네 아들은, 소같이 덩치가 큰 막동이네 아버지의 두 눈에 달린 눈물방울을 보다가 한동안 너털너털 웃더니 "아니 그래, 이것이 석 섬 반 나올 나락이 못 된다, 그 말인가?" 하면서 지게 위의 나락 모가지를 손에 들고 흔들었다.

"내가 어째서 거짓말하겠는가? 코째기 내기를 하세. 우리 마당에다 나락 다 져 들여놨은께 최 주사 보는 앞에서 쭉 훑어갖고 가마니에다가 한번 담아보면 봐도 석 섬 이상은 못 나오네. 만약 석 섬 반은 그만두고 석 섬만 나온다 하면, 지푸라기 하나도 달라는 소리 않고 옴씨래기 다 져다 드림세."

그러자, 참봉 아들이 날카롭게 눈을 빛내고 이편 아비를 쏘아보며, "작년엔 얼마 매겼는디?" 하고 물었다.

"나쁘게 생각은 말으시소마는, 사실 말해서 이 논이 원래 두 섬 반 이상은 내묵기 에러운 논이시. 작년에도 그랬드란가? 마름 영감님 말씀이 '멩년에 두 섬 반으로 잡아줄 텐께, 금년에는 눈 딱 감고 석 섬 반 잡는 대로 가만있어주소' 하대. '최 주사하고 친한 사이인 자네가 투정을 해서 되겠는가?' 함스롱 말이시. 내 말이 거짓말인 성부르면 마름 영감한테 물어보시소. 사실 말해서, 이 논 나락에다가 석 섬 반 매긴 것은 너무한 일이네. 이 나락을 이만큼 내묵는 것도, 내가 참 심이라도 시어서, 저 왕골 고랑에서 복새(왕모래)도 져다 넣고 어짜고 했기 땀시 이렇기라도 한 것이시. 그른 속이나 알아사 쓸 것이네."

죽어라고 힘들여 말했는데, 참봉네 아들은 시원찮디시원찮게, 그러나 점잔을 빼며 "마름한티나 가서 한 번 더 말해보소" 한 것이었다. 그러자, 아비가 한 번 더 늘어붙은 것이었다.

"최 주사, 한 번만 널리 돌봐주시소. 금년 한 해만. 자네 말고 누구한테 사정을 하겠는가. 주렁주렁한 새끼들하고 굶어 죽지 않은 것이 모다 최 주사 자네 덕택인 줄을 내가 어째서 모를 것인가?"

그러자 최 주사가 한 번 말을 했으면 그대로 하지 않고 왜 이렇게 빌붙고 야단이냐는 듯, 퉁방울 같은 눈을 까뒤집고 이편 아비를 쏘아보다가 몸을 획 돌렸는데, 그때 나락짐을 지고 있던 이편 아비가 얼른 또 빌붙은 것이 탈이었다.

"최 주사!" 하고 그의 양복 자락을 잡는다는 것이 나락짐을 짊어진 채로 최 주사와 함께 둑 아래로 굴러떨어져버린 것이었는데, 지게 통발이 최 주사의 셍문다리를 호되게 짓눌러버렸던 것이었다. 그러자 둑 아래서 나락짐을 젖히고 간신히 일어선 최 주사가 한동안, "아이고, 나 죽네" 하고 엄살을 떨다가 발끈해가지고 "이 새끼가 누구한테 어덕 씨름을 할라고 이란다냐?" 하면서 구둣발로 아비의 옆구리를 내질러 차버린 것이었다.

아비는 그 나락을 다 훑어 담지 못한 채, 열이 오르고 옆구리가 아프다면서 얼굴을 찡그리곤 하더니 그 겨울부터는 완전히 방 안에 누워버렸다. 한약을 지어다 먹이고 온습부도하는 등 하지 않은 게 없었지만, 별 효험을 보지 못한 채로 해를 넘기면서부터는 배가 붓고 점차 온몸이 붓더니, 위아래로 먹피를 쏟으면서 죽은 것이었다.

이 이야기를, 거짓말 손톱만큼도 보태지 않고, 복수를 해달라는 뜻으로 한 것은 참말로 아니었다. 큰놈 일현이 툭하면 술 퍼마시고 노름판에 끼어드는 데다 집에 들어서서는 이 어미한테 대들기도 하려니와, 그러다가 제 마누라 머리채 끌고 메어치는 걸 밥 먹듯 하고, 그걸 말리기라도 하면 마구 주먹다짐을 해버리는 게 예사여서, 네놈의 아비가 어째서 펄펄 뛰는 젊은 나이에 죽었는가 보아라, 이 이야기를 듣고도 속 못 차리면 병신이지 사람이 아니다. 세상 돌아가는 일 알기를 똑똑히 알고 살아라 하는 뜻으로 한 번인가 울면서 말해준 것이었는데, 이현은 그저 이만 갈 뿐으로 어쩌지를 못하더니, 큰아들 일현과 막동이가 종내 일을 저지르고 말았던 것이었다.

그게 그놈 스물한 살 나던 해의 일이었다.

5

해방을 맞기 몇 해 전이던가, 소 뜯어 먹일 풀마저 불 질러 태우며 꼭 알맞게 말라버린 흉년이 이 근동을 휩쓸고 간 이듬해 봄, 어디 한 군데서 품 한나절 들어 삯을 받아 죽이라도 끓여 먹을 수 없어 스무 살 넘은 아들들을 질펀히 방바닥에 엎어놓은 이 어미가, 저렇게 굶겨 죽이게 될 줄 알았으면 징용에 보내겠단다고 순사들이 마름 영감을 앞세우고 잡으러 나왔을 때마다 귀를 쫑그리고 지켜 피신을 하게 하지 말고, 그런 데라도 가서 넉넉히는 못 먹는다 치더라도 때나 거르지 않고 얻어먹을 수 있게 내버려둘 것을 그랬다 하며, 쑥이라도 캐려고 집을 나섰다가 참봉네 마름이 관리하는 못자리 논 옆에 심은 자운영 한 줌을 뜯은 것이 화근이었다.

그것은 정말 사소한 일이었다. 처음에 물론 쑥만 캐겠다고 논둑으로 들어섰던 것이었으나, 자운영이 하도 부드럽기에 그걸 한 줌 캐어 담았던 것이었는데, 달려온 마름네 머슴 놈이 바구니를 빼앗아 논바닥에 놓고 납작하게 밟아서 찢어버린 것이었다. 그뿐 이 어미 몸에 손찌검 한 번 하지 않은 것을 보면, 밤이면 몰래 마을 사람들이 자운영을 다 캐어 가버리기 때문에 그걸 지키지 못한다고 노상 마름 영감한테 꾸중을 듣곤 하여, 화가 끓을 대로 끓어 있는 그 마름네 머슴들 나름으로는 이 어미의 세 아들을 생각하고 그렇게 심히 군 것은 아니었던 것이다.

그런데 이 데퉁맞고 못난 소갈머리가 그만 대성통곡을 하면서 집으로 돌아와, 방바닥에 엎드려 있는 두 아들의 가슴에 불을 질러놓고 만 것이었다.

자세히 일의 전후를 따져 묻지도 않고 먼저 뛰쳐나간 것은 큰아들 일현이었고, 다음 자초지종을 캐묻고 이를 물고 나간 것은 막동이었다. 얼마 후, 일현이 "동네방네 사람들아, 다들 좀 보소이, 풀씨(자운영) 한 주먹 뜯었다고 밟아뿐 이 바구니 좀 보소오" 하고 소리쳤다.

이렇게 외친 것을 듣고, 저 사람들이 오늘 무슨 일을 내려고 저런다냐 하며 근심스런 얼굴을 하고 바라대기 딸이 달려 나갔다. 둘째 아들 이현은 한나절 일해준 품삯이라 해보아야, 그도 보릿가을한 뒤에야 보리 한 되를 받기로 하고, 산 너머 마을에 똥장군을 수선해주러 가고 없던 참이었다.

이 무렵, 마름 영감의 손가락질 하나로 아들을 징병이나 징용에 보낸 사람들이 한둘이 아닌 데다, 그 자운영 밭을 얼씬거리다가 마름네 머슴들한테 머리채를 잡힌 아낙네가 또한 셀 수 없었으며, 마름이나 참봉 집에 색갈이를 얻으러 갔다가, 이때껏 가져다 먹은 것만 갚자 해도 이해 묵갈림 농사지은 것을 모두 떨어 바쳐야 할 판이 이미 되어 있었기 때문에, 한마디로 싹 거절을 당하고 나온 대부분의 마을 사람들은 싯누렇게 뜬 얼굴을 한 채 "불이야!" 하고 외치는 듯한 큰아들 일현의 부르짖음에 따라 골목을 나서고 있었다. 마을 사람들이 허옇게 뒤따르는 것을 안 일현은 곧장 마름 집의 대문을 걷어차고 안으로 들어가면서, "동냥은 못 주드라도 바가지는 안 깨사 쓸 것 아니냐, 이 살쾡이 새끼들아" 하고 외쳤다. 그러나 일현은 마당 안으로 들어서지도 못하고, 사랑채에서 달려나온 두 머슴 놈에게 팔을 붙들리기가 무섭게 대문 밖으로 끌리어 나왔고, 그들이 휘둘러 엎어버리는 대로 나가 거꾸러질 수밖에 없었는데, 그걸 본 막동이가 달려들어 그 머슴들을 하나씩 둘러엎고 후려쳐버렸다. 씨름판이 열릴 때마다 송아지를 끌어오곤 하던 막동이라, 이 봄 들어 굶기를 밥 먹듯이 했다하지만 성난 호랑이가 달려드는 개들을 각각 앞발 하나씩으로 쳐서 엎어버리는 것처럼 간단히 처리해버린 것이었다. 그러자 하얗게 모인 마을 사람들 가운데 누군가가 "마름 놈 죽여라" 하고 소리쳤고, 막동이는 대문을 박차고 뛰어 들어갔다. 마름 영감은 육십이 가까운 나이인데도 벌써 한 길이 넘는 담장을 뛰어 도망가버리고 없었기 때문에, 막동이는 그 길로 마을 앞에 있는 마름네 못자리 논으로 달려가 분풀이를 했던 것이었다. 자운영 밭을 쿵쿵 밟고 뒹굴면서 쥐어뜯었는데, 그를 뒤따라온 마을 사람들이 우우 몰려들어 삼시간에 자운영을 모두 짓뭉개버렸다. 더 이상 밟아 뭉갤 자운영의 푸른 잎사귀가 하나도 없게 되자, 마을 사람들 가운데서 누군가가 "이 도둑놈 곳간을 털어

다가, 우리 밥이라도 한 그릇씩 해 묵어보세" 하며 부추겼고, 마을 사람들은 모두 마름 집으로 우우 몰려가 곳간 문을 열어젖히고 거기 쌓여 있는 나락이며 보리며를 퍼내 가기 시작했다.

"워메 워메 어쩌사 쓸꼬, 왜들 이라요, 왜들 이래애."

이 어미 혼겁을 한 채 마을 사람들을 떠밀어내면서 말렸지만, 그들은 굶주린 이리 떼처럼 곳간을 파고들었기 때문에, 어떻게 한 여자의 힘으로는 막아낼 수 없는 일이었다.

이윽고 그 곳간을 다 털어낸 마을 사람들이 참봉네 곳간으로 가자고 나서던 무렵, 방망이를 든 순사들을 앞세운 마름 영감이 마당으로 들어서고 있었다.

눈치가 싼 청년들은 담장을 넘어 도망을 쳤는데, 거기에 막동이도 끼여 있다는 것을 알고 우선 이 어미는 안도의 숨을 쉴 수 있었다. 그러나 미처 도망가지 못한 청년 대여섯과, 나락이나 보리를 퍼서 이고 나오던 아낙네와 영감네들 몇 사람이 함께 끌려간 것이 자꾸 마음에 걸리던 것이었다. 이 일이 어떻게 터졌는가를 따지다 보면 자기 아들 막동이가 걸려들게 마련일 것이기 때문이었다.

이날, 어디로 피신했다가 들어오는 것인지, 옷자락에 찬 이슬을 묻힌 채 한밤중이 가까워서 들어온 막동이가, 자기 대신 잡혀간 청년들을 끌어내기 위해 주재소로 가겠다고 했을 때, 이 어미는 혀가 껄껄하도록 당분간 왼데 나갔다가 이 일이 잠잠해지거든 들어오는 것이 좋을 게 아니냐고 얼러댔었다.

"다 쓸데없어야, 내가 우선 살고 봐사제. 니가 언제 마름네 곳간에서 나락 퍼 가라고 했디야? 즈그들이 괜히, 니가 쫓아 들어가는 것을 뒤따라 들어가갖고 그랬제?"

그래도 자꾸 고개를 저으며, 혼자 몸을 멀리 피해버린다는 것은 체면이 아니라고 버티던 막동이였지만, 이 어미가 울면서 "니가 나 죽는 거볼라고 그러냐? 나는 느그들 푸덕푸덕 성한 거 보고 사는 것이 낙인디, 니가 가막소에 가면 나는 어뜩케 살 것이냐?" 하고 하소연하는 데는 그놈도 더 어쩌지 못하고, 노비 몇 닢만 구해다 달라고 하였다. 이 어미가 이날 새벽 이리 뛰고 저리 뛰면서, 쌀 다섯 되 값을 간신히 구해다 잡혀주자, 이젠 다시 고향에 돌아오지 않겠다면서 집을 떴던 것이었다.

"그런 소리 하지 말고 부디 몸조심해라이. 어디 가서 품이나 듦스로 그저 죽은 대끼 있다가 맹년에나 들어오니라. 혹시 뭔 일이 있드라도 나서지 말고, 한사코 죽은 대끼……. 에미 걱정은 하지 말고."

먼동이 번히 터오던 때, 이 어미의 손을 꼭 쥐어주고 장터를 향하는 막동이의 모습이 지금도 눈에 선하였고, 그로부터 한 해가 아직 다하지 않은 겨울철에 광주의 근교에 있는 한 농장에서 머슴살이를 한다는 내용의 편지가 왔을 때, 그 편지를 들고 동네방네를 춤추며 돌아다닌 기억이 새로운 어미였다. 그 편지 속에는, 주인이 새로 만들고 있는 과수원이 잘 가꾸어지기만 하면 사 오 년 내로 자기가 관리인이 될 것 같기도 하니, 그때 어머니를 모셔 가겠다는 말이 씌어 있었던 것이다. 마름 머슴들이 병원에서 치료를 받는 비용이라든지, 마름네 곳간을 털어다 먹어버린 것을 온 마을 사람들이 공동으로 부담해 물어준 것이라든지로 하여, 막동이가 벌어놓았던 쌀 두 가마니가 모두 날아갔지만, 그까짓 것이 대수로운 것은 아니었다. 그까짓 쌀 두 가마니로 아들을 살 수 있을 것인가 하는 생각에서였다. 막동이가 과수원 관리인만 된다면 그 이상의 것도 생겨지리라 해서였다. 그것도 그것이지만, 그날 일로 해서 파출소로 끌려간 젊은 사람들이 모두 징용엘 갔다는 걸 전해 들은 어머니는 막동이를 밤에 멀리 보낸 것이 천만 번도 잘했다 싶던 것이었다.

하였는데, 해방이 된 이듬해, 그 이듬해 가을, 그 막동이한테서 느닷없는 편지가 온 것이었다. 아니, 그것은 막동이가 보낸 것이 아니라, 형무소장이 보내온 것이었는데, 거기에는 귀 자제 막동이가 본 ○○ 형무소에서 탈 없이 복역 중이라는 내용이었다. 청천의 벽력도 유분수지, 대관절 덩치가 크고 힘이 세다는 것이 죄라면 죄일까, 세상에 그렇게도 유순하고 곰살가울 수가 없는 그 막동이한테 무슨 죄가 있다고 형무소에 가둬두고 있단 말인가.

발만 동동 구르고 있을 수만은 없어 도짓소 내어준 것을 팔아, 그래도 제 깐에는 세상 물정에 귀가 뚫렸다 하는 작은아들 이현을 광주로 보냈는데, 거길 갔다 온 그놈의 말이 국회의원에 입후보한 독립투사였던 사람을 암살한 범인이기 때문에 징역을 산다더라는 것이었다. 한데 또 그렇게도 답답할 수가 없던 것은, 언제까지 산다더냐, 언제 나오게 될 것이라더냐 하여도, 이현이 대꾸를 하지 않고 고개를 푹 숙이고 있기만 했던 것이었다.

"뭔 일이란가, 뭔 일이여?"

그게 무슨 벼락 맞을 소리냐고, 우리 막동이는 그럴 아이가 아니라고, 그건 다른 사람이 뒤집어씌운 것일 거라고 펄펄 뛰어보는 것도 마냥 쓸데없는 일이었고, 이때부터 열흘 걸러 한 번씩 허우허우 보성으로 달려가서 기차를 타고, 광주 땅에 내리기가 바쁘게 동명동 형무소 면회 창구에 면회 신청을 하여, 두 손을 묶이어 나오는 푸르스름한 죄수복의 막동이, 그놈의 허옇고 부석부석한 얼굴을 보면서 쓰라린 마음을 달래곤 했었다. 그러면서 그놈에게 늙은 어머니는, 누가 너에게 그런 죄를 씌웠느냐고 울며불며 물어보곤 했지만, 그놈은 멀거니 이 어미의 얼굴을 건너다볼 뿐 입을 꼭 다물고만 있곤 할 뿐이었다. 그놈의 그런 태도로 미루어, 그놈의 심중에는 어느 누구한테도 말하지 못할 어떤 사정인가가 있기는 있는 모양이지만, 그걸 무슨 말로 어떻게 해서 비춰야 할 것인지, 알 수가 없는 것이었다.

늙은 어머니는 그 막동이를 그렇게 만들어놓은 게 모두 소갈머리 없는 자기 때문이라 하며 혀를 깨물고 칵 죽어야 한다고 생각해보지 않은 건 아니었지만, 마룻장 위에서 올골골 떨고 있는 그 막동이를 그대로 둔 채 눈을 감을 수란 도저히 없는 일이므로, 하루하루가 마냥 답답하고 기막히다 할지라도 이미 그놈한테 내리덮인 그 죄를 어떻게 벗겨줄 길이란 없는 일이니, 이제 그놈이 벗어 나오는 날까지 이렇게 면회를 가서 얼굴이라도 볼 수 있는 것만도 고맙게 여기면서, 부지런히 면회를 다니는 길밖에 없다 했다.

한데, 그 면회나 자주 다닐 수 있었으면 하련마는 그놈이 집에 있을 때 품 팔아 받아들인 쌀값으로 마련한 송아지를 도짓소로 준 것, 그것을 팔아 면회를 다니며 써버린 뒤로는 왔다 갔다 할 차비에 먹고 잘 돈, 면회 다니면서 그놈 먹고 마시게 할 돈…… 그걸 마련 못해주겠다고 앙탈을 하는 자식들의 소행이 못내 섭섭하고 노여워, 늙은 어머니는 그 저수지 둑 밑에 주저앉아 다리를 죽 뻗고 통곡이라도 해버렸으면 시원할 것 같은 심사를 억누르고, 부지런히 활갯짓을 하면서 오른손에 든 지팡이를 옮겨놓았다.

그때 복받치는 격정이 목구멍을 막아 쿨룩 기침을 했고, 그사이 들이마신 찬바람 때문에 그 기침은 연거푸 터져 나오기 시작하여, 늙은 어머니는 쪼그려 앉아 오그라져 들어가는 뱃가죽을 그러쥐고, 숨이 발딱 넘어가는 곰 고욺 소리를 내다가, 헛돌던 치차가 잘못되어 달칵 지르륵 하고 걸려 돌아가는 것처럼 '으음' 하고 목을 가다듬으며 일어섰다.

<u>6</u>

이날 저녁, 그 늙은 어머니가 회진에서 배를 타고 금당도로 건너가 미역 다섯 다발을 받아 이고, 덕도 딸네 집으로 온 것은 이튿날 겨울의 짧은 해가 하눌재 마루에 걸릴 무렵이었다.

"어메, 어메, 이 바람 속에 울 어메가 뭔 일이란가?"

둥둥하게 부른 배 때문에 굼뜬 몸을 이끌듯이 하면서 부엌에서 밥솥에 불을 지펴놓고 김 건장으로 마른 김을 가지러 달려가던 딸이 들어서는 어머니를 맞은 것이었다. 상놈의 집구석에서 며느리를 얻었다고 사돈네 보기를 거지 보듯 하는 시어머니 시아버지 아래 살면서도, 어머니가 언제 어느 때 어떠한 행색을 하고 들어서든지 이렇게 우르르 달려 나와 뜨겁게 맞곤 하였는데, 이 근년의 겨울 들면서는 어머니의 해수가 숫제 피가 터져 넘어올 정도로 심하다는 것을 잘 아는 터에 이날따라 살갗을 깎아댈 듯이 부는 찬바람 속을 뚫고 오는 어머니였으니, 그 딸의 심사가 어떠하였을 것인가. 딸은 어머니 머리 위의 미역 다발을 내려 한 옆구리에 끼고, 다른 한 팔로 어머니를 얼싸안으며 소리 안 나게 목울음을 울기까지 하는 것이었다.

늙은 어머니는 이 딸아이가 얼른 달떡같이 살빛 고운 고추쟁이를 아무 탈 없이 펑 낳아야 할 것이란 생각을 하면서, 두 손바닥으로 딸의 볼을 붙안고 침침하게 흐린 눈으로 낯빛을 살피었다. 바닷바람을 쐬었기 때문이라고는 하지만, 그렇게도 박꽃같이 희던 살빛이 거뭇거뭇하게 검어진 딸의 얼굴에는 콧등과 광대뼈 부근에 몇 점 기미까지 끼어 있고, 눈이 퀭하게 커져 있으며 백정보고 떼라고 해도 살점 하나 뗄 수 없도록 깡말라 있었다. 어머니가 그 딸의 얼굴을 보면서 "아니, 어째 이렇게 얼굴이 못돼간다냐?" 하고 침침한 눈에 물을 담자, 딸이 억지로 웃으며 "내 얼굴이 어째서라우? 밥 잘 묵고 잘산디" 하고 말했다.

감옥살이하는 오빠에 비하면 자기 하는 고생이야 정승살이와 다를 바 없다며, 어머니를 안으로 모셔 들였다.

거짓말 손톱만큼도 안 보탠 말로, 딸을 여의면서 백모래밭에 혀를 박고 죽는 한이 있더라도 그 딸네 덕을 보겠단다고 한 것은 아니었지만, 이 한겨울을 마룻장 위에서 올골골 떨고 있는 막동이를 생각한답시고 이렇게 거지 행색을 한 채 시집살이를 하는 딸네 집으로 찾아들 수밖에 없는 늙은 어머니의 마음이, 딸의 얼굴을 보는 재미 말고 재미가 있으면 얼마나 있어서 선뜻 안으로 들어설 수 있으랴.

그런 어머니 마음을 딸은 훤히 뚫고 있었으며, 늙은 어머니는 어머니 대로 자기의 살이라도 베어줄 수만 있다면 베어주고 싶어 하는 딸아이의 뜨거운 마음을 그 딸의 눈에 괴어 있는 눈물과 떨고 있는 입술을 잘강 깨무는 흰 이빨 하나만으로도 꿰뚫어 짐작할 수 있는 터인지라, 다른 말들은 서로가 할 것도 말 것도 없는 것이었다. 다만, 어머니 쪽에서 저희들 서방각시가 오순도순 금실 좋게 살면 되는 것이지 그 외에 더 무엇을 바라랴 하면서도 점점 못되어가는 딸의 얼굴을 대하고는, 왜 하필이면 이런 겨울 들어 얼음물에 손 집어넣어 물김을 건져내야만 먹고사는 해변 지방으로 여의었던가 하는 후회를 씹지 않을 수가 없는 심사가 되어 "몸은 무거운디, 어떻게 해의(김) 일을 하고 사냐?" 하고 오열하면서 딸이 이끄는 대로 안으로 들어갔다.

딸이 행실은 분명하여 자기의 늙은 어머니를 먼저 자기의 시부모가 있는 안방으로 모셔 가는 것이었는데, 늙은 어머니는 자기의 목구멍에서 언제 터져 나와서 사돈네를 당황하게 만들지 모르는 기침이 걱정되었다.

제발 사돈 내외 앞에서만은 기침이 나와주지 않기를 용천하시는 하느님께 빌고, 딸이 "어무님, 친정어무니가 오셨구만이라우" 하는 말을 따라 방으로 들어가 인사를 차렸다.

원래 여자 걸음이란 한 번만 옮겨도 술과 떡이 따라야 하는 어려운 걸음걸이라는 것을 모르는 바 아니고, 길에서 맞부딪쳐도 딸 둔 사돈 쪽에서 맡아놓고 길 밑으로 내려서야 한다는 것 또한 잘 알고 있는 터인데도 이렇게 빈손으로 온 것이 어찌 낯 뜨겁지 않을까마는, 이 한겨울 널빤지 위에서 얼굴이 푸릇푸릇 얼부푼 아들을 생각하면, 한 닢 반 닢이 아깝고 서러운 처지인데 무슨 인사치레는 인사치레냐 하며 눈 딱 감고 마주 앉았다.

한데 발장에 붙은 마른 김을 떼던 바깥사돈어른은 김 떼던 걸 밀어두고 긴 담뱃대 끝에 담배를 쑤셔 다져 화로 속에 넣고 뻐끔뻐끔 빨면서, 찬 날씨에 오시느라고 고생 많았다는 식의 인사말이라도 하는 것이었지만, 좁장한 얼굴에 입술이 뾰족하고 언제 보아도 싸늘한 인상인 안사돈은 발장에서 김 떼는 일을 계속하며 "막동이 사둔이 징역을 산담스롱이라우?" 하고 나서는 것이었다.

"거 추운디 참······."

바깥사돈어른이 담배를 빨며 말하자, 안사돈은 또 "대관절 뭔 일로 그랬다우?" 하고 꼬치꼬치 캐묻는 게 타고난 말투가 그러한지, 모르긴 해도 뾰족뾰족 가시가 돋친 듯 얼굴에 따갑게 느껴지기만 하여 "글씨라우" 하고 한숨을 내뿜고, 바깥사돈어른이 밀쳐둔 김 붙은 발장을 당겨다 김을 한 장 막 떼려 하는데, 사돈어른의 덜 탄 담배 연기 때문인지 쿨룩하고 기침이 터져 나왔다.

늙은 어머니는 재빨리 밖으로 나가 짚신을 끄는 둥 마는 둥 변소로 달려가서, 쪼그려 앉아 뱃가죽을 그러쥐고 기침을 하여대다가 간신히 목을 가다듬고 일어서는데, 건장에서 마른 김 붙은 발장을 한 아름 안고 내려오다 그걸 본 딸이 발장을 마루에 팽개치고 변소로 달려와 북어 껍질을 입혀놓은 듯한 어머니의 손을 잡고, 무슨 약이라도 잡수셔야지 그냥 이대로 다니다가 어쩌려고 이러느냐 하면서 발을 굴렀다. 늙은 어머니는 작은아들 이현이 약을 지어다 달여주는 것을 이때까지 먹다가 나왔다고 거짓말을 하며 딸의 방으로 들어갔다.

이날 밤 머슴을 데리고 바다에 나가 김을 따가지고 들어온 사위 또한, 남의 자식이더라도 내 자식의 지극한 사랑의 정에 따라 뜨겁고 지극해지게 마련인 법이라, 딸 못지않게 깜짝 놀란 듯 반가워하며, 자기가 어협조합의 총대 일을 보느라 바빠서 막동이 처남한테 면회 한번 못 갔음을 죄송해하더니, 막동이의 건강 상태에 대해 묻고 한동안 말없이 담배

만 빨고 있다가 딸이 저녁 설거지를 마치고 들어서자, 모녀가 오랜만에 만났으니 이런저런 할 이야기가 쌓였을 게 아니냐면서 마을로 나갔다.

그 사위가 눈물겨울 만큼 고맙게 생각하여준 대로, 모녀가 오랜만에 정담을 나누며 나란히 누워 밤을 새우기라도 했으면 얼마나 좋을 것인 가마는, 늙은 어머니는 그런 복자가리를 타고나지를 못했고, 그 없는 복자가리 때문에 애꿎은 딸까지 고생을 시켜야 하였다. 딸은 이 밤으로 어머니가 이고 온 미역을 김으로 바꾸어 와야 하는 것이었다.

"어쩔거나, 아가, 죄 많은 에미 땜시 니가 못할 일이다."

목메인 소릴 하니 "뭔 일이오, 엄니. 딴생각 말고 여기 따뜻한 데 누워 주무시씨요. 엄니가 미역 갖고 오실 줄 알고 미리 다 말해논 데가 있은 께, 얼른 바꿔 올 것이오" 하며 딸이 미역 다발을 이고 나갔고, 늙은 어머니는 한숨을 쉬었다.

다 큰 애기 뱃속에 담고 부엌에서 건장으로 건장에서 부엌으로 허덕이며 다니기도 고달플 것을, 이제 고작 스물두 살 되는 젊은 것이 몸까지 무거워 있는 주제에, 어미 하나 잘못 만난 죄로 이 밤에 마을의 집집을 미역 다발 이고 돌면서, 김을 건져 말리는 철이라 마을 사람들 모두가 고달파서 이미 잠들어 있을 터인데, "아무개네 어무니, 주무시오?" 하며 나오지 않는 목소리로 깨워가지고, 있는 언사 없는 언사 다 부려가며 김하고 바꾸러 다닐 그 딸의 모습을 생각하는 늙은 어머니는, 또 가슴이 소금 한 줌을 털어 넣고 물 안 마신 속처럼 쓰리고 아려오는 것이었지만, 세상의 별의별 고생이나 어려운 일을 다 겪는다 한들 이 한겨울에 널빤지 바닥 위에서 떨고 있는 사람이 하는 고생에 갖다 대랴 하며, 이를 물고 눈을 딱 감아버리는 것이었다.

딸이 마을을 돌아, 미역하고 바꾼 김을 보자기에 싸안고 들어온 것은 한밤중이 이미 지난 때였는데, 그 딸이 방에 들어서자 우두커니 등잔불의 심지를 돋우며, 푸르스름한 수의복에 싸여 나와 벙어리가 된 듯 멀거니 어미를 건너다보기만 하던 막둥이의 가득하게 물 담긴 눈길과 부석부석 얼부푼 살빛을 생각하고 콧물을 연해 훔치던 늙은 어머니는 딸의 차갑게 언 손을 붙잡고, 안방의 사돈네 부부가 들리지 않게 목울음 섞인 목소리로 "어미를 잘못 만나서" 하는, 언제나 두고 쓰는 말을 또 하고 있었다.

딸은 그 어머니의 아픈 속을 너무나 잘 아는지라, 얼른 환히 밝은 얼굴로 "어메, 어메, 이 김 좀 보소" 하며 보자기를 풀어 어슴푸레한 등잔불빛 아래서도 번들번들 윤기 나는 김을 내어 보이고, "요놈은 500원짜리도 더 될 것이네, 곱장사는 안 되겠는가?" 하였으나, 그 늙은 어머니의 희미한 눈, 가뜩이나 눈물이 괸 것만큼 가득한 한(恨)이 겨울철 바람벽에 걸린 시래기 잎사귀같이 쭈그러든 가슴에 담긴 어머니의 눈에는 그것이 보일 리 없었다. 딸은 더 밝은 목소리로 "이참에 면회 갔다 옴스롱은, 뒷마을에서 홍시나 조깐 받아갖고 오소" 하고 말하며, 흩어진 김을 질이 좋고 나쁨에 따라 가리고 있었다.

7

자기가 면회를 한 번 갔다 온 셈치고 드린다면서, 사위가 적잖은 돈 5천 원을 잡혀준 데다, 미역과 바꾼 김 네 통(40속)을 머리에 여다 주겠다고 앞장선 딸을 뒤따라 딸네 집을 나서는 늙은 어머니의 발은 날듯이 가벼웠다.

김 네 통, 이걸 이고 가지 못할까 보냐고, 몸도 무거운데 이 험한 하눌 잿길을 어떻게 짐까지 머리에 인 채 오르겠다고 이러느냐고, 너희 시어머니 시아버지가 어려우니 어서 김 건장으로 가 일을 보라고 돌려보내려 했지만, 딸은 구름도 쉬었다 넘는다는 하눌재인데 어머니가 어떻게 이 무거운 것을 이고 넘을 것이냐고, 꼭대기까지는 여다 드릴 테니 걱정 말고 어서 가시자고 하며 콜록거리는 어머니를 앞세워 등을 밀어주면서 비탈길을 올랐다.

허우허우 재 꼭대기를 올라선 딸은 휘이 하고 가쁜 숨을 내쉬는 어머니의 하얗게 센 머리털을 바라보면서, 이대로 한없이 어머니를 앞세우고 가 장터에서 목탄차 타는 것까지를 보고 돌아갔으면 얼마나 좋겠느냐 싶어지지 않는 건 아니었지만, 시하에 사는 데다 남정네의 명에 매인 처지이니 그럴 수는 없는 일이었다. 앞으로 시오릿길은 족히 더 걸어야 장터가 나오는데, 거기까지 이 무거운 걸 머리에 인 채 활개를 휘젓고 지팡이를 내두르며 콜록거리고 가실 어머니의 모습이 눈에 훤히 들어와 우선 눈물부터 나오는 것이었으며, 자기 머리 위에 있는 김 보따리를 어머니의 머리 위에다 옮겨드리기는 드려야 하겠는데, 북어 껍질을 입혀놓은 듯한 얼굴 살갗에 머리가 하얗게 센 데다 허리는 반쯤 굽은 그 어머니의 머리 위에다 그걸 얹어드릴 수가 차마 없어, 그걸 그대로 땅에 내려놓은 채 "어메, 어메! 어메는 언제나 남이 사는 시상을 살 것이란가!" 하며 여기에서야말로 아무도 들어 흉보고 눈 감추고 할 사람 없을 터라, 목을 놓아 우는 것이었다.

늙은 어머니는 딸이 그렇게 서러워하고 가슴 아파하는 것이 뱃속에 든 아기의 신상에 좋지 않을 것이라 생각하며, 그 딸 못지않게 끓어오르는 뜨거운 설움의 덩어리를 아드득 이 악물어 씹으면서 "얼릉 내려가그라, 몸이 무거울 때는 돌뿌리 하나라도 조심조심 건드려봄스롱 댕게사 쓴단다" 하고, 김 보따리를 불끈 들어 머리에 이기가 바쁘게 지팡이를 부지런히 앞으로 앞으로 옮겨놓는 것이었다. 옮겨놓은 지팡이가 부지런히 왔다 갔다 함에 비해, 몸은 앞으로 나아가는 것 같지가 않는 그 어머니의 뒷모습을 내려다보는 딸의 눈에서는 웬 눈물이 그렇게도 많이 괴어 있었던지, 닦아도 닦아도 자꾸만 흘렀다.

얼마쯤 비탈길을 내려가던 어머니가 돌아보았을 때, 딸의 옷고름을 잡은 오른손은 자꾸 눈시울을 오르내리고 있었다.

어머니가 돌아본다고 생각한 딸은 재빨리 손을 치며 "어무니이! 해의 다 해놓고 나도 면회 간닥 하드라고 하씨요잉!" 하고 소리를 쳤고, 그 소리가 여기저기 그늘을 잡아 덜 녹은 눈들이 희끗희끗한 산골짜기를 굽이쳐 흘러 어머니의 가슴에 전율을 치자, "오냐아! 얼릉 들어가그라아!" 하고 어머니가 재 꼭대기를 향해 해수 어린 소리로 외쳤는데, 그 메아리가 기슭을 싸고돌다가 높푸른 겨울 하늘로 스며가고 있었다.

그 늙은 어머니가 이날따라 자꾸 막동이의 창백한 얼굴이 눈에 밟히고 혹시 어디 아프기라도 한 것인지 모르겠다 하는 조급한 생각이 들어, 대덕 장터에서 목탄차를 타고 가서 보성읍에서 기차를 갈아탄 것은 오후 3시였으며, 광주에서 내린 것은 밤 9시가 훨씬 지나서였다.

언제나처럼 형무소 벽돌담 옆 밥집에 주인을 정하여 김 보따리를 맡긴 늙은 어머니는 밥을 청해 먹을 생각도 하지 않고 밖으로 나와 형무소의 정문 있는 쪽으로 가서, 환히 불이 켜진 교교한 형무소의 육중한 철문을 바라보았다. 면회를 올 때마다 밤이 깊어 들여다보곤 하는 형무소의 철문인데, 이날따라 그 튼튼한 철문을 교묘하게 뱀이나 날짐승처럼 기어 들어가 아들을 만났으면 하는 엉뚱한 생각이 가슴을 쓰라리고 아프게 하는 것은 또 무슨 변고인지…… 금테 둘린 모자를 쓴 수위가 똑바로 앉아 늙은 어머니가 서 있는 담벽 옆의 어둠을 내다보고 있었으므로, 늙은 어머니는 발길을 돌렸다.

이 밤이 새면 막동이 아들을 만난다는 생각에 두근거리는 가슴을 안고, 내일 면회 때 들여줄 사식을 쇠고깃국으로 해야겠다고 생각하며 골목길을 걸어 나간 늙은 어머니는, 다리 건너에 있는 푸줏간에서 쇠고기 한 근을 뜨고 옆 가게에서 양념거리를 산 뒤, 그놈이 좋아하던 게 무엇인가를 생각하다가 얼른 호박떡을 생각해냈다.

집에서 나설 때 국 끓일 냄비 등속을 준비했으면서도 왜 호박떡 생각을 못 했을까 하고 한스러워하다가, 이 근처에서는 돈이 없어 서럽지 돈만 있으면 호랑이 콧수염도 구한다고 않더냐 하고 생각하며, 떡집이 있을 만한 거리거리를 헤매어 다녔다. 그러나 시루떡, 몽둥이떡, 송편, 인절미 등속은 있었지만 호박을 넣어 시루에 찐 호박떡은 구할 수가 없었다. 하는 수 없이 고물을 달게 넣은 찹쌀떡 한 봉지를 샀다. 밥집으로 들어오다가 면회를 올 때면 가끔 마주치는 해남에 산다는 한 젊은 아낙을 길에서 만나, 감옥 안에 든 사람들은 변비가 심하여 똥 누기가 어려우니, 떡 같은 것보다는 우유를 넣어주는 것이 제일 좋다는 말을 들었다. 우유가 뭐냐고 물으니 그것은 염소나 소의 젖이며, 그게 사람의 젖보다 훨씬 보(補)가 되는 것으로 면회 시간이 가까워지면 형무소 문 앞에 그

우유 장수들이 더러 모여든다는 것을 상세히 가르쳐주었다.

늙은 어머니는 얼핏, 그놈이 젖먹이일 때 갑자기 바라대기 딸이 생겨 젖이 끊어져버렸는데, 그때 기껏 꽁보리밥을 씹어 먹였을 뿐인 데다가 설사까지 나서, 송기 벗긴 막대기같이 비쩍 말라서, 눈 뜨고는 볼 수 없게 되어버렸던 기억을 되살리고, 내일은 잊지 않고 우유 두 병을 사서 넣어주겠다고 생각했다.

이날 밤 쇠고깃국을 끓여놓고 밤을 숫제 하얗게 밝힌 늙은 어머니는 새벽녘에 일어나, 아직 열릴 생각도 않는 형무소의 철문을 한참 동안이나 바라보다가 들어왔다.

10시부터 면회가 시작되는 것이었지만 늙은 어머니는 가만히 앉아 기다릴 수가 없어, 부엌의 연탄아궁이에서 끓여놓은 국을 자꾸 데우면서 짤세라, 싱거울세라, 매울세라 자꾸 쩝쩝 맛을 보고, 깨를 치고 양파를 썰어 넣고 하느라고 앉아 있다가, 아침 준비를 서두르는 주인 여자의 신경질적인 욕을 얻어먹었지만 그것이 대수는 아니었다.

아침밥을 먹는 둥 마는 둥 하고, 주인아저씨에게 귀찮게 시간을 물어서 8시 가까운 때에 형무소의 철문 앞으로 달려가 기다렸다. 9시가 다 되어 나온 수위가 그 철문을 미처 다 열기도 전에 새어 들어가, 면회 신청 접수구 앞으로 가 서 있었다. 면회 신청을 해두고 밥집으로 달려가서 쇠고깃국 냄비를 들고 오리라 하는데, 접수구의 문은 왜 그리도 열리지를 않는 것인지…….

이날 면회 신청은 물론 그 늙은 어머니가 제일 먼저 하였다. 접수를 하고 나자 늙은 어머니는 조급해졌다. 전에 하던 것으로 보아, 얼마 있지 않아 아들을 데려다줄 것이라 생각하며 곧 밥집으로 달려갔다. 가는 도중에 우유 장수를 만났다. "아차, 잊을 뻔했구나" 하며 우유 두 병을 샀는데, 그게 제법 따끈한 게 다행이다 싶었다.

그걸 든 채로 밥집으로 가, 쇠고깃국 끓인 냄비를 한 손에 들고, 우유를 찹쌀떡 싼 보자기에 집어넣어 지팡이 든 손에 끼어 들고 면회장 입구로 달려가 기다리는데, 또 왜 이날 아침에야말로 이리도 더디 데려다주는 것인지 환장할 것 같았다.

"국이 다 식어뿔구만, 어째서 아직 안 데리고 나온다냐?" 하고 투덜거리던 늙은 어머니는, 쇠고깃국과 우유가 식는 게 안타까워 여기저기를 두리번거리다가 재빨리 묘안을 하나 생각해냈다. 쇠고깃국을 대기소 안의 난로 위에 올려놓고, 우유는 치맛말을 들치고 젖가슴에다 꼭 끼워 묻었다.

늙은 어머니의 바로 다음 차례로 접수를 했던 부인들과 남정네들이 자기들 이름을 불러줄 것을 기다리며 서성거리고 있었다. 대기소에서 면회장으로 들어가는 입구를 지키는 교도관은 죄수들이 도착할 때마다 그 죄수 면회 온 사람 이름을 불러들이곤 했다.

'아니, 어짠 일이란가?'

맨 먼저 접수를 시켰으니 응당 "이막동이 면회 온 분!" 하고 늙은 어머니의 이름을 더 먼저 불러들여야 할 일인데도, 이미 늙은 어머니보다 훨씬 늦게 접수한 사람들을 무려 여섯 사람이나 면회장 안으로 불러들이면서도, 그 늙은 어머니를 불러 넣어주지는 않는 것이었다.

'뭣 땀시 이란단가?'

혹시 그놈이 아파서 못 나오는 것은 아닌가, 아니 어디 다른 데로 보내버렸을까 하며 조급해진 늙은 어머니의 생각에, 꼭 열두 번째 사람을 면회장 안으로 불러들였다고 느껴지는 순간 "이막동이 면회 온 분!" 하는 소리가 들려, "휘이, 이제야 데리고 나왔는가 보다" 하며 난로 위의 뜨거운 쇠고깃국 냄비를 뜨거운 것도 의식하지 못한 채 덥석 들어 안고 면회장 안으로 들어서려는데, 입구를 지키던 교도관이 "할머니!" 하고 늙은 어머니를 세우더니 손에 든 종이쪽지를 옆에 서 있는 다른 교도관에게 보이며 무슨 말인가를 속닥거렸다. 그러더니 눈살을 찌푸리며 쓴 입맛을 다시고 "이막동이가 아들이오?" 하고 물었다.

"예에."

가슴이 후들거리고 기침이 목구멍 너머에서 자꾸 근질거리며 튀어나오려는 것을 이를 악물어 억누르는데, "이막동이 말고 아들 또 있소?" 하고 다시 물었다. 둘이나 있다고 하자 그 교도관은 옆에 있는 교도관하고 말을 주고받은 뒤 고개를 주억거리다가, "이막동이는 어제 옮겨 갔어요" 하는 것이었다.

무슨 뜻이냐고 묻자 교도관이 예쁘장하게 생긴 얼굴을 다시 한 번 일그러뜨리고, 문밖으로 멀리 갔다는 손짓을 곁들여 퉁명스런 목소리로, "목포로 갔단 말이오, 어제. 빨리 그리로 가보시오" 했다.

늙은 어머니는 자기의 귀를 의심했다.

"목포로 옮겨라우?"

교도관은 고개를 깊이 주억거려주고, 잠시 동안 천장을 멀거니 쳐다보다가 다음 사람을 불렀다.

"어따 어메, 어쩌사 쓸꼬!" 하고 허둥허둥 나서다가, 쿨룩 쿠울룩 터져나오는 기침 때문에 창자를 그러쥐느라고 쪼그려 앉은 늙은 어머니의 품속에서 우유병 하나가 떨어져 하얗게 박살이 나고 있었다. 옆에 섰던

한 남자가 안되었다는 듯 끌끌 혀를 차는 것이, 그 늙은 어머니의 귀에 들어갔을 까닭이 없는 것이었다.

(1974)

폐촌

1

폐촌(廢村)이 된 지 오래인 이 하룻머릿골은 무뚝뚝하고 상스럽기 이를 데 없는 뱃사람들 이십여 세대가 모여 살던 작은 바닷가 마을로, 해방과 6·25를 전후해서 이런저런 사건이 많이 일어나기로 대호면 일대에서 이름난 곳이었다.

큰물에서 하룻머릿골로 가려면 높은 언덕 하나를 넘어야 했는데, 그 언덕을 '앞메 잔등'이라고 불렀다. 한창 김 채취에 바쁜 겨울철 같은 때 무거운 김 구럭을 짊어지고 넘는 사람이면 어느 누구 할 것 없이 모두 숨을 헐떡거리게 되고, 그러다가는 쿨룩쿨룩하고 기침을 한두 차례씩 하게 마련인 잔등이라 하여 '기침고개'라고도 불렀다.

그 잔등은 새끼를 한 배도 낳지 않은 암소의 늘씬한 허리처럼 잘록해 보였는데, 그것은 그 잔등을 가운데 두고 동과 남으로 우뚝 솟은 봉우리 둘이 있기 때문이었다. 남에 있는 것은, 검푸른 해송숲이 우거져 민틋하고 처녀 유방같이 고운 흐름으로 솟아 있으며, 그 모양이 어딘지 모르게 암팡진 데가 있는 데다, 그 봉의 계곡은 어쩌면 여인네의 가장 깊숙한 곳처럼 우묵하고 음침한 하룻머릿골로 이어지는데, 그 옆에는 사철 내내 이가 시리도록 차가운 물을 펑펑 내쏟는 찬샘이 있으므로 각시봉이라 하였다. 동에 있는 것은, 봉 위에 '사마귀 바위'라고 불리는 큰 바위가한 개 놓여 있는 데다가 계곡이 가파르고 험준하며, 바다 쪽에 깎아지른 듯한 벼랑이 있어, 바다 멀리서 보면 거북의 머리가 불끈 일어서는 듯한 모양을 하고 있으며, 건너다보이는 각시봉보다 더 우뚝하고 우람하고 늠름하다 하여 서방봉이라 하였다.

말하는 사람에 따라서는 각시봉을, 첫아기 낳은 여인네의 젖무덤에 바야흐로 젖이 붇기 시작하는 모양 같다고 하기도 하였고, 바다 쪽으로 고개를 돌린 여자가 치마폭을 펑퍼짐하게 펼치고 앉아 오줌을 누고 있는 형용이라고 하기도 하였다. 그리고 서방봉을, 귀두 끝에 검은 사마귀 붙어 있는 남근이 불끈 일어서 있는 형용이라고 하기도 하였고, 먹다 둔 쑥떡같이 생긴 거인이 각시봉을 향해 팔을 벌리고 금방 덤벼들려고 하는 형용이라고 하기도 하였다.

2

이해에도 봄은 어김없이 와서, 각시봉의 기슭으로는 진달래가 맹렬한 불길처럼 벌겠다가 졌고, 서방봉의 발아래로 펼쳐진 보리밭에는 구물구물한 푸른 물결이 윤기를 내며 일고 있었다. 이런 어느 날 저녁 무렵, 그 각시봉과 서방봉 사이의 앞메 잔등을, 마을 사람들의 눈을 피해 하룻머릿골 쪽으로 부산나게 넘어가는 거구의 중년 남자 한 사람이 있었다. 하룻머릿골에 살다가 몇 해 전에 노모와 함께 큰몰로 들어와 사는 밴강쉬였다.

밴강쉬, 그는 애초에 정신 나간 '삼시랑'의 잘못된 작용으로, 태어나기를 도무지 사람 같지 않게 태어나, 거짓말을 조금만 붙인다면, 분명히 싸움 잘하는 황소같이 몸집이 크면서도 단단하게 앙당그러진 기형 동물이었다. 육 척이 훨씬 넘는 키에 살빛이 거무튀튀했고 눈두덩은 엄지손가락 두 개를 포개놓은 듯 튀어나왔으며, 바로 거기에, 이 마을에서 생산되는 먹장김 빛깔의 검은 눈썹이 마치 돼지털처럼 붙어 있는 데다, 꼭 그 눈썹 같은 털들이 귀밑에서 턱을 거쳐 모가지의 울대에까지 돋아 있었다. 아니, 그 털들은 비단 그 울대까지만 돋아 있는 것이 아니었다. 이른 가을철 같은 때, 그가 김발을 막으면서 물에 들어가느라고 객사 기둥 같은 다리 위에다가 팬티 하나만을 걸치고 있는 것을 볼라치면, 울대 근처까지 돋은 그 털들은 앙가슴과 젖가슴은 물론, 배꼽 밑을 지나 허벅다리와 발끝에까지 거멓게 이어져 있는 것이었다. 이러한 그는 언제 어디서 보나, 한마디로 말해서 우악스런 괴물이었다.

그가 험상궂게 얼굴을 일그러뜨리고, 메기처럼 쭉 찢어진 입을 크게 벌린 채, 쭈뼛거리는 이를 허옇게 드러내고, 퉁방울 같은 눈을 부라리면서 악을 쓰기라도 한다면, 모르긴 몰라도 그 앞에서 기절초풍을 하지 않을 사람이 없을 것이었다.

그러나 그는 아직 한 번도 우악스럽게 성을 내본 적이 없었다. 그것은 어쩌면 우악스럽게 생긴 그를, 그렇게 우악스럽지 못하도록 하는 것이 그의 몸 어디엔가 꼭 한 군데 있기 때문일 것이라고 했는데, 그게 바로 돼지털같이 뻣뻣한 눈썹 밑에 있는 퉁방울 같은 눈일 것이라고 사람들은 말했다. 아닌 게 아니라, 그 눈은 마치 소 눈깔처럼 큰 흰자위를 드러내고 있었는데, 그것은 어쩌면 촉기를 쏙 뽑아내버린 듯 둔하고 순한 맛이 있어 보이는 것이었다.

3

재미있는 사실은 그가 징병 신체검사를 할 때마다 꼭 병종 불합격을 맞곤 하던 것이었다. 도끼로 찍어도 넘어지지 않으리만큼 단단한 몸뚱이를 가진 그의 어디가 허약하다는 것인지 당시 마을 사람들은 한결같이 궁금해했었다. 그런데 알고 보니, 그것은 그의 몸 어디에 허약한 곳이 있어서가 아니고, 그에게 입힐 군복과 신길 군화가 없기 때문이라던 것이었다.

또 재미있는 것은, 그가 하필 밴강쉬라는 묘한 이름으로 불리는 것이었다. 그것은 다름 아닌, 그가 열세 살 나던 해의 이른 가을에 저지른 철부지 짓에서 연유한 것이었는데, 그가 어린 시절에 저질렀다는 그 '철부지 짓'이라는 것에 대한 이야기는 큰몰 안의 사람 치고 모르는 사람이 없었다. 그것은 바닷속 강장동물의 하나인 말미잘이라는 것과 관계가 있는 행위로서, 정말 어이없는 일이었다.

그것은 이른 가을의 어느 날, 노루목 연안으로 넘어가는 사태밭 언덕 밑에서 바다 한가운데로 뻗어나간 노루목 다리가 훤히 드러나도록 썰물이 진 한낮 때쯤의 일이었다. 이날은 갯마을에 있는 국민학교에서 운동회가 있었는데, 그 운동회는 주변 학구 사람들에게 있어서 보기 드문

축제 같은 행사인지라, 마을 사람들은 모두 그 운동회를 보러 갔으므로, 하룻머릿골은 텅 비었다. 더구나 바닷가에는 조개를 잡는 아낙네는 말할 것도 없고, 고기잡이를 한다든가, 모래밭에 나와 그물일이나 뱃일 따위를 한다든가 하는 남정들 또한 씨도 안 보였다. 한데, 하룻머릿골에서 그가 유일하게 운동회에 나가지 않고 노루목으로 나와 어정거리고 있었던 것이었다. 물론 그는 갯마을에 있는 국민학교를 다니긴 다녔었다. 그러나 열 살 나던 해에 이미 어른들의 보통 키보다 훨씬 커버렸기 때문에 그는 또래 아이들의 놀림감이 되어버렸고, 그래서 스스로 학교를 다니지 않아버린 것이었다. 또래의 아이들은 그를 제기차기나 딱지치기 놀이 따위에 끼워주지를 않았으며, 그도 기껏 배꼽 정도에 찰까 말까 하는 또래의 아이들과 어울리려고 하지 않았었다. 그리고 그는 자기가 그렇게 커버린 것이 창피스럽게 생각되어, 자연 혼자 바닷가나 산을 어정어정 헤매고 다니곤 하여온 것이었다. 이 무렵, 그의 코밑에는 거뭇거뭇한 솜털이 돋기 시작했고, 콩알만 한 여드름들이 불거졌으며, 목소리가 깨진 항아리 울리는 것처럼 털털해졌다. 한번인가, 잠결에 꼿꼿이 선 생식기를 만지다가, 간지러운 듯하면서도 시큰한 느낌이 온몸에 절절히 감돌았었는데, 그런 뒤부터 그에게는 자꾸 생식기를 주물럭거리고 쓰다듬는 버릇이 생겨 있었다. 그런 데다가, 지난여름의 어느 날 밤에 모기를 피해 넓바위에서 거적을 깔고 누워 자다가 들은 어른들의 이야기 때문에, 그는 자꾸만 비바우 영감네 작은딸 미륵례한테 장가가겠다는 생각을 하여오곤 하는 터였다.

"묘한 일이란께, 저놈 커뿐 것 조깐 보소."

"글씨 말이시. 저놈, 앞으로 두고 보소마는, 이 동네에서는 비바우 영감네 작은딸한테는 맞을란가 몰라도, 글 안 하면 몽달귀신으로 늙어 죽을 것이네."

"저놈이 인제 열두어 살 묵었는디도 저러는디, 앞으로 스무남은 살 묵도록 커보소, 어쩌겠는가?"

"비바우 영감네 작은딸도 커뿐 것 보소."

"미륵례라는 가시내 말이제?"

"맞네, 맞어. 그 미륵같이 생긴 작은딸 말이시. 시방 시집보내도 펑펑 애기만 잘 낳고 살 것이네."

"아암, 그렇고말고!"

"차암말로, 우리 하룻머릿골에 장사 났어!"

"장사가 나면, 꼭 그 짝 될 여자가 따라 생긴닥 하등만잉."

마을 어른들은 그때, 이런 말들을 주고받던 것이었다. 그날 밤 그가 들은 이러한 말들은 그 후 별 까닭 없이 그를 들썽거리게 하곤 하였다.

갯마을에 있는 학교의 운동회 때문에 이 학구의 사람들 모두가 축제 기분에 들떠 있는 이날 낮에도, 그는 괜스레 득량만 앞바다의 해류처럼 설레는 가슴을 어떻게 주체하지를 못하고 노루목 모래밭으로 나온 것이었다.

모래밭을 걸어 다니던 그는 노루목 다리의 시꺼먼 바위 위를 걸어서 그 끝까지 갔다. 어린 우뭇가사리들이나 파래류들이 이른 가을의 따가운 햇살 아래서 바싹 말라붙어 있었다. 어린 군부고둥들은 바위틈의 습기 많은 곳에 붙어 있었고, 게들은 바위틈의 물속에서 먹이를 찾아 엉금엉금 기어 다녔으며, 게으른 척하면서도 엉큼하여 바지락 따위를 까먹어대는 별 모양의 불가사리는 바위틈에 괴어 있는 물속에 잠든 듯 엎드

려 있었고, 말미잘은 희부연 꽃 수술을 해초처럼 늘어뜨린 채 먹이를 유
인하고 있었다. 그는 번번한 바위에 엉덩이를 붙인 채, 요즘 머리를 길
게 땋아 늘인 미륵례의 얼굴을 떠올렸다. 미륵례도 밴강쉬처럼 학교엘
다니다가 3학년 때 그만두고 집 안에 틀어박혀 있었다. 며칠 전, 찬샘골
에서 물동이를 이고 오는 미륵례를 만난 적이 있었다.

"물 길어갖고 오나?"

그는 가슴을 두근거리며 나오지 않는 말을 억지로 건넸었다. 미륵례
는 못 들은 척하고 눈을 깊이 내리깐 채 그냥 지나가던 것이었다. 먼바
다에 아지랑이가 일고, 건너다보이는 꽃섬이 군함처럼 물 위에 둥둥 떠
있는 듯한 신기루 현상이 일고 있었다. 깊이 내리깔고 있던 미륵례의 눈
과 거물거물한 살빛이 눈에 어리었다. 물동이를 이고 윗골목으로 들어
서던 미륵례의 뒷모습은 펑퍼짐하게 부풀어 있어, 벌써 부인 태가 나던
것이었다. 갑작스럽게 커버린 미륵례를 금방 어디로 시집을 보내버리
기라도 하면 어떻게 할까 하는 생각이 들자, 그는 조급해졌다. 가슴이
생소금 한 줌을 털어 넣은 듯 쓰리고 아파왔다. 이를 물고 고개를 떨어
뜨렸다.

그때 그의 눈에, 물이 조금 괸 바위틈에서 큼지막한 말미잘이 입을 열
고 있는 게 보였다. 그게 탈이었다. 어느새, 그의 바지 속에서 생식기가
멋없이 불끈 일어서고 있었던 것이었다. 그 큼지막한 말미잘은 헤벌어
진 입가에 희부스름한 꽃 수술을 해초 자락처럼 부드럽고 곱고 예쁘게
펼쳐놓고 있었는데, 얼핏 그는 야들야들하게 무르익은 여자의 음부가
어쩌면 저런 모양을 하고 있으려니 하고 생각을 한 것이었다. 그는 얼굴
이 후끈 달았다. 옆에 사람이 있었다면, 이 또 무슨 창피스러운 일이었

겠는가. 며칠 전, 그는 집에서 낮잠을 자고 일어나면서 크게 당황한 적이 있었다. 아버지가 바다에 나가자고 깨우기에 벌떡 일어났는데 그때 바지 속에서는 그의 주책없는 생식기가 불끈 곤두서가지고 바지의 앞쪽을 걷어 들치고 있던 것이었다. 그래, 그는 갑자기 바보가 된 듯 우두커니 앉아 있어야 했다. 그 바지 속의 생식기가 잠들기를 기다려 일어설 참이었다. 아버지는 그에게, 밑자리가 가볍지 못하고 꾸물거린다고 꾸짖어댔다. 그러나 그는 못 들은 척하고 주저앉아 있지 않을 수가 없었던 것이다.

바위 위에 앉은 그는, 말미잘 하나를 보고 들썽거리고 있는 자기의 생식기가 앞으로 어디서 무엇을 보는 경우에 또 이같이 들고 일어설지 모른다는 걱정이 생겼다. 오늘 집에 들어가는 대로, 이놈을 아예 허벅다리에 붙여서 끈으로 단단히 묶어버리겠다는 생각을 했다. 그래야 안심하고 어디를 나다닐 수 있겠다 싶었다. 그는 눈살을 찌푸린 채 바위틈의 얕은 물속에서 야들야들 무르익은 음부처럼 입을 헤벌린 말미잘을 들여다보았다. 보면 볼수록 그게 꼭 여자의 그것 같거니 하는 생각이 깊어졌다. 그러자 그의 생식기는 대장간의 풀무질로 달구어진 쇠몽둥이처럼 벌겋게 달아 있어, 어디든지 집어넣기만 하면 달구어진 쇠몽둥이를 물속에 넣을 때처럼 '쉭' 소리를 내며 지글지글 끓어댈 것만 같이 열을 내고 있었다. 그는 주위를 살폈다. 아무도 보는 사람이 없다고 느껴지자 바지를 끌어 내리고 생식기를 치켜들기가 바쁘게 그 말미잘 앞으로 가져갔다. 그 말미잘이 입 오므릴 사이를 주지 않고 제격 그 속에다 찔러 넣었다. 말미잘이 당황하여 물을 쏘면서 입을 오므렸으므로, 생식기의 끝은 그 말미잘의 입에 물리는 듯했다가 빠지고 말았다. 그는 달아오른 열기를 어떻게 분출시키지 못한 채, 한 손으로는 생식기를 쥐고, 다른 한 손으로는 바지 괴춤을 움켜잡기가 무섭게 노루목 다리 위를 마구 줄달음질 쳤다. 노루목 연안의 모래밭을 미친 듯 달렸다. 목구멍에서 헉헉 소리가 나도록 달리고 또 달렸다.

이날 밤 그의 생식기에 이상이 생겼다. 생식기 끝이 열이 나고 벌겋게 부어오르기 시작한 것이었다. 드디어는 홍두깨의 끝처럼 퉁퉁하게 부어올랐는데, 그것은 말미잘이 내쏜 독 때문이었던 것이다. 이 사실은 쑥부쟁이 잎사귀를 따다 찧어 짜낸 물속에 그의 생식기를 담그도록 하여 준 그의 아버지 입을 통해 알려졌는데, 그런 뒤부터 그에게는 누가 붙여준 것인지 '밴강쉬'라는 이름이 붙게 된 것이었다. 아니, 실은 그가 여느 사람들과 달리 큰 생식기를 가졌다 하여, 그게 크기로 이미 전설적인 인물이 되어 있는 '변강쇠'라는 이름을 누군가 가져다 붙인 것인지도 알 수 없었다.

그러한 그도 이젠 나이 사십 줄에 들어섰다. 밴강쉬는 기침고개의 잔등을 넘어서면서부터, 우악스럽게 큰 거구에 걸친 잿빛 핫바지의 괴춤을 툭 까고, 단추를 풀어놓은 조끼 자락과 고름을 푼 흰 저고리 섶을 펄럭거리며 부산나게 하룻머릿골로 넘어가고 있었다.

그가 그렇게 미친 듯이 달려가고 있는 것은 6·25의 난리가 몰아간 뒤부터 스무 해가 넘도록, 머리가 두셋 달렸다 하는 사람도 들어가 살 엄두를 내지 못하던 하룻머릿골이라는 바닷가 폐촌에, 거짓말 손톱만큼도 안 보태고 꼭 호말만 한 중년 여자 한 사람이 바로 이날 저녁 무렵에, 송아지만 한 검은 개 한 마리를 데리고 들어왔다는 것이기 때문이었다. 그 중년 여자가 바로 미륵례인 것이었다. 미륵례가 하룻머릿골에 나타났다는 사실, 이것은 그를 충분히 열광하게 하는 이유가 되었다.

<u>4</u>

어이없고도 지랄 같은 놈의 세상이었다. 이 무렵 큰몰 사람들 사이에
는 그를 큰몰 안에서 쫓아내자는 말들이 나돌고 있었는데, 그는 그걸 어
머니의 입을 통해서 들어 잘 알고 있었다. 그 쫓아내야 한다는 이유가
참으로 별난 것이었다. 홀아비로 몇 년을 살아온 그는 거의 미치광이가
되어 있다는 것이었고, 그런 그가 언제 누구네 집에 뛰어들어 그 집의
여자를 겁탈할지 알 수 없다는 것이었다. 때문에 마을 사람들 모두가 불
안해서 견딜 수가 없다는 것이었다.

마을 사람들의 이러한 말들은 상당히 심각하고 절실하게 나돌고 있
는 것이어서, 마을의 회의가 있을 때에 누구든지 그 말을 거기에 내놓기
만 한다면 불같이 논의되고, 그게 '당장 쫓아내자'고 결의되어버릴지도
모르는 것이었다.

뱃강쉬는 자기를 쫓아내자는 말을 도시락 싸가지고 다니면서 퍼뜨리
곤 하는 사람들을 만나 따질 생각은 애초에 없었다. 다만, 어쩌다가 마
땅한 짝 하나를 만나지 못한 채 살고 있는 자신의 더러운 팔자를 한탄하
였을 뿐이었다. 그러던 차에 홀연히 나타난 미륵례였으니, 그로서는 고
맙고 가슴이 벅차기만 한 것이었다.

물론 미륵례가 이 하룻머릿골에 들어서기 며칠 전부터, 가파른 기침
고개 너머에 있는 큰몰 사람들 사이에는 말이 많았다. 미륵례가 하룻

머릿골로 들어오더라도 분명히 혈혈단신으로 들어오게 될 것이라는 등, 마흔 살이 다 되기는 했지만 갓 서른 살 정도로밖엔 보이지 않을 만큼 피둥피둥하고 살결이 고울 것이라는 등, 호말같이 덩치가 큰 나름으로는 그래도 밉상이 아닐 것이라는 등, 코째기 내기를 해도 미륵례가 송아지만 한 수캐 한 마리만을 데리고 올 것이 분명하다는 등, 그리고 그 개는 미륵례가 예전부터 데리고 다니곤 하던 것인데 지금은 많이 늙었을 것이라는 둥……. 이런 말들을 가지고 사람들은 자기들 멋대로 입방아들을 찧기도 하고, 그렇게 찧어댄 말들에다가 찹쌀떡에 고물 치고 엿 바르듯 자기의 생각들을 치고 바르기도 하여, 꼴딱꼴딱 침 넘어가는 말들을 만들어가곤 하였는데, 그것은 그 큰몰 안을, 해방 이듬해에 콜레라가 만연될 무렵 역신을 몰아낸다고 빨간 고추를 태우고 바가지로 마루청을 문질러, 고양이 소리도 여우 새끼 소리도 아닌 묘한 소리를 내던 것처럼 떠들썩하게 하고 있었다.

"말미잘 안 있는가? 그 비바우 영감네 딸이 꼭 그것 같은 모양이대. 그런께 금메, 아무리 무쇠 같은 놈도 하룻저녁이면 녹아나고 마는 모양이드란께."

"그래도 그년을 데리고 한 십여 년 이상을 산 그 서방 놈은 참말로 무던한 강철이었든 모양이여."

"나는 미륵례가 왜 하필 그렇게 큰 개를 데리고 혼자 들어올라고 하는가 하는 것이 팔모로 생각해도 요상하단 말이시."

이렇게 남정네들은 입술에 맹물같이 흐르는 침을 바르고 음탕한 눈빛들을 한 채 게걸거리곤 하였는데, 그것은 미륵례가 그녀의 남편을 잡아먹었다는 사실, 말하자면 미륵례의 '드센 팔자'를 전적으로 수긍해버린 나머지 하는 소리들이었다. 미륵례 쪽에서 지나치게 성행위를 요구했기 때문에, 거기 응하다 못한 남편이 급기야 폐병에 걸려 죽게 되었을 것이며, 그 뒤로 미륵례는 개 서방을 데리고 살고 있는 것이라는 말이었다.

거기 비하여, 그 미륵례 또래의 중년 아낙네들은 남정네들과는 전혀 다른 풍설을 흘려놓고들 있었는데, 그것은 그 미륵례가 남편 잃은 뒤에 갑자기 신이 들려, 밤이면 남편이 살았을 적에 그렇게도 애지중지하던 개를 끌고 산과 들을 헤매어 다니곤 하였기 때문에, 그 시가 마을인 꼭두모실 사람들이 자기들 마을에 횡액이 닥칠지도 모른다 하여 쫓아냈다더라 하는 것이었다. 그것은 그 꼭두모실 옆에 친정이 있는 아낙네의 입에서 나온 것이었기 때문에 상당히 신임도가 있는 것이라 하며, 이 큰몰 할머니들은 입을 모아 그 미륵례를 위해 큰굿을 하여준 뒤에, 미륵례로 하여금 절세의 영한 점쟁이가 되게 했으면 좋을 것이라는 말들을 하였다.

그런 지 이틀 후부터, 이 마을에서 성근지기로 소문난 유자나뭇집 할머니는 쌀자루 한 개를 가지고 마을을 돌면서, 큰굿 할 자금 마련을 서둘렀는데, 그건 이 마을 사람들의 정신 개조 운동을 한 몸에 진 듯한 이장의 만류로 그냥 좌절되어버렸다. 그리고 그 할머니는 세상에 점이라는 것처럼 어수룩한 것이 없다는 것을 낱낱이 실례를 들어 이야기해가는 이장의 여러 말들을 도저히 알아들을 수 없지만, 알아들을 수 없는 그 말들의 결론에 의해서 '큰굿 하는 행위'를 하지 말도록 강요당하고, 어쩔 수 없이 고개를 끄덕거려주면서 물러섰던 것이었다. 그러나 그 할머니는 신들린 미륵례를 도저히 그대로 둘 수는 없는 일이라고 생각한 나머지 그냥 뱀강쉬의 어머니에게로 쫓아갔다. 나이 마흔둘이 넘도록 노총각도 홀아비도 아닌 묘한 신세로 살고 있는 아들 밴강쉬를 위해, 큰 굿 한 번만 해주면 곧 절세의 영한 점쟁이가 될 것이 뻔한 그 미륵례를 며느리로 들여세우라고 귀띔을 해줄 생각으로였다.

"어여 말이시, 자네 꼭 내 말만 듣소."

밴강쉬가 홀아비 신세를 면해야만, 마을에 퍼져 있는 '밴강쉬 쫓아내자'는 말이 자연 없어지게 될 것이라는 말이었다. 그러나 밴강쉬의 어머니는 마을 사람들이 미처 알지 못하는 그 미륵례에 대한 허물 같은 것을 알고 있어서인지 어째서인지, 무슨 정신 나간 소리를 하느냐고 하늘 닿게 뛰었다.

여기에 미륵례의 아버지였던 비바우 영감과 같은 또래의 영감으로서 유일하게 살아 있는 두루춘풍 영감이, "저 여자는 애초에 시집을 잘못 갔단 말이시. 꼭두모실 말고, 꼭 한 군데 시집가사 쏠 디가 있었는디……" 하고 매우 알쏭달쏭한 말을 하며, 봄 되면 이 마을의 돌담 옆에 피는 개나리꽃 빛깔의 눈곱을 눈꼬리에 단 채 쓰게 입맛을 다시는 것이었지만, 그 말뜻을 알아듣는 사람은 아무도 없는 모양으로, 그 말만은 타내고 곱씹어 더 말을 불리지 않고 있었다.

고작 그러그러했을 뿐으로, 막상 하룻머릿골에 그 미륵례가 나타나자, 사람들은 미륵례에 대해서 더 입질을 하지 않은 것은 물론, 미륵례를 찾아가 말을 걸어보려고 하는 사람이 없었는데, 그것은 그렇게 함으로 해서 혹 그 미륵례에게 들려 있는 신을 건드려서 옮게 될지도 모른다는 생각에서인지 어째서인지 알 수 없었다. 아니, 어쩌면 사람들은 숫제 미륵례를 두려워들 하고 있는 눈치였다. 그 가운데서도 하룻머릿골에 살다가 큰몰로 들어와 사는 사람들일수록 더 두려워하는 눈치였는데,

그것은 그 미륵례가, 오래전에 그 하룻머릿골을 폐촌이 되지 않을 수 없도록 한 끔찍한 사건 같은 것과 연관이 되는 여자이기 때문이었는지도 모른다. 어쨌든 사람들은 모두 그 미륵례를 무슨 살기 어린 독충이라도 되는 듯 숫제 외면들을 하고 있는 것이었다.

그러나 뱀강쉬는 그 미륵례가 하룻머릿골에 들어오게 된다는 말이 나돌 적부터, 눈이 빠지게 미륵례 들어올 날을 기다려온 것이었다. 지나새나 큰몰로 넘어서는 하눌재에 눈을 대고 있었고, 혹시 자기 모른 새에 들어와 있는지도 모른다는 생각으로 하룻머릿골로 넘어가 폐촌을 둘러보고 오기도 했었다.

이날은 하필 그가 이장인 성칠이와 함께 장터로 비료를 가지러 갔다가 저녁 무렵에야 돌아온 것이었는데, 그사이 미륵례가 이미 하룻머릿골에 들어와 있었던 것이다.

뱀강쉬는 미륵례가 자기를 어떻게 맞이하여줄 것인가 하는 것을 미처 생각해보지도 않은 채, 마치 암내 낸 암소를 향해 달려가는 황소처럼 미친 듯이 달려가고 있었다. 그런 그의 가슴은 마냥 부풀고 들떠 있었다. 이제 하룻머릿골에 들어서기만 하면, 이때껏 홀아비로 살아온 자기의 팔자는 바뀔 것이며, 자기를 쫓아내자고 쑥덕거리던 마을 사람들의 입들도 자연히 덮어지게 마련일 것이라는 생각에서였다. 따지고 보면 미륵례를 각시로 맞이하기만 한다면야, 구태여 큰몰로 들어가서 살 필요부터가 없는 것이었다. 하룻머릿골에 새로 집을 한 채 짓고 살아도 두려울 게 없는 것이었다.

검푸른 해송이 우거져 밋밋하고 처녀의 유방같이 고운 흐름새로 솟아 있는 각시봉을 흘끗 바라보고 그는 내리막길을 달렸다. 낚시질을 하고 들어오던 마을 사람 서넛이 재를 치오르다가, 성난 황소가 질주하듯 쿵쿵 땅을 울리며 뛰어 내려오는 그를 향해 눈을 휘둥글리고, 그가 지나가도록 길을 비켜주며 서 있었다. 얼른 보니 마을에 회의가 있을 때마다 그를 쫓아내자고 사람들을 선동하곤 한다던 영득이와 달보가 섞이어 있었다. 그는 아랑곳없이 지나쳤다. 이 개 같은 놈들, 요놈들은 나하고 무슨 철천지원수를 지었더란 말인가. 그들은 밴강쉬처럼 하룻머릿골에서 살다가 큰몰로 들어가 사는 놈들이었다. 한데, 큰몰 본토박이들보다 더 그를 추방하자고 쑥덕거리곤 한다던 것이었다. 나를 쫓아냄으로 해서 저희들한테 무슨 대단한 이익이 돌아가길래 그토록 야단이란 말일까. 밴강쉬는 영득이와 달보의 심중을 알 수가 없었다. 그러나 이젠 알려고 할 필요도 없는 것이었다. 미륵례를 아내로 맞아들여버리기만 하면 모든 것은 자동적으로 해결될 터이었다.

5

봄철의 긴 해도 이젠 암소의 허리처럼 늘씬한 기침고개 잔등에 설핏 걸렸다. 자줏빛 그림자가 하룻머릿골의 모래밭으로 기어 내렸다가, 점차 그 넓바위 앞바다를 거무죽죽한 남빛으로 물들이고 있었다. 펄럭거리는 조끼 자락 너머로 두 팔을 바람개비처럼 돌리며 고개 아래의 비탈길을 총철환 달리듯 내려간 그는 삽시간에, 폐촌을 등에 진 채 발부리를 바닷물에 적시고 있는 넓바위에 이르렀다.

폐촌이 된 하룻머릿골은 허물어진 돌담들이 널려 있는 데다 무너지

다만 바람벽이 부서진 나무 상자들처럼 우뚝우뚝 서 있고, 그 사이로 거멓게 그은 방뼈(구들장)들이 흩어져 있었는데, 그 넓바위에서 집 두 채 뜯어낸 자리를 건너서 유일하게 허물어지지 않은 헛간 한 채가 있었다. 이 헛간은 이엉을 덮지 않았기 때문에 지저분한 북어 껍질 같은 지붕의 흙을 드러낸 채 반쯤 찌그러져 있었다.

그는 헛간 주변을 더듬어 살폈다. 늙수그레한 수캐 한 마리를 데리고 이부자리와 옷가지와 간단한 살림 도구들이 들어 있음 직한 큰 보따리를 머리에 인 채 들어왔다는 미륵례의 모습을 찾았다. 어쩌면 그 헛간 안에 들어 있을지도 모른다는 생각이 들었다. 그는 당장이라도 와그르르 허물어질 것 같은 헛간으로 달려 들어가서, 자기와 함께 살자고 말하며 미륵례의 허리를 부여안아버리고 싶은 충동이 일어났다. 그러나 그는 참았다. 그러기 전에, 미륵례가 어떻게 누구하고 살려고 여길 들어왔겠는가 하는 것을 살피기로 했다. 혹시 동네에 퍼진 소문과는 달리, 내일쯤 미륵례의 새 남편 될 사람이 들어오게 될지도 모른다 싶었기 때문이다.

그는 급히 달려오느라고 가빠진 숨을 그제서야 크게 들이쉬며 넓바위 밑으로 내려갔다. 거기에 몸을 숨기고 헛간 주변을 살피자 했다. 해도 기울고 하였으니 곧 저녁밥을 지을 것이고, 그러기 위해서는 미륵례가 물을 길러 폐촌 옆 골짜기로 가지 않을 수가 없을 터이니 말이었다.

그는 울렁거리는 가슴을 진정하기 위해서 호주머니에서 새마을담배 한 개비를 꺼내 물었다. 성냥을 그어 불을 댕겼다. 쌉쌀하면서도 구수한 담배 연기가 울렁거리는 가슴속을 주름잡듯이 싸고돌자, 이젠 자기도 세상을 세상답게 사는 것같이 살아갈 수 있게 되어가나 보다 하는 생각이 들고, 그간 살아온 자기의 험하고 창피스럽고 추잡스러운 날들이, 먼 바다로부터 밀려와 넓바위의 밑동을 싸고돌면서 일렁거리는 물결들처럼 가슴에 굵다란 파문을 그리고 있었다.

나이 마흔둘이었다. 똑똑한 계집은 고사하고, 정말 더러운 소망으로 언청이나 얼금뱅이나 애꾸눈이도 가리지 않겠다 한 터이고, 나무둥치 같은 데 치마를 둘렀더라도 여자 비슷한 것이기만 하다면 데리고 살겠다 하여온 바이지만, 그에게는 이때껏 마땅히 짝 될 여자가 걸려들지를 않았던 것이었다.

하기야 소눈깔같이 두리두리하고 흰자위 많은 그 눈으로 보아 흡사 겁 많은 동물인 그는, 마흔 살이 넘도록 살아오는 그사이, 결혼이라는 것을 안 한 게 아니라, 한다고 하긴 모두 세 차례나 했었다. 그런데 그때마다 닷새를 넘기지 못하고, 얻어 들인 계집을 놓치곤 했던 것이었다.

첫 번째 여자는 이웃에 있는 산태밋골의 소두벙이라는 열아홉 살의 처녀였다. 그 여자에게는 그가 스물두 살 되던 해 겨울에, 사모관대를 하고 정식으로 장가를 갔었다. 그러나 그 소두벙이는 시집을 온 지 닷새째 되던 날 친정으로 도망을 쳐버렸는데, 그 경우야말로 원체 궁합이 맞지를 않았던 것이었다.

그러니까 뱀강쉬는 소두벙이네 집에서 지낸 첫날밤부터, 신부를 데리고 우귀(于歸)를 한 지 나흘째 되던 날 밤까지, 줄곧 소두벙이와의 깊숙한 교접을 온몸에 땀을 멱 감듯이 하며 시도했었다. 그러나 그때마다 교접이 막 무르익으려고 하면, 여자 쪽에서 소리를 지르고 이를 갈며 온몸을 떨어대다가 몸부림을 쳐버리는 바람에 결국 성사를 하지 못하곤 했었다. 뱀강쉬는 닷새째 되던 날 밤을 맞으면서야말로, 기어이 성사를 하고 말겠다 하며 단단히 벼르고, 초저녁부터 자기들의 신방에 들어가 죽치고 앉아 소두병이가 부엌에서 설거지를 마치고 들어오기를 기다렸다. 한데 이날 밤에야말로 소두병이는 웬 설거지를 그렇게도 오래 하던지 환장할 것 같았다. 그사이 그는 써레기담배를 무려 다섯 대나 말아 피우다가 끄곤 했다. 그런데 소두병이가 그렇게 오래 설거지를 하였다고는 하더라도, 그냥 뱁강쉬가 죽치고 앉아 있는 신방으로 들어와주기나 했으면 얼마나 좋았을 것인가. 소두병이는 그 설거지를 마친 뒤로 부엌 건너에 있는 시어머니 방으로 들어가버린 것이었다. 그러고는 내리 한밤중이 가까워지도록, 별로 바쁘게 해야 할 것도 아닌, 봄철에 입을 겹중의 적삼을 맞추고 있었던 것이다. 신방에 죽치고 앉은 뱁강쉬는, 소두병이 쪽에서 어쩌면 자기와의 잠자리 일을 무서워하고 있는 모양이라는 생각이 아니 드는 것은 아니었지만, 대부분의 여자들은 다 처녀의 탈을 벗을 무렵이면 저렇듯 남자를 무서워하는 것일 거라는 생각을 하며, 가슴을 졸이고만 있었다.

한밤중이 겨워지면서, 시어머니는 며느리가 어쩌면 홀로 사는 자기를 조심하느라고 이러는 것인지도 모른다 싶어, 어서 건너가 자라고 부드럽게 타이르며 억지 하품을 했다. 그러나 소두병이는 못 들은 척하고 바느질만 계속하던 것이었다. 이윽고 시어머니는 일부러 짜증스러운 말투로, 잘 때는 자고 일할 때는 이를 갈고 일을 해야 하는 법이라고, 쥐어지르기라도 하듯 말하며 이부자리를 내려 폈다. 소두병이는 잠시 고개를 떨어뜨린 채 바느질감만 들여다보고 있더니 마지못해 그 바느질감을 안은 채 일어섰다. 그걸 보며 시어머니는 이부자리 펴던 손을 멈추고 방 한가운데 우두커니 서서 고개를 갸웃했다. 아무래도 아들 부부 신혼 생활에 미심쩍은 데가 있는 것 같아서였다. 재빨리 자리에 든 채 아들의 신방으로 귀를 기울였다.

　남편이 기다리고 있는 신방으로 건너간 소두벙이는 방문을 열고 들어서기는 했지만, 안고 있는 바느질감을 어디에 놓아야겠다는 생각도 하지를 못한 듯, 문 앞에 우뚝 서서 고개를 떨어뜨리고만 있었다. 느슨한 분홍 치맛자락을 물빛 행주치마의 긴 끈으로 잘록하게 죄어 매어 걸치고, 풀색 저고리를 얹어 입은 소두벙이의 얼굴은 이날 밤에야말로 더욱 예뻐 보였다. 고개를 숙인 때문인지 가물거리는 등잔불의 어슴푸레한 음영이 짙게 발려 있어, 쪽 찐 머리에서 볼과 턱으로 흐른 곡선은 베어 먹고 싶어지도록 탐스럽기까지 하였다. 밴강쉬는 자기를 무서워하고 있는 소두벙이의 창백하게 질려 있는 듯한 모습이 안타까워, 죽치고 앉았던 거구를 일으키고 풀색 저고리의 분홍 끝동 부분을 잡아끌었다. 그리고 여자들이 원래 처음엔 이렇게 남자들을 무서워하는 것이지만, 길이 들면 오히려 여자 쪽에서 더 적극적으로 남녀 사이를 뜨겁게 묶어 놓는 쾌사인 그 정사를 요구하게 된다더라는 말을 소곤거려주면서, 소두벙이네 친가에서 맞은 첫날밤에 했던 것처럼 옷고름부터 풀어 헤치고, 행주치마끈과 치맛말을 차례로 걷어내기 시작했다. 그리고 마을의 사랑방에 모인 나이 많은 머슴들에게 들어 익힌 묘기를 써 여자의 몸을 달아오르게 하였다. 소두벙이가 겁먹은 강아지처럼 몸을 웅크린 채, 어쩔 수 없이 그의 거구를 받아들일 자세를 취하였을 때, 그는 서서히 접근해갔다. 그러나 소두벙이는 늘였던 고무줄이 탄력 있게 오므라지듯 깜짝 몸을 움츠리고 몸을 떨며 얼굴을 일그러뜨렸다. 그리고 남들도 시집을 가면 다 이런 고통을 겪는 것인지 모르겠다고, 이를 갈면서 몸부림을 쳤다. 다음 순간, 소두병이의 얼굴은 죽을상이 되어버렸다. 밴강쉬는 하는 수 없이 다시 몸을 뒤로 물리고, 처음 시작하던 묘기를 쓰기도 하고, 구리무를 써서 윤활성을 충분히 가미시킨 다음, 잠자리를 잡으려는 아이가 발소리를 죽이고 집게 만든 손을 살며시 내밀듯이 조심스럽게 달아오른 자기의 몸 일부를 소두병이의 알몸 속으로 접근시켜갔다. 여자가 또 몸을 화닥닥 움츠리면서 그의 가슴을 걷어 밀었다. 순간 그는 자기도 어쩌지 못할 분출 직전의 아득한 위기의식에 사로잡히며, 거북 등이 되었던 몸을 폈다. 여자가 "악!" 소리를 지르면서 몸을 틀었다. 그는 쓴 실패를 맛보며 몸을 일으키고, 하릴없이 분출구를 찾아 꿈틀거리는 자기의 생식기를 치켜든 채, 이 여자가 틀림없이 병신이거나 어쩌거나 할 것이라는 생각을 하다가 '더런 꼴 다 보겠구만잉' 하고 속으로 투덜거리며 등잔불을 밝혔다. 그랬더니 알몸이 되어 웅크린 채 모로 비틀어 앉은 소두병이의 밑에 깔린 요가 온통 벌겋게 젖어 있었다.

소두병이는 흡사 새파람에 산파래 떨듯 하며 옷을 대강 주워 걸치더니 변소에라도 가는 듯 밖으로 나갔는데, 그 나가는 걸음걸이가 어기적거렸다. 밴강쉬는 소두병이가 어쩌면 병신인지도 모른다는 생각이 들었다. 그리고 그런 여자를 얻어 들인 자기의 신세가 따분했다. 입술을 빨다가 써레기담배 한 대를 말아 피우면서, 좀처럼 사그라질 줄 모르는 생식기를 들여다보고만 있었다. 한데 한참을 으슥하게 기다렸는데도 변소에 간 소두병이는 돌아올 줄 몰랐다. 조금만 기다리면 들어오겠지하며, 담배 한 대를 더 말아 피웠다.

밴강쉬의 그런 생각을 아랑곳하지 않은 채 소두병이는 그날 밤으로 산태밋골 친정으로 가버렸다. 그 후 소두병이는 시가로 가라는 친정 부모나 마을 사람들의 들쑤심을 들은 척 만 척하고 한 달여를 머물러 있다가, 급기야는 쥐도 새도 모르게 홀연 집을 나갔다는데, 한 달 후엔가 어느 절로 들어가 머리를 깎았다는 소문이 들려왔었다. 그게 사실이었던지, 그 이후로는 더 다른 소식이 없어졌다.

그런 뒤부터 두 해 동안, 봄여름이면 주낙질을 하고, 가을 겨울 들어서는 김발을 막아 김 건져내는 일을 하며 그렁저렁 지내던 밴강쉬는 다시 새장가를 가게 되었다. 그것이 나이 스물다섯 되던 해의 이른 봄 무렵이었다. 이번의 신붓감은 하룻머릿골에서 바래진 쪽빛으로 아득하게 건너다보이는 금당도 태생이었다. 키는 보통이 조금 넘을 듯할 뿐이기는 하나 팔 긴 실꾼이 안아도 실히 한 아름이 될 만하게 몸뚱이 하나는 뚱뚱하므로 어쩌면 밴강쉬와 좋은 짝이 될 것이라는 중매쟁이의 말을 따라, 부모형제 없이 남의 집에서 애기업개나 부엌데기로 자라온 터여서 무명베 속곳 하나 마련 못할 계제인 그 여자를 싸 오듯이 맞아들이게 된 것이었다. 그러나 이 여자는 오히려 전의 소두병이보다 더 참을성이 없었다. 몸 뚱뚱한 나름으로 해서는 참말로 어이없게, 사흘째 되던 날 도망을 가고 말았다. 물론 밴강쉬와 잠자리 일을 감내하지 못한 때문이었음에 틀림없었다.

세 번째 여자는, 그로부터 몇 해가 지나서 얻어 들였다. 그 여자는 의지가지없이 날품을 팔며 해변 마을을 돌아다니는 과부였는데, 이번에는 마을 사람들의 이목도 이목인 것이어서, 혹시 이웃집의 쥐새끼 한 마리라도 알세라 쉬쉬하며, 야음을 타서 은밀하게 맞아들였다. 이 여자는 앞의 금당도 여자처럼 몸이 그렇게 크고 뚱뚱하지는 않았지만, 그래도 두어 번 출산을 한 경험이 있는 데다, 들리는 말에 따른다면 이 마을 저

마을에서 황소같이 억센 머슴들을 더러 안고 돌았다고 하기도 하고, 메기입처럼 걸쭉하게 찢어진 입에, 입술이 두툼하므로 어쩌면 뱅강쉬와 궁합이 맞을 듯도 하다는, 유자나뭇집 할머니의 말만 듣고, 밑져보아야 본전일 터이니 무조건 받아들여놓고 보자고 한 것이었다. 그러나 결과는 더 험악했다. 이 여자는 뱅강쉬와 잠자리에 든 지 불과 담배 한 대 참수도 못 되어서 도망치듯 밖으로 빠져나가버린 것이었다. 그리고 그 여자는 이튿날 날이 밝기가 무섭게, 이 마을에선 천금을 주어도 날품팔이 할 생각이 없다면서, 상처 난 아랫몸을 어기적거리며 재 너머 덕산 마을로 가버렸는데, 그 여자는 하눌재에서 "워메, 워메, 나 참말로 징한 놈 다 봤네잉" 하며 혀를 내두르고 눈을 허옇게 뒹굴리더라는 것이었다.

이런 일이 있은 뒤 그에게는 누구의 입으로부터 나온 것인지는 알 수 없었으나, 징한 놈이라는 별명이 나붙게 되었고, '그것이 하두 크기 때문에 허벅다리에다 훗다이(붕대)로 친친 감아가지고 다닌다더라' 하는 소문이 마을 안에 나돌기 시작했다.

그로부터 뱅강쉬는 아예 여자 얻어 들일 생각을 가지지 않기로 작정을 해버렸고, 그날그날을 항상 짜증이 난 얼굴을 한 채 어깨를 축 늘어뜨리고 보냈다. 그런 하루가 가고 이틀이 가고 일 년이 가고, 그렇게 몇 해가 갔다.

한데 언제부턴가 뱅강쉬에게는, 밤이면 미친 듯이 집을 뛰쳐나가 기침고개를 넘어 큰몰의 골목골목을 휘돌기도 하고, 기침고개 양편의 각시봉과 서방봉을 오르락내리락하기도 하고, 바닷가 모래밭을 줄달음질 쳐서 다니기도 하는 버릇이 생겨 있었다.

그러자 곧, 그가 그렇게 밤이면 미친 듯이 들썽대는 것이 그의 큰 생식기가 성나 있는 때문인데, 그게 성이 나면 그는 그걸 움켜잡은 채 벌 겋게 충혈된 눈을 뒤룩거리며 이를 갈고 악을 쓰며 줄달음질을 쳐 다녀 야만 간신히 배겨날 수 있게 된다더라는 소문이, 첫새벽에 산골짜기를 싸고도는 해조음처럼 마을 안에 파다해졌다.

또 그게 사실인지 아닌지는 잘 알려지지 않았지만 갯마을의 한 부인 이 날이 저물어진 뒤 노루목에서 갯것을 해가지고 오다가, 뱅강쉬가 붙 잡으려고 쫓아오는 바람에 혼겁을 하여 갯바구니를 내던지고 땀을 멱 감듯이 하고 도망쳐 갔다더라는 소문이 나돌았고, 만일 그 부인이 붙잡 히기라도 했더라면 어떤 봉변을 당했겠느냐는 말이 거기 함께 붙어 다 녔다. 그런가 하면, 누구네 집에서는 한밤중에 홀엄씨 며느리가 자는 방 문을 열려고 한참을 덜컹거리다가 간 사람이 있었다는데, 그게 뱅강쉬 가 아니고 누구였겠느냐는 말도 나돌았다. 그런 말이 나돌 때마다 뱅강 쉬의 늙은 어머니는 마을을 휘돌면서 입가에 허연 거품을 물고 자기 아 들의 결백함을 역설하고 다니던 것이었다.

"어디 증거를 대보랑께, 증거를 대봐. 우리 새끼가 언제 누구네 방문 을 덜그덕거렸당가, 응?"

마을 사람들은 누구 한 사람 그 말에 귀 기울이는 사람이 없었다. 오히 려 그의 어머니가 그럴수록 마을 사람들은, 뱅강쉬가 그 소문에 대한 앙 심을 품고, '도둑질하고 듣거나, 안 하고 듣거나 도둑놈 소리 듣기는 마 찬가지'라는 생각으로, 이 집 저 집 가림 없이 마구 쳐들어오지나 않을까 하는 생각들을 하였다. 그러면서부터 그를 쫓아내버리자는 이야기들까 지 서슴없이 내두르곤 한 것이었다. 그리고 젊은 아내가 있는 남자들은 밤에 문단속을 단단히 하곤 했고, 젊거나 늙거나 간에 홀어미인 여자들은 목수를 불러다가 돌쩌귀 단속을 하던 것이었다. 황소처럼 덩치가 큰 데다 징한 놈이라는 별명이 붙은 그가 아닌 밤중에 홍두깨를 내밀며 쳐들어오는 것을 막아보자는 것이었다.

밴강쉬는 마냥 억울하고 기막힌 나날을 보내야만 했었다. 어느 누구에게도 자기의 억울한 속을 하소연할 수가 없었던 것이었다.

일렁거리는 바다 물결을 내려다보며 그는 이를 물고 주먹을 부르쥐었다. 미륵례를 아내로 맞이하기만 하면 자기에게도 할 말이 있을 것이었다. 자기를 시궁창에 처넣기 위해 험한 입질을 하고 다닌 연놈들을 하나하나 밝혀내서 본을 보여주겠다는 것이었다. 특히, 조금 전에 지나친 영득이와 달보의 심보를 고쳐주어야 한다 했다. 하룻머릿골에 살면서 땅 한 뙈기 없이 기껏 장어 낚시, 오징어잡이나 하고 겨울이면 김 몇 장씩 뜯고 할 적만 해도 영득이와 달보는 이러지 않았었다. 힘이 센 그를 자기들 편에 끌어들여 품앗이 밭을 옮기기도 하고, 말목 빼기도 하려고 하던 놈들이었다. 하룻머릿골에 혼례식이 있거나 장례가 있거나 할 때면, 으레 몰려들어 난장판을 벌이고 술을 뜯어먹으려 드는 큰몰 청년들을 몰아내기 위해서는 언제나 그를 앞장세우곤 하던 놈들이었다. 갯마을 옆에 간척사업장이 생기고, 거기 돌실이를 다닐 때는 또 어찌했었는가. 물론 그때도 영득이와 달보는 둘이서 배 한 척을 타고 다니면서 돌실이를 하긴 했었다. 그러면서도 그들은 밴강쉬네 배의 꼬리를 물고 따라다녔었다. 그때 밴강쉬는 현재 이장을 하는 성칠이하고 어울려 배를 탔었는데, 그는 자기네 배에 돌을 다 실은 다음에는 반드시 영득이와 달보의 배에 돌 싣는 것을 도와주곤 했었다. 하기야 그의 입장에서 볼 때는 돌 몇 덩이 들어 얹어주는 것쯤은 그렇게 수고로운 것이 아니었다.

그러나 그들이 그 돌 몇 덩이를 들어 올리려면 젖 먹던 힘까지 다 써도 들어 얹을 둥 말 둥 하던 것이었다. 어쨌든 그때까지만 해도 그들은 밴강쉬에게 술을 대접하기도 하고, 돼지고기 추렴을 할 때는 많이 먹어버린다고 꺼리는 주위 사람들을 달래서 그를 끼이게 하기도 하던 것이었다.

그들의 태도는 그들이 큰몰로 이사를 간 뒤, 갯마을 북편에 둑이 막히고, 그게 모두 논으로 변하면서부터 달라졌다. 해마다 쌀이나 보리를 합쳐 여남은 가마니 이상씩을 져 들여와야 한 해를 겨우 넘기곤 할 수 있었기 때문에 헐떡거리던 그들이, 이젠 져 들여오곤 했던 쌀이나 보리 여남은 가마니의 몇 배 되는 쌀을, 요 몇 해 전에 뚫은 농로로 경운기에 실어내는 여유가 생기자, 기껏 간척지 논 두 필(여섯 마지기)을 짓고 있을 뿐인 그를 거들떠보지도 않은 것이었다.

그들은 각기 삼십여 마지기의 간척지 논을 벌고 있었는데, 일 년이면 쌀을 오륙십 가마니씩 실어내곤 하였다. 몇 해 전까지만 해도 농사깨나 짓는다고 떵떵거리며, 하룻머릿골 사람들을 뱃놈들이니 상놈들이니 하며 하시하던 큰몰 사람들도, 이젠 감히 그들의 비위를 거스르지를 못하는 것이었다. 그러다 보니 놈들은 마을 안에서 제법 유지 행세를 함은 물론 공사청 같은 데서는 "요새 젊은 놈들 버릇이 없어서 못쓰겄어" 하고 발언을 하기도 했다. 또 달보와 영득이는 둘이 어울려 경운기 한 대를 부리면서, 마을 안에 4부 빚돈을 깔아 놀리는데, 농사철 같은 때 아예 자기들 모내기나 논매기에 품을 들어주지 않는 사람들에겐 빚돈을 주지도 않았고, 경운기도 이용 못하게 하는 따위로 세도를 펴나가고 있었다.

언젠가 논에 김을 좀 매어달라는 걸 마다한 일이 있었는데, 어쩌면 놈들은 그 유감으로 이편을 숫제 쫓아내자는 쪽으로 몰아세우고 있는 것인지 어쩌는 것인지 알 수 없었다. 더러운 놈들…….그는 이를 물었다.

빌어먹을, 간척지 농사 여남은 필쯤, 사들여 벌기로 한다면야 어려울 것이 무어랴 했다. 둑이 막히던 때에, 나가 일을 한 덕에 뱃강쉬도 여남은 필이나 차지가 돌아오긴 했었다. 그러나 그는 각시도 없이 어머니하고 단둘이 살면서 그 농사 다 지어보아야 무엇할 것이냐면서, 모포기 한 번 꽂아보지도 않은 채, 논 한 필에 겨우 삼사만 원 하던 때 거저 주듯이 팔아넘기고, 그 돈으로 집을 고치기도 하고 방을 내기도 했었다. 육십이 넘은 늙은 어머니가 살면 얼마나 살 것이냐고, 살아 계실 때나 편히 지내시게 하자 하는 생각에서였던 것이었다.

이제, 미륵례를 아내로 맞이하고 살림을 해나가게 되면 논이 두어 필은 더 있어야 할 텐데, 그때 헐한 값에 섣불리 팔아넘긴 게 후회되기도 했지만, 또 그걸 사들여 벌기로 한다면야 이삼 년 안에 사들일 수 있으리라는 자신이 서는 것이었다. 자빠졌다 자빠졌다 해싸도, 농사짓기로 눈을 돌려서 그렇지 장어 낚시나 문어·오징어잡이가 전혀 안 되는 것은 아니므로 그것을 힘껏 하고, 지금 짓는 두 필 농사를 알뜰하게 지으면서 심을 때 거둘 때 이리저리 뛰면서 날품을 들어 번다면, 두 해쯤 하여 논 한 필 같은 것은 마련할 수 있을 것이라 했다. 문제는 우선 미륵례를 아내로 맞아들이는 것일 뿐이었다.

그는 옷고름을 풀어 헤쳤기 때문에 시꺼멓게 털이 돋은 가슴을 쩍 펴고 시퍼런 득량 바다를 통째 들이마실 듯이 심호흡을 했다.

<u>6</u>

산그늘이 금당도와 소록도 너머까지 짙은 자줏빛으로 덮이고 있었다. 넓바위 뒤에 쭈그려 앉아 헛간 주변을 살피던 그는 조급해졌다. 헛간 속에 처박혀서 무슨 짓을 하느라고 밖에 나오지를 않고 있을까? 빌어먹을, 당장 뛰어 올라가야겠다 하며 몸을 일으켰다.

그때, 그 호말만 한 중년 여자 미륵례가 헛간 모퉁이에서 나왔다. 넓바위 너머로 길이 있고, 그 길에서 집 두 채 뜯어낸 자리 건너에 헛간이 있었으므로, 그는 미륵례의 얼굴과 차림새를 살필 수 있었다. 주글주글하게 풀기 없고 색이 바랜 검정 치마에, 물빛 봄 스웨터를 입은 미륵례의 파마머리는 금방 낮잠이라도 한숨 늘어지게 자고 일어난 게을러빠진 아낙네가 머리 한번 손질하지 않은 채 나온 것처럼 부스스했고, 얼굴은 누렇게 떠 핏기가 없었다. 그 미륵례를 보는 순간, 온몸의 피가 머리끝으로 빨려 올라가는 것을 느꼈다.

미륵례가 헛간 옆에 멈칫 서면서, 넓바위 위에 서 있는 그를 한동안 내려다보았다. 그는 자기도 모르는 사이에, 도둑질하려다 들킨 사람처럼 바위 밑으로 내려가 숨듯이 주저앉았다. 바위틈을 통해 헛간 옆의 미륵례를 바라보았다. 미륵례는 어깨를 늘어뜨린 채 넓바위 쪽을 내려다보고 있더니, 허물어진 돌담에서 베개만 한 돌을 한 개 집어 들었다. 이때, 헛간 모퉁이에서 개가 나타났다. 얼핏 보아 송아지만 하고 털빛이 검은 그 개는, 새끼들을 놀리고 있는 암사자 옆으로 의젓하게 어슬렁어슬렁 걸어가는 수사자처럼 미륵례 옆으로 갔다. 치맛자락 끝과 미륵례의 엉덩이 부분으로 뾰쪽한 주둥이를 가져가며 냄새를 맡더니, 조금 전

어슬렁거리던 느린 태도와는 달리 재빠르게 허물어진 돌담 위로 뛰어올라가서 미륵례를 향해 휙 돌아앉았다. 미륵례가 개의 머리를 옆으로 밀어붙이자 개가 팔짝 뛰어 내려와서 다시 어슬렁거리며 미륵례의 치맛자락을 스치고 등 뒤로 가 서서 넓바위 쪽을 바라보았다. 마치 바위틈으로 자기들이 하는 짓들을 엿보는 뱀강쉬의 눈길을 의식하고 있기라도 하는 것 같았다.

그는 그런 개를 쏘아보았다. 개는 늙은 수캐라는 것을 금방 알 수 있었다. 윤기 없어진 검은 털이 등과 이마를 덮었고, 배와 턱밑으로만 엷은 달걀빛 털이 돋아 있었는데, 어쩌면 셰퍼드라는 개의 잡종이나 되는지 어쩌는지는 모르지만, 손바닥만 한 귀가 뾰족하고 눈이 칼끝처럼 길게 쭉 찢어진 채 멀겋고, 불알이 주먹만 했으며, 내놓는다면 모르긴 몰라도 빨랫방망이만 할 것 같은 큰 자지를 구겨 넣은 남근집이 어슬렁어슬렁 걷는데도 아랫배에서 털럭거리고 있었다.

미륵례는 잠시 마땅한 돌을 고르는 듯 두리번거리다가 다른 한 손으로 역시 베개만큼 한 것을 집어 들었다. 그것을 헛간 뒤쪽으로 가지고 갔다. 잠시 후에 쑥빛 플라스틱 바께쓰를 들고 나왔다. 옆 골짜기로 물을 길러 가는 모양인데, 또 개가 뒤를 따랐다. 허물어진 돌담을 건너뛰기도 하고, 바람벽들이 부서진 성냥갑처럼 웅기중기 서 있는 사이를 돌기도 하면서 미륵례는 골짜기로 내려갔다. 그런 미륵례의 걸음걸이는 어쩌면 자꾸 투덕투덕 아무렇게나 내딛는 것도 같았고, 짚히지 않는 허공을 내딛듯 허청거리는 것도 같았다. 호말처럼 큰 윗몸은 금방 허물어질 듯 흐물거리는 것 같았다. 개는 그런 미륵례를 어슬렁어슬렁 뒤따르는가 하면, 민활하게 껑충거리며 치맛자락을 뒤집어쓰듯 스치면서 앞질러 달리기도 하고, 또 미륵례가 다가오기를 기다리고 서 있다가 미륵례의 엉덩이 부분에 주둥이를 대고 냄새를 맡으면서 바싹 붙어 가기도 하고, 그러다간 갑자기 치맛자락을 휙 걷어 젖히면서 앞으로 내달렸다가 우뚝 서서, 사방을 두리번거리며 귀를 쫑긋거리기도 했다. 개는 미륵례를 따라다닌다기보다 호위하고 있었다.

미륵례와 개의 모습이, 한여름에 마셔보아도 이가 시린 찬샘이 있는 골짜기로 묻히었을 때, 그는 담배 한 개비를 꺼내 물고 성냥을 그어 불을 댕겼다. 담배 연기를 푸우 내뿜으며 바닷물로 눈길을 떨어뜨렸다.

세차지 않은 샛마바람에 인 물결들이 밀려들어 넓바위 밑뿌리를 철부럭철부럭 두들기고 있었다. 개가 미륵례에게 하는 짓들이 아무래도 수상쩍었다. 미륵례가 하필 송아지만 한 그 개 한 마리만을 데리고 살러 들어왔다는 사실부터가 그랬다. 거기에 동네에 퍼진 소문들을 곁들여보니, 그 미륵례가 구역질 날 만큼 추잡스럽게 생각되었다. 동시에 주먹같이 뭉쳐진 분한 생각이, 먼바다에서 굼틀거리며 밀려와 넓바위의 밑뿌리를 때리는 것처럼 앙가슴을 두들겨댔다.

"저런 개잡년을 어째사 쓸꼬?"

그의 소눈깔처럼 큰 눈에 물이 괴고 있었다. 풀색 군복을 입고 밤에 나타나서 마구 총질을 하던 형이 원망스러웠다.

형이 미륵례네 집 식구들을 모두 죽이지만 않았어도 이 하룻머릿골은 이렇듯 폐촌이 되어버리지 않았을 것이고, 미륵례는 자기를 버리고 꼭두모실로 시집을 가지는 않았을 것이며, 또 자기가 이런 홀아비 신세로 늙어가고 있지는 않을 것이라는 생각이, 갯내 나는 샛마바람결 속에서 담배 연기를 깊숙이 들이마시는 그의 가슴을, 바다의 물결처럼 일렁거리게 하였다.

<u>7</u>

미륵례네 아버지 비바우 영감은 이 하룻머릿골에서 유일하게 우다시배(저인망 어선)를 한 척 부리고 있었고, 뱀강쉬의 아버지는 그 배 선원으로 십여 년을 종사해왔던 것이었다. 물론 비바우 영감은 숫제 날강도질로 늙어온 악종이었다 했다. 젊은 시절에 채취선보다 조금 더 큰 중선을 타고 소금 장사를 한답시고 섬들을 휘돌면서, 해변에 나와 갯것을 하는 여자 가운데 반반한 게 있으면 배에 실어 실컷 농락을 한 뒤 여수나 부산 같은 데 내다 팔기도 하고, 육지에서 쌀을 팔아 가는 섬사람의 배를 덮쳐 빼앗기도 하여서 돈을 모았고, 그 돈으로 우다시배를 마련한 것이라 했다. 일제 말기에는 징용 징병을 피하기 위해 모래밭에 끌어 올려 엎어놓은 채취선 밑에서 은신해 있는 큰몰과 하룻머릿골의 젊은이들을 순사들에게 손가락질해줌으로 해서 주재소의 신임을 독차지하고, 그 신임을 업은 채 하룻머릿골 사람들을 종 부리듯 하였으며, 그걸 거스르는 사람이 있으면, 그 사람이 산에서 소나무 생가지 하나만 꺾어 와도 간단한 손가락질 한 번으로 구류를 살도록 하는 따위로 세도를 부리던 위인이었다. 그래도 하룻머릿골과 큰몰의 사람들은 배를 짓거나, 김발 막을 말목과 발대를 사들이거나, 오징어잡이 그물을 장만하거나 하기 위해서 돈이 필요한 경우엔 어김없이 그 비바우 영감에게 가서 손을 벌렸고, 그러면 비바우 영감은 육 푼이나 칠 푼의 비싼 이잣돈을 주저 없

이 내주었다. 그리고 그 돈을 받아야 할 날짜가 하루만 비끌리는 경우엔 집이면 집, 배면 배, 김발이면 김발을 되는대로 머슴들을 시켜 점거하거나, 몰수하여 오게 하였다. 그렇다고 항의를 한다거나, 그러지는 않는다 하여도 투덜거림 한마디만 입 밖에 내는 사람이 있으면, 그 오십 줄에 앉아서까지도 항우같이 힘이 끓던 그였는지라, 대번 멱살을 잡아 모래 밭에 거꾸로 내리꽂아놓곤 하였던 것이었다.

십 년을 내리 우다시배를 타오던 뱁강쉬의 아버지도 두 차례나 모래 밭에 내리꽂힘을 당했었다. 그물을 찢어가지고 들어왔다가 한 번 당했고, 또 한 번은 고기를 욕심껏 잡아 오지 못했기 때문에 당했었다. 그러나 그렇게 당했다고 해서 우다시배를 타지 않겠다고 나설 수도 없는 일이었다. 그러는 날이면 왜 타지 않겠다는 것이냐고, 티를 뜯으며 덤벼들어 내리꽂을 터이기 때문이었다. 그리하여 울며 겨자 먹기로 그 배를 타왔던 것이었다.

한데 해방이 온 게 탈이었다. 8월 16일 밤, 이때껏 돌돌 뭉쳐진 비바우 영감에 대한 이 마을 사람들의 울분이 터지고 만 것이었다. 갯마을에 있는 학교의 일본 교장이 살던 관사에 불을 지른 젊은 패들이 하룻머릿골로 몰려들었다. 그들은 순식간에 당시 쉰다섯 살 난 비바우 영감을 모래 밭으로 끌어내다 짓밟아 파묻어버리고, 이어 수선을 하기 위해 모래밭으로 끌어 올려둔 우다시배에 휘발유를 뿌리고 불을 질러버렸다.

그 젊은 패들 속에서 가장 정신없이 날뛴 것이 다른 사람 아닌 뱁강쉬의 형이었던 것이다. 아버지를 닮아 기골이 장대한 형이 불붙은 우다시배 주위를 빙글빙글 돌면서 "잇샤! 잇샤!" 하고 선창하자, 청년들이 그 뒤를 따르며 "잇샤! 잇샤!"를 후창했다. 그때, 아버지가 뛰어들어 젊은

형의 멱살을 잡고 따귀를 후려쳤다. 그러나 곧 젊은 패들이 그 아버지를 붙들어 넓바위 쪽으로 끌고 가버렸다. 아버지는 끌리면서, "이놈아, 그 건 내 배다, 내 배!" 하고 울부짖다가 모래밭에 풀썩 주저앉은 채 두 손 으로 모래를 치고 뒹굴었다.

하룻머릿골의 밤을 대낮같이 밝히면서, 마치 하늘을 태우고 바닷물 을 지글지글 끓게 하는 듯 맹렬히 치솟는 시뻘건 불길을 보면서, 그해 열세 살 나던 뱀강쉬는 넓바위 옆에 웅크린 채 벌벌 떨고만 있었다. 바 싹 마른 데다 밑바닥 부분에 솔기름을 두껍게 먹여둔 배에 붙은 불은 한 밤중쯤 해서 이글거리는 숯불로 변했는데, 사실은 그것이 이 하룻머릿 골을 폐촌으로 만든 불씨였던 것이다.

이 경황 속에서 비바우 영감의 아내는 실성하였고, 이튿날 아침부터 그 여자는 모래밭에 비루가 일었는데 그것은 머지않아 큰 난리가 날 징 조라고 하면서, 석유 병을 가지고 나와 솔잎에 석유를 묻혀서 쩍쩍 뿌 리고 다니는가 하면, 자기 작은딸 미륵례가 아직 열세 살일 뿐인데, 시 집갈 때가 되었는지 어쨌는지, 벌써부터 한 달에 한 번씩 피빨래를 해야 한다고 하며 시시덕거리기도 하고, 뱀강쉬네 집에 나타나서는 뱀강쉬 를 사위 삼아야겠다고 하기도 하고, 히히하하 하며 실없이 웃어대는가 하면, 덩실덩실 춤을 추며 모래밭을 어정거리기도 하고, 그러다가 푹석 거리는 잿더미를 쓸어안은 채 엉엉 울어대는가 하면, 두 손에다가 뭉실 뭉실하게 닳은 갯바닥 돌을 들고 이를 갈면서 하룻머릿골의 골목길을 이리 퉁퉁퉁 저리 퉁퉁퉁 뛰어다니기도 했다. 하도 보기에 안되었어서, 마을 사람들이 서둘러 그 여자를 끌어다가 방 안에다 가두고, 회령 포구 에서 정신병에 영한 침쟁이 영감을 불러다가 치료를 하게 해주었다. 쑥불을 뜨면서 침놓기를 며칠이고 계속하자, 그 여자의 그 같은 발광기는 점차 가시어갔다. 그러나 이따금 샛바람이 불면서, 수만 마리의 상어 떼가 꿈틀거리는 것처럼 바다가 들썽거리고, 그 바다를 메울 듯한 시꺼먼 구름장들이 동시에 밀려들었다가, 기침고개의 늘씬한 허리를 어차어차 줄달음질 치기라도 하는 날이면, 그 여자는 마당가의 흙담에 버티고 선 채 마을을 내려다보면서, "느그들이 베락을 안 맞고 견디는가 두고 보자아!" 하는 따위로 악을 써대곤 하였다.

　가다가는 날이 쨍 맑은 날에도 그렇게 악을 써대는 경우가 있었는데, 그러면 이튿날쯤엔 어김없이 날이 흐리고 비가 오곤 했다. 얼마 동안의 세월이 흐르면서 이 마을 사람들은 구름 한 점 없이 청청 높은 하늘에서 쨍한 햇살이 내리쬐고 있더라도, 미륵례네 어머니가 자기 집 마당가에서 악을 쓰면 서둘러 지붕을 고치기도 하고 건장의 김을 거두어들이기도 하곤 했다.

　또 간간이 비바우 영감의 아내는 누구누구는 내 손으로 기어이 죽이고 말겠다면서 악을 써대다가, 우다시배가 불타던 날 밤 이 마을을 도망쳐 나간 두 아들의 이름을 부르면서, "이 새끼들아, 느그들은 왜 애비 웬수를 안 갚느냐아!" 하고 울음을 터뜨리는 경우가 있었는데, 그러면 이 마을은 금방 숙연해지곤 하던 것이었다. 그럴 때면 으레 아직 열세 살밖엔 안 되었다고 하나, 벌써 툼상스런 아낙네만큼이나 몸이 불어 있는 미륵례가 나와서, 울어대는 어머니를 떠밀고 집 안으로 들어가곤 하였다.

　그 이듬해 늦은 봄의 어느 날부터, 우다시배가 불타던 날 밤에 도망쳐 나간 비바우 영감의 두 아들이 모두 순경이 되었다는 소문이 하룻머릿골을 떨게 했다. 그러자 학교 관사에 불을 놓고, 비바우 영감의 살인 사건에 관련되었음 직한 큰몰과 하룻머릿골의 젊은이들이 하나씩 둘씩 자취를 감추기 시작했는데, 그들은 대부분 당시 창설기에 있던 경비대에 자원을 해 갔다. 물론 밴강쉬의 형도 그 틈에 끼어 나간 것은 말할 것도 없었다.

이때부터 마을 사람들은 순경이 되었다는 비바우 영감의 두 아들이 언제 어떤 방법으로일지는 몰라도 복수를 할 것임에 틀림없다면서 불안해하기 시작했다. 직접 간접으로 비바우 영감을 죽이는 데 가담하고, 우다시배에 불을 지른 아들들을 경비대에 보내고 난 사람들은 밤잠을 자지 못하고 입술을 빨면서 철없는 자기 아들들의 소행을 꾸짖어보기도 하고, 또 그런 소행을 막아내지 못한 것을 후회스러워하기도 했다.

아니나 다를까, 이해 여름 들면서 회령의 주재소 자리에 들어앉은 파출소 순경 한 사람이, 비바우 영감네 두 아들의 부탁을 받았음인지 어쨌음인지, 대뜸 비바우 영감 살해 사건에 가담한 젊은이들의 이름을 대면서 체포를 하러 왔다. 그러나 거기 관련된 사람들이 모두 자취를 감추고 없었으므로 그 순경은 그냥 돌아갈 수밖에 없었다.

그 뒤로는 별다른 조사를 하러 나오지 않았으므로, 경비대에 보냄으로 해서 자기의 아들들을 피신시켰다고 생각하는 문제의 젊은이들의 어머니나 아버지들은 일단 안도의 숨을 쉬었다. 그리고 그들은 서로 만나기만 하면, 아들이 들어가 있는 부대 이름을 절대로 가르쳐주지 말자고, 집을 나간 뒤로는 종무소식이라고 딱 잡아떼자고 단단히 약속을 하곤 하였다.

이해 가을이 되면서 비바우 영감의 큰아들이 검은 제복에 방망이를 찬 모습으로 이 하룻머릿골에 나타났다. 마을은 다시 한 번 발칵 뒤집어졌다. 문제의 젊은 아들들을 경비대에 보낸 아버지들은 약속이나 한 듯이 산으로 바다로 몸을 피했다. 아들 대신에 아버지를 잡아다 가두어놓고, 아들의 행방을 문초할지도 모른다는 생각들을 했기 때문이다. 그러나 비바우 영감의 큰아들은 어머니의 병을 치료하라고 얼마쯤의 돈을 미륵례의 언니인 야실이의 손에 잡혀주고, 아무런 말도 없이 마을을 떠나가버렸다. 그 후 미륵례의 어머니가 간혹 날굿이를 하느라고, 마당가에 나와서 마을을 내려다보며 악을 써대는 것 외엔 별로 시끄러운 일이 더 이상 일어나지 않은 채 또 얼마 동안의 세월이 갔다.

8

그 이듬해 가을의 어느 날 저녁, 이 하룻머릿골에 느닷없는 총성이 울리면서 어디서부터 몰려왔는지 젊은이들 한 떼가 푸른 군복 입은 사람 하나를 옹위한 채, 기침고개를 넘어서 "잇샤! 잇샤!" 하며 넓바위 옆 모래밭으로 달려 나왔다. 경비대에 들어간 밴강쉬의 형이 돌아온 것이었다.

사실 그는 여수 지방에 머무르던, 당시 14연대가 일으킨 '반란 사건'에 가담했다가 진압군에 쫓겨 도망을 온 것이었다. 그러나 그는 자기들의 반란이야말로, 노동자 농민들에게 부자 놈들의 모든 재산을 몰수하여 무상으로 분배해주기 위해 일어선 것이라고 말을 한 것이었고, 그 바람에 그는 일단 큰몰과 하룻머릿골의 젊은 패들에게서 영웅처럼 떠받들어졌던 것이었다. 그러자 그는 영웅심에 들떠 무서운 것이 없어져버린 것이었다. 가지고 온 총 있것다, 뭐, 이 해변 구석에서 한번 위세를 부린다고 하여 거칠 것 있을 건더기가 눈곱만큼도 없었으므로 마구 총질을 하면서, '인민공화국 만세'를 소리 높여 외쳐댄 것이었다.

젊은 패들이 그가 외치는 대로 따라 만세를 불렀고, 그래서 이 하룻머릿골은 온통 해일이라도 일어난 듯 부글부글 들끓었다. 이러한 판국에 있는 그에게 자기를 살인 혐의자로 끌어가려고 회령 파출소 직원들을 뒷전에서 충동질했었음에 틀림없을 비바우 영감의 두 아들에 대하여 사무친 원한이 끓고 있었던 것이었다. 그는 결국, "언제 어떻게 죽어질지도 모르는 놈의 세상, 될 대로 되거라" 하며, 비바우 영감네 집으로 달려가기가 무섭게 실성한 채 악을 써대는 그 영감의 아내에게 총알을 먹였다. 이어 미륵례의 언니인 야실이의 가슴에도 총알을 쑤셔 넣었다. 다음 미륵례한테 쏘아댈 참이었다. 그때, 열다섯 살이라고는 하나 이미 숙성한 아낙네 이상으로 몸이 크게 자란 미륵례는 피를 콸콸 쏟아내면서 쓰러진 어머니와 언니의 몸을 싸안은 채 부들부들 떨고 있었다. 그런 미륵례에게 총부리를 댄 형의 태도는 당당했었다. 형에게는 자기 나름의 어떤 떳떳한 명분이 서 있었다. 말하자면, 친일 반동분자의 씨는 깡그리 없애야 한다는 것, 그리고 자기는 살인을 하고 있는 게 아니라, 인민 해방을 위한 혁명 대열에 앞장을 서고 있다는 것……. 어쨌든, 형은 무서운 것이 없는 듯했다. 어쩌면 미친 듯했다. 바로 이때 아버지가 뛰어들어 형의 허리를 안고 늘어진 것이었다.

"차라리 나를 쥑에라 이놈아, 하늘도 안 무섭냐?"

이어 마을 사람들이 몰려들어 형을 타일렀는데, 형은 그들을 뿌리치고 모래밭을 달려 갯마을 쪽 어둠 속으로 사라져버렸다. 그 어둠 속을 향해 아버지는 피맺힌 울부짖음을 쏘아 날렸다.

"내 손으로 죽일 수는 없은께, 멀리 안 보이는 데로 가서 뒈져뿌러라. 이 개 같은 새끼야."

이 울부짖음은 검은 어둠이 자욱한 바닷가 모래밭을 휘몰아 넓바위 앞바다로 아득히 사위어가고 있었고, 허겁지겁 달려온 그의 어머니는, "워메, 워메, 이 일을 어쩌사 쓸꼬오!" 하며 비바우 영감네 집 마당에 주저앉은 채 땅을 치며 몸을 떨었다.

이튿날, 아버지는 회령의 파출소로 불리어 갔다.

한밤중쯤 해서 돌아온 아버지는, "새끼를 겉을 낳제, 어디 속을 낳는가 뭐?" 하고 눈에 물을 가득 담았고, 어머니는 자꾸 시국을 원망하며 눈물을 뿌렸다. 다음 날부터 아버지는 바깥출입을 하지 않고 방 안에 누워만 있었다. 이런 아버지를 위해 유자나뭇집 할머니가 어머니에게 희한한 약을 가르쳐주었다. 어머니는 그 할머니가 시킨 대로 병목에 긴 노끈을 달고, 주둥이에 솔 잎사귀 한 줌을 쑤셔 박더니 돌을 달고 변소 깊숙한 곳에 빠뜨려놓았다. 사흘 후에 건져냈을 때, 그 병 속에 누르께한 액체가 들어 있었다. 어머니는 거기에 소주를 타서 아버지에게 드리곤 했었다.

그 겨울 초물 갯것이 시작되면서 바다는 더욱 맑고 푸르러갔고, 높바람에 흰 물결을 일으키는 파도는 넓바위를 더 세차게 때려댔다. 그사이 소식 없던 형이 그해 겨울 유치 어디선가 토벌군에 의해 죽었다 했고, 마을 사람들은 "정상으로 보면 불쌍하네마는, 잘 죽었네" 이렇게들 말을 했었다.

다음 해 봄, 아버지가 유치 산골을 몇 날 며칠 헤매어 형의 시체를 찾아왔을 때, 어머니는 또 자꾸 시국을 원망하며 통곡을 했으나, 아버지는 쉬쉬하며 기침고개를 넘는 골짜기에 있는 산밭에다가 형을 묻었다. 무덤에 뗏장을 입히고 난 아버지는 속이야 어떻게 아프고 쓰린지 알 수 없었지만, 삽 등으로 뗏장을 탕탕 두드리며, "에잇 잘 죽었다 이놈, 이 개 같은 놈"하며 이를 갈았다.

밴강쉬 또한 그렇게 생각하는 터였다. 비바우 영감이야 죽어 마땅할 사람인지도 모르지만, 그의 아내나 큰딸 야실이한테 무슨 죄가 있다고 마구 총질을 했더란 말인가. 더구나 이제부터 올 데 갈 데 없는 미륵례는 어디에 있는 누구한테 가서 살아야 할 것인가. 그 무렵 밤낮을 가리지 않고 "어메, 어메, 우리 어메" 하고 소리쳐 우는 미륵례의 목쉰 울음소리를 들으면 가슴이 온통 답답해지기만 하던 밴강쉬는 형이 정말로 잘 죽었다 싶던 것이었다.

형이 죽은 뒤부터는 아버지가 파출소로 불리어 다니지 않게 되었고, 파출소 직원들도 이 하룻머릿골에 자주 나타나지 않았으므로, 마을 사람들은 다시 안심하고 바다에 나가 김발도 거두어들이고, 오징어잡이나 주꾸미잡이 준비도 서둘러 할 수 있게 되었다. 마을에는 다시 평화가 찾아온 셈이었다.

그러나 밴강쉬에게는 가슴 아픈 일이 일어났다. 미륵례가 순경을 하는 오빠를 따라 왼데로 나가버린 것이었다.

미륵례의 얼굴을 하루에 한두 차례씩 보는 재미로, 그 미륵례와 살림을 차리고 주낙질도 하고 낙지도 잡고 김도 뜨면서 살아가는 모습을 머릿속에 그려보는 재미로 그날그날을 보내곤 하던 밴강쉬였다. 김발 막을 때, 보통 사람들이 기껏 한두 개씩 끌어 내리는 말목을 여남은 개씩 끌어 내리는 따위로 힘자랑을 해 보이는 것도, 공출할 때 미륵례네

136

나락 가마니 서너 개씩을 공 굴리듯이 거뜬히 져내주는 것도, 모두 미륵
례에게 보이기 위해서였던 것이었다. 미륵례가 나가버린 처음 며칠 동
안, 그는 흡사 실성한 사람처럼 모래밭을 무엇이 그리 바쁜지 두 활개를
내저으며 왔다 갔다 하기도 하고, 별 할 일도 없이 기침고개를 땀 뻘뻘
흘리며 오르락내리락하기도 했다. 기침고개 위에 올라가서는, 큰몰에
서 회령으로 넘어가는 하눌재를 멀거니 바라보며 서 있기도 했다. 밤이
면 그 고개의 양옆에 솟은 각시봉과 서방봉을 줄달음질 쳐 오르내리기
도 했다.

날이 감에 따라 그는 흡사 불알을 까버린 황소처럼 맥이 없어져버렸
다. 중병을 앓는 사람처럼 어깨를 축 늘어뜨리고 몸을 웅크린 채 얼굴을
찌푸리고 있곤 했는데, 그런 그의 큰 흰자위는 누르퉁퉁하게 변질되어
있었다. 넓바위 위에 우두커니 서서 먼바다를 멍청히 내다보고 있는가
하면, 어슬렁어슬렁 모래밭이나 산언덕을 헤매어 다니기도 하고, 그러
다가는 모래밭 구석이나 풀섶 가운데 주저앉은 채 드르렁드르렁 코를
골며 잠을 자기도 했다.

"저러다가 저놈 죽겠구만."

마을 사람들이 그를 보고 혀를 끌끌 찼다.

아버지가 붙잡아다가 바닷일을 시키는 경우엔, 그저 시키는 대로만
흐느적거리면서 하는 척할 뿐이었다. 배를 끌어오라면 끌어오고, 말목
을 들어다 배에 실으라고 하면 실으라는 대로만 싣고, 노를 저으라면 저
으라는 대로만 한없이 젓고, 말목을 바닷물 깊숙이 박으라면 박으라는
대로만 박고 있곤 하였다.

그가 일하는 것을 보고 아버지는 끓어오른 심통을 억누르지 못하고

꽥 소리를 지르곤 했다. 무엇을 손대든지, 걷든지, 노를 젓든지 하는 그
의 태도는 '세월아 좀먹어라' 바로 그것이기 때문이었다. 그러나 그뿐인
가, 그는 또 시키는 일 외엔 손끝 하나 까딱하지 않았다.

"아, 이 사람아, 배를 잡아 왔으면 발대랑 말목이랑 얼릉얼릉 실어사
쓸 것 아니냐?" 하고 소리를 지르면, 그제서야 어슬렁어슬렁 말목을 끄
집어다 배에 실었다. 그러나 말목을 실어놓고는 우두커니 서서 바다를
바라보기만 했다.

"인제 얼릉 가자, 뭣을 보고 있나?"

성화같은 재촉이 있어야 배를 물로 밀어내고 노를 걸어 저었다. 또 그
렇게 한없이 노를 저어 갈 뿐이었다. 그대로 둔다면 그 바다의 끝닿는
데까지 계속 저어 가기라도 할 것이었다. "고만 젓고, 말 하나 박아라"
하고 소리를 쳐야만 그는 노를 걷어 얹고 말목을 들어 박는 것이었다.
그리고 또 그랬을 뿐으로 그는 그 말목 끝을 잡은 채 멀거니 바다 멀리
뜬 군함 같은 섬 끝만 바라보고 있는 것이었다. 이때, 아버지는 신경질
을 내어 소리를 꽥꽥 질렀다.

"그러고 서 있지만 말고, 얼릉 발 펴라. 이 멍충아!"

그는 그 말을 듣고서야 발대를 폈다. 그걸 펴고 난 그는 또 뱃전에 부
딪는 잔물결만 멀거니 내려다보았다.

"인제, 얼릉 말박이해라!"

이렇게 재촉을 받고서야 그는 어슬렁거리며 말목을 들어 박기 시작
했다.

집 안에 들어서도 마찬가지였다. 밥상을 받아놓고는 멀거니 바람벽
만 바라보고 있곤 하기 일쑤였다.

"싸게 묵어라."

꽥 소리를 질러서야 그는 숟가락을 들곤 하였다. 두세 그릇씩 먹어대던 밥의 양도 많이 줄어, 한 끼에 기껏 한 그릇 정도밖에 먹지를 않았다.

마을 사람들은 물론, 그의 아버지나 어머니까지도 밴강쉬가 어쩌면 점점 바보스러워져가고 있다는 생각을 하기 시작했다. 마을의 조무래기들까지도 이 거구의 사나이를 전혀 생각이라는 게 없는 이색적인 동물 취급을 한 나머지, 지나가면 '이 새끼, 저 새끼' 하며 돌을 던지기도 하고 침을 뱉기도 했다. 그러나 그는 아랑곳없이 자기 갈 길만 가곤 할 뿐이었다.

그렇게 한 해가 갔다. 열일곱이 되는 봄 무렵부터 그의 행동에는 이상스러운 점이 하나둘씩 나타나기 시작했다. 그는 마을 사람들이 다들 잠든 밤중에 아무 소리 없이 집을 나가서는, 기침고개 마루를 더듬어 노루목의 갯가를 어정거리다가 새벽 무렵에야 집으로 돌아오곤 했다.

이상한 것은 그가 그렇게 돌아다니다가 사람을 만나면, 그 자리에 우뚝 서서 먼바다 위에 뜬 섬이나 꿈틀거리는 물굽이나 하늘에 뜬 별을 멀거니 바라보고 있다가, 그 사람이 자기 옆을 스쳐 지나간 뒤에야 걸음을 옮기곤 하는 것이었다.

말 나오는 구멍을 호라메워버리기라도 한 듯, 그는 언제 어떤 경우에도 말을 하지 않는 것이었다. 누가 불러도 대답을 하지 않고 고개만 돌리곤 했다. 또 사람들이 말목을 빼다가 배에 실어둔 채 들어가고 없으면, 그게 누구네 것이든지 상관하지 않고, 그걸 밤사이 몇 아름에 들어다가 모래언덕에 펴놓곤 하기 일쑤였다.

이런 일이 있게 되자, 마을 사람들은 그가 어쩌면 미친 것인지도 모른다는 말들을 하기 시작했다. 그가 그렇게 미칠 수밖에 없는 것은, 그의 형의 악귀가 들렸기 때문인지도 모른다고 했다. 자기 딴에는 풍수지리에 능하다고 수염을 쓰다듬곤 하는 한 영감은, 암소의 허리같이 늘씬한 기침고개 양쪽으로 솟은 두 산봉우리 때문에, 이 마을에 장사 한 쌍이 생겨나기는 했지만, 하룻머릿골 사람들이 먹고사는 찬 샘물이 너무 차고 세기 때문에, 그 샘물에 정기가 녹아 두 장사가 결합을 하지 못한 채 서로 헤어진 것이며, 또 점차 바보가 되어가기까지 하고 있는 것이라는 말을 하기도 했다.

마을 사람들은 그 영감의 말이 어쩌면 옳을 것이라고 했다. 한데, 이 듬해 여름 들면서 그에게 희한한 일이 하나 닥쳐왔다.

9

미륵례가 왼데서 순경질을 한다던 오빠들과 함께 이 하룻머릿골에 홀연히 나타난 것이었다. 이상한 것은, 검은 제복에 방망이를 차고 와야할 두 오빠가 똑같이 이 마을 사람들이 보통 입는 흰 한복 바지저고리를 입은 것이었다. 그 오빠들은 만나는 마을 사람들에게 이제 김도 뜨고 고기도 잡으면서 살기 위해 순경질을 그만두고 돌아왔다고 말했다. 그러나 사람들의 표정은 금방 굳어졌다. 몇 해 전에 자기 아들들이 죽인 비바우 영감과, 밴강쉬의 형이 죽인 그 영감의 아내와 야실이에 대한 보복을 그들 두 형제가 언제 어떤 방법으로 하고 나설지 알 수 없었기 때문이었다.

비바우 영감의 두 아들이 미륵례를 데리고 들어오자, 가장 크게 겁을 낸 것은 뱀강쉬 아버지였다. 그는 이날 밤 내내 엎치락뒤치락 잠을 못 이루다가 자기 아내에게, "나 암만해도 무섭네" 하고 말했다. 비바우 영감의 두 아들이 '웬수 갚자고 들어선' 순경질을 왜 그만두고, 자기 어머니나 아버지나 여동생 야실이가 이 마을 사람들의 손에 의해서 몰살을 당한 고향으로 돌아왔겠느냐는 것이었다. 그게 아무래도 미심쩍다는 것이었다.

요즘 형사들은 별스런 옷차림을 다 하고 다닌다는데, 형사가 된 비바우 영감의 두 아들이, 자기 아버지를 죽인 사람들을 하나씩 잡아가게 하려고 저런 수작을 하고 있는지도 모른다는 것이었다. 필경 자기 아버지, 어머니, 야실이 살인 사건을 뒤집어놓고 말 것이라는 것이었다. 그러면 맨 먼저 자기의 큰아들 문제가 뒤집히게 될 것이 아닌가. 그렇게 되면 또 어찌 되는가. 살아 있는 놈들은 입이 달렸으니까 모든 죄를 죽은 자기 큰아들한테만 돌돌 몰아다 붙일 것이 뻔하지 않은가. 결국, 아버지인 자기가 또 파출소로 끌려가게 될 것만 같다는 것이었다.

"저놈들이 다시 나갈 때까지만 어디로 쪼깐 돌아댕기다 올라네" 하는 뱀강쉬네 아버지의 말에 뱀강쉬의 어머니는, "알아서 하씨요마는, 어디로 가드라도 기별이나 하씨요" 하였다.

뱀강쉬의 아버지는 닭이 울 무렵에 마을을 살뱀처럼 빠져나가버렸다. 남편을 보낸 뱀강쉬 어머니 또한 집 안에 혼자 붙어 있을 수가 없어, 홀로 사는 손위 동서네 집으로 가서 날을 밝혔다.

뱀강쉬는 이날부터 전혀 새사람이 되어 있었다. 이날 밤 역시 기침고개 주변과 노루목 모래밭을 헤매어 다니다가 들어온 그는 아침 일찍 마당을 쓸어놓고, 바지게를 짊어지고 바닷가로 나갔다. 땔나무로 쓸 발대나 갯짚을 쓸어 모아 바지게에 짊겨놓은 뒤, 갯벌밭으로 달려가서 미끼로 쓸 갯지렁이를 잡았다. 발대와 갯짚을 짊어지고, 갯지렁이를 들고 들어온 그는 주낙줄을 사리는가 하면, 낚시에 갯지렁이를 끼우기도 하고 찢어진 돛폭을 꿰매기도 했다. 고기잡이 나갈 채비를 해놓고, 느지막하게 큰집에서 돌아오는 어머니에게 밥 준비를 해달라고 재촉했다. 어머니는 비바우 영감네 두 아들 때문에 가뜩이나 가슴이 켕기는 판에, 전혀 새 짓을 하고 있는 밴강쉬가 못마땅했다. 이놈이 이젠 정말로 실성을 하고 있는지도 모르는 일이다 싶던 것이었다.

"고기고 뭣이고 다 귀찮아죽겄다."

퉁명스럽게 쏘아붙이고 부엌으로 들어갔다. 그는 어머니의 말을 타내지 않았다. 부엌으로 따라 들어가 물동이를 들고 나왔다. 골짜기 샘으로 팽당그르 달려가, 물을 가득 길어다 주고, 솥을 씻어놓고 불을 지펴주면서 밥 재촉을 했다.

"나 오늘 나가서 고기 많이 잡아갖고 옴세. 엄니, 밥만 많이 싸주소."

그런 그의 머리에는, 고기를 한 구럭 잡아가지고 와서 미륵례한테 한 바가지 퍼주어야겠다는 생각뿐이었다.

그는 이날 큰마음 먹고, 마을 사람들이 잘 가지 않는 장군섬 근처까지 배를 저어 가서 주낙을 폈다. 이날에야말로 숭어, 돔, 장어, 병어 따위가 묵직하게 주낙줄에 걸려들었다.

해저물녘이 되어 돛을 달고 돌아오는 그는 그 뱃길이 너무 멀게 느껴졌다. 마파람을 받아 잘 닫는 배였지만, 그것이 마치 오뉴월 구렁이처럼 느리게 움직거리고 있는 것만 같았다. 돛을 단 채 힘껏 노를 저었다. 사실 말해서, 그는 전날, 미륵례가 오빠들과 함께 이 마을에 들어왔을 때, 당장 찾아가 만나보고 싶었었다. 그러나 그럴 명분이 서지를 않았던 것이었다. 그래서 주낙질을 나선 것이었다. 이젠 고기 한 바가지를 담아 들고 간다면, 그걸 주러 왔다는 명분이 서기 때문에 자신 있게 찾아가 만날 수가 있게 될 것이었다. 고기를 건네주면서, "느그 오빠들 해드려라. 아주 성하디성하다" 하면 미륵례는 어쩌면 얼굴을 붉힐 것이다 싶으니, 가슴이 뛰었다.

그는 노 끝이 휘청휘청 활등처럼 휘어지도록 힘주어 노를 저었다. 그가 넓바위 앞에 뱃머리를 대었을 때, 마을에는 묘한 일이 하나 벌어져 있었다.

해는 기침고개 허리의 솔숲에 걸려 있었고, 하룻머릿골과 넓바위는 모두 그 기침고개 양옆으로 솟은 암수의 두 봉우리가 흘리는 자줏빛 그늘에 묻혀 있었다. 가까운 바다로 주낙질을 나갔던 마을 사람들은 모두 들어온 모양으로, 주낙 연모 실린 채취선들이 선착장의 잔잔한 바닷물 위에 잠든 듯 정박되어 있었다. 그럴 뿐, 바닷가나 마을 안에는 사람들의 그림자 하나 보이지를 않는 것이었다.

선착장으로 배를 저어 들어가면서 밴강쉬는 고개를 갸웃하였다. 웬일일까, 미륵례네 오빠들이 순경질을 그만두고 돌아왔다는 것이 거짓이었단 말인가. 순경의 검은 제복을 벗고 한복 차림을 하였을 뿐, 품속에 권총 같은 것을 감추어 찌르고 들어온 그들은, 자기들의 아버지, 어머니, 그리고 여동생 야실이의 원수를 갚기 위해, 마을의 젊은 사람들을 어디로 죄다 끌고 가서 죽여버린 것은 아닐까. 그렇기 때문에 마을 사람들은 겁에 질려 방 안에 죽은 듯이 틀어박혀 있는 것일까.

이런 생각이 들자, 그는 눈앞이 아찔했다. 넓바위 앞 선착장에 배를 정박시켜놓고, 고기 구럭을 옆구리에 낀 채 모래밭으로 내려섰다. 그때 넓바위 저쪽 우묵한 곳에서 마치 연설이라도 하는 듯한 남자의 목소리가 들려왔다. 발을 멈추고 귀를 기울이며, 그는 무슨 일인가가 일어나기는 일어난 모양이라고 생각했다. 살금살금 넓바위 옆으로 갔다. 쪼그려 앉은 채 그 바위 너머의 소리에 귀를 모았다. 넓바위 밑뿌리에서 잔물결이 찰락거리고 있었다.

물결 소리 때문에 잘 알아들을 수는 없었지만, 그는 연설을 하는 듯한 남자의 목소리가 미륵례네 큰오빠 들독이의 목소리라는 것을 금방 알아냈다. 그리고 들독이가 무슨 이야기를 하고 있는가 하는 것도 대강 짐작할 수가 있었다. 들독이의 걸걸한 목소리는 어쩌면 울음이 섞인 듯했다.

"저도 우리 아부지나 어무니나 여동생의 웬수를 갚을 수는 있었어라우. 그라제마는, 참았습니다. 혹시 제 동생 껌철구가 엉뚱한 짓거리를 할까마니, 이틀 사흘 걸러 꼭꼭 전화를 했어라우. 고향 사람들한테 복수를 할 생각은 꿈에도 가져서는 안 된다고 말이오. 어르신들, 생각해보씨요. 우리 서로 그래서 쓰겄소? 저는 우리 아부지나 어무니나 야실이를 죽인 것은 동네 청년들이 아니라고 생각요. 우리가 잘못 만난 시국 탓이지라우. 그 시국이 죽인 것이지라우. 그런께 우리 일단 이 자리서 과거지사를 쏴 쓸어다가 잊어뿝시다. 그라고 그런 일은 씨도 없었던 것으로 치고, 다시 옛날맹이로 오순도순 정답게 삽시다. 어르신들, 어짜요? 제 말이?"

이 말에 사람들이, "좋은 말이시" 하기도 하고, "자네들 볼 낯이 없네" 하기도 하더니, 잠시 웅성거리는 소리가 넓바위 이쪽으로 넘어왔다. 미륵례 오빠 들독이의 목소리가, "어르신들 조깐만 더 제 말씀을 들어주씨요. 말 한 자리만 더 할라요" 하자, 다시 넓바위 너머가 잠잠해졌다.

"저희 세 남매는 모두 이런 생각을 하고 고향으로 돌아왔은께, 새로 허물없이 삽시다. 제 말씀은 이것이 끝이오" 하고 말을 끝맺자, 두루춘풍이라는 별명을 가진 오십 대의 남자가, "우리 오늘 동네잔치나 하세" 하고 말했다. 많은 사람들이 그렇게 하자고 하며, 다시 웅성거렸다.

밴강쉬는 귀가 웅웅거릴 만큼 가슴이 뛰었다. 춤이라도 추고 싶은 생각이 들었다. 벌떡 일어서서 넓바위를 넘어갔다. 가장 그윽한 응달이 지곤 하는 넓바위 북편의 편평한 곳에 마을 사람들이 남녀노소 할 것 없이 모두 모여 있다가 바야흐로 일어서고들 있었다.

"들독이 성님!" 하고 그는 비바우 영감의 큰아들 앞으로 뛰어갔다. 고기 구럭 속에서 팔뚝 같은 갯장어 한 마리와 손바닥만큼씩 한 돌돔 두 마리와 병어 두 마리를 바가지에 담아 내밀면서, "이놈 갖다가 오늘 저녁에 해 잡수씨요" 하고 말했는데, 그런 그의 큰 눈에는 물이 가득 담기어 있었다. 들독이가 밴강쉬의 손을 덥석 잡고, 그가 내민 바가지를 들어 보였다. 옆에 앉아 있던 미륵례는 고개를 푹 숙이고 있었다. 마을 사람들이, "아따, 오늘 본께 밴강쉬가 사람 다 됐다야!" 하고 희한하다는 듯 소리쳤다. 다가와 그의 등을 도닥거려주며 칭찬들을 하기도 했다.

10

그로부터 사흘 뒤, 국군이나 순경들이 모두 부산으로 도망을 갔고,

'인민군'이라는 군대가 이 섬엘 들어온다는 소문이 돌았다. 미륵례네 두 오빠도 실은 순경을 그만두고 돌아온 게 아니라, 인민군들한테 쫓기어 몸을 숨기기 위해 들어왔을 것이라는 말들이, 비 오려고 구름 끼고 기압 이 낮은 때의 저녁밥 짓는 연기가 하룻머릿골의 골목길을 꽉 채우고 감 도는 것처럼 파다해지고 있었다. 특히 젊은 패들은 모여 앉아, 순경 퇴 물인 미륵례네 두 오빠가 들어와 있기 때문에 하룻머릿골은 앞으로 시 끄러운 큰일이 벌어지게 될지도 모른다고 쑥덕거렸는데, 그 쑥덕거림 은 삽시간에 온 마을 안에 퍼졌다. 마을 사람들은 혹시 자기들이 다칠까 보아 미륵례네 집으로 눈길 하나 보내지를 않았고, 그 집 앞을 지날 때 는 마치 독(毒) 머금은 두꺼비나 독사 앞을 지나는 사람처럼 외면을 한 채 화닥닥 뛰어 지나쳐 가곤 했다. 혹시 골짜기의 찬샘 길에서 미륵례를 만나거나, 지게를 짊어지고 바닷일을 나가는 들독이나 껌철구를 만나 도 사람들은 말을 건네지 않았다. 미륵례네 식구들 쪽에서 먼저 인사말 을 건네올 경우엔, '응'도 '네'도 아닌 얼버무림을 남긴 채 지나쳐 가기만 했다.

이날 저녁 어둑어둑해질 무렵, 쥐도 새도 모르는 사이에 그간 자취를 감추었던 뱀강쉬의 아버지가 돌아왔다. 한데 그 아버지에게 이상스러 운 일이 일어나 있었다. 어깨에 붉은 완장을 두르고 있는 것이었다. 또 그는 혼자 돌아온 게 아니었다. 자기처럼 붉은 완장을 두른 삼십 대의 청년 두 사람을 데리고 돌아온 것이었다. 그런 그는 놀랍게 변해 있었 다. 여느 때 고개를 떨어뜨리곤 하던 것과 달리, 목덜미에 힘을 준 채 턱 을 목 속으로 깊이 끌어들이고, 가슴을 내밀면서 윗몸을 자대바대하게 젖히고 굵은 목소리로 말을 하곤 하는 것이었다. 그가 그런 자세에 그런 목소리로 마을의 젊은이들을 모아놓고 맨 먼저 명령을 내린 것은, 다음 날 이 섬으로 들어오게 될 인민군이라는 군대에 대한 환영 준비를 하라는 것이었다. 이어 젊은이들에게 발대를 말아 만든 횃불들을 켜 들게 하고, 마을 사람들을 넓바위 위에 모았다. 마을 사람들 앞에서 그는 전혀 생소한 '동무'나 '투쟁'이나 '인민 해방' 따위의 말을 어디서 배워 왔는지, 그걸 섞어가면서 일장 연설을 한바탕 늘어놓았다.

"우리는 인제 해방이 되었어라우. 누구는 가난하고, 누구는 부자고…… 하는 시상은 벌써 가뿌렸소. 우리는 다 똑같이 재산을 나눠 갖고 살게 되었단 말씀이오. 멀지 안해서 우리가 우리 투쟁을 방해하는 반동 놈들을 쫙 쓸어서 숙청해뿔면, 우리 시상이 될 것인께 여러 동무들은 내 말만 잘 따르씨요."

그의 연설이 끝난 뒤로, 콧등과 광대뼈 부근으로 얽죽얽죽 곰 자국이 나 있는 억보가 손을 번쩍 들고 일어나더니, "순겡질을 하다가 그만두고 돌아온 사람이 있을 경우에, 그 사람은 반동자 속에 들어가요, 안 들어가요?" 하고 물었다. 그것은 말할 것도 없이 미륵례네 두 오빠인 들독이와 껌철구를 두고 하는 소리였다. 밴강쉬 아버지는 이맛살을 찌푸리고 잠시 생각을 하다가, 그의 등 뒤에 서 있는 붉은 완장의 두 청년에게 얼굴을 돌렸다. 그 두 청년 가운데서 얼굴이 깡마르고 눈이 우묵한 청년이 그의 옆으로 다가가서 귀엣말을 했다. 연신 고개만 끄덕거리던 밴강쉬 아버지는 마을 사람들을 향해 돌아서더니, "암만 반동자라고 하드라도, 그 반동자가 우리 민족임에는 틀림없는 것 아니겄소? 그런께, 그 사람이 우리 편이 된다 치로면 반동자로 숙청 안 할 것 아니겄소? 그런께 자기가 친일 악질 반동자라고 생각하면, 우물쭈물하고 있지 말고 먼저 자수를 해사 쓸 테지라우. 안 그라겠소? 그라고 자기비판만 하면 우리 편이 되는 것인께” 하고 말했다. 억보는 고개를 끄덕거렸다. 마을 사람들은 그저 눈만 끔벅거리고들 있었다. 깡마르고 눈이 우묵한 청년이 나서며 입을 열었다.

“인민위원장 동무께서 상세한 말씀은 드렸습니다만, 지가 몇 가지 주의 말씀을 덧붙여 말씀드릴랍니다. 금방, 반동자락 하드라도 자수만 하면 우리 동무가 되는 것이라고 하기는 했습니다마는, 자수하기 전에는 우리 동무가 아직 안 된 것인께, 혹시 여러 동무들 옆에 친일 악질 반동자가 있으면, 당초부터 말을 걸지 말어사 씁니데이. 알으시겠소? 그 반동자하고 말을 한 사람도 반동자가 된다는 것을 알어사 쓸 것이오. 알으시겠소?”

연설이 끝났다. 횃불잡이 청년들이 길을 밝혀주는 것을 따라 마을 사람들은 흩어져 돌아가면서 미륵례네 집을 흘끗거렸다. 이 하룻머릿골에서 반동자가 될 수 있는 사람은 미륵례네 집 사람들밖에 없을 것이라고들 생각하는 것이었다. 대저 그것을 증명이라도 하듯 미륵례와 그 두 오빠만이 모임에서 보이지를 않는 것이었다.

넓바위 위에 찐득거리는 어둠이 갯내를 몰고 와서, 밭대를 태우던 매운 냄새를 쫓았다. 밴강쉬는 마을 사람들이 다 돌아가버린 뒤로도 넓바위 위에 우두커니 앉아, 바다의 잔물결이 별 떨기들을 일구어대면서 찰락거리고 있는 것을 바라보고 있었다.

“……자수를 해사 쓸 테지라우. 안 그라겠소? 그라고 자기비판만 하면 우리 편이 되는 것인께” 하던 아버지의 말을 되새겨보았다. 자수를 하지 않으면 어떻게 될까. 숙청이란 그들을 이 마을에서 쫓아낸다는 것

148

인지도 모른다고 생각했다. 들독이와 껌철구 형제가 이 마을에서 쫓겨 난다면 미륵례도 따라 쫓겨나야 할 것이다. 그는 가슴이 꽉 막히고 눈앞 이 아득해졌다. 미륵례가 없는 이 마을에서 그는 살 수가 없을 것 같았 다. 그는 몸을 일으켰다. 미륵례네 오빠들에게 찾아가 자수를 하도록 권 유하리라 하며 미륵례네 집으로 갔다.

대문에 들어서자, 기다랗게 땋은 머리채를 어깨 앞 젖가슴 위로 늘어 뜨린 미륵례가 호말 같은 거구를 구부정하게 굽힌 채, 창호지로 붙인 초 롱을 들고 부엌으로 나왔다. 밴강쉬는 얼굴이 화끈 달고 가슴이 뛰었다. 동시에 다리에 힘이 빠지는 것을 의식하면서, "오, 오빠 계시냐?" 하고 떠듬거렸다. 열여덟 살이라고는 하나, 그는 여느 어른 못지않게 목소리 가 굵었다. 큰 독을 울려 나오는 것처럼 굵은 그의 목소리가 허름한 집 안을 쩡 울렸다. 호롱불의 어슴푸레한 불빛을 받아 눈이 우묵하고 코가 덩실해 보이며, 돌로 된 장승(천하대장군)처럼 키가 커 보이는 미륵례가 잠시 고개를 떨어뜨리고 서 있더니, 호롱 불빛에서도 검은 때가 엉긴 채 번들번들 윤기가 도는 마루 위로 올라섰다. 마루청이 내려앉을 듯이 삐 그덕 하고 소리를 냈다. 그 마루청은 미륵례가 방문을 열고 들어가버리 자 덜컹하고 올라붙는 소리를 냈다. 얼마쯤 후에 미륵례가 방문을 열고 얼굴을 내민 채 그를 향해, "들어온나" 하고 무뚝뚝하게 말했다.

그가 댓돌에서 황소 같은 거구를 마루 위로 올려놓자, 마루청은 조금 전 미륵례가 올라서던 때보다 더 요란스럽게 삐그덕거렸다. 그는 마루 청이 무너져 앉을까 싶어 재빨리 방 안으로 들어섰다. 그의 뒤꿈치에서 마루청이 덜컹하고 올라붙는 소리를 내는 것을 들으며 방문을 닫았다. 순간, 그는 그 방 안에 짙게 잠긴 어둠과 거기에 절진한 담배 연기 때문에 가슴이 꽉 막히는 듯 답답하여지는 것을 느꼈다.

그 담배 연기는 오소리를 잡는 짚불 연기 같은 것이었다. 더구나 윗목 구석에서 미륵례가 들고 있는 호롱불이 그 윗목 구석만을 두리두리하게 비추고 있을 뿐이었기 때문에, 방 안의 어둠은 부옇고 칙칙하기까지 했다. 아랫목 구석에는 빨갛게 타고 있는 불똥 두 개가, 어둠 속에서 불 켠 고양이의 눈처럼 멀뚱했는데, 그것은 들독이와 껌철구가 아랫목에서 이마를 마주 대다시피 하고 앉아 빨아대는 담배 불똥이었다. 그 짚불 연기 같은 담배 연기 속을 뚫어 보며, "드, 들독이 성님!" 하고 잠긴 소리를 내자, 아랫목에 앉은 들독이 앞에 이마를 깊이 떨어뜨리고 있던 껌철구가 몸을 돌리더니, 사랑방 목침 덩이같이 두껍고 단단한 밴강쉬의 손을 으스러뜨릴 듯이 두 손으로 감싸 쥐었다.

"이리 앉어라."

껌철구의 목소리는 떨리고 있었다. 아랫목의 들독이는 손끝에 잡고 있던 담배 끝을 입으로 가져다 대고 힘주어 빨기만 했다. 손끝의 담배 불똥은 핏빛으로 타면서, 들독이의 덩실한 콧등과 두툼한 입술과 손끝과 눈알을 붉게 물들이고 있었다. 윗목 구석에 서 있던 미륵례가 호롱불을 윗목에 놓고, 들독이 옆으로 가서 무릎을 꿇은 채 앉더니 밴강쉬를 건너다보았다.

밴강쉬는 껌철구가 이끄는 대로 그의 옆에 주저앉으며 별렀던 말을 꺼냈다.

"자수하시씨요, 성님들!"

밴강쉬의 말은 제법 어른스러웠다.

"자수만 하면 우리 편이 되는 것이라고, 아까 울 아부지가 그랍디다."

"자수?"

고개를 번쩍 들면서 들독이가 담배 연기를 내뿜고 맥 풀린 소리로 되물었다. 껌철구는 바싹 밭은 목구멍으로 침을 넘기기만 했다. 밴강쉬는 고개를 끄덕거렸다.

"예, 자수만 하면 반동자로 숙청을 안 한닥 합디다."

껌철구가 아직도 잡고 있는 밴강쉬의 손을 흔들어주면서 등을 두어 번 두드려주고, "아심찮다" 하고 종잇장처럼 바싹 밭은 목소리로 말했다. 그의 가슴은 뻐근하게 미어질 것같이 부풀어나고 있었다. 목이 메었다. 자기 집으로 들어가는 대로 아버지에게, 들독이와 껌철구야말로 '우리 편'이 될 수 있는 사람이더라고, 당장이라도 자수를 할 듯이 말을 하더라고 말하여줄 참이었다. 그들을 숙청해서는 안 된다는 말도 할 참이었다.

"울 아부지한테 시방 가서 직시 말할란께, 성님들 참말로 얼릉 자수하시씨요잉" 하고 일어서서 나오는데 들독이가 밖으로 따라 나와, 그의 손을 잡더니 귀엣말로, "너는 우리하고 남 되어서는 안 된데이, 내 말 알아 듣겄냐?" 하였다.

그는 골짜기 찬샘 쪽에 있는 그의 집으로 가면서 들독이가 한 그 말을 곰곰이 생각해보았지만, 그 말의 뜻을 얼른 알아챌 수가 없었다.

"……남 되어서는 안 된다."

이 말을 무수히 속으로 뇌까렸다. 그것은 어쩌면, 처남 매제 사이가 되어야 한다는 말인지도 모른다는 생각이 들었다. 자기 집 사립을 들어서는 그의 발뒤꿈치는 가벼웠다. 그는 곧 아버지에게 들독이와 껌철구 이야기를 하고 그들을 숙청해서는 안 된다고 떠듬떠듬 말을 했다. 아버지는 퉁명스럽게 멸시하는 투로, "쓸데없는 소리 말고 너는 밥이나 많이 퍼묵고, 시키는 일이나 부지런히 해라" 하였을 뿐이었다.

이튿날 인민군 일개 분대가 큰몰을 거쳐 하룻머릿골로 들어왔다. 기침고개를 넘어오는 길에 밴강쉬네 형의 무덤 앞에서 붉은 완장 두른 청년의 선창으로 "강 동무 만세"를 그 골짜기가 찢어져 나갈 만큼 목청껏 부른 뒤, 하룻머릿골로 들어온 그들은 밴강쉬의 아버지를 앞장세워 마을 사람들을 넓바위 위에 모았다. 분대장이라도 되는 듯이 나이 듬직한 군인 한 사람이 나서서 동무, 인민해방전선, 혁명 대열, 부산으로 줄행랑을 친 이승만 파쇼 도당, 반동자 숙청, 모리배의 재산 몰수·무상분배 따위의 말들을 늘어놓은 뒤에 이 마을 모든 '동무들'은, '영웅적인 아들을 인민해방전선에 바친' 인민위원장인 밴강쉬의 아버지를 중심으로 '인민해방전선'에 참여할 것을 당부하였다. 군인의 말이 끝나자 누가 내놓은 박수인지 그것을 따라 사람들이 와르르 박수를 쳤다.

이날의 모임에는 들독이와 껌철구가 누군가에게 끌려 나왔는지 나와 있었다. 그들은 시종 고개를 떨어뜨리고만 있었는데, 마을 사람들은 그들의 창백한 얼굴에 눈길 한 번 보내지 않았다.

이날 밤 아버지는 큰몰의 젊은이들과 함께 세포를 조직하고, 부녀자들을 모아 먼 일가로 밴강쉬의 누님뻘 되는 한순이를 중심으로 여성동맹위원회를 구성하게 하였으며, 큰몰 사는 먼 사돈뻘 되는 막동이를 중심으로 소년단을 조직하게 하였다. 밴강쉬는 그 소년단에 들어갔고, 소년단 부단장을 자기도 모른 사이에 맡게 되었다.

다음 날 한순이와 큰몰의 막동이는 면당위원회에 갔다가 그다음 날 저녁 무렵에야 돌아왔다. 돌아오는 대로 그들은 각기 여성동맹위원회와 소년단을 소집해서 밤새도록 '아침은 빛나라'와 '장백산 줄기줄기 어쩌고저쩌고' 하는 노래를 가르쳤다. 이날 밤부터 하룻머릿골은 그 노래로 가득 차버렸고, 그것은 또 기침고개를 넘어 큰몰 안을 술렁거리게 했다.

처음 얼마 동안, 그 소년단에는 소녀들도 끼이게 되어 있었다. 그러나 큰몰에서 농사깨나 짓는다는 집 어른들은 자기 딸들을 밤에 나다니지 못하도록 하였다. 소년단 두목 격인 막동이는 그런 집을 찾아다니면서, 소년단에 나다니지 않으면 반동자가 된다는 위협적인 말을 하곤 했었다. 며칠 사이에 큰몰과 하룻머릿골의 소년단은 오십 명에 가까운 수가 되었고, 그 수는 밤만 되면 막동이의 지시에 따라 하루는 큰몰의 사장으로, 다음 하루는 하룻머릿골의 넓바위 위로 어김없이 모이곤 했다. 그소년 소녀들은 멋없이 껑충거리며 뛰어다니기도 하고, 어울려 새로 배운 노래를 하기도 하고, 그 노래를 부르면서 기침고개를 넘어가 큰몰의 골목들을 누벼 다니기도 했다.

그런 몇 날이 갔다. 밤에는 그 바닷가 마을에 점차 서늘한 가을 기운이 돌기 시작하고 있었다. 그러면서부터 소년 단원들은 기침고개 위에 모여서 노래를 배웠다. 어깨동무를 한 채, 혹은 손뼉을 치면서 악을 쓰듯 노래를 불렀다.

한데 '가시내, 머시매'들의 모임 속에서 말이 없을 수가 없었다. '아무개는 기침고개를 넘어가다가 막동이하고 뒤처져서 어찌어찌했다네' 하는 투의 말들이 입에서 입으로 건너다녔다. 물론 아무개로 지목을 받은 계집애는 평소에 밉직한 집의 딸이었다. 그 애매하게 당하는 계집애는 울며불며 사실이 아니라고 악다구니를 쓰는 것이었지만, 그걸 놀려대는 소년 소녀들은 그렇게 놀려대는 것을 재미로 여기고, 악다구니를 쓰고 덤빌수록 더욱 즐거워하며 놀려대고 손뼉들을 치곤 했다. 그렇게 서로 어울려 시시덕거리는 것이 다시 없이 크게 가슴 졸이는 즐거움이었으므로, 그 재미와 즐거움에 들떠 더욱 목청껏 노래들을 하곤 하였던 것이었다.

그러나 뱅강쉬는 즐거운 줄을 몰랐다. 미륵례가 소년단에 나오지를 않기 때문이었다. 그는 늦게까지 노래를 배운 날 밤, 기침고개를 향해 가는 막동이를 불러서, '미륵례 동무'를 소년단에 끼워 넣자는 말을 했다. 막동이는 동그란 고리눈을 금방 튀어나올 듯하게 벌려 뜨고 고개를 저으며 낮게, "혹시 어디 가서 그런 쓸디없는 소리 마래이. 그 새끼는 악질 반동 집 딸 아니냐? 그런 소리 하면 너도 반동 된다" 하였다.

"자수하면 우리 편 된닥 하등만은 그래?"

뱅강쉬의 이 말에 막동이는, "미륵례네 즈그 오빠들은 너무 큰 악질 반동이라 자수해도 쓸디없닥 하드라" 하고는 기침고개를 향해 가는 큰 몰 계집애들 뒤를 쫓아가버렸다.

뱅강쉬는 무거운 발걸음을 돌렸다.

골짜기 찬샘 옆에 있는 자기 집으로 가는 길에, 미륵례네 대문 앞에서 발을 멈추고 집 안쪽으로 귀를 기울였다. 큰몰로 넘어가는 소년 단원들의 "장백산 줄기줄기……" 하는 노랫소리가 왁왁거리는 해조음에 어울려 골목으로 아련히 깔려들 뿐으로 집 안은 괴괴해 있었다. 고개를 떨어뜨린 채 발을 옮겼다.

자기 집 사립을 들어서던 그는 섬뜩한 느낌이 들었다. 변소와 헛간이 붙어 있는 사랑방 쪽에서 남자들의 두런거리는 소리가 들려왔기 때문이었다. 하긴, 세상이 바뀌면서부터 저렇게 동네 청년들이 모여 앉아 두

런거리지 않는 날 밤이 없긴 했었다. 그러나 이날 밤의 두런거리는 소리
는 여느 날 밤의 두런거림과 달랐다. 그것은 낮게 소곤거리는 듯했는데,
그 소곤거림은 낮고 음험하였던 것이었다. 그는 발을 멈추고 사랑방 쪽
으로 귀를 기울였다. 담 밑에서 시꺼먼 사람이 불쑥 나서며 낮은 소리로
누구냐고 했다. 이 마을에서 자기 다음으로 힘이 센 억보였는데, 그의
손에는 쭈뻣한 대창이 들려 있었다. 그는 세포 위원이었다.

밴강쉬가 흠칫하며 "나요" 하고 한 걸음 물러서자, 밴강쉬임을 확인
한 억보가 얼른 안방으로 들어가서 자라고 했다. 안방을 향해 걸어가던
밴강쉬는 순간적으로 뒷간엘 가야 한다는 생각을 했다. 허리띠를 풀면
서 헛간으로 갔다. 거기서 지푸라기 한 줌을 말아 쥐고 사랑방 모퉁이를
돌았다. 뒷간은 사랑방과 바람벽 하나를 사이에 두고 있었기 때문에 웬
만한 말은 다 들을 수가 있었다. 뒷간에 앉은 그는 사랑방에서 흘러나오
는 소리에 귀를 모았다. 그는 방망이로 뒤통수를 호되게 얻어맞은 듯 눈
앞이 캄캄해졌다.

"그놈들이 혹시 권총 같은 것을 갖고 있는지도 모른단 말이시. 그런께
억보를 시켜서 보안서에 자수하러 가자고 함스롱 끌어내도록 하세. 그
래 갖고 노루목으로 끌고 가잔 말이시."

누군가가 이렇게 말하자, 모두들 그게 좋겠다고 했다. 숙청이란, 사람
을 죽여 없애는 것이라는 것을 짐작했다. 그는 몸을 떨었다.

"그러면, 미륵례는 어떻게 할 것인가?" 하고 묻는 사람이 있었다. "그
냥 놔두세" 하고 속닥거렸는데, 그것은 목이 쉰 듯한 아버지의 목소리였
다. 떨리는 손으로 옷을 끌어 올리면서, 밴강쉬는 들독이와 껌철구에게
얼른 어디로든지 도망을 가라고 귀띔을 해줘야겠다는 생각을 했다. 억

보가 지키고 있는 사립을 어떻게 빠져나갈 것인지가 막연했다. 그는 일단 주춤주춤 마당으로 나왔다. 잠시 옷을 여미는 척하면서, 담 밑에 몸을 숨기고 있는 억보를 보았다. 억보가 그의 행동을 살피고 있었다. 그가 사립을 나간다면 억보 쪽에서 분명 못 나가게 가로막거나 뒤를 따르거나 할 것이었다. 그는 조급해졌다. 사랑방에 있는 사람들은 의논이 끝나는 대로 미륵례네 집으로 몰려갈 것이 뻔했다. 어떻게 억보의 눈을 피해 사립을 빠져나가서 미륵례네 오빠들한테 귀띔을 해줄까. 뾰족한 묘책이 생겨나지를 않았다. 그렇다고 우물쭈물하고 있을 수만도 없어 댓돌 위로 올라섰다. 순간 꾀 하나가 생각났다.

일단 방으로 들어갔다가 뒷문을 열고 뒤란으로 나가서 담을 넘자는 것이었다. 담을 넘으면 찬샘이 있는 골짜기 쪽으로 열린 텃밭이 있었다. 왜 그 방법을 진작 생각하지 못했었느냐고 혀를 물면서 방문을 벌컥 열었다.

방으로 들어가니 금방 뒷문으로 빠져나갈 수 없도록 하는 방해자가 거기 있었다. 홑이불을 덮은 채 자고 있던 어머니가 깨어 일어나 앉으며, 어디를 그렇게 싸다니느냐고 잠꼬대 같은 소리로 꾸짖고, 윗목 쪽을 가리켜주면서 거기 누워 자라고 하는 것이었다.

사랑방의 남자들은 모의가 끝난 모양으로 문을 열고 낮은 소리로 두런거리며 나오고들 있었다. 신을 끌면서 사립을 나가는 소리들이 들려왔다. 가슴이 펄럭거리고 좀이 쑤셨다. 관자놀이가 욱신거리면서 눈앞이 아찔해졌다. 웃옷을 벗어 던지려다가, 목이 밭으니 물을 좀 마셔야겠다고 하면서 뒷문을 열고 나갔다. 어머니가 몸을 일으키고, 자기가 떠다줄 테니 그냥 들어오라고 했다. 못 들은 척하고 맨발로 부엌으로 갔다.

바가지로 물동이의 물을 퍼마시는 체하다가 뒤란으로 돌아갔다. 돌담 앞으로 가서, 허물어지지 않을 돌을 골라 손으로 짚어 힘을 주어보았다. 그 돌담은 여느 지방에서 볼 수 있는 그런 돌담이 아니었다. 기껏 목침 덩이만큼 한 데다, 그것도 뭉실뭉실하고 미끄럽게 닳아진 갯바닥 돌들을 꾀지게 쌓아 올린 돌담인 것이었다. 황소처럼 큰 덩치인 그가, 그게 허물어져 내리지 않도록 짚고 뛰어넘기란 여간 어려운 일이 아니었다.

조심스럽게 여기저기 허물어지지 않을 만한 곳을 짚어보는데, 그의 집 사립을 빠져나간 사람들이 찬샘을 돌아 미륵례네 집이 있는 윗골목으로 들어서고 있는 게 보였다. 이제 소리 나지 않게 이 담을 뛰어넘는다 하더라도, 그 사람들에게 발각될 게 뻔했다. 담 뛰어넘기를 그만두고, 실뱀처럼 마당으로 나왔다. 사립을 빠져나가는 대로 샘 아래쪽으로 뛰어내려서, 아랫골목으로 들어섰다. 조금 전에 윗골목으로 들어선 사람들보다 한 걸음이라도 앞질러 미륵례네 집으로 뛰어 들어가 들독이와 껌철구를 도망치도록 귀띔해주겠다는 생각이었다. 그의 쿵쿵거리는 발소리에 아랫골목의 개들이 껑껑 짖어댔다. 삽시간에 하룻머릿골 안은 온통 개 짖는 소리로 들끓고 있었다. 아랫골목을 달리던 그는 넓바위 쪽에서 올라오는 큰골목과 윗골목이 만나는 세걸음길에 이르렀다. 거기서 윗골목으로 들어섰다. 거기서 두 집 담벽을 지나면 미륵례네 집 대문이었다. 그는 그 대문간을 향해 줄달음질 쳤다. 찬샘 쪽에서 아랫골목길을 돌아 윗골목에 있는 미륵례네 집까지 오는 거리는, 그냥 윗골목을 질러서 거기까지 오는 거리보다 두 배는 더 멀었다. 그의 집 사랑방에서 빠져나간 사람들이 그보다 몇 발 먼저 당도해 있었다.

미륵례네 집 대문은 활짝 열려 있었다. 그가 가쁜 숨을 쉬며 대문 앞으로 뛰어들었을 때, 대문간의 어둠 속에서 시커먼 사람 둘이 불쑥 나서면서 뾰쪽한 죽창을 그의 목과 가슴에 들이대고, 누구냐고, 낮은 듯하나 날카로운 목소리로 물었다. 뒷걸음질을 치면서 자세히 보니, 큰몰 막동이네 형인 마당쇠와 큰몰의 노랑이 영감네 집에서 머슴살이하던 덕봉이었다. 그들은 어둠 속에서 눈을 멀겋게 빛내며 죽창을 겨누고 그에게 다가섰다. 그는 대문 맞은편의 흙담에 몰려선 채 식은땀을 흘리면서, "서, 성님, 나, 나요, 아, 아부지한테 가요" 하고 밭은 목에 침을 삼키면서 황급히 말하느라고 떠듬거렸다.

마당쇠가 입에 손을 대면서 "쉿!" 하더니, 뒤로 돌아서 얼른 가라는 손짓을 했다. 그는 목이 메었다. 한 걸음 더 물러서면서, "저 서, 성님, 우리 아부지 조깐 마, 만나게 해주씨요" 하고 울먹거렸다. 덕봉이가 죽창 뒤 끝으로 그의 옆구리를 툭 치면서 넓바위 쪽으로 우악스럽게 밀어붙였다. 그는 밀려 나갔다. 이 근처에서 씨름판이 벌어지기만 하면 송아지를 끌어오곤 하는 날쌘 꾀와 우악스런 힘을 내세우고인지, 덕봉이는 만일 빨리 집으로 돌아가지 않으면 죽창 맛을 보여주겠다는 듯, 죽창 끝을 그의 눈앞에 들이대어 보이면서 그를 계속 넓바위 쪽으로 밀어붙였다. 아랫골목과 만나는 세걸음길까지 밀려갔을 때, 덕봉이가 빨리 집에 들어가 잠이나 자라고, 눈을 부라리며 위협을 하고 그를 쫓았다. 그는 아랫골목을 추적추적 걸어갔다.

개들은 하룻머릿골을 쩌렁쩌렁 흔들었다. 남빛에 먹딸기 빛이 섞인 듯한 하늘의 별들이 우수수 떨어질 것처럼 흔들거리고 있었다. 그는 손바닥으로 두 귀를 틀어막으면서 아랫골목을 걸어서 찬샘 있는 골짜기로 갔다. 어둠에 잠겨 일렁거리는 바다 위로 개 짖는 소리들이 아득하게 퍼져가고 있었다. 자기네 집 사립을 비치적거리며 들어서던 밴강쉬는, 문득 자기네 사랑방에서 모의하던 사람들의 "노루목으로 끌고 가잔 말이시" 하던 말을 생각하고 발을 돌렸다. 아랫골목을 달려 모래밭으로 나갔다. 노루목 연안에서 사람을 쥐도 새도 모르게 죽일 수 있는 곳이란, 일본 놈들이 이 근처에서 사금을 채취하면서 여남은 발이나 파 들어가다 둔 바위굴 속뿐일 것이다 싶었다.

여름철에 들어가보면 천장에서 물방울 떨어지는 소리가 포옹포옹 하고, 으스스 한기가 돌곤 하는 그곳을 염두에 두고, 자기 집 사랑방에 모였던 사람들은 그런 모의를 했을 것이다 싶었다. 그렇다면 좋다고 그는 생각했다. 그곳으로 미륵례네 오빠들을 끌고 가기만 한다면, 간단히 자기가 구해내서 도망시킬 수 있겠다는 생각이 든 것이었다.

그는 노루목 연안의 모래밭을 달려서 바위굴 위로 올라갔다. 주위에 널려 있는 목침 덩이 같은 돌덩이들을 긁어모았다. 사람들이 바위굴 입구로 들독이와 껌철구를 끌고 들어가려고 하는 순간에 마구 돌덩이를 굴려 내리겠다는 생각에서였다. 그러다가 그는 바위굴 쪽에서 사람들이 돌을 던지며 그에게 응전을 하더라도, 그 돌을 막아줄 만한 바위를 물색하고, 그 바위 옆으로 돌덩이들을 옮겨 쌓았다. 넉넉히 돌무덤 하나를 쌓을 수 있을 만큼 돌덩이들을 옮겨 모아두고, 그는 그 바위 옆에 몸을 밀착시킨 채, 하룻머릿골에서 노루목으로 휘어 돈 모래밭을 바라보았다. 어둠 속에서 아스라하게 보이는 희부연 모래밭과 하룻머릿골로 넘어가는 사태밭 언덕이 그의 눈앞에서 자꾸 어른거렸다.

그 어른거림은 흰옷 입은 사람들이 들독이와 껌철구를 끌고 오는 모습으로 착각되기도 했다. 모래톱을 핥는 잔물결 소리들이 밀려들어, 그가 붙어 서 있는 바위 밑의 굴을 울리고 있었는데, 그것은 들독이와 껌철구가 이끌리지 않으려고 발버둥 치며 악을 써대는 소리 같기도 했다.

그는 숨을 죽이고 귀를 쫑그리면서 모래밭에 어른거리는 것을 응시했다. 그런 채로 얼마를 기다렸을까. 어쩌면 들독이와 껌철구가 자수를 하러 가지 않겠다고 버티므로 사람들이 그냥 그들을 마당으로 끌어낸 채 죽이고 있을지도 모른다는 생각이 들었다.

그는 미친 듯이 모래밭을 뛰어 하룻머릿골로 갔다. 마을을 들어서는 대로 미륵례네 집 대문 앞으로 가보았다. 대문은 아까 보았던 것처럼 활짝 열려 있었는데, 집 주위에는 아무도 없었다. 발소리를 죽이며 마당 안으로 들어갔다. 방문 앞으로 가면서 귀를 기울였다. 방 안에서 미륵례가 "누구요" 하며 문을 열었다. 그는 소스라치게 놀랐으면서도, 우선 집 안에서 무슨 일이 일어난 것은 아니라는 것을 직감하고, "느, 느그 오빠들 어, 어디 갔다냐?" 하고 후들후들 떨리는 목소리로 물었다. 미륵례는 대답을 않은 채 댓돌 아래에 선 그를 멀거니 바라보고만 있었다. 그는 답답해서 견딜 수가 없었다. 오빠들이 어디로 끌려가서, 대창에 찔려 죽어가는 줄도 모른 채 멍히 방 안 통수처럼 앉아 있는 미륵례의 바보스러움이, 주먹으로 한 대 쥐어박아주고 싶을 정도로 밉고 답답했다.

"어, 어떤 쪽으로 가디야?"

그는 다급하게 젖혀 물었다. 그래도 미륵례는 대답을 하지 않았다. 이런 밥통 같은 년 좀 봐라, 하며 그는, "아, 아야, 미륵례야, 너 어째 그, 그러고만 있냐? 느그 오, 오빠들, 버, 벌써 죽어뿌렀겄다" 하고 떠듬거리면서 마루에 털썩 주저앉았다.

이튿날, 들독이와 껌철구의 시체는 기침고개 마루의 돌자갈밭에 널려 있었다.

11

밴강쉬는 담배꽁초를 던졌다. 그 담배꽁초는 일렁거리는 바닷물 위로 떨어져 피직 하고 꺼졌고, 그것은 금방 시신처럼 눌눌하게 변질된 채 물결을 따라 일렁거렸다. 그는 얼굴을 우거지처럼 일그러뜨리면서 고개를 저어, 피투성이가 된 채 돌자갈밭에 널려 있던 들독이와 껌철구의 주검들을 머릿속에서 지우며 볼과 턱을 쓸었다. 구레나룻이 많이 길어 미끄럽게 쓸리고 있었다. 자기도 이제 늙어가고 있다고 생각하며, 지난 일들이야 어찌 되었건, 그는 미륵례를 설득해서 아내로 맞아들여야 한다면서 몸을 일으켰다.

땅거미가 하룻머릿골 뒤에 솟은 각시봉의 해송숲에서 흘러내리고 있었다. 아버지는 수복이 되면서 죽었다. 잘 죽었다고 그는 생각했다. 억보도 죽고, 막동이네 형 마당쇠도, 덕봉이도 죽었다. 그 외에도, 미륵례 오빠들과 큰몰의 노랑이 영감 가족들을 몰살시킨 데 가담했던 사람들은 씨도 없이 다 죽었다.

거멓게 뒤집혀진 방뼈와, 부서진 상자처럼 찌그러져 있는 바람벽들 사이를 지나면서, 이 마을이 텅텅 비어가던 수복 후를 생각했다. 후퇴를 했던 경찰들이 들어오면서, 스물다섯 집의 남정들은 죽거나 군대엘 가버렸다. 하룻머릿골에서는 한 집씩 두 집씩 큰몰이나 잿몰로 이사를 가기도 하고, 멀리 육지로 떠나가기도 하였다. 몇 해 되지 않아서, 하룻머릿골엔 겨우 다섯 집밖에 남지 않게 되었다. 그래도 그 다섯 집 사람들은, 이 넓바위 앞 갯바닥에서 김이 풍성하게 생산되고, 바지락·굴·우뭇가사리·해삼·문어·낙지 따위가 줄줄이 잡히고 멸치 어장이 성했으므로, 사철 내내 큰몰이나 잿몰 사람들이 넓바위 주변에 들끓어대는 바람에 호젓한 줄 모르고 버티어 살 수 있었던 것이었다. 그러나 이 섬의 양옆에 둑이 막히고 연륙(連陸)이 되어, 3만 평 정도의 간척지가 낙지 잡고 석화 따던 자리에 생기면서부터는, 그렇게도 먹장같이 치렁치렁 자라던 김이 물결 끊김과 동시에 해마다 갯병 때문에 썩기만 하였으며, 멸치 어장 또한 기껏해야 잡어(雜魚) 몇 마리씩 잡힐 뿐인 데다가, 여수 쪽에 세워진 공장들이 몇 해를 내리 쏟아놓은 폐유 때문에 꼬막이나 바지락이나 석화 따위들이 죽어 자빠지거나 석유 냄새가 나서 못 먹게 된 뒤부터는 사람들이 오징어잡이나 문어잡이를 그저 심심풀이로 하는 바람에 하룻머릿골은 귀신 나올 것같이 썰렁해졌다. 낮에도 귀신 두런거리는 소리가 뜯어낸 집의 구들장 밑이나 허물어진 돌담 사이에서 들린다는 소문이 돌기 시작하자, 그때까지 버티어오던 다섯 집의 사람들마저 큰몰이나 갯마을로 떠나가버렸다. 이렇게 해서 하룻머릿골은 폐촌이 되고 만 것이었다.

이러한 폐촌으로, 송아지만큼 한 개 한 마리만을 데리고 들어온 미륵례를 큰몰 사람들이 신들렸다고 생각하는 것도 무리는 아닐 것이었다. 그러나 밴강쉬는 미륵례가 이 폐촌 된 고향으로 돌아온 것이 다름 아닌, 자기와 함께 살기 위함일지도 모른다는 자기 위주의 생각을 해버리는 것이었다.

사람들은 남자건 여자건 자랄 만큼 자라면 서로 짝을 지어 살게 마련이긴 하지만, 그렇다고 아무하고나 되는대로 얽히어 사는 게 아니라는 것을 그는 몇 번 실패한 결혼을 통해 잘 알고 있었다. 뭐니 뭐니 해도 궁합이 맞아야만 그 결혼 생활이 원만할 수 있다는 것이었다. 미륵례의 남편이 사십을 다 넘기지 못한 채 죽은 것도 따지고 보면 궁합이 맞지 않았기 때문일 것이라 하였다. 미륵례의 남편감으로는 오직 자기가 있을 뿐이라는 생각을 이 끝에 물기라도 한 듯 그는 이를 앙다물었다. 마흔 살이 넘은 이제 와서 미륵례와 결합된다는 것이 다소 늦은 감이 없잖았다. 그러나 그것은 이때껏 그들 주변을 휩쓸어간 시국의 장난 때문일 뿐인 것이었다.

그는 주먹을 불끈 쥐어보았다. 아직 그에게는 이삼십 대의 젊은이 못지않은 힘이 있었다. 미륵례가 허락을 해주기만 한다면 그 여자를 아내로 맞고 어느 누구 부럽지 않게 살아갈 자신이 있었다. 우선 자기를 마을에서 쫓아내자고 쑥덕거리는 마을 사람들에게 보여줄 것이 있었다. 자기가 얼마나 부지런히 일하고, 얼마나 알뜰하게 살림을 하며, 얼마나 아내를 사랑하고 아끼는가 하는 것, 그리고 영득이나 달보가 자랑하는 여남은 필보다 훨씬 많은 논을 사들이는 것을 보여주겠다는 것이었다.

그는 어린 시절에 줄달음질 치곤 하던 골목길을 가늠해보면서, 허물어진 돌담과 무너진 바람벽 사이를 건너뛰기도 하고 비켜 돌기도 하면서, 미륵례가 들어 있는 헛간을 향해 갔다.

그가 헛간 옆으로 막 다가갔을 때, 전혀 예상하지 않았던 큰일이 벌어지고 말았다. 송아지만 한 개가 그의 앞으로 나서면서 허연 이빨을 드러낸 채 그를 노려보고 으르렁거린 것이었다. 그는 기겁을 하고 뒷걸음질을 치면서 얼김에 허물어진 돌담에서 주먹만 한 돌멩이 한 개를 집어 들었다. 순간 개가 날듯이 뛰더니 그의 어깻죽지에 두 발을 척 걸치고 허연 이빨로 그의 목 부분의 동정 모서리를 물어 당겼다. 미처 주먹을 휘두르거나 발길질을 하거나 할 틈을 주지 않은 채 개는 민첩한 동작으로 그를 제압하고 만 것이었다. "악!" 하고 소리치며, 그는 뒷걸음질을 치다가 돌부리에 걸려 모로 넘어지고 말았다. 개가 그의 옆구리 위에 두 발을 얹고, 반항하거나 위해를 가할 기미가 보이기만 하면 마구 목줄을 물어뜯을 기세로 으르렁거렸다.

미륵례가 헛간 모퉁이에서, "꺼멍아!" 하고 헝겊을 찢는 듯한 소리를 내지르며 나왔다. 그래도 개는 허옇게 날이 선 이빨을 내놓은 채, 모로 쓰러져 목을 움츠린 그의 얼굴을 노려보고만 있었다.

"아서!"

미륵례가 다시 소리쳤을 때에야, 개는 재빠르게 뒤로 물러섰다. 만일 다시 덤벼들기라도 할 경우를 대비하는 경계의 자세를 취한 채 그를 노렸다. 미륵례는 개를 다시 꾸짖은 뒤, "얼릉 가씨요. 뭣 할라고 올라왔소? 이 개가 호랭이 잡은 개라요. 얼릉 가씨요. 다시는 올라오지 마씨요" 하고는 개의 머리를 쓸었다. 개가 땅에 엉덩이를 붙이고 쭈그려 앉더니 고개를 젖혀 미륵례의 손을 핥았다.

그제서야 그는 손을 털고 일어나서, 엉덩이와 팔꿈치에 묻은 흙을 떨었다. 가슴이 벌렁거리고, 온몸에 맥이 빠져 있었다.

"아, 아따, 뭐, 뭔 개가 그런다우?" 하고 떠듬거리며 미륵례의 얼굴을 건너다보았다. 미륵례는 그를 거들떠보지도 않고 개의 머리만 쓰다듬으며, "얼릉 내려가란 말이오" 하고 짜증스럽게 말했다. 개가 쪼그려 앉은 채 그를 노려보았다. 그는 개의 멀겋게 살기 어린 눈을 내려다보면서, "나, 나 미륵례한테 할 얘기가 있어서 와, 왔소. 그 개 조깐 뭐, 뭣으로 무, 묶어놓으씨요" 하고 떠듬거렸다. 그는 아직도 후들후들 떨리는 몸을 어렵사리 가누고 있는 형편이었다. 미륵례는 그에게 눈길 한 번 보내질 않고 개의 머리만 쓰다듬으며, "이야기고 뭣이고 다 쓸디없은께 얼릉 가기나 하씨요. 그러고 있다가는 이 개한테 참말로 뭔 일 당할지 모를 것이오잉" 할 뿐이었다. 그는 원망스럽게 미륵례의 얼굴을 건너다보았다. 마흔이 넘었다고는 하지만, 주름살 하나 잡혀 있지 않은 해맑은 얼굴이 마치 서른대여섯 살 정도의 여자로밖엔 보이지 않았다. 그 얼굴은 싸늘하게 굳어 있었다.

"그, 그거 참말로 하, 하는 소리요?"

그는 울상을 지은 채 애원하듯이 물었다.

"여러 소리 할 것 없은께, 얼릉 내려가란 말이오."

미륵례의 목소리는 역시 쌀쌀했다.

하는 수 없었다. 뱃강쉬는 넓바위를 향해 돌아섰다. 미륵례의 어머니와 언니인 야실이에게 마구 총질을 하고 죽은 형이 원망스럽고, 그 여자의 오빠들을 죽인 아버지가 원망스러웠다. 목구멍으로 뜨거운 덩어리가 밀고 올라오고 있었다. '우, 우리 지, 지내간 일은 다 잊어뿔고 나, 나하고 삽시다. 우, 우리는 천생연분으로 태어난 사람들 아, 아니오?' 하는 말이 목구멍으로 기어 넘어오는 것을 목구멍 너머로 삼키고 그는 속절없이 발을 옮겼다.

어깨를 축 늘어뜨린 채 몇 걸음을 추적추적 옮기던 그는 문득 멈추어 섰다. 조금 전에 개한테 당한 것이 못내 분했고, 그 개가 그같이 사납게

구는 것으로 보아, 개가 어쩌면 미륵례의 남편 구실을 하고 있는지도 모른다는 생각이 들었다. '이런 개잡년을 어째사 쓸꼬' 하고 생각하니, 사지가 다시 부르르 떨렸다. 그는 돌아서서 개의 머리를 쓸어 만지고 있는 미륵례를 향해, "그 개 싸, 싸나워서 못쓰겠소. 내, 낼 그놈 잡아묵어뿔씨다" 하고 말했다.

미륵례가 악이라도 쓰듯, "잔소리 말고 얼릉 가란 말이오!" 하고 소리쳤다. 개가 귀를 쫑긋 세우고 그를 향해 돌진할 자세를 취했다.

내일 아침에는 튼튼한 몽둥이를 하나 들고 와야겠다고 생각하면서, 그는 일단 넓바위 위로 내려와 섰다. 어둠이 짙게 깔려들고, 찰락거리는 잔물결 소리가 하룻머릿골 뒷산 골짜기를 왁왁 울리고 있었다. 먹딸기 빛깔의 하늘에 별들이 하나씩 둘씩 나타나고 있었다.

12

이날 밤을 내내 그는 모래밭을 헤매어 다니기도 하고, 각시봉과 서방봉을 휘달려 오르기도 하며 새웠다. 미륵례 앞에서 그 송아지만 한 개한테 어이없이 당한 전날의 수모가 못내 분하기만 했다. 이놈의 개를 어떻게 잡아 죽일까. 각시봉을 휘질러 서방봉을 오르면서 이를 갈았다. 한달음에 꼭대기에 있는 사마귀바위 위까지 올라갔다. 그때 그의 몸속에는, 기침고개 앞을 흐르는 득량만의 해류처럼 꿈틀거리는 게 있었다. 그는 아름드리 바윗돌들을 마구 굴려 내렸다. 와장창 와장창 산 허물어지는 듯한 소리가, 어둠 속에서 별 무늬를 그리며 일렁거리고 있는 바다와 산

골짜기를 울려댔다. 보리밭에 은신했던 꿩들이 화드득 날아 각시봉 쪽으로 가고 있었다. 어둠 속을 나는 꿩을 보면서 그는 손뼉을 쳤다. 바로 이것이다 했다. 날이 새기가 바쁘게 회령 포구로 가서 꿩약(사이나)과 쇠고기 한 근을 사 오리라 했다. 그걸 적당히 묻혀 구운 것으로 개를 간단히 없애리라 했다.

새벽녘이 되어, 옷자락에 찬 기운을 싸안은 채 큰몰로 들어온 그는 골목길에서 껑껑 짖어대는 개소리를 들으며, 자기가 얼마나 비굴한 생각을 하고 있었는가 하고 혀끝을 물어뜯었다. 호랑이도 때려잡을 덩치를 가진 주제에, 송아지만 한 개 한 마리 못 때려죽여서 꿩 잡는 약으로 개를 죽일 꾀를 쓰자고 하다니, 얼마나 병신 같은 생각인가 말이었다.

미륵례를 꼼짝 못 하게 사로잡기 위해서는 미륵례의 눈앞에서 개의 머릿골을 몽둥이로 꽉 쪼개버려야 한다 했다. 그의 오막집으로 가, 잠 한숨을 붙이는 둥 마는 둥 하고, 이튿날 아침 일찍 그는 난데없이 오징어 그물 만들 준비를 서둘러 차려가지고 집을 나섰다. 어머니가, "아가, 너 그년하고 기어코 살어볼라고 이러냐, 시방?" 하고 주름살투성이인 얼굴을 일그러뜨리며 물었다. 그는 잠시 고개를 떨어뜨리고 있다가 몸을 돌렸다. 그의 어머니가 간밤 마을에서 일어난 일을 그에게 귀띔해주었다.

간밤 갑자기 마을에서 전혀 새로운 모의 하나가 쉬쉬하면서 이루어졌다는 것이었다. 그것은 하룻머릿골에서 살다가 큰몰로 들어와 사는 영득이와 달보를 중심으로 해서 이루어지고 있는 것인데, 미륵례와 밴강쉬를 다 함께 이 마을에서 쫓아내자는 것이라 했다. 이때껏 뒷구멍에서만 논의되곤 하던 '밴강쉬 쫓아내자'는 얘기가 미륵례가 들어오면서 본격적으로 불거져 나온 모양이었다.

"그 짐승 같은 것들이 마을 안에서 죽치고 살아보소, 망하네 망해. 하
룻머릿골이 어째서 망했간디? 바로 그 두 것들 때문에 망했네."

이게 영득이의 입에서 나온 것인지, 달보의 입에서 나온 것인지 알 수
는 없었지만, 이것은 땅에 떨어지기가 바쁘게 곧 살이 붙고 뼈가 생기
고 심줄이 생기고 날개가 돋쳐서 온 마을 안을 휘돌고 있다는 것이었다.
"살(煞)이 붙은 예펜네라 시가집에서도 쫓겨났제잉" 하는가 하면, "그 예
펜네가 사는 동네에서는 머리 큰 사람이 다 죽는닥 하대" 하기도 하고,
"개 서방하고 사는 잡년을 그냥 들어오게 내버려두다니 큰몰도 인제는
다 망했구마, 다 망했어" 하기도 했다. 이러한 말들이 시끄럽게 나도는
것으로 미루어, 마을 회의가 열리기만 하면 당장 "두 연놈을 쫓아내자"
하고 결의되어버릴지 알 수 없지 않느냐는 것이었다.

그 말을 듣고 밴강쉬는 한동안 우두커니 서서 땅을 내려다보다가 "걱
정 마씨요, 어머니" 하고 무뚝뚝하게 내뱉고 사립을 나섰다. 큰몰에서
쫓겨나면 하룻머릿골의 미륵례네 헛간에서 살면 되지 않느냐는 생각을
한 것이었다. 어쨌든 저녁에는 들어오는 대로 영득이와 달보를 한번 만
나 따져보겠다는 생각을 하며 하룻머릿골로 나갔다. 그랬다가 그는 미
륵례에게서 아주 희한한 일을 하나 발견했다.

하룻머릿골에 들어선 그가, 그물과 새끼 뭉치 담긴 바지게를 짊어진
채 넓바위 위에 서서 미륵례네 헛간을 건너다보는데, 미륵례는 찬샘 있
는 골짜기를 건너 노루목 쪽으로 가고 있었다. 송아지만 한 개는 미륵례
를 어김없이 뒤따르고 있었고, 미륵례의 손에는 바구니 하나가 들려 있
었다. 마침 썰물이 지고 있는 판이라, 어쩌면 문어를 잡으러 가는 것인

지도 모른다 싶었다. "하!" 하면서, 그는 바지게를 넓바위 위에다 아무렇게나 벗어 던지고, 그 자리에 주저앉아 담배 한 대를 뽑아 물었다.

미륵례와 개의 모습이 사태밭 언덕 너머로 사라진 것을 보고, 그는 폐촌으로 들어섰다. 미륵례가 들어 사는 찌그러진 헛간으로 갔다. 헛간 문에는 가마니때기가 쳐져 있었다. 그걸 젖히고 안으로 들어가보았다. 그 안에는, 한 해 전까지만 해도 멸치 어장을 하던 사람이 쓰던 멸치 널이 가마니들이 쌓여 있었는데, 그것들이 헛간 안의 땅바닥에 고루 펴져 있었다. 그 위에는 꾀죄죄하게 검은 때가 엉긴 데다 주글주글한 이부자리가 반듯하게 깔려 있었다. 한쪽 구석에는 양식이 담긴 듯한 자루 두 개가 있었다. 문 쪽 구석에 목침 덩이만 한 돌 두 개가 놓여 있고, 그 위에 거무죽죽하게 그은 양은솥이 걸려 있었다. 간이 아궁이었다. 바람벽에 박힌 납작한 배못에, 나들이용인 듯한 검정 치마 한 벌과 잿빛 바탕에 은빛 반짝이 무늬가 있는 저고리 한 벌이 걸려 있었다. 그런 것들을 대강 둘러보고 질펀히 깔려 있는 꾀죄죄한 이부자리 옆으로 갔다. 이부자리를 걷어젖히고 거기에 쪼그려 앉았다. 요때기의 검붉은 홑청 위를 살폈다. 쿠릿한 여자의 몸 냄새와, 가마니때기에 엉겨 있던 상한 멸치의 비린내가 콧속을 쑤셨다. 구역질이 나올 것만 같아 눈살을 찌푸렸다. 그 붉은 요때기가 수없이 흘린 오물로 더럽혀져 있고, 군데군데 개의 검은 털과 흰 털이 묻어 있는 것을 발견하고 그는 이를 갈았다. "이런 개잡년을 어떻게 찢어 죽일까" 하고 중얼거리며, 그는 퉤하고 침을 헛간 바람벽에 뱉고 밖으로 나왔다. 새삼스럽게 전날 개한테 당한 일이 분하게 생각되었다. 이런 찢어 죽일 년한테 어떻게 맛을 보여줄까 하고 머리를 짜던 그는, 역시 그 개를 때려잡아 먹어버리는 길밖에는 없다고 생각을 했다.

모래밭을 달려, 노루목으로 넘어가는 사태밭 언덕으로 올라갔다. 그 언덕에서 내리 이어지는 바위가 거멓게 몸을 드러낸 채 줄곧 갯벌밭으로 뻗치어 바닷물 속에 발부리를 적시고 있었다. 노루목 다리였다. 그 바다 끝이 드러날 정도로 썰물이 많이 지면, 예전 하룻머릿골 아낙네들은 그 끝으로 나가서 해삼이나 문어 등을 잡기도 하고, 여름철이면 청각이나 우뭇가사리나 딱지조개를, 겨울철이면 파래, 돌김 따위를 긁어 따기도 하였었다. 한데 바구니를 옆에 낀 미륵례가 송아지만 한 개를 데리고 그 노루목 다리로 가고 있는 것이었다.

마침 기회가 좋다고 생각했다. 당장 미륵례를 뒤쫓아 가자고 했다. 그러나 송아지만 한 그 개가 자꾸 마음에 걸렸다. 육로를 통해 미륵례에게 접근한다면, 그 개가 필시 덤벼들 것이 뻔했다. 아무래도 개와 정면충돌을 한다는 것은 위험하다고 생각했다. 노루목으로 넘어가는 사태밭 언덕을 내려오면서, 그는 입술을 빨았다. 넓바위 옆에 있는 선착장을 바라보았다. 순간, 그는 깨소금같이 고소한 수가 하나 생각났다. 배를 타고 문어를 잡고 있는 미륵례에게 접근하여 가자고 한 것이었다. 썰물이 진 뒤라, 자기네 배는 갯벌 위에 얹혀 있었지만, 물로 밀어내서 타고 가자 했다. 갯벌 위에 얹힌 배는 쉽게 밀어낼 수 있었다.

문어 잡히는 이 늦은 봄철에는 해삼도 심심치 않게 잡힐 것이라, 우선 그는 넓바위에 벗어놓은 바지게에서 낫과 바가지를 가지고 갯벌에 얹혀 있는 배로 갔다. 아무리 영특하고 사나운 개라 할지라도 물로 뛰어내려서까지 덤벼들지는 못할 것이라고 생각하며, 그는 바짓가랑이를 걷어 올렸다. 갯벌로 들어섰다. 여자들은 보통 문어잡이를 허릿물에서 하게 마련이었다. 아랫도리옷을 모두 벗어부치고 문어를 잡는 미륵례 옆으로 가서 해삼을 잡아야겠다고 했다. 배를 물로 밀어냈다. 처음, 배의 밑뿌리를 떼기가 조금 힘들 뿐, 일단 미끄러지기 시작하자, 배는 저절로 물을 향해 내려갔다. 배에 타고 삿대를 짚었다. 한 길 깊이의 물에 이르러 노를 걸어 저었다.

13

노루목 다리 끝에 닿았을 때, 그는 또 한 번 희한한 꼴을 목격했다. 미륵례는 주글주글한 밤빛 나는 치맛자락을 걷어 올리고 있었는데, 훤히 드러난 피둥피둥하고 허연 허벅다리가 늦은 봄의 뱀 혓바닥 같은 햇살에 휘감기어 번들거렸다. 허리 위쪽으로 치맛자락을 걷어 올리면서 치맛말을 풀어 동이자 빨간 팬티 하나만을 걸친 동그란 엉덩이가 드러났는데 그것은 숫제 펀펀하게 느껴질 정도로 컸다. 그것을 본 그의 가슴은 뛰고 얼굴이 뜨거워졌다. 그는 얼떨결에 배 이물로 가서 닻을 던졌다. 닻이 떨어진 수면에서 철펑 하고 물이 튀겨 올랐다. 청각이나 우뭇가사리들이 누르께하게 돋아 있는 바위 끝에 두 발을 걸친 미륵례의 가랑이 사이의 하얀 속살 근처에다 코를 가져다 대고 냄새를 맡던 개가 그를 향해 희고 뾰족한 이를 드러낸 채 왕왕 짖어댔다.

미륵례가 놀라 걷어 올렸던 치마를 풀어 내릴지도 모른다는 생각을 하며 그는 고물로 가서 앉았다. 미륵례는 배 위에 있는 그를 아랑곳하지 않고 문어잡이 준비만을 서두르고 있었다. 치맛자락을 젖가슴 근처에다 올려서 치맛말을 잘끈 동여맨 뒤, 바구니에서 빨간 뻣조각을 꺼냈다.

그것을 한쪽 성문다리와 무릎 둘레에다 친친 둘러 감았다. 이때, 한동안 그를 향해 짖어대던 개가 하는 짓들이 정말 볼만한 구경거리였다.

개는 배 위에 있는 그를 향해 짖는가 하면, 낑낑거리면서 미륵례가 하늘로 두른 엉덩이와 가랑이 사이에 주둥이를 가져다 대면서 냄새를 맡기도 하고, 주위를 빙글빙글 두어 바퀴 도는가 하면, 달걀빛 털이 돋은 아랫배에 철렁하게 늘어진 페니스 케이스 속에서, 여름철 두엄 더미에 돋아나는 붉은말뚝버섯의 끝처럼 뾰족하고 빨간 것을 내놓은 채 미륵례의 가랑이 사이에 주둥이를 들이밀기도 하는 것이었다. 미륵례는 개가 하는 짓을 전혀 아랑곳하지 않았다. 성문다리와 무릎 둘레에 빨간 벳조각 감기를 마치고, 바구니를 한 팔에 끼더니, 일어서서 배 위에 앉은 그를 흘끗 보고 물속으로 들어섰다. 그 여자의 긴 다리가 시푸른 물속에 잠겼다. 점차 팬티에 감싸인 엉덩이 부분까지 물이 올라왔다. 이윽고 배꼽 근처까지 잠겼다. 이때 개는 거의 미친 듯이 들썩거렸다. 그 여자와 함께 물로 뛰어들려는 것처럼 바위 끝으로 다가섰다가, 뒤로 물러서면서 낑낑거리고 꼬리를 흔들었다. 이쪽저쪽으로 갈팡질팡하였다. 미륵례는 개를 아랑곳하지 않고, 바위 끝의 벌어진 틈에 몸을 바싹 들이대더니, 붉은 벳조각 감싼 맨다리를 바위틈으로 들이밀었다. 개는 그 여자를 내려다보면서 계속 낑낑거렸다. 그러다가 빙글빙글 돌았다. 한참을 돌더니 우뚝 멈추어 서서 꼬리를 흔들며 서둘러댔다.

미륵례는 바위의 일부분이 되어버린 듯 꼼짝을 않고 있었다. 그것은 음험한 문어라는 놈을 후리는 자세였다. 문어 그놈은 참 괴상한 놈인 것이었다. 그놈은 눈이 비상하게 좋아서, 색깔을 구분하기까지 하는 것이었다. 특히 핏빛으로 빨간 것을 좋아해서, 그게 어른거리면 은신하고 있던 바위틈에서 슬며시 기어 나와, 수없이 많은 빨판이 있는 여덟 개의 발로 그 빨간 것을 덥석 덮치는 것이었다. 빨간색을 좋아하는 그놈은 음험하게 탐욕이 많은 놈인지도 모르는 것이었다.

그래서 이 해변 지방의 여자들은 예로부터 그놈이 빨간 색깔을 탐하는 것을 이용하여, 그놈을 잡곤 하여왔다. 요즘 들어서는 그런 방법으로 문어잡이 하는 아낙들이 드물지만, 예전 미륵례가 처녀일 적만 하여도, 이 하룻머릿골 아낙들은 이런 방법으로 많은 문어를 잡곤 했었다.

미륵례가 바위에 붙어 움직이지 않자, 개는 앞발로 바위 끝을 두어 번 긁어대더니, 다시 이리저리 서성거렸다. 거의 우는 듯한 소리로 "어후 어후" 하고 괴상스럽게 짖어대더니, 이어 낑낑거리면서 미륵례가 붙어 선 바위 끝에서 맴을 돌았다. 미륵례가 물에 빠져 죽기라도 한 것으로 생각을 하는 것인지도 몰랐다.

그 개가 얄미워죽을 지경이었지만, 그도 미륵례처럼 개의 하는 짓을 그저 모르는 척해버리기로 하였다. 뱃전에 걸터앉으며 호주머니를 더듬었다. 미륵례가 문어 한 마리를 잡는 것을 보고, 그 옆으로 삿대를 짚어 배를 접근시키리라 했다. 새마을담배 한 개비를 꺼내 물었다. 바람을 등지고 성냥을 그어 불을 붙였다. 담배 연기를 듬쑥듬쑥 빨아 뿜었다. 입안에 감도는 니코틴의 맛을 혀끝에 굴리며 낫을 들었다. 삿대 끝을 깎았다. 해삼잡이 대창을 만들려는 것이었다. 해삼잡이 대창 끝은, 찔린 해삼이 빠져나가지 않도록 화살 끝같이 만들어야 하기 때문에 매우 조심스럽게 깎아야 했다. 그런데 벌거벗은 미륵례를 본 뒤부터 가랑이 사이에서 내내 들썽거리는 것이 있었기 때문에 낫을 잡은 그의 손은 자꾸 떨리고 있었다.

대창을 만든 뒤에, 그는 아래옷을 활활 벗었다. 팬티를 입고 들어설까 하다가, 그것마저도 벗어버렸다. 자기의 벌거벗은 모습을 미륵례에게 보여주려는 심산이었다. 벌거벗은 가랑이에 큰 생식기를 덜렁거리면서 이물로 가 닻을 걷어 올리고 삿대를 짚어 배를 미륵례 옆으로 옮겨 가다가, 물로 첨벙 내려섰다. 늦은 봄 무렵이라곤 하지만, 물은 써늘하게 차가웠다. 온몸에 소름이 돋고 떨려왔다. 그는 얼굴을 일그러뜨리면서 이를 물었다. 그렇게 성가시게 들썽거리던 그의 생식기가 어느 사이엔지 움츠러져 있었다. 그만큼 물은 차가웠다. 그러나 미륵례는 눈꼬리 하나 움직거리지 않고 있었다. 조금도 춥지 않은 모양이었다. 여자는 확실히 독한 동물이라는 생각이 들었다.

그 생각을 하던 밴강쉬는 속으로 탄성을 질렀다. 6·25가 지나간 뒤 어느 해 이른 봄이던가, 벌채를 하는 각시봉 기슭에 땔나무를 주우러 갔다가, 때마침 벌채를 하는 어른들이 샛거리(간식)를 먹으며, 썰물이 져 훤히 드러난 노루목 다리를 내려다보고 하던 말들을 들은 적이 있었기 때문이었다. 그때 노루목 갯벌에는 바지락이나 고둥을 잡는 아낙네들이 수없이 있었는데, 특히 시커멓게 드러난 노루목 다리 끝에는 젊은 아낙 셋이 아래옷을 벗고 들어가 문어잡이를 하고 있었다. 그 모든 것들이 각시봉 기슭에서는 모두 그리 멀지 않게 한눈에 내려다보였었다.

"저그 저 보소. 시방 저 문어잽이 하는 예펜네들이 누군지 알겠는가?"

"덕봉이 각시하고, 삼수 각시하고, 또 하나는 억보 각시 아닌가?"

"모도 홀엄씨들뿐이로구만잉."

"저 세 년들이 어째서 하필 문어잽이를 한 줄 안가?"

"오소! 쓸디없는 소리 하지도 말소."

"하아, 이 사람…… 홀엄씨가 사철 가운데서도 이 봄철 지내기가 그중 어려운 법이시. 참나무 몽둥이도 잘라 묵는다는 철 아닌가? ……수절하는 여자들이 어쩐지 안가? 밤에 자다가 남자 생각이 나면, 동지섣달에도 찬물을 막 뒤집어쓴다네."

밴강쉬는 자신이 생겼다. 미륵례가 왜 하필 이 차가운 물속에서 문어잡이를 하고 있겠는가. 모르긴 몰라도 미륵례는 열을 식히고 있는 것이라는 생각이 든 것이었다. 그는 가슴이 뜨거워졌다. 닻을 들어다가 바위틈에 박아놓고 대창을 든 채 미륵례 옆으로 갔다.

미륵례가 한 손으로 바위를 잡은 채 휘청 넘어지기라도 하듯 큰 윗몸을 옆으로 기웃하면서 오른 다리를 번쩍 들더니, 빨간 뱃조각 감은 다리에 붙은 문어를 잡아떼어 바구니에 담았다. 그는 감탄하듯, "아, 아따 큰 놈 자, 잡었소잉" 하고 미륵례의 차갑게 굳어진 얼굴을 바라보면서, 발끝으로 돌 틈을 더듬거렸다. 미륵례는 못 들은 척하고 다시 바위틈에다가 빨간 뱃조각 감은 다리를 가져다 댔다. 그는 발끝으로 돌 틈을 더듬거리면서 미륵례 옆으로 바싹 다가섰다. 그러자 바위 끝에서 낑낑거리기만 하던 개가 그를 향해 허옇고 뾰족한 이빨을 드러낸 채 으르렁거렸다.

상관할 것 없었다. 제아무리 영악한 놈이라 하더라도 물로 뛰어내릴 수는 없을 것이니 말이었다. 설사 뛰어내린다 하여도 무서울 게 없는 것이었다. 내린다면, 간단히 물속에 가라앉혀 죽일 수 있을 것이기 때문이었다. 그는 일부러 미륵례의 허벅다리에다가 거의 무릎을 붙이면서, "미, 미륵례, 지난 일 다 잊어뿔고 나하고 사십시다" 하고 말했다. 묘하게도 이때에 미끈하고 물컹한 것이 발끝에 감지되었다. 해삼이었다. 그는 대창 끝을 물속으로 넣어, 발가락 밑에 밟혀 있는 해삼에다가 찔렀다.

대창 끝을 들어 올려보니, 검정소의 혓바닥만큼 한 해삼이 등을 찔린 채 활등같이 구부러져 있었다. 그것을 창끝에서 뽑아 들고, "여, 여기다가 조깐 담읍시다이, 우선" 하고 미륵례의 바구니에 던져 넣은 뒤, 그는 또 미륵례의 얼굴을 살피면서 일부러 한쪽 다리를, 그 여자가 바위틈에 빨간 뱃조각 감은 다리를 넣느라 앙바틈하게 벌린 가랑이 사이로 들이밀었다. 발끝으로 돌 틈을 더듬거렸다. 바위의 홈 팬 곳을 붙잡은 미륵례의 손목을 잡았다.

"미륵례, 차, 참말로 나하고 삽시다."

눈살을 찌푸리고 물속을 들여다보고 있던 미륵례가, 그의 손을 힘껏 뿌리쳐버리며, "쓸디없는 생각 말고 해삼이나 잡으씨요" 하고 무뚝뚝하게 쏘아붙였다. 그러더니 그의 다른 한 손에 들린 대창을 보고 몸을 떨었다. 그 여자의 얼굴이 얼핏 굳어졌다.

"어, 어째서 쓸디없는 새, 생각이여?"

그의 말을 아랑곳하지 않고 미륵례는 물속을 향해 고개를 떨어뜨렸다. 그런 여자의 얼굴은 부아가 끓어오른 사람처럼 부어올랐다. 입술이 되새 부리처럼 튀어나왔다. 그는 히죽 웃으면서 허벅다리를 그 여자의 가랑이 속으로 밀착시키고, 바위 끝에서 으르렁거리는 개의 낯바닥처럼 찌푸려진 그 여자의 얼굴을 들여다보았다. 어쩌면 이 여자가 저 개 때문에 자기하고 살 생각을 하지 못하는 것이라 여기고, "미륵례, 오늘 저놈의 개새끼부터 자, 잡아묵읍시다, 몸보신이나 하게" 하고 내질러보았다. 미륵례가 그를 향해 허옇게 눈을 굴리면서, "저 개가 뭔 갠지나 아요?" 하고 코웃음을 쳤다.

"뭐, 뭔 개는 뭔 개라우? 지가 암만 여, 영특하다고 한닥 해도, 우리 사람이 잡어묵는 개새낄 테제, 아, 안 그러요?"

미륵례는 그에게로 몸을 돌리면서, "이 사람이 어쩐다고 어저께부터 꾼질꾼질 거머리같이 붙을라고 성가시게 이래 싼다냐? 참말로 나 알 수가 없구만잉" 하고 짜증스럽게 말하며, 으등카리같이 찌푸린 얼굴을 물밑으로 떨어뜨렸다. 그런 미륵례의 눈동자와 볼에 가는 주름살이 잡히고 있었다.

"어, 어쩐다고?"

그가 대들듯이 말하며 그 여자의 가슴 앞으로 다가섰다. 그는 이미 추위를 잊고 있었다. 가슴이 뜨거워지고 있었다. 물결에 스치며 허벅다리 살결에 부딪고 있던 그의 늘어진 생식기가 건듯 일어서고 있었다.

"어, 어쩐다고 그래? 아니, 호, 홀애비가 홀엄씨한테 꾼질꾼질 붙어갖고 같이 살자고 하는 것도 머시기 때, 때려죽일 일이란가? 다 뻔한 속이제?"

그의 이 말에 미륵례가 그의 얼굴을 빤히 바라보면서, "그 대창 뭣 할라고 만들었소? 나 죽일라고 만들었소?" 하고 독살스럽게 쏘아붙였다.

"어허, 이, 이거 뭔 소리란가?"

"우에, 내 말이 틀렸소? 당신 아부지가 우리 오빠들을 꼭 그렇게 생긴 대창으로 찔러 죽였은께, 인제는 당신이 그놈 갖고 나 찔러 죽일 차례 제잉?"

밴강쉬는 기가 막혔다. 가슴속이 온통 뻑뻑해져 견딜 수가 없었다. 내 아버지가 설사 자기 오빠들을 죽이는 데 가담했다고는 하더라도, 나는 그 오빠들을 구해내려고 얼마나 애를 썼는데……. 미륵례는 그러한 내 속을 알아줄 만하기도 한데, 이 무슨 악담이란 말인가.

"미륵례는 어째서 내 속을 그렇게 몰라주요?"

그는 탄식하듯 말했다. 미륵례가 바위틈을 향해 돌아서면서, "하늘이 두 쪼각이 나드라도 당신하고는 철천지웬수여라우. 알기를 그리 알고, 쓸디없는 생각은 애초에 말고 얼릉 가씨요. 누가 볼까 무섭소. 나도 문어 잡어사 쓰겄은께 얼릉 가씨요." 하고 볼멘소리를 하고 입을 다시 되새 부리로 만들었다. 그는 혀끝을 깨물면서 형과 아버지를 원망하고, "지나간 일은 다 이, 잊어뿝시다. 모두 시국이 한 일 아, 아니오? 그러고 내 말대로 하, 합시다. 혼자 삼스롱 문어 잡으면 뭐 할 것이오? 그, 그것도 서방이 있어사 재미도 나고 어쩌고 하, 할 것 아니오?" 하고 말했다.

"뭣이 어쩌고 어째라우? 나도 돈 벌어서 우리 새끼들한티 보내줄라고 그러요."

"새, 새끼들이라니라우?"

미륵례는 귀찮다는 듯 찌르레기처럼 사납게 지껄여댔다.

"왜라우? 아들은 군대 가고, 딸은 방직공장에 댕긴다우. 왜, 그 새끼들까지 잡아다가 죽여뿌러사 속씨원하겄은께 물어보요?"

이 말에 그는 가슴이 꽉 막혀왔다. 혀를 물었다. 미륵례네 식구들을 죽인 형과 아버지가 새삼 원망스러웠다.

"미, 미륵례는 시방도 나를 웬수로 생각하고 있소?"

"그러면 은인으로 생각하고 있으까만이?"

미륵례가 꽥 소리를 지르며 그를 노려보았다. 그 여자의 볼에 얼핏 경련이 일더니, 그게 눈 가장자리로 퍼져갔다. 그는 계속해서 빌붙듯이 말했다.

"그, 그런께 내가 말 안 하요? 지, 지내간 일은 다 잊어뿔고 나하고 살자고 말이여. 나하고 살면, 어쩌면 미륵례 아부지랑 어무니랑 오빠들이

랑은 저승에서 조, 좋아락 할 것이로고만 그래?"

"뭣이 어쩌고 어째라우?"

미륵례의 눈에는 물이 괴고 있었다. 그걸 보이지 않으려는 듯 그 여자는 물속의 문어라도 살피는 것처럼 눈길을 떨어뜨렸다. 그는 어떻게 해서, 이 노루목의 다리같이 거멓고 단단하게 굳어져 있는 미륵례의 마음을 풀어놓아, 자기에게 돌아서게 할까 하고 궁리를 했다. 그는 다시 빌붙었다.

"드, 들독이 성님도 나한테 분명히 말했어라우. '너는 우리하고 남 되어서는 안 된데이' 했어라우. 내, 내가 거짓말을 하면 죽어서 지옥에도 못 갈 것이오."

이 말에 미륵례는 대꾸를 하지 않았다. 미륵례가 어쩌면 자기의 말에 수그러지고 있다고 생각하며 그는 달래듯이 말했다.

"우, 우리도 인제 많이 안 늙었다고? 나도 느, 늙은 우리 어메 죽으면 나 혼자 똑 떨어진단 말이여라우."

그의 목소리에는 물기가 어리고 있었다. 그는 자기의 말에 가슴이 저리어오는 것을 느꼈다. 코끝이 시큰해지고 있었다.

"미륵례도 마, 마찬가지 아니오? 늙디늙은 저그 저 개가 살면 얼마나 살 것이오? 아, 안 그러요?"

미륵례는 고개를 들지 않았다. 개는 이제 그를 향해 껑껑 짖어댔다. 그는 개를 아랑곳하지 않고 미륵례 옆으로 더 다가섰다. 미륵례의 피둥피둥하고 허여멀쑥한 허벅다리에 손을 가져다 대고 쓸었다. 그때 그의 가랑이 사이에서 곤두선 주먹 같은 힘이 그의 눈앞을 순간적으로 아찔하게 했다. 동시에, 강제로라도 부부가 되는 수밖에 없도록 만들어야 한다는 생각이 머릿속을 주름잡았다. 그는 미륵례를 덥석 끌어안으면서, 한 손으로 그 여자의 엉덩이에 거추장스럽게 걸쳐져 있는 빨간 팬티의 고무줄 넣은 부분을 잡아 낚아챘다. 그게 쭉 찢어졌다. 그 여자가 돌아서면서 그의 가슴을 걷어 밀었다. 그는 미륵례를 더욱 세차게 끌어안았다.

"워메, 이 징한 놈 조깐 보소!"

그 여자가 그를 힘껏 밀어붙이고 휘청 넘어졌다. 그 여자의 윗몸이 물속으로 묻혔다. 그 여자는 짠물을 꿀꺽 삼키며 허우적거렸다. 그러다가 일어선 그 여자가 바구니에서 기어 나가려는 문어와 해삼을 떼어 담으며, "디질라고 환장을 했구마이, 참말로 환장을 했어, 이 웬수 놈이!" 하고 그를 향해 악다구니를 썼다. 바위 끝의 개가 물로 뛰어내릴 듯한 기세로 그를 향해 짖어대고 있었다. 머리카락이나 스웨터 자락, 그리고 젖가슴께로 올려 동인 치맛자락에서 물이 줄줄 흐르고 있는 미륵례 앞으로 다가가기가 무섭게, 그는 그 여자의 손에 들린 바구니를 빼앗아서 바위 끝의 개를 향해 돌팔매질하듯 던졌다. 개가 그걸 피해 물러서면서 한층 사납게 으르렁거리며 짖어댔다. 그는 물에 빠진 새앙쥐 꼴이 된 미륵례를 덥석 끌어안고 물속으로 가라앉아 들어갔다. 미륵례가 갯물을 꿀꺽꿀꺽 삼켜댔다. 그는 만일 그 여자가 자기와 함께 살겠다고 하지 않으면, 이 물속에 처박아 죽이겠다고 외쳤다.

"마, 말해라, 이년아, 개잡년아. 나하고 살래, 여그서 무, 물귀신이 될래?"

그는 물속에서 허우적거리는 미륵례를 물 밖으로 번쩍 들어 올렸다. 삼킨 갯물을 토해내려고 건구역질을 하는 미륵례를 끌어안으면서, 이번에는 달래듯이 말했다.

"어쩔래? 나하고 살 것이냐, 여기서 내 손판에 주, 죽고 말 것이냐?"

미륵례는 건구역질을 하고 침을 뱉다가 "이 썩어빠진 놈이 미치고 환장을 했구마잉" 하고 악을 썼다. 그도 지지 않고 소리쳤다.

"오, 오냐. 미치고 환장했다. 나, 나하고 못 살겠그덩 내 손판에 어디주, 죽어봐라" 하고 이를 갈았다. 그는 말은 그러면서도, 미륵례를 배에 올려 실은 다음에, 아주 일이 비뚤어지지 않도록 단단히 말뚝을 박아놓고 말겠다는 생각을 했다. 미륵례의 손목을 틀어쥔 채 배의 닻줄을 잡아당겼다. 그 여자는 그의 손을 뿌리치려고 버둥거리면서, "이 썩은 놈이 인제 하나 남은 나까지 아주 죽일라구 하구마잉. 이 웬수 놈이!" 하고 악다구니를 썼다.

그가 끌어당긴 배가 가까이 왔으므로, 그는 미륵례를 안아서 배 위로 실으려고 했다. 미륵례가 그를 뿌리치고 물로 넘어져 허우적거렸다. 개가 악을 쓰듯 짖어대면서 으르렁거리다가 바위 끝에서 맴을 돌았다. 그가 허우적거리는 미륵례에게로 쫓아갔으나, 미륵례는 재빨리 몸을 가누고 바위 위로 기어 올라가면서 이를 갈았다.

"오냐, 이놈 어디 두고 보자. 이따가 넓바위에서 한번 보자, 우리 꺼멍이를 시켜갖고, 니놈을 칵칵 씹어뿔라고 할 것인께."

이 말에 그가 지지 않고 물에 우뚝 선 채 소리쳤다.

"뭣이 어, 어쩌고 어째? 어디 한번 해보자. 이 대창으로 그놈의 개 아, 아구창을 콱 쑤셔 죽여뿔 것이다. 이, 벼락을 딱 맞을 놈의 개……" 하면서, 그는 물에 뜬 대창을 들고, 그를 내려다보며 바위 끝에서 으르렁거리는 개를 향해 뾰족한 끝을 겨누었다가 힘껏 찔렀다. 개가 껑충 뛰면서 그 끝을 피하더니, 금방 물에 선 그를 향해 뛰어내리기라도 할 듯이 콧등을 젖히고 허여멀쑥한 이를 드러낸 채 으르렁거렸다. 미륵례가 젖가슴께에

둘러맨 치맛자락을 풀어 내려 벗겨진 흰 아랫도리를 감추고, 시울로 기어 나오고 있는 문어 대가리를 떼어 바구니 한가운데다 담으면서, 물 위의 그를 향해 날뛰는 개의 머리를 쓰다듬었다. 그는 대창을 든 채 배 위로 뛰어 올라갔다. 고물로 간 그는, "그러고저러고, 오, 오늘 저녁에나 내일은 내가 그 개새끼를 콱 때려잡아갖고, 기어코 보, 보신탕을 해 묵어뿔 것인께 그리 알고 있기나 하, 하씨요" 하고 조롱하듯이 말을 던졌다. 미륵례가 이를 뽀득 갈고 살기 어린 눈으로 그의 다리에 돋은, 햇살에 번들거리는 돼지털들을 노려보더니 북받치는 분함을 어떻게 주체하지 못하고 개에게 말했다.

"꺼멍아, 저것 봐라, 저놈이 내 웬수닝께, 저놈을 콱 물어뜯어뿌러라, 이따가."

바구니를 팔에 끼면서 몸을 돌렸다. 그를 보고 으르렁대며 쪼그려 앉아 있던 개가 그 여자를 따랐다.

"예, 예 말이오, 미륵례. 내가 잡아준 해삼이나 주고 가사 쓸 것 아니오?" 하고 그는 항의라도 하듯 말했다. 그 여자가 바구니에서 해삼을 집어 배로 던졌다. 그것이 배 안에 깔린 널빤지 위로 툭 떨어졌다. 그는 널빤지 위로 떨어진 해삼을 집어 들고 고물로 가서 걸터앉은 채 한입 뚝 베었다. 우적우적 씹다가 그 나머지를 모두 한입에 넣어 씹어댔다. 그러면서 자기의 가랑이 사이에 붙은 해삼 덩이를 물끄러미 들여다보았다. 그러던 그가 번쩍 고개를 들었다.

"미, 미륵례야, 이 개잡년아!" 하고 미친 듯이, 울컥 목이 멘 소리로 외쳐댔다. 아랫배 밑을 두 손으로 감싸 쥐고 몸부림쳤다. 그의 목구멍에서는 덩치 큰 야수의 울음 같은 신음 소리가 흘러나오고 있었다.

14

　바지를 주워 꿰고 노를 걸어 저으면서 뱀강쉬는 하룻머릿골 뒤쪽의
각시봉 언덕에 마을 사람들이 허옇게 우글거리고 있음을 발견했다.
　"저런 육시럴 것들 잔 보소이" 하고 그는 투덜거렸다. 이때껏 자기가
미륵례에게 붙이는 수작을 마을 사람들이 거기 앉아서들 다 구경하고
있었음에 틀림없었다.
　그러니까 마을 사람들은 그가 이날 아침, 여느 때의 그 같지 않게 오
징어 그물 만들 준비를 해서 지게에 짊어지고 나올 때부터 살금살금 하
룻머릿골로 나왔던 모양이었다. 그가 미륵례를 쫓아다니는 것을 본 것
은 달보와 영득이 둘뿐일 텐데, 역시 그놈들이 소문을 내었기 때문에 저
렇게 몰려들었으리라 싶으니, 달보와 영득이가 얄밉기 이를 데 없었다.
미륵례가 쌀쌀히 굴면서 돌아간 것도 울화가 끓어오르는 판에, 그것을
하나도 빼지 않고 마을 사람들이 모두 지켜보았으리라는 생각을 하니
기가 막혔다. 저 사람들이 마을로 돌아가면 또 무슨 말들을 퍼뜨릴 것인
가. '뱀강쉬는 문어 잡느라고 물속에 들어가 있는 미륵례를 보듬고 어떻
게 할라다가 못 하고 말았다네' 하는 따위의 말들을 도시락 싸 들고 다
니면서 만들어 띄워댈 것이 뻔했다. 그는 얼굴을 찌푸리고 이를 물었다.
이제 빼 든 칼이었다. 이대로 물러앉을 수는 없는 일이었다. 이날로 아
주 결판을 내고 말겠다고 했다.
　만일, 미륵례를 아내로 맞이하지도 못한 채 하룻머릿골을 넘나들면,
마을 사람들은 그를 더욱 실없는 미치광이로 생각할 게 뻔하고, 이제야
말로 쫓아내야 한다고 입들을 모을 것이 아닌가. 그렇게 되면 늙은 어머

니의 처지는 또 어떻게 되어갈 것인가. 미륵례, 이년을 오늘 중으로 기어이 거꾸러뜨려야 한다 했다.

그러나 이년이 데리고 있는 개가 자꾸 마음에 걸렸다. 전날 그 개한테 어이없이 당하고 말았던 일이 눈앞을 가렸다. 보통 개가 아니었다. 호랑이 잡은 개라더니 정말 무서운 개였다. 섣불리 건드렸다가는 어떻게 더 큰 봉변을 당할지 모르므로 조심해야 한다 했다. 어쩌면 미륵례가 그같이 뻣뻣이 나서는 것도 그놈을 믿고 하는 짓임에 틀림없었다. 어쨌든, 그놈부터 때려잡아야 미륵례가 그의 말을 고분고분 들을 것이므로 어차피 쳐들어가긴 쳐들어가야 한다고 노 젓는 팔뚝에 힘을 주었다.

하룻머릿골 앞바다로 왔을 때는, 밀물이 많이 져 있었다. 넓바위 옆의 선착장에 쉽게 배를 정박시킬 수 있었다. 그것은 점심때가 훨씬 겨운 때였다. 배에서 내리면서, 그는 혹시 미륵례가 개를 데리고 넓바위 너머에서 자기에게 복수를 하기 위해 기다리고 있을지도 모른다 하며, 대창과 낫을 단단히 쥐었다. 넓바위 주변이나 폐촌 구석 어디에도 미륵례와 개의 모습은 보이지 않았다. 개와 미륵례는 노루목에서 아직 하룻머릿골로 넘어오지를 않고 있었던 것이었다.

이 개잡것들이 노루목에서 무엇을 하고 자빠져 있느라고 아직 넘어오지를 않고 있는 것일까. 그는 금방 분심이 끓었으나 이를 물고 기침고개를 넘었다. 큰몰에 있는 그의 집으로 가 점심을 먹기가 바쁘게 도끼자루로 쓰려던 참나무 몽둥이 한 개를 쓰기 좋게 깎았다. 그걸 들고 기침고개를 넘어 하룻머릿골로 왔다. 개가 덤벼들기만 하면 간단히 휘둘러 머리통을 부숴놓겠다 했다.

저녁 무렵이 되면서부터 서풍이 불고 있었고, 굵다란 파도가 밀려들

어 모래톱에서 철썩거렸다. 희끗희끗한 누엣결이 일어난 바다를 내다
보던 그는, 그것처럼 일어나고 있는 가슴속의 힘을 느끼고, 안간힘을 썼
다. 여느 때, 바다의 파도가 굵어지면 자기도 모르는 사이에 힘이 솟곤
하는 그였다. 참나무 몽둥이를 쥔 손아귀에 힘을 주고, 넓바위 위로 올
라가면서, 폐촌 안에 유일하게 남아 있는 미륵례네 헛간을 바라보았다.
그 주위는 조용했다. 개나 미륵례의 모습이 보이지 않았다. 어디를 갔
을까. 미륵례가 찬샘골엘 갔으므로 개가 거기에 따라가 있을지도 모른
다 싶었다. 그는 노루목 쪽으로 걸어가다가 찬샘골을 쳐다보았다. 거기
에도 개와 미륵례는 보이지 않았다. 혹시, 밥 끓일 땔나무를 주우러 산
엘 갔는지도 모른다는 생각이 들어 하룻머릿골 뒷산 숲을 둘러보았다.
그 숲에도 그들의 모습은 보이지 않았다. 노루목엘 갔을까. 그는 고개를
저었다. 만조가 되어 있기 때문에 무슨 갯것을 하러 갔을 리도 없는 것
이었다. 그는 우두커니 선 채 모래톱을 철썩철썩 때리는 물결을 바라보
았다. 머릿속에, 치마를 걷어 올리고 물속에 몸을 담그던 미륵례의 하얀
다리가 떠올랐다. 숫제 펑퍼짐하게 느껴지던 엉덩이의 빨간 팬티가 눈
앞을 온통 붉게 물들였다. 동시에, 자기가 팬티를 죽 찢어 내렸던 일과,
미륵례가 검은 바위 위로 올라서면서 벌거벗겨진 몸을, 젖어 물이 줄줄
흐르는 치마폭으로 내려 덮던 모습이 떠올랐다. 미륵례가 말은 "웬수야,
웬수야" 하고 이를 갈아붙이면서도 사실은 자기를 그렇게 미워하지만
은 않고 있을 것이라는 생각이 들었다.

　순간, 미륵례와 개가 어쩌면 지금 헛간 속에 들어 있을 것이라는 생각
이 들었다. 아침나절, 물속에서이긴 했으나, 자기 쪽에서 미륵례를 알몸
으로 만들었고, 그 알몸을 끌어안은 채 비비대었기 때문에, 미륵례는 몸

이 불같이 달아 노루목에서 돌아오는 대로 헛간의 이불 속에 죽치고 누운 것인지도 모른다 싶었다.

그는 참나무 몽둥이를 든 손아귀에 다시 한 번 힘을 모두어주면서 폐촌으로 들어섰다. 전날처럼 개한테 당해서는 안 된다고 하며, 발소리를 죽였다. 개가 헛간 모퉁이에 웅크리고 있다가 쏜살같이 튀어나오기라도 하면, 사정없이 참나무 몽둥이를 휘두르겠다 했다. 헛간 모서리에 멈추어 서서 주위를 살폈다. 그 주변 어디에도 미륵례와 개의 그림자는 보이지 않았다. 그의 귀는 자동적으로 헛간 안쪽으로 기울여졌다.

그는 "이런 개잡년을 어쩨사 쓸꼬" 하며 이를 물었다. 헛간 안에서 개의 낑낑거리는 소리가 들려 나왔는데, 그 낑낑거림이 예사소리가 아니라는 게 직감되었다. 그는 헛간 출입문에 문짝 대신 쳐 늘어뜨린 가마니 자락 사이로 눈을 가져다 댔다. 헛간 안은 햇빛이 차단되어 어두컴컴했다. 어둠에 익어 있지 않은 그의 눈은 아무것도 볼 수가 없었다. 낑낑거리던 개가 엄포를 놓듯 굵은 소리로 으르렁하였다, 이때, 그의 눈은 점차 헛간 안의 어둠에 익어갔고, 그 헛간 안에서 벌어지고 있는 상황을 한눈에 훑어 읽을 수 있었다.

"요, 요런 죽일 것들!"

그는 눈에 불이 번쩍 튀겼다. 가마니 자락을 젖히고 안으로 뛰어 들어갔다. 미륵례가 뉘었던 윗몸을 일으키면서, "디질라고 환장을 했구마 잉!" 하고 악을 썼다. 그는 미륵례를 아랑곳하지 않고 개의 정수리를 노려 몽둥이를 내리쳤다. 개가 재빨리 몸을 움츠렸으나 주둥이를 한 번 얻어맞은 듯 캥 하고 펄쩍 뛰었다.

"먹아지를 콱 물어 죽여라."

미륵례의 앙칼진 소리에 개가 그를 노렸다. 미륵례가 허리에 치마를 두르더니 그에게 대들었다.

"왜 이래 응? 나 하나 살아 있는 것이 그렇게도 눈꼴셔 못 보겠는가, 못 보겠어?" 하더니, 개를 향해 "꺼멍아, 내 웬수다, 먹아지를 콱 물어 죽여뿌러라" 하고 악을 쓰듯 소리쳤다. 개가 미륵례의 말에 용기를 얻은 듯 더욱 사납게 으르렁거리며 그의 앞으로 한 걸음 다가섰다. 그는 눈을 부릅뜬 채 참나무 몽둥이를 어깨 위로 치켜들었다. 개가 그의 눈을 쏘아 보면서 이리저리 피하는 척하고 몸을 잽싸게 놀리더니, 멀겋게 날이 선 이빨들을 모두 내놓은 채 그의 목줄을 향해 몸을 날렸다. 순간, "나 몰라, 도망가란 말이어어!" 하고 미륵례가 부르짖으며 뱀강쉬 옆으로 달려들었다.

그것은 그가 옆으로 슬쩍 비켜서면서 몽둥이를 내리친 뒤였다. 개는 간단히 옆으로 나동그라졌다. 그의 일격에 앞다리와 주둥이를 얻어맞은 것이었다. 개는 발을 절름거리면서 다시 미륵례의 등 뒤로 몸을 숨겼다. 미륵례로서는 전혀 예상하지 못한 일이던 모양이었다. 뱀강쉬가 뒷걸음질 치다가 이번에야말로 개에게 목줄을 물어뜯기고 나자빠질 줄만 알았던 모양이었다. 그러나 얼마나 다행스러운 일인가. 개한테 그가 물려 죽기라도 한다면, 동네 사람들이 몰려들어 개를 때려죽일 것은 뻔한 일이 아닌가……. 이런 생각을 했었는지도 몰랐다. 그렇지만 미륵례는 개가 그의 손에 맞아 죽는다고 생각하니 분해 견딜 수가 없는 듯 금방 두 눈에 불을 켜고 덤벼들었다.

"이 웬수 놈아, 나 죽여라, 나 죽여!"

그의 가슴을 걷어 밀면서 악다구니를 썼다. 그가 뒷걸음질을 치는데,

미륵례의 치마폭 밑에 몸을 숨기고 있던 개가 그의 바짓가랑이를 물고 끌어당겼다. 그는 뒤로 넘어질 것같이 휘청했다. 그가 넘어지기만 하면, 개는 간단히 한 이빨에 그의 목줄을 물고 늘어질 것임에 틀림없었다. 그의 눈에 다시 불이 튀었다.

"이, 이런 개잡것들!" 하고 소리치며 몸을 재빨리 가눈 그는 개의 등을 향해 몽둥이를 내리쳤다. 개가 캑 하고 앞다리를 꾸부린 채 주저앉았다.

미륵례가 그의 얼굴을 마구 할퀴어댔다. 눈두덩과 콧등과 볼과 입술이 얼얼해왔다. 그는 미륵례의 부스스하게 헝클어진 머리를 훔켜잡아 뗴기라도 치듯 휘둘러서 이불 위로 밀어붙였다. 이어, 경련이 일어난 듯 두 발을 꾸부렸으면서도, 아직 그를 향해 허연 이를 드러내고 있는 개의 정수리를 향해 몽둥이를 내리쳤다. 이번의 내리침에는 퍽 소리가 났을 뿐이었다. 눈이 허옇게 뒤집힌 채 사지를 옆으로 뻗은 개의 몸에는 마지막 단말마의 경련이 지나가고 있었다. 미륵례가 달려가서 개를 얼싸안고, "워메, 워메, 내 개 어째사 쓸고!" 하면서 주저앉은 채 엉덩방아질을 하고 울부짖었다.

그는 몽둥이를 한편 구석으로 던졌다. 한동안, 금방이라도 터져 나오려는 오줌을 참아낸 여자아이처럼 엉덩방아질을 하기도 하고, 불에 덴 벌레처럼 몸부림을 하기도 하던 미륵례가 몸을 일으키더니, 그에게 덤벼들었다. 두 주먹으로 그의 가슴을 꽝꽝 두들겨댔다. 그는 그 여자에게 마음대로 두들겨대라는 듯 옷고름을 우두둑 뜯어, 시꺼먼 털이 부스스한 가슴팍을 내밀어주면서 히죽 웃었다.

"나도 죽여라. 이 악마 같은 놈아, 니 성 놈은 울 아부지 울 어메, 우리 성 잡아묵고, 니 애비 놈은 울 오빠들 다 잡아묵었은게, 인제 너는 나 잡아묵어라, 이 날도둑놈아!" 하고 울부짖던 그 여자가 그의 가슴을 얼핏 끌어안는 듯하더니, 앙하고 가슴팍 한 곳을 물어뜯었다. 그는 "아얏!" 하고 소리치면서 미친 듯 날뛰는 미륵례를 걷어 밀었다. 미륵례는 나무둥치처럼 펼쳐진 이불 위로 나둥그러졌고, 그 위에서 뒹굴면서 엉엉 울어댔다. 머리칼이 부스스 헝클어진 채, 치마로 아랫도리만을 간신히 가렸을 뿐인 그 여자가 뒹구는 것은, 흡사 불을 맞고 버둥거리는 암소 모양이었다. 한참을 뒹굴던 그 여자는 네발짐승처럼 엉금엉금 기어가서 죽은 개를 끌어안은 채, "나는 몰라, 내 개, 내 개, 나는 몰라. 인제 나는 죽어, 참말로 나는 못 산단 말이여어. 나는 인제 참말로 죽는단 말이여어, 이 날도둑놈아, 이 웬수야!" 하고 마구 욕설을 퍼부었다. 그 여자의 입가에는, 살랑거리는 마파람을 맞으려고 구멍에서 기어 나온 꽃게가 내놓은 것 같은 허연 거품이 들솟고 있었다.

그는 따끔거리고 쓰린 젖가슴 부근을 쓸었다. 개를 때려잡기 위해 용을 쓰느라고 가빠진 숨결을 투후 하고 내뿜었다. 머리칼이 헝클어진 채 개를 끌어안고 엉덩방아를 찧고 있는 미륵례의 눈물범벅 된 얼굴을 물끄러미 내려다보았다.

미륵례의 울음의 격조가 점차 낮아지는 것을 보고, 그는 미륵례를 이불 위로 끌어당겼다. 미륵례는 이제 체념을 한 듯 이불에 얼굴을 묻은 채 꿈틀거리기만 했다. 그는 죽은 개의 뒷다리를 끌어다가 헛간 밖으로 던져놓은 뒤 미륵례 옆으로 갔다. 미륵례가 일어나 그의 따귀를 냅다 후려쳤다.

"나도 죽여라, 나도 죽여!"

그는 그런 미륵례를 얼싸안았다. 미륵례가 한 손으로 그의 멱살을 잡아 쥐면서, 다른 한 손으로는 가슴팍을 두드렸다. 그의 바람벽 같은 가슴이 둥둥 울렸다. 그것이 그의 씨근거리던 숨결을 더욱 질풍같이 거칠어지게 만들었고, 발동선의 기관처럼 뛰게 했다. 그는 짐승처럼 웃고, 미륵례를 안은 채 모로 넘어졌다. 이어 미륵례의 아랫몸을 타고 엎드린 채, "뭐, 뭣이 그렇게도 서럽소? 암만 그래도, 개 서방보다는 사, 사람 서방이 더 나을 것이오" 하고 말했다. 그의 몸에 돌출되어 있는 부분은 살인자의 핏발 선 살의처럼 충혈되어 있었고, 활의 시위처럼 탱탱하게 켕겨져 있었다. 그의 배 밑에 깔린 미륵례는, "니 애비, 느그 성은 우리 식구들 다 죽였은께, 인제 너는 나 잡아묵어라, 이 웬수야" 하고 울부짖으며 그의 시꺼먼 가슴팍을 걷어 밀어댔는데, 그런 그 여자는 홑치마 바람일 뿐이었다.

산그늘이 헛간 위로 내려와 있었고, 그 무렵부터 유별나게도 하늬바람은 극성을 부렸는데, 넓바위 앞바다는 발칵 뒤집힌 채, 이날 죽은 개의 화신이라도 되는 양 하룻머릿골을 내내 뒤집어 엎어버릴 것처럼 으르렁거리고 있었다.

15

이날 밤, 큰몰 공회당에서는 마을 어른들의 회의가 있었다. 그것은 영득이와 달보가 서둘러 뛰어다니며 소집한 회의로, 느닷없이 개 한 마리만 데리고 들어온 미륵례와, 그간 많은 물의를 일으키고 마을 사람들을 불안스럽게 만든 장본인 밴강쉬를 쫓아내자는 것이 주 의제였다. 여기에 적극적으로 찬성을 하는 사람들은 거의가 하룻머릿골에서 살다가 큰몰로 들어온 사람들이었는데, 그들이 그렇게 찬성하는 이유로 내세우는 것들이 볼만했다.

첫째, 미륵례는 짐승과 어울려 사는 여자이므로, 그런 짐승 같은 여자를 마을에 들여놓을 수 없다는 것이었다. 또, 그 여자에게는 횡액이 붙어 다니기 때문에 그 시가 마을에서도 쫓겨 온 여자라는 것이었다. 둘째, 밴강쇠 또한 어디서 어떤 경우에 어떤 아낙이나 남의 집 처녀를 겁탈할지 모르는 짐승 같은 사람이라는 것이었다. 그가 충분히 그럴 수도 있는 사람이라는 것은, 이날 낮에 노루목 다리 끝에서 미륵례를 겁탈하려 한 것을 보면 짐작할 수 있다는 것이었다. 셋째, 밴강쇠라는 괴물 같은 사람이 혼자 살고 있을 때도 마을 안이 온통 시끌시끌했었는데, 거기에 횡액이 붙어 다니는 괴물 같은 여자가 함께 살게 되었으니, 이제부터는 어떤 일이 더 크게 벌어질지 모르지 않느냐는 것이었다. 넷째, 하룻머릿골이 폐촌으로 되고 만 원인은, 따지고 보면 밴강쇠와 미륵례의 집안 때문이었고, 또 그 집안이 그렇게 된 것은 곧 두 거인들이 안고 있는 횡액 때문임에 틀림없다는 것이었다. 그러므로 그들이 만일 큰몰로 들어오면, 이 큰몰 또한 하룻머릿골처럼 될 게 뻔하다는 것이었다.

여기에는 하룻머릿골에 살다가 들어온 영감들이나, 큰몰 어른들이 절대적으로 입을 모아 찬성의 뜻을 표했기 때문에, 여기에 반대를 하고 나선 이장인 성칠이나, 바깥바람 쐬어 개화된 몇몇 젊은이들의 의견은 간단히 묵살되어버렸다.

"그러고저러고, 우리 큰몰이나 하룻머릿골 안에서만은 못 살게 하세."

일단 그들을 추방시키자는 의견이 모아진 뒤, 마을 사람들은 그 구체적인 추방 방안을 마련했는데, 그것은 젊은이들로 단을 짜 일차적으로 닷새 동안의 여유를 준다는 경고를 내려두자는 것이었다. 그 단을 앞장서서 이끄는 것은 힘깨나 쓰는 데다 간혹 씨름판에 나가 송아지를 한두 번 끌어온 경력이 있고, 마을의 유지로서 제법 말자리나 할 줄 아는 영득이와 달보로 정해졌다.

영득이와 달보가 청년들 여남은 명을 이끌고 하룻머릿골에 유일하게 남아 있는 미륵례네 헛간에 나타난 것은 이날 밤이 깊었을 때였다. 그들은 손에 손에 몽둥이들을 들고 있었다. 달보가 문 대신 늘어뜨려놓은 가마니때기 앞으로 나서면서, "밴강쉬!" 하고 불렀다. 헛간 안에서는 아무 대답이 없었다. 드르렁드르렁 코 고는 소리만 흘러나오고 있었다. 달보가 다시 소리쳐 불렀을 때에야, "누, 누구여?" 하는 밴강쉬의 잠에 취해 있는 목소리가 울려 나왔다. 그때, 영득이가 플래시를 가마니때기 사이로 넣어 헛간 안을 비췄다. 부윰한 빛살이 헛간 안의 어둠을 이리저리 더듬었다. 그들은 바닷물 속에 산다는 황구렁이가 결고틀고 있는 것같이 휘감겨 있는 네 개의 다리를 보았다. 영득이가 흠칠하고 플래시를 거두어들이면서, "저, 우리 말이시, 동네서 나왔는디 말이시, 나쁘게는 생각하지 말소. 앞으로 닷새 동안 여유를 줄 텐께, 그동안에 다른 데로 나가소. 동네서 회의를 해서 결정된 일인께 그리 알소" 하고 말했다. 그러자 안에서, "뭐, 뭣이 어째여?" 하는 밴강쉬의 목소리와 함께 부스럭거리는 소리가 들렸는데, 이때 영득이와 달보의 등 뒤에 있는 청년들 가운데 누군가가 화닥닥 도망을 쳐버렸다.

이어 달보, 영득이만을 남기고 모두 도망쳐버렸다.

"아니, 이 바보 같은 사람들 보소이?"

영득이와 달보가 기막혀 하는 사이에 밴강쉬가 가마니때기를 들치고 나왔는데, 그때는 영득이와 달보마저도 도망치는 무리를 따라 달리고 있었다.

"네, 네 이놈! 달보야, 여, 영득아, 느그가 참말로 까불래?"

가마니때기 문 앞에 선 밴강쉬가 이렇게 소리쳤을 때, 영득이와 달보는 넓바위 위에 올라가 있었다.

"우리는 동네 사람들의 회의 석상에서 결정된 것을 알려주었을 뿐이시. 닷새 동안 여유를 줬는디도 안 나가고 있으면, 동네 사람들이 모도 쫓아올 것인께 그리 알소. 미리 알아서 다른 데로 나가기나 하소."

누군가가 소리쳐 말하는 것이, 으르렁거리는 파도 소리 속에 섞여 들려왔다. 밴강쉬는 하늘을 향해 허허 웃었다. 그리고 소리쳤다.

"골대가리 활딱 까서 뒤집어보면 보아도 또, 똥밖에 아, 안 들었을 새끼들아! 느그가 어, 언제부터 그렇게 되되해졌냐? 언제부터 큰몰에서 유지 행세를 했디야? 느, 느그나 나나 이 하룻머릿골 배, 뱃놈의 새끼들이긴 마찬가지 아, 아니냐?"

이렇게 소리쳐대는 그의 목소리는 울음이 섞이어 있었다.

그때, 그를 쫓아내자는 데 반대 의견을 내놓았던 이장 성칠이와 몇 명 젊은이들이 그의 헛간 옆으로 오고 있었지만 그는 "느, 느그나 나나 이 하룻머릿골 배, 뱃놈의 새끼들이긴 마찬가지 아, 아니냐?" 하는 소리를 자꾸 되풀이해서 부르짖어대고 있었다.

16

이튿날 아침, 밤새 들썽거리던 바람은 죽은 듯이 잤고, 득량만 건너 소록도와 금당도 사이에서, 불덩이 같기도 하고 전날 미륵례가 흰 엉덩이 살을 감춘 빨간 팬티 빛깔 같기도 하며, 또 어찌 보면 미륵례 아버지나 어머니나 야실이나 두 오빠들이 죽으면서 쏟은 핏덩이 빛깔 같기도 한 해가 아주 천연덕스럽게 솟아 득량만의 시푸른 물결을 온통 핏빛으로 물들여놓았는데, 하룻머릿골 폐촌 옆의 찬샘골에서는 젖빛 짚불 연기가 피어오르고 있었다. 그것은 뱅강쉬가 꼿꼿하게 박은 목나무 끝에 개를 매달아 꼬시르는 짚불 연기였는데, 그가 그러고 있는 언덕 옆의 찬샘가에서는 미륵례가, 여느 아낙들이 한참 신이 나가지고 빨래를 하거나 물일을 하면서 내곤 하는 '시시 시이 시시 시이' 하는 소리를 하며 부산스럽게 솥을 씻고 있었다.

(1976)

앞산도 첩첩하고

1

밤 봇짐을 싸가지고 나간 딸아이가 갈 데가 그리도 없어, 하필 외할머
니나 외할아버지 한 분도 살아 계시지 않은 외가엘 갔을까마는, 그 아이
가 갔음 직한 광주 호남전지공장이라든지, 서울 구로공단이라든지, 마
산 수출자유지역이라든지를 둘러보고 뒤질 수 있는 데까지 샅샅이 뒤
진다고 뒤졌으나, 끝내 찾아내지를 못하고 돌아오는 아버지 오달병 씨
는, 청도로 들어가는 배를 타기 위해 회진에서 하룻밤 머물러야 하는 걸
음에, 혹시나 하는 생각으로 그저 헛걸음 삼아 그 아이의 외가가 있는
덕도 쪽으로 발을 옮기고 있었다.

그 아이가 갔으면 어디로 갔을 것인가. 일본으로 갔을 것인가, 미국으
로 갔을 것인가. 삼천 리가 채 못 되는 이 강산의 반쪽 어디엔가 있기는
분명 있을 것이었다. 그 아이를 잡기만 하면, 그 아이를 꾀어가지고 나
간 놈을 찾아, 갈기갈기 찢어 죽여야 한다고 이를 가는 그의 가슴에는,
얻어맞아 퍼렇게 멍이 든 눈두덩처럼 옹어리진 주먹 같은 멍울이 담기
어 있었다.

꾀죄죄하게 땟국이 전 흰 바지저고리를 입은 그의 걸음걸이는 허공을 디디는 것처럼 허청거렸다.

십 년이면 강산도 변한다더니, 이십 년이니 바다가 숫제 산언덕과 들로 변해 있었다. 덕도도 이젠 연륙이 되고, 너른 전답이 생겨 살기 좋게 되었다더라는 소문을 듣긴 한 터였다. 그런데도 막상 발을 디디고 보니 그저 놀랍기만 하였다. 스무 해 전까지만 하여도 나룻배로 건너곤 하던 바다 한가운데엔 산언덕처럼 높은 둑이 막히어 있었다. 천관산 기슭과 덕도 큰산 발부리 사이로 썰물이 지기가 바쁘게 펼쳐지곤 하던 꺼먼 갯벌밭은 그새 바둑판처럼 쪼개어진 채 김제 만경의 너른 들이 무색할 만큼 아득한 들판이 되어 있었다.

둑 위에 선 채 그 아득한 들판을 바라보던 그는 회진 뒷산에서 흘러내린 자줏빛 그늘에 잠기고 있는 시퍼런 바닷물을 향해 돌아섰다. 이 모든 게 변했다고 놀라고 있는 자기가 우스워 보여, 그는 아무렇게나 고개를 끄덕거리며 둑을 건넜다. 아내와 함께 이 덕도를 등진 것이 벌써 이십 년 저쪽이요, 그 아내 죽은 지 어느덧 십 년하고도 팔 년이니, 그때 핏덩어리이던 딸아이가 벌써 열아홉 살로 시집갈 나이가 다 되어 있질 않은가.

작은 항구도시같이 번창해버린 회진 포구에서 막걸리를 거푸 두어 잔 걸친 때문으로, 가슴이 후끈 뜨거워져 있는 데다, 딸과 아내의 생각이 겹쳐지고, 거기에 또 이 땅이 바로 아내가 나고 자란 고향이면서, 자기가 어디서인지는 몰라도 아버지의 등에 업히어 온 이래 머슴살이로 잔뼈가 굵어진 곳이요, 또 그러는 중에 그 아내와 정이 맺어진 곳이라는 감회가 가슴 가득 넘쳐나고 있었다.

가슴속에 응어리진 주먹 같은 멍울이 들썩거리고 금방 숨이 가빠지는 듯했다. 그것을 가라앉게 하기 위해서는 배때기에 안간힘을 쓰면서 목청껏 노래를 불러야 했다.

덕산 마을을 지나 하눌재 큰산 기슭을 오르면서부터, 그의 가슴은 뜨겁게 달구어진 소리를, 카랑카랑한 촉기가 늪 속에 찔꺽거리는 물기처럼 배어 있는 목청을 통해 토해놓고 있었다.

"앞산도 첩첩하고 / 뒷산도 첩첩한다……."

이것은 그가 예전 이 산 너머 새텃몰에서 머슴살이를 하던 때에 나무 지게를 지고 뒤따르거나, 사랑방에서 털매신을 삼거나 하면서, 나이 많은 머슴들한테서 들어 배운 것으로, 「적벽가」 중 '새타령'의 첫 비두 비슷한 것인데, 명창 임방울이 자기의 사랑하는 기생이 죽었을 때 즉흥적으로 지어 불렀다는 단가였다.

그의 목청은, 사랑방 주인네의 유성기에서 흘러나오는 임방울의 「옥중가」와 「적벽가」와 「쑥대머리」를 들으며 다듬은 것으로 열아홉 살 나던 시절부터 새텃몰 안에서는 빼어났다. 아니, 덕도 안에서는 모르는 사람이 없을 정도로 널리 알려지기도 했었다. 그도 그럴 것이, 그가 소리를 빼어 슬쩍 굴리는 듯하다가 치올려 부르는 대목은, 흡사 임방울의 목소리였다. 흙탕물을 젖히고 카랑카랑한 생수가 솟아 나오는 듯 짜릿하고 고운 그 목소리는, 선지피를 한 방울씩 짜내는 듯한 애끓음이 있는 데다, 동굴 천장에서 떨어지는 물방울 소리처럼 향 맑은 촉기가 어리어 있어, 듣는 이의 심중을 전율 치게 하는 것이었다.

이러한 그의 소리 한 자락은, 바야흐로 우거진 풋풋한 푸나무의 가지 가지에 걸쳐졌다가, 골짜기에 어우러진 박달나무와 아카시아 나무의 검푸른 숲을 감돌아서 5월 석양 무렵의 햇살이 비낀 산마루로 치올라,

그 위에 설핏 얹힌 쪽빛 하늘로 사위어갔다. 다른 한 자락은 계곡을 따라 흘러, 솔숲 사이로 내려다보이는 회진 앞바다의 남빛 수면으로 앙금져가고 있는 듯하였다.

고개를 오르느라 가빠진 숨결을 고르기 위해 걸음을 늦추며 소리를 뽑던 그는, 산마루에 걸린 흰 구름 한 덩이를 쳐다보았다.

2

그가 뽑는 소리를 듣고 미치고 반하지 않는 사람이 없었다. 소리를 가르쳐준 나이 많은 머슴들이 먼저 반했고, 다음은 마을 어른들이 그랬고, 점차 마을의 아낙네나 처녀들이 그랬다. 그가 뽑아 올리는 소리를 듣고 오줌을 지리지 않은 여자가 없다 할 정도였다. 아니 사실은 그 모든 사람들이 이같이 미치고 반하기 전에 그 스스로가 자기의 소리에 미치고 반했다. 그래서 자꾸 부르고 부르고 또 불렀었다.

따지고 보면, 그 미치고 반할 것 같은 소리 때문에 그의 기구한 팔자는 시작되었던 것이었다. 그 미치고 반할 것 같은 소리를 할 줄 모를 때까지만 하여도, 그는 하는 일들이 힘들고 고되어서 그렇지, 그렁저렁 탈없이 그날그날을 보낼 수 있었다. 아침에 일어나기가 바쁘게 소를 끌고 나가서 꼴을 베거나, 논갈이하는 큰머슴 억보를 따라가 논두렁 붙이기를 하거나, 두엄을 져내거나, 품앗이 논매기를 하거나 하는 일이 고작이었으니 말이다. 그러나 그가 소리를 배우고, 그 소리가 마을 안을 들썩거리게 하면서부터 그에게는 뜻 아니한 박해가 오기 시작한 것이었다.

맨 먼저 당한 박해는, 주인어른 강진 양반의 매질이었다. 이제는 미우나 고우나, 그쪽 식구들이 다시 몽둥이찜질을 하거나 어쩌거나 간에 '장인어른'이라고 불러야 하게 되었지만, 그 당시에는 주인어른이었다. 그 주인어른에게서 매를 맞아야 했던 이유는 아주 간단한 것이었다.

열여덟 살 나던 해 늦은 가을의 어느 날, 그는 뒷등밭에서 땅거미가 기어들 때까지 주인어른의 딸 장례하고, 자꾸 허리가 아프다는 장례 어머니하고, 이따금 서울이나 부산을 한 바퀴씩 돌아오곤 하는 바람잡이 아들 영만이하고 넷이서 수숫대를 뽑다가 돌아온 적이 있었다. 여기서 문제는 그 딸이었는데, 그 딸 장례는 그와 동갑으로 근동에서는 빼어난 미모였으며, 별로 바깥일을 하러 나다니지 않던 처녀였다.

밭갈이를 얼른 끝내고 보리 씨를 들이고, 이어 머슴인 그를 바닷일 하는 데 나가 김발 옮기는 큰머슴 억보를 돕도록 해야겠다는 생각에서, 주인어른은 마지못해, 울안에 담아 고이 키워 시집보내자 하였던 딸에게까지 수숫대 거두는 일을 거들게 하였다. 이날은 일이 묘하게 되려고 그랬던지 하필 주인어른은 수숫대 뽑는 일만 시켜놓고, 장산 마을에 그렇지 못할 사이인 사람이 당한 상에 조문을 가야 한다며, 아침나절에 갔다가 밤이 이슥하여 돌아왔다. 그러니까, 일은 주인어른이 없는 사이에 수숫대를 뽑는 과정에서부터 싹텄다.

둥덩 8월의 짧은 해가 산머리에 걸리면서부터, 그들은 더욱 잽싸게 수숫대를 뽑아댔다. 수숫대 속에 괴어 있는 단물 냄새와, 그 수숫대보다 훨씬 젊고 풋풋한 주인집의 딸이 안간힘을 쓰면서 부르튼 손바닥을 불어가며 수숫대를 뽑는데, 그 옆에서 수숫대 서리를 하는 그가 어찌 신이 나지 않겠는가. 그는 온몸에 땀을 먹 감듯이 한 채, 옆에서 힘껏 뽑는다고 뽑아대는 주인아주머니나 주인집 아들이나 딸이 한 그루를 뽑을 때마다 두 그루 세 그루씩을 뽑아대면서 입으로는 연방 소리를 뽑았던 것이었다. 귀동냥으로 얻어 배운 「쑥대머리」며, 「춘향전」 중의 '옥중가' 한 대목이며, 「호남가」며, 「적벽가」 중의 '새타령'이며, 흥부 마누라가 매품 팔이 갔다가 오는 남편 맞이하는 대목이며를 되는대로 불렀다. 그의 소리가 한 굽이 한 굽이씩 돌아갈 때마다 주인집 아들은 "타아" 하고 추임새를 메겨주었고, 주인아주머니는 뽑아 든 수숫대 뿌리에 묻은 흙을 툭툭 떨거나 아픈 허리를 한 번씩 펴는 것으로 장단을 대신함으로써 소리하는 그의 신바람을 돋우었다.

머슴살이하는 놈의 소리가 아무리 출중하기로서니, 주인집 미모의 딸이 미치고 반할 리가 있으랴마는, 누가 지어 퍼뜨린 말인지는 모르되 그 이튿날부터 마을에는, 땅거미가 뒷동산 언덕을 먹어 들어갈 무렵 그가 가슴 절절하게 뽑아대는 소리에 그 주인집 딸이 오줌을 벌벌 싸고 말았다더라는 말이 밑도 끝도 없이 날개를 달고 있었다. 그로부터 이틀째 되던 날 밤, 그는 마을의 사랑방에 모인 또래 머슴들의 입을 통해 그걸 확인하고, 그로서는 그 말이 과히 싫은 것은 아니었지만, 그러나 하늘 닿게 펄쩍 뛰면서, 그게 무슨 혓바닥 자를 소리들이냐고, 주인집 딸은 '사공의 뱃노래' 같은 유행가를 좋아했으면 했지, 이런 소리 같은 것은 구식이 케케묵었다면서 싫어하는 여자인데, 무슨 오줌을 싸도록 반했겠느냐고 누누이 변명을 했다. 그런 말이 혹시 자기 주인어른의 귀에 들어갔다가는 정말 자기는 뼈도 못 추리게 될 것이니, 어디서건 그런 말이 나오거든 절대로 그런 일이 없었으며 그럴 리도 없다고 입을 막아달라고 부탁을 했다.

그러나 밑도 끝도 없이 생겨난 그 말이 어떤 입을 통해 어떻게 살이 붙여지고 꼬리가 달린 채 주인어른한테 들어갔던지, 마을의 사랑방에서 그런 이야기를 씹은 지 사흘째 되던 날, 그날은 바다에서 김발을 옮기느라 고되어서 마을의 사랑방으로 오기가 바쁘게 자리에 누워 있었는데, 한밤중쯤 해서 느닷없이 주인집 아들 영만이가 달려와 그를 깨웠다.

그가 주인어른한테 따귀 서너 대를 거푸 얻어맞고, 이어 목침 덩이로 허벅지와 등짝과 엉덩이와 옆구리를 여남은 차례 얻어맞은 채 방바닥에 너부죽이 쓰러진 것은, 자꾸 위아래 눈썹을 대붙이는 선잠을 손등으로 비벼 몰고 주인집 아들을 뒤따라 주인집의 사랑채에 있는 골방으로 막 들어선 순간이었다.

왜 때리느냐고, 무슨 죄가 있어서 이러느냐고, 한마디의 말을 던질 사이도 주지 않고 주인어른은 그를 녹초로 만들어버린 것이었다. 한순간의 벼락같은 매질이 지나가고, 옆구리가 결리고 등짝이 쑤시고 신경줄이 끊어진 듯 다리 전체에 멍멍한 통증이 왔을 때, 그는 주인어른의 씨근거리는 숨소리를 들을 수 있었다. 주인어른이 목구멍 저 밑에서 끈끈하게 엉기어 있는 가래침이라도 퉤퉤하고 뱉어내는 듯한 분노의 목소리를 들을 수 있었다.

"개새끼, 골골거리는 놈 등짝에 업혀서 버리적거리는 걸 쌀죽 쒀 먹여 감스롱 키워놓은께, 뭣이 어쩌고 어째야? 장례가 오줌을 벌벌 싸고 사족을 못 쓰도록 소리를 뽑아갖고, 기어이 장례 서방이 되고야 말란다고야? 아나, 장례 서방 되거라. 아나, 장례 오줌 벌벌 싸도록 만들어라" 하더니 주인어른은 문밖을 향해, "영만아, 곳간에 가서 낫 한 자루 내갖고 온나. 이 새끼 혓바닥을 아주 싹 짤라버릴란다" 하고 소리쳤다. 문밖에

서는 아무 소리도 없었다. 영만이가 마당 가운데나 안방 툇마루 어디서
다 듣고 있기는 할 것이었지만 일부러 못 듣는 척하여버리는 모양이었
다. 주인어른은 다시 문밖을 향해 좀 더 목청을 높여 같은 소리를 질렀
다. 그래도 아무 반응이 없자, "인제 너도 클 만큼 컸은께 니 갈 데로 가
거라. 내일 아침 당장에 나가사 쓴다. 만약에 안 나가면 먹아지를 콱 비
틀어버릴 것이다" 하고는 나가버렸다.

"허 참! 그래도, 요 새끼를 마땅한 데 있으면 장가까지 보내줄란다고
마음먹고 있었단 말이여."

마당을 걸어 나가면서 탄식하듯 투덜거리는 소리가 들리어왔다.

가물거리는 등잔불이 어슴푸레하게 비치고 있을 뿐 더 무슨 소리도
들려오지 않았다. 그는 이를 악물고, 숫제 뼈가 부서지기라도 한 듯 움
직일 수가 없는 다리를 끌어당기고 일어나 앉았다. 자기가 무엇을 잘못
했기에 이렇게 매질을 하느냐고 따질 생각은 애초에 없었다. 다시는 무
슨 노래를 부른다거나 어쩐다거나 하지 않고, 엎드려서 그저 시키는 일
만 하겠다고, 한번 빌어보기나 하겠다는 생각을 하였을 뿐이었다. 어디
서 살다가 어떻게 아버지의 등에 업히어 왔는지도 알지 못한 채 이렇게
이 집안에 얹히어 살아가고 있는 자기가, 당장 나간다면 어디 가서 어떻
게 밥을 빌어먹을 수 있을 것 같지가 않았기 때문이었다.

숨을 들이쉴 때마다 옆구리가 결리고 등덜미가 쑤시는 것을 이 악물
어 참고 몸을 일으키는데, 문이 열리고 주인아주머니의 파랗게 성을 내
고 있는 얼굴이 어슴푸레한 석유 등잔불에 비쳐 보였다. 주인아주머니
는 옷 보따리 하나를 그의 무릎 앞에 떨어뜨려주고 그를 한동안 노려보
더니, "사람의 까죽을 둘러썼거든 은혜는 안 갚더라도 해코지나 말아사

쓰는 법이다이" 하고 문을 쾅 닫아버렸다.

　이러한 그를 더욱 괴롭힌 것은, 밑도 끝도 없이 생겨나서 끈덕지게 마을 안을 감도는 소문이었다. 그가 쫓겨 나와 마을의 사랑방 구석에 처박혀 끙끙대고 있는 며칠 동안, 마을에는 또, 목침으로 얻어맞아 퍼런 멍이 들어 있는 달병이의 등덜미에 찜질할 약풀을 뜯어다가 밤에 남몰래 가져다준 사람이 있다는데, 그게 누군지 알 수 없다는 둥, 사랑방 주인네가 밥 한 숟가락 가져다 넣어주지 않은 모양이라는데, 거기 누워 있는 달병이는 무엇인가를 늘 먹고 있곤 하더라 하니, 먹을 것을 남몰래 가져다주는 사람이 분명 있기는 있는 모양이 아니겠냐는 둥, 그러니까 달병이가 쫓겨나기 전에 그 집 딸하고 무슨 일인가를 저지르기는 저지른 모양이더라는 둥……. 이런 말들이 나돌았던 것이었다. 마을의 머슴들이, 억울하게 매를 맞고 쫓겨난 달병이의 복수를 하여주느라 암암리에 지어가지고 퍼뜨린 것인지 어쩐 것인지, 도저히 그 소문은 밑과 끝을 종잡을 수부터가 없었다.

　장례네 어머니나 아버지는 두 눈에 불을 켠 채 밤낮을 가리지 않고 마을을 휘돌며, 이 말이 흘러나온 구멍을 캐내려 했고, 그러느라고 이 사랑방 저 사랑방의 머슴들과 시비도 많이 하였고, 혹은 이 머슴 저 머슴을 불러다가 목침 찜질도 하여본 모양이었다. 그러나 한 번 날개를 단 그 험한 말들은 수그러질 줄을 몰랐다. 그들 부부가 설치고 다니면 다닐수록 오히려 더 극성을 떨었다.

　"방귀 뀐 놈이 성내는 법이여."

　"도둑때는 벗어도 비늘 때는 못 벗는당마는 그만저만 덮어두제……."

　이렇게 투덜거리며 비쭉거리는 사람들도 있었다.

장례네 어머니와 아버지는 제 풀에 지쳐 물러앉고 말았다. 어머니 쪽은 지쳐 물러앉은 정도가 아니라, 화병이 나 며칠 동안 죽게 됐다는 소문이 날 정도로 죽치고 누워 있기까지 했던 것이었다.

장례네 집에서 쫓겨난 지 사흘째 되던 날, 달병이는 마침 해의 머슴을 들이려고 벼르던 아랫마을의 우산 양반네 집으로 들어가 머슴살이를 하게 되었는데, 그것이 또 장례와의 기막힌 인연을 맺게 하였던 것이었다. 우산 양반네가 오륙 년 전에 윗마을에서 살다 아랫마을로 이사를 간 까닭에, 우산 양반네 논밭 대부분이 장례네 논밭 이웃에 있는 것은 물론 김을 말리는 건장마저 이웃에 있었다.

3

머슴살이를 아랫마을 우산 양반집으로 옮긴 뒤부터, 그는 전처럼 빙긋거리며 웃는다든지, 카랑카랑한 듯하면서도 촉기가 어린 소리를 뺀다든지, 또래의 머슴들과 어울려 농지거리를 한다든지 하는 일이 없어졌다. 그럴 만한 즐거움이 솟아나지를 않았으며, 또 억지로 그런 즐거움을 내려고 하다 보면, 그를 에워싸고 있는 모든 사람들이 무섭게 느껴지기만 하던 것이었다.

그의 마음을 안 또래의 머슴들이나 나이 많은 머슴들은 짓궂게도 기어이 소리를 시키려 들곤 했다.

"아따, 한번 뽑아봐라."

"어디, 장례가 오짐을 벌벌 쌌다는 소리 한번 들어보자."

이럴수록 그는 입을 꼭 호라메웠다. 그 잘한다는 소리 때문에 매를 맞고 쫓겨나기까지 하였는데, 소리 그게 그렇게도 대단한 것이라고 목숨 걸고 하여댈 것이 무엇인가 하고서 말이었다. 그러면 머슴들은 술을 받아다가 먹여가면서 소리를 시켰고, 나이 많은 머슴들은 주먹다짐을 해가면서까지 소리를 시켰다.

"밥충아, 그렇게 뚜드려 맞고 나왔은게, 그 장례네 식구 보란 듯이 소리를 더 기막히게 잘해갖고, 인제는 참말로 그 집 식구들 모두가 오짐을 벌벌 싸게 해사 쓸 것 아니냐?"

"어야, 자네들 들어보소. 요 새끼가 인제부터 참말로 소리를 안 하기로 작정을 했다면, 이 동네서 남의집살이도 못 하게 해버리세. 요런 오기도 없는 놈은 참말로 쫓아내버려사 쓰네."

이런 정도였으니, 그 머슴들한테 따돌림을 받지 않기 위해서는 어쩔수 없이 소리를 뽑아야 했다. 거의 하룻밤도 빼질 않고 소리를 뽑아대곤 했다. 점차 그도 그렇게 소리를 뽑음으로 해서, 답답하게 앙당그러져 있던 가슴이 풀리곤 하였으므로, 뽑아보라는 말이 떨어지기가 바쁘게 한곡 두 곡 뽑아대곤 했었다. 여기에 우산 양반이 또 얄궂은 사람이어서 더욱 많은 소리를 뽑아야 했었다. 배를 타고 김발을 둘러보고 다닐 제나 김발을 옮길 제나 김을 뜯어가지고 돌아올 제면 우산 양반은 이물에 무릎을 착 괴고 앉아 무릎을 쳐 장단 메길 준비를 하고, 노를 젓는 그에게 소리를 청하곤 하던 것이었다.

그러는 사이에, 그는 또 소리하기에 버릇이 되었고, 혼자 있을 때면 그냥 콧노래 겸 흥타령 겸 해서 흥얼흥얼 한 곡조씩을 뽑곤 하였다. 김구력을 지고 잔등을 넘으면서도 뽑고, 김 건장에 김을 널면서도 뽑고,

김 뜯으러 노를 저어 가면서도 뽑았다. 김 따는 철이 가고 농사철이 온 이듬해에도 그는 우산 양반 집에서 계속 머슴살이를 하였는데, 이해부터 그는 더욱 많은 소리를 뽑았다. 품앗이나 품 갚기의 풀베기, 두엄 옮기기, 두엄 져내기, 뒷간의 합수 퍼내기, 논 갈기, 물 잡기, 못자리하기, 모내기, 논매기, 나락 져 들이기에 다니면서 탁한 농주 몇 잔을 걸친 나름으로는 향 맑고 카랑카랑한 소리로, 산과 들을 가득 채워 흔들어놓곤 하였다. 그의 선소리로 상사디여를 하며 모를 내면, 모내기꾼들이 엉덩이춤과 어깨춤을 추며 흥겨워했고, 그의 소리를 들으며 논매기를 하면, 흥에 겨운 일꾼들이 고달파하지를 않고 논바닥을 긁어대었으며, 밥이 되다든지 무르다든지, 술이 싱겁다든지 탁하다든지, 국이 짜다든지 맵다든지 하는 음식 투정을 하지 않았다. 이 마을의 모든 머슴들은 그와 품앗이를 하거나 품 갚기를 함으로써 흥겨운 가운데 일을 죽여나가고 싶어 했고, 농사 마지기나 짓는 집에서는 자기네 일을 하는 날 자기 머슴이 꼭 그를 데려와서 일을 하게 되기를 은근히 바라곤 하였다.

문제는 장례의 오빠 영만이가 이리저리 바깥바람을 쐬러 들락날락하다가 마침내 당시 창설된 경비대에 지원해 가버린 데다 젊은 시절부터 아프곤 한 허리앓이 때문에 장례 어머니가 힘든 일을 하지 못하고 집 안에 들어박히게 되어, 장례네 집의 일손이 머슴 하나의 손만으로는 태부족하게 된 데 있었다. 그게 6·25 사변이 터지기 한 해 전 가을의 일이었다. 달병이의 노래 때문에 딸이 밭 한가운데서 오줌을 벌벌 쌌다는 소문이 있은 뒤로, 딸을 바깥에 내보내지 않던 강진 양반 내외도 농사일이 한창 바쁘게 되다 보니, 딸을 목화나 고추를 따러 내보내기도 하고, 참깨나무를 베어 오게 하기도 했던 것이었다.

이 무렵, 장례네 집에 중매쟁이들이 빈번히 드나든다더라는 소문이 비쳤고, 어쩌면 그 중매의 꼭지가 떨어져, 장례가 이 겨울 안으로 육지의 어느 마을로 시집을 가게 될 모양이더라는 소문이 그 꼬리를 물었다. 이 소문을 듣는 순간, 정말 그래야 할 아무런 이유도 없는데도, 달병이는 가슴이 꽉 막혀 있던 것이었다. 장례가 어디로 어떻게 시집을 가건 자기와 아무런 상관이 없는 일이었다. 이때껏 스무 해 가까이 장례네 집에서 머슴살이를 해왔다고는 하여도, 그 장례의 손목 한번 잡아보지 않았을 뿐만 아니라, 장례 쪽에서도 남몰래 버선 한 켤레라도 만들어준다거나 어쩐다거나 하는 따위로 자기를 특별히 위해주는 것도 아니던 것이었다.

그런데도 그는 무척 아쉬운 생각이 들었다. 자기의 손안에 든 먹음직스런 과일이 다른 사람의 손으로 넘어가기 직전에 느껴지는 아깝고 짠하고 억울한 생각이었다. 그 생각을 누구에게 내색할 수 있기나 할 처지가 아니라는 것을 너무나 잘 아는 그였다. 그 소문을 들은 그날 밤, 그는 여느 때나처럼 뜯어 온 김의 물을 빼놓고 마을의 사랑방으로 갔다. 한데, 또래의 머슴들이 그를 에워싸고 극성을 떨어댔다.

"아니, 어쩌쿨로 말뚝을 박었는디 딴 데로 시집을 간다냐?"

"쫓아가서, 죽으면 죽어도 딴 데로 시집 못 보낼 것이라고 엄포를 틀어놔라."

"아주 좋은 수가 있다. 내 말만 잘 들어라. 장례한테 장가올라고 하는 놈을 만나갖고 담판을 지어버려라. 장례는 벌써 내 각시가 돼버렸은께 장가올 생각 애초에 그만두라고 말이여."

그는 구석으로 드러누워버렸다. 또래 머슴들의 말대로 하기로 한다면 못 해낼 자기는 아니라는 생각이 들지 않는 바 아니었으나 그래야 할 이유가 없었고, 또 그럴 수 있을 만한 처지도 아니었다. 그는 눈을 꼭 감고 잠을 청했다.

이튿날, 마침 틈이 나서 그가 뒷등의 장례네 수수밭과 바로 잇대어져 있는 우산 양반네 차조밭 구석에다 보리갈이 두엄을 혼자서 져내고 있었다. 장례가 시집을 가게 된다는 생각을 하자, 이날에야말로 그의 가슴은 뜨겁고 끈끈하게 웅어리지려고 하는 설움 같은 것을 소리로 밀어 올렸고, 그의 목청은 더욱 물기 짙게 떨어주었다. 두엄을 지고 오르내리며 소리를 계속했다. 저녁 무렵쯤 해서 하필 장례가 흰 저고리에 검정 숙수 치마를 받쳐 입은 채 머리에는 흰 수건을 쓰고 나와 있었다. 그의 가슴은 설레기 시작했고, 자꾸 정신이 몽롱하여져 두엄 짐이 무거운 것을 몰랐다. 두엄을 네댓 차례 져냈을 때, 가을의 짧은 해는 벌써 뒷산 너머로 떨어졌고, 뒷등과 아랫마을은 자줏빛 그늘에 덮이었다. 그때까지도 장례는 키를 수숫대의 숲속에 묻힌 채 익은 수수 모가지를 찾아다니고 있었다. 그는 얼른 날이 어두워지기를 바랐다. 그렇게 날이 저물어지더라도 장례가 그대로 수수 모가지를 자르고만 있기를 바랐다. 반드시 해주어야 한다고 별러온 것은 아니었지만, 갑자기 호젓한 들판에서 만나게 되니, 직접 무슨 말인가를 하여주고 싶은 맘이 생긴 것이었다. 다시 한번 두엄을 짊어지고 뒷등으로 올랐을 때엔, 뒷산 너머로 빨갛게 타는 듯한 저녁놀이 앞산과 그 산 너머로 호수처럼 바라다보이는 바다를 온통 붉게 물들여놓고 있었다. 장례네 수수밭이 불그죽죽하게 물들었고, 그 속에 푹 빠져 허우적거리고 있는 듯한 장례의 머리 위의 흰 수건은 흡사 핏빛이 되어 있었다.

그가 두엄을 차조밭 귀퉁이에 부렸을 때엔 그 타던 놀이 스러지면서 이어 땅거미가 부윰하게 기어들었다. 수수 모가지를 자르러 다니는 장례의 모습이 그 어슴푸레함 속에 묻히고 있었다. 때마침, 여수~목포 간을 이틀에 한 번씩 정기 운행하는 여객선 한 척이 덕도 앞바다를 지나느라고 길게 고동을 울리고 있었다. 그 소리가 산과 들을 휘감을 적마다 아이들이 "들안 논 팔아갖고 조끼(여객선) 타러 오시오" 하고 따라 부르곤 하는 동요가 오늘따라 머릿속을 울리며 그의 가슴을 콩콩 뛰게 했다. 순간적으로 아찔한 현기가 눈앞을 가렸다.

그는 지게를 벗어놓고 수수밭으로 들어섰다. 숨이 가빠졌다. 몸에 수숫잎이 스치는 소리가 사그락사그락 밭 안을 울렸다. 그 소리를 분명히 들었을 것인데도 장례는 수수 모가지만 자르고 있었다. 그가 바싹 다가갔을 때에야 깜짝 놀라며, "누가 보면 어쩌려고 들어왔냐?" 하고, 수수목 한 단을 팔에 안은 채 수수밭 그늘 속으로 쪼그려 앉으며 몸을 웅크렸다. 그를 쳐다보는 장례의 얼굴은 불같이 달아 있었다. 장례를 따라 마주 쪼그려 앉으며, 그는 뛰는 가슴의 소리가 귀청을 욱욱 울리는 것을 느꼈다. 밭은 목에 침을 넘겼다. 풋내 나는 듯하면서도 비리직직하고 달콤한 수숫대의 냄새가 그의 콧속으로 스며들고 있었는데, 그것 속에 구리무의 톡 쏘는 듯하면서도 시큼한 냄새가 섞이어 있는 듯했다. 바야흐로 기어든 땅거미 때문인지 장례의 얼굴은 부은 듯 보송보송했다. 그 얼굴을 건너다보는 순간 그는 멀미를 하는 사람처럼 어질어질함을 느꼈다. 자기도 모르는 사이에, "나 참말이제, 그런 이야기 한 적 없다이. 내가 뭣이 잘났다고 너한테 장가를 갈 수 있겠냐? 내가 작년에 수숫대 뽑음스롱 노래 부른 것도, 니가 반해갖고 어쩌라고 그런 것은 참말로 아녔어야. 나 억울하다. 나는 느그 어무니 아부지를 친어무니 아부지로 생각하고 살어왔는디……" 하였는데, 그런 그의 목소리에는 울음이 담겨 있었다. 그는 이 무슨 주책이냐 하며 몸을 일으켰다. 고개를 쿡 떨어뜨리고 있는 장례를 외면하고 돌아서서, 아직도 불그죽죽한 기가 덜 꺼져 있는 하늘을 쳐다보았다.

"얼릉 들어가거라. 캄캄해진다" 하고, 혹시 보는 사람이 있을세라, 수숫대를 헤치고 우산 양반네 차조밭 귀를 향해 한 발을 옮겼다.

그런데 이때 무슨 죽일 놈의 심보가 갑자기 그렇게도 변했던지, 그때까지 고개를 떨어뜨리고 있는 장례 옆으로 발이 부두둑부두둑 옮겨지던 것이었고, 결국 저질러선 안 될 일을 저지르고 말았던 것이었다. 그는 흡사 암탉을 향해 날개를 편 수탉처럼 장례를 덮쳐누른 채 치마를 걷어 올렸던 것이었다.

"워메 워메, 어째사 쓸꼬, 너 어쩔라고 이러냐? 죽으려고 환장했냐? 워메, 어째사 쓸꼬잉, 누구 오면 어쩔꼬잉" 하고 앙탈을 하며 장례는 그의 가슴을 걷어 밀다가, 드디어 자기의 몸속 깊숙하게 파고드는 그를 어쩌지 못한 채 발을 굴렀다.

"인제 참말로 나는 죽는다. 죽어, 죽어. 나는 모른다, 몰라."

장례가 몸부림치는 것을 덮쳐누르면서, 그는 장례를 데리고 조금 전에 고동을 울리던 여객선을 타고 남모르는 데로 멀리 도망을 가서 살면 그만이라는 생각을 했었다. 얼마 후, 수숫대 사이에 얼굴을 묻고 우는 장례를 그런 말로 안심시키고 달랬다.

이튿날, 그는 면직원 한 사람이 찾아와 내미는 소집 영장을 받게 되었다.

훈련을 받고 부대 배치를 받은 것은 경기도 양평이었는데, 그런 지 한 달인가 있다가 무슨 전쟁이 어떻게 벌어진 줄도 모른 채, 지금 생각하면 꼭 꿈만 같은 그 후퇴의 북새통 속을 뚫고 부산까지 밀려갔다. 거기에서 다시 밀고 올라가는 차를 탔다가 다시 밀려 내려오고, 또 오르락내리락 하다가 휴전이 되면서 제대를 한다고 하고 돌아왔다. 스물여섯 살 나던 해 늦은 가을이었다.

그때, 그는 깜짝 반겨줄 혈육 하나 없는 이 덕도 땅엘 들어서는 대로, 지난날 몽둥이찜질을 당하고 내쫓긴 장례네 집으로 가서 장례의 어머니와 아버지에게 인사를 드렸는데, 그것은 그 혼자만이 가지고 있는 어떤 생각, 말하자면 마음속의 장인 장모를 뵙는다는 생각 때문이었다.

그런데 무슨 운명줄이 닿았던지, 이때 뜻밖에 장례가 친정엘 와 있었다. 인사를 드리고 나오는데, 밖에서 물동이를 이고 들어오던 장례가 그를 보고 물동이를 금방 떨어뜨릴 듯이 놀랐다. 이어 얼굴이 온통 빨갛게 물들여졌다. 그는 장례를 향해 무슨 말인가를 던지기는 던져야 하겠는데, 마땅히 꺼낼 말이 없어 그저 멀거니 건너다보기만 했고, 그러는 사이에 장례는 부엌으로 들어가버렸다. 아닌 밤중에 홍두깨를 맞듯이 군대에 들어가기 전에, 시집을 간다고 법석이었는데, 이때껏 시집을 가지 않고 있었더란 말이냐 싶게 장례는 그대로 처녀티가 나는 얼굴이요, 몸매였다. 그나마 머리마저도 쪽 찐 것이 아니고 파마를 하고 있었다. 친정에 다니러 와 있기나 하는 것이겠지 하는 생각이 아니 드는 것은 아니었지만, 자꾸 장례가 친정에 들어 살고 있는 그 모양이 수상쩍어지는 것을 어찌하지 못한 채 사립을 나갔다. 자기하고 수수밭에서 저지른 일 때문에 쫓겨난 것은 아닐까. 그랬다면……

이날 밤, 그는 사랑방에서 장례의 남편이 사변 통에 보안서 출입을 했기 때문에 수복과 더불어 죽었다는 말을 들었다. 죄 되어 죽어 자빠질 말일지는 모르나, 그게 얼마나 다행스럽고 기쁜 일로 여겨졌는지 모를 일이었다. 이제 장례는 갈 데 없이 자기 아내가 될 것이라는 생각에서였다. 하필 헌 각시를 얻는다고 흥허물을 하여댈 사람들이 있을지라도 자기는 기어이 헌 각시인 장례를 아내로 맞아야겠다고 작정을 했다.

이튿날부터, 우산 양반네 집으로 들어가 머슴살이를 시작했다. 젊은 이들이라고 생긴 것이면 눈고락쟁이, 귀머거리, 절름발이만 빼놓고 군대로 바깥바람 쐬러 다 나가고 없어, 우산 양반네가 아직 머슴을 구하지 못하고 있다는 말을 듣고 자기 쪽에서 자청하다시피 하여 들어간 것이었다.

우선 착실하게 우산 양반네 김 채취하는 일을 돌보아주면서 우산댁에게 장례와 자기 사이에 중매를 서달라고 할 셈이었다. 그게 성사되면 한 삼사 년 부지런히 남의집살이를 하여 논마지기나 장만한 뒤에 딴살림을 날 생각이었다.

그가 자기의 그런 뜻을 우산댁에게 비친 것은, 이듬해의 이른 봄 어느 날 밤이었다. 김도 이젠 막판이라 홀치기를 대는 판이었으므로 별로 일이 고되지 않은 때였다. 흥정 붙이는 일이라면 발 벗고 나서는 우산댁이라, 그날 밤으로 장례네 집으로 달려갔던 모양이었다. 이튿날 그에게 결과를 말하는 우산댁의 얼굴이 밝지가 않았다. 하필, 댈 데가 그리도 없어서 근본도 없는 거지 자식인 데다 머슴살이하는 놈한테 대느냐고, 욕벼락이라도 한바탕 얻어맞고 온 모양이었다.

"잊어뿔고 부지런히 일이나 하시오. 새 큰애기만 얻자고 해도 일곱 도라꾸 반이나 된닥 합디다. 아, 남자들이 전장에 나가서 다 죽어버리고 난께 시집 못 가서 늙어가는 새 큰애기들이 시글시글한 시상인디, 뭣이 아쉬워서 헌 각시 얻을라고 그래싸요? 가만있으시오, 내가 존 데 있으면 중매 설 텐께."

우산댁의 이 말에 그는 얼굴이 달았다. 하긴 우산댁의 말이 옳다 싶었다. 그러나 그는 기어이 장례를 아내로 맞고 싶은 생각뿐이었다. 이럴 때 영만이가 있다면, 피차 젊은 처지이니 속을 털어놓고 장례를 아내로 맞을 수 있게 해달라고 말이라도 해보겠는데, 영만이는 말뚝 박고 군대 생활을 할 셈인지 제대할 생각을 않고 있다던 것이었다. 어차피 한 번 칼을 뺀 이상 그걸 다시 칼집에 꽂을 수는 없다고 그는 생각했다. 장례를 직접 만나서, 장례의 입에서 나온 말을 들어야 할 것 같았다. 장례는 적어도 자기를 마다하지 않을 것이다 싶었다. 혹 반대하는 부모들 때문에 주저하기라도 한다면, 주저하고만 있을 수 없도록 다시 더 단단한 말뚝을 박아놓아야겠다고 했다.

이런 생각을 한 이튿날 저녁 무렵, 그는 건장에서 김을 걷고 있는 장례에게로 갔다. 누르께한 명주 목도리를 한 장례의 얼굴이 금세 빨갛게 달았다.

"뭣 하러 왔소? 얼릉 가시오. 누구 보면 어짤라우?"

몸을 낮추면서 울상을 짓는 것이었으나, 그는 태연스럽게 말했다.

"나 장례한테 꼭 할 말 있소. 오늘 저녁에 좀 만납시다. 여기 건장막 안으로…… 저녁밥 묵고 나오시오."

"뭣 하게 만나라우?"

퉁명스럽게 말하며 장례는 땅으로 눈길을 떨어뜨렸다. 그러나 이날

215

밤 장례는 그가 지정한 건장막 속으로 나와주었다. 그들은 헌 발장 위에 나란히 앉았다. 장례의 몸에서는, 낮에 건장 앞에서 만났을 땐 맡을 수 없었던 구리무 냄새가 짙게 풍기고 있었다. 죄 될 생각인지는 몰라도, 오빠와 달병이가 함께 군대 갔지만, 오빠보다는 달병이 쪽 생각만 했었다는 말을 했다. 요즘, 어머니 아버지가 부쩍 서두르기 때문에 중매쟁이들이 간혹 드나들곤 하는데, 모두가 귀찮기만 하다는 말도 했다.

"나한테 시집을 생각 없소?"

그의 말에 장례는 고개를 저었다. 자기는 그럴 자격이 없는 헌 각시가 아니냐는 것이었다. 그렇게 말하는 장례의 목이 메어 있음을 알아차리면서 그는 장례의 손을 잡았다. 끌어안았다. 장례는 그가 하는 대로 잠자코 있었다.

"나는 기어코 장례하고 살어사 쓰겄소" 하면서 그는 자기의 굳은 결의를 행동으로 보이기 시작했다.

그로부터 사흘째 되던 날 밤, 그들은 밤 봇짐을 쌌고, 이 재를 넘어 줄행랑을 쳤다. 청도로 들어가서, 그는 머슴살이를 했고, 장례는 이 집 저집을 돌며 안일을 거들어주며 두 해를 지냈다. 그런대로 네 해 동안만 더 그 짓을 하고는 살림을 차리자 했다. 한데, 그사이 웬수가 되려고 그랬던지 장례는 배가 불러버렸고, 그와 장례가 함께 서른 살 되던 해 늦은 겨울 들어 몸을 풀었다.

남의 집 헛간방, 불도 지피지 않은 얼음방의 누더기 속에서, 그가 김을 뜨러 가고 없는 사이에 몸을 푼 장례는 뱃속에 찬바람이 들었던지, 몸을 푼 이튿날부터 온몸이 붓기 시작했고, 그런 지 열흘을 못 넘기고 눈을 감아버렸다. 그로부터 심 봉사가 심청이를 키우듯 키워온 딸이었고, 그런 딸이기 때문에 그는 머슴살이를 하는 가운데서도 딸을 기어이 국민학교엘 보내 세상일에 눈을 뜨게 해주었었다. 했는데, 이제야 열아홉 살 나는 딸이 광주라든가 서울 어디라든가에서 온 하모니카쟁이를 따라 밤 봇짐을 싸가지고 나가버린 것이었다.

4

딸아이가 잡히기만 하면, 그 아이를 꾀어 간 놈을 찾아, 목을 비틀어 죽여놓고 말겠다고 이를 갈며, 그는 나무 그늘에 앉은 채 솔숲 사이로 뚫린 하늘을 쳐다보았다. 그의 눈에 아내의 하얀 얼굴이, 영락없이 그 하얀 얼굴을 빼박은 듯한 딸아이의 얼굴과 함께 떠올랐다.

그는 가슴이 후끈 뜨거워지면서 답답하게 뒤틀리는 것을 느끼고 솔숲 사이로 앞산을 바라보았다. 산기슭의 보리밭에 번들거리는 푸른 물결이 일고 있었다. 그의 가슴에 응어리져 있던 주먹 같은 덩어리가 숨을 막고 있었다.

그는 갑자기 목을 길게 늘어뜨리고, 탁하고 끈적끈적한 듯하면서도 카랑카랑하게 맑은 데가 있는 소리를 빼면서 몸을 일으켰다. 그의 모습은 소나무숲의 그늘에 묻히고 있었는데, 그가 뺀 소리의 한 가닥은, 바야흐로 어우러지고 있는 5월의 신록 속의 자줏빛 그늘 사이를 지나 청청 높은 하늘을 향해 사위어갔다.

앞산도 첩첩하고

뒷산도 첩첩한디
혼은 어디로 행하는가…….

(1976)

낙지 같은 여자

내 고향 덕도의 갯벌에는 낙지가 많이 잡혔는데, 낙지일수록 어린 것을 먹어야 한다고 사람들은 말했다.

죽기 살기로 몸부림치고 발버둥 치듯 손등을 감고 돌면서 혹 같은 빨판으로 살갗을 문짓문짓 빨아대는 구슬 꾸러미 같은 발들을 훑어내며 알토란 같은 머리통부터를 입에 넣고 씹노라면, 짭짤한 듯 비리고, 비린 듯 달고, 단 듯 올깃졸깃한 맛이 그만이라는 것이었다. 그것도, 배 위에서 주낙으로 잡은 것보다는 아낙네들이 갯벌에서 구멍을 쑤셔 잡아 온 것을 갯바구니에서 꺼내가지고 그 자리에서 바닷물에 헹구어, 소금기 밴 마파람 맞으며 연안의 돌자갈밭에 앉아 먹어야 제맛이 난다고 했다.

그것은 음험하고 잔인한 이야기였다.

비늘이 따로 없고 머리에 발들이 줄레줄레 매달린 두족류(頭足類)인 이 낙지는 사철을 벌거벗고 살고 있는 부드럽고 싱그러운 고기였다. 머리를 쳐들고 옮겨 갈 때는 마치 소복을 입은 앳된 여자가 잔디밭 한가운데서 치마를 펼치고 앉으며 오줌 눌 자리를 잡느라고 몽그작거리는 것 같았다.

그래서 사람들은 어린 낙지를 씹으면서, 앳된 여자 품어 녹이는 것을 떠올려 말하곤 하는 것인지 몰랐다.

나는 낙지 같은 여자를 알고 있었다. 어린 시절, 우리 집에서 아기업
개로 들어와 살던 가시내였다. 상 장수의 딸이었다. 키가 후리후리했다.
나하고 동갑이었는데 그때 그녀는 나보다 키가 훨씬 컸다. 세 살쯤은 위
인 아이 같았다. 몸통이 그렇게 긴 듯하지는 않은데, 팔다리가 유별나게
길었다. 손바닥이나 발은 칼처럼 얇고 길쭉했다. 특히 손가락이 엿가락
처럼 낭창하게 휘어진 듯하면서 길었다. 거기에다, 얼굴은 유선형으로
길쭉했고 머리칼은 쪼록쪼록 땋아서 길게 늘어뜨렸다. 그런 데다, 팔다
리며 손가락이며 목이며의 놀림새가 뱀의 몸놀림새처럼 유연했다. 해
파리나 맥 빠진 낙지의 다리처럼 흐물거리는 것 같기도 했다.

생김생김이 고기들 같아서인지, 헤엄을 잘 쳤다. 특히 물속 꿰기를 잘
했다. 길고 가는 팔다리를 놀려 헤엄을 칠 때면 무슨 물고기가 살랑거리
는 것만 같았다. 그녀가 물속 헤엄을 치다가 까만 머리채 달린 유선형
머리를 내놓으면서 푸우 하고 숨을 내쉰 다음 다시 물속 헤엄을 치거나
자맥질을 하느라고 갯물 들어 잿빛이 된 무명베 팬티로 감싸인 엉덩이
와 긴 다리를 움직거리는 것을 나는 넋을 잃은 채 보고 서 있곤 했었다.
그만큼 그녀의 헤엄치는 모습은 여느 아이들이 첨벙거리면서 허우적거
리고 물장구를 치는 따위의 것이 아니었다. 그야말로 상어나 물개가 유
영을 하고 있는 것만 같은 것이었다.

여느 때, 그녀의 말소리는 그녀의 여유만만하고 유연한 헤엄치는 모
습처럼 부드럽고 느리작지근하였다. 그렇다고 성질까지 느슨한 것은
아니었다. 어쩌다가 비위에 거슬리면 대번에 흰자위 많은 눈을 치켜뜨

고 쏘아보곤 하였는데, 그때 그녀의 입가에는 어느새 바다참게의 하얀 거품 같은 것이 물려 있곤 했다. 갑자기 토라져서 잡아먹기라도 할 듯이 대드는 그런 꽉성이 있었다.

때문에 그녀는 나한테 얻어맞고 울곤 했다. 마을을 잘 나다니지 않던 나는 그녀하고 숨바꼭질도 하고 딱지치기도 하고 팽이치기도 하곤 했다. 그녀는 힘이 세었다. 두 살 먹은 내 동생을 등에 업은 채로 그녀는 나의 모든 놀이 상대가 되어주곤 했다. 거짓말을 조금 붙이면, 그녀는 두 살 난 사내아이를 떡 덩어리처럼 등에 붙이고 껑충껑충 뛰기도 하고 달음질도 했다. 나는 그녀가 좋았다. 손이 걸맞은 손위 누님만 같았다. 그러나 나는 사내였고, 그녀는 살 부드러운 가시내였으므로, 어쩌다가 싸움을 하게 되면 내가 이기곤 했다.

싸움질이 나면, 나는 흰자위 많은 눈을 치켜뜨고 입가에 흰 거품을 문 채 쏘아보는 그녀의 긴 머리채를 널름 훔켜잡아 끌면서 머리통을 두들겨주었다. 그때, 그녀는 낙지발처럼 길고 가는 열 개의 손가락으로 내 손목을 잡은 채 떼어내리려고 발버둥을 치다가 끝내 울음을 터뜨렸다. 그러면 등에 업힌 동생도 덩달아 악을 쓰며 울었고, 그러기가 무섭게 부엌이나 마당에 있던 어머니가 달려 들어와서 내 등을 때리면서 "너 순한네 즈그 오빠한테 혼 한번 날라고 이라냐 어짜냐?" 하고 소리쳤다. "우지 마라, 이제는 저것하고 놀지 마라" 하며 순한네를 달랬다. 그리고 어머니는, "이따가 내가 가서 순한네 즈그 오빠한테 일러뿔란다. 너 뻑다구가 오긋오긋하게 한번 뚜드려 맞어봐라" 하고 으름장을 놓기도 하고, "그렇게 때려싸면 순한네보고 나가뿌락 할란다. 그라면 니가 애기 볼래?" 하고 나를 꾸짖기도 했다. 어머니의 그런 말들로 해서 나는 새삼스럽게 순한네가 우리 식구가 아니라는 사실을 느끼곤 했고, 동시에 그 느낌은 가슴을 숫제 생마늘이라도 한 알 맨입으로 씹어 삼킨 듯 아리고 쓰리게 하곤 했다.

그녀의 오빠는 우리 큰집에서 머슴살이를 하고 있었다. 우리 집 두엄을 내거나 논을 매거나 김발을 옮기거나 할 때 그녀의 오빠가 더러 와서 일을 하곤 했지만, 나는 여느 때 그는 언제까지나 큰집에서 살 사람이고, 순한네는 앞으로도 언제까지나 우리 집에서 살 사람으로 생각하여왔던 것이었다. 내가 머리끄덩이를 끄집고 때려쌓기 때문에 순한네가 다른 집으로 나가버릴지도 모른다는 생각은 며칠을 계속해서 내 가슴속에 남아 있곤 했다. 그러는 동안, 나는 무엇이든지 순한네가 하자는 대로 했다.

순한네가 언제 어떻게 해서 우리 집에 와서 살고 있는지 알 수 없었다. 윈데로 시집간 고모가 다니러 왔을 때, 어머니가 하던 이야기로 미루어 대강 짐작을 할 수 있었다. 순한네의 아버지는 상 장수라는 것, 어디를 어떻게 떠도는지 알 수 없지만, 일 년이면 기껏 겨울철에 바람처럼 나타나서 우리 집 사랑에 들어앉아 마을의 부서진 상을 고치다가 이웃마을로 옮겨 가곤 한다는 것, 그러나 술이 워낙 과해서 하루 번 것을 그날로 모두 마셔버리곤 한다는 것, 그가 이 마을에 나타난 것은 순한네가 네 살 되던 해, 그러니까 해방되던 해 겨울이었는데, 그때 어머니는 '헌 두덕지 감발한 채 올골골 떨어쌓는 두 애기'가 하도 불쌍해서, 그 작자가 사랑에 앉아 상을 고치는 동안 헌 옷을 뜯어서 옷을 한 벌 해 입혔더니 그 작자 하는 말이, 딸은 두 해 정도만 키우면 '아기업개'로도 빌어먹을 수 있고, 아들은 열 살이니 당장에라도 꼴머슴으로는 빌어먹을 수 있을 것이니 조금 맡아달라고 하더라는 것이었다. 처음에는 아내가 순한 녜를 낳은 지 한 달 만에 죽었기 때문에, 아들놈 손잡고 상 짐 위에 핏덩이를 올려 지고 심 봉사가 젖 빌어먹이듯 이 집 저 집 다니며, 상을 고쳐준 대가로 젖을 먹여 키우고 어쩌고 했노라고 하더니, 실은 그것도 아니라던 것이었다.

순한녜의 어머니는 보자기(해녀)라던 것이었다. 도리섬에 중선 한 척이 닿고, 거기 탄 보자기가 한 달포 가까이 해삼·소라·고둥·미역·굼부·전복 따위를 잡느라고 물질을 하였었는데, 그 보자기가 바로 순한녜 어머니라던 것이었다. 한데, 그녀는 중선을 부리는 금당도 남자하고 배가 맞아 보쟁이느라고 순한녜 아버지를 버린 것이라던 것이었다. 그 작자는 그 아내를 쫓아 두 아이를 데리고 제주에서 진도로, 진도에서 거문도로, 거기서 다시 약산도로, 금당도로 다니다가 여기까지 흘러들었다는 것이었다.

내가 국민학교에 들어가던 해, 순한녜가 업고 다니던 동생은 홍역 끝에 불덩이같이 몸이 달아가지고 이를 갈면서 눈을 허옇게 까뒤집고 전신을 떨곤 하다가 죽었는데, 그런 뒤부터 순한녜는 부엌데기가 되었다.

가늘기만 하던 순한녜의 팔다리가 알 밴 전어나 숭어의 배때기처럼 부풀어나고, 설거지하느라고 기영물통에 엎드린 엉덩이가 펑퍼짐하여지고, 그 펑퍼짐한 엉덩이 때문에, 검정 치마 허리에 띠를 동여매면 암소의 늘씬한 허리처럼 낭창하게 휘어진 듯 잘룩하여지던 그 무렵 해서 나는 중학교엘 갔었다.

어쨌든, 이러한 여자의 생각으로 해서 나는 여느 때 낙지를 즐겨 먹지 않았다. 어쩌다가 먹는 경우가 있어도, 늘 그 순한녜의 길고 유연한 얼굴이나 팔뚝이나 다리의 가무잡잡한 살결을 떠올리곤 했다. 아니, 치마와 저고리 섶에 감추어진 젖빛 나는 살결을 생각하고, 배 묻을 때 박는 납작못이라도 한 개 깊이 박힌 듯 아파지는 가슴 때문에 눈살을 찌푸려 혀를 깨물면서 술을 벌컥벌컥 들이켜곤 했었다.

중학교 생물 선생이 되어 어정어정하다가 서른 고개를 넘기고, 막걸리나 소주에 건듯 취하기 바쁘게 직장 안에서 일어난 일과 그 일에 대한 불평을 털어놓곤 하는 술꾼이 되면서부터, 어린 시절의 그 낙지 같은 여자에 대한 죄책감 같은 것은 씻은 듯 없어져버렸고, 개나 돼지처럼 혀끝에 감쳐오는 맛깔스러움만을 입맛 다시면서 술잔을 더하곤 하게 되었다. 그러고는 눈썹 하나 까딱하지 않고 능청스럽게 내 고향 사람들의 말을 인용해서 음험한 말을 하곤 하여, 둘러앉은 술꾼들의 흰자위를 뒤집어지게 하고 술맛을 돋워주곤 하였다.

"낙지하고 여자하고는 역시 풋내 나는 것이라야 한다고. 이게 그냥 죽느냐 사느냐 하고 발버둥을 쳐대는 놈이라야 그 맛이 그만이란 말이여. 낙지에 대해서라면 나한테 맡겨줘."

한데, 나는 지난 여름방학 때 염소지(鹽沼地) 풀을 조사하고 해수욕도 하면서 며칠 쉬고 올 생각으로 고향에 갔다가 어처구니없는 일을 하나 당하고 말았다.

물론, 그 낙지 때문이었다.

저녁 썰물 때의 그물을 보아가지고 온 내 고추자짓적 친구의 의견에 따라, 무른개 연안의 사금굴 옆 산줄기 아래로 무성한 아카시아 숲속에 천막 칠 자리를 잡았다.

이마를 지져 벗길 것처럼 뜨거운 해가 넓바윗개 잔등 너머로 떨어지고, 자줏빛 산그늘이 곰솔숲을 흘러 연안의 돌자갈밭을 심연처럼 파묻을 제, 호수 같은 득량 바다는 쪽빛으로 다져지고, 도리섬 밑의 검은 바위 끝으로 비껴 보이는 우산도 연안의 외돛 위로 불그레한 놀이 떴다. 그 놀은 천관산 위에 걸린 비늘구름을 숫제 핏빛으로 물들였고, 그 구름에서 쏟아진 붉은 빛살이 바다와 섬을 감쌌다. 때마침 밀물이 지고 있었고, 쪽빛 물굽이 속에서 하얗게 물살 지어지는 밀물 기운이 분홍 옷고름이나 댕기처럼 느슨하게 부풀고 있었다.

이때, 흰 저고리에 검정 치마를 입은 여자 하나가 덕도 연안에서 도리섬으로 건너가고 있었다. 아득하게 굽이돈 모래언덕 너머로 바라다보이는 갯벌밭 위를 걸어가고 있는 그 여자의 모습은, 우렁이를 잡으려고 걸어가고 있는 황새 같았다. 도리섬 위쪽 갯벌밭에 산 같은 둑이 막히고, 그 갯벌밭이 모두 간척지 농토로 변하긴 했지만 덕도와 도리섬 사이의 갯벌은 깊고 넓어서, 밀물이 다 지면 언제 그런 갯벌이 드러났었느냐 싶게 서너 길 깊이는 실히 될 시퍼런 바다가 되어버리는 곳이었다. 한데, 그 여자는 밀물이 중중 밀려들고 있는데도 겁 없이 물속으로 들어가고 있는 것이었다. 핏빛 구름에서 쏟아진 빛살을 받아 여자의 흰 저고리는 불을 댕긴 듯 빨갛게 보였다.

나는 천막의 지주를 세우다 말고, 물 위에 둥둥 뜨는 재주라도 가진 듯 겁 없는 그 여자의 하는 양을 멀거니 바라보았다. 여자의 치맛자락이 잠기고, 점차 허리께가 잠기고 있었다. 이상했다. 여자가 치맛자락을 가슴께로 걷어 올리는 것 같지를 않은 것이었다. 조금만 더 가면 가슴께가 잠길 듯했다.

"아니, 저 여자 어쩔라고 저런당가?"

이 말에, 끈 잡아맬 말뚝을 박고 있던 내 고추자짓적 친구가 물속의 여자를 흘끗 보고는 대수롭지 않게, "걱정 말소, 저 섬 안에 사는 사람이시" 하고 말했다.

음료수가 솟지 않으므로 전부터 사람이 살지 않는 섬이라는 것을 잘 알고 있는 나는, "저 섬에서 어떻게 산당가?" 하고 물었다.

"그런께 물을 질러갖고 안 간다고, 저?"

그러고 보니, 여자의 머리 위에는 조그마한 물항아리 같은 게 얹어져 있는 것 같았다. 사금굴의 물을 길어가지고 가는 모양이었다. 사금을 캐러 들어온 일본인들이 파놓은 그 굴 천장에서는 사철 맑고 달고 시원한 물방울들이 퐁퐁 소리를 내며 떨어졌고, 여느 때 보면 굴 바닥의 조그마한 웅덩이에 티끌 하나 없는 물이 두 동이쯤 괴어 있곤 했다. 나도 실은 그 물을 길어 먹을 셈으로 무른개 연안에 천막을 치고 있는 것이었다.

샛개 간척지 논들이 생기면서, 그 논을 벌고 사는 몇 세대가 도리섬 안에 정착을 한 모양이라는 생각이 들어 나는 고개를 끄덕였다.

도리섬으로 건너가는 여자의 가슴께가 물에 잠기고 있었다. 점차 목이 잠겼다. 여자가 서 있는 저쯤이면 도리섬과 덕도의 한 중간쯤이 될 것이었다. 가장 깊은 곳이었다. 둑이 막히지 않은 때엔 물살이 총철환 달리듯 하던 곳이었다. 갯것을 하러 갔다가 짐작 없이 밀물지는 것을 무서워 않고 건너던 사람들이 물에 휩쓸려 죽곤 했었다. 그러나 둑이 막힌 뒤로는 물살이 세지 않은 모양이었다. 목이 잠긴 채 여자는 한참을 건너갔다. 갯벌이 높아지는지 여자의 가슴께가 나오고 허리께가 나왔다. 검은 치맛자락이 모두 물 밖으로 나왔을 때 여자는 도리섬의 연안에 들어서 있었다.

천막을 다 치고 났을 때엔, 곰솔숲에서 땅거미가 흘러내렸다. 여자가 묻혀 들어간 도리섬의 곰솔숲도 땅거미에 잠기고 있었다. 그때까지도 나는 그 여자 생각만 하고 있었다.

"물이 쪽 빠져 있을 때 물을 길어 가지 않고, 왜 저렇게 물이 깊어진 께사 길어 가?" 하고 나는 친구에게 물었다. 친구는 대답을 하지 않았다. 고기 구럭에서 숭어 한 마리와 모탱어 한 마리를 내어놓고, "상하기 전에 회나 조깐 해 묵고, 피곤한디 푹 자소. 우리 집에 가서 자자고 한께……. 하여튼, 넓바위 모기가 얼마나 싸나운가 한번 봐보소" 하더니, 다음 날 새벽녘 물을 보러 나오겠다고 하면서 일어섰다.

고흥 반도 위로 양판만 한 달이 떠오르고 있었다.

이날 밤까지만 하여도 나는 그저 들뜬 기분이었다. 스무 해 만에 고향 바닷가에서 달 밝은 밤을 혼자 천막을 친 채 새우는 감회는, 득량 바다 처럼 푸르고 깊고, 연안에 쌓인 모래알들처럼 많았다. 그것들은 자꾸 밀려와서 모래톱을 핥는 물결처럼 계속해서 내 가슴을 훑어대곤 했다. 그 중에서도 아프게 부딪혀오는 것은, 순한네하고 벌인 물속 장난에 대한 기억들이었다. 나는 밤이 깊어지면서부터 멍히 달을 쳐다보고 앉아 있 다가, 천막 안에 누워 엎치락뒤치락하다가, 모래밭을 서성거리다가 1시 가 훨씬 넘어서야 눈을 붙였다.

이런 나를 고문하는 사건이 총철환 달리듯 하는 밀물처럼 덤벼든 것 은 이튿날 아침이었다.

아침 그물을 보러 나온 친구가 깨워서야 나는 치자빛 천막 속에서 눈 을 떴다. 천막 주위로 무성한 아카시아의 잎사귀들은 소나기라도 한줄

229

기 얻어맞은 듯 후줄근하게 이슬에 젖어 있었다. 풀색 메리야스 운동복을 걸치고 친구를 뒤따랐다.

해 뜨기 직전의 아침 하늘은 물빛 에나멜을 붓 자국 하나 없이 칠해 놓은 듯 맑았다. 녹동 뒷산 너머로 부연 빛살이 뻗치면서 바다는 잿빛을 띠었다. 수면은 마치 바람을 넣은 물빛 비닐 자루 바닥처럼 밋밋하고 곱게 늘어 움츠리기를 하고 있었다.

노가 물을 갈 지(之) 자로 밀어낼 때마다 채취선은 이물을 이쪽저쪽으로 내저으며 수면을 가르고 나아갔다. 친구보다 먼저 그물을 보러 나온 사람들의 배 대여섯 척이 직사각형의 꺼먼 상자들처럼 떠 있었다. 넓바위 아랫개에 정치망의 말뚝들이 그물줄을 걸친 채 엉성하게 서 있었고, 바다의 여기저기에는 물 밑에 놓은 삼마이 그물줄을 단 먹빛 부표(浮標)들이 떠 있었다. 그것들은 줄무늬 없는 무등산 수박같이 둥실둥실 떠 있었다. 요즘은 부표도 플라스틱 제품을 쓰고 있노라고 친구가 말했다. 지붕 위에 하얗게 열린 박을 말려서 쓰거나 유리 제품을 쓰던 것은 옛날이라고 했다.

우산도와 도리섬 사이의 아랫개에 뜬 부표 앞에서 친구는 노를 걷어올렸다. 그물을 당기어가기 시작했다. 얼마 동안 친구는 그저 빈 그물만 당겼다. 나는 배의 널빤지 한가운데 서서, 고물(船尾)에 앉아 몸을 굽힌 친구의 손을 거쳐 물속으로 가라앉아가는 빈 그물 자락을 내려다보다가, 전날 저녁에 밀물 줄기를 뚫고 여자 한 사람이 건너가던 도리섬을 바라보았다. 썰물 져서 거멓게 드러난 바위들 때문에 도리섬은 번번해 보였다. 동남쪽 연안 어디에 살림집 한두 채가 앉아 있을지도 모른다고 했던 나의 예상은 틀려 있었다.

"사람이 산다더니, 집 한 채 없구만."

나는 도리섬의 곰솔숲을 바라보며 말했다. 마침 친구는 거미줄 같은 그물 가닥에 친친 감겨 있는 깔따구 한 마리를 벗겨내면서 끙 하고 안간 힘을 쓰고, "굴속에서 산다네" 하고 말했다.

도리섬에 있는 굴이라면 나도 잘 알고 있었다. 일곱 살 때던가, 2월 하리아드랫날이라고 노는 순한네 오빠와 종형인 영남을 따라 칡뿌리를 캐 먹으러 가서 본 적이 있었다. 그것은 섬 동북편의 거북바위 아래에 있었다. 내가 탄 배 위에서는 곰솔숲에 가려 그 바위굴이 보이지 않았다. 한데, 그 바위굴이라고 하는 것은 몇 개의 바위가 이리저리 마주 닿아서 이루어진 것으로 한 사람이 겨우 들어가서 발을 뻗고 누울 수 있을 정도의 넓이일 뿐이었다.

나는 친구의 찌푸려진 이맛살을 바라보았다. 이때까지도 나는 전날 황혼 무렵에 물을 건너가던 그 여자가 적어도 대여섯 식구를 거느린 아낙네일 것으로만 생각을 했었기 때문에, "그 좁은 데서 어떻게 살림을 한당가?" 하고 물었다.

친구가 이때 그물에 친친 감긴 깔따구 한 마리를 벗겨 구럭에 던져 넣으면서 픽 웃고, "성할 때 비늘 거슬러갖고 한 점 하소. 초장 맨들어갖고 왔네" 하였다.

나는, 자고 있는 나를 깨워서 그물 보러 나오는 배에 태운 그의 의도를 새삼스럽게 고마워하며, 그가 손가락질한 곳에서 칼을 집어 들었다. 친구가 시키는 대로 이물의 작은 널빤지를 뒤집어서 도마로 썼다.

아가미에 엄지손가락을 넣어 잡고 칼질을 했다. 살아 퍼덕거리는 이 깔따구란 놈에게 미안하다든지, 산 것을 잔인하게 죽여 죄스럽다든지 하는 생각 같은 것은 내게 없었다. 등지느러미부터 자르고, 배와 등 부분의 비늘을 거슬러 벗겼다. 꼬리지느러미를 자르고 배를 갈라 창자를 긁어냈다. 바닷물에 고기와 도마를 넣어 헹구어 씻었다. 한 점씩 입에 넣기 알맞게 잔뼈를 죽이는 잔칼질을 하여가면서 굵직굵직하게 썰었다. 이때 배가 희끗하고 등이 거물거물한 것으로 보아 숭어임에 틀림없는 것 하나를 구럭 속으로 집어넣으며 친구가, "사실은, 엊저녁에 말을 할라고 했다가 꿈자리가 사나울까만이 안 했네마는" 하고 말했다. 나는 고기의 가운데 토막 한 개를 집어 초장을 묻혀가지고 고물에 앉은 친구의 입 앞으로 가져가며, 무슨 말인데 그러느냐고 물었다.

"별말은 아닌디" 하고 난 친구가 자기는 하도 먹어쌓으니까 싫다고 하면서 힘껏 도리질을 했으므로, 나는 혼자서 입질을 할 수밖에 없었다. 시큼하고 짭짤하고 알싸 매운 초장의 맛에, 비리고 달착지근한 살코기의 맛이 엉기어졌다. 살코기를 녹여 넘긴 다음에는 뼈를 씹는 구수한 맛이 있었다.

살코기 한 점을 친구의 입에 억지로 넣어주었을 때, 뱃전에 부딪히는 물결이 붉은빛을 띠었다. 해가 솟고 있었다.

"시방 도리섬에서 살고 있는 여자가 순한네시."

살코기를 녹여 넘긴 친구가, 질긴 뼈와 심줄을 껌처럼 이겨 씹으면서 말하였을 때, 나는 바야흐로 녹동 뒷산 위로 불끈 솟고 있는 해를 멍히 바라보기만 했다.

비닐종이처럼 얇고 투명한 해무(海霧) 때문에, 해는 도화지에 컴퍼스를 사용해서 정확하게 그려놓은 일장기(日章旗)처럼 둥실 떠올랐는데, 그것은 어쩌면 대장간에서 풀무질로 달구어 내놓은 원반 덩어리만 같았다. 구김살 하나 없는 데다, 누르퉁퉁하다거나 푸르스름하다거나 하는 점 하나 없는 그 원반 덩어리는 어쩌면 하얀 종이에 컴퍼스로 그린 동그라미 안에 응고된 핏덩이를 조심스럽게 이겨 발라서 가위로 오려 내놓은 것 같기도 했다. 인민군들이 지나간 며칠 뒤, 넓바위 연안의 모래밭에 엎어진 큰아버지의 시체에서는 꼭 저렇게 검붉은 핏덩이가 흘러 흰 모래를 적시고 있었다. 큰아버지의 시체를 끌어안고 울부짖던 큰어머니와 아버지의 흰 저고리 섶에도 그 피는 묻어 있었다. 어쩌면, 그 날 아침에도 저렇게 검붉은 해가 둥실 떠올랐을 것이었다.

밋밋한 바다 자락에 깔린 비닐종이 같은 해무가 붉은 빛살에 물들었는가 싶자, 해가 산 위로 두어 자쯤 높아지면서 누른빛을 띠었다. 바다 표면은 일시에 금빛 고기비늘처럼 퍼덕거렸다. 숲속의 나무 잎사귀들의 수보다 많다는 어족들이 햇살을 반기며 한꺼번에 솟아올라 뛰노는 것만 같았다.

나는 가슴이 뜨거웠고, 내 머릿속에는 그 붉던 햇덩어리가 누르퉁퉁하게 변질되어가고 있었다. 어쩌면 그것은 벌겋게 핀 숯불 위에서 달구어진 검은 갓 모양의 솥뚜껑에다 콩기름을 칠하고 진홍 물감 들인 밀가루전을 부칠 때 바드락거리면서 거뭇거뭇 눋기도 하고 주황빛으로 변색되기도 하는 문전(紋煎) 같은 것이 되어가고 있는 것이었다.

"쩌그, 연평으로 시집을 간 것까지는 자네도 잘 알제맨?"

친구는, 머리가 구렁이 모양이어서 제사 반찬으로 쓰지를 못한다는 모탱어 한 마리를 구럭에 던졌다. 이어서 한동안 빈 그물 자락만 당기고 있었다.

"그란디, 남편이 월남 가서 죽었다 하대. 그란 뒤로는 실성기가 생게

233

뿌렸는 모양이여. 원호처에선가 돈이 솔찬히 나오긴 나온 모양이데마는, 그것을 시갓집에다가 옴씨래미 줘뿔고, 금메 쩌라고 혼자 나와서 인가도 없는 바위굴 속에서 짐승같이 산단 말이시."

친구는 다시 깔따구 한 마리를 잡아 구럭에 던지면서, "어야, 얼릉 묵고, 요놈 한나 더 썰어 묵소. 자네가 이르쿨로 고향엘 온깨나 이런 괴기 대접을 하고 어짜고 하제, 이것 싸 짊어지고 광주까장 가서 대접하겄능가?" 하고 먹기를 권했다.

나는 살코기 한 점을 초장에 묻혀 입으로 가져갔다.

내 머리는 멍멍해져가고 있었다. 금빛 고기비늘처럼 반짝거리는 바다 자락의 쇳소리 나는 듯한 빛살들이 회오리바람처럼 몰려 들어오고 있는 것 같았다. 입속에 넣어 씹는 살코기의 맛이 솜덩이를 씹는 듯만 싶었다.

"자네 큰집 성님은 시방 어디서 산당가?"

친구는 아직 빈 그물만 당겨대고 있었다. 큰집 종형 영남에 대하여 묻고 있었다. 서울에서 청과물 상회를 하며 사는 종형이었다. 한 해에 한두 차례의 소식을 주고받을까 말까 하고 지내는 게 고작이었다. 나는 주눅이라도 들린 듯 입을 다물고만 있었다.

"생각해보면, 보통으로 수말스럽고 인물 좋고 양글진 큰애기였는가마는, 팔자 못쓰게 된 것을 보면, 계집 팔자 뒤웅박 팔자란 말이 맞는 모양이여."

빈 그물만 당기는 친구가, "인자는 이 바닥에서 고기 잡아묵고 살기도 다 틀렸는 것 같네. 겨우 반찬거리 정도 잡히면 잘 잡는 것이시. 멸치 낭장을 해갖고 안 망한 사람이 없네. 보성 저쪽에서 몇 번인가 기름이 둥

234

둥 떠내려오고 어짜고 한 뒤로는 아무것도 안 되아뿌네" 하면서 그물 자락을 던졌다. 수박 덩이 같은 플라스틱 부표가 뱃전에 닿아 있었다. 친구는 갯물이 묻은 두 손을 쩍쩍 뿌리고 고기 구럭을 들여다보더니, 두 손을 엉덩이에다가 씻으면서 도리섬의 곰솔숲으로 눈길을 던졌다.

"자네 큰집 성님이 그때는 아부지 웬수 갚이를 한다고 그라기는 그랬 겄제마는, 저 순한네한테는 암만해도 너머나 해뿐 것 같대. 즈그 오빠가 인공 때 앞도 뒤도 모르고 들썽댔다고, 순한네한테 그 웬수 갚이를 한 것은 잘못이제잉, 안 그란가?"

나는 가슴이 흠칫했고, 그 가슴속에 든 간이나 쓸개 같은 것들이 숫제 목줄기 쪽으로 올라 붙어버린 듯 찡하고 아프면서 갑갑했다.

친구는, 순한네를 저 지경 되게 한 장본인이 큰집 종형 영남이라 생각 하고 있는 것이었다. 아니, 친구뿐만이 아닐 것이었다. 고향 마을 사람 들이 다 그럴 것이었다.

종형은 술에 취하기만 하면 순한네를 죽이겠다고 쫓아다녔었다. 머슴 살이를 하던 순한네의 오빠가 짚더미 속에 숨어 있는 자기 아버지를 손 가락질해주었기 때문에, 세포 위원들한테 잡혀 죽은 것이라 해서였다.

한번은 부엌에서 설거지를 하고 있는 순한네를 초주검이 되도록 두 들기고 짓밟아놓은 적이 있었다. 그 때문에 종형은 아버지한테 따귀를 얻어맞고 호되게 꾸중을 들었지만, 술에 취하기만 하면 마을 안을 쓸고 다니면서 이미 죽고 없는 세포 위원이나 인민위원장을 지낸 사람들의 이름을 외쳐 부르고, 그 집들엘 들어가 살림살이를 부수고, 우리 집으 로 쳐들어와 순한네의 머리채를 잡아 뙈기를 치곤 하는 버릇은 고치지를 못했다. 처음 한두 번 그렇게 미친 듯 마을을 뒤흔들어댔을 때 사람들은, 오죽이나 원통하고 분하면 저러겠느냐고 혀를 찼지만, 그게 세 번 네 번 거듭되자, "시국 잘못 만나서 다 같이 생죽음당하고 사는 처지에 해도 너무 해싼다" 하며 입을 비쭉거리곤 했다. 난리를 꾸며댈 때마다 큰어머니나 아버지는 그의 등을 쿵쿵 두드려대기도 하고, 따귀를 치기도 하고, "너 혼자 원통하고, 너 혼자 쌍불이 써져서 그 지랄 하냐?" "어째서 속이 주저앉을락 하면 폭폭 쑤셔서 불을 질러놓고 또 불을 질러놓고 그러냐?" 하면서 등을 걷어 밀고 큰집으로 데려가기도 하였다.

그 종형이 군대엘 간 뒤로 마을은 조용해졌다. 한데 그가 휴가를 나온 무더운 여름의 어느 날 밤에 큰일이 또 벌어졌다. 그것은, 내가 대학입학시험을 앞두고 팬티 하나로 사타구니를 가린 채 밤낮 가림 없이 책상 앞에 앉아, 기껏 정신을 차려 잡아놓으면 개미처럼 벌벌 기어 달아나고, 다시 눈살을 찌푸리고 붙잡아놓으면 또 기어 달아나곤 하는 글자들을 더듬어 훑느라고 생땀을 빼고 있을 때였다.

그날 밤, 마당에서는 그릇 달그락거리는 소리가 간헐적으로 들려왔었다. 식구들에게 저녁 팥죽을 쑤어 먹인 순한네가 설거지를 하는 소리였다. 나는 석유 등잔불 앞에 앉아 있었다. 냇물에서 금방 목욕을 하고 들어와서 앉은 것인데, 등줄기와 이마에는 벌써 끈끈한 땀이 어려 있었다. 빌어먹을 공부, 이것을 해서 무얼 할 것인가. 당시 나는 내가 견디어 내야 하는 그 밤의 무더위와, 죽치고 앉아 해야 하는 학과 공부가 지긋지긋했다. 도무지 어떻게 된 머리통인지, 외국어와 수학은 아무리 파고 또 파고 들어가보아도, 까만 발(簾) 같기도 하고 수수밭의 숲 같기도 한 장막이 치렁치렁 늘어져서 앞을 가릴 뿐이었다.

나는 영어 구문론에 처박았던 눈을 들었다. 등잔불이 꺼지지 않도록 몸을 뒤로 빼면서, 부채를 들어 신경질적으로 활활 부쳤다. 그릇 달그락거리는 소리가 그치고, 변소에서 허드렛물 버리는 소리가 촤르릉 울렸다. 부채 바람에 석유 등잔불의 그림자가 어지럽게 일렁거렸다. 그 그림자를 바라보며 눈살을 찌푸리는데, 마당 한가운데 놓은 모깃불 옆의 평상에서, "죽 남은 것 어쨌냐, 쉬어뿐디 시원한 데다 얹어놔라잉" 하는 어머니의 말이 들려오고, "공부하다가 묵을랑가 모른께 그냥 토지(툇마루)에다가 놔뒀어라우" 하는 순한네의 목소리가 이어졌다. 잠시, 마당가의 노천 외양간에 매인 소의 워낭 소리가 한가롭게 모닥불 연기 냄새와 함께 모기장으로 스며들었다. 매캐한 쑥불 냄새였다. 어디선가 여자들의 웃고 떠드는 소리가 쑥불 냄새와 함께 아슴푸레하게 기어들었다.

"뒤란에 시원한 물 놔두고 어디로 가냐?" 하는 어머니의 말에, "한 바가지씩 떠서 할라면 까깝해라우" 하면서 풍덩 뛰어 들어가서 목욕을 해야 시원하다는 순한네의 대답이 그 쑥불 연기 냄새에 섞이고 있었다.

냇가의 김 둠벙에는 미지근하긴 하지만 가득 담긴 물이 철철 넘쳐흘렀다. 많은 물이 한꺼번에 들어왔다가 한꺼번에 흘러 나가므로 깨끗했다. 낮에는 아이들이 들어가 멱을 감고, 밤이면 집 안에 우물물이 없는 아낙네들이나 처녀들이나 남자들이 두엇씩 네댓씩 떼를 지어 가서 멱을 감곤 하였다. 순한네는 그리로 멱을 감으러 가는 것이었다. 네댓 평 넓이는 실히 될 둠벙 안에서는, 바닷물처럼 자유스럽지는 못하나마 아쉬운 대로 몸을 풍덩풍덩 담그고 헤엄을 칠 수가 있었다. 두 살 난 동생을 업어 키우던 여름, 밭에서 돌아온 어머니가 아기에게 젖을 주는 틈에 순한네는 그리로 팽당그르르 달려가서 멱을 감곤 했었다.

여자들의 웃으며 떠드는 소리가 대문간 쪽으로 가까워졌다. 순한네를 부르는 소리도 섞여 있었다. 냇가로 가려면 우리 집의 담 밑 골목을 통해 가야 했다. 동네 처녀들이 떼를 지어 가고 있는 것이었다. 그렇게 떼를 지어 가면, 남자들 두엇쯤은 먹을 감고 있다가도 멀리 도망가지 않을 수 없게 되는 것이었다.

"얼릉 들어와서 자거라잉."

어머니의 말이 떨어진 순간이었다. 대문간에서 여자들이, "아악!" "어머 어짜까잉!" 하고 유리병 깨지는 듯한 비명들을 지르면서 우르르 도망질쳤다. 그것은 마치 검은 날개를 칼처럼 내리치며 내달려 오는 솔개를 보고 병아리 떼가 짚 더미나 마루 밑으로 몸을 숨기며 뿜어대는 소리 같은 것이었다.

나는 반사적으로 몸을 일으켰다. 지피는 게 있었다. 반바지를 꿰고 러닝셔츠를 입었다. 마당으로 나갔다. 대문간에서 도망쳐 들어온 여자 몇이 뒤란으로 우르르 달려갔다.

"이리 와, 이년아!"

군홧발 소리가 대문간으로 뛰어 들어오더니 뒤란으로 내달렸다. 휴가 온 종형이 어디선가 또 술을 마시고 순한네를 잡아 죽이겠다고 쫓아온 것이었다. 처녀들 둘이 사냥개한테 쫓기는 토끼처럼 뒤란을 돌아 마당으로 나왔다. 하나는 평상에 앉은 어머니의 등 뒤로 가서 숨고, 다른 하나는 곧바로 대문간을 빠져나갔다.

"요년, 이리 안 올래?"

뒤란에서 달려 나온 종형은 어머니 뒤에 숨은 처녀에게로 달려갔다.

"영남아, 너 어째 또 이라냐?"

어머니가 소리쳤지만, 어머니를 끌어안고 있는 처녀의 머리채를 잡아 뒤로 젖혔다.

"나, 순한네 아니란 말이오."

처녀가 숨넘어가는 소리를 했다.

"영남아, 너 여그 조깐 앉어봐라이."

어머니가 다급하게 말하며 몸을 일으켰지만, 종형은 아랑곳하지 않고 대문간 쪽으로 달려 나왔다. 나는 그의 앞을 막아섰다. 종형의 윗옷 단추들은 모두 풀어 헤쳐져 있었다.

"성님."

나는 한 손으로 펄럭거리는 종형의 군복 옷자락을 잡았다. 땅딸막한 종형하고 맞잡고 싸우더라도 쉽사리 밑에 깔리지만은 않을 자신이 있었으므로 나는 짜증스럽게 꾸짖는 듯한 말투로, "아따 성님, 어째서 또 이러시오?" 하고 소리쳐 말했다. 다른 한 손으로 그의 오른쪽 손목을 움켜잡았다. 그러나 땅딸막한 만큼 다부진 종형이었다. 그는 몸을 한 바퀴 빙그르르 돌리면서 내 손과 가슴을 걷어 밀어버렸다. 나는 간단히 대문간 옆의 헛간 앞으로 허물어지듯 주저앉아버렸다. 종형은 미친 말처럼 대문간을 빠져나가고 있었다. 나는 울화가 끓었다.

"워메 워메, 어쩌사 쓸꼬오, 올 저녁에 뭔 일이 나도 나게 생겼네에. 아가, 아가, 다친 데 없냐 어짜냐?"

어머니가 달려왔지만, 나는 종형을 뒤쫓아 나갔다.

내 머릿속에, 순한네가 종형의 손에 잡혀 두들겨 맞는 모습이 선하게 그려졌다.

처녀 하나가 아랫집 변소 안에 숨어 있다 나오면서 두 사람이 골목길을 줄곧 내려간 것 같다고 일러주었다. 아랫골목에서 마주친 재종형수 뻘 되는 여자가 사장 쪽을 손가락질하여주었다.

사장 한가운데는 모닥불 연기가 부옇게 피어오르고 있었다. 그 모닥불 가에 멍석을 펴고 앉아서 이야기를 주고받거나 누워 있거나 한 마을 어른들이, "싸게 쫓아가봐라" "넓바윗개 쪽으로 갔다" "볼쎄 모가지 비틀어서 죽여뿔그나 어짜그나 했겄다" 하고 말해주었다.

나는 돌개바람처럼 넓바윗개로 가는 논두렁길을 달렸다. 발을 헛디 며 넘어지기도 하고, 넘어져서 논바닥으로 떨어지기도 하면서 앞메 잔등을 넘었다. 어디선가 목이 졸리면서 악을 쓰는 순한네의 비명 소리가 들려오는 것만 같았다. 잔등의 내리받잇길을 달려가는데, 큰아버지의 무덤이 있는 숲속에서, "으헉, 으헉" 하는 남자의 울음소리가 들렸다. 종형이 무덤 앞의 잔디에 얼굴을 박은 채 버르적거리고 있었다. 나는 입과 코로 터져 나오는 헐떡거리는 숨결 소리를 죽이며, 어둠에 잠긴 무덤 주변의 잔솔숲을 더듬어보았다. 무덤 뒤쪽에, 언제 보아도 되새김질을 하며 누운 황소 같은 바윗돌 하나가, 헐떡거리는 나의 숨결에 푸르르 날려버릴 것만 같은 어둠 자락을 꽉 누르고 있을 뿐이었다. 주변 어디에도 쓰러져 있는 순한네의 몸뚱이인 듯한 희끗한 것은 없었다. 순한네가 잡히지 않은 게 분명하다 싶었다. 발소리를 죽이면서 종형 옆의 숲을 빠져나갔다. 넓바윗개로 달렸다. 상어한테 먹물을 뿜으면서 달아난 낙지나 오징어처럼, 바위틈이나 추켜올려놓은 폐선들 틈에 박혀서 발발 떨고 있을 순한네의 모습이 보이는 듯했다.

넓바위 연안으로 들어서자, 입과 코에서 헐떡거리는 숨결 소리와 가슴에서 쿵쾅거리는 심장 소리와 그 쿵쾅거림이 관자놀이에서 욱욱하고 부딪치는 소리에 멍멍해 있는 내 귓속을, 모래톱에서 찰싹거리는 물결 소리가 파고들었다. 목청을 높여, "순한네야" 하고 불렀다. 그 소리가 연안의 골짜기와 바다로 흩어졌다. 나는 재빨리 헐떡거리는 숨결을 눌러 참고 귀를 기울였다.

'나 여그 있다아.'

순한네의 목소리가 어디선가 들려오는 것 같았다. 그것은 환청이었다. 다시 불렀다. 메아리가 사위어가기를 기다렸다가 다시 불렀다. 부르고, 기다렸다가 다시 부르고 하면서 짝귀 연안으로 돌아갔다.

"영훈아."

뜻밖에도 순한네는 넓바위 선창 끄트머리에 정박된 배의 이물 덕판 속에 박혀 있었다. 토끼처럼 벌벌 떨고 있다가 내가 짝귀 연안으로 돌아가는 것을 보고 부두로 걸어 나오면서, 겁과 울음으로 꽉 잠긴 소리로 나를 부른 것이었다.

나는 부두로 달려갔다. 내가 다가가자 순한네는 내 어깨에 매달리다시피 하고 부두 바닥에 주저앉으면서 울기 시작했다. 바닷물에 풍덩 빠져 허우적거리다가 구제받은, 헤엄칠 줄 모르는 아이처럼 순한네의 저고리와 치마폭은 땀에 젖어 있었고, 또한 그런 아이처럼 떨어대고 있었다.

바닷물은 부두를 넘을 만큼 가득 밀려들어 있었다. 껌껌한 먼바다에서 밀려온 잔물결이 부두 끝과 부두 뒤쪽의 허리를 가만가만 핥듯이 쓰다듬듯이 찰싹거릴 뿐이었다. 부두 안의 수면은 잔잔하게 일렁거렸다. 거기 뜬 별 떨기들이 물속 궁전에 휘황하게 빛나는 등불들 같았다. 줄타기나 널뛰기를 하는 노랑 저고리들처럼 일렁거렸다. 아니, 어쩌면 바야흐로 무더운 이 여름의 어둠 발을 타고 내려온 별들과 해수와의 은밀한 혼례가 벌어지고 있는 것인지도 알 수 없었다. 마녀처럼 음탕한 바다였다. 시꺼먼 빛깔의 한없이 큰 입과 끝없이 넓고 깊고 부드러운 자궁을 가진 바다는 탐욕스럽게 별들을 품에 안아 쌀을 일듯 애무하고 있었다. 거무스레한 해무를, 머리카락처럼 산발한 밤바다의 찰싹거림은 어쩌면 별들을 핥고 빨고 입맛 다시는 소리였다.

나는 순한네 옆에 쪼그리고 앉은 채 수면 위에 뜬 별 떨기를 내려다보고 있었다. 내 반바지와 러닝셔츠도 순한네의 저고리나 치맛말 한가지로 흠뻑 땀에 젖어 있었다. 그러고도 등줄기나 가슴팍이나 이마에서는 아직 땀이 물 흐르듯 하고 있었다. 이마의 땀은 눈알을 쓰리게 했고, 등줄기와 가슴팍에서는 벌레들이 기어가듯 스멀스멀했다.

"느그 성이 여그까장 쫓아오면, 이 배 타고 저 깊은 바다로 나아갖고, 빠져 죽어뿔락 했어야."

울음을 그친 순한네는 이렇게 말하면서, 어둠에 잠긴 먼바다를 향해 커다랗게 숨을 들이쉬었다. 나는 마땅히 해줄 말을 찾지 못하고, 러닝셔츠 자락에 감싸인 내 가슴과 어깨에 맞닿아 있는 순한네의 뜨거운 가슴과 어깨와 팔뚝을 마주 잡아주고만 있었다. 내 손아귀 속에서 두 사람의 땀은 끈적끈적한 피처럼 섞이고 있었다. 순한네의 겨드랑이나 젖가슴 죄어 맨 치맛말에서 피어난 시큼한 땀 냄새가 코끝에 닿았다. 그것은 어쩌면 잘 익은 과일 냄새처럼 혀 밑에 침을 괴게 하고 가슴에 생소주 한 컵이라도 들이켠 듯한 전율을 피어나게 했다. 순간 순한네가 잘 익은 과일처럼 성숙한 처녀이며, 나는 이 처녀를 아내로 맞을 수도 있는 남자라는 사실이, 김발에 끈덕지게 엉겨 붙는 잡태(雜苔)의 포자처럼 내 온몸에 퍼지고 있었다.

나는 순한녜를 흔들면서, "옴스롱 본께 큰아부지 묏등에서 영남이 성이 울고 있드라. 짝귀 쪽으로 돌아서 얼릉 가자. 옷 갈어입어사 쓰겄다" 하고 말했다. 순한녜가 딸꾹질하듯 채재기질을 하면서 몸을 일으키더니, "나 여기서 먹 쪼간 감고 가사 쓰겄다. 같이 감자" 하고 부두 끝으로 갔다. 나는 시꺼먼 부두 끝의 어둠 속에서 철버덕거리는 바닷물을 내려다보았다. 별 떨기가 그 철버덕거리는 물결 위에서 깨어지고 있었다. 헤엄에 자신이 없는 것은 아니었지만, 나는 밤바다에 들어간다는 생각만으로도 섬뜩하고 으스스했다. 물에 뛰어들기만 하면, 낚시를 물어서 돌 틈으로 끌어다가 놓아버리는 게라는 놈 같은 물귀신이 있어서 내 발목을 꼭 잡아끌고 깊은 물 밑으로 들어가버릴 것만 같은 생각이 든 것이었다.

"집에 가면 어차피 또 민물로 목욕을 해사 쓸 것인디, 뭣 하러 갯물에 들어갈라고 그러냐?"

순한녜는 내 말을 아랑곳하지 않고 선창 끝에서 화르르 옷을 벗었다.

묘한 아이였다. 어려서부터 순한녜는 바닷물에 뛰어들기를 좋아했었다. 두 살 난 동생을 떡 덩이처럼 차고 다니던 여름 무렵, 순한녜는 밭에 김매러 간 어머니의 눈을 피해서 넓바윗개로 팽당그르르 내달리곤 했었다. 내가 학교에 안 가는 일요일 같은 때는 나하고 함께 오기도 했었다. 그녀는 나무 그늘에 있는 폐선의 널빤지 위에다가 아기를 잠재워두고 물로 들어가곤 했었다. 아기가 잠을 자지 않을 때면 콧등과 이마에 송알송알 땀방울을 단 채 난폭하리만큼 세차게 가슴을 토닥거려가지고 잠을 억지로 자게 하곤 했었다.

발을 물에 담그고, 가슴과 얼굴에 물을 묻히고 난 순한녜가 물로 뛰어들었다. 나는 선창 끝으로 달려갔다. 순한녜가 벗어놓은 옷들이 허물처럼 놓여 있었다. 순한네를 삼킨 바닷물이 어둠 속에서 희끄무레한 형광 불빛 묻은 거품을 내어놓았다. 별 떨기들이 그 거품 위에서 싸락눈 가루처럼 쪼개졌다.

뛰어든 곳에서 여남은 발쯤 떨어진 검은 물속에서 물귀신처럼 살며시 머리를 내민 순한네가, "아따 시원하다. 너도 얼릉 들어오니라" 하고 말했다. 선창 끝에서 멀리 떨어진 곳에 외롭게 정박되어 있는 배를 향해, 물고기처럼 물장구치는 소리 하나 내지 않고 헤엄을 쳐가고 있었다.

"얼릉 들어와아."

재촉하는 소리를 듣고, 나는 순한네가 겁 많은 사람이라고 나를 비웃을 것만 같아, 옷을 벗었다. 체육 시간에 배운 대로 간단한 준비운동을 했다.

부두 끝에는 비스듬한 계단이 있었고, 그 계단 양편은 같은 기울기로 편평하게 흘러내려 있었다. 낮에는 발가벗은 소년들이 따뜻하게 달구어진 그 비스듬한 부두 끝에다 등을 대고 누워 해바라기를 하곤 했다. 아직 미지근한 기운이 남아 있는 돌에서 물로 조심스럽게 발을 들여놓았다. 얼굴과 가슴에 물을 묻혔다. 미끄러지듯 물로 빠져 들어갔다. 차가웠다. 언제 더워서 비지 같은 땀을 흘렸느냐 싶게 밤바다는 몸을 차갑게 얼리고 있었다. 귀에 물이 들어가지 않도록 개구리헤엄을 쳤다. 순한네는 그사이 어둠 속에 동그마니 뜬 채취선의 고물 쪽 뱃전을 잡고 몸을 솟구쳐 올라가고 있었다. 바닷물 속에 혼자 남아 있다는 생각이 나를 조급하게 했다. 팔다리를 빠르게 저어 속력을 내었다. 뱃전을 올라가는 순한네의 물 흐르는 희끗한 등허리와 엉덩이에 별빛이 묻어 있었다. 그녀가 뱃전 안으로 들어앉으면서 물속에 든 나를 내려다보았다. 나는 고물을 피해서 이물 쪽으로 갔다. 뱃전을 잡았다. 허겁지겁 헤엄을 쳐온 때문에 숨이 가빴다. 뱃전을 잡은 팔에 몸을 싣고 가쁜 숨을 몰아쉬는데, 순한네가 "올라온나. 뱃바닥은 뜨뜻하다" 하였다.

내가 다니는 고등학교는 당시 장흥읍에서 유일한 남녀공학이었고, 우리 반에는 여남은 명의 여학생들이 있었다. 그 가운데는 시장 가의 여관집 딸도 있었고 술집 딸도 있었다. 어느 때 보면, 저희들끼리 무슨 이야기를 해놓고 까르르 웃기도 하고, 남학생들이, "야, 오늘 저녁에 방림소에 멕 감으러 가자" 하고 희롱하는 말을, "자네 누님하고나 가소" 하고 받아넘기고는 달아나기도 했다. 그 여학생들 가운데 순한네처럼 대담한 아이가 있을 것 같지 않았다. 조금 전 부두 위에서 발발 떨던 순한네가 생각났다. 한데, 무엇이 이날 밤 순한네를 이렇듯 대담하게 만들어놓고 있는지 나로서는 알 수 없었다.

뱃전으로 솟구쳐 오르면서, 나는 슬그머니 두려운 생각이 들었다. 순한네가 혹시 물귀신한테 홀리고 있는지도 모른다 싶었다. 순한네를 홀리는 것은 총각 귀신일 것이었다. 홀린 순한네 때문에 나도 함께 물속 깊은 곳으로 가라앉아버릴 것만 같은 생각이 머리끝과 등줄기의 잔털을 곤두서게 했다.

"너는 뭔 시염(헤엄)을 질로 잘하냐?"

고물에 앉은 순한네가 윗몸을 뱃전 너머로 숙이고 한 손으로 물장난을 하면서 물었다. 내가 할 수 있는 것은 기껏 개구리헤엄뿐이었다. 헤엄을 막 배울 때 많이 하던 개헤엄은 아이들이나 하는 것이었고, 장도칼로 물을 베듯이 두 팔을 바람개비 날개 돌듯 젓는 헤엄은 빨리 달릴 수는 있지만 힘이 한꺼번에 많이 들어 금방 뻗치고 마는 것이므로 빨리 달

245

릴 필요가 있을 때나 하는 것이었다. 누워서 손만 까딱거리며 하는 송장 헤엄이나, 몸을 옆으로 비스듬히 눕히고 한 손으로 앞의 물을 당기고 다른 한 손으로 가슴 부근의 물을 밀어내면서 치는 헤엄은 귀에 물이 들어가는 괴로움이 있으므로 나는 싫었다.

내가 대답을 하지 않자, 순한네는, "춥지만 않으면 나는 하루 내내 물속에 있으락 해도 있겠어야. 송장시염이 질로 재밌어야. 가만 눠갖고 손만 까딱거리면 되그덩아" 하고 자랑하듯이 말하면서 윗몸을 들었다. 몸통을 모로 틀어 앉은 채 얼굴을 나 있는 데로 돌렸다. 어둠 속이지만, 쪼록쪼록 땋은 머리채를 머리꼭지에다가 똬리처럼 말아 올려 핀으로 고정시킨 것이 상투를 틀어 올린 것같이 보였다. 나는 뱃전에다가 가슴을 붙이고 앉은 채, 아무리 해보려고 해도 송장헤엄은 못 치겠더라고 했다.

"그거 아주 쉬워야. 내가 갈쳐주께 이리 온나" 하면서 순한네는 물로 첨벙 뛰어내렸다. 물속을 한참 꾀더니 푸우 하며 나왔다. 배에 앉아 있는 나보고 얼른 내려오라고 했다. 나는 뱃전을 잡고 조심스럽게 물로 들어갔다. 여느 때 나는 수영을 해도 머리를 물속에 넣지 않았다. 귓속으로 물이 들어가고, 귀가 멍멍해지는 것이 싫을 뿐만 아니라, 숨이 막히고 눈알이 쓰림쓰림하여지는 게 답답하고 무서운 것이었다. 모든 소리가 자욱하게 가라앉아버린 듯 멍멍한 물속에 들어갔다가 나오는 순간, 귀를 막았던 물이 흘러내리면서 와르르 귀청으로 밀려 들어오는 파도 소리는, 내 귀청을 통해 온몸의 피를 발끈 뒤집어서 거꾸로 흐르게 하는 듯하는 것이었다.

송장헤엄은 나중에 혼자 천천히 배워보겠다고 하며, 나는 그냥 부두끝을 향해 헤엄쳐 갔다. 그런데 순한네가 내 옆으로 헤엄쳐 왔다. 한 손으로 내 팔을 잡고 다른 한 손으로 내 뒤통수를 받쳐주면서, "몸의 힘을 탁 풀고 죽은 것같이 해뿌러봐" 하고 말했다. 나는 그녀가 시키는 대로 하지 않을 수 없었다. 드러누운 내 다리와 아랫몸이 둥실 뜨는 듯했다. 과연 어렵지 않은 송장헤엄이구나 하고 생각을 하는 순간, 순한녜가 내 뒤통수 받치고 있던 손을 떼어냈다. 머리가 가라앉아가고, 귓속으로 물이 흘러들고 있었다. 나는 몸을 움츠리면서 뉘었던 몸을 발딱 뒤집었다.

"아이고 못하겠다."

내가 소리치자, 순한녜가 나를 얼싸안고 뒤로 벌렁 넘어지면서 송장헤엄을 치기 시작했다. 내 몸은 그녀의 가슴과 배 위에 얹혀 있었고, 그녀의 누운 몸은 완전히 물속에 잠겨 있었다. 그런 채로 그녀는 물개처럼 여유 있게 헤엄을 치고 있었다. 나는 내 턱에 부딪는 그녀의 뭉실뭉실한 젖가슴과 아랫배에 닿은 미끄런 살들 때문에 숨이 가빠졌다. 내 몸 어떤 부분에서 먼저 끓기 시작한 것인지 알 수 없는 뜨거운 덩어리들이 어깨와 팔과 다리와 머리끝에서 뭉쳐져가지고 가슴속으로 몰려들었고, 그 덩어리들은 내 몸을 싸고도는 물결처럼 출렁거리기 시작했다. 내 몸에 돌출된 모든 기관이 그 뜨거운 덩어리들을 뿜어낼 채비를 하고 있었다. 나는 그녀를 끌어안았다. 그녀는 아랫도리로 나를 실은 채 두 팔로만 물을 당겼다. 우리는 물개처럼 아랫몸을 물속에 잠근 채 한데 엉기어 부두끝에 닿았다.

비스듬히 물속으로 묻히어간 정촛돌 바닥에 번듯이 몸을 누인 그녀는 두 다리의 종아리 부분으로 내 다리를 감아 훑으면서 물장구를 쳤다.

"큰 상어 한 마리를 탄 것같이 재밌지야?"

순한녜는 가쁜 숨을 내쉬면서 웃고 있었고, 나는 부두만큼이나 큰 낙지의 발에 붙은 빨판 속으로 빨려 들어가듯 그녀의 뜨거운 안속으로 깊이 잠입해 들어가고 있었다. 나를 끌어안은 채 물장구를 치던 그녀가 "아!" 소리를 지르면서 낙지발처럼 긴 두 손으로 내 얼굴과 가슴팍을 걸어 민 것은 바로 이때였다.

나는 아랑곳하지 않고 부두 끝을 휘도는 밀물처럼, 피를 본 상어처럼 돌진해 들어가고 있었다. 그녀는 발버둥 치듯 물장구를 치면서, "나는 모른대이, 몰라" 하고 울어버렸다. 우리의 아랫몸을 싸고도는 바닷물은 일렁거리면서, 문짓문짓 살결을 핥았다. 우리의 가슴속으로 흘러들고 있었다. 물 위에 뜬 별 떨기들도 함께 흘러들고 있었다.

이런 일이 있은 뒤부터, 순한네는 마당의 평상에서 자는 척하다가 밤이 깊어지면 사랑방의 석유 등잔불 앞에 앉아 땀을 빼고 있는 나를 끌어내곤 했고, 끌어내서는 냇가에 있는 둠벙으로 데리고 가서 송장헤엄을 가르쳐주고, 그리고 아랫몸을 물속에 잠근 채 나를 끌어안고 몸부림을 치면서 물장구를 치곤 했다.

이해 가을 들면서 어머니와 아버지는 서둘러 순한네를 장터 근처에 있는 연평리로 시집을 보냈다. 일 년 남짓 있으면 제대를 한다는 현역 군인한테로였다. 오갈 데 없는 고아이기는 하여도, 키 훤칠하게 크고 인물 좋고 살림 잘하고 여물다고 소문난 순한네였으므로 밥술이나 두고 먹는 집안으로 시집을 갈 수가 있었던 것이었다. 신랑 편에서는, 어머니 쪽이나 아버지 쪽의 혈통 모두가 체구 작은 '좀씨'여서 땅딸이 같은 아들딸만을 낳곤 한다 하여, 키 큰 내림의 여자를 구한다고 순한네를 감지덕지 맞아 간 것이었다.

나의 어머니와 아버지는 이 지방의 여느 사람들이 친딸을 여의는 것이상으로, 재봉틀에 장롱에 찬장에 화장대에 라디오까지를 얹어 시집을 보냈었다. 동시에 아버지는 나한테, "어무니 아부지 죽었다는 소식이 있어도 집에 올 생각 말어라" 하는 내용의 편지를 보내왔었다.

뱃속에 아기를 담고 시집간 순한네는, 타고 간 가마의 문을 열고 시가의 툇마루에 올라선 지 일곱 달이 채 못 되어서 달떡 같은 아들 하나를 낳아버린 것이었다. 이 사실을 안 그녀의 남편은 그 길로 장기 복무 지원을 함과 동시에 월남 파병에 지원을 해버렸던 것이었다.

그사이 아버지는 '형님 때려죽인 고향'에 정이 떨어졌다면서 살림살이를 모두 정리해가지고 광주로 이사를 와버렸고, 큰집의 종형 또한 제대를 하여 나오자마자, 논밭 팔고 집 팔아 싸 짊어지고 서울로 가버린 것이었다.

바람이 일고 있었다. 밋밋한 바다 자락에는 잔주름 같은 물결이 일고, 그 물결들이 뱃전에 철버덕 부딪고 있었다. 아스팔트의 먼지 속에서만 살던 내 목덜미는 유리처럼 투명한 해변의 대기 속에서 비치는 햇살을 받고 금방 따가웠다. 나는 목을 움츠렸다. 도리섬을 향해 선 친구가 호주머니를 뒤지고 있었다. 나는 얼른 내가 걸친 풀색 운동복의 위 호주머니 속에서 은하수 담뱃갑을 꺼냈다. 한 개비를 꺼내주고 나도 한 개비를 빼어 물었다. 배는 서서히 바람과 밀물을 따라 우산도 쪽으로 밀려가고 있었다. 친구는 불붙인 담배를 입에 물고 몇 번 빨더니, 내가 아무리 금방 먹은 것으로 만족한다고 해쌓아도, 기어이 숭어 한 마리를 도마 위에 놓고 칼질을 하기 시작했다.

나는 가슴이 떨리고 있었다. 담배 연기를 깊이 들이마셨다가 뿜었다.

그 연기가 친구의 부스스한 머리칼 주변에서 흩어졌다. 나는 뱃전 밑의
투명한 물속에 눈길을 박았다. 먼바다에서 춤추듯 일렁거리며 이랑져
서 밀려든 헛바닥 같은 물결들이 뱃전을 핥듯이 때리고 있었다. 그 물결
에 순한네의 유선형 얼굴이 떠서 일렁일렁 밀려오고 있었다. 나는 멀미
를 앓듯 어지러워졌다. 일어서서 쫓기는 사람처럼 황급히 노를 걸어 저
었다.

바닷물에 도마와 칼을 넣어 씻고, 비늘 거스른 고기를 넣어 헹구면서
친구는, "그런디 참 이상한 일이 있단 말이시" 하고 말했다. 나는 노 젓기
를 멈추었다. 고기에 묻은 물을 뿌리는 친구의 눈살은 찌푸려져 있었다.

"이것이 사실인지 어쩐지는 모르는디, 순한네가 낙지를 잡으러 가고
없을 때, 몰래 배를 대고 그 바위굴 속을 들어가본께 금메 자네 사진을
딱 걸어놔뒀드락 하드란께. 학생 때 찍은 사진을 말이여. 참말로 얼척없
는 일 아닌가잉."

친구는 고기의 살을 떼어내다 말고 나를 향해 허허허 하고 웃었다. 내
얼굴은 뜨거워졌다. 전신에 오싹 땀이 솟고 있었다.

"완전히 미친 것이제잉. 온전한 정신인 사람이 저러고 있겠는가?"

친구는 뼈만을 추려낸 뒤에 살을 잘게 썰었다.

"노 치켜올리고 이리 오소. 밀려가면 얼마나 밀려간당가. 천천히 묵고
가세."

나는 노를 끌어 올리고 친구 앞으로 갔다. 생선회의 맛은 숭어가 일
품이었다. 그것은 어디 한 군데도 질기거나 흐물흐물 무른 데가 없었다.
씹은 만큼 물러지고, 물러진 만큼 달고 고소한 맛이 나는 것이었다. 전
어나 도미나 병어나 깔따구의 회를 좋다고 말하는 사람도 있기야 있지

만, 그것들은 숭어회가 있고 보면 금방 맛을 잃게 되는 것이었다. 그만큼 숭어회는 달고 고소한 감칠맛이 있는 것이었다.

"뭣뭣 해싸도 숭어가 양반 괴기시."

나는 초장에 버무린 숭어회를 입에 넣고 씹으면서도 그 맛을 몰랐다. 친구는 두어 점을 씹어 넘기더니, "그 여자가 보통으로 미친 여자가 아니시" 하고 다시 순한네 쪽으로 말을 돌렸다.

"어쩌면 귀신이 들렸는가도 모른다고 해쌓대."

잔물결들이 뱃전을 철버덕철버덕 핥듯이 때렸다.

"가끔 말이시잉, 배를 타고 지내가면 배를 대라고 손을 이렇게 까부른 닥 하드란께."

친구는 내 눈앞에다, 손바닥으로 키질하듯 까부르는 시늉을 해 보였다. 나는 웅성거리는 사람들한테 엉덩이라도 한번 차일까 싶어 꼬리를 사타구니 속에 집어넣고 밥그릇만을 부지런히 핥아대는 상갓집의 개처럼 고개를 떨어뜨린 채 도마 위의 숭어 살점을 집어서 초장에 버무려가지고 입에 넣어 씹고만 있었다.

"그런디 묘한 것은 배가 꼭 한 척만 지내가고, 그 배 우에 사람이 혼자 타고 갈 때만 유혹을 하는 모양이대, 흐흐흐흐."

친구는 나보고 천천히 먹으라고 하면서 몸을 일으키더니 노를 걸어 저었다. 나는 고개를 들지 않고 회를 입에 넣고 씹기만 했다.

"분명히 귀신이 들리기는 들린 모양인 것이 말이시, 순한네가 손짓하는 데로 배를 댄 남자치고 썽썽하게 남아난 사람이 없다네. 참말로 도리섬에 배를 대고 그렇게 된 것인지 어쩐 것인지 알 수는 없제마는, 모두가 그런 소리를 해쌓대. 잿몰에 말바구라고, 그 철식이 둘째 동생이 있는디, 그놈이 제대해갖고 와서 석 달 만엔가 안 죽었다고? 그런께 저녁 물때에 혼자 물을 봐갖고 오다가 멋모르고 거그다가 배를 댔든갑대. 그 래갖고 뭔 일을 어떻게 당했는지는 모르는디 말이시, 말바구가 한밤중 이 되어서사 집엘 들어오드락 하대. 그런디 막 들어옴스롱 코로 입으로 그냥 먹피를 쏟음스롱 드러눕드니 눈을 감어뿔드락 하대. 도저히 그 먹 피를 어떻게 막어볼 도리가 없더락 하더란께."

친구는 넓바윗개를 향해 배를 몰아가면서 말을 이었다.

"그러고 큰동네 만길이라고 안 있는가, 거? 그 사람도 내 생각 같어서 는 도리섬에 배를 대고 그런 중병이 든 것만 같네. 소금 장사를 한다고 우산도를 늘 댕기는디 말이시, 한참 장사를 겁나게 잘한다 어짠다 해쌓 더니, 두 달 전부터 갑자기 허리를 통 못쓰고 방뼈만 짊어지고 있닥 하 드란 말이시. 소금 가마니를 퍼내다가 허리를 상했다고 하기도 하고, 전 에 샛개 간척지 둑막이 공사판에 나댕기다가 든 골병이 인제 도진 것이 라고 하기도 하지마는, 암만 해도 의심스럽단 말이시."

배는 넓바위 연안으로 들어서고 있었다.

"또 묘한 것은 말이시, 그 여자가 시방 서른다섯 살인가 여섯 살인가 될 것인디, 가까운 디서 똑똑히 봤다는 사람들 말을 들어보면, 시방도 영락없이 처녀 같닥 하드란께. 말이, 서른 살 넘은 기집은 바람 든 무시 (무) 속 같다는디 말이여, 참말로 그럴 수도 있는 것인지 어짠 것인지 알 수가 없네마는······. 그러고 나도 금년 봄에 그물을 보러 갔다가 옴스롱 한번 봤는데 말이시, 이 예펜네가 바위 앞에서 따뜻한 볕을 받고 앉어 있데. 껌정 치마 하나만 허리에다 두르고, 위통을 활랑 벗고 말이시. 머 리를 빗고 있등만. 참으로 이상스럽단 말이시. 대개 보면, 갯물에 몸을 적시고 사는 해변 여자들은 몸이 꺼무접접하고 머리도 노르작지근하게 마련 아닌가. 그런디 이 여자 살결은 꼭 백새 한가지여. 그러고 머리는 영락없이 먹장 같데. 금방 감은 머리라서 물이 묻었은께 그렇게 뵀는지 어쨌는지는 몰라도, 반들반들한 해웃장(김)같이 껌드란께. 또 머리에 털이 남스롱은 한 번도 안 잘렀는지 어쨌는지 그놈의 머리는 어찌께나 길다란지, 아마 거짓말을 조깐 보태면 한 발은 되겠데."

친구는 이 밖에도 많은 이야기를 했다.

이해 들면서부터 마을에는 순한네를 도리섬에서 쫓아내자고 하는 사람들이 수없이 많아졌다는 것이었다. 그들은 대개 새텃몰과 잰몰의 아낙네들이었는데, 그들의 말인즉, 어떤 남자가 또 언제 어떻게 그 여자한테 홀려가지고 거기에 배를 댔다가 목숨을 잃게 될지 모른다는 것이었다. 그러나 그 여자가 말바구나 만길이를 홀려다가 무슨 짓 한 것을 직접 눈으로 보았다는 사람이 나타나지 않는 것은 물론, 그러한 사실을 방뼈 지고 누워 있는 만길이 펄쩍펄쩍 뛰며 부인을 하므로, 아무도 쫓아내자고 앞장서는 사람이 없다는 것이었다.

그런가 하면, 사람들은 그 여자에게 죽은 오빠의 귀신이 붙었을 것이라고 하기도 한다는 것이었다. 말하는 사람에 따라서는, 그 여자가 미쳤거나 미치지 않았거나 간에, 어쩌면 선천적으로 어머니를 닮아서 화냥년의 기질을 가지고 있을 것이라 하기도 한다는 것이었다. 때문에, 뱃사람이나 해변 사람이 아닌 뭍(육지)에 사는 남자한테서는 만족을 얻지 못하고 해변의 갯벌 바닥으로 왔을 것이라는 것이었다.

또, 사실 이것이야말로 쉽게 고개를 끄덕여줄 수 없는 말이기는 한데, 말을 하는 사람에 따라서는, 여자가 밤이면 상쾌이(상어) 같은 물고기로 변해가지고 도리섬 주변에 사는 수컷 상어하고 물속에서 보쟁인다고 하기도 한다는 것이었다.

"사람들이 뭣이라고 뭣이라고 해싸도" 하고 친구는 결론을 내려 말하고 있었다. "사실은 서울 가서 산다는 자네 사춘 성 영남이가 신세를 망쳐놨기 땀시 세상을 비관하고 그르쿨로 혼자 들어와 살고 있는 것같이 생각이 되데."

고개를 쿡 떨어뜨린 채 회를 씹어 삼키는 내 머릿속에는 궁금한 생각 하나가 낙지발처럼 수없이 많은 빨판으로 내 가슴벽을 문짓문짓 빨아대고 있었다. 순한녜가 시집간 지 일곱 달이 채 못 되어서 낳았다는 그 아기는 지금 어디서 누구의 손에 자라고 있는가 하는 생각이었다. 어림해보아, 그 아이는 열네 살은 되어 있을 것이었다. 나는 피가 빨리는 듯 아픈 가슴을 펴고 크게 숨을 들이쉬었다.

생각을 떨어내듯 고개를 세차게 저었다. 그 아기의 문제가 대수로울 게 무엇이냐고 나 스스로에게 물으며 다시 회를 입에 넣고 씹었다. 그것들은 이미 내 머릿속에서, 넓바위 연안의 흰 모래들처럼 하얗게 바랜 것들이 아니냐고 다짐을 주듯 이 끝에 힘을 주어 씹었다.

친구가 배를 선창 끝에 댔다. 밀물이 세차게 밀려들고 있었다. 먼바다에서 이랑져 달려온 물결들이 넓바위 연안의 선창 끝에서 소용돌이치듯 일렁거렸다. 소용돌이치는 듯한 일렁거림이 나를 어지럽게 했다. 얼핏 구역이 느껴졌다. 부두로 뛰어내렸다.

아찔한 현기가 날 정도로 투명한 해변의 대기 속에서 햇살은 내 머리칼과 목덜미와 등과 어깨와 발등을 파묻는 모래 위로 뜨겁게 쏟아지고 있었다. 집중 사격하는 총알처럼 쏟아지는 햇살 속에서 나는 이 고향 바다를 훌쩍 떠나버릴 구실을 만들기 시작했다.

이날 나는 아침나절에, 잠깐 물속에 몸을 담가보는 둥 마는 둥 하고 점심을 먹었다. 그러고는 아카시아숲 그늘 속에 가마니를 펴고 멍히 누워 있다가, 4시가 조금 지나서 천막을 거두어 챙겼다.

"풀인가 뭣인가를 조사하고 어짜고 할라면 며칠 묵어사 쓰겠다고 하드니, 이거 뭔 일인가?"

저녁 썰물 때의 그물을 보러 나온 친구가 두 눈의 흰자위를 추켜올리면서 물었다. 나는 지난봄에 맹장 자리가 아프기에 약을 먹었는데, 그때 그냥 언제 그랬었느냐 싶게 가라앉아버리더니, 그게 이제 와서 기어이 탈을 내고 말 모양이라고 거짓말을 주워대면서 길을 떴다.

신상 종점에서 5시 정각에 떠가지고 회진을 경유하여 광주까지 가는 완행버스를 타고 진메 모퉁이를 돌아가면서, 나는 생각을 바꾸었다. 아무래도 순한네를 도리섬에 그대로 처박아두고 가서는 안 될 것만 같았다. 그렇다고 내가 순한네를 광주로 데리고 가서 정신병원에 입원을 시켜주겠다든지, 데리고 살겠다든지 하는 생각을 한 것은 아니었다.

그것은 끔찍한 생각이었다. 순한네를 죽이겠다는 것이었다. 죽이되, 물에 빠져 죽은 것으로 가장을 하여두고 도망을 치겠다는 것이었다.

물고기처럼 헤엄을 잘 치는 그녀를 어떻게 물에 빠뜨려 죽일 것인가 하는 것이 문제였다. 허리띠 같은 것으로 목을 졸라 죽인 다음 물에 던진다면 간단하긴 할 것이지만, 목줄에 찰과상이나 타박상이 생기게 될 것이었다.

여기서 나는 수면제를 생각해냈다. 그걸 먹여가지고 물에 빠뜨리겠다고 했다. 먼저 바위 위에 신을 나란히 벗어놓으라고 한 다음 배에 태우리라 했다. 그리고 준비해 가지고 간 사이다를 먹이겠다고 했다. 거기에 수면제를 탄다면 될 것이었다. 수면제의 약효가 몸에 번질 무렵, 깊은 바다로 나가가지고 그녀를 바다로 떠민다면 일은 간단히 끝날 것이었다. 아무리 물고기처럼 헤엄을 잘 치는 그녀라 할지라도 의식이 가물거리는 상태에서는 고기밥이 될 수밖엔 없을 것이었다.

회진에 도착한 것은 5시 15분이었다.

버스에서 내려가지고 선창가에 있는 여관방 하나를 잡아들었다. 되도록이면 아는 사람을 만나지 않으려고 방 안에 앉아 있다가, 7시가 가까워서 저녁을 시켜 먹었다.

간척지 논둑에서 핀 하얀 소금꽃과 진멧몰 뒷산 머리에 얹힌 솜털 구름에 벌겋게 타는 듯한 노을이 스러지고, 회진 뒷산의 풀숲에서 흘러내린 땅거미가 여관방 안으로 거뭇게 몰려들 무렵, 나는 주인아주머니에게 바람이나 좀 쐬고 오겠다면서 문을 잠그고 밖으로 나갔다.

약방으로 가서 마이신 네 알을 샀다. 그것은, 만약의 경우 알리바이의 성립을 위한 것이었다. 그리고 내 불면증은 아주 심해서 보통 사람의 세 배나 네 배 정도로 많은 약을 먹어야 된다는 장황한 설명을 한 다음, 수면제 네 알을 청했다. 젊은 약사는 내 얼굴을 빤히 건너다보더니, 불면증의 내력을 꼬치꼬치 캐묻고 세레피아 두 알을 내어주었다. 나는 고개를 저었다. 내 불면증은 이런 것 다섯 알로도 다스려지지 않는다는 거짓말을 했다. 며칠 전에 광주 어느 약방에서 캡슐로 된 것 세 알을 주기에 그걸 한꺼번에 먹어보았더니, 그날 밤에는 아주 잘 잤노라는 말을 덧붙였다.

"걱정 마시고 주십시오. 혹시, 제가 무슨 일을 내지나 않을까 걱정이 돼서 이러시는 모양입니다만……."

잠시 유리문 밖으로 바라다보이는 고무신 가게의 불그죽죽한 전등불을 멀거니 보고 있던 약사가 조제실로 들어갔다. 무엇을 하는지 한동안 꾸물대고 있다가 치자빛 캡슐 세 알을 가져다주었다.

"한꺼번에 잡수시면 안 됩니다. 위험해요. 우선 한 알만 잡수시고 주무셔보십시오. 그래도 안 되면 한 알만 더 잡수십시오. 절대로, 세 알은 안 됩니다잉."

절대로 안 된다면서 세 알을 주는 약사의 저의가 아무래도 아리송했지만, 나는 그걸 호주머니에 넣으며, "큰 부작용은 없죠?" 하고 일단 나쁜 일에 사용하지 않을 것이라는 다짐을 던져주고 약방을 나왔다. 암소의 늘씬한 허리처럼 잘록한 한재 잔등 위로 양판같이 둥그런 달이 떠올라 있었다.

두 홉들이 삼학소주 한 병을 들이켠 다음, 사이다 두 병을 사 들고 둑을 건넜다. 한재 고개를 넘어 넓바위 연안에 들어선 것은 밤 10시가 지난 때였다. 될 수 있는 대로 사람들이 잘 다니지 않는 샛길이나 논두렁이나 밭두렁 같은 것을 타고 갔기 때문에 나는 회진에서 넓바위 연안까지 가는 동안 아는 사람을 하나도 만나지 않았다.

마파람이 살랑거리고 있었으므로 넓바위 연안은 물결 소리로 가득차 있었다. 나는 배를 타고 도주하려는 배 도둑처럼 주위를 두리번거리면서 조심스럽게 부두로 갔다. 달은 부두 머리의 넓바위 위에 떠 있었다. 부두 안의 물은 둥둥하게 차올라 있었다.

선창 끝에 정박되어 있는 채취선 한 척의 뒷버릿줄을 풀어냈다. 묻은

지 일이 년밖에 되지 않은 모양으로 밑바닥에 깔린 널빤지라든지 덕판이라든지 닻이라든지가 모두 튼튼하고 실팍했다. 노를 걸어 저었다. 잔물결을 가르면서 배는 나아갔다. 달이 밝은데, 노가 물을 갈 지 자로 헤쳐 밀어낼 때마다 물속에서는 가는 모래알 같은 형광들이 은하수 속의 별떼구름(星雲)처럼 일어나고 있었고, 뱃머리가 가르는 물살은 달빛을 으깨고 있었다. 도리섬 밑의 검은 바위 주변에는 달빛을 받은 잔물결들이 은물을 칠해놓은 듯 반짝거리고 있었다.

도리섬 서편 연안의 모래밭에 배를 대었을 때, 내 몸은 땀으로 후줄그레하게 젖어 있었다. 이마에서 흘러내리는 땀방울들이 눈알을 쓰리게 했다. 손바닥으로 땀방울을 훔치면서, 배를 정박시키고 섬의 아래쪽 모퉁이를 돌았다.

검은 바위의 허리께가 물에 잠기어 있었다. 곰솔숲을 지나서 바위굴이 빤히 바라다보이는 언덕으로 올라갔다. 굴을 만들고 있는 바위 무더기가 달빛을 함뿍 받고 있었다. 바위굴 위에 홑이불 자락 같은 것이 희부득하게 늘어뜨려진 채 달빛을 빨아들이고 있었다. 숲 그늘이 바위굴 근처에 드리워져 있었다. 짙은 먹물을 칠해놓은 듯 검은빛이 나는 곰솔숲에는 섬의 밑뿌리를 핥는 잔물결 소리가 가득 차 있었다. 아니, 어쩌면 곰솔 잎사귀들에 주저리주저리 열려 있던 물결 소리들이 우수수 쏟아져서는 바위 무더기 주변의 물바닥으로 굴러 내리고 있는 듯만 싶었다.

달빛에 비쳐 보이는 바위굴은 곰솔숲을 향한 채 꺼멓게 입을 벌리고 있었다. 입구에 검은 천이나 모기장 같은 것을 늘어뜨려두었는지는 알 수 없었다. 그 바위굴 아래는 숲 그늘에 잠긴 바위가 물결에 씻기느라고 철벅거리고 있었다. 순한네는 굴속에서 잠들어 있는 모양이었다.

숲 그늘 속에 파묻혀 있던 나는 굴을 향해 몇 걸음 옮기다가 그 자리에 우뚝 서고 말았다. 머리끝이 곤두서고, 어릿어릿하던 술기가 말갛게 깨었다. 등줄기에서는 식은땀이 흘렀다. 바위굴 아래서 철버덕거리는 물소리는, 물결이 그늘에 잠긴 바위를 때리고 핥으면서 내는 소리가 아니던 것이었다. 그것은 벌거벗은 여자 하나가 성문다리께가 잠길까 말까 하는 깊이의 물에 묻혀 있는 바위 위에서 배를 깔고 엎드려서 물장난을 하며 내는 소리였다.

그 물장난이라는 것이 묘한 것이었다. 여자는 마치 엎드려뻗치기 운동을 하는 것처럼 두 손을 물에 짚은 채 엉덩이를 물 밖으로 높이 들어 올렸다가, 가슴팍과 뱃바닥과 사타구니 부분을 물바닥에다 힘껏 부딪쳐가지고, 딱 소리를 내면서 몸 전체가 동시에 물에 철퍽 잠기도록 하고 있었다.

여자는 순한네였다. 나는 그녀가 하는 물장난을 멍히 바라보고 있었다. 엎드려뻗치기 같은 장난을 몇 번이고 반복하던 그녀는 벌렁 뒤로 나자빠지더니, 물 깊은 데로 송장헤엄을 쳐 갔다. 배부른 동물원의 물개가 유영을 하고 있는 것 같았다. 스무남은 발쯤 갔다가 몸을 뒤집더니 재빠르게 물속 헤엄을 쳐 들어왔다. 그것은 먹이를 본 상어가 쾌속으로 질주하는 것 같았다. 바위에 닿자, 무엇에 쫓기기라도 한 듯 화닥닥 바위굴을 향해 뛰어 올라갔다. 바위에 손을 뻗어 잡아당기기도 하고, 한 다리를 바위 위에 걸쳤다가 기어오르기도 하는 그녀의 모습은 분명 한 마리의 거대한 낙지였다. 몸통에 비하여 기다랗고 유연한 팔다리와, 보얀 유백색의 살결에 달빛이 묻어 줄줄 흐르기 때문에 그렇게 보이는지 몰랐다.

그녀는 바위 위에 희부득하게 늘어뜨려진 채 달빛을 빨아들이고 있는 천으로 몸을 감싸면서 쪼그려 앉았다. 추운 모양이었다.

나는 그제서야 바위굴 앞으로 걸어갔다. 그녀가 몸을 일으키면서 달빛 등진 내 얼굴을 빤히 건너다보았다. 머리채를 상투처럼 틀어 올린 그녀의 유선형 얼굴 속에 박힌 까만 눈이 달빛을 받아 반짝 빛났다. 멀겋게 날이 선 얼음 조각 같은 것처럼 빛났다. 그뿐 놀라는 기색이라곤 손톱만큼도 없었다.

혼자만 사는 섬 속에, 아닌 밤중에 외간 남자가 불쑥 나타났는데, 이렇듯 잡아먹을 듯이 쏘아보기만 하고 있는 그녀는 분명 온전한 정신이 아닐 것이라고 나는 생각했다. 그리고 그녀를 꾈 말을 찾는데, "싸 짊어지고 간다고 가는 것 같더니 뭣 할라고 왔소? 나 죽일라고 왔소? 당신 성님이 시킵디여, 죽이고 오라고?" 하고 그녀가 소리쳤다. 섬의 연안을 쩌렁 울린 그 소리가 내 가슴으로 칼날처럼 파고들었다. 가슴속에서 덜커덩 소리가 나고 있었다. 그녀가 미친 게 틀림없다고 생각하면서 한 걸음 물러섰다. 이러한 내가 바보스럽게 느껴졌다. 나는 그녀가 정말로 미쳤는지, 미쳤으면 어느 정도나 미쳐 있는지 확인할 필요가 있었다.

"순한네, 나 누군지 알겠소?"

내 말이 들리는지 들리지 않는지, 그녀는 한동안 반짝 빛나는 멀건 눈빛으로 나를 보기만 했다. 그러다가, "알아보는가 못 알아보는가 볼라고 이 밤중에 여그까장 왔소?" 하고 말했다. 그 말에 어쩌면 목울음이 섞여 있는 듯했다. 그녀는 주춤주춤 뒷걸음질을 쳐서 바위굴 앞으로 가더니 쪼그리고 앉았다. 고개를 떨어뜨렸다. 어깨를 싼 홑이불 자락으로 얼굴을 감쌌다. 유리병을 바위에다 두드려 깨는 듯한 소리로 울부짖었다.

"뭣 하러 왔소? 죽일라면 얼릉 죽이씨요. 당신네 성은 술만 묵으면 칼로 찔러 죽일란다고 쫓아댕겼제, 당신은 내 팔자 망쳐놓기만 하고 한 번도 집에 얼씬을 안 해뿌렀제, 당신 어메 아부지는 애기 떼어뿔자고 독한 약이라고 생긴 것은 죄다 쓸어다 먹였제, 그래도 안 되겄은께 송장 싸다가 버리대끼 시집보냈제……. 당신네 식구들은 모다 내 웬수여라우, 뭣하러 왔소? 나 미쳤다는 소리 들은께 춤추겄습디여? 그래 춤출라고 왔소? 나는 하도 드런 놈의 세상이라, 이렇게 미친 대끼 하고 사요. 참말로 미친 꼴쌍다구 한번 뵈어주리라우?"

그녀는 벌떡 몸을 일으키더니 내 손을 잡아끌었다. 숲 그늘에 묻힌 언덕을 올라갔다. 거기 조그마한 무덤이 하나 있었다. 무덤에 잔디가 고르게 깔려 있었다. 그녀는 무덤 잔등을 한 번 철썩 갈기더니, "독한 약 퍼묵고 낳은 자식이 오죽했겄소?" 하고 이번에는 한숨을 섞어 푸념하듯 말을 했다.

"그때 본께 당신네 어메 아부지 무서운 사람들입디다. 내가 약을 안 묵을라고 하면 어쨌는지 아씨요? 식칼을 목에다가 댐스롱 먹입디다. 별 수 없이 묵었제라우. 그래도 웬수가 될라고 그랬든가 기어코 안 떨어집디다. 다급한께 병원으로 가자고 하등만이라우. 그런 것을 내가 마다고 했어라우. 어디로든지 시집만 보내주면, 그것이 영훈이 애기란 말 안 하고 키우고 살란다고."

그녀는 한숨을 거칠게 쉬었다. 그 입바람이 침방울과 함께 내 얼굴로 날아왔다. 이때, 술을 마신 나는 냄새를 분별할 수 없었지만, 거친 숨결이나 튀는 침방울로 보아 아무래도 그녀가 술을 마신 듯만 싶었다.

그녀가 또 무덤 잔등을 철썩 때리고 말을 이었다.

"낳아논께 낯바닥은 흰떡같이 이뿝디다마는, 병신이었어라우. 열 살이 넘도록 번듯이 뉘서 일어나 앉을 줄도 모르고, 누운 채로 똥오줌 퍼싸고, 말을 할 줄도 모르고, 어메가 누군지도 모르고……"

　그래서 아기를 죽이기로 작정을 했다고 했다. 죽이되, 덜 고통스럽게 죽일 수 있는 방법이 무엇일까 하고 궁리를 수없이 하여보았다고 했다. 처녀 때, 죽는 데는 잠자는 약을 많이 먹어버리는 것이 제일 좋다는 말을 들은 적이 있었다고 했다. 그래서 회진 약방으로 가, 그것을 달라고 했다는 것이었다. 그런데 약방 사람이 한 알밖에 주질 않았다고 했다. 잠 못 자는 병 가진 아들이 있다고 사정을 하고, 네 알만 한꺼번에 달라고 떼를 썼다고 했다. 그러자 약사가 눈을 끔벅거리면서 건너다보더니, 안으로 들어가서 세 알을 더 내다 주더라는 것이었다. 그걸 가지고 오는 대로 물에 탔다고 했다. 눈 딱 감고 퍼먹였다고 했다. 그래놓고 밤새 술을 퍼마시면서, 병신 아들의 불쌍한 정상을, 손바닥에 피가 맺혀나도록 바위를 치면서 울어댔다고 했다. 한데 해가 번히 떠서, 이젠 죽었으리라 하고 씌워놓은 홑이불을 걷어보니 눈을 말똥말똥 뜨고 있었다는 것이었다.

　"그래서 별수 없이 쥐약을 사다가 멕였지라우."

　그 쥐약을 먹기라도 한 듯 내 가슴은 뜨거워졌다. 내 호주머니 속의 수면제 세 알도 분명히 가짜일 것만 같았다.

　가짜 수면제를 판 약사를 욕할 수 없었다. 나는 얼굴이 불같이 달아오르고 있었다.

　그녀는 말을 이어 하고 있었다.

　"당신이 광주서 선생질을 함스롱 이삔 각시 얻어갖고 잘산단 말 듣고, 이 새끼 업고 찾아갈라고 몇 번 이를 갈었어라우. 그런디 그러기 싫습디다. 그러면 뭣 할 것이오. 그냥 팔뚝을 물어뜯고 말어뿌렀어라우. 인제 끝났소. 나는 이르쿨로 살다가 죽을 것이오. 자식 입에 쥐약 쑤셔 넣어 갖고 죽인 년이 어디 가서 뭔 세상을 다시 산다우?"

그녀는 몇 번이고 무덤 잔등을 손바닥으로 두드렸다. 무덤이 동동 울리는 듯했다. 그때마다 나는 흠칠흠칠 놀랐다. 내 가슴벽이 울리고 있는 것만 같았던 것이었다.

어깨에 걸친 홑이불 자락으로 콧물을 씻고 난 순한네가 몸을 일으켰다. 내 손을 끌면서, "기왕 왔은께 나 죽여뿔고 가씨요" 하며 바위굴로 내려갔다. 어쩌면, 그녀 쪽에서 나를 죽이기로 작정을 했을지도 모르는 것을, 나는 미처 알아채지 못했다.

그녀는 나를 굴 앞에 세워두고 안으로 들어갔다. 홑이불을 벗어버리고 검정 치마를 허리에 두르고 나왔다. 손에 한 되들이 삼학소주 병이 들려 있었다. 술이 반쯤 담겨 있었다. 술병을 바위에 기대놓고, 조금 전에 그녀가 물장난을 하던 곳으로 내려갔다. 돌 틈에 끼워둔 밧줄을 끌어올렸다. 밧줄 끝에 뚜껑 덮인 바구니가 매달려 있었다. 얽어맨 새끼줄을 풀고 뚜껑을 열었다.

"이리 내려오씨요."

내가 내려가자, 그녀는 내 손에 어린 낙지 두 마리를 잡혀주었다.

낙지가 내 손을 감고 돌면서 빨판으로 문짓문짓 살갗을 빨아댔다. 심장의 벽이 그 빨판에 빨리기라도 한 듯 저릿저릿하면서 머리끝이 곤두서고 등줄기로 소름이 흘러내렸다. 그녀는 날쌘 솜씨로 바구니 뚜껑을 덮고 새끼를 얽었다. 그걸 물속에 빠뜨리고 올라가자고 했다.

굴 입구로 온 그녀는 내 손에서 낙지 한 마리를 받아 들었다.

손을 감고 도는 낙지의 발들을 주룩주룩 훑어 보이면서, 나보고 어서 먹으라고 했다. 바위틈의 항아리에서 된장을 한 덩이 떼어다가 내 손에 발라주고, 사발에다가 소주병을 기울여주었다.

"마시씨요."

나는 사발을 받아 들이켰다. 알싸한 소주가 뱃속을 화끈하게 했다.

그녀가 시킨 대로 낙지의 머리통을 씹어갔다. 그러는 동안 그녀는 술을 한잔 따라 마셨다.

"어려서 나보고 낙지라고 그랬지라우. 참말로 나는 낙지삼스랑으로 생겼는 모양이어라우" 하고 히죽거리면서 술잔을 나에게 넘겼다.

"하루면, 내가 술 반병씩은 마시고 사요. 낙지도 평균 다섯 마리씩은 씹어 묵을 것이오."

회진에서 마신 술기운이 아직 남아 있는 데다가, 문짓문짓 손등을 빨아대는 어린 낙지발들을 훑어가며 얼김에 물 마시듯이 마신 넉 잔의 술은 나를 어지럽게 했다. 화끈화끈 더웠다. 이마에서 흐르는 땀이 눈알을 쓰리게 했다. 팔뚝으로 훔치면서 낙지발을 씹었다. 등줄기와 허벅다리는 이미 후줄그레하게 젖어 있었다. 그녀가 내 손을 잡아 일으켰다.

"송장시염 가르쳐주께라우."

내 윗옷을 벗겼다. 러닝셔츠까지 벗겨주었다. 바지는 내가 벗었다. 그녀는 치마를 벗어 던지고 내 손을 끌었다. 조금 전에 혼자 물장난을 하던 곳으로 내려갔다.

성문다리가 잠길까 말까 한 물이 넘실거리고 있었다. 그녀는 나를 끌어안은 채 물속에 몸을 묻었다.

"나 죽이고 가씨요."

그녀는 기다란 팔과 다리로 나를 휘감았다. 여자의 두 다리가 내 허벅다리와 종아리를 오르내리면서 물장구를 쳤다. 그리고 깊고 뜨거운 빨판으로 나를 빨아들이고 있었다. 나는 어쩌면, 낙지를 잡느라고 갯벌에 파놓은 무르고 깊은 수렁 속으로 빠져 들어가고 있었고, 그 수렁 속에 든 거대한 낙지의 우악스런 발에 휘감기고 있었다. 이빨이 톱날 같은 상어처럼, 빨판이 억세고 큰 낙지였다. 나는 눈을 감은 채 흡혈귀의 피 묻은 입 같은 낙지의 빨판에 온몸을 빨리고 있었다.

얼마 후, 지쳐 늘어진 나를 가슴과 배 위에 실은 그녀는 써늘한 물속으로 송장헤엄을 쳐 갔다. 나는 숨이 가빴다. 그리고 만일 그녀가 나를 깊은 물로 떠밀어버린다면 나는 한 발자국도 헤엄을 치지 못하고 다리에 쥐가 나서 죽고 말 것만 같았다. 그녀의 허리를 부둥켜안았다. 뭉실뭉실한 젖통이 내 턱에 부딪고 있었다.

순간, 그녀가 내 목을 끌어안았다. 두 다리로 내 아랫도리를 휘감아버렸다. 우리는 물속 깊이 가라앉아 들어갔다.

나는 갯물을 벌컥벌컥 삼켰다. 그녀의 가슴을 힘껏 걷어 밀면서 발버둥을 쳤다. 그러나 나는 거대한 낙지한테 휘감겨 허우적거리고 있는 한 마리의 문저리에 지나지 않았다.

"다시는 오지 마씨요잉……. 그때는 이 섬에서 한 발도 못 걸어 나가고 죽을 것인께."

이 소리를 듣고 눈을 떴을 때, 나는 내가 타고 간 채취선의 널빤지 위에 번듯이 누워 있었다. 동녘 하늘이 부옇게 밝아 있었다.

몸을 일으키고 보니, 먹장같이 까만 머리칼을 은회색 통치마 허리께까지 미역 가닥처럼 늘어뜨린 여자가 하얀 비늘로 덮인 듯한 윗몸으로 햇살을 되쏘며, 도리섬의 곰솔숲으로 들어서고 있었다. 길고 가는 허리와 엉덩이를 감싼 통치마 자락의 유연한 흔들거림은 물개의 아랫도리처럼 굼실거렸다. 잿빛에 꽃자줏빛 섞인 곰솔숲 그늘 속으로 여자가 사라졌을 때, 내 흐릿한 눈에는, 요염한 물귀신 같기도 하고, 수없이 많은 뱃사공들을 홀려 죽게 했다는 어느 강 언덕의 인어 같기도 하고, 은빛의 신선 낙지 같기도 한 여자(妖精)의 모습이 그려지고 있었다.

(1977)

해신의 늪

잠을 자면 눈썹에 서캐가 서리처럼 허옇게 슨다는 음력 정월 열나흘
날 초저녁이었다.

진메 잔등의 검은 솔숲 위에 올볏짚으로 엮은 샛노란 맷돌 방석 같은
달이 솟았다. 안마당에 절진했던 어둠이 구정물 통에 맹물을 퍼 넣은 듯
묽어졌다. 달을 보는 순간, 얼굴이 달떡같이 둥글납작한 달식이가 생각
났다. 총에 맞아 죽는 날까지, 그 무렵 머리를 길게 땋아 늘이고 다니던
아내 영님의 마음을 사로잡아 안고 돌던 달식이었다.

소변을 보고 돌아오는 대로 성만은 줄곧 방 안에 죽치고 누워, 부엌에
서 달그락거리고 있는 아내의 거동에 귀를 대고 있었다. 아내의 거동이
이날 밤따라 더욱 수상하여, 그는 갯제를 지내러 가자고 도출이가 부르
러 왔지만, 몸이 아프다고 도리질을 하여 보낸 터였다.

부엌에 있던 아내가 마루로 가고 있었다. 선영 앞에 제물을 차려놓으
려는 것이었다. 이 명절의 차례를 위하여 거의 한 달 전부터 몸을 정결
히 하여온 아내였다. 어쩌면, 요즘 들어 얼굴이 늘 창백하고, 한숨을 길
게 내쉬곤 하는 것으로 미루어 무슨 병인가를 앓고 있는지도 모른다 싶
었다. 아니, 아내 혼자서만 아는 비밀스러운 일을 위하여 이날을 기다

려온 것일 터였다. 이날 밤을 기하여 누군가를 만나려 하는 모양이었다. 그러기 위해서 아내는 잠자리에서 남편을 늘 피해온 것일 터이었다.

성만은 이를 악물었다. 대관절 누구하고 만나는지 캐내야 하는 것이었다. 캐내서 결판을 지어야 하는 것이었다.

아내는 마루에서 잠시 달그락거리다가 부엌으로 갔다. 부엌에서 마루로 왔다. 더 오랫동안 달그락거리다가 부엌으로 갔다. 성만은 잠든 체하고 있었다. 여느 집에는 한밤중이 겨워야 지내는 차례를 아내는 벌써 차려놓고 있었다. 일찌감치 지낸다고 흉허물을 하고 싶은 생각은 없었다. 아랫마을 사람들은 모두 초저녁에 차례를 지내기도 한다던 것이었다. 성만으로서는 이날 밤 내내 아내의 거동을 살피기만 하면 그만이었다.

어디선가 꽹과리 두들기는 소리가 요망스럽게 깨갱갱 하고 들려오더니, 음험하게 달래는 듯한 징 소리가 한차례 길게 울려왔다. 그러고는 곧 잠잠해졌다. 동회의 창고에서 풍물들을 사장으로 내가는가 싶었다. 갯제를 지내러 갈 때는 으레 풍물을 울리며 가는 것이었다. 갯제는 초저녁에 지내는 것이 상례였다. 밤중을 전후해서는 마을 사람들이 집 안에서 지내는 차례에 방해가 되므로 쇳소리를 낼 수 없는 것이었다.

부엌에서 마루로 가는 아내의 발걸음이 빨라졌다. 마루로 들어간 아내가 한동안 달그락거리더니, 촛불을 입으로 불어 끄고 있었다. 마루 안이 쥐 죽은 듯 고요했다.

아이들의 함성 소리가 아득하게 밀려들었다. 아랫마을 아이들과 윗마을 아이들이 패싸움을 벌이고 있는 것이었다. 패싸움은 으레 이날 초저녁부터 일어나서 밤이 이슥해질 때까지 이어지곤 하는 것이었다. 그것은 불 지르기에서부터 시작되곤 하였다. 두 마을 아이들은 자기 마을 앞의 논이나 밭의 언덕에서부터 상대의 마을 쪽으로 불을 질러가다가 두 마을 사이를 흐르는 개천 둑을 사이에 두고 돌팔매질을 벌였다. 이제는 아이들도 패싸움의 꾀가 늘어서, 전방 부대와 후방 부대를 편성하고, 후퇴하는 체 물러나는가 했다가 매복시켜둔 복병과 함께 포위 작전을 펴기도 하는 것이었다. 한쪽 마을의 아이들이 기습을 받고 밀려 달아나기라도 하는 모양으로, 그걸 쫓는 다른 쪽 마을의 아이들이 함성을 지르고 있었다.

성만도 어려서 많이 해본 패싸움이었다. 성만이 또래가 자랄 무렵에는 한 번도 아랫마을 아이들한테 져본 적이 없었다. 패싸움은 점바우가 잘했다. 점바우는 매복 부대를 이끌고 개천 바닥에 숨어 있다가 돌격하여 가는 작전을 잘 썼다. 그걸 감당하지 못한 아랫마을 아이들은 뿔뿔이 흩어져서 줄행랑을 치기 일쑤였다. 아랫마을 사장까지 추격하여 위세를 보여준 것도 한두 차례가 아니었다. 그때 점바우와 함께 돌멩이를 날리면서 아랫마을 사장까지 가서 위세를 보이며 외쳐대던 만세 소리가 귓결에 남아 있었다.

이 생각을 하던 성만은 눈살을 찌푸리면서 모로 돌아누웠다. 점바우는 사악한 데가 있는 친구였다. 아내가 어쩌면 점바우한테 홀리고 있는지도 모르는 것이었다. 이를 문 채 길게 숨을 들이쉬었다. 오늘 밤에 잘 쫑그려가지고 결판을 내리라 했다.

이때, 풍물 두드리는 소리가 아득하게 울려왔다. 아랫마을에서 치는 소리였다. 그 소리는 아랫마을 앞의 너른 들을 건너 앞산에 부딪힌 메아리와 함께 울려오고 있어, 은방울이 나락 이삭에 스치는 듯 해맑았다. 아니, 토란 잎사귀를 오그려 물을 받았을 때 카랑카랑한 은가룻물이 되는 것처럼 그것은 그의 머릿속에서 햇살을 받아 고기비늘처럼 퍼덕거리는 해면 같은 반짝거림을 일으켜놓고 있었다.

아내의 성냥 그어 댕기는 소리가 들리고, 마루에서 방으로 통하는 죽창살문이 열렸다. 성만은 풍물 소리에 눈이 부시는 것만 같아 팔로 눈두덩을 누르고 있었다. 그는 구렁이처럼 서서히 팔을 내리고 모로 엎어졌다가 일어나 앉았다.

"그새 다 지냈어?"

그는 눈살을 찌푸린 채 마루문을 열고 서 있는 아내의 얼굴을 바라보았다. 쪽 쪄 올린 머리에 기름을 발라 번들거리는 아내의 얼굴은 그림처럼 고왔다. 마흔여섯 살이라는 나이가 무색할 만큼 아내는 앳되었다. 그사이 아이를 하나도 낳지 않아서 그런지 아내의 살빛은 희고 탐스러웠다. 눈빛은 서글서글하고 입술은 침을 축여 바른 듯 윤기가 돌고 있었다. 여느 때 아내는 화장을 하지 않았다. 차례 지내려고 몸을 정결하게 한 여자가 잡기 어린 화장을 하였을 리 없었다. 석유 등잔불에 음영 짙은 아내의 얼굴은 한 폭의 미인도처럼 매끄럽게 다듬어지고 알맞게 부풀어 있었다.

아내는 그의 앞에 차례 지낸 상을 그대로 내다 놓았다. 도라지나물, 고사리나물, 박나물, 무나물, 고들빼기나물 등의 냄새가 아내의 젖가슴이나 머리칼에서 맡아지는 몸내처럼 그의 가슴을 뭉클 뜨겁게 하였다. 그는 이를 두어 번 다졌다. 아내는 그가 이 상을 받는 사이에 빠져나가겠다는 생각을 하고 있는 것인지도 모를 일이었다. 숟가락을 들었다. 출출하던 참이었다. 바지락국이 있었다. 그것으로 목을 축이는데, 아내가 한 되들이 술병을 들었다. 누르께한 청주가 가득 담겨 있었다. 그는 잔을 들었다.

대보름의 차례를 지내고 마시는 술을 귀밝이술이라고 했다. 이 술은 어른들만 마시는 게 아니었다. 사람들은 어린아이들한테도 한 모금씩 먹였다. 귀가 어둡지 말라는 것이었다. 어쩌면 세상 물정에 어둡지 말라는 것일 터였다. 대보름을 맞는 날 밤에 잠을 자면 눈썹에 허옇게 서캐가 슨다고 하는 것도 눈의 밝기와 관계가 되는 것이라는 말을 그는 머슴살이를 할 때 주인어른인 우산 양반한테 들었다. 밝은 눈이란 세상을 밝게 뚫어보는 혜안이라는 것이었다. 혜안은 어떻게 갖추어지는 것인가, 지난해를 반성하고 그해의 일을 계획하는 데서 갖추어지는 것이라 했었다.

아내가 그의 잔에 술을 따랐다. 시큼한 듯 알싸하고 조금 씁쓸한 듯 구수한 청주의 냄새가 콧속으로 파고들었다. 들이켰다. 혀를 감치고 드는 알싸한 맛이 목구멍을 타고 넘어갔다. 입맛을 다시며 그는, "귀 밝다" 하고 말했다. 독한 술이었다. 가슴이 써르르 하고 계피의 향긋한 맛이 입안에 남았다.

이때, 깽맥징 깽맥징 하고 꽹과리와 징이 울리고, 친짜구짜구친짜구짜구 하는 북소리가 거기에 어울렸다. 윗마을 사장에서 치는 소리였다. 요염한 꽹과리 소리에 음험한 듯하면서도 장엄하게 포옹해주는 듯한 징의 '치왕, 치왕' 소리가 가슴속을 서늘하게 울리고 지나갔다. 깽맥 깽맥 하던 꽹과리가 깽매 깽매 깽매깨갱 깨갱 깽매 깽매깨갱 하고 바뀌고 있었다. 그 가락에는 '갖다주세 갖다주세 샛서방님 갖신 한 짝' 하는 가사가 붙여져 있었다.

아내가 술병을 놓고 밖으로 나갔다. 그는 술을 거듭 따라 마셨다. 부엌에서 아내가 그릇을 달그락거렸다. 무언가를 챙기는 소리였다.

도라지나물과 콩나물을 입에 넣고 씹었다. 바지락국을 마시면서 술을 들이켰다. 부엌문 닫는 소리가 들리더니 잠시 기척이 없었다. 아내가 발소리를 죽이고 빠져나갈 궁리를 하는 듯싶었다. 그의 예상은 들어맞았다.

"나 저 아래 가요" 하는 아내의 목소리가 죽창 문설주에서 떨어졌다. '저 아래'란 아랫마을의 친정을 두고 한 말이었다. 예상한 바이지만 성만은, "당신 안 가면 개보름 쇠까 싶어 그래?" 하고 통명스럽게 말했다.

"어무니 허리가 많이 아프다고 하등만이라우."

아내의 대꾸에 성만은 술병을 집어 들었다. 얼른 갔다가 오라는 말을 죽창문의 누르퉁퉁하게 변질된 창호지에 끼얹듯 뱉으며 술병을 기울였다.

아내가 사립을 나가고 있었다. 어디 보자, 어디서 어느 놈을 만나는가 보자. 눈살을 찌푸리며 그는 술을 마셨다. 몸을 일으키고, 소리 나지 않게 문을 밀었다. 밖을 내다보았다. 아내의 얼굴인 듯, 사립 문짝 위로 둥그런 달의 한쪽 이마가 말갛게 얹혀 있었다.

벌써 사립을 빠져나갔는지 아내의 모습은 보이지 않았다. 그는 석유 등잔불을 입으로 불어 껐다.

아내는 빠른 걸음이었다. 아랫마을로 가는 골목길을 접어들었다. 개울이 나왔다. 징검다리를 건너면 밭두둑길이었다. 그것은 아랫마을로 통하는 길이었다. 아내는 징검다리를 건너지 않고 마을 밑을 싸고도는 논둑길로 나섰다. 풍물을 치는 사장을 피하여 마을을 빠져나가려면 이

길을 통할 수밖에 없었다. 골목길을 나섰다.

아랫마을과 윗마을 사이의 밭언덕과 논둑 위에는 꽃처럼 붉은 불들이 타고 있었다. 가장 맹렬하게 타는 것은 두 마을을 갈라놓고 있는 들 가운데의 개천 둑이었다. 둑의 가시덩굴이나 무성한 억새숲이 타고 있는 것이었다. 묽게 탄 수묵으로 칠한 듯한 거무스레한 어둠 속에서 언덕의 불들은 벌레처럼 살아 꿈틀거리는 진홍과 주황의 꽃으로 곱게 수놓아져 있었다. 아이들의 돌팔매질은 그 꽃불이 타는 언덕 주변에서 벌어지고 있었다. 윗마을 쪽 개울둑에서 아이들이 함성을 지르며 아랫마을 쪽 개울둑으로 건너뛰고 있었다.

아내는 진메 잔등을 향해 나는 듯이 가고 있었다.

진메는 아랫마을과 윗마을을 옹위하듯 성처럼 둘러선 앞산 줄기였다. 개 두 마리가 꼬리를 마주 대고 엎드려 있는 듯한 그 진메 너머로는 바다였다. 호수 같은 득량 바다가 펼쳐져 있었다. 진멧골의 동남쪽 연안에는 검고 쭈뼛쭈뼛한 바위들이 깎아지른 듯 서 있었다. 이 고장 사람들의 주업은 김 양식이었다. 이 연안에서는 겨울이면 먹장 같은 김이 풍성하게 나는 것 외에도, 봄에서 이른 가을까지는 정치망에서 전어나 숭어, 멸치, 도미, 가오리, 병어, 장어 따위가 심심치 않게 잡혔다.

아내는 진메 잔등으로 뚫린 논두렁길로 들어서고 있었다. 이제 보니 아내는 머리에 바구니를 이고 있었다. 그는 아내가 갑자기 뒤돌아볼 것을 예상하고, 멀찍이 떨어진 채 논바닥을 질러 달리기도 하고, 개울의 바닥을 발발 기기도 하고, 밭언덕 밑을 휘돌기도 하면서 뒤따랐다.

그는 이를 물었다. 지난해의 무더운 여름밤에도, 한가윗날 밤에도 아내는 혼자서 어딘가를 갔다가 새벽 무렵에야 들어왔었다. 그때도 이렇게 진메 잔등을 넘어가서 누군가를 만나 무슨 일인가를 저지르고 왔었구나 싶었다. 더구나 이 대보름 명절을 앞두고, 아내는 한 달 전부터 남편인 자기와 잠자리를 피하고 밤마다 목욕재계하거나 머리를 감아 빗거나 하여온 것이었다.

사장에서 울리던 풍물 소리가 개울 둑길을 타고 진메 쪽으로 밀려오고 있었다. 갯제를 지내러 오고 있는 것이었다. 깽매깽매 깽매깨갱, 깨갱 깽매 깽매깨갱 하는 꽹과리 소리를 '몰래 살짝 갖다주세, 샛서방님 갖신 한 짝' 하고 속으로 따라 부르면서, 그는 상쇠를 잡고 있을 점바우를 생각했다.

거무튀튀한 살빛에 주먹같이 코가 크고, 메기처럼 쭉 찢어진 입에 검붉은 입술이 두툼하고, 눈썹이 돼지털처럼 검고 긴 점바우의 가슴팍에는 배꼽 근처에서 돋아 오른 시꺼먼 털이 있었다. 늦가을에 무명베 팬티 하나만 입고 발막이하는 것을 보면 흡사 짐승이었다. 아내가 어쩌면 점바우하고 어디선가 만나기로 했는지 모른다 싶었다.

아내는 풍물 소리를 좋아했다. 마당밟기를 할 때면, 울긋불긋한 무당 옷 같은 풍물 옷을 입은 점바우가 상쇠를 잡고 상모 돌리며 굿 노는 것을 넋 놓고 보고 있던 것이었다. 진메의 소나무 숲길을 가면서 아내는 어쩌면 어깨춤을 추고 있을지도 몰랐다.

그는 이를 문 채 소리 나지 않게 무거운 안간힘을 썼다. 자기의 짐작이 어쩌면 적중될 것 같았다. 아내가 약속한 곳에 몸을 숨기고 있으면, 점바우가 갯제를 다 지내고 빠져나와가지고 만나서 밤을 새울 것임에 틀림없다 싶었다.

앞장서서 넙바위 연안으로 들어간 아내는 선창이 있는 짝귀 메 끝을 돌아서 진멧골 연안으로 들어섰다. 그는 짝귀 멧등의 사태밭 위로 올라가서 다복솔 사이에 몸을 숨기고, 모래밭을 걸어가는 아내를 바라보았다. 아내는 줄곧 걸어서, 진멧골 연안 아래쪽에서 동북쪽으로 두른 등성이 밑에 뚫린 바위굴 속으로 들어갔다. 그는 거멓게 열린 바위굴의 입구를 바라보았다.

달은 호수 같은 득량 바다 위에 둥실 떠 있었다. 바다의 수면은 은빛 고기비늘처럼 퍼덕거리고 있었다. 높(북풍) 낀 늦하늬바람이 불고 있는 바다는 잘고 가는 은 같은 물결로 가득 차 있었다.

그는 선창 쪽으로 내려갔다. 거기에는 발대와 부러진 말목들이 흩어져 있었다. 몽둥이 하나를 주워 들고 다시 사태밭등으로 올라갔다. 몽둥이 든 손에 힘을 주었다. 동굴 속에서 아내와 점바우가 만난다면 뻔한 일이 벌어질 것이었다. 그때 벌거벗고 있는 남녀를 후려 패서 죽이리라 했다.

바위굴 주변으로 보오얀 안개가 끼어 있었다. 굴 안으로 들어간 아내는 지금 무얼 하고 있을까?

침을 사태밭에다 뱉었다. 변해버린 아내가 야속하였다. 이제는 무슨 말을 어떻게 한다 하여도 아내의 마음을 돌이킬 수는 없을 것 같았다. 샛서방을 만나기 위해 본서방과의 잠자리를 피하는 정도이니 말이었다. 가슴이 미어지는 듯 아팠다. 이렇듯 매정하여질 수가 없었다.

애초에, 자기와 살겠다고 들어서던 때부터 아내는 자기가 분에 차지 않았을지도 모르는 일이기는 하였다. 생각해보면, 개똥밭에 떨어진 참외 씨같이 외톨박이인 자기의 처지로 그러한 아내를 얻어 들인 것이 꿈 같은 일이기도 하였다. 원래 그가 영님을 아내로 맞아들일 때, 영님은 이미 헌 각시였다. 6·25 사변 때 여성동맹위원장을 한답시고 군당으로, 면당으로, 보안서로 싸대더니, 여수·순천 반란 사건에 가담한 뒤 죽을 고비를 열 번은 더 넘기고 고래 심줄 같은 목숨을 부지했다가 바야흐로 살판 만나 보안서장이 된 달식이하고, 그새 살이 닿아도 수십 번은 더 닿았을 것이라던 것이었다. 또한, 사변 직후 달식이가 대덕 장터에서 학도병들한테 총살을 당한 뒤로, 얼굴이 희고 매끄럽고 반반하던 영님은 지서에 갇혀 있는 동안 밤이면 어디론가 불려 나갔다가 새벽녘이 되어서야 들어오곤 했다던 것이었는데, 그렇게 불려 가서 온전했을 리 없지 않겠느냐는 말도 있었던 것이었다.

성만으로서는 영님의 그러한 점들이 허물일 수 없었다. 수복 후, 지서 주변에 흙 가마니와 석축으로 토치카를 만들고 촘촘한 참대 울타리를 둘러치는 데 울력을 다니면서 성만은 지서 안을 들여다보기도 하고, 청부한테 영님의 소식을 묻기도 했었다. 영님의 몸이 걸레처럼 닳고 갈가리 찢겼다 하여도 그에게는 이야기 속의 천도(죽은 사람을 살려내는 신비의 복숭아)처럼 손에 넣고 싶던 여자였다. 먹지 못할 떡은 보지도 말랬다고, 성만은 안 잡히는 영님을 향해 손을 뻗고 발돋움을 해볼 생각을 애초에 하질 않았다. 한데, 뜻하지도 않았던 호박이 덩굴째 그의 가슴으로 굴러드는 일이, 영님이 지서에서 풀려나온 지 얼마쯤 뒤에 장구섬과 북섬의 아랫목 개웅에서 일어났었다.

지서에서 풀려나온 뒤부터 영님은 매일같이 아랫목 갯바닥 건너에 있는 북섬에서 살다시피 했다. 낙지를 잡고 바지락을 캐고 석화를 따느라고 그러는 것이었다. 그걸 본 마을 사람들은, 내어놓을 것이라고는 자랄 때 가랑이에 찬 기저귀 하나도 없는 것들이 까불거리고 다닐 때부터 알아보았었노라고 쑥덕거리곤 했다. 그도 그럴 것이 영님의 두 오빠도 달식이와 함께 총살을 당한 것이었다.

의용군에 끌려갔다가 도망쳐 온 성만은 이 무렵 우산 양반 집에서 머슴을 살고 있었다. 그는 갯지렁이를 파기 위해 샛개 갯벌밭엘 가면서 영님이 석화를 따고 있는 것을 몇 차례 보았었다. 영님은 사람들이 무어라고 지껄이면서 옆을 지나가도 고개 한 번 드는 법이 없었다. 흰 저고리에 검정 치마를 입고 푸르스름한 수건을 쓴 그녀는 벙어리나 백치가 되어버린 듯했다. 그러한 그녀의 모습을 그는 매일같이 보아야 했다. 이해야말로 초가을 낚시질이 잘되었기 때문에, 우산 양반이 그에게 김발 엮기나 농사일을 모두 맡겨놓고 바다에서 살다시피 하면서 갯지렁이를 써댔던 것이었다. 낚시질은 사리 때까지도 계속되었으므로 갯지렁이 파는 일은 물때마다 하지 않을 수가 없었다. 그러던 어느 날, 바쁘게 갯지렁이를 파야 하는 틈에 우산도에서 띠를 지게로 날라야 하는 일이 생겼다. 우산댁이 관산장에서 띠를 사 오다가 그녀의 친정에다 두고 온 것이었다. 성만은 지게를 갯벌밭에 벗어놓고 갯지렁이를 잡아야 했다. 갯지렁이를 웬만큼 잡은 뒤 바쁘게 우산도로 건너갔다. 내덕도에서 우산도로 건너가는 아랫목에 발자국들로 다져진 갯벌밭길이 있었다.

그는 뛰다시피 했다. 그랬는데도 띠 짐을 지고 오면서는 중중 밀려드는 밀물에 쫓겨야만 했다. 북섬과 장구섬 사이의 아랫목 갯바닥에 밀려드는 밀물은 세차게 밀고 올랐다. 만조가 되면 세 길이 훨씬 넘도록 깊은 바다가 되어버리는 곳이었다. 이 갯벌에서 어물거리다가 밀물에 휩쓸려 죽은 사람이 해마다 한두 사람씩 생기곤 했다. 그만큼 그곳의 물은 빠르고 세찼다. 그러나 키가 크고 힘센 성만은 그걸 두려워하지 않았다.

허릿물을 휘저어 건너서 띠 짐을 내덕도로 옮겨놓고, 모래밭에 주저앉아 담배 한 대를 말아 피웠다.

이때 북섬 위쪽에서 아랫목의 번질번질한 물로 들어서는 여자가 있었다. 첫눈에 영님이라는 것을 알 수 있었다. 띠 짐을 지고 건너오면서 그는 혹시 영님이 북섬에 있지 않을까 하여 살펴보았었다. 그때는 보이지 않았었다. 어디서 무슨 일을 하다가 이제야 건너려 하는 것인지 알 수 없었다. 한다하는 남자도 한 번 휩쓸리면 헤어나기 어려운 물인데, 어찌하려고 겁 없이 뛰어들고 있는 것일까.

모래밭에 앉아 있던 성만은 몸을 일으켰다. 해는 바야흐로 지재산의 쥐구멍 속으로 들어가고 있었다. 아랫목에 번질거리는 물은 불그죽죽한 노을에 물들고 있었다. 그는 북섬의 벌등을 걸어 물로 들어서고 있는 영님을 향해, "여보시요오, 물 못 건널 것이오" 하고 소리쳤다. 그 소리가 영님의 귀에 들리지 않는 듯했다. 물결 소리 때문이었다.

"물 못 건넌단 말이오. 섬으로 들어가 있으시오. 내가 배 타고 가서 건네줄 텐께."

성만은 더 큰소리로 외쳐 말했다. 영님은 성만의 쪽을 건너다보려고도 하지 않았다. 듣지 못한 게 분명했다. 치마를 정강이 위의 하얀 허벅다리까지 걷어 올려 동이고 한 손에 바구니를 든 그녀의 걸음걸이는 빨랐다. 성문다리가 잠기고 있었다. 성만은 기가 막혔다. 악을 쓰듯 외쳤다.

"죽는단 말이오, 죽어."

영님의 허벅다리가 잠기고 있었다.

지서에 갇혀 있는 동안 주리를 틀리기도 하고 쥐어뜯기기도 하고 전기 고문을 당하기도 했다 하더니, 어쩌면 영님이 미쳤는지도 모른다 싶었다. 눈앞이 아득했다. 영님은 기껏 북섬의 갯벌등을 조금 벗어났을 뿐이었다. 지금 서 있는 곳에서 허벅다리가 잠기기로 한다면, 한가운데의 깊은 목은 키가 흠씬 잠기고 말 것이었다. 잠기면 몸이 뜨게 되는 것이고, 뜨면 물살에 휩쓸려 갈 것이며, 휩쓸리면 개웅의 물줄기에 묻히게 되는 것이었다. 개웅은 갯바닥 한가운데에 강이나 개울처럼 깊이 패어 있는 곳이었다. 밀물이나 썰물 때엔 이곳 물이 그중 빠르고 세찬 것이었다.

"시방 못 건넌단 말이오."

성만은 목청껏 외치면서 갯바닥으로 달려 들어갔다. 한가운데의 깊은 목은 파란 바다가 되어 있었다. 영님의 허리가 잠기고 있었다. 점차 가슴이 잠겼다. 그녀는 갯바구니를 머리에 이고 빠져도 둥둥 뜨는 재주를 지닌 오리라도 되는 양 퍼런 물속으로 걸어 들어가고 있었다.

그는 물귀신을 생각했다. 물귀신에게 홀린 사람은 아무리 깊은 물도 접시 물처럼 얕게 보이기 때문에 두려워 않고 들어선다는 것이었다.

장구섬 뒤쪽의 자갈밭등을 향해 내달렸다. 자갈밭등은 알 밴 장어의 배처럼 불룩하게 드높았다. 자갈밭등으로 가려면 이미 허리께가 잠기도록 물이 불어 있는 개웅 하나를 건너야 했다. 그 개웅을 건너는 동안, 영님이 건너오는 샛개의 깊은 목은 자갈밭등에 가려 보이지 않았다. 그가 개웅을 건너서 자갈밭등으로 올라섰다. 깊은 목으로 들어서는 영님의 목이 잠기고 있었다.

"거기 가만있으시오."

그는 영님을 향해 소리치면서 갯벌길을 줄달음질 쳤다. 깨져서 날카롭게 버려진 조개껍데기가 발바닥과 발가락 사이를 아프게 찔렀다. 성문다리 잠기는 물 위를 달리면서는, 굴 껍데기 돋은 돌에 발끝을 부딪혀 발가락 끝이 숨벅숨벅 베이기도 했다. 허벅다리가 잠기면서부터 빨리 달릴 수가 없었다.

밀물은 비좁은 여울목을 빠져 흐르는 강줄기처럼 점점 세차게 밀고 올라오고 있었다. 허리가 잠기는 곳에 들어섰을 때, 갯바구니를 머리에 인 영님의 모습이 보이질 않았다. 그새 물속에 넘어져 휩쓸린 것이었다. 휩쓸렸다면 깊은 목 한개웅으로 밀려 들어갔을 것이었다. 물에 빠져 죽기로 작정을 한 여자 같았다. 걸음을 멈추고, 조금 전에 영님이 서 있었음 직한 곳의 주변을 살폈다. 한개웅 쪽으로 영님의 갯바구니가 밀려가고 있었다. 그 옆에 물속으로 들어갔다가 나왔다가 하는 영님의 머리와 손이 보였다. 그는 두 손을 바람개비처럼 저어 물을 끌어당기기도 하고, 발에 닿는 갯벌을 걷어차기도 하면서 한개웅을 향해 나아갔다.

한개웅에 들어서자 갯벌이 발끝에 닿지 않았다. 헤엄을 쳤다. 한개웅은 썰물이 완전히 졌을 때도 두 길 깊이가 족히 되는 곳이었다. 얼마나 헤어 갔을까. 물에 떠밀리며 허우적거리는 영님의 옆에 이르렀다. 영님을 잡아끌 수가 없었다. 그는 물귀신에 홀려 물에 빠진 사람을 건지다가는 함께 빠져 죽게 된다는 것을 잘 알고 있었다. 홀린 사람이 자기를 건지려 하는 사람의 허리나 다리를 한 번 부둥켜안으면 죽어도 놓아주지 않는다던 것이었다. 때문에 물귀신에 홀린 사람을 건질 때는 새끼줄로 몸을 묶어서 끌어내거나, 여자인 경우엔 머리카락을 잡아끌어야 한다던 것이었다. 영님의 허우적거리는 손을 피하면서 너풀거리는 머리채의 끝을 훔켜잡아 끌었다. 한개웅을 벗어나서 갯벌등으로 나왔을 때, 영님은 죽은 듯 늘어져 있었다.

땅거미가 기어들었다. 갯벌등은 허릿물이었으므로 영님의 두 손을

282

마주 잡아 끌면서 장구섬 뒤쪽의 자갈밭등으로 나왔다. 거기서 영남을 들쳐 업었다. 벌써 키 넘게 깊어진 자갈밭등 밑의 개웅을 건너 띠 짐 있는 모래밭으로 나왔을 때는 어둠이 깔리고 있었다. 영남을 모래밭에 눕히고 가슴과 배를 흔들어대기도 하고, 코를 빨기도 하고, 힘껏 바람을 불어넣기도 했다.

성만은 물에 떠내려가는 물건을 건져내서 가지듯 영남을 아내로 삼은 것이었다.

진메 잔등을 넘는 풍물 소리가 깨갱깽 하는 꽹과리 소리와 함께 난타를 하다가 깽깽 깽매깽 하고 울렸다. 넓바위 선창으로 들어서는 골짜기의 찬샘거리에서 샘굿을 하는 것이었다. 넓바위 연안에서 김발을 막거나, 정치망 어업을 하거나 하며 사는 진멧골 사람들이면 모두 한 해에 여남은 번 이상씩 길어다 먹는 샘이었다. 여름엔 이 끝이 시리고 겨울에는 김이 피어나는 샘물이었다. 마르지 않고 펑펑 솟는 것은 물론, 그 물을 마시고 아무런 탈이 나지 않기를 비는 액막이인 것이었다. 샘굿 하는 꽹과리 소리는 '펑펑 솟아라, 펑펑 솟아라'였다.

성만은 샘굿 하는 꽹과리 소리를 들으면서 조급한 생각이 들었다. 주변의 땅딸막한 곰솔숲을 둘러보았다. 사태밭등에서 바위굴까지의 거리가 너무 멀다 싶었다. 풍물꾼들이 메 끝에 도착하기 전에 바위굴 주변에 가서 숨어야 했다.

모래밭을 내려다보았다. 달빛이 대낮같이 밝았다. 모래밭을 걸어서 바위굴 앞으로 가서는 안 될 듯했다. 바위굴 안에 들어간 아내가 금방 미행당하고 있다는 것을 알아차릴 것이었다. 가파르기는 하지만, 바위굴이 있는 산등까지 해송 숲속을 뚫고 가가지고 바위굴 옆으로 숨어들자 했다. 몽둥이를 지팡이 삼아 비탈진 곰솔숲을 헤치고 나아갔다.

풍물 소리가 넓바위 선창을 지나 진맷골 연안으로 들어서고 있었다. 연안의 산줄기를 울리고, 달 아래서 은빛 고기비늘처럼 반짝거리는 바다의 수면으로 아득하게 퍼져나갔다. 멀리 금당도와 녹동 반도가 옅은 해무 속에 잠겨 있었다.

성만이 솔숲을 타고 바위굴 있는 산줄기로 들어섰을 때, 풍물꾼들이 사람의 콧날같이 빠져나온 메 끝의 자갈밭으로 나왔다. 대보름의 갯제는 해마다 이 메 끝의 넓바위 위에서 지내곤 하는 것이었다. 넓바위는 만조 때 물에 잠기는 편평한 바위로, 남쪽 연안의 바위굴에서 보면 자갈밭 위에 멍석이라도 깔아놓은 듯 편평했다.

풍물꾼들은 넓바위 주변의 모래밭을 빙글빙글 돌았다. 판 한가운데에 모닥불이 피어올랐다. 풍물꾼을 뒤따라온 마을 사람들이 선창 주변에서 땔나무나 발대나 목나무 토막들을 가져다가 피우는 것이었다. 모닥불이 타는 동안 사람들은 제물을 바위 위에 차려놓을 것이었다.

성만은 산줄기를 내려와서 바위굴 입구 옆에 있는 바위 뒤로 몸을 숨겼다. 바위굴 안에서는 아무런 기척이 없었다. 다만 넓바위 주위에서 울려온 풍물 소리가 그 속을 처르렁처르렁 울려 나갈 뿐이었다. 아내가 굴 속에 주저앉아, 갯제가 끝나고 점바우가 얼른 와주기를 기다리는 모양이었다. 바위에 기대앉아 활활 타는 모닥불을 건너다보았다. 희끗희끗 두 사람이 모래밭을 건너서 바위굴 쪽으로 오고 있었다. 성만은 그들이 어디로 가서 무엇을 하려는가를 잘 알고 있었다.

바위굴 앞에서 물 아래로 다리를 놓은 듯 거멓게 뻗어나간 바위가 있었다. 노루목 다리였다. 그들은 그 노루목 다리를 타고 내려가서는 갯제가 다 끝날 때까지 숨어 있어야 하는 것이었다.

그들이 노루목 다리를 타고 내려가는 동안 풍물꾼들은 모닥불을 중심으로 맴을 돌았다. 보나마나 풍물 뒤에는 각시가 따르고, 각시를 탐하는 곱사둥이와, 그 곱사둥이를 부지깽이 총으로 겨누어 연방 쏘아 맞히는 포수가 따르면서 춤을 출 것이었다. 모닥불은 낭장막에서 가져온 석유를 끼얹어 태우기라도 하는 듯 달 밝은 진멧골 연안의 하늘로 불티를 날려 올리면서 활활 타올랐다. 그 불길과 함께 풍물 소리 또한 숨 가쁘게 타오르듯 열기를 뿜어대고 있었다. 풍물은 바야흐로 '별 따자 별 따자, 하늘 잡고 별 따자'를 울리고 있었다.

노루목 다리를 타고 물 아래로 내려간 사람들이 바위 기슭에 쪼그려 앉은 듯 보이지 않았다. 이때 갑자기 꽹과리가 깨깨깨깨 하는 소리를 냈다. 그것을 따라 징이나 소고들이 일제히 와드랑와드랑 하고 난타를 하여댔다. 이어 꽹과리의 깨 하는 단절음을 따라 일단 풍물이 울음을 뚝 그쳤다. 이어 한차례의 난타를 와르르 울린 뒤 일시에 그쳤다. 음식이 다 차려졌으니 이제 제사를 지내려는 것이었다.

그사이 풍물 소리에 움츠려 있던 물결 소리가 살아났다. 찰싹찰싹하는 물결 소리가 바위굴을 울렸다.

"물 아래 김 서바앙!"

메 끝에서 목청 좋은 남자의 소리가 길게 바다를 향해 퍼져나갔다. 상쇠를 잡은 점바우의 소리였다. 바다 쪽에서는 아무 응답도 없고, 진메 골짜기에서 여린 메아리가 울렸다. 점바우가 똑같은 소리를 다시 두 차례 외쳐댔다. 그제서야 노루목 다리 끝에서, "워이, 나 여기 있네" 하고 대답했다. 그 대답 소리에는 음험한 귀기가 서려 있었다. 가늘면서 높게 찢어져 있었다. 양철 바닥을 송곳으로 긁을 때 나는 삐걱 소리 같은 가성이 섞여 있는 것이었다. 노루목 다리 끝의 바위 기슭에 숨은 남자 한 사람이 꾸며 내고 있는 그 귀신 소리를 듣고, 메 끝에서 누군가가 킥킥 웃었다. 그 웃음소리를 꾸짖는 듯한 두런거리는 소리가 들렸다. 이어 점바우의 목소리가 바다를 향해 퍼져나갔다.

"여기는 해동 조선 땅 전라남도 장흥군 대덕면 신방이군디 말이시, 자네가 잘 알다시피 작년에는 자네 덕택으로 해의랑, 주복이랑, 낭장이랑, 삼마이랑, 주낙질이랑, 미역발이랑, 퍼랫발이랑, 장어 낚시랑, 잘 해묵었네. 그런디 조끔 섭섭한 것은, 작년에는 해의발에 잡태가 심했고, 발에 쩍이 많이 돋았었네. 그러고 바람이 너무 심해서, 해의발에는 말할 것도 없고, 주복이랑, 낭장이랑, 주낙질이랑, 미역발이랑, 퍼랫발이랑 해먹는 데 지장이 많았어여. 그런께, 금년에는 우리 개창으로 오는 바람을 자네가 서둘러서 태평양 한가운데로 몰아붙여버리소. 그러고 우리 개창에는 먹장 같은 해의만 가져다가 주고, 잡태는 돈 많은 일본이나 소련 같은 데로나 보내주소. 또 우리 개창에서 하는 주복, 삼마이에는 숭어만 날마다 한 구럭씩 잡히고 낭장에는 멸치가 한 물때에 꼭꼭 한 배씩 잠방잠방하게 실을 수 있도록 잡히게 해주소. 그리고 안 들 때는 그것도 없어서 못 먹기는 하겄데마는 금년에는 뒤퍼리나 복쟁이나 꼬록 같은 것은 저기 저 아랫녘 바다로 쏵 몰아붙여버리소. 알겠는가?"

이 말끝에 노루목 다리 끝에서, "잘 알었네" 하는 남자의 귀기 어린 가성이 들렸다. 점바우가 언성을 높여 물 아래를 향해 외쳐댔다.

"이참 대보름에는 우리 동네가 작년 해의를 잘못한 탓으로 돼지머리를 못 내왔네마는, 명년에는 큼직한 놈으로 내어 옴세. 섭섭하게 생각지 말고 나무새하고나 술 한잔하소."

다시 노루목 다리 끝에서, "걱정 말소" 하고 말했다. 그 말이 떨어지자마자 꽹과리가 갑작스럽게 깽매깽매깨갱깽 하고 울렸다. 거기 맞추어 징과 소고가 울렸다. 모닥불 주위로 풍물꾼들이 빙글빙글 맴을 돌았다. 액막이굿이었다. 그것은 '자꾸자꾸 쳐내세, 자꾸자꾸 쳐내세' 하는 액운 몰아내는 소리였다.

노루목 다리 끝으로 내려갔던 두 사람이 귀신한테 쫓기기라도 한 듯 모래밭으로 달려 나왔다. 모래밭을 건넌 그들이 메 끝으로 달려 들어갔을 때, 풍물 소리가 일시에 뚝 그쳤다. 벌겋게 타던 모닥불이 빛을 잃어 갔다. 사람들이 덤벼들어서 모래를 끼얹어대는 것이었다. 모닥불 타던 자리에서 부우연 연기만 피어올랐다. 사람들이 풍물 소리를 내지 않고 메 끝을 돌아서 선창 쪽으로 사라졌다. 차려놓은 음식을 물 아래 김 서방이 먹도록 자리를 비켜주는 것이었다.

이때였다. 시꺼멓게 어둠이 들어찬 바위굴 안에서 번쩍하고 불이 밝아졌다. 아내가 성냥불을 켠 것이었다. 잠시 불빛이 가물거리더니 굴 안이 더욱 밝아졌다. 불을 촛불에다가 붙인 것이었다. 굴천장에 엉긴 물방울과 이끼가 불빛을 받아 영롱하게 반짝거렸다.

그는 바위 모서리에 윗몸을 기댄 채 굴 안을 보고 있었다. 굴은 대여섯 걸음 곧게 들어가다가, 서북쪽으로 굽이돌아 다시 대여섯 걸음 들어가다 막혀 있었다. 천장에서 떨어진 물이 괴어서 조그마한 우물이 한가운데 만들어져 있고, 그 옆에 편평한 바닥이 있었다. 여름철엔 서늘했고, 겨울철에는 방 안처럼 따뜻한 곳이었다. 아내는 편평한 바닥의 안쪽

구석에다가 초석을 깔고 바구니에 담아 온 음식들을 차려놓고 있었다. 그것들은 집에서 차례 지낸 상에 놓았던 도라지나물, 무나물, 콩나물 같은 것이었다. 바지락국이 있고, 고둥무침과 전어구이가 있을 것이었다. 아내가 술병을 들었다. 네 홉들이 병이었다. 보나마나 그것은 집에서 그에게 따라주던 귀밝이술일 것이었다. 시큼한 듯 알싸하고 씁쓸한 듯 구수한 청주의 맛이 혀끝과 이 끝에서 군침을 돌게 하였다. 국그릇으로 쓰는 놋대접에 술을 따랐다. 그걸 나물 접시 곁에 놓고 그 앞에 무릎을 꿇었다. 한동안 고개를 떨어뜨리고 있었다. 고개를 들고 술잔을 들었다. 벌컥벌컥 들이켰다. 다시 술을 따라놓고 고개를 떨어뜨렸다. 고개를 들고 그 술을 또 마셨다. 네 홉들이 병술을 그렇게 해서 다 마시고 있었다. 술을 다 마시고 난 아내가 꿇어앉은 무릎 사이에 얼굴을 묻고 엎드렸다. 잠시 후 몸을 일으키더니 옷을 홀홀 벗었다.

성만은 얼굴과 가슴이 동시에 뜨거워졌다. 조금 전에 마을 사람들이 갯제 지내고 사라진 메 끝의 넓바위 근처를 바라보았다. 모래에 묻힌 모닥불에서 가는 연기가 피어오르고 있었다. 모래톱에 부딪는 물결이 은빛으로 반짝거리고 있었다. 이상스러웠다. 점바우가 나타나지를 않는 것이었다. 이편에서 숨어 엿본다는 것을 눈치챈 것일까? 어쩌면 그럴지도 모르는 일이다 싶었다. 그는 다시 굴속을 보았다.

아내는 알몸이 된 채 초석 위에 반듯이 드러누웠다. 두 팔을 양옆으로 뻗었다. 두 다리를 버둥거렸다. 그것은 여자가 성적인 교접을 할 때 남자의 몸을 수용하는 자세였다. 그는 등줄기가 서늘해졌다. 순간적으로 스쳐 가는 생각이 있었다.

지난해 한여름의 어느 날 밤에, 그는 아내와 함께 주꾸미 주낙질을 간

적이 있었다. 아내가 노를 젓고, 그가 주낙을 놓았다. 그런 다음에는 주꾸미가 송장게를 매단 돌에 붙도록 얼마 동안 기다리고 있어야 했다. 그 사이 노를 걷어 올린 아내는 이물로 가서 쪼그려 앉아 있었다. 그는 고물에서 주낙줄 당길 채비를 하였다. 유리벽에 그을음이 시꺼멓게 묻은 남폿불이 뱃바닥 한가운데 세운 기둥에서 흔들거리고 있었다. 호주머니를 뒤져 담배 한 대를 태워 물었다. 이때, 이물의 덕판에 쪼그리고 앉아 있던 아내가 "여보" 하고 앓는 듯한 소리를 내어 지르면서 일어나더니 옷을 벗었다. 저고리, 몸뻬, 속곳, 팬티까지도 다 벗었다. 뱃바닥에 반듯이 누운 채 몸부림을 쳤다. 그는 아내가 하는 양을 멀거니 보고 있기만 했다. 아무리 배 위에 부부가 단둘이 있다기로, 사전에 눈짓 한 번 하는 법 없이 이렇듯 대담하게 교접을 요구할 수가 있을 것인가. 다른 배가 가까이 오기라도 하면 어쩌려고 이러느냐고 퉁명스럽게 꾸짖듯이 말했다. 아내는 그의 말을 아랑곳하지 않고 몸부림치면서 짐승처럼 안타깝게 앓는 듯한 소리를 하고 있었다. 어쩌면 상사병이 생겨버릴지도 모른다 싶어 그도 옷을 벗어 던졌다. 그 순간의 일을 그는 잊을 수가 없었다. 아내의 몸은 불덩이같이 뜨겁게 달아 있었고, 뜨거운 물에 데쳤다가 건져놓은 듯 흥건하게 땀에 젖어 있었다. 어쩌면 설설 끓고 있는 것 같았다. 그러나, 벌거벗은 그가 다가갔을 때, 아내는 그를 걷어 밀고 뱃전을 끌어안은 채 몸을 움츠렸다. 그러면서 성행위의 절정에 이른 여자가 단말마의 비명을 지르듯 "여보" 하는 소리를 연발하면서 몸을 떨었다. 그는 눈앞이 아찔했다. 가만두면 아내가 그냥 죽고 말 것만 같은 생각이 들었다. 아내의 몸을 젖히고 끌어안았다. 아내는 그의 몸이 닿기도 전에 몸에 힘을 풀고 죽은 듯이 늘어져버렸다. 그의 곤두선 힘은 아랑곳없이 그런 아내의 속살을 파고들었고, 아내는 그의 행위에 관계없이 곧 깊은 잠에 떨어졌다. 이윽고 눈을 뜬 아내가 무슨 큰 병이라도 앓고 난 사람처럼 일어나 앉을 때까지 그는 벌거벗은 채 멍히 서 있었다. 아내는 힘없는 손놀림으로 옷을 주워 입으면서 닭똥 같은 눈물을 떨어뜨렸다.

동굴 안에 번듯이 드러누운 아내의 하는 짓이 그 여름밤에 배 위에서 하던 것과 똑같았다. 발악하듯 사지를 버둥거리면서 교미하는 암캐처럼 낑낑거리며, 고개를 불에 덴 벌레처럼 저어대던 아내가 이를 갈며 단말마의 비명과 함께 간질 환자처럼 사지를 오그리고 몸을 웅크렸다. 순간, 성만은 이때껏 자기가 오해를 하고 있었다는 생각이 들었다. 아내가 점바우하고 은밀하게 정을 나누기 위해 이 바위굴로 온 것은 아니다 싶었다. 아내는 중병을 앓고 있는 것 같았다. 어떤 병인지는 모르지만 그걸 낫게 하기 위해 갯제 지내는 이날 밤에 물 아래 김 서방한테 기도를 드리는 것인지도 모르는 것이었다. 성만은 몽둥이를 내던지고 굴 안으로 뛰어 들어갔다.

"여보."

모로 젖힌 채 늘어뜨린 아내의 고개를 그가 받쳐 들면서 소리쳐 불렀다. 여름밤에 배 위에서 하던 것처럼 아내는 이를 갈며 몸부림치듯 떨어댔다. 몸이 설설 끓었다. 뜨거운 물에 데쳐놓은 듯 흥건히 땀에 젖어 있었다. 경련 같은 몸의 떨림은 점차 목 잘린 메뚜기의 다리처럼 아주 미세한 떨림으로 변하더니, 뜨거운 물 맞은 김바닥처럼 늘어져서 깊은 잠에 떨어졌다.

내일 당장 아내를 데리고 병원엘 가야겠다고 생각하며 성만은 아내의 벌거벗은 몸에다가 그녀가 벗어 팽개친 저고리와 치마를 가져다가 덮었다. 구석에 세워진 촛불이 일렁거리고 있었다.

이윽고, 맥 빠진 몸놀림으로 일어난 아내가 그를 보고 흠칫 놀라면서 몸을 움츠렸다. 고개를 숙이고 모로 돌아앉으며 흐느껴 울기 시작했다. 그가 내의를 가져다가 입혔다. 아내는 그가 옷을 입혀주는 대로 팔과 다리를 오그리기도 하고 뻗기도 하였다. 옷을 다 입고 난 아내는 치맛자락을 끌어다가 얼굴을 감싸면서 흐느꼈다.

"어디 아프면 아프다고 말을 해야지, 이것이 뭔 일인가? 내일 당장 병원에 가도록 하세."

성만은 아내의 팔을 잡아 일으키려고 하였다. 아내는 허물어지듯 초석 위로 엎드리면서 울어댔다. 하룻머릿개 쪽에서 풍물 치는 소리가 울려왔다. 아랫마을에서 갯제를 지내러 온 모양이었다. 초석에 엎드린 채 흐느끼던 아내가, "당신도 다른 사람 얻어갖고 사씨요. 아까 다 봤지라우. 저것이 나를 가만 안 놔둬라우" 하고 말했다. 성만은 몽둥이로 뒤통수를 한 대 얻어맞은 듯 눈앞이 아찔했다. 순간, 촛불의 일렁거림 때문에 그의 그림자가 굴의 천장에서 흔들린 것인지, 은빛처럼 빛나는 바다 물결이 굴 입구를 비춘 것인지 알 수 없었지만, 굴 안에 몸을 사리고 있던 누군가가 빠져나가는 것만 같은 검은 그림자의 재빠른 스침이 눈앞을 가렸다.

"작년 여름에 배 위에서도, 당신이 옆에 있는디 그냥 지 맘대로 안 해 버립디여?"

아내가 하는 말에, 성만은 갯제 지낼 때, 노루목 다리 끝에 숨은 사람이 꾸며서 내는 물 아래 김 서방의 귀기 어린 가성을 생각해냈다. 물 아래 김 서방은 몸을 사리면 팔 척 장신의 남자만큼 하여지지만, 그 몸을 늘이면 이 바다 안에 꽉 들어찰 만큼 큰데, 그는 마음이 내키면 이 바다로 수없이 많은 고기나 먹장 같은 김이나 미역이나 조개들을 끌어다가 놓기도 하고, 심술이 끓어나면 그것들을 모두 다른 바다로 몰고 가버리기도 한다던 것이었다.

동시에 훤칠하게 큰 키에 얼굴이 달빛 같고 동글납작한 달식이가 떠올랐다. 여수·순천 반란 사건 때 반란군이 되어 돌아와서 득량 바다를 향해 총을 쏘아대던 달식이었다. 인민군이 밀고 내려오자 붉은 완장을 두르고 보안서장이 되어 내덕도 관내의 반동자들을 발 엮듯 줄줄이 묶어 가곤 하던 그였었다. 수복 후, 눈이 벌겋게 되어 있던 유가족들한테 총살을 당하면서 달식이는 이렇게 말했다던 것이었다.

"음력 대보름날 밤에 내 뼛가루를 노룻골 바위굴 앞에서 바닷물에다가 뿌려주시오."

(1977)

기찻굴

성림산 모퉁이의 기찻굴에서 열차에 깔려 죽은 사람이 매형인지 아닌지 좀 보아달라고 누님한테서 전화가 걸려 온 것은 그해 늦은 겨울의 어느 날 저녁 무렵이었다.

그날은 퇴근길에 본 노을부터가 묘했다. 그것은 광천동 뒷산 마루에 얹힌 한 무더기의 비늘구름 속에서 붉게 타고 있었다. 어쩌면 도축장의 시멘트 바닥에 떨어진 피가 튕겨 번지듯 구름 조각들의 언저리마다 진하게 묻어 타던 것인지도 몰랐다. 비늘구름 떠 있지 않은 하늘은 꽃자주에 연분홍을 묽게 탄 물감을 화선지에 고루 칠해놓은 것처럼 번져 있었다. 그 무렵, 나는 직장인 금성중학교의 교문에서 서편으로 뚫린 포장 안 된 길을 타고 집을 향해 걸으며, 내내 그 피 같은 노을을 얼굴과 가슴으로 받아야만 했다.

내가 우리 집의 목제 대문 앞에 이르러 초인종 단추를 눌렀을 때는 땅거미가 벌써 눈앞을 막아섰다. 오래전에 칠한 살색 페인트가 벗겨져 얼룩덜룩한 대문의 나뭇결이 보얗게 흐려 보였다. 고개를 떨어뜨린 채 한참을 기다렸을 때에야 문을 열어준 아내가 "개 좀 봐보씨요, 저. 오늘 아침에 당신 막 출근한 뒤부터 저러요" 하고 내 얼굴을 쳐다보지도 않은 채 변소 옆 담벽에 붙어 있는 개집을 바라보며 말했다.

"아니 어째서?"

나는 우뚝 발을 멈추면서 아내의 땅거미 묻은 얼굴을 바라보고 힐책하듯 물었다. 아내의 대답을 기다리지도 않고 어둠 가득 찬 개집을 들여다보았다. 멍청한 것이 주는 밥 잘 먹고 살이나 많이 찌지를 않고 무슨 병치레를 한다고 저런단 말인가. 개는 값이 많이 나가는 세퍼드나 진돗개나 도사견이나 포인터 같은 것이 아니었다. 애완용으로 키우는 스피츠 같은 것도 아니었다. 그저 이른 봄쯤 해서 살 올려가지고 노병을 시름시름 앓고 계시는 장인어른과 함께 개소주나 내려 먹을까 해서 키우는 재래종 거멍개였다. 때문에 나는 오히려 더욱 개운치 않은 생각에 몰려야만 했다.

지난가을에 아내가 개백정을 시켜서 처치해가지고 개소주를 내려 오도록 하자고 했었다. 그러나 그때는 그놈이 아직 어린 데다 야위기까지 했었다. 내가 그걸 이른 봄으로 미루자고 우겼었다. 그게 잘못이었던 듯싶었다. 개소주를 내려서 드리기만 하면 자기 친정아버지가 노병을 씻은 듯 떨고 일어날 수 있으리라는 생각을 하여오는 아내한테 미안한 생각이 들었다. 여차하다가 죽어버리기라도 하면 어쩔까 하는 생각도 들었다.

"글쎄, 뭣을 잘못 먹었는지 어쨌는지……, 저 보씨요, 저."

아내는 개집 앞에 쪼그리고 앉으면서 말했다. 개집 안에는 진한 먹물 같은 어둠이 들어앉아 있었다. 그 어둠 때문에 개의 모습은 보이지 않았다. 그래도 아내는 그 안을 들여다보면서 손가락질을 했다. 그러다가 손을 까부르면서 "꺼멍아" 하고 불렀다. 검정에 밤빛 털을 알맞게 섞어 갖춘 개는 짙게 깔린 땅거미 속에 숯검정같이 검은 모습을 굼뜨게 드러냈다. 개집 속의 먹물 같은 어둠을 온몸에 묻혀가지고 나오는 듯싶었다. 아내 앞으로 두어 걸음 어슬렁어슬렁 다가가더니 마당 한가운데 선 내게로 오면서 꼬리를 흔들었다. 흔들리는 꼬리의 무게를 감당하기 어려운 듯 뒷다리를 비틀했다. 동시에 목뼈가 부러진 거위처럼 고개를 뻣둥하게 모로 틀었다가 오른쪽으로 한 번 내두르면서 다시 한 번 비틀했다.

매형네 가축병원으로 얼른 끌고 가보지 않고 왜 이래 두고 있느냐고 하니, 대학 1학년인 동생 상철이 마루의 기둥에 붙은 외등 스위치를 젖히고 나오면서 "끌고 갔다 왔어요" 하고 말했다. 외등의 불그죽죽한 불빛이 마당으로 쏟아졌다. 검은 색의 트레이닝 바지에 밤빛 털스웨터를 얹어 입은 상철은 검정 고무신을 지륵지륵 끌고 내 옆에 와 선 채, 비틀거리면서 개집 속으로 들어가는 꺼멍이의 뒷모습을 보았다.

"매형은 없고 누님만 있어서 그냥 약만 갖다가 먹였어요. 어쩌면 홍역 같다는구만요."

매형이 들어올 때까지 가축병원에 놓아두지 않고 왜 그냥 끌고 왔느냐는 내 말에 동생은 "나간 지 사흘이나 되었는데, 가부간 연락이 없다 하등만요" 하고 말했다. 온다 간다는 말 한마디 없이 집을 나가서, 술집이면 술집, 여인숙이면 여인숙, 젖소 키우는 집의 축사면 축사…… 닥치는 대로 떠돌며 잠을 자버리는 매형의 그 떠돌이 병이 도진 모양이라는 생각이 들었다.

"밥은 조금 먹던가?"

내 물음에 아내는 고개를 저었다. 아침밥과 점심밥을 모두 혀끝 한 번 대려고도 하지 않았다고 했다.

"내일 일찍 다른 병원으로 끌고 가봐라. 누님이 뭘 안다냐?"

동생을 향해 퉁명스럽게 내던지고 마루로 들어섰다.

누님한테서 전화가 걸려 온 것은 바로 그때였다. 수화기를 들자, 누님의 목소리는, 매형이 집을 나간 지 벌써 사흘째라는 것, 조금 전에 방송을 들으니까 성림산 모퉁이의 기찻굴 입구에서 열차에 뛰어들어 자살한 남자가 있다는 것, 그런데 뛰어드는 것을 멀리서 목격한 사람이 말한 그 사람의 인상착의로 미루어보아 꼭 매형인 것만 같다는 것, 그러니 얼른 그 사고 현장으로 함께 가보자는 것을 다급하게 울먹거리며 늘어놓고 있었다.

나는 전화기가 놓인 화장대 밑에 웅크리고 있는 까만 어둠을 보았다. 누님의 목소리는 바로 그 어둠 속에서 번져 나오고 있는 것만 같았다. 가뜩이나 감까지 먼 그 목소리는 지하 천 길의 굴속 어디에서 괴물에게 갇힌 여자가 구원을 청하는 소리만 같았다.

"아따아!" 하고 나는 짜증스럽게 소리쳤다. 매형은 절대로 그럴 사람이 아니니까 안심하라고 말했다.

"어째서 너는 그렇게 태평하냐? 어디서 온 전환가는 몰라도 그걸 받고 왕진 가방 들고 나갈 때부터 아무래도 조끔 이상했단 말이다."

이 말을 듣고 나서 나는 누님에게 잠시 전화를 끊고 기다리라고 말했다. 마룻바닥에 주저앉았다.

"아따 참말로 뭔 사람이 저러는지, 알다가도 모를 일이구만."

투덜거리면서 방송국 보도부에 근무하는 친구네 집과 경찰서 교통계와 효천역과 효천 파출소로 전화를 연결해보았다. 그런 다음, 누님이 평소에 얼마나 허둥대면서 사는 여자인가 하는 것을 다시 한 번 확인하였

298

다. 자살을 한 남자는 백운동에 사는 한 정신착란증 환자였던 것이었다.

그러나, 나는 이튿날 매형의 대학 동기이자 친구인 《광주일보》의 안신근 편집국장을 만나야만 했다. 자살자가 매형이 아니라는 게 확인되었는데도 누님은 새벽부터 전화로 나를 불러 들볶기 시작했던 것이었다.

"어째서 너는 그렇게 나한테 무관심하냐? ……어디 가서 죽어 있다고 해도 늬들은 눈 하나 깜짝 안 할 사람들이다잉."

"남의집살이하나 한가지인 나 들볶지만 말고 제발 누님이 조끔 찾어나서씨요."

내 말에 누님은 분함과 슬픔이 얼버무려진 목소리로 "이 자식들, 아쉬울 때 돈 빌리려는 우리 집으로 제일 먼저 오드라" 하고 전화를 딸깍 끊어버렸던 것이었다.

설탕 넣지 않고 커피 잔을 들어 마시면서 안 국장은 "자살?" 하고 콧등으로 흘러내린 도수 높은 검은 테 안경을 밀어 올렸다. 멀뚱하게 빛나는 맑은 자줏빛 안경알 속에서 그의 눈은 거슴츠레하게 오므라져 있었지만, 소년처럼 볼그족족한 볼과 작은 입에는 웃음이 담겨 있었다.

"뭣으로 봐서 그 사람이 자살을 할지도 모른다고 그래쌓는 거야?"

겨울철 토요일 저녁 무렵의 다방 안은 텔레비전의 주택복권 추첨 실황중계로 들끓고 있었다.

"글쎄요, 누님이 어쩐 일인지 자꾸 그분이 그럴 것만 같다는 조바심이 드는 모양이에요. 그리고 그분이 운영하고 있는 가축병원도 엉망이 되어가고 있어요. 오늘 저녁부터 내일 밤까지 쉬는 틈을 타서 제가 매형을 기어이 찾아내야만 하게 되어 있습니다" 하고 나서 나는 지금 그분이 어디에 박혀 있을 것 같으냐고 물었다. 안 국장은 커피 잔을 놓으면서 고개를 갸웃했다.

"나도 만난 지가 한 열흘쯤 돼놔서⋯⋯."

안경알로 천장의 전등불을 반짝 되쏘면서 입을 꾹 다물었다. 안 국장은 담배 한 대를 태워 물더니, "어쨌든, 이 도시 안을 빠져나가지는 않았을 것 같고, 또 별일 없이 살아 있을 것 같으니까 너무 염려 마시라고 하소" 하고 말했다. 어떤 점으로 미루어보아 그러느냐는 물음에 그는 그냥 예감이 그렇노라고 했다. 순간 나는 "바쁘지 않으면은 저하고 술 한잔하십시다" 하고 말했다. 안 국장한테서 많은 이야기를 들어야 될 것만 같은 생각이 들어서였다. 안 국장이 보기에, 매형한테 혹시 정신이상 증세 같은 것이 있다고 생각되지 않느냐든지, 찾는 대로 그분을 입원시키거나 어디로 보내 요양을 하도록 해야 한다고 생각되지 않느냐든지를 따져 묻고 싶었다. 안 국장한테는, 내가 처남이기 때문에 나한테 말해주지 않고 있는 매형의 어떤 정신적 결함 같은 것이 있을 것만 같았던 것이었다.

"자네는 자네 매형에 대해서 너무 모르고 있는 것 같애."

영하당으로 가서 쇠고기탕에 소주를 몇 잔 들이켠 안 국장은 콧등으로 흘러내린 검은 테 안경을 밀어 올리면서 말했다.

"자네가 알고 있는 것은 기껏 그 사람이 목사 아들이라는 것, 그 목사인 아버지가 시골에서 교회를 지키고 있다가 6·25 때 순교를 했다는 것, 그리고 그 사람은 고학을 해서 의과대학에서 산부인과 수련의 과정을 밟는다고 밟다가 어떤 생각에서인지 농대 수의과로 전과를 해가지고 수의사가 되었다는 것, 그다음 서방 삼거리에서 미장원을 경영하던 자네 누님을 아내로 맞았다는 것, 그리고 결혼한 지 칠팔 년이 되었는데 아들이고 딸이고 간에 하나도 낳지를 않고 살아오고 있다는 것 정도뿐

일 거야."

나는 젓가락으로 콩나물을 집어다가 끓는 탕 속에 넣어 뒤적거리면서 고개를 끄덕거려주었다.

"언젠가 술을 한잔하면서 자네 매형이 이런 얘기를 하더구만. 교회는 이 세상에서 커다랗게 뻥 뚫어진 구멍이라고 말이야."

안 국장은 소년의 그것처럼 작은 입을 꼭 다물고 까만 탕그릇 속에서 끓고 있는 탕을 주시하다가 담배 한 개비를 꺼내 물고 불을 댕겨 빨았다. 연기를 깊이 들이마시면서 말을 이었다.

"국민학교 시절에 학교 뒷산엘 올라간 적이 있었다더구만. 식목일이었는데 나무를 캐러 갔다더군. 마땅히 캘 만한 나무가 없어서 손가락 굵기쯤 되는 아카시아나무 한 그루를 캐놓고 옆의 친구들이 나무를 다 캐기를 기다리다가 문득 마을 어귀의 언덕 모퉁이에 붙어 있는 자기네 집을 건너다보았다는 거야. 한데 집은 언덕 모퉁이에 있는 대나무숲에 가려서 보이질 않고, 그 숲 위쪽 언덕에 모로 붙은 교회당만 빤히 바라다보이더라는구만. 교회당이라고 해보아야 당시 시골에서 흔히 볼 수 있는 삼간초가 크기쯤의 건물이었겠지. 양철 지붕에 검정 타일을 칠하고 유리 창문 네댓 개가 달린 왜식 건물 말이야. 그런데 그 교회당이 새까만 입을 벌리고 있더라는 거야. 현관 앞에 동굴 같은 비막이를 세운 데다가 현관문을 활짝 열어놓았기 때문에 그렇게 보였는지도 모르는데 어쨌든 그것은 마치 언덕 모퉁이에 커다랗게 뚫어진 새까만 구멍 같더라는 거야. 뭐라고 할까, 자네 매형의 말을 그대로 빌리자면, 연옥이나 지옥의 입구처럼 으스스하고 새까맣대."

여기까지 말하는 데 무려 오 분 정도가 소요되었다. 아니, 더 많은 시간이 걸렸는지도 몰랐다. 그는 한마디를 말하고는 오랫동안 무얼 생각하면서 담배 연기를 빨아들이고, 그런 다음 한마디를 말하고는 또 그렇게 하곤 한 것이었다.

그는 꽁초가 다 된 담배 개비를 탁자 밑에 놓고 밟아버린 다음 젓가락을 들었다. 탕국에 버무려진 콩나물 줄기를 집어다가 입에 넣었다. 우적우적 씹다가 소주를 들이켰다.

"그 뒤부터 이 사람은 교회 안의 마룻바닥에 앉아 아버지의 설교를 듣고, 눈을 감고 기도를 드리면서, 늘 그 구멍은 어쩌면 아버지의 가슴에도 까맣게 뚫려 있는 것만 같다는 생각을 하곤 했더라는 거야. 한데, 여수·순천 반란 사건이 일어나던 해, 그러니까 국민학교 4학년이 되던 해의 어느 이른 봄날 저녁 무렵에, 아버지의 교회 안에서 무엇인가를 봤대. 내가 금방 '무엇인가'라고 말했는데 말이야, 그 무엇인가를 뭣이라고 말해야 할 것인지, 나는 워낙 말주변이 없어서 말이야, 제대로 그걸 표현할 수가 없네마는 어쨌든 들어보소."

여기까지 이야기를 하던 안 국장은 술이 반쯤 담긴 소주병을 탁자 한쪽에 밀어놓으면서 몸을 일으켰다. 이젠 자기가 한잔 사겠다는 것이었다.

"학교에서 돌아오니까 집에 아무도 없더라는 거야."

자기가 단골로 다니곤 한다는 정종 대폿집으로 나를 데리고 들어가서 하다가 만 이야기를 이어 하고 있었다.

"그러니까, 그 집이 교회가 있는 언덕 밑에 있었던가 봐. 자네도 어디 나갔다가 집에 들어왔을 때, 집 안이 텅 비어 있으면 집에 들어가고 싶은 생각이 선뜻 나질 않잖던가? 묘하게도 방 안에 찬바람이 가득 들어차 있는 것 같지. 자네 매형은 그때 그런 생각이 들었던 모양이야. 책보를 마루에 던져놓고 해거름의 비낀 햇살을 받으며 언덕을 올라갔다는 거야. 그랬더니, 교회의 유리 창문들이 닫혀 있더라는구만. 이때 교회의 유리창들이 멀뚱하게 빛나면서 마당과 마당가의 수수깡 울타리를 되받아 멀뚱하게 비추고 있었고, 그 속으로 들어서는 자네 매형의 얼굴을 비춰주고 있었던 모양이야. 그때 그 유리창은, 뭣이라고 해야 쓸까, 꼭, 묽게 탄 먹물이나 잉크 물감을 들인 것 같더라는 거야. 어쩌면 그 유리창은 자네 매형이 다가오는 것을 철저하게 거부하는 몸짓을 하고 있는 것만 같더래. 그래서 한동안 우두커니 선 채 유리창이 되비추어주는 마당과 수수깡 울타리와 자기의 얼굴 너머로 마룻장 안을 뚫어보았다는 거야. 아버지와 어머니가 혹시 그 안에서 기도를 하거나 무슨 일을 하고 있는 것이나 아닐까 해서였겠지. 그러나, 잘 보이질 않더래. 그래서 유리창 앞으로 다가가서 잡된 빛이 비쳐들지 않도록 두 손바닥으로 눈의 양옆을 가리고 교회 안을 들여다보았다는 거야. 순간, 당시 열 살 나던 자네 매형의 눈앞에 나타난 것은 어슴푸레한 텅 빈 마룻바닥과 맞은편 벽에 걸린 십자가뿐이었다는 거야."

안 국장은 잠시 말을 끊고 해삼조림을 입에 넣고 씹었다. 눈살을 찌푸리고 정종 대폿잔 속을 멀거니 들여다보다가 나를 건너다보면서 말을 이었다.

"아무리 손을 뻗쳐 잡으려고 해도 잡히지 않는 '싸늘한 텅 빈 공간' 말이야. 그것이 이때껏 마흔 살이 다 되도록 살아온 자네 매형의 가슴속에 커다란 묘혈처럼, 아니 새까만 어둠에 잠긴 폐광의 광구처럼 깊이 패어 있는지도 모르겠어."

나는 따끈한 정종 대폿잔을 들어 몇 모금 들이켰다. 가슴이 후끈 뜨거워졌다. 술에 뜨거워지는 만큼 내겐 화끈 달아오르는 속상함이 있었다.

"매형은 평소에 엄살이 많으신 분이잖아요? 어린 시절에 너무 귀하게 컸고, 그런 만큼 감상적이고 염세적인 데가 있잖아요. 사람의 팔뚝에 주삿바늘을 꽂을 수 없다든지, 살을 칼로 찢거나 잘라낼 수 없다든지, 여자의 자궁 속을 들여다보기가 싫다든지 하는 어처구니없는 엄살 때문에 그분은 의과대학에서 농대 수의과로 옮기기까지 하지 않았습니까? 그리고 결국은 그러한 엄살이 체질화되어가지고, 손톱만큼 한 충격을 받아도 괴로워하고 술을 마시고 방황하고…… 그러는 것 아니겠어요? 따지고 보면 어릿광대고 위선자예요. 매형은 그러한 자기의 연약한 엄살을 합리화시키고 미화시키고 인격화시키고 있어요. 문학적인 수식과 철학적인 이론을 대입시켜가면서 말예요."

몽둥이나 칼로 휘둘러대는 듯한 나의 말에, "딴은 자네 말이 옳을지도 모르겠네" 하고 안 국장이 고개를 주억거렸다. 대폿잔을 들어 들이켰다. 알록달록한 메추리 알 한 개를 집어 들고 껍질을 벗기기 시작했다. 그리고 고개를 저었다.

"그런데 말이야, 내가 보기로는 자네 말이 결코 옳은 것이 못 돼. 나는 자네 매형하고 이십 년을 넘게 사귀어오는 사인데, 어느 때 어떤 경우에도 엄살이 많은 친구라고 느껴본 적이 없네. 그것은 곧 나도 자네 매형처럼 엄살이 많은 사람이라는 증거인지는 모르네. 말하자면, 아직 철이 제대로 들지 않은 상태에서 해방이라든지, 여수·순천 반란 사건이라든지, 6·25라든지, 4·19라든지 하는 소용돌이 속에서 눈알을 뒹굴리며 살아온 우리 세대가 모두 엄살쟁이라는 이야기일지도 모르겠다는 것이야. 그러나, 지금부터 내가 하는 말을 들으면 자네 매형이 결코 엄살쟁이만은 아니라는 사실을 알게 될 걸세."

살아 꿈틀거리는 낙지발의 빨판에 얇게 썬 마늘 조각을 붙여가지고 된장에 버무려 입에 넣으면서 안 국장은 말을 이었다.

"문제는 아버지의 죽음이었을 거야. 인민군이 이 마을에 들어왔을 때, 자네 매형의 아버지는 교회 안에 들어앉아 기도만 하고 있었다는 거야. 그 어른은 한 발짝도 교회 밖으로 나오지를 않았던 모양이지. 자네 매형의 어머니가 울며불며 통사정을 해도 그 어른은 그 안에 엎드려 있기만 했더라는군. 결국 대창 든 세포 위원 두 사람과 인민군 한 사람이 그 어른을 잡으러 교회로 왔던 모양이야. 와서 어쨌겠나? 대창과 총부리를 들이대면서 그 어른을 끌고 가려고 했겠지. 그러나 거기서 죽겠다는 각오가 되어 있는 그 어른이 호락호락 그들의 요구를 들어줬겠는가? 그러다 보니 피를 볼 수밖에 없었겠지. 결국 대창에 찔려서 죽었다더군. 한데 여기서 더 큰 문제가 생겨버린 거야. 그 꼴을 본 어머니가 어떻게 됐겠는가? 그때부터 널뛰듯이 모둠발로 뛰면서 하느님을 찾기 시작한 어머니는 물인지 불인지, 밤인지 낮인지, 산인지 들인지를 분간하지 못하고 헤매다가 교회가 빤히 내려다보이는 산기슭 벼랑에서 발을 헛디디고 떨어져 죽었다는 거야. 그게 이듬해 눈이 녹기 시작한 이른 봄이었다더군."

새벽녘에 잠이 깬 나는 오줌을 누기가 바쁘게 물 주전자를 더듬어 찾았다. 형광등이 켜지고, 분홍빛 잠옷 바람인 아내가 "당신 웬 술을 그렇게도 많이 마셨소? 몸을 통 못 가누고……" 하고 퉁명스럽게 말했다. 윗목 구석의 양은 쟁반 위에 놓인 흰 스테인리스 주전자가 눈에 들어왔다.

아내가 컵에 따라주겠다는 것을 마다하고 주전자를 빼앗아 들었다. 주둥이를 입에 가져다 댔다. 섬뜩하게 차가운 물을 퍼석거리는 목구멍 너머로 넘기면서 안 국장의 얼굴을 떠올렸다. 그분, 집에 잘 들어갔을까. 술집에서 나온 기억부터가 없었다. 집에 들어와서 이렇게 아내 옆에서 자고 있는 것부터가 희한하고 신기스럽게 여겨졌다.

"매형 안 들어왔다지, 아직?"

내 물음에 아내는 "아이고오, 누님은 저렇게 안달인디, 사람 찾으러 나간다고 나간 사람이 12시가 꽉 차도록 그렇게 술만 마시고 있고 싶습디여?" 하고 짜증스럽게 쥐어지르는 소리를 했다.

일요일이므로 더 자고 싶은 것을 누님이 걸어온 전화 때문에 쓰고 떫은 입맛을 다시며 일어난 것은 9시가 조금 지난 때였다.

"갈 만한 데 조끔 찾아 댕겨보지는 않고 시방이 몇 신디 자리에서 일어나지도 않고 있냐?"

누님의 성화에 쫓겨, 수화기에다 간밤에 안 국장을 만나서 가 있을 만한 곳을 몇 군데 알아내었노라는 거짓말을 해주고 마당으로 나갔다. 하룻밤 묵힌 취기에 다리가 휘청거렸다. 차가운 바람이 온몸을 휩쌌다. 후두두 몸을 떨면서 개집 속에 들어찬 차갑고 파르무레한 그늘을 바라보았다. 그 그늘 속에서 꺼멍이가 죽은 듯 누워 있었다. 쪼그리고 앉으면서 나는 구역을 느꼈다. 동생 상철을 소리쳐 불렀다. 도서관을 가려는 듯, 매형의 왕진 가방 같은 검은 책가방을 들고 나오던 상철이 개집 앞으로 왔다. 다른 가축병원으로 가서 주사도 맞히고 약도 먹이라 했는데, 어쨌느냐고 물었다.

"어저께 풍향 가축병원으로 데리고 갔어요. 주사를 두 대 놓고 약을 주드만이라우. 그런디 너무 늦었다고 그러던데요. 몸이 거의 마비돼버렸기 땜에 어렵겠대요."

"그럼 어쩔 것이냐?"

상철은 글쎄 어쩌고 하면서 얼버무렸다. 나는 아내를 소리쳐 불렀다. 아내가 부엌에서 떠가지고 온 더운 물 한 바가지를 목욕탕의 세숫대야에 부어놓고 나오면서 팔짱을 끼었다. 그 아내에게 나는 추궁하듯이 개가 밥을 먹더냐고 물었다. 아내가 고개를 저으면서 밥에 혀끝 한 번 대지 않는다고 했다. 나는 아내를 쏘아보았다. 왜 억지로라도 조금 먹여보지를 않았느냐고, 이때껏 약을 빈속에다가 먹였느냐고, 세상에 이 추운 날씨에 헌 누더기 하나라도 가져다가 덮어주지 않고 왜 저래 두고 있느냐고, 이제부터라도 수단과 방법을 가리지 말고 기어이 살려내라고, 제왕처럼 호령을 하고 목욕탕으로 들어갔다.

"개고 뭣이고 당신 매형이나 얼른 찾았으면 좋겠어요."

아내의 짜증 어린 말이 목욕탕 안으로 흘러들었다.

"개는 개고 매형은 매형이야. 기어이 살려내라고. 집에 있으면서 개 그것 한 마리를 똑똑히 관리하지 못하고……."

흰 타일 붙여진 좁장한 목욕탕이 쩌렁 울리도록 소리쳤다. 얼굴에 비누질을 하는 둥 마는 둥 하고 물을 움켜다가 끼얹었다. 어질어질한 취기를 씻어내기라도 할 것처럼 자꾸 물을 끼얹었다.

수건으로 얼굴의 물방울을 훔치면서 목욕탕을 나왔을 때, 상철이 잠바를 벗어 던지고 빈 병에다 눌은밥 국물을 붓고, 거기에 약을 넣고 있었다. 병 주둥이를 손바닥으로 막아 흔들면서 "근육이 다 굳어갖고 입도 벌려지지 안 해요. 벌써 틀렸는데, 정상이 불쌍한께 약이나 한번 먹여줄

랍니다. 봐보십시오마는, 거의 넋이 나가버렸어요" 하고 말했다. 수건으로 귓바퀴 부근의 물기를 닦으면서 나는 개집 앞에 쪼그리고 앉았다.

"아니, 참말로 홍역이락 하디야?"

"네."

"아니, 수의사들이 홍역 하나도 치료를 못 한다냐?" 하고 말하면서 나는 가슴이 움찔해지는 것을 느꼈다. 사람한테 홍역이 들면, 약은 약대로 쓰면서 우선 찬바람이 들지 않도록 한다던 것이었다. 한데, 이 개는 몇 날 며칠 동안 영하의 추위 속에서 떨어진 가마니 조각 하나 덮지 않은 채 앓아온 것이었다. 주인이 얼려 죽이고 있는 것과 마찬가지였다. 아내를 나무랄 수만도 없었다. 쓰고 떫은 입맛을 다시면서 눈살을 찌푸리는데, 상철은 개의 뒷다리를 잡아 끌어냈다. 다리의 관절이 뻣뻣하게 굳어져 있었다. 개의 몸뚱이는 물먹어 얼어버린 가마니같이 딱딱하게 굳어 있었다. 밖으로 끌려 나온 개는 시멘트 바닥에 모로 누운 채 고개를 들어보려고 했다. 그러나 그것은 기껏 뒤쪽으로 뻣등하게 젖혀졌다가 앞으로 두어 번 주억거려졌을 뿐이었다. 눈에는 검은자위가 눈 뚜껑 속으로 반쯤 묻혀 있었다. 흰자위뿐이었다. 입에서는 맑고 끈끈한 침이 계속 흘러내리고 있었다. 쿠릿하고 썩은 냄새 같은 것이 개의 몸에서 피어나고 있었다. 돌아가신 할아버지의 관이 놓여 있던 방에서 맡은 적이 있는 그 냄새였다. 틀렸다는 것을 직감하면서도 나는 상철이 개의 입을 벌리기 위해, 앙다문 이빨 사이에 나무 막대기를 넣어 지렛대질을 하는 것을 말리지 않았다. 몸을 일으켰다. 마루를 향해 돌아섰다. 개의 입이 조금 열린 듯, "얼른 병 주둥이 쑤셔 넣으씨요" 하고 상철이 부르짖듯 말했다.

"여보, 당신이 조금 먹여보씨요" 하고 아내가 나를 향해 말하는 것이었지만, 나는 그냥 마루로 올라서버렸다.

이날 나는 운치동에 들어갔다가 매형이 한 농가에 다녀갔다는 것을 알게 되었다. 그것은 참 어이없는 일이었다.

무등 우유, 나주 우유에 생우유를 대어주는 낙농가들이 산재한 유림동과 운정동 일대를 이 잡듯이 뒤지고, 팍팍한 다리를 끌고 운치동으로 들어간 것은, 겨울의 맨소리텀갑 뚜껑 같은 해가, 송정리와 대촌 사이를 막아선 점박이 젖소 같은 성림산 허리에 걸려 있을 무렵이었다.

그때까지 내가 마을의 낙농가들을 더듬는 방법은 간단했다. 무조건 들어가서, 매형이 열고 있는 가축병원 이름과 매형 이름을 대고, 그분이 요 며칠 사이에 다녀간 일이 있느냐고 묻고, 없다고 하면 다른 집으로 옮겨 가곤 한 것이었다. 하루 내내 그러고 다니던 나는 완전히 지쳐 있었다. 매형을 찾는 일이 짜증스러웠다. 꾸정꾸정한 흙탕물에 붉은 물을 들여놓은 듯한 해거름 무렵의 산그늘이 내려서 더욱 아득하여 보이는 성림산 밑의 철길 옆 동네를 바라보았다. 낙농가들은 그 철길 옆 동네에도 수없이 있는 것이었다. 어깨를 늘어뜨리고 한숨을 쉬었다. 매형의 무기력한 감상과 염세를 경멸했다. 그의 모든 행위를 어릿광대 같은 엄살에 지나지 않는 것이라고 치면서 증오하기까지 했다. 못난 남자, 머저리 같은 남자, 불알을 떼어서 개나 주지……. 속으로 투덜거리자, 누님이 한없이 불쌍하고 천한 여자로 생각되었다. 무능태 같은 남자, 의기나 패기라고는 씨도 없는 남자를 끌어안고 사는 그 누님은 얼마나 속된 여자인가. 그런 남자의 어디가 좋아서 이때껏 남편으로 섬기고 살아왔을까……. 나는 으음 하고 헛목을 다듬었다. 내가 서두르지 않은 탓에 누님이 생과

부로 늙어가게 되는 한이 있더라도, 이날 안으로 그 철길 옆의 성림동까지를 더듬을 수는 없다고 이를 물었다. 어두워지기 전에 운치동이나 뒤지기로 했다.

운치동은 강변 마을이었다. 삼십여 호쯤 되는 그 마을은, 성림산 허리 위로 번진, 흙탕물에 붉은 물을 탄 듯한 햇빛을 번질번질하게 바른 강물과, 둑 주변으로 앙상하게 헝클어진 포플러 가지들을 바라보면서 드문드문 앉아 있었다. 산허리에 걸린 깡통 조각 같은 해를 보면서 나는 걸음을 빨리했다. 사립 밖에 쇠똥 더미가 있기만 하면 무조건 들어가서 말을 뇌까려댔다. 수송아지만 전문으로 키우는 농가에 들렀더니, 작달막한 키에 똥똥한 남자가 포도밭 건너편에 있는 집을 손가락질하여주면서 "저 집에 온 것 같등만이라우" 하고 말했다.

포도밭을 관리하기 위해 지은 듯한 그 집에는 한 트럭분쯤이 될까 말까 한 쇠똥 더미가 마당가의 허름한 외양간 한 모퉁이에 쌓여 있을 뿐, 외양간 안에는 소가 없었다. 한데, 여기서 나는 어이없는 일을 당하고 말았다. 도둑 뱃사공같이 허우대가 큰 데다 얼굴이 거무튀튀한 집주인에게 하마터면 멱살을 잡힐 뻔한 것이었다. 실례한다고 말한 다음, 매형의 가축병원과 이름을 대고, 그분이 며칠 전에 여길 다녀갔다고 하기에 몇 가지 물어보러 왔다고 말하자, 집주인은 다짜고짜로 "당신 잘 왔소. 그 사람하고 어떻게 되씨요?" 하고 따져 물었다. 얼떨결에 매형이 된다고 말했다.

"싸게 가서, 존 말로 할 때 소 값 물어내라고 하씨요. 눈치를 본께 그놈의 쥐뿔같은 가방을 찾으러 왔는 모양이오마는, 소 값 물어내기 전에는 죽어도 안 줄 것이오."

주인은 소같이 큰 눈을 뒤룩거리면서 주먹을 불끈 쥐어서 내 앞에 내어 보였다. 나는 한 걸음 물러서면서, 대관절 무슨 소 값을 물어내라는 것이냐고 물었다.

"다 알고 있소잉."

주인은 내 말을 새겨들으려고 하지 않았다. 내 얼굴을 향해 침방울을 날리면서 맹렬하게 소리를 질러댔다.

"그것이 어떻게 산 소인 줄이나 아요? 내 딸이 뼈다구가 오긋오긋하도록 공장살이해서 모은 돈으로 산 소여라우. 그래서 내가 어쨌는지 아요? 숨이라도 붙어 있을 때, 고기소로나 팔게 해달라고 했제라우. 그런께 기어코 살려내겠단다고 장담을 합디다. 와하이, 그런디 밤중까지 썽썽하든 소가 자고 난께 죽어뿌렀어라우. 반값은커녕 삼분의 일 값도 못 받고 넘겼어라우. ……가서 소 값 물어내라고 그러씨요. 나도 뒤에 사람 있어라우. 소 값 안 물어내고 수의사질 제대로 해묵는가 못 해묵는가 보라고 하씨요."

나는 화가 치밀었으나 같이 맞서서 소리치며 따질 일이 아니라는 생각을 했다. 소 값 물어주는 일도 중요하지만, 우선 사람을 찾아놓고 보아야 할 게 아니냐고, 그분이 어디를 가 있을 것 같으냐고, 사실대로 가르쳐달라고, 통사정을 하듯이 물었다. "흥" 하고 주인은 콧방귀를 뀌었다.

"행방불명이 되었다고 공갈을 치면은 내가 벌벌 떨고 옜소, 하고 가방을 내줄 중 아씨요? 이래 뵈도 내가 만고풍상을 다 겪은 사람이오. 괜히 시퍼 보고 색쓰지 마씨요."

주먹을 부르쥐고 두 어깨를 으쓱거리면서 나를 노려보는 주인의 눈에 핏발이 서려 있었다. 나는 이 사람과 매형이 심한 입씨름 끝에 치고 받고 싸움을 한 것이나 아닐까 하는 생각이 들었다.

"솔직하게 말씀해주십시오. 만약에 무슨 일이 있어가지고 그분 시체가 어디서 어떤 모양으로든지 나타났을 때는 당신도 무사하지 못할 테니까."

"아니, 뭣이 어쩌고 어째라우?"

발끈한 주인이 나를 향해 소리쳤다. 어이없다는 듯 헛웃음을 쳤다.

"환장하겠구만, 환장하겠어. ……그러고저러고 그 사람 어디 가서든지 그런 행짜 하고 다니다가는 몽둥이에 얻어맞어 죽을 것이오. 그러제 마는 나는 소를 통째로 잃고도 그 사람한테 콧바람 한 번 되게 안 내뿜었은께 그리 아씨요."

이날 밤 매형의 가축병원으로 갔더니, 누님은 눈이 부석부석하게 부은 채로 나를 기다리고 있었다. 혼자서 많이 울었는가 싶었다. 나는 걱정 말라고 하면서 왕진 가방 이야기를 해주었다. 그리고 매형이 지금 어느 술집에 박혀 있는 모양이니까 조금만 참고 기다리라고 말했다.

"내일 중으로는 기어이 찾아낼랍니다."

누님은 다시 쿨쩍쿨쩍 울기 시작하더니, "이 일이 나고 본께 요것들이 암만해도 이상하게 생각된단 말이다" 하고 스크랩북 한 권을 펼쳐서 내 앞으로 밀어주었다. 거기에는 매형이 가끔 《광주일보》에 기고한 수필 같은 것이 스크랩되어 있었다. 누님이 짚어주는 것을 얼른 훑어 읽었다. 하나는 이상 분만을 하는 젖소의 조산을 소재로 쓴 수필이었다.

결국 송아지는 질식해서 죽고 말았다. 너무 오랫동안을 뒷다리 하나만 내놓은 채 거꾸로 들어 있었으니 그럴 수밖에 없는 일이었을 것이다.

인공호흡을 시켜보았지만 허사였다. 죽은 송아지를 꺼내놓고 상처 입은 소의 자궁 속에 약물을 넣어주었다. 이때 나는 소의 자궁이 시꺼먼 어둠으로 가득 차 있고, 그것은 생명을 낳는 구멍이 아니고 죽음을 낳는 구멍인 것만 같은 생각이 들었다.

이런 대목이 인상적이었다. 다른 하나는 어머니에 대한 이야기를 쓴 것인데, 여기서도 역시 소에 대한 이야기가 나왔다. 소는 자기의 어머니가 사람인 것으로 알고 있다는 것이었다. 뱃속에서 막 나와서 어미 소의 젖을 빨아보지를 못하고, 사람이 끓여준 분유를 핥아 먹으면서 자란 까닭이라는 것이었다. 그것은 비극이라는 것이었다. 한데 그러한 비극은 자기에게도 있다는 것이었다. 자기는 일종의 사생아라는 것이었다.

나는 외부 세계와의 단절 속에서, 신의 세계로만 치닫는 삶을 가장 가치 있는 것으로 생각해왔다. 인간이 인간적으로 누리는 인간적인 삶의 형태를 더러운 것으로 생각해왔다. 그것은 내 삶이 아니었다. 그건, 산 위에서 내려다보았을 때 꺼먼 어둠으로 가득 차 있는 듯하던 언덕 속에 구멍이 뻥 뚫려 있는 듯하던 그 예배당에서 사는 나의 아버지에 의해 강요된 삶이었다.

그리고, 그는 자기가 사생아라는 생각을 하게 된 것은 6학년 때 천관산에 있는 용화사에 다녀온 뒤부터라는 것을 말하고 있었다.

대웅전 속에 가득 찬 금빛을 보고 나는 포만감을 느꼈었다. 예배당의 마룻바닥 위에 쌓인 텅 빈 쓸쓸함을 알고 있을 뿐인 나에게 그것은 얼떨떨한 정신적인 배부름을 안겨주고 있었다. 거길 다녀온 뒤부터, 새벽의 안개 속을 뚫고 아스라이 들려오는 그 절의 쇠북 소리의 중후하면서도 폭넓음에 문득 누구에게서인가 따돌림을 받고 있는 듯한 생각을 하게 되었다. 그리고, 아버지가 두드리는 종소리의 딱딱하고 차갑고 날카롭고 경박함에 가슴이 흠칫해지고 눈살이 찌푸려지곤 했다.

여기서 그의 글은 느닷없이 향교 이야기를 하고 있었다.

나는 대학 시절에 그림 그리는 친구를 따라서 향교엘 간 적이 있었다. 친구는 무엇이 그리 좋아서 향교의 한 모퉁이를 잡아 화폭에 담을 생각을 하게 되었는지 몰랐다. 그러나 나는 거기 들어선 순간, 꼭 어느 상가의 상방 안을 들어선 듯한 느낌을 가지게 되었었다.

그리고 그는 자기를 정신적으로 포용해주는 어머니는 예배당도 향교도 아니라고 썼다. 현재의 생각으로는 절이 그 가운데서 가장 어머니스럽다고 느껴지기는 하나, 반드시 그럴 것인지는 더 두고 보아야 할 일이라고 했다. 젖소의 엉덩이에 주사를 놓고 약을 먹이고 할 때마다 그는 어머니와 아버지를 잃어버린 젖소의 비극이 자기의 비극인 양 느껴져서, 어디론가 훌쩍 내빼버리고 싶은 충동에 가슴을 조이곤 한다면서 글을 끝맺고 있었다.

내일 중으로 틀림없이 매형을 찾아낼 터이니 너무 걱정하지 말라면서 누님을 달래고 집으로 갔다. 초인종을 누르자 대문을 열어준 아내가 개를 얼른 내다가 버리거나 어디에 묻거나 해버리자고 말했다. 대문에 들어선 나는 처마 밑기둥에서 불그죽죽한 불빛을 마당 안에 풀어놓고 있는 외등을 등진 채 개집 안을 바라보았다. 콜타르처럼 눌러 다져진 새까만 어둠이 가득 차 있었다.

"죽어버렸는가?"

"아까 해거름에 들여다본께 숨을 안 쉬는 것 같습디다."

나는 눈살을 찌푸렸다. 갑자기 어깨가 무거워지고 다리에 힘이 빠졌다. 이 개의 시체를 어떻게 처리해야 할 것인지가 막연했다. 통행금지 시간이 가까웠을 때에 길거리에 내다 버리라고 할까, 집 앞으로 흐르는 개천 바닥에 던져버리라고 할까. 그럼 결국 청소부들이 리어카에 실어 가지고 가서 먼 데다 버리거나 파묻을 게 아닌가. 나는 고개를 저었다.

"이따가 상철이 들어오면 저 앞 공터에다가 묻어버리라고 하지."

짜증스럽게 말하면서 가방을 마루에 내던졌다. 들어가서 양복을 벗고 나왔다. 목욕탕으로 갔다. 발을 씻고 세수를 하고 들어서면서 개집을 바라보았다. 나도 모르는 사이에 그리로 눈이 간 것이었다. 가슴이 서늘해지고 집 안에 송장을 놓아두고 있는 것만 같은 기분 나쁜 전율이 등줄기를 훑었다.

이날 밤, 상철이 들어온 것은 10시가 조금 지난 때였다. 상철이 눌렀음에 틀림없는 성급한 벨 소리를 듣고 나는 아내를 향해 "얼른 내다가 버리든지 묻어버리든지 하고 밥 먹으라고 하지" 하고 아내에게 말했다. 아내가 무슨 소리냐고 짜증스럽게 말하면서 대문을 열어주러 나갔다. 죽은 몸뚱이에 손대고 무슨 비위로 밥을 먹느냐는 것이었다. 그리고 두었다가 통금 시간이 가까워서 버리는 게 좋을 것 같다고 말했다.

아내의 말대로 통금 시간 직전에 개를 내다가 묻는 과정에서 꺼림칙하고 개운치 않은 일이 벌어졌다. 상철과 아내가 개를 처리하러 나가는 것을 보면서 나는 담배 한 개비를 꺼내 물었다. 포장된 한길에서는 이따금씩 택시가 쌔액 소리를 내면서 달리곤 했다. 마당에서는 개집 양철 지붕 딜그덕거리는 소리가 들렸다.

"뭣으로 싸갖고 들고 나갈까요?"

상철의 목소리가 들렸다.

"개집 속에 깐 가마니때기 끄집어내갖고, 그 속에 담아다가 묻어라."

나는 문밖을 향해 퉁명스럽게 소리쳤다.

"아따, 당신도 조끔 나와보시오."

아내의 짜증스러워하는 목소리가 들려왔다. 빌어먹을, 그것 하나를 둘이서 처리하지 못하고……. 나는 엉덩이에 스프링이라도 달린 듯 벌떡 일어섰다. 문을 밀고 마루로 나갔다. 처마 밑기둥에 붙은 외등이 불그죽죽한 불빛을 마당 안에 퍼뜨리고 있었다.

"아이고 냄새애."

개집 앞에 선 상철이 고개를 틀면서 말했다. 그의 발 앞에는 바야흐로 끄집어낸 개의 몸뚱이가 모로 뉘어 있었다. 아내도 개를 내려다보면서 얼굴을 일그러뜨리고 있었다. 내 코에도 분명히 쿠릿한 송장 썩은 냄새가 기어들었다. 개는 겉 피부와 털만 멀쩡할 뿐 내장은 이미 썩어 문드러져 있는 것인 모양이었다. 나는 역한 침을 울궈 화단을 향해 뱉으면서 "얼른 가마니 꺼내갖고 집어넣어라" 하고 상철을 향해 말했다. 상철이 개집의 입구를 사립 쪽으로 돌리더니, 밑바닥에 깔린 가마니를 끄집어냈다.

"아따, 개집 안에 썩은 냄새가 꽉 차 있구만요."

상철은 고개를 모로 틀고 심호흡을 했다. 가마니 시울을 벌려 아내 앞에 내밀었다. 팔아 들여온 쌀을 쌀통에 털어 붓고 깔아준 그 가마니는 한쪽이 번들번들하게 닳아 있을 뿐 멀쩡했다. 아내가 상철이 쥐어주는 대로 가마니의 시울을 잡았다. 상철이 개의 뒷다리를 번쩍 들더니 그 속에 집어넣었다. 이때 나는 보아서는 안 될 것을 보아버렸다. 죽은 듯만 싶던 개의 가슴 부분이 꿈틀 부풀어나고, 코에서 푸지직 하는 숨소리가 들린 것이었다. 개의 몸을 가마니 속에다 거꾸로 처넣고 난 상철이 멍해진 채 나를 바라보았다. 아내가 시울을 더 크게 벌리면서 개의 몸이 처박힌 가마니의 안을 들여다보았다. 상철도 다가가서 그 속을 들여다보았다. 나도 한 걸음 다가가 들여다보았다. 고개를 모로 구기박지른 채 처박힌 개의 몸뚱이가 검은 어둠에 버물려 있었다. 구기박질러진 고개 밑에서 푸지직 푸지직 하는 소리가 간헐적으로 끊어졌다가 이어졌다가 하는 듯했다. 그때마다 검은 어둠에 버무려진 개의 몸도 조금씩 움직이는 듯했다. 아내와 상철이 고개를 들었다. 나도 고개를 들었다. 우리는 약속이라도 한 듯이 서로의 얼굴들을 번갈아 건너다보았다.

"놔뒀다가 내일 아침에나 묻읍시다."

상철이 나를 향해 허락해달라는 눈길을 보내면서 말했다. 아내도 차마 어떻게 숨이 아직 붙어 있는 것을 파묻을 수 있겠느냐고 하면서, 잡고 있던 가마니의 시울을 놓아버렸다.

"아따, 목숨 되게 찔기요잉" 하고 말하면서 고개를 두어 번 저어 보였다. 이때 내 눈은 나도 모르는 사이에 개집 속에 가득 찬 까만 어둠으로

317

가 있었다. 괜히 짜증스러워졌다. 화단 옆의 담벽을 바라보았다. 담벽에 세워놓은 삽을 찾았다. 이런 일이 있기를 기다리고 있기라도 한 듯 삽은 시멘트 블록 벽돌담에 비스듬히 기대어 서 있었다. 담 옆으로 걸어갔다. 받아놓은 죽음인데, 숨이 붙어 있는 지금 묻은들 어떻고, 끊어진 다음에 묻은들 어떠랴 했다.

"그냥 묻어버리자."

퉁명스럽게 말하며 삽자루를 집어 들었다. 그러나 상철은 내가 대문을 열고 돌아서서 재촉을 할 때까지 가마니 앞에 우뚝 서 있었다. 한 번 더 재촉을 했을 때야 가마니 시울을 번쩍 들고 나왔다.

집 앞 빈터로 갔다. 역 상공의 수은등 불빛이 어슴푸레하게 날아들었다. 빈터와 개울둑 사이에서 발을 멈추었다. 두어 번 삽을 질러서 흙을 떠냈다. 쓰레기로 돋운 땅이라 삽 끝에 비닐이나 떨어진 옷가지 같은 것들이 걸렸다. 깊이 박히지 않았다. 상철이 가마니를 내려놓고 나한테서 삽을 받아 들었다. 그는 뚝심이 세었다. 삽날이 휠 정도로 삽 날개를 힘껏 디뎌서 흙을 파내곤 했다. 나는 팔짱을 되게 낀 채 주위를 둘러보았다. 지나가는 사람이 없었다. 택시도 달려가지 않았다. 상철은 코를 식식 불면서 구덩이를 파고 있었다. 구덩이는 점차 사람이 들어앉아도 될 만큼 크고 깊게 되어갔다. 거기 들어찬 까만 어둠을 보면서 나는 "고만 묻어버려라" 하고 짜증스럽게 말했다. 상철이 삽을 놓고 가마니를 들어 구덩이 속에 넣었다. 삽을 들더니 "에잇, 빌어먹을⋯⋯" 하고 투덜거리면서 흙을 밀어 넣었다. 흙이 두둑하게 쌓였다. 상철이 그 위로 올라서서 밟아댔다. 나도 한 발을 그 위에 올려 밟아 다졌다.

대문을 들어서면서 상철은 다시 "에잇, 빌어먹을⋯⋯" 하고 투덜거렸고, 목욕탕에서 손발을 씻고 마루로 들어오면서도 또 그렇게 투덜거렸다. 아직 숨이 붙어 있는 개를 땅속에 묻었다는 생각 때문에 그는 자꾸 꺼림칙하여지는 모양이었다.

이날 밤 자리에 든 내 눈에는 내내 흙구덩이 속에서 푸지직 푸지직 숨을 쉬다가 점차 질식해 죽어가는 개의 모습이 인화지에 나타나는 영상처럼 거멓게 나타나곤 했다. 또, 질식했다가 봄날 땅속에서 툭 튀어나오는 개구리처럼 뛰쳐나오는 개의 모습도 보였다.

이튿날 아침 세수를 하러 가다가 나는 텅 빈 개집 안에 잠긴 검은 어둠을 보고, 매형이 어린 시절에 산에 올라가서 보았다는, 언덕에 뻥 뚫어진 구멍 같았다는 교회를 생각했다. 그리고 그것을 본 뒤부터 설교를 하는 자기 아버지의 가슴속에 그런 시꺼먼 구멍이 뚫어져 있는 듯싶기만 하였다더라는 말을 생각했다. 나는 가슴속이 서늘하고 휑 뚫어져서 텅 빈 듯했다. 어깨를 들어 올리고 심호흡을 했다. 텅 빈 유리병에 바람을 불어넣는 듯한 히리링 소리가 나는 것 같았다.

"여보, 오늘 이 개집 어디다가 내다 버리든지 어쩌든지 해버려요."

나는 부엌을 향해 퉁명스럽게 말했다.

"어디서 중개 정도 되는 것 한 마리 생기거나 하면 사다가 키워볼라는디……."

아내의 말에, 또 죽어버리면 어떻게 할 것이냐고 쏘아주려다가 그냥 목욕탕 안으로 들어갔다.

도시락 넣은 가방을 들고 출근하면서 다시 한 번 개집 속의 검은 어둠을 보아야만 했고, 때문에 나는 학교까지 가는 내내 무등산 위로 솟은 아침 해를 가슴으로 받으면서도 눈살을 찌푸려야만 했다.

오후 늦게 누님한테서 전화가 걸려 왔다. 마침 쉬는 시간이어서 창턱 앞에 서서 눈 쌓인 무등 산정을 멀거니 바라보고 있는데 사환이 전화를 바꾸어주었다. 수화기를 들었을 때, "상수냐?" 하고 흘러나온 누님의 목소리에는 또 울음이 섞이어 있었다.

"느그 매형 있는 데 찾았다. 그런디, 암만해도 입원을 시켜야 쓰겠단 말이다. 얼릉 좀 나오너라. 나 혼자서는 도저히 안 되겠다."

매형네 가축병원 앞에서 누님과 함께 택시를 타고 매형이 있는 성림동의 23번 버스 종점에 이르렀을 때, 해는 암소의 허리처럼 잘록한 산허리에 걸려 있었고, 성림동의 듬성듬성한 농가는 모두 자줏빛 산그늘에 잠겨 있었다.

택시에서 내린 누님은 산언덕에 자리 잡고 있는 농장을 손가락질했다. 산언덕 위의 평평한 농장은 2만여 평은 넉넉히 될 만했다. 농장 가장자리에는 희끗희끗한 시멘트 지주(支柱)들이 거미줄 같은 철조망을 걸친 채, 영화에서 볼 수 있는 옛날 군인들의 전투대형같이 늘어서 있었다. 어깨높이의 계수나무들이 열병식 하는 군인들처럼 양쪽에 늘어서 있고, 차바퀴 자국이 깊게 나 있는 비탈길을 타고 언덕을 오르는데, 뚜엣 하는 기관차의 기적 소리가 들렸다. 이어 구릉구릉 하는 기관의 소리와 함께 철길을 훑는 바퀴 소리가 언덕길을 흔들었다. 서남쪽으로 병풍을 둘러친 듯한 산모퉁이에서 달려 나온 화물열차가 마을 앞 철길을 줄달음질 쳐 갔다. 누님과 나는 계수나무숲 너머로 그 화물열차의 시꺼멓고 긴 행렬을 멍히 바라보다가 농장을 향해 비탈길을 올라갔다. 얼마쯤 더 오르자 길이 왼쪽으로 굽이돌면서, 마호가니빛 페인트를 칠한 철문이 나타났다. 사람 드나드는 작은 문이 열려 있었다. 문을 들어서니 쇠

줄로 매어진 개가 우리를 향해 껑충껑충 뛰면서 짖어댔다. 셰퍼드 잡종
이었다. 문을 비닐로 덧붙여놓은 외양간의 기둥에 쇠줄로 묶인 그 개는
쇠줄이 끊어지기만 하면 당장 우리에게 달려들어 물고 뜯을 것만 같았
다. 개가 껑충 뛰면서 짖어댈 때마다 나는 가슴이 서늘해지면서 움츠러
드는 것이었지만, 누님을 따라 외양간을 마주 보는 블록 벽돌집 문 앞으
로 다가갔다.

외양간 문이 열리면서 밤색 잠바에 잿빛 바지를 입고 짧은 목장화를
신은 중년 남자 한 사람이 고개를 내밀었다. 누님을 알아보고 고개를 꾸
벅하더니, 소리쳐 개를 꾸짖으면서 뚜벅뚜벅 걸어 나왔다. 개가 목소리
를 낮추어 두어 번 더 짖어대다가 중년 남자를 향해 꼬리를 흔들었다.

"한 이틀 더 쉬다가 가라고 할락 하고 있는디, 기어코 오늘 모셔 갈라
고 그러씨요?"

금방 툭 튀어나올 것 같은 눈알을 뒹굴리면서 중년 남자는 외양간 주
변을 두리번거렸다.

"조금 전까지 여기 있었는디……."

혼잣말처럼 중얼거리더니 앙상한 은행나무와 목련 나무들 저쪽에 있
는 비닐하우스를 가리켰다.

"저쪽으로 바람 쐬러 갔는 모양이구만요."

농장 한가운데로 내놓은 길로 누님과 나를 안내하면서 남자는 "그 동
생이 와 있는께 든든하고 좋등만……. 혹시 사람 얻어갖고 살까 싶어 그
러요?" 하고 누님을 향해 우스갯소리를 했다. 누님은 대꾸를 하지 않았다.

남자가 누님의 얼굴을 흘끗 살피고 "그 동생이 참 나로 해서는 은인
이오. 금방 죽을라고 한 소 두 마리를 살려줬은께라우. 그 두 놈한테서

시방 젖이 제일로 잘 나오요" 하고 진정 어린 소리로 낮게 말했다.

　비닐하우스를 지나자, 마른 잔디 깔린 언덕이 나왔다. 그 언덕 위쪽 땅은 일구지 않고 있었다. 마른 억새나 쑥부쟁이나 띠풀들이 무성했다. 매형은 그 무성한 마른 풀숲 속에 앉아 있었다. 여느 때 작달막한 키에 호리호리한 매형이 마른 풀숲 속에 주저앉은 채 세운 무릎을 깍지 낀 두 손으로 안고 있는 것은, 흡사 집을 나온 소년이 멍히 어머니를 생각하고 있는 듯한 모습이었다. 마침 철길이 있는 골짜기를 스쳐 온 바람이 농장 철조망을 넘어오고 있었다. 마른 풀숲을 세차게 흔들어댔다. 마른 잔디를 밟으며 다가가는 우리의 발소리가 들렸을 터인데도 매형은 고개를 돌리지 않았다. 매형은 언덕 아래 어느 한곳에다 눈길을 박고 있었다. 나는 두 팔을 벌리고 누님과 농장 관리인 남자를 더 이상 매형 옆으로 다가가지 못하도록 한 다음 매형의 눈길이 가 있음 직한 언덕 아래를 내려다보았다. 언덕 아래에는 철길이 있었고, 그것은 산기슭의 시꺼먼 기찻굴로 이어져 있었다. 어쩌면 철길은 그 시꺼먼 굴속으로 계속 줄달음질 쳐 들어가고 있는 듯만 싶었다. 그 굴을 보는 순간, 나는 이날 아침에 출근을 하면서 본 개집을 생각했다. 매형이 어린 시절에 산에 올라갔다가 보았다는 그 시골의 교회당을 생각했다. 지옥으로 통하는 문처럼 언덕에 뻥 뚫어져 있는 듯만 싶었다는 교회당 속의 어둠도 떠올랐다. 며칠 전 백운동에 산다는 한 미치광이 남자가 철도 자살을 했다고 하는 기찻굴이 바로 저것이거니 하는 생각도 동시에 들었다. 나는 얼핏 머리끝이 곤두서고 등줄기에 가느다란 전율이 일어나는 것을 느끼면서 "뭘 그렇게 내려다보고 계신가요, 매형은?" 하고 물었다. 그러자, 매형은 이때껏 함께 나란히 앉아 있던 사람의 질문에 대답이라도 하듯이 시꺼먼 기찻굴을 가리켰다.

"저기 좀 봐라, 저 속으로 말이야, 조금 전에 가죽 잠바를 입은 남자 하나하고 짧은 치마를 입고 부츠를 신은 여자 하나가 기차가 막 지나간 뒤에 들어갔는데 말이야……. 한 십 분쯤 되어가는데 아직 나올 줄을 모르고 있단 말이야."

매형은 웃음기 하나 없이 말하고 있었으므로, 나는 누님의 말마따나 매형이 정말로 정신이 좀 돌았는지도 모른다는 생각을 하게 되었다. 몇 마디 더 물어서 확인을 해본 뒤, 그게 사실일 것 같으면 정신병원으로 데려가야 한다고 마음먹었다. 기찻굴을 향해 진지하게 굳어져 있는 매형의 창백한 얼굴을 들여다보면서 "그게 얼마나 대단한 일이라고 이 추운 데서 그걸 내려다보고 앉아 계십니까? 얼른 가십시다, 집으로" 하고 그의 손을 잡아 일으키려고 했다. 한데, 매형이 오히려 내 손을 당겨 옆으로 앉히면서 턱을 쭉 내밀어 기찻굴의 양쪽 산을 가리켰다.

"저 두 산을 봐라. 저게 말이야, 꼭 벌거벗은 여자가 벌렁 드러누운 채 두 무릎을 곧추세우고 있는 것만 같은 형국이란 말이야. 여자가 그렇게 하고 있는 것을 나는 많이 보아왔지. 산부인과 공부를 한다고 할 때……. 그런데 말이지, 저 한가운데 뻥 뚫어진 것은 무엇인가 하면 말이야, 바로 죽음을 낳는 곳이야. 경우에 따라서는 생명을 낳기도 하지만, 따지고 보면, 실은 그게 바로 그것이야."

매형은 잠시 말을 끊고, 고개를 한번 갸웃했다.

"금방 들어간 남자하고 여자하고는 말이야, 내가 본 것만 해도 오늘까지 해서 두 차례나 저기를 드나들고 있는데 말이야, 저기에 들어가서 무얼 하는 건지 알 수가 없단 말이야. 하고많은 여관들이 시내엔 꽉 차 있잖아? 그런데 왜 하필 저런 데를 들어가는 것인지……, 이 추운 겨울바람 속에서 말이야."

시꺼먼 어둠 가득 찬 기찻굴에서 솟아 나오기라도 한 듯한 차갑고 음산한 바람이 골짜기에서 불어 올라왔다. 매형의 주변에 무성한 마른 풀들이 우수수 흔들렸다. 누님이 두 손으로 얼굴을 가리면서 흑 하고 흐느껴 울기 시작했다. 매형이 벌떡 일어서면서 내 손을 잡아 일으켰다. 픽하고 웃더니 내 귀에 대고 "바로 저거야. ……이제부터 우린 또 신혼부부같이 살게 될 거야" 하는 것이었다. 누님에게로 다가간 매형이 누님의 등을 토닥거리며 나지막한 소리로 무슨 말인가를 하는 동안, 내 귀에는 내내 마른 풀에 바람 스치는 소리만 가득 차 있었다.

(1978)

가을 찬바람

남자는 발소리를 죽이면서 골목길을 빠져나가고 있었다. 그는 삽을 어깨에 메고 있었다.

바람이 불었다. 가을 찬바람이었다. 길바닥에 깔린 지푸라기들이 쓸리고, 돌담에 기대선 감나무가 흔들렸다. 잎사귀 몇 장이 쇳소리를 내면서 떨어졌다. 마을의 전등불이 바람에 흔들리다가 떨어지는 감나무 잎사귀들처럼 하나씩 둘씩 꺼지고 있었다.

사장나무 거리의 가등이 보얗게 어둠을 밝히고 있었다. 그 보얀 빛살을 피해서 남자는 신작로로 나섰다. 풀기 없이 축 늘어진 무중우 적삼 차림의 그는 발을 아무렇게나 내디디고 있었다. 취해 있었다.

그를 멀찌감치서 뒤따르는 사람이 있었다. 그의 늙은 어머니였다. 동이 하나를 머리에 이고 있었다. 신작로로 나서면서 늙은 어머니는 걸음을 빨리했다. 껑충하게 큰 남자를 바싹 뒤따랐다.

먹물을 진하게 풀어놓은 듯한 어둠이 산기슭과 골짜기를 덮고 있었다. 스님들의 바랜 장삼 자락같이 잿빛 나는 신작로는 강을 옆에 낀 채 산기슭을 돌아 계곡으로 뻗어 들었다. 자갈이 깔린 그 길을 두 사람은 입을 호라메운 채 걸어가고 있었다.

늙은 어머니의 가슴에는 산기슭과 골짜기를 덮고 있는 어둠이 흘러들어 있는 듯 답답했다. 내 속이 이럴 때 네놈 속은 어쩌랴. 무슨 이야기든지 해서 아들의 앙당그러진 채 아린 속을 풀어주어야 한다고 생각했다.

신작로 가장자리에 늘어선 아카시아 나무들이 우수수 흔들렸다. 강물이 출렁거렸다. 물 위에 뜬 별들이 튕겨 날리고 있었다. 아카시아 잎사귀들이 떨어졌다. 잎사귀들 끝에 얹히어 있던 별들이 떨어지는 그 잎사귀들과 함께 강물 위로 쏟아져 내리는 것만 같았다.

죽은 아비 생각이 났다. 죽어도 하필 산골짜기에서 볼썽사납게 쪼그려 앉아 죽은 아비는 전생에 무슨 죄를 지었던고. 음, 하고 늙은 어머니는 목을 가다듬었다. 그 소리가 어둠에 잠긴 산골짜기를 울렸다. 아비 생각을 하자, 곧 앞에 가는 아들이 가엾어졌다. 아들은 또 갓 낳은 새끼가 불티처럼 반짝했다가 사그라진 게 제 아버지 잘못 모신 죄로 말미암은 것이라는 생각을 하고 있을지도 모르는 것이었다.

"암만해도 동티가 난 것만 같다."

늙은 어머니는 자기도 모르게 이렇게 말했다. 자기부터가 동티 때문에 아이가 막 나오자마자 죽은 것이라고 생각하고 싶었다.

아들은 대꾸를 하지 않았다. 아카시아 잎사귀들 사이로 찬바람이 달려가고 있었다. 잎사귀들이 우수수 흔들렸다. 쏟아졌다. 강물이 출렁거렸다. 아들은 하늘을 쳐다보면서 어깨를 축 늘어뜨렸다. 푸후 하고 소주 냄새 나는 뜨거운 숨을 내뿜었다.

"안 고쳐도 될 집을 괜히 고친다고 고쳤느니라. 물동이로 퍼붓듯이 하는 속에서도 비 한 방울 안 새는 썽썽한 지붕을 걷어내고 새로 덮는다고 덮더니……"

아들은 고개를 쿡 떨어뜨렸다. 아들은 늙은 어머니의 말을 믿지 않고 있었다. 그가 그렇다는 것을 늙은 어머니는 잘 알고 있었다.

작년 이맘때 세 번째 낳은 것을 날려 보냈을 때도 늙은 어머니는 온갖 핑계를 다 대가지고 아들 마음을 풀어주려고 했었다. 장독 그릇을 잘못 옮기고 아궁이를 함부로 고친 때문이라고 하면서 아들과 며느리를 달랬었다. 물론 점을 치러 가서 나온 아비의 풀지 못한 원한 이야기는 입 밖에 내지도 않았었다. 그런데 그때도 아들은 늙은 어머니의 말을 믿으려고 하지 않았다. 내리 열흘 동안을 주막에 처박혀 술만 마셔댔었다.

아들의 발부리에 차인 돌멩이 하나가 굴러갔다. 숲속에서 푸드덕하고 까투리 한 마리가 날았다. 강 건너 숲속의 어둠으로 묻히어갔다. 별들이 눈을 껌벅거렸다.

늙은 어머니는 죽은 아비가 미웠다. 죽으려면 잠자코 집 안에 앉아서 죽거나 말거나 할 일이지, 하필 산골짜기 눈밭에서 웅크리고 앉은 채 죽을 것은 또 무어란 말인가. 술 작작 마시라고 성화 부린 게 어디 자기 미워서 그랬는가? 시답잖은 영감 껍데기일지라도 옆에서 숨 쉬고 있어주기를 바라는 마음에서였지.

늙은 어머니는 몇 번이고 속으로 혀를 찼다. 오죽한 주태배기면, 막걸리 사발을 들이마실 때 눈을 다 감을 것인가. 왜 그렇게 눈을 딱 감고 술을 마시냐고 물으면, 술 줄어드는 게 아깝고 짠해서 그런다고 하던 아비였었다. 문득 늙은 어머니의 속은 생소주 한 모금을 빈속에 마신 듯 화끈거리고 눈앞에 부연 눈보라가 보였다. 마른 억새풀의 솜털같이 흰 꽃 위를 휩쓰는 눈보라였다. 그 눈보라 속에 웅크리고 엎드린 아비의 몸뚱어리가 묻히고 있었다.

계백산 중턱의 농장에서 염소 백여 마리를 키우며 살고 있었다. 아비는 그날 흑염소 한 마리를 끌고 나갔다. 시청 사람들한테 억지를 써가며 당신이 마련한 농장이요, 당신이 한 마리씩 두 마리씩 불려놓은 짐승인 것을 누가 감히 끌고 나간다고 나무랄 것인가. 그런데도 아비는 그냥 끌고 나가기가 염치없었던지, 내내 아들의 불효를 소리쳐 욕하다가 그걸 끌고 나갔었다. 당신이 마실 술 한 가지도 제대로 마련해주지 못한다는 것이 불효의 가장 큰 조건이었다. 사람들 사는 동네에서는 집 한 채 땅 한 뙈기 마련 못하고 애꿎은 산골짜기 속으로 식구들을 끌고 올라온 당신은 얼마나 대단스러운 아비라고 효도 효도 했더란 말인가. 당신 잘 마시던 술, 그것도 당신이 하늘땅을 가늠하지 못한 채 바지에다 오줌 질편하게 싸며 나댄 다음에는 며칠이고 우황 든 황소같이 앓아대는 꼴 보기 싫어서 못 마시게 하는 것이었지, 몸에 보되라고 먹는 약을 그렇게 못 먹게 하더란 말인가. 아편중독자가 아편 맞을 돈 내놓으라고 들볶아대 듯 하다가 나가는 아비였으므로 늙은 어머니는 아니할 말로, 그것 한 마리 끌고 어디 가서 아주 딸깍 흙밥이나 되어버리시오, 하고 입속에 뇌었던 것이었다.

마침 아들은 시내엘 나가고 없었다. 아들이야 참으로 아비한테 한다고 했다. 항상 몇 병씩 한꺼번에 들여다가 놓고 마시게 하던 것이었다. 그걸, 다만 골골거리는 아비를 업고 기다시피 하며 병원엘 다녀온 뒤부터 끊게 했을 뿐이었다. 한데, 자리에서 일어난 아비가 못 참고 들썽거린 것이었다.

술을 마시겠다고 들썽거리는 그것은 어쩌면 병이었다. 아비가 그렇듯 술을 마셔야겠다고 들썽거리는 것은 하늘에 검은 구름장들이 깔려 있을 때였다. 가뜩이나 산허리로 젖빛 안개가 숨 막힐 듯 감기거나 샛바람에 실린 구름장이 천왕봉 너머에서 어차어차 달려오거나 하면 선불 맞은 멧돼지나 불곰같이 식식거리면서 나댔다. 이때 잘못 건드려놓으면 질그릇이나 솥단지 같은 것을 내던지기도 하고, 덤벼들어 머리채를 잡아끌면서 두들기려고도 했다. 하늘에서 술렁거리면서 내달리는 구름장처럼 허둥대고 샛바람에 우쭐거리며 휩쓸리는 마른 억새숲처럼 들썽거렸다.

술을 마셔야 아비는 차분해지면서 얼굴에 웃음을 띠었다. 한데, 들썽거리는 병 박힌 삼천 마디에 술기가 알맞게 촉촉이 번져서, 가까스로 제정신을 가다듬었으면 그만저만 마셔야 하는 게 아닌가 말이었다. 그러나 아비는 그 기분 좋음을 스스로 오래 간직하고 싶어 안달을 했다. 거기에서 깨어나기를 겁내고 있었다. 그래서 술을 보면 기어이 끝장을 보고야 말았다.

세상에 겁 많은 당신이었다. 총소리가 들렸다 하면 눈이 소눈만큼 해져가지고, 손끝을 부들부들 떨면서 담배를 말아 태우곤 했었다. 들썽거리는 그 병도 실은 겁 많고 멍청한 데서 온 것일 터였다. 글쎄, 얼마나 겁이 많고 멍청했으면, 기역 자 뒷다리 하나도 못 그리는 주제에, 앞뒤 가늠 없이 죽창으로 찌르고 몽둥이로 개 패듯 해서 사람 죽이는 데를 따라다니고, 경찰들이 들어온 뒤에는 총에 맞아 죽을 뻔하기까지 했을 것인가 말이었다.

늙은 어머니의 눈에는 흑염소를 끌고 억새 숲길을 도망치듯 빠져나가는 아비의 모습과 그 숲 위로 뿌옇게 쏟아지던 눈보라가 엇갈리고 있었다. 가슴이 또 쓰리고 아렸다. 그때 늙은 어머니는 쫓아 내려가 아비의 손에서 염소 고삐를 빼앗았어야 했다. 그런데 순간적으로 물러진 마음이, "살면 얼마나 살 것이냐, 술이나 끊이지 않고 마시다가 죽었다는 말을 듣게 하자"는 쪽으로 굳어졌었다.

먹장구름 무겁게 덮인 그날의 저녁놀은 서쪽의 지평선 가까이서 보리누름같이 눌쩡눌쩡한 기운이 퍼지다가 곧 꺼지고 이어 땅거미와 함께 눈보라가 산을 덮었다. 눈보라를 보면서 늙은 어머니는 두어 잔만 얼른 마시고 되짚어 올라오라고 당부하지 않은 게 후회되었다. 눈이 반 뼘만 쌓여도 산길은 금방 막히고 마는 것이었다. 더욱이 늙은 사람이 그 길을 어떻게 타고 오를 것인가. 한데, 이날에야말로 아들은 또 왜 들어오지를 않고 있는 것일까. 운 좋게 아비가 정심사 골짜기에서 아들하고 마주치기라도 했으면 좋으련만, 혼자서 올라온다고 오다가 절벽 밑으로 굴러떨어지기라도 하면 어떻게 할까. 늙은 어머니는 문밖에 서서 부옇게 흩뿌리는 눈보라 속을 바라보았다. 오른쪽에 낀 소나무숲과 왼쪽에 덮인 칡덩굴과 주변의 억새숲 사이에 엎드려 있던 어둠이 기어 나와서 부연 눈보라와 함께 골짜기를 채우고 있었다. 늙은 어머니는 발을 굴렀다. 눈보라 속에서 고개를 떨어뜨린 채 비틀거리며 오는 아비의 모습이 눈에 그려졌다. 눈에 미끄러져서 주저앉았다가 풀 줄기를 잡고 간신히 일어나는 모습도 보였다. 그 모습이 네발짐승처럼 발발 기면서 오르는 모양으로 바뀌고 있었다. 다시, 그게 숲에 벌렁 누운 채 내리는 눈을 고스란히 맞고 있는 모습과 골짜기 아래로 돌덩이처럼 굴러떨어지는 모습으로 바뀌기도 하였다. 늙은 어머니는 발을 굴렀다. 아들은 무얼 하느라고 돌아오지를 않고 있는 것일까. 정심사 골짜기의 술집 근처에서 아버지를 만나가지고 눈에 막혀 오지를 못하고 있기라도 한다면 얼마나 좋을까. 그러나 그러기를 어떻게 바랄 것인가. 아들은 이삼 일 만에 한 번씩은 시내 나들이를 했고, 그 아들 없는 사이에 아비는 줄곧 정심사 골짜기의 술집엘 다녀오곤 하는 것이었지만, 그들은 아직 한 번도 서로 마주쳐가지고 함께 들어오는 법이 없었다. 아들은 보통 때 정심사 골짜기를 통해서 농장으로 오는 길을 잘 이용하지 않았다. 특별하게 정심사 골짜기까지 오는 일행이 없는 한 산장까지 버스를 타고 와서 골짜기를 건너오곤 하기 일쑤인 것이었다.

결국 어머니의 기다림은 아무 쓸데가 없어지고 말았다. 눈보라만 줄기차게 눈앞을 가렸고 산은 순식간에 하얗게 옷을 바꾸어 입고 있었다. 아비는 고사하고 아들도 돌아오지를 않는 것이었다.

"허허, 이것이 뭔 일이까?"

가슴을 죄는 늙은 어머니 옆에 며느리가 언제부터인가 나와 서 있었다. 며느리는 태평스러웠다.

"눈 속을 뚫고 어떻게 오신다요? 정심사 밑에 여관이 많은께 거기서 주무실 테지라우."

며느리의 이 말마따나 그랬으면 얼마나 좋았을 것인가. 그러나 눈이 갠 이튿날 아침, 아들만 발목이 묻히는 눈을 헤치면서 산장 쪽에서 골짜기를 건너 농장으로 돌아왔을 뿐 아비는 돌아올 줄을 몰랐다.

"일을 봤으면은 싸게싸게 돌아올 일이지 어디서 뭣을 하고 있다가 인제사 오냐? 얼른 느그 아버지 찾아봐라. 벌써 눈구뎅이 속에 파묻혀 죽거나 어쩌거나 해버렸겠다."

아들은 늙은 어머니가 이렇듯 가슴 닳아지는 소리를 하여도, 흑염소 한 마리를 끌고 나갔는데 설마하니 길바닥에서 주무셨겠느냐고, 느긋한 소리를 하였다. 한낮이 기울고, 양지쪽의 눈이 거의 녹을 때쯤 해서야 제 아비가 전날 돌아 내려가던 억새숲 언덕길을 내려섰다.

해거름의 비긴 햇살이 억새숲의 하얀 솜털꽃 위에서 은실처럼 간들거릴 때, 늙은 어머니가 이미 넘겨짚어 생각했던 일이 벌어졌다. 헐레벌떡 뛰어 올라온 아들의 거무튀튀한 얼굴은 돌부처의 그것처럼 굳어져 있었다.

"염소를 잡은 술집에서 술을 두 잔 주고는 더 안 준께, 거푸 세 집을 더 듬고 댕기셨구만이라우. 마지막 집에 가서는 쌈쌈을 하면서 술을 뺏아 마시다시피 하셨어요. 그리고 농장으로 가실란다고 나서더랍니다."

아들은 머리끝이 하늘로 올라가는 듯한 예감이 들어 산길을 오르며 길 옆의 눈 웅덩이라고 생긴 것이면 모두 뒤지고 떨어보았다고 했다. 그런데도 아버지의 주검은 찾을 수가 없었다고 했다.

어느새, 억새숲 위에서 은실처럼 간들거리던 비긴 햇살이 빨간 불빛으로 변해 있었다. 온 산이 뻘겋게 물들었다. 시뻘건 해가 바야흐로 지평선에 묻히고 있었다.

찬바람이 아카시아 잎사귀들 사이를 우수수 달려서 철벅철벅 물바닥을 밟으며 강을 건너고 있었다. 잎사귀들이 쏟아져 날리고 있었다. 늙은 어머니는 후두두 몸을 떨었다. 앞길이 구만리 같은 아들을 부끄럽게 하고 욕되게 하여도 분수가 있어야 하는 것이었다. 죽어도 하필 그 골짜기에서 웅크리고 앉아 죽을 것은 또 무엇이었더란 말인가. 어머니는 아비가 하고 있던 모습을 지우려고 눈을 힘주어 감으면서 고개를 저었다. 얼음 속에서 나온 고양이의 시체처럼 앙당그러진 채 죽은 아비의 모습이 바로 눈앞에서 생생하게 그려지고 있었다. 아비의 주검은 그 아비가 흑

염소를 끌고 집을 나간 지 닷새 뒤, 그 눈이 모두 녹은 뒤에야 찾았었다. 등산하는 대학생들이 발견해가지고 정심사 밑에 있는 파출소에 신고를 했던 것이었다. 아비의 주검은 칡덩굴과 산딸기나무들이 얽히어 있는 골짜기 입구에 있었다. 여기서 이상한 것은, 아비가 산언덕에서 골짜기로 굴러떨어진 흔적이 전혀 없던 것이었다. 얼굴, 머리, 팔꿈치 따위에 상처 하나가 없었다. 아비가 일부러 농장으로 오르는 산 언덕길을 외면하고 골짜기로 들어간 듯하다고 아들은 말했었다. 또 하나 알 수 없는 것은 죽은 아비가 하고 있는 몸짓이었다. 아비는 무릎을 꿇고 앉은 채 엎드려 있었다. 두 손을 합장하듯이 마주 잡고 있었다. 빌고 있었다.

삽을 어깨에 멘 아들은 별 총총 박힌 하늘을 쳐다보며 앞장서서 걷고 있었다. 늙은 어머니는 키 큰 그 아들이 짠했다. 아들은 또 제 아버지를 잘못 모신 죄를 자기가 받고 있다는 생각을 하고 있는지도 모르는 것이었다.

"지붕을 새로 얹더라도 바람벽에 칠인가 뭣인가는 안 했어야 쓸 일이었어야."

늙은 어머니는 무당이 푸념하듯, 신세타령하는 홀어미가 넋두리를 늘어놓듯 말을 하고 있었다.

"칠을 한다고 하다가 제비 집을 싹 헐어내버린 것이 큰 죄였어야. 세상에 그것들이 산다고 집 모냥새가 없어지면은 얼마나 없어진다냐? 똥을 싸면은 판자때기 하나 받쳐주면 될 것을……. 노란 주둥이 내두르고 꼼지락거리는 것을, 그것들이 불쌍하지도 안해서, 그냥 논두렁에다가 파묻어버리고, 그래서 받은 죈가도 모르겄다."

남자는 또 소주 냄새 나는 숨을 불처럼 뜨겁게 내뿜었다. 아카시아 잎사귀들 사이로 바람이 우수수 달려갔다. 떨어진 잎사귀들이 강물로 날아갔다.

"그놈의 삽가래를 도끼로 그냥 뚜드려서 오그려버리든지 어쩌든지 해버릴 것인디……. 어쩌면은 그놈의 삽가래에 액기가 붙었는지도 몰라야."

아들이 끙 안간힘을 썼다. 늙은 어머니는 가슴이 아렸다. 여느 때 말이 없던 이놈은 제 아비가 죽고, 일가 몇 집 있는 화순으로 이사를 온 뒤부터 더욱 말이 없어졌다. 입을 숫제 호라메워놓은 듯싶었다. 한동안 입을 다문 채 아들의 뒤를 따르던 늙은 어머니는 또 무슨 이야기를 해야 할 것 같았다. 이야기를 해서 아비에 대한 생각을 못 하게 해야 하는 것이었다. 무슨 말을 할까. 산허리의 소나무숲 끝에 얹힌 별들이 이 가지에서 저 가지로 건너뛰곤 했다.

"맘이야 오죽 아프겠냐마는…… 너도 인제는 맘을 고쳐먹어라. 벌써 몇 번째냐? 병원에도 가볼 만치는 안 가봤냐? 쓸 만한 자식 두기는 다 틀렸다. 적당한 데다가 사람 하나 얻어놓고 살아라. 이십에 자식이고, 삼십에 재물이고, 사십에 이름 내기라는디, 니 나이가 시방 서른다섯 아니냐?"

앞에 가던 아들이 걸음을 멈추었다. 맞은편 산굽이를 향해 강을 건너질러 앉은 시멘트 다리가 그들의 앞을 막아섰다. 늙은 어머니는 머리에 인 질그릇 동이의 꼭지를 잡았던 한 손을 내리면서 아들을 흘끗 보았다. 아들의 얼굴에 어둠이 잠겨 있었다. 그 눈길은 다리 건너의 산기슭에 덮인 어둠 속에 깊이 묻혀 있었다.

"또 저기다가 묻을래?"

늙은 어머니는 한 해 전의 이맘때에 죽은 아기 파묻으러 왔던 일을 떠올리며 물었다. 아들은 어미의 말이 들리지 않는 듯 우두커니 서 있기만 했다. 다리 기둥에 부딪는 물결 소리가 가로수 잎사귀 흔들리는 소리에 섞이고 있었다. 한참 서 있던 아들이 강 건너 숲에 싸인 어둠을 건너다보며 앞장서서 다리 위로 들어섰다. 산마루에서 부엉새가 울었다. 목쉰 듯한 낮은 그 소리가 다리 건너의 상수리나무숲에 덮인 어둠의 꺼풀을 조심스럽게 헐어내고 있었다. 찬바람이 그 상수리나무 숲속을 휘질러 달렸다.

늙은 어머니는 자기도 모르는 새에 끌끌 혀를 찼다. 간밤부터 젖을 빨지 못한 채 가슴과 목구멍이 함께 찢어지는 듯한 소리로 울어대는 핏덩이를 들여다보면서 눈물을 짜대던 며느리가 생각났다. 해 질 무렵에 핏덩이가 숨을 넘기는 것을 보면서 며느리는 몸부림을 쳤다. 얼굴이 퉁퉁 부어오르도록 울고 울고 또 울었다.

다리 끝에서 이어진 신작로는 산굽이를 안고 돌고 있었다. 고개를 깊이 떨어뜨린 아들은 검은 어둠 속에 빠져 있는 상수리나무 밑동을 안고 돌았다. 거기서 삽을 놓고 늙은 어머니가 머리에 이고 있는 동이를 받아 들었다. 늙은 어머니는 아들이 풀 위에 놓아둔 삽을 집어 들면서 안간힘을 썼다.

"두세 살 터울을 두고 낳아도 어려운 법인디, 해마다 이것이 뭔 일이냐? 낳아서 날려 보내고, 낳아서 날려 보내고……. 쓸 만한 것 하나라도 낳아보려고 해마다 낳기는 낳아보는 모양이다마는 자식 농사란 것은 그렇게 맘대로 짓는 것이 아니다."

동이를 든 아들이 허리를 구부정하게 굽힌 채 상수리나무숲을 빠져 나갔다. 숲이 다하고 잡풀 우거진 벌이 나왔다. 삽을 지팡이처럼 짚으며 뒤따르던 늙은 어머니는 아들의 뒷덜미를 향해 말했다.

"뭘 하려고 그렇게 안으로 들어가냐? 그냥 아무 데든지 파묻어버리자."

아들이 동이를 내려놓은 곳은, 억새풀과 띠풀이 무성한 언덕 밑이었다. 거기에는 키 작은 잔디나 꿀풀들이 덮여 있었다. 아들이 우뚝 선 채, 신작로 쪽의 상수리나무숲과 별빛에 젖은 기슭의 떡갈나무숲, 잔솔나무숲을 바라보았다. 늙은 어머니가 아들의 손에 삽자루를 쥐여주었다.

아들이 윗몸을 굽히고, 삽날의 날개를 발로 힘껏 디뎌 땅을 팠다. 늙은 어머니는 삽날에 패는 흙을 물끄러미 들여다보았다. 아들은 삽날에 잡힌 흙을 구덩이 옆에다가 두둑하게 쌓고 있었다. 쌓이는 흙덩이 밑에 희끗희끗한 것 몇 개가 묻히고 있었다. 들국화였다. 아니 쑥부쟁이인지도 몰랐다. 늙은 어머니는 휑하게 깊어지고 넓어지는 구덩이를 보면서 눈살을 찌푸렸다. 그 구덩이 속에서 진한 먹물 같은 어둠이 솟아 나오고 있었다. 강바닥에서 달려 올라온 바람이 상수리나무숲에 덮인 어둠을 흔들어 떨면서 지나갔다. 강바닥에 뜬 별 떨기들이 조각조각 깨지고 있었다. 늙은 어머니의 가슴에 흙구덩이 하나가 크게 패고 있었다. 아들의 가슴에도 꼭 그런 시꺼먼 것이 넓고 깊게 패고 있을 듯싶었다.

"그만 파라, 깊이 파면 뭘 할 것이냐?"

아들이 삽을 놓고 동이를 들었다. 먹물 같은 어둠이 샘물처럼 솟아 넘치는 구덩이 속에 넣었다. 동이가 잠겼다. 아들은 동이를 젖히고 한 손으로 삽을 들었다. 삽 날개 모서리로 동이의 밑동을 힘껏 쳤다. 쨍하고 삽날이 울었다. 강 건너 골짜기에서 그 삽날의 울음이 아련히 건너왔다.

다시 한 번 힘껏 쳤다. 동이 밑동에서 와삭 소리가 났다. 이렇게 해야 아기 썩은 물이 괴지 않는 법이었다. 아기 썩은 물을 받아먹기 위해 아기 무덤을 파헤치는 사람들이 있다고 했다. 문둥이들이 그런다는 것이었다.

늙은 어머니는 쓰게 입맛을 다셨다. 이젠 아들의 아기 파묻는 솜씨가 익숙해져 있었다. 늙은 어머니가 시키지 않아도 척척 해내고 있었다. 아들이 동이를 놓고 몸을 일으켰다. 모로 서 있던 동이가 바로 앉았다. 그 바람에 뚜껑으로 덮어놓은 자배기가 덜크덩 소리를 냈다. 아들이 삽을 들었다. 옆에 쌓아두었던 흙을 긁어다가 동이가 묻힌 구덩이에 밀어 넣었다. 주위에 진을 친 어둠이 그 흙과 함께 구덩이 속으로 소용돌이쳐 들어가고 있었다.

"꽉꽉 묻어라. 다시는 못 나오게…… 썩을 놈의 삼시랑들. 명도 안 질긴 삼시랑들이 어디로 보르르 기어 나와서 또 생기고 또 생기고……."

늙은 어머니가 발로 구덩이에 메워지는 흙을 힘주어 다졌다. 아들도 흙을 거듭 떠 넣으면서 발로 힘주어 밟아댔다.

"꽉꽉 묻어라."

동이가 흙 속에 묻혔다. 늙은 어머니는 언덕 밑에 가로누워 있는 아름드리 돌을 가리키며 "저 돌덩이를 궁굴려다가 옴도 떼도 못하게 꽉 눌러놔라" 하고 말했다. 아들이 삽을 놓고 그 돌덩이 옆으로 갔다. 힘을 끙 쓰면서 돌덩이를 굴렸다. 돌덩이가 한 번 뒹굴었고 다시 한 번 뒹굴었다.

아들이 평평하게 다져놓은 아기의 무덤 위에 돌덩이를 굴려다가 놓자, 늙은 어머니는 삽을 들고 앞장서며 "가자" 하고 말했다. 아들이 뒤따랐다. 상수리나무숲을 빠져나가면서 아들이 늙은 어머니에게서 삽을 받아 들었다. 바람이 상수리나무 잎사귀들을 우수수 흔들었다.

자갈 깔린 신작로로 나서면서 늙은 어머니는, "내 속이 이렇게 쓰릴 때 느그 각시 속은 어쩌겠냐잉……. 그러지마는 사람 하나 얻어라. 남자가 야물면 계집을 열도 거느린단다" 하고 말했다.

다리 위로 들어섰다. 강물이 출렁거리고 있었다. 산마루에서 또 부엉새가 울었다. 아들이 걸음을 멈추는 듯하더니 어깨에 메고 있던 삽을 다리 난간 너머로 힘껏 던졌다. 늙은 어머니가 발을 멈추었다. 강물이 풍덩 소리를 내면서 별 조각들을 은하수의 성운(星雲)처럼 토해냈다. 아들이 고개를 떨어뜨리면서 앞장섰다. 멍하니 다리 밑 강물을 내려다보던 늙은 어머니가 뒤따르면서 입을 열었다.

"잘해버렸다……. 운동횟날 모래 가마니 들고 달음박질인가 뭣인가를 해갖고 저것을 타 왔을 때부터 늘 마음이 켕기더라. 저놈의 삽가래가 우리 집에 들어와갖고 시방까지 구덩이를 몇 개나 팠냐? 막 타갖고 와서 며칠 있다가 새끼 하나 파묻었지, 영숙이네 당숙 파묻었지, 썰렁하게 살아서 꾸물거리는 제비 새끼들 파묻었지……. 저놈의 삽가래 더 놔두면은 금방 또 누구 들어갈 구덩이를 파게 될지 어떻게 알겠냐?"

아들은 먹딸기빛 하늘에서 총총 박힌 채 눈 껌벅거리는 별들을 보면서 비틀거렸다. 그의 발길에 자갈 몇 개가 채어 뒹굴었다. 늙은 어머니가 목소리를 높여서 말했다.

"맘 단단히 먹어라. 새끼 죽었다고, 이 사람이 술 한잔 먹자고 하면 받아먹고, 저 사람이 한잔 먹자고 하면 또 받아먹고…… 너 그러다가 나 먼저 죽는다잉."

늙은 어머니는 아들 옆으로 다가섰다. 아카시아 잎사귀들 사이로 우수수 달려든 바람이 강물 바닥을 철벅철벅 밟으며 강 건너 상수리나무

숲에 싸인 어둠 속으로 가고 있었다. 술을 마셔야겠다고 아편쟁이처럼 들썽거리던 아비 같은 바람이었다.

늙은 어머니는 소름을 쳤다. 아들은 하늘을 쳐다보면서 걸었다. 아들의 머리 위에서 빛나던 별들이 아카시아 잎사귀들과 함께 강물 바닥으로 소낙비처럼 쏟아지고 있었다. 늙은 어머니는 아들의 손을 끌어다가 두 손으로 감싸 쥐어주었다. 가을 찬바람은 자꾸 강 건너 아기 묻힌 상수리나무 숲속의 어둠을 향해 철벅철벅 물바닥을 밟으며 달려가고 있었다.

(1979)

해변의 길손

죽음아

내 너한테 가마.

세상을 걷다가 떨어진 신발

이젠 아주 벗어 던지고

맨발로 맨발로

너한테 가마.

　　　—김형영의 「나그네」

　황두표 씨가 젊었을 시절부터 마을 사람들은 그를 '억살대'라고 불렀
다. '억살대'는 '으악새'라고 하기도 하고 '억새'라고 하기도 하는 다년생
풀이었다. 알 만한 사람들은, 그것이 옛날 옛적 어느 양반집의 예쁜 딸
을 짝사랑하다가 죽은 한 무당 아들의 넋이 된 풀이라는 것을 다 알고들
있었다. 그리하여 그것은 짝사랑을 상징해주는 풀꽃이 되기까지 했다.
　산이나 들판 어디에서나 억세고 헌걸차고 이악스럽게 잘 자라는 그
풀은 봄에 땅속에서 머리를 내밀면서부터 서슬이 멀게 있곤 했다. 대꼬
챙이처럼 가늘고 길고 뾰족한 잎사귀의 양쪽 가장자리에는 희부연 톱

날이 자잘하게 박히어 있으므로 예로부터 꼴을 베거나 푸나무를 하는 사람들은 그 풀잎에 손을 할퀴거나 베곤 했다. 그 톱날에는 독기가 있어서 벤 자리가 쓰리고 아리게 마련이었다. 한데 재미있는 것은, 바람이 불면 그 서슬 멀건 잎사귀들이 서로를 잡아먹을 듯이 할퀴고 비비대면서 금속성의 울음소리를 내곤 한다는 것이었다. 그리하여 오래전 한 유행가 작사가는 "아아 으악새 슬피 우니 가을인가요……" 하고 노랫말을 만들었을 터이었다. 어쨌든지, 그 풀은 봄부터 여름까지 내내 그렇게 서슬이 멀게 가지고 있다가 가을이 되면서부터 생채기에 앉은 딱지 같은 자줏빛 수술을 단 눌눌한 이삭을 피워내고, 얼마쯤 뒤엔 그 이삭이 은빛으로 바랜 채 겨울의 찬바람을 맞이하곤 하는 것이었다.

누가 붙였는지 모르지만, 황두표 씨에게 있어서 그 '억살대'라는 별명은 썩 잘 어울리는 것이었다. 언제부터 어찌하여 그리 되었는지 모를 일이지만, 황두표 씨는 언제 어느 때든지 얼굴 살갗을 철갑처럼 차고 딱딱하게 굳히고 눈꼬리를 칼끝처럼 표독스럽게 찢은 채 상대를 잡아먹기라도 할 듯이 노려보고, 이를 갈고 비아냥거리고, 꼬집어도 그냥 꼬집는 것이 아니고 힘껏 꼬집어가지고는 야무지게 확 비틀어 뜯는 듯한 미운 소리를 내뱉고, 으르렁거리며 시비 걸고, 증오와 저주의 말을 잘 퍼붓곤 했다.

가을이 깊었다. 그 '억살대'라는 별명에다가, 요즘 들어 또 '우촌 도깨비'라는 별명이 하나 더 붙게 된 황두표 씨는 그날 아침나절 새때쯤에, 초겨울에 언 송장은 이듬해 오뉴월이 되어도 녹지 않는다는 말을 생각하며 내의를 실하게 껴입고 밖으로 나왔다. 추석을 지낸 지 며칠 되지도 않았는데, 마치 겨울 날씨처럼 냉랭하고 찬바람이 탱글탱글 불었다. 하늘이 쪽빛으로 푸르른 반면에 거기에 뜬 구름장들은 갈색 날개에다 잿빛 깃을 달고 금방 오줌을 싸게 생긴 갯투성이의 아낙네들처럼 허둥지둥 달려가고들 있었다. 헛간 지붕이나, 그 너머로 보이는 들판이나 산이나 이웃집의 지붕들 위에는 그 술렁거리는 구름장의 검은 그늘들이 거대한 솔개처럼 스쳐 지나가곤 했다.

불쑥 뛰어 들어온 바람이 집 안의 이 구석 저 구석을 가로로 찍고 세로로 들이받으며 휩쓸고 달려갔다. 이해 예순다섯 살인 황두표 씨가 걸터앉아 있는 툇마루 위나 그의 머리 위에 있는 보꾹이나 처마 밑이나 마주 바라다보이는 뒷간에나 헛간 속에는 푸른빛 도는 검은 그늘이 도사리고 있었다.

"……구시월 도지(돌풍)는 호랑이보다 더 무섭고, 비 한 방울에 바람이 석 섬이란다. 바람이 너무 심하다 싶으면 나가지 말아라. 매사는 한사코 가오리 코에 닻을 놓듯이 안전하고 탄탄하게 해야 쓰는 법이다. 알겠냐?"

"네."

"뱃놈은 티 서 말을 먹어야 진짜 뱃놈이 되는 것이고, 그때그때 물때를 잘 알아야 쓰고, 새나 벌레들 날아다니는 것, 바다 색깔 변하는 것, 구름발 피어 뻗치는 것을 보고도 하루 앞이나 이틀 앞의 날씨를 점칠 수 있어야만 하는 법이다. 혹시 모르는 것이 있으면은 옆의 어른들한테 물어보고 또 물어보고……."

"그런 것들이야 살아가다가 보면은 하나씩 둘씩 알아지겠지요, 뭐."

"이놈아, 애비가 뭣이라고 말을 하면은 잠자코 듣고만 있거라. 사람은 바닷물을 다 퍼마셔도 싱겁다고 할 심보를 가져서는 안 되는 법이다. 명청한 문저리는 그물은 안 무서워하고 하늘에 날아다니는 되새만 무서워한단다. 바람 따라 돛을 달고, 물때 따라 그물을 쳐야지, 일의 길속도 모르고 그물을 뒤집어쓰고 고기를 잡듯이 해서는 안 된다."

"……."

"발을 뭣 하려고 30척이나 막았냐? 지난해 저지난해에, 사람들이 너도나도 김을 섬으로 거두어들이고 돈을 다발로 받았다고 그래싸니께 그렇게 모두들 욕심껏 발들을 막는 모양이지마는, 너는 거기 휩쓸리지 않았어야 하는 것인데 그랬다. 경험도 실하지 않은 사람이 어디서 뭔 돈을 그렇게 끌어다가 그런 욕심을 부리고 있냐? 나무 깍단은 있어도 고기 깍단은 없는 법(산에서 땔나무를 할 때는 마음먹은 대로 할 수 있고 적게 할 수도 있지만, 바다에서 고기를 잡아 올릴 때는 마음먹은 대로 잡을 수 없는 법)이고, 그물을 던질 때마다 숭어나 농어가 잡히지도 않는 법인데……."

황두표 씨는 조금 전에 바닷일을 하러 나가는 막내아들과 자기가 주고받은 말들이 집 안의 그 푸른빛 어린 검은 그늘에 아직 박히어 있을 것만 같았다. 뿐만 아니고, 이승을 떠난 아버지, 어머니, 아내, 큰아들, 둘째 아들, 동생 두헌이의 혼백들이 그 속에 은신을 한 채 그의 하는 짓들을 엿보고 있을 듯싶었다. 컬컬하면서도 메스껍고 바싹 밭은 헛바닥 밑이 깔깔하고 가슴이 텅 빈 듯 쓰러지는 듯한 기분 나쁜 조갈이 왔다. 그 조갈과 함께 꼬투리를 분명하게 잡을 수 없는 심술이 끓어났다. 면도날 같은 욕설로 누구인가를 사정없이 할퀴어주고 고함이라도 한바탕 치고 싶었다. 그는 담뱃갑을 호주머니에 쑤셔 넣고 몸을 일으켰다.

이제는 자기도 확실히 늙었다고 그는 생각했다. 다리에 힘이 없고 부들부들 떨리곤 했다. 어지럽고 혼미한 눈앞에 얼핏 무엇인가가 어른거리는 것 같았다. 자기를 데리러 온 저승사자인지도 모른다고 황두표 씨는 생각했다. 흠, 어림도 없다. 나는 똥을 싸서 바람벽에 이겨 바를 때까지 살 것이다. 찬바람에 고양이의 솜털처럼 하늘거리는 듯한 햇살 속으로 들어서면서 마당 안을 이리저리 걸어 다녔다. 모퉁이에는 부서진 지게, 거멓게 썩고 테가 떨어져버린 숯 광주리, 아버지 어머니의 널을 짜고 남은 치오푼 두께의 널빤지, 허옇게 바랜 채 보얗게 먼지 앉은 시래기 다발이 담긴 삼태기, 기대 세워놓은 찌그러진 사닥다리, 금이 벌어진 도투마리, 거멓게 썩어가는 잉앗대, 벌겋게 녹이 슨 인두와 다리미, 자루가 썩고 중동이 부러진 낫, 다 닳아빠진 호미들이 처박히어 있었다. 그걸 내려다보는 황두표 씨의 얼굴에는 검붉은 저승꽃들이 피어 있었고, 머리칼들에는 희끗희끗 서리가 앉아 있었다. 그는 꺼멓게 그은 처마와 보꾹에서 그 너저분한 고물들 위로 어지럽게 걸쳐져 있는 거미줄들을 헤치면서 뒤란을 한 바퀴 돌았다. 이제는 비닐로 된 천막 천 때문에 필요가 없게 된 멍석들이 둥그렇게 말린 채 두둑하게 쌓여 있고, 김 건장에 쓰는 대발들이 시체처럼 둘둘 말린 채 드러누워 있었다. 그것들은 모두 돌아가신 아버지가 짜고 겯고 엮은 것이었다. 그는 뒤란을 한 바퀴 돌면서 몇 차례나 거미줄을 얼굴에 뒤집어썼다. 집 안에 절진해 있는 고적함처럼 거미줄은 촘촘히 주렁주렁 걸쳐져 있었다. 마당 주변의 남새밭에는 무성하게 군락을 이룬 실망초며 개망초며 명아주며 비름이며 강아지풀이며 뚝새풀이며가 마른 채 씨들을 달고 있었다. 그늘에는 퇴색한 군청색의 이끼들이 말라붙어 있었다. 돌쩌귀가 떨어진 철대문은 아주 떼어다가 담에 기대놓았다. 양철 지붕은 붉은 칠들이 벗겨지고, 그 자리에 밤빛 녹이 슬어 있었으며, 차양은 군데군데 처져 늘어지기도 하고 떨어져 나가기도 했다. 비가 샌 처마 끝의 서까래는 검게 썩었고, 썩은 자리에 달걀빛 버섯이 돋아 있었다.

다만 막내아들 내외가 거처하는 부엌 건넌방의 방문에 발린 장지만 새하얄 뿐이었다. 그리고 그들 내외가 쓰는 치약, 칫솔, 세숫대야, 하이타이, 수건, 팬티, 러닝셔츠, 청바지, 젖통 가리개, 얄따란 분홍빛 천으로 된 여자의 윗옷 따위들이 그 부엌 건넌방을 중심으로 놓여 있고, 빨랫줄에 걸리어 있곤 할 뿐이었다. 오직 그것들이 곰팡내 풍기며 부식해가고 황량하게 퇴락해가고 있는 황두표 씨의 집을 다시 움트나게 하고 있을 뿐이었다.

황두표 씨는 여러 개의 여자용 팬티들과 젖통 가리개가 널려 있는 빨랫줄 밑을 지나면서 쿵쿵 냄새를 맡았다. 새물내와 아릿한 복숭아 향 같은 것이 콧속으로 스며드는 듯싶었다. 요즈음 얼핏 보아도 알아볼 만하게 불러오기 시작한 앳된 며느리의 배와 실팍하게 두리두리하게 커지는 듯한 엉덩이를 떠올리며 대문간을 나섰다. 황두표 씨의 손에서 보상금을 모두 빼앗듯이 받아 들고 가던 배 불룩한 젊은 여자의 얼굴도 떠올랐다. 그 젊은 여자는 죽은 작은아들과 동거를 하여온 면도사라던 것이었다. 그 젊은것은 딸을 낳았을까 아들을 낳았을까. 세상에 그렇듯이 무정하게 소식을 끊어버릴 수 있을까.

기분 나쁜 조갈과 심술과 억분이 가슴속에서 섞이어 뭉쳐지고 있었다. 황두표 씨는 뒷짐을 진 채 어슬렁어슬렁 골목길을 걸어갔다.

"얼래껄래 얼래껄래, 우촌 도깨비 우촌 도깨비."

어디선가 아이들의 소리가 들려왔다. 황두표 씨를 놀리는 말이었다.

도회로 나간 막내아들이 돌아오기 전에 사람들은 도깨비 날 것같이 황량하게 퇴락해가는 집에서 혼자서 사는 황두표 씨를 두고 도깨비라고 숙덕거리곤 한 모양이었는데, 그것을 들은 철없는 아이들이 그를 보기만 하면 아직도 그렇게 놀리곤 했다.

"이 개 같은 놈의 새끼들!"

창수네 집 모퉁이에서 쫑긋거리는 아이들을 향해 황두표 씨는 소리를 질렀다. 아이들은 달아날 줄을 모르고 양 볼에 집게손가락을 찔러 비틀며 혀를 널름대기도 하고, 머리끝에 뿔을 만들어 보이기도 하면서, 또 "얼래껄래 얼래껄래, 우촌 도깨비 우촌 도깨비. 얼래껄래 어디 가냐, 아래촌 도깨비 만나러 간단다" 하고 놀려댔다. 그들이 말하는 아래촌 도깨비는 아래촌에 사는 김광진 씨를 말하는 것이었다.

황두표 씨는 고개와 허리를 구부정하게 굽힌 채 으험으험 하고 헛기침을 하고 조갈이 든 입안의 군침을 울궈 삼키면서 걸음을 빨리했고, 아이들은 그의 뒤를 따르면서 계속 놀려댔다. 누군가가 대문 밖을 내다보면서, "네 이 자식들, 이 버르장머리 없는 놈들, 누가 그러라고 시키더냐!" 하고 소리쳤고, 아이들이 윗골목 쪽으로 달아났다. 황두표 씨는 "중중깨깨중 아나리 방개중" 하고 송낙 쓴 스님을 놀리며 뒤따르던 어린 시절의 일을 생각하며 사장 거리로 나섰다. 사장나무가 요란스럽게 흔들리고, 사장 한복판에서 일어난 회오리바람이 그가 서 있는 골목 쪽으로 먼지와 티끌들을 몰고 달려왔다. 그는 발을 멈추고 바람을 등으로 받으면서 눈을 감았다. 그의 머릿속에 그 바람처럼 어지럽게 회오리치는 것들이 있었다. 그는 으흠으흠 하고 헛목을 다듬으면서 얼굴을 일그러뜨렸다. 이제 보니, 그는 골목길을 걸어오면서 줄곧 검은 어둠 속으로 사라져간 아버지와 어머니와 동생 두헌이와 큰아들과 둘째 아들과 아내에 대한 생각을 하고 있었다. 빌어먹을 놈의 세상…… 그들은 모두 제 명대로 살지를 못하고 억지 죽음들을 한 것이었다.

황두표 씨는 두 해 전에 방위 교육을 받으러 오면서 여자 하나를 차고 왔다가 뿌리를 내려버린 막내아들하고 함께 살고 있었다. 그뿐, 근동에 살고 있던 여동생 두순이와 아홉 살 밑인 동생 두철이는 그의 술주정하는 꼴이 보기 싫을 뿐만 아니라, 그의 불효로 말미암아 자기네 아버지 어머니가 비명횡사한 것을 생각하면 이가 갈린다면서 대처로 나간 뒤로는 소식을 끊어버렸다.

떠나가버리는 것을 어쩌랴. 황두표 씨에게는 악만 남아 있었다. 그는 주변의 모든 살붙이들에게서 따돌림을 받고 있다는 생각을 하여오고 있었다. 그는 이 근처 마을에서 불효자라고 소문이 나 있었다. 그를 돌려세워놓고 비쭉거리며 흉을 보는 사람들에게 그는 할 말이 많았다. 내가 어머니 뱃속에서부터 이마빡에 불효자라는 판을 박고 태어났는 줄 아는가. 나야말로 억울한 피해자다. 나한테만 더러운 불효자라는 점을 찍어놓고 아버지 어머니 그리고 형제들은 모두 뿔뿔이 흩어져 가버렸다.

황두표 씨는 어흠어흠 헛목을 다듬으면서 사장 거리의 가게로 들어섰다.

"나 소주 한잔 주소."

가게를 보는 방학이 각시가 흘러내린 통치마의 고무줄 든 부분을 주르르 훑어 올리면서 방문턱을 넘어왔다. 주근깨가 덕지덕지 앉은 얼굴을 일그러뜨리면서 방학이 각시는, "아따 도둑도 너무 이르요. 뭔 술을 새벽부터 마신다요? 성민이네 아부지, 밀린 외상이 얼만 줄이나 아시오?" 하고 물었다. 그렇지 않아도 부아와 심술이 부글부글 끓던 김에 황두표 씨는, "어째, 논 한 필 값이라도 되는가, 외상이?" 하고 볼멘소리를 했다.

"그 정도는 안 되어도요, 성민이네 아버지 힘으로는 한 지게에 다 못 짊어질 만치 많구만요. 자그만치 이만삼천 원이나 돼요."

"하루 개년한테 주는 해웃값 한 주먹만도 못한 것 가지고 방정을 떨기 는…… 쯧쯧."

황두표 씨가 이렇게 무뚝뚝하게 말을 했지만, 방학이 각시는 해웃값이라는 말의 참뜻을 알지 못했다. 그녀는 기껏 그 해웃값이라는 말이, 겨울철에 바다에서 뜯어 말려 파는 해의(김) 몇 묶음 값쯤으로 알아들었을 뿐이었다. 그녀가 빈 코를 홀쭉 마시면서 소주 반쯤 담긴 푸른 됫병을 집어드는데, 한 달쯤은 빨랫비누 맛을 못 본 그녀의 비둘기빛 통치마에서 시죽지근한 땀 냄새와 해감내가 풀썩 날아왔다. 물이 넘었어도 한참 넘은 전어 같은 방학이 각시는 게을렀고, 추물스러웠다. 추물스럽기는 해도 방학이와 그녀 사이의 금실이 무던한 모양으로 왕머구리와 같은 열매들이 주저리주저리 열려 있는 것이었다.

황두표 씨는 한 홉들이 사기 컵에 찰찰하게 담긴 소주를 내려다보면서 쓰고 알키한 냄새를 맡고 코를 찡긋거렸다. 그걸 단숨에 들이켜고 쌀튀김 과자 한 개를 입에 물었다. 속이 불 질러놓은 것처럼 화끈거리고, 내연(內燃)해 있던 억울하고 서글픈 부아와 심술들이 그 화끈거림과 어울려 몸을 뒤틀고 있었다.

"광진이 아직 안 다녀갔는가?"

황두표 씨는 앓는 듯한 소리로 이렇게 물었다. 그리고 그녀가 미처 대답을 할 사이도 주지를 않고, "여기 한 잔 더 따라주소. 그 과자 먹을 만

하네. 아주 한 주먹 집어주소" 하고 말했다. 방학이 각시는 김광진 씨에 대한 말은 꺼내지도 않고, 외상이 삼만 원 넘는 사람에게는 더 물건을 팔지 말라고 자기 남편이 그랬다고 하면서 술병을 집어 들었다. 술을 따라주면서 그녀는, "해의 첫물 막 뜨면은 술값부터 갚아야 쓸 것이오. 동네 안에 깔린 외상이 얼마나 되는 줄 아시오? 오백만 원도 더 돼요" 하고 말했다. 황두표 씨는 술기운과 몸을 뒤트는 부아와 심술을 억누르며 비아냥거리듯이 말했다.

"소라도 몇 마리 잡아서 팔았던가 보구만 그래."

방학이 각시는 그 미운 소리를 아랑곳하지 않고, "탱자나뭇집 어르신 (광진이)은 뭣을 하려고 찾으시오? 만나면은 다정한 인사말 한마디도 건네질 않고 그냥 서로 금방 잡아먹을 대끼 으르렁으르렁하고, 입에 담기도 뭣한 욕지거리나 퍼붓고 그러시면서?" 하고 한 삼 년 묵혀놓았던 빚돈 이야기를 들먹거리기라도 하듯이 냉랭하게 말했다. 황두표 씨는 술잔을 들어 올리면서 말했다.

"안 보면은 보고 싶고, 보면은 찢어 죽이게 미운께 그래. 자네도 늙어 봐. 그러면은 내 심사 헤아릴 수 있을 텐께. 흐험, 흐험."

황두표 씨는 헛목을 몇 차례 다듬고 나서 술잔을 단숨에 비웠다. 그가 검버섯 낀 얼굴을 일그러뜨리고 손에 든 쌀튀김 과자 하나를 입에 막 집어넣었을 때, 밖에서 툭턱툭턱하고 말뚝 내짚는 소리와 외짝 발 옮겨 디디는 소리가 들려왔다. 호랑이도 제 말을 하면 온다더니, 김광진 씨도 술 생각과 황두표 씨 보고 싶은 생각이 동하여 이렇게 절뚝거리며 오고 있는 것이었다. 황두표 씨는 그 소리를 듣자마자 여느 때보다 더 크고 으스대는 듯한 소리로 근엄한 헛기침을 하여댔다.

"흐험, 으험, 어서 오소, 동생. 그렇지 안해도 자네한테 쓴술 한잔이라도 대접을 하고 싶은 생각이 나길래, 방학이 각시하고 그 이야기 저 이야기를 하고 있는 판이네."

김광진 씨는 가게 마루에 쓰러지듯이 엉덩이를 내던져 붙이고 가쁜 숨을 몰아쉬었다. 아래촌에서 절름거리며 올라오기가 무척 힘이 들었던 모양이었다. 김광진 씨는 오른쪽 발목이 뭉툭하게 끊어지고 없었다. 그 발이 있던 자리에는 바짓가랑이만 털렁거리고 있을 뿐이었다. 젊어서 이 사업 저 사업에 손을 대어보았지만 제대로 풀려 잘된 것은 하나도 없었고, 그것들은 한결같이 물귀신처럼 돈만 잡아 삼켜버리곤 했었다. 그나마 말년에 들어 한다고 한 삼중망 때문에 발목까지 달아나버린 것이었다. 술에 곯고 여자에 곯고 심술과 부아에 곯고…… 그리하여 김광진 씨도 이제 몸이 많이 쇠하여 있었다.

그는 근동에서 장사 말을 들었었다. 키는 작달막하지만 꽤 씨름에 능하였다. 아무리 덕대가 큰 상대라 하더라도 그가 으잇샤 소리를 한 번 지르기만 하면 엉덩방아를 찧고 나가떨어지곤 했다. 배지기와 자반뒤지기와 왼가랑이 들어엎기의 명수였다. 옥니인 데다 오기까지 많고 악착스러워서, 사람들은 그를 가리켜 고춧가루 서 말 먹고 갯벌 속으로 삼십 리를 뛰는 사람이라고 말하곤 했었다. 그런가 하면 소리 잘하고 춤 잘 추고 재담까지 잘하는 데다가 노름까지 잘하였으므로 그를 또한 팔도 오소리 잡놈이라고 하곤 했었다. 그런 그도 술하고 여자하고 세월하고 나이한테는 어떻게 해볼 도리가 없는 것이었다.

김광진 씨는 여느 때와 달리 어깨에다가 두루마리처럼 둘둘 만 것 하나를 끈 달아 총처럼 걸치고 왔고, 그것을 무슨 귀중한 보물이라도 되는

양 조심스럽게 가게 진열장 한쪽 구석에다가 기대 세웠다. 그것은 울긋
불긋한 꽃수를 놓아가며 쪼록쪼록 결은 꽃도리방석이었다. 앙골과 째
우락이라고 하는 갯벌밭 풀과 여러 가지 색깔의 헝겊들을 섞어가며 결
은 것이었다. 그것을 본 황두표 씨의 눈이 번쩍 뜨였다. 이 자식이 어느
사이에 이런 엉큼하고 의뭉스러운 짓거리를 하였을까. 황두표 씨의 가
슴에는 대번에 주먹 같은 덩어리 하나가 뭉쳐지고 있었다. 흐험, 으험,
목구멍에 가래가 끓었다. 김광진 씨는 황두표 씨를 아랑곳하지도 않고
방학이 각시의 얼굴을 흘끗 훔쳐보면서, "나도 한 잔 주소. 오징어도 한
마리 주고…… 불에다가 살짝 궈주소" 하고 말했다. 그렇게 말을 하고
난 김광진 씨는 여느 때나 마찬가지로 방학이 각시의 앙바틈하고 실팍
한 엉덩이와 젖가슴과 쌍꺼풀 진 고리눈과 살진 왕거머리가 붙은 것처
럼 두껍고 옅게 푸른빛 도는 입술을 보았다. 언제 보아도 방학이 각시는
알 잘 낳는 씨암탉 같았다. 그는 언제든지 그녀의 볼썽사나운 볼에 붙은
군살이라든지, 앞으로 구부정한 어깨라든지, 까치집처럼 부스스한 머
리칼이라든지, 납작한 코라든지, 어미 자라같이 거무튀튀하고 큰 손이
라든지, 퉁퉁한 안짱다리라든지는 보려고 하지를 않았다. 한사코 예쁘
고 귀염성스럽고 색정적인 부분들만 보려고 했다. 그러면 그 얼굴에서,
자기의 예전 작은각시의 얼굴과 본각시의 얼굴이 거의 동시에 아물아
물 피어나곤 했다. 자기의 살을 베어 먹고 싶어 몸부림을 치곤 하던 그
작은각시는 다섯 해 전에 자궁암으로 죽었다. 그 작은각시 때문에 그는
본각시의 애간장을 무던히도 많이 녹여주곤 했었다. 그 본각시는 그가
첩살림하며 떠돌이 장사를 하는 틈에 애들을 데리고 서울로 올라가버
렸고, 끝내는 간호사로 나간 딸을 따라 캐나다로 가버렸다. 아무리 그런

다고 이렇게 자기를 버리고 떠나갈 수가 있을까. 그는 그 아내와 아이들 생각만 하면 가슴이 북어 껍질 오그라지듯 하곤 했고, 괜히 억분이 끓어 오르는 것을 어찌할 수가 없는 것이었다. 무엇무엇 해도 조강지처가 제일인 것을……. 김광진 씨가 얼굴을 으등카리처럼 일그러뜨리는데, 황두표 씨가 그를 향해 도끼날처럼 눈꼬리를 날카롭게 흘겼다.

"이 자식아, 너는 형님한테 인사할 줄도 모르냐? 언제 철딱서니가 들래?"

김광진 씨는 미역국 먹고 천장 쳐다보는 벙어리같이 거미줄이 주렁주렁한 천장의 서까래를 향해 턱을 쳐들면서 십 년 묵은 이 앓는 소리를 했다.

"너한테 천벌이 떨어지지 않는 것을 보면은, 그놈의 천벌도 동이 나버린 모양이여……. 빌어먹을 놈, 뒈지지도 않고 눈엣가시같이 걸리적걸리적 해쌓는 것 그냥 배알이 뒤틀려 견딜 수가 없네."

황두표 씨가 발끈해가지고 김광진 씨를 잡아먹을 듯이 노려보며, "와따, 이것, 헛배 뺑뺑하게 부른 복쟁이 새끼같이 뽀각거리는 것 조끔 보소?" 하고 무뚝뚝하게 내뱉자, 김광진 씨는 능청스럽게 흐흐흐 하고 웃으면서, "오냐, 이놈아, 그것이 알랑하시냐는 인사다" 하고 이죽거렸다. 황두표 씨는 방학이 각시가 한 홉들이 컵에 따른 소주 냄새를 맡느라고 코를 찡긋거리면서, "하아이고, 그놈의 인사 한번 두었다가 씨 하게 생겼다" 하고 말마디 하나씩을 야금야금 씹듯이 말을 하며 수전증이 있는 손으로 담배 한 개비를 뽑아 물었다. 풀빛 일회용 라이터를 켜면서 말이었다.

"어제저녁이여, 내가 저기 뭣이냐, 그, 저 하느님을 만나본께, 니놈 발목에 떨어진 그 천벌이 하늘에 남아 있던 마지막 천벌이었다고 그러더라."

황두표 씨의 비아냥거림을 아랑곳하지 않고 김광진 씨는 소주 컵을 들어 벌컥벌컥 들이켰다. 그사이에 황두표 씨는 구석에 세워놓은 꽃도 리방석을 바라보았다. 이 자식이 이걸 어디에 사는 누구에게 가져다주고 몇 푼 뜯어 오려는 것일까. 자기도 저런 것을 하나 결어보고 싶었다. 그걸 가져다주고 칭찬을 듣고 술값을 얻고 싶었다. 그러나 그것을 가져다줄 만한 살붙이들이 아무도 가까이에 있지를 않았다.

문득, 그 손에 밥 한 끼도 얻어먹어보지 못한 둘째 며느리(면도사 여자)가 생각났다. 뱃속에 들었다던 아기는 낳았을까. 아들일까, 딸일까. 어디서 어떻게 키우고 있을까. 고아원 같은 데다 주어버리고 자기는 다른 남자를 만나 살고 있지나 않을까. 망월동에 있는 둘째 놈의 무덤을 이장한 대가로 돈 한 뭉텅이를 받았을 때 나타난 그 젊은 면도사 여자의 얼굴이 떠올랐다. 둥둥하게 부른 배를 되뚱거리며 나타난 그 여자는 낯바닥 기름하고 입술 얄따랗고 키 작달막하고 눈이 우묵하고 광대뼈가 나오고 번들번들한 물파마를 하고 있었다. 그의 둘째 아들과 자기는 물 한 그릇 떠놓고 옳게 약혼을 하고 어쩌고 한 사이는 아니지만, 이때껏 방 한 칸을 얻어 동거를 하면서 함께 이발소를 경영하여온 사이였노라고 하면서 그 젊은 여자는 눈물 바람 울음 바람을 하고 자기 신세를 서러워했다. 그리고 악착스럽게 그 돈을 챙겨가지고 갔다.

그때 황두표 씨는 백모래밭에 혓바닥을 박고 죽을지언정 어떻게 아들놈의 피 대신으로 받은 그 몇 푼의 돈에 혓바닥을 댈 것이냐고, 서럽고 억울한 새끼 낳아서 키울 네가 다 가져가거라, 하고 그 젊은것한테 모두 밀어주었었다. 지금 생각을 하면 그것이 못내 짠하고 억울했다. 그 돈을 미끼로라도 그 젊은것을 보내지 말고 잡아둘 것을 그랬다고 그는 이때껏 후회를 해오고 있었다. 가까운 포구에다가 이발소나 미장원을 차려주면서 살라고 할 것을 그랬다고 입술을 아프게 빨고 또 빨았다. 그 랬더라면 지금쯤 그 며느리가 낳은 손자를 안아볼 수 있게 되었을 것이 아닌가 말이었다.

방학이 각시가 오징어를 구워다 주자 김광진 씨는 그걸 잘고 가늘게 찢었다. 선심 쓰듯이 네댓 조각 건네주면서 김광진 씨는, "한 잔을 먹더 라도 안주하고 함께 퍼마셔라. 사는 동안 속 안 아프고 살다가 죽으려면 은……" 하고 말했다.

황두표 씨는 술기운이 오르자 또 아물아물 아내의 얼굴이 보이고, 큰 아들과 둘째 아들의 얼굴도 보이고, 아버지의 얼굴과 어머니의 얼굴도 보였다. 그들은 모두 그의 가슴에 크고 작은 못 한 개씩을 박아놓고들 죽었다. 흐험, 흐험…… 하고 그는 헛기침을 하면서 김광진 씨에게 생트 집을 잡았다.

"대장부로 태어나가지고 방구석에 쪼그리고 앉아서 저런 것이나 던 적스럽게 겯고…… 네놈이 저런 것을 저렇게 만들어싸면은 우리 아들 이나 며느리가 뭣이라고 하겠냐? 울 아부지는 허구한 날 술이나 마실 줄 알지, 네놈같이 고운 잔손 노릇은 할 줄 모른다고 타박을 할 것이 아 니냐? 너는 어째서 허구한 날 나 잡아먹고 볶아 먹을 짓거리만 골라가 면서 하냐?"

김광진 씨는 그 말을 못 들은 체하고 술 한 컵을 더 마셨다. 그는 황두 표 씨의 그러한 억지 트집 부리는 속내를 훤히 알고 있었다.

6·25 난리 지나면서부터 똑같이 끈 떨어진 뒤웅박 신세가 되어 뿌

리도 맥도 없이 방 구들장만 짊어지고 애꿎은 술타령만 하던 그들은 동무 소금 장사를 시작했고, 동무 쌀 장사를 했고, 동무 옹기 장사를 했고…… 바람에 배를 깨먹어버리고 하늘을 지붕 삼고 떠돌기도 했었다. 자연 함께 굶고, 같이 먹고, 멱살을 잡고 싸우고 코피를 흘리고, 호젓한 주막거리에서 한 여자를 둘이서 의논 좋게 품고 자기도 하고, 함께 노름판에 뛰어들어 노잣돈도 없이 털려버리기도 하고, 걸어서 걸어서 돌아오다가 뜨뜻하게 달구어진 바위틈에 낙엽을 몇 아름 긁어다가 덮고 자기도 하고, 외딴집으로 들어가 밥을 구걸해 먹기도 했다.

황두표 씨는 몸집이 크고 눈이 부리부리하고 살결이 거무튀튀해서 무섭게 보일 뿐이지 사실은 마음이 여린 사람이었다. 다만 누구한테든지 관심을 독차지하려는 묘한 욕심이 있는 것이 흠일 뿐이었다. 그것은 마치 어린아이나 투기 많은 여자 같았다. 머슴살이를 하다가 늦장가를 든 데다 늦게 본 첫아들에 대하여 그 부모들이 쏟은 너무 진한 사랑 때문에 그러한 병이 생겼는지 모를 일이었다.

황두표 씨가 소문난 불효자가 된 것도 그러한 까닭일 터이었다. 그의 동생 두헌이가 너무 똑똑하고 야무진 것이 탈이었다. 늦게 본 큰아들 두표의 팽이 치는 모습, 허리춤 추켜올리며 연 날리러 뛰어다니는 모습에만 취해 있던 껌철구네 부부를 깜짝 놀라게 한 것은, 두표의 젖을 빼앗아 먹으며 자라는 세 살짜리 두헌이의 영특함이었다. 두표가 끼고 다니다가 내동댕이친 천자문 책 속의 글자들을 그놈이 혀도 잘 돌아가지 않는 말씨로 하나씩 둘씩 주워 새기곤 하는 것이었다. 물론 그것은 제 형 두표가 아버지나 어머니 앞에서 복습하는 것을 어깨너머로 들여다보고 익힌 것이었다.

황두표 씨의 아버지와 어머니는 두헌이가 다섯 살 되던 해, 설을 막 쇤 뒤부터 밑 터진 바지를 입힌 채 서당엘 보냈다. 두헌이는 황두표 씨보다 네 살이나 아래인 데다, 또 두 해나 늦게 천자문 공부를 시작했는데도, 석 달이 지나면서부터 오히려 제 형인 황두표 씨를 앞질러 배워나갔다. 어떻게 생긴 머리인지, 선생이 한 번 짚어 읽어주고 다시 한 번 일러주면은 모두 줄줄 외워버리고, 뜻풀이까지를 청산유수로 읊어대곤 하는 것이었다. 한 해가 가고 두 해가 가면서부터는 자기보다 다섯 해 여섯 해 먼저 공부한 열대여섯 살짜리들을 앞질렀고, 선생은 그 아이의 영특함에 혀를 내둘렀다. 새터 안은 물론 근동에까지 신동 나왔다는 소문이 퍼져나갔다. 자연 껌철구와 그의 아내는 큰아들인 황두표를 젖혀두고 그 둘째 아들인 황두헌을 안고 업고 끼고돌게 되었다.

그 두헌이라는 놈의 영특함 때문에 그들 부부는 소작을 남들보다 더 쉽게 많이 부쳐 먹을 수 있게 되었고, 소작료를 매기러 다니는 마름도 그들 부부에게 매몰스럽게 하지를 않았다. 이 동네 저 동네의 입 달린 사람들이면, 두헌이를 신식 학교에 보내라고 들쑤셨고, 껌철구 부부는 그놈이 총독부의 무슨 높은 자리에 앉든지 않게 될 것이라는 생각을 하면서 허리띠를 조르고 번 돈을 바치고, 그놈을 학교 안으로 밀어 넣었다. 아니나 다를까, 두헌이는 들어가자마자 두 번이나 월반을 했고, 사 년 만에 소학교를 마치고 중학교엘 들어갔다. 그때 사람들은 두헌이가 앞으로 고등문관 시험에 합격하는 것쯤은 따놓은 당상이라고들 했다. 머지않아 군수나 도지사나 경찰서장도 좋은 자리만 골라가며 하게 될 것이라고, 정말로 개천에서 용이 났다고들 지껄여대곤 했었다.

이렇게 되자 큰아들인 황두표 씨는 두헌이를 위해 알탕갈탕 돈을 모아 보내곤 하는 아버지와 어머니 밑에서 구정물 흐르는 무중우를 입은 채 허리뼈가 휘고 손톱이 닳고 손가락이 뻐드러지도록 소같이 말같이 바닷일 논일 밭일을 해야만 했다. 황두표 씨가 끄떡하면 툴툴거리고, 욕지거리를 하고, 대들고 싸움질을 하는 버릇이 몸에 밴 것은 바로 이때부터였다.

"중학교 다니는 놈만 아들이고, 집에서 무중우 차고 일하는 아들은 아들이 아니오? 그물이 삼천 코라도 벼리가 으뜸인 법인데 아버지 어머니는 해도 너무하요. 농사지어놓은 것 싹 쓸어다가 그놈 밑구멍에다가 바치고, 동지섣달 눈보라 속에서 언 손발 불어가면서 김 뜯어 돈 몇 푼 벌어놓으면은 또 그것도 모조리 긁어다가 때려 넣고……. 그래 나하고 두순이하고 두철이는 뭣을 먹고살 것이오?"

황두표 씨는 막 스물에 장가를 들었는데, 그런 지 얼마 되지 않아서부터 주막 출입을 하였고, 아르르 술기운 퍼지기만 하면 아버지 어머니한테 삿대질을 하며 대들곤 했다.

"도지로 부친 농사 열 마지기 죽어라고 짓고, 돌부처도 눈물 흘린다는 고추알 바람 속에서 김 뜯는다고 뜯고 해보아야, 도로아미타불이고 도로아미타불이고……. 나 이대로는 못살겠소. 아버지 어머니는 두헌이 그놈 따라가시오. 일찌감치 우리 갈라섭시다. 나 야무지고 똑똑한 놈 종노릇 그만할라요. 못나고 바보 같은 놈은 못나고 바보 같은 대로 저 벌어 저 먹고살아야 쓴다고 다들 그래쌉디다. 나 총독부살이 하고 군수나 도지사살이 할 사람 덕 안 보고 살라요. 아버지 어머니나 그놈 등에 업혀가지고 고대광실 높은 집에서, 호의호식 잘 잡숫고 잘 입고 잘 살아가시오."

그러는 사이 대동아전쟁(제2차 세계대전)이 터졌고, 사세 다급해진 면소나 주재소에서는 몰긋몰긋하고 똑똑한 청년들을 징용이나 징병으로 뽑아 갔다. 여느 때보다 혹독하게 나락 공출을 해 갔고, 놋쇠로 된 그릇들을 모두 긁어 갔다. 소나무 광솔을 공출하고, 목화나무 뿌리의 껍질을 수집해 갔다. 그때 황두표 씨는 농사일을 하는 틈틈이 동네 구장 일을 보았고, 학교나 주재소의 방공호를 파는 일을 감독하러 다니기도 하고, 광솔 따는 일을 독려하러 다니기도 하고, 공출 나락을 짊어져 나르는 울력꾼을 뽑아 내보내기도 했다. 그런 어느 날 밤늦게 김광진 씨와 함께 주막거리에서 화주 몇 잔씩을 걸치고 들어오는데, 집안 분위기가 이상스러웠다. 바깥 날씨가 쌀쌀한데도 어머니가 툇마루에 걸터앉아 그를 기다리고 있었다.

　"세상이 이렇게 시끌시끌할 때는 조금 일찍 들어오곤 그래라."

　어머니는 다만 이렇게 낮은 소리로 타이르고는 방으로 들어가버렸다. 보릿가루 죽을 쑤어가지고 들어온 아내가 귀엣말로, "두헌이 도령이 왔어요. 모두 병대에 나가라고 하니께 피해서 도망을 왔다는구만요. 시방 뒷산 굴속에 있어요" 하고 말했다. 뒷산에는 나락이나 고구마 같은 것들을 감추는 황두표 씨네 굴이 있었다. 그 굴은 아버지 껌철구가 팠고, 거기에다가 나락을 네 가마니나 숨겨놓았다. 동네 집집들이 모두 골짜기에 자기네 굴 한 개씩을 파놓고 나락을 숨겼다. 면사무소 사람들과 순사들이 몰려나와 곳간에 있는 양식들을 보이는 대로 공출해 가기 때문이었다.

　그날 밤 황두표 씨는 밤새도록 엎치락뒤치락 잠을 이루지 못한 채 두헌이에 대한 생각만 했다. 쥐도 새도 모르게 주재소엘 가서 밀고를 해버리고 싶은 충동이 일었다. 신성한 황군(皇軍)으로 나가지 않으려고 몸을 피하고 있는 것은 벌을 받아 마땅한 일이 아니냐고, 천황의 명예로운 적자 노릇을 하기 위해서는 떳떳하고 자랑스럽게 출정을 해야 하는 것이라고, 그는 스스로를 향해 강변하면서 비겁하고 반역스럽게 몸을 피하는 동생 두헌이를 욕하고 꾸짖고 비난하고 원망했다. 몸을 피하고 숨으려면은 낯선 곳에서 피하고 숨을 일이지, 왜 하필이면 제 형이 구장 일 보는 고향 마을로 들어왔단 말인가. 마을 사람들한테 충성의 모범을 보이고, 남을 앞장서서 이끌어가야 하는 형의 얼굴에 왜 먹칠 똥칠을 하려든단 말인가. 앞으로 군수도 되고 고등문관 시험도 보고, 도지사도 되고, 총독부 높은 자리에도 앉게 될 사람이 왜 그렇게 떳떳하지 못한 행동을 한단 말인가. 만약에 제 놈이 숨어 들어와 있다는 말이 주재소나 면사무소에 알려지면 이 형은 어떻게 될 것인가. 이 사람 저 사람을 꼬드겨 징용에 보내고 징병을 보낸 이 형의 입장은 얼마나 난처하게 되는 것인가.

"안 돼요. 좋은 말로 할 때, 아버지 어머니가 가서 잘 타일러가지고 제 발로 걸어 나가서 부끄럼 없이 성전에 참여하라고 그러시오."

황두표 씨는 아버지 어머니의 머리맡에 앉은 채 분명하게 말했다. 방 안에는 먹물을 풀어놓은 듯한 어둠이 수런거리고 있었다. 아버지 껌철구는 바람벽을 향해 누운 채 끙끙 앓는 소리만 하고 있는데, 어머니가 화들짝 일어나 앉으면서, "이것이 뭔 소리라냐? 나가면 다 죽는다는데 어째서 사지로 동생을 몰아넣으려고 이러냐? 너는 인정도 사정도 없다 잉" 하고 애달아빠지는 소리를 했다. 어머니의 흰 적삼 한쪽 깃 위에 풀려 헝클어진 머리칼들이 걸쳐져 있었다. 그 애달아빠지는 듯한 소리가 황두표 씨의 가슴속에 야릇한 달콤함을 고이게 했다. 허리를 펴고 가슴을 벌리면서 목소리를 더 굵게 만들어 단호하게 말뚝을 박듯이 말했다.

"안 돼요. 나라를 위하는 것, 천황 폐하를 위하는 것은 곧 나를 위하는 것이고, 자기 어머니, 아버지, 형제들을 위하는 것이고, 자손만대를 위하는 것이어요. 너나없이 모두 이리 피하고 저리 피해버리면은 누가 나가서 적군을 막을 것이오? 좋은 말로 할 때 제 발로 걸어 나가 떳떳하게 하치마케 두르고 나가라고 그러시오. 안 그러면은 날 새는 대로 내가 나가서 주재소에다 말을 해버릴 것이오. 붙잡혀 가는 수모를 당해야 쓰겠소? 당당히 하치마케 두르고 출정을 해야만 쓰겠소?"

그리하여 황두표 씨는 기어이 동생 두헌이로 하여금 머리에 히노마루 하치마케를 매고, 가슴에 무운장구(武運長久)라고 한자로 쓴 띠를 가새질러 두르고 병대엘 나가도록 만들었다. 물론 그는 주재소의 순사한테 귀띔을 해주면서 한밤중에 두헌이를 쥐도 새도 모르게 잡아가기는 가되 절대로 두헌이가 떳떳하게 지원 입영을 하는 것으로 꾸며달라고 간청을 했고, 그들은 또 그렇게 해주었던 것이다.

황두표 씨가 아버지나 어머니와 서로 등을 지고 살게 된 것은 이날부터였다.

"이 피도 눈물도 없는 개 같은 놈아, 이녁 피붙이 제물로 삼아 뭣을 어떻게 오래 해먹고 두 발 뻗고 잘살 것 같냐?"

"이놈 너 그렇게 독하고 모질 줄 몰랐다. 소름 쳐지고 진절머리 나서 얼굴 맞대고 못살겠다. 갈라서서 살자. 까닥집이라도 하나 마련해주라. 우리 둘이하고 두순이 두철이하고 따로 떨어져 나갈란다."

아버지와 어머니는 그를 향해 악다구니를 써댔다. 그리고 큰며느리의 손으로 지은 밥을 먹지 않겠다고 하고, 어머니가 딴솥을 걸고 밥을 끓여 먹곤 했다. 그래도 황두표 씨는 끈질기게 아버지와 어머니에게 빌붙었다. 몇 차례든지 무릎을 꿇고 빌면서 깨우쳐주기도 하고 통사정을 하기도 했다.

"두고 보십시오. 제가 한 일이 옳은 일이었다는 것을 머지않아서 아시게 될 겁니다. 두헌이도 앞길 창창한 놈이 끝내 숨어서만 살 수는 없는 일이 아니겠소? 떳떳하게 병대엘 갔다가 와야만 고등문관 시험도 치르고 군수나 도지사도 해먹고 총독부의 높은 자리에도 앉게 되고 그럴 것 아니오? 물론 고생은 될 것이오마는, 그 말 이르고 살 날이 분명 있을 텐께 고정하시고 조금만 참고 기다리십시오. 우리 일본이 시방 연전연승하고 있으니께 전쟁도 쉽게 끝날 것이오. 만주, 남양군도, 대만, 중국 본토, 미국 하와이…… 전부가 우리 일본 땅이 될 것이고, 성전에 참여한 우리 조선 사람들은 천황 폐하의 떳떳한 적자가 되어가지고 그야말로 태평성대를 누리게 될 것이오."

그 말에 아버지 어머니는 왼고개를 틀고 억분을 토해내곤 했다.

"오냐, 너희 동생 팔아넘긴 너는 천년만년 일본 놈들 밑에서 구장질 잘 해먹고 네 각시 네 새끼들하고 배 두드려가면서 살 것이다."

바로 그러한 아버지와 어머니의 억분 어린 말이 씨가 된 것인지, 믿고 또 믿었던 일본이 망하고 말았다. 황두표 씨가 그러한 낌새를 알아차린 것은 날짜 가는 줄도 모르고 허둥대며 공출한 쇠붙이들을 면사무소에 가져다가 바치고 나오면서였다. 때마침 하늘에서 불볕이 쏟아지고 있었는데, 우편국 앞에 사람들 스무남은 명이 모여 웅성거리고 있었다. 그들 가운데 누구인가가 흡사 미친 사람처럼 "조선 독립 만세에!" 하고

소리치면서 두 손을 번쩍 치켜들었다. 아니, 대명천지 일본 사람들 세상
에, 저런 미친놈이 있는가. 뭐지려고 환장을 해도 유분수지……. 황두표
씨는 우두망찰하여 발을 멈추었다. 당꼬 바지 차림의 한 남자가 서러운
듯 소매로 눈물을 훔쳤고, 누군가가 또 조선 독립 만세를 불렀다. 그는
나카오레(중절모)를 쓴 양복쟁이였다. 황두표 씨는 한달음에 우편국 앞
으로 달려가서 눈물을 훔치는 사람에게 무슨 일 때문에 이러느냐고 물
었다. 당꼬 바지가 대꾸를 않고 몸을 돌리는데, 만세를 부른 나카오레의
양복쟁이가 "천황인가 만황인가가 항복을 했어. 인제 조선은 독립이 되
는 것이오" 하고 흥분한 어투로 당당하게 말했다. 황두표 씨는 하늘과
땅이 한꺼번에 노래졌다. 믿을 수 없었다. 믿고 싶지도 않았다. 그럴 리
가 없다고 황두표 씨는 생각했다. 그 천하무적이라던 상서로운 황군이
그렇게 쉽게 손을 들 까닭이 없는 것이었다. 면사무소로 달려갔다. 면
서기들이 모두들 코가 빠져 멍청히들 앉아 있었다. 구석에서 머리를 맞
대고 수군거리는 축도 있었다. 새터 담당 서기한테 가서 물어보았다. 가
네가와 서기의 눈에는 물기가 어려 있었다.

"항복을 했다요."

가네가와 서기는 목멘 소리로 말했다.

"그러면은 우리는 어떻게 되는 것이오?"

"글쎄, 나도 잘 모르겠어."

가네가와는 힘없이 고개를 저었다. 면사무소를 나오는 황두표 씨는
눈앞이 아득했다. 눈시울이 뜨거워지고, 가슴이 미어지는 것 같고, 그리
고 세상이 무서워지기 시작했다. 이렇게 허무하게 무너질 수가 있을까.
이때껏 그의 손으로 끌어낸 공출과 붙잡아 징용 징병을 보낸 사람들의

얼굴이 떠올랐다. 그들의 부모와 형제들이 퍼붓던 욕설과 저주의 말들을 생각했다. 인부들을 먼저 보내고 황두표 씨는 잠시 면사무소 앞 장터 거리를 배회하다가 회진으로 가서 배를 대절해 타고 금당도의 처가로 갔다. 처가의 골방에 숨어 해방되었다고 날뛰어대는 사람들의 등쌀을 피했다. 그러면서, '일본이 어떤 나라인데…… 지금 망했다고 함부로 까불어서는 안 된다. 머지않아서 일본은 일어나 다시 들어올 것이다. 이 년이나 삼 년쯤 뒤에는 틀림없이 다시 일어나 들어올 것이다. 그때까지만 숨어 지내자' 하고 생각했다.

숨어 산 지 두 달째 되던 날 장인어른이 황두표 씨에게 말했다.

"귀신은 속여도 그물코는 못 속이는 법이여. 사람을 보내서 수소문해 보니께, 다행히도 너희 동네에서 징용 징병에 간 사람들은 모두 탈 없이 돌아왔다고 한다. 돌아가서 손이 발 되도록 빌어라. 빌면은 귀신도 듣는 법이고, 고기 한 점으로 잡귀 천을 달래는 법이고, 참수할 죄인도 순순히 목을 내밀고 눈물을 흘리면서 사죄를 하면은 살려주는 법이다. 미움을 특히 많이 샀다 싶은 사람들한테는 밤에 일일이 찾아다니면서 한번 빌어봐라."

아랫녘 바다 끝에 샛노란 까치놀이 뜰 무렵에 황두표 씨는 손위의 처남이 저어주는 배를 타고 고향 마을 포구로 건너갔다. 그는 마을에 들어서는 대로 집집마다 문을 두드리고 들어가서 고개를 떨어뜨리고 눈물을 흘리면서 죽여달라고 통사정을 했다. 마을 사람들의 손발은 닳고 닳아 북어 껍질처럼 거멓게 거칠었지만 마음은 명주베처럼 여리고 고왔다. 그들 가운데는 황두표 씨의 손을 감싸 쥐고, "어디 자네가 한 일인가, 시국이 한 일이지" 하고 오히려 황두표 씨를 위로하려 드는 사람도 있었다.

그런데 아버지나 어머니나 동생 두헌이는 그를 쉽사리 용서해주지를 않았다. 그가 아버지와 어머니 앞에 무릎을 꿇고 빌었을 때, 그들은 "오냐, 이제부터라도 속 차리고 마을 사람들이나 형제간들 눈 밖에 나지 않도록 삼가면서 잘 살아라. 무엇이 좋네 무엇이 좋네 해싸도 형제간보다 더 좋은 것이 어디 있다냐?" 하고 말은 따스하게 했다. 그러나 그들의 눈빛이나 풍기는 냄새가 그렇지를 않았다. 그들의 눈길이 와 닿는 살갗마다 송충이의 발과 살이 닿고 박히는 것처럼 간지럽고 머들머들하고 슴벅거렸다. 그리고 아버지나 어머니는 전보다 더 노골적으로 그의 동생만을 위해주고는 했다. 황두표 씨하고는 의논 한마디도 하지를 않고 어디선가 돈을 구해서 두헌이를 서울로 보내버렸다.

황두표 씨는 생마늘을 씹어 삼킨 듯 쓰라린 소외감을 맛보고, 쓰디쓴 고독감을 소태 기름처럼 입맛 다시면서 속으로 이를 갈았다. 그러면서 자기를 따돌린 사람들한테 보아란 듯이 앙갚음을 할 수 있는 기회를 엿보기 시작했다.

마을에는 남로당의 뿌리가 쑥 뿌리처럼 뻗어 있었고, 그들은 친일파와 악덕 지주들을 쓸어내고 무산대중들만의 좋은 세상을 만들어야 한다고들 드러내놓고 떠들어대거나 숙덕거렸다. 그때 김광진 씨가 찾아와서, "자네도 남로당에 들소. 살려면은 그 길밖에는 없네" 하고 말했다. 황두표 씨는 그 말이 귀에 솔깃했다. 전력을 뉘우치고 이제라도 거기 뛰어들어 앞장을 선다면 그쪽에서 무슨 감투를 하나 얻어 쓰게 될지도 모른다 싶었다. 그러나 그는 잠시 우물쭈물하면서 관망을 해보기로 했다. 때마침 사람들은 두 패로 갈라져 있었다. 좌익과 우익이었다. 남로당 쪽에서는 신탁통치를 찬성하고 나섰고, 한민당 쪽에서는 반탁을 들고 나섰다.

"아니, 나는 그저 농사나 짓고 김이나 뜯어 먹으면서 조용히 살아갈라네."

김광진 씨에게 이렇게 말을 한 그는, 친일파들을 깡그리 뿌리 뽑겠다고 기세등등하던 반민족 행위자 처벌을 위한 특별위원회라는 것이, 아침에 끼었다가 한낮이 되면 흐지부지 사라져버리는 안개처럼 흩어져 없어지는 것과 때를 같이하여 지서 옆 건물에 간판을 내건 청년단 안으로 머리를 들이밀었다.

이때껏 마을 사람들한테 죽여줍소서 하고 고개를 숙이고 살아온 것이 억울하고 분하여 그렇게 문득 뛰어들기도 했지만, 따지고 보면 서울 학교에 간 동생 두헌이와 아버지 어머니한테 당한 소외감을 앙갚음하기 위하여 그러기도 한 것이었다. 그도 그럴 수밖에 없는 것이, 동생 두헌이는 남로당 이책인 마삼열하고 늘 내통을 하곤 했다. 고향에 내려오면 마삼열하고 함께 나무 지게를 지고 산엘 가기도 하고, 두헌이가 쓰는 모퉁이 방에서 김광진과 셋이 모여 밤이 새도록 도란거리곤 하였다. 노동자들이 파업을 시작하고, 해남에서 좌익 청년들이 벌 떼같이 일어나서 읍내 거리를 휩쓸어버린 이튿날, 밤늦게 집에 온 두헌이는 또 마삼열, 김광진과 어울려 무슨 꿍꿍이수작인가를 꾸미고 다니다가 새벽녘에 잠시 들러 아버지 어머니에게 인사만 하고는 서둘러 떠났다.

"읍내에서 친구랑 함께 왔다가 그냥 갈 수가 없어서 이렇게 왔구만요. 밥은 회진에서 친구 만나가지고 먹을 테니까 염려 마십시오. 저 시방 바쁩니다. 나오시지 마십시오. 노자는 있어요. 여기저기 다니다 보면은 노잣돈 보태주는 친구도 있고 밥 먹여주는 친구도 있어요. 형님은 주무시는 것 같으니까 그냥 인사 안 하고 갈랍니다."

부엌 건넌방에 누운 황두표 씨는 사립을 나가는 두헌이의 말을 다 듣고 있었다. 그 말들은 불붙은 숯덩이들처럼 황두표 씨의 가슴으로 날아들었고, 그를 아리고 쓰린 열기에 휩싸여 끙끙 앓게 만들었다. 그 아리고 쓰린 열기를 식히고 풀기 위하여 그는 반탁을 위하여 미친 듯이 앞장을 섰다.

"이 사람아, 자네가 그렇게 나서면은 자네 동생 입장이 어떻게 되겠는가? 그리고 자네는 친일파 전력도 있고 그러니께 좀 자숙을 하소."

마삼열이 이렇게 타이르고 달랬지만, 황두표 씨는 얼굴에 함뿍 부드러운 웃음을 담고, "아이고, 자네나 되니께 그런 말 해주지 누가 해주겠는가? 고맙네. 참말로 고맙네. 그런데 인제는 나도 어떻게 내 마음대로 할 수가 없게 되어버렸네. 지서에서 와가지고 어떻게 나와달라고 해쌓는지……. 그래서 어쩔 수 없이 시방 나가는 체하고 있을 뿐이네. 앞으로 기회 봐서 손을 뗄 테니께 걱정 말소" 하고 어벌쩡하게 엉너리를 치고 언구럭을 떨었다. 그것은 면대한 순간만을 모면하려는 입에 발린 소리였을 뿐이었다. 황두표 씨는 이후로 더욱 청년단 일을 적극적으로 보았을 뿐만 아니라, 지서 사람들에게 마을의 동태를 열심히 귀띔해주곤 하였다.

"이 친일파 새끼야, 이제는 또 어느 쪽에 붙어서 간새꾼 노릇을 하냐? 그 짓을 일내 하다가는 어느 귀신이 물어 갈지 모를 것이다."

골목길에서 마주친 남로당에 든 사람들이 드러내놓고 노려보고 이를 갈면서 으름장을 놓고 침을 뱉어주곤 했다. 그렇지만, 황두표 씨는 건드리면 죽은 체해버리는 벌레처럼 잠시 발을 멈춘 채 상대를 멀거니 바라보고만 있거나, 코를 찡긋하면서 바보스럽게 웃거나, 두 어깨를 움찔하며 하늘을 쳐다보고 있거나, 먼 산을 보고 있거나 하면서 상대가 지나가기를 기다렸다가 천천히 발을 옮기어 가곤 하였다. 그리고 속으로, '내가 친일파라면 네놈들은 빨갱이 새끼들이다, 이 자식아. 앞으로 두고 봐라. 네놈들이 내 손판에 결딴이 나는지 안 나는지……' 하고 중얼거리고 이를 다져 물곤 하였다.

두헌이도 집엘 오면 형인 황두표 씨를 붙들어 앉히고 청년단에서 손을 떼고 남로당 사람들한테로 돌아서라고 설득하곤 했다.

"앞으로 두고 보십시오. 모든 토지는 무산대중들한테로 넘어가게 되고, 친일파나 지주 계급은 처형을 당하게 될 겁니다. 대세는 못 막습니다. 무산대중은 물속에 묻힌 얼음산이고, 지주계급은 그 끝의 일각일 뿐입니다. 지금 남한의 모든 무산대중들은 돌돌 뭉쳐 있습니다. 세상은 반드시 뒤바뀔 것이오. 무산대중들의 천지가 된단 말입니다. 형님도 앞을 잘 내다보고 생각을 바꿔야 할 것이오."

황두표 씨는 그러한 두헌이를 비웃었다. 청년단에 나다니면서 그도 많은 것을 배웠으므로 지지 않고 대들었다.

"너희들 마음대로 그렇게는 안 될 것이다. 너는 시방 대세를 잘못 읽고 있다. 남한 땅은 시방 미국이 꽉 쥐고 있어. 미국이 어떤 나라인지 아냐? 그 천하무적이라던 일본을 무찌른 나라란 말이여. 어떻게 하루아침에, 부자들 땅을 가난한 사람한테 모두 나누어준다냐? 그런 무법이 어디 있어? 오히려 네가 생각을 고쳐먹어야 쓸 것 같다."

그러는 그에게 용기를 주는 사람이 김광진 씨였다. 신타로 간척지 농장에 노가다 판이 벌어졌을 때, 임금 투쟁을 하는 사람들의 뒤를 빠지지 않고 줄곧 따라다니면서 다른 한편으로는 신타로 쪽의 귀 노릇을 은밀하게 했던 사람답게 그는 한 다리는 마삼열 쪽에 걸치고 다른 한 다리는 황두표 쪽에 걸쳤다.

"나는 이쪽에 붙어 있을 것인께 자네는 그쪽에 단단히 뿌리를 내리소. 이리 기울어지면은 내가 자네를 건지는 것이고, 그쪽으로 기울어지면은 자네가 나를 건지는 것이여. 이렇게 앞을 내다볼 수 없도록 어지러울 때는 서로가 서로를 도와야만 쓰네."

김광진 씨는 황두표 씨를 만나 이렇게 말을 했다. 그렇게 말을 한 대로 김광진 씨는 여순 반란 사건이 일어났을 때, 반란군 일당과 남로당 사람들이 지서 습격을 하고 친일파를 잡아 죽이려고 나서자, 자기 아내를 시켜 황두표 씨에게 피신하도록 귀띔을 해주었었다. 그리고 토벌대가 몰려왔을 때는 황두표 씨가 김광진 씨를 청년단 사무실 안에 숨겨줌으로써 장작 쪽 한 개도 얻어맞지를 않도록 했던 것이었다.

6·25 전쟁이 터졌을 때에도 황두표 씨는 김광진 씨의 도움을 받아 배를 타고 제주도로 몸을 피해 갔다가 인천 상륙이 감행된 뒤로 경찰들을 따라 고향 마을로 돌아왔었다. 그가 전투복 차림으로 카빈총을 차고 집엘 들어서자, 그의 아버지는 그를 앞에 앉히고 그간의 사정을 말해주었다.

"새텃몰에는 아직까지 우익 쪽이나 좌익 쪽이나 죽은 사람이 한 사람도 없다. 대리나 장산이나 덕산 마을에서는 인민재판을 하여 죽이기도 하고, 보안서로 끌어다가 두들겨 팬 다음 죽여 매장을 해버리기도 했지만, 우리 샛터몰만은 조용했다. 모두 너희 동생 두헌이하고 광진이하고

가 그렇게 하지를 못하게 한 덕분이었을 것이다."

그의 아버지는 한동안 담뱃대 물부리를 빨았다. 반백의 짧게 깎은 머리칼 위로 푸른 연기가 흩어지고 있었다. 아버지의 짧은 인중과 돼지털처럼 까맣고 긴 눈썹에서 황두표 씨는 적의를 느꼈다. 아버지는 두헌이의 공작을 두둔해서 말을 하고 있었다. 아버지가 말을 이었다.

"곡식이나 무명베 같은 것은 많이 거둬 가고 그랬다. 그래도 그것은 그저 하는 체하면서 조용하게 넘어가기 위해 한 일들이었은께 네가 중간에 서서 말을 잘해야 쓸 것이다. 인심은 천심인 것이다. 동네 사람들 눈 밖에 나면은 못산다."

그날 밤에 아버지는 황두표 씨가 청년단 사무실이 있는 장터로 나가지 못하도록 붙잡았다. 날이 저물어지면 은밀하게 나눌 이야기가 있다는 것이었다. 누군가와 대면을 시켜주고, 어떻게 자수할 길을 터달라고 이야기를 할 모양이라고 그는 생각했다. 그 사람이 어쩌면 자기의 동생 두헌이와 마삼열과 김광진일지도 모른다고 황두표 씨는 생각했다. 황두표 씨는 가슴이 울렁거렸다. 이제야말로 동생 두헌이가 자기 앞에 무릎을 꿇고 잘못을 빌 때가 온 것이라고 생각되었다. 아버지와 어머니도 이제는 작은아들 두헌이보다는 큰아들인 자기가 더 잘난 아들임을 깨닫게 되었을 것이라고 생각되었다.

그날 밤, 고양이처럼 발소리를 죽이고 나타난 것은 그의 동생 두헌이가 아니었다. 마삼열도 김광진도 아니었다. 부위원장을 지낸 백방수와 세포 위원들 여섯뿐이었다. 분명히 나타날 것이라고 기대했던 세 사람의 얼굴이 보이지를 않자, 황두표 씨의 가슴은 황막한 들판처럼 텅 비어 갔다. 백방수와 세포 위원을 지낸 사람들은 그의 앞에 무릎을 꿇고 엎드리면서 애처로운 눈길로 애원하고 통사정을 했다.

"우리 죽고 사는 것은 인제 자네 손판에 달려 있네."

"어떻게 목숨만 살려주도록 자네가 힘을 조끔 써주시오."

"우리 나쁜 짓거리 하나도 안 했네. 자네 아버님 부탁도 있고, 자네 동생 두헌이가 앞장서서 막기도 하고 그래서, 반동자로 몬 사람들한테 말 한마디도 표독스럽게 안 했네."

"쌀 한 가마니도 강제로 차출하지를 안했네. 정당하게 희사를 받았을 뿐이었네."

"나는 참말로 억울하오. 두표 오빠, 방수 오빠가 하두 하라고 해싸서……."

맨 뒤쪽에 꿇어앉은 방님이가 울먹이면서 말했다. 방님이는 백방수의 사촌 여동생인데, 여성동맹위원장을 지낸 것이었다. 백방수가 입술을 빨면서 곤혹스러운 표정을 짓고 있다가, "모두가 내 죄네. 큰동네나 장산리나 덕산리에서는 입산 않고 있는 사람들이 오늘 전부 다 자수를 하러 간 모양이대마는, 내가 자네를 먼저 만나보고 나서 자수를 하러 나가자고 누르고 있었네. 자네가 어떻게 길을 조끔 터주소" 하고 말했다.

황두표 씨는 한동안 방바닥에 눈길을 박고 앉아 있었다. 그는 그들의 말을 들어주지 않을 수가 없는 처지에 있었다. 그들은 모두 동갑이거나 한두 살씩 아래이거나 위였다. 어려서부터 땔나무를 하고, 갯벌밭에서 벌겋게 깨를 벗고 짱뚱이를 잡으러 뛰어다닌 동무들이었다. 황두표 씨가 약산을 거쳐 제주도로 몸을 피해 갈 수 있었던 것은 백방수와 김광진 덕분이었다. 인민군이 들어오던 날 밤에, 백방수와 김광진은 모두 징발해서 모래밭에 끌어 올려놓은 배 한 척을 그에게 내어준 것이었다. 그때 혼자서 배를 저어 가면서 본 하늘의 총총 맑은 별들과 뱃머리에 깨어지는 밤바다 물결에서 일어나던 푸른 야광들이 살갗에 박힌 쐐기의 멀건 살들처럼 머릿속에서 살아나고 있었다.

"내가 연락을 할 때까지 조금 더 숨어 있도록 하소. 아무런 나쁜 짓도 안 했다는데 무슨 큰일이 있겠는가? 자네들이 작성해놓은 장부들하고, 쓰던 무기들이 있으면은 그것들을 한군데에다가 단단히 파묻어 놔두고 기다리소."

이렇게 말을 하는 황두표 씨의 가슴에는 단단한 응어리 하나가 맺히고 있었다. 그것은 죽을 수밖에 없게 되어 있는 동생 두헌이를 자기의 손으로 살려냈다고 아버지 어머니에게 큰소리를 칠 수 없게 된 분통이었다. 이를 물고 으음 하고 안간힘을 쓰는데 백방수가 고개를 저으며 말했다.

"장부라는 것이 있기는 있었지마는, 광진이가 삼열이를 따라가면서 가지고 갔는지 태워버렸는지 없어져버렸고, 무기라고 해보아야 대장간에서 친 칼이 여섯 자루 있을 뿐이네. 삼열이는 보안서원을 지내고, 광진이는 우리 동네 인민위원장을 지냈는데, 끝판에는 그 사람들 둘이서 모든 것을 속작속작해가지고 처리를 했지, 우리는 깊은 내막을 전혀 몰랐네."

"삼열이하고 광진이는 저쪽으로 넘어간다고 갔당가?"

"그런 모양이데. 광진이보고는 그때 내가 그랬네. 사람 때려죽이지 않았은게 숨어 있다가 두표 그 사람이 들어오면은 자수를 하자고 말이여. 그래도 보안서원하고 위원장급은 다 죽일 것이라고 한다면서, 노력도 이정길하고 같이……."

"우리 두헌이도 함께 간 모양이지?"

"두헌이는 학맹 사람들하고 행동을 같이한 모양이대."

"아이고, 소위 배웠다는 놈이 어째서 그렇게 시세 판단을 못 할까."

황두표 씨는 천장의 검게 그은 서까래를 쳐다보면서 탄식을 하듯이 말했다. 할 수만 있다면 쫓아가서 두헌이 그놈을 붙들어 오고 싶었다. 누군가를 시켜서 초주검이 되도록 두들겨 패고, 목숨만 살려서 아버지 어머니 앞에 들이밀어 보여주고 싶었다. 그는 고개를 푹 꺾듯이 떨어뜨리며 맥없이 물었다.

"이정길은 뭣을 하다가 입산을 했당가?"

"이정길이 유격대장 아닌가. 우리 회진 지구……."

흠, 하고 황두표 씨는 콧방귀를 뀌고는 기세 좋게 몸을 일으켰고, 선걸음에 지서로 달려갔다.

이후로 황두표 씨와 그의 아버지 껌철구는 두헌이를 가운데 두고 보이게 보이지 않게 갈등을 일으키고 대립을 하여왔었다.

청년단 일을 그만두고 자유당 이책 노릇을 하며 농사와 김 양식을 하기 시작했을 때의 일이었다. 그때 집에 늙은 흰둥이 개 한 마리가 있었다. 그 개는 두헌이가 진돗개 순종이라며 강아지 때에 강진 어디에선가 가져온 것이었는데, 순종은 아닌 듯했고, 이삼 대 잡종쯤 되는 듯했다. 여느 재래종 개들보다는 영특하여 집 안에 쥐들이 얼씬하지 못하게 하였고, 순하면서도 집을 잘 지켰으며, 한번은 토끼 한 마리를 물고 들어오기도 했었다. 그래도 개는 개였다. 가끔씩 암캐를 쫓아다니다가 흘레를 붙고, 그러다가 다른 수캐한테 물어뜯기고 들어오고, 그러느라고 집을 소홀히 지키기도 했다. 나이가 들어갈수록 털에는 윤기가 없어졌고 눈빛은 우중충해졌으며, 눈 가장자리에 눌눌한 눈곱이 추잡하게 끼곤 했고, 모르는 사람이 오면 한두 차례 짖다가 슬금슬금 눈치를 살피며 비겁스러운 몸짓으로 마루 밑으로 들어가기도 하고, 맥없이 어슬렁거리며 마당을 배회하기도 했다.

"백상개 백 년 묵으면은 여우보다 더 간사해진다는구만, 얼른 잡아먹어버리시오."

"한밤중에 골목길을 어슬렁거리기도 하고, 담을 넘어와서 부엌에 있는 보리쌀 바구니를 열고 퍼먹기도 하고, 장독을 열고 절간해놓은 갈치를 물어 가기도 하고…… 사람을 한두 차례 놀라게 하는 것이 아니여."

"하룻밤에는 혼자 사는 영순이네 집 모기장 밖에서 냄새를 킁킁 맡으면서 댓돌에다가 오줌을 갈기기도 하고 그 지랄이더라는구만 그래야."

"백상개 백 년 묵으면은 백여시같이 둔갑을 한다네."

마을 사람들은 그 흰둥이에 대하여 이렇게 말들을 하여댔다.

어느 날 그가 바닷일을 하고 들어오자 그의 아내가, "저것 어떻게 없애버렸으면은 좋겠소. 우리가 키우던 것인께 우리 손으로 못 잡아먹겠으면 어디다가 팔아버리든지 어쩌든지…… 빡빡 늙어서 살 사람이나 있을는지 어쩔는지 모르겠소마는" 하고 말했다. 그 말을 따라, 그날 밤에 황두표 씨는 아버지에게 그 흰둥이를 없애버리자고 말했다가 무안만 당했었다.

"집 나간 사람이 심어놓은 나무나, 사다 키우는 짐승 함부로 없애는 법 아니다. 제 놈이 사다가 준 짐승인께 제 놈이 돌아올 때까지 키우도록 하자."

또 황두표 씨는 두헌이의 호적 처리 때문에 골머리를 앓았고, 아버지

어머니와 내내 암투와 냉전을 했었다. 황두표 씨는 자기의 큰아들이 중학교에 들어갈 무렵에 두헌이의 부역 사실이 혹시 자기 아이들의 앞길을 막을지 모르므로 두헌이의 호적을 실종 처리하여 파버리자고 아버지에게 간청을 했었다. 그러나 아버지는 지금 어딘가에서 두 눈 부릅뜨고 살아 있을 놈의 호적을 파버린다는 게 말이나 되느냐고, 너는 어째서 네 혼자 앞길만 생각하느냐고 호통을 쳐댔었다.

"내 눈에 흙이 들어가기 전에는 못 한다."

어머니도, "오늘 밤이라도 '어머니!' 하고 불쑥 들어서면은 어떻게 할 것이냐?" 하고 말하면서 완강하게 손사래를 쳤었다.

"여기서 올라간 사람들, 서울 인천 쪽의 허리께가 꽉 막혀버리는 통에 삼팔선을 넘어가지도 못하고 지리산으로 들어갔다는데, 다들 몰살을 당했답니다. 그 아이 생일을 잡아서 지내든지, 집 나가던 날을 받아서 지내든지, 일 년에 한 차례씩이라도 물을 떠놓읍시다."

황두표 씨는 자기의 큰아들이 고등학교 3학년이 되던 해 가을 어느날, 아버지 어머니에게 이렇게 말을 했었다. 그러자 어머니가 콧김을 통기면서, "다 죽어도 그 아이는 안 죽었을 것이다. 영특하고 지혜로운 새끼라 죽을 자리에는 절대로 뛰어들지를 않았을 것이다. 드러내놓고 할 말은 아니다마는 시방 저쪽에 있을 것이다. 있어도 높은 자리 하나를 차지하고 있을 것이다. 통일되는 날을 우리가 보고 죽을지 모르겠다마는, 우리들 흙밥 된 뒤에라도 두고 보아라. 내 말이 틀림없을 것이다" 하고 말을 했고, 아버지도 어머니의 말이 옳을 것이라고 맞장구를 쳤다.

아버지와 어머니는 그러한 믿음 속에서 딴 주머니를 차고 살았다. 아버지는 우산리에 사는 쇠장수 친구를 자주 만나러 가기도 하고, 그 친구와 함께 이 장 저 장의 쇠전 바닥을 뻔질나게 싸돌곤 하더니, 어느 날 기어이 외양간에 있는 소를 끌고 나섰다. 뿔 하나는 앞으로 휘어 뻗고 다른 하나는 뒤통수 쪽으로 구부러져 넘어간, 매우 털벅지게 큰 암소였다. 아버지가 그 암소를 끌고 나가던 그때는 한재 마루에 해가 걸려 있었고, 바다 저쪽의 고흥 반도는 치자빛 햇살 속에 묻혀 있었고, 마을 앞 들판은 자줏빛 그늘에 덮이어 있었다.

"어쩌실려고 그러시오?"

황두표 씨가 아무래도 아버지 하는 일이 수상쩍어 이렇게 말하면서 소의 앞을 막아서자, 아버지는 달려와 팔뒤꿈치로 그의 가슴을 밀어내며, "내 소 내 맘대로 뒤집기도 하고 엎기도 하겠다는데 니가 웬 상관이야?" 하고 퉁명스럽게 쏘아붙였다.

그 뒤로 아버지는 부룩송아지 두세 마리를 한꺼번에 끌고 들어와서 한 사나흘 잘 먹이다가 끌고 나가 빼빼 마른 황소 한 마리로 바꾸어 왔다. 한 달포쯤 집에 머무르면서 그 황소한테 회충약을 먹이기도 하고, 꽃뱀을 잡아 풀 잎사귀에 싸서 억지로 코뚜레 잡고 아가리를 벌려 목구멍 속에 쑤셔 넣어주기도 했다. 그리하여 살이 찌고 털에 기름기가 돌아 번질번질해지자 또 그걸 끌고 나가서 앳되고 순하디순한 암소로 바꾸어 왔다. 다시 그 암소를 끌고 나가더니 비루먹은 데다 갈비뼈들이 앙상한 암소하고 바꾸어 끌고 들어왔다. 한두 달 정성껏 약 발라 치료하고 빗질하고 목욕시키고, 자운영이며 부드러운 풀이며 쌀겨 같은 것을 섞어 쇠죽 쑤어 먹여 전혀 다른 건강한 실소를 만든 다음 또 다른 소로 바꾸어 왔다. 바꿈질을 할 때마다 아버지는 우전을 짭짤하게 받아 챙기곤 하는 모양이었고, 그 돈들은 눈덩이처럼 불어가는 듯싶었다.

마을에는 아버지가 쇠장사로 황소 네 마리 값쯤은 늘려서 이잣돈을 놓았다는 소문이 돌았고, "자네는 아버지가 가용돈을 다 벌어대닌께 살림하기가 월등 편하겠네"라고 골목길에서 만난 어른들은 황두표 씨에게 말들을 하곤 했다. 그러나 아버지는 땡전 한 푼 아들인 황두표 씨한테 쥐어주지를 않았다. 김발 막는 데에 필요한 급한 돈은 물론, 이러저러한 잡부금을 제때에 내지 못하여 절절매는 것을 보고도 아버지는 당신의 주머니 끈을 절대로 풀지 않았다.

고명딸인 두순이를 시집보내고 막내인 두철이를 장가보내고 분가시킬 때는 얼마쯤을 보태기는 했다. 그러나 두순이가 시집살이를 시작한 뒤부터는 사위와 사돈어른을 통해서 당신이 번 돈을 이잣돈으로 놓아 키우곤 하였다. 송아지를 맡겨 키우기도 하였다.

그러면서도 아버지는 웬일인지 황두표 씨 밑에서 떨어진 자식들(손자)한테는 모질고 독했다. 아들 둘이 중학교엘 다닌다, 고등학교로 올라간다, 자취를 한다, 옷을 산다, 신발을 산다, 소풍을 간다, 수학여행을 간다, 책을 산다, 납부금을 낸다…… 하여 황두표 씨 내외가 사추리에 불이 날 만큼 나대고 헤매고 허둥대는 것을 보면서도 나 몰라라 하고 쇠장사만 할 뿐이었고, 땡전 한 푼 보태주려고 하지를 않았다.

"두순이한테다가 논 두 필(여덟 마지기)을 사줬다고 하대."

"딸 생각하고 사준 것이 아니고, 벌어먹다가 나중에 통일되면은 두헌이한테 주라고 했다는 것이여."

"새끼들 가르치느라고 두 눈이 뒤꼭지로 들어가고, 낯바닥이 광대뼈하고 덩실한 코만 남아버린 큰아들 조끔 생각해주지 어째서 그런당가?"

"껌철구 내외는 두헌이가 여기 있을 때부터 벌써 큰아들하고는 등을 져버렸네."

사장나무 그늘에 앉은 마을 사람들은 이렇게 숙덕거리곤 했다. 황두표 씨의 사정을 안타깝고 짠하게 여긴 사람들은 "아무리 한들 부모자식 지간인데, 그럴 수가 있당가? 새끼들 가르치느라고 한참 어려울 때 밀어주지 않으면 언제 밀어주려느냐고 조근조근 말씀을 한번 드려보소. 혹시라도 뻗받거나, 노염 잡숫게 하지 말고……. 제 새끼 잡아먹는 호랑이는 없다닌께" 하고 그에게 귀엣말을 해주기도 했다. 그들의 말에 황두표 씨는 아예 손사래를 쳐버리고 고개를 저어버리곤 했다. 그는 이미 속이 상할 대로 상해버린 뒤였다. 아버지만 그렇다면 또 모르는데, 어머니까지도 아버지와 한속인 것이었다.

어머니는 젊은 시절부터 갯것을 잘하기로 이름이 나 있는 여자였다. 짱뚱어나 고둥이나 바지락을 잘 잡는 것은 말할 것도 없고, 갯벌 속에 깊이 들어가 있는 낙지를 잘 잡고, 무릎에 새빨간 천을 감은 채 허릿물에 들어가 갯바위 틈서리에 사는 음험한 문어를 귀신같이 잘 잡았다.

어머니는 그렇게 잡은 것들을 장바닥에 내다 팔곤 했는데, 그 돈을 아버지와 마찬가지로 큰아들인 황두표 씨의 살림에 보태려고 하지를 않았다. 알게 모르게 딸과 막내를 생각하고, 남은 것은 모두 아버지의 주머니 속에 넣어주는 것이었다. 그것들은 아버지의 쇠장사 하는 데 보태지고, 또 두순이의 시가 마을 앞들의 논을 사는 데로 흘러 들어가고 그런 모양이었다.

"살아 돌아오거나 통일이 되어 합쳐 살 경우, 이런 호적쯤 그때 다시 갱신해낼 수 있을 테니께, 우선 이쪽에 살고 있는 사람들이 편할 대로 파서 없애버립시다."

그의 아버지와 어머니는 황두표 씨의 강변에 못 이겨 작은아들 두헌이의 호적에 붉은 줄을 그어버리긴 했지만, 절대로 그 작은아들을 죽었다고 생각하려 하지 않았다. 결국 대학입학시험 치르기를 포기한 큰아들이 군대엘 지원해 들어가더니, 돈 벌어가지고 와서 제 할아버지에게 보아란 듯이 논을 사겠다는 편지를 보내고 월남으로 싸우러 가버렸다.

"나는 자식이 아니고, 두헌이만 자식이오? 두헌이는 벌써 죽었어요. 만일에 저쪽에서 살아 있어보시오. 그랬으면은 진작에 간첩으로 내려왔든지, 안 그랬으면은 일본 교포들 여기 내왕하는 편에 무슨 소식을 전했든지 그랬을 것이오. 두헌이는 똑똑하고 야문 놈이닌게 만일에 살아 있다면은 높은 자리에 앉아 있을 것 아니겠소? 그러면은 다른 사람하고 달라서 무슨 수를 써서라도 자기가 살아 있다는 표시를 이쪽 부모 형제한테다 했을 것이란 말이오. 그런데 아무런 기별이 없는 것 보시오. 아버지 어머니는 그 자식이 살아 있다고 믿고 있으시지요? 그리고 통일되어 그 자식이 오면은 그 자식한테 물려줄 재산 모으기에만 알탕갈탕 그 야단이시지요? 제발, 너무 그래쌓지 마십시오. 해도 해도 너무하시오."

마침내 황두표 씨는 다시 술을 얼근하게 마시고 아버지와 어머니에게 이렇게 퍼부어대곤 했다. 총탄이 비 오듯 쏟아지는 밀림 속에서 벌레에 물리며 땀으로 멱을 감고 뒹굴어댈 큰아들을 생각하기만 하면 속이 부글부글 끓었고, 그러면 그는 그렇게 울분과 부아를 기관총알처럼 내뱉곤 했다. 대개 한밤중쯤에 아버지 어머니가 거처하는 안방의 툇마루에 걸터앉은 채 짐승처럼 슬픈 소리로 으르렁대곤 한 것이었다. 새까만 어둠은 마당과 처마 밑과 아버지 어머니가 거처하는 안방의 툇마루 위에서 넘쳐나고 있었고, 황두표 씨는 툇마루에 걸터앉은 채 하늘에서 수런거리는 별들을 보거나 눈 부릅뜨고 날아다니는 반딧불이를 보거나 구름 속을 흘러가는 달을 보면서 푸념하듯 외쳐대곤 했다. 아버지 어머니는 황두표 씨의 외쳐댐에 아무런 대꾸를 하지 않았다. 아버지는 가끔씩 담뱃대 대롱으로 놋쇠 화로 시울을 때리면서 으흠 하고 목을 크게 다듬곤 할 뿐이었다. 아버지의 가슴속에 만들어지고 있는 응어리가 그의 가슴속에서도 만들어지고 있었다. 하늘의 별들을 오랫동안 쏘아보고 있으면, 그것들은 노랗게 불을 켠 벌레들처럼 웅실거렸다. 주변의 무논에서는 개구리들이 울어대고 있었다. 그 개구리 울음소리를 따라 헛간과 흙담 구석과 마당 안에 도사리고 있던 어둠은 살아 있는 것처럼 몸을 뒤틀기도 하고 손짓들을 하기도 했다. 수없이 많은 두헌이의 얼굴들이 그 어둠 속에서 울뚝불뚝 융기하고 있었다. 그를 향해 혀를 널름대며 놀리기도 하고, 노려보면서 코웃음을 치기도 하고, 침을 퉤퉤 뱉기도 했다.

"동네 사람들이 다들 '두표 자네는 자네 아버지 어머니가 쇠장사 하고 갯것 잘해서 돈을 벌어다가 주니께 자식들 가르치기도 한결 수월하고 살림 살기도 편하겠네' 이럽디다. 그런데 나는 이렇게 속이 휑 곯아 있소. 새끼들 기왕 묻혀놓은 것 끝마무리해보겠다고 뼛골이 휘어빠지고 허리가 끊어지도록 논으로 밭으로 바다로…… 미친년 널뛰듯이 뛰어다니다 제대로 마무리도 못 짓고, 큰 새끼를 총탄 쏟아지는 데로만 보냈소. 참말이지 아버지 어머니는 인정도 사정도 없어요."

새벽녘까지 퍼부어대고 또 외쳐댔다. 처음 얼마 동안은 그의 아내가, 어째 이러느냐고, 기왕에 등지고 사는 아버지 어머니한테 그렇게 하면 무얼 하겠느냐고, 동네 사람들이 들으면 원래 당신이 포악하게 불효를 하닌께 아버지 어머니가 그렇게 등을 돌린 것이라고 할 것 아니오, 하며 달래어 방으로 데리고 들어가려고 하곤 했었다. 황두표 씨는 그때마다 그런 아내의 머리채를 잡아 휘둘러 엎어버리고 계속해서 악을 써대곤 하였으므로, 이젠 그의 아내도 말리려 들지를 않았다.

먼동이 트고, 마당에 괸 어둠이 물빛으로 푸르러지고, 앞산 너머의 바다 위에 뜬 구름들이 금빛으로 빛날 때쯤에 아버지는 외양간의 소를 끌고 나가면서 납덩어리처럼 딱딱하고 냉랭한 소리로 이렇게 말을 했다.

"나 아무리 생각을 해봐도 네 속을 알 길이 없다. 너도 이제 오십 길에 앉은 사람이 뭣을 이 늙은것들한테 의탁하려고 그러냐? 네가 네 자식들 가르치고 살림살이 짊겨주려고 허덕거리는 것이나, 우리 늙은이들이 우리 그 못난쟁이를 위해서 그러는 것이나 매한가진께 그렇게 서운해하고 야속해하지 말아라. 이웃 사람들 어디 잠이나 한숨 잤겠냐? 네가 그런다고 우리 늙은이들 마음이 어떻게 달라지고 어쩌고 할 줄 아냐? 벌써 틀렸다. 마음 고쳐먹어라. 으흠, 으흠."

아버지가 소를 끌고 대문간을 나가는 순간 황두표 씨는 주먹으로 자기의 가슴을 꽝꽝 쳤다. 가슴속에서 독사의 독즙 같은 것들이 흘러 괴고 있었고, 그는 그것을 불이나 피를 뿜어내듯이 토해냈다.

"녜에, 녜에. 잘 알았소. 나도 당신들같이 돈 한번 벌어볼라요. 그래가지고 보아란 듯이 내 새끼들 한번 가르쳐볼라요. 당신들 두 양반은 그 뒈져버린 두헌이 혼령하고 어울려서 천년만년 잘살으시오."

점차 동네 안에는 황두표 씨에 대하여 말들이 많아졌다. 황두표 씨가 술을 마시기만 하면 아버지 어머니에게 밤새도록 독살스런 말을 퍼부어대곤 한다고 했고, 한번은 그의 아버지가 담뱃대 끝으로 삿대질을 하자 그가 그 담뱃대를 빼앗아 똑깍 부러뜨려버렸다고 했고, 아버지의 멱살을 잡아 흔들었다고 했고, 며느리가 시아버지 시어머니의 밥에 쥐약을 타주었다고 했고, 아들 내외가 덤벼들어서 아버지 어머니가 감추어둔 돈을 강제로 빼앗아 가버렸다고 했다.

그 소문을 증명이라도 해주듯이 황두표 씨의 집에서는 부자간에, 혹은 모자간에, 혹은 고부간에 싸움질하는 소리들이 이틀 걸러 한 번씩은 담 너머로 넘어오곤 했다. 지나가던 사람들은 발걸음을 멈추고 귀를 기울여 듣고, 더욱 험한 말을 만들어 퍼뜨리곤 했다.

"아들이 아버지나 어머니에게 이놈 저놈 하고 이년 저년 하더라."

"며느리도 시아버지에게 반말지거리를 하고 상스런 욕설을 퍼붓더라."

"시어머니 머리끄뎅이를 잡고 나대는 것은 보통이라고 하더라."

"그 집 아들 며느리는 아버지 어머니를 아주 딸네 집으로 나가라고 욱대긴다더라."

"시어머니가 오죽이나 분하고 억울했으면 뒷골 산밭 고구마밭 한가운데서 두 발 뻗고 앉아 땅을 치며 통곡을 했을까."

"그 아버지, 보통 때 그렇게 말수 없고 흔연스럽던 사람이 얼마나 가슴에 맺힌 설움이 극에 달했던지, 이를 갈면서 '오냐, 나 빨갱이 새끼 낳아 키웠다고 너무 타박하지 말아라. 너도 아들이 셋이나 되닌께 두고 봐라. 딸이 셋이면은 잡년 보고 웃지를 않고, 아들이 셋이면은 잡놈 보고 웃지를 않는 법이다. 네 새끼들은 빨갱이보다 더한 일을 하다가 죽게 되는 놈이 있을지 어쩔지 누가 안다냐······' 이렇게 악담을 하더라네."

소문을 듣고 멀리 사는 문중 어른들이 찾아와서 황두표 씨를 꿇어앉히고 꾸중을 하고 훈계를 했다. 마침내는 동네 사람들이 회관에서 회의를 열어, 황두표 씨를 앞에 불러내놓고, 더 이상 불효를 하면은 동네에서 아주 쫓아내겠다는 엄포를 놓았다. 여동생 두순이는 자기 친정아버지와 어머니에게 불효하는 오빠와 올케의 얼굴 보기가 싫다고 발을 끊었고, 가끔씩 아버지 어머니가 장에 나오기를 기다렸다가 맛있는 것을 사서 대접하고, 버선이나 내의 같은 것을 사 들려주곤 할 뿐이었다. 읍내에 사는 두철이는 한밤중에 찾아와서, 술에 취한 채 아버지와 어머니를 들볶는 황두표 씨를 마당에다가 벌레처럼 데굴데굴 굴려놓고 가기도 했다.

황두표 씨는 마을 안에서 그 어디에다가도 얼굴을 두르고 살아갈 수가 없었다. 몇 날 며칠을 방구석에 틀어박혀 뒹굴어댔다. 그러던 어느 날 월남에 간 큰아들의 뼛가루가 돌아왔다.

"어허어, 어허어, 이것이 뭔 일이여" 하고 실성을 한 듯 술을 퍼마시고 바다고 산이고 들이고를 가림 않고 헤매어 다니다가, 그는 문득 노력도 포구에 작은사람 하나를 얻어놓고 떠돌이 장사를 하고 사는 김광진 씨를 따라나서버렸다.

"당신들이 번 돈 나라고 못 번다요? 당신들 보아란 듯이 회진 선창 마당에다가 이층짜리 집을 한 채 덩그렇게 지어서 내 새끼들 데리고 나갈 테니께 그리 아시오."

나서면서 황두표 씨는 이렇게 악을 써주고 이를 갈았다. 그는 자기의 큰아들 죽은 것이 꼭 자기 아버지 어머니 탓이거니 하는 생각만 하고 있었다. 큰아들이 월남에 간 것이 돈 때문이었고, 그놈이 그렇듯 돈에 눈이 멀어버린 것은 제 할아버지나 할머니의 매몰참 때문이었다고 여기고 있었다.

"이 사람아, 장사, 장사 말도 말소. 장삿돈은 풋돈이 아니네. 따라다녀

보소. 피똥을 수수백 번씩은 싸고, 갯물을 수천 모금 수만 모금은 마시
고…… 호랑이보다 무섭다는 구시월 도지 속에서 간이 닳아지고 또 닳
아져서 새끼 고둥만 해지고, 안개 속에서 헛배질을 하고 또 하고, 괜히
복쟁이같이 헛배만 불러가지고 이리 떠돌고 저리 떠돌다가 밑천만 북
어 껍질 오그라지듯이 오그라지고…… 미치고 환장하기를 수백 번은
더 해야만 길이 조금 트이네. 재수 없는 놈의 그물에는 꼴뚜기나 알 안
찬 성게 새끼만 들고, 만나도 오뉴월 바지락 풍년만 만나고, 쌘물에 노
좆이나 빠지고, 그러다가 열물 넘은 중선배 신세가 되고…… 그러는 법
이네."

막걸리 한 되를 받아다 놓고 마주 앉아 마시며, 김광진 씨는 그렇다
고 하는데도 자기를 따라나서겠느냐는 투로 말했었다. 황두표 씨가 '빌
어먹을 것, 깨먹으면 가지고 있던 바가지밖에 더 깨먹겠느냐'고 하면서,
죽어도 한번 해보겠노라고 고개를 들이밀자 김광진 씨는 암소의 국부
에서 무슨 냄새인가를 맡고 하늘을 향해 웃는 황소처럼 코를 벌름거리
며 쓰게 웃기만 했었다.

그리고 그는 도초도의 염전으로 밀매 소금을 실러 가는 첫 뱃길에서,
"이 사람, 자네, 나를 잘못 따라나섰네" 하고 푸념을 하듯이 말을 했었다.
"자네 곧 후회할 것이네. 나는 참말로 지독스럽게 배 타는 재수가 없
는 사람이네. 뭣을 해도 안 돼. 잘 안 돼도, 원래 잘 안 되기로 점지되었
다고 포기를 한 채 나는 이 배를 타네. 치오푼밖에 안 되는 뱃바닥 밑에
저승을 깔고 앉아서 짱뚱어 뛰듯 하는 것이 채취선 장삿배 타는 놈의 정
해진 팔자거니 하고 사는 것이여. 하기야, 이 팔자 속에도 재미는 있네.
닿는 곳은 포구고, 포구에 주막이 있고, 가끔 신세 팍팍한 여자들도 있

고, 한번 정들여놓으면 떨어지지 않으려고 울고불고, 그래서 또다시 그 포구에 배를 안 댈 수가 없게 되고, 그 장사를 이어 하지 않을 수도 없게 되고…… 그렇다고 어느 한 포구에 한 달이고 두 달이고 배 대놓고 자빠져 있을 수도 없고…… 역마살이 끼었어도 열두 벌로 끼었기 때문에 이 노릇을 하고 있을 것이여.”

얼굴이 곱고 앳되어 보이는 김광진 씨는 매우 엄살이 많은 사람이었다. 그 엄살만큼 정이 많고, 흥도 많고, 슬쩍슬쩍 거짓말도 잘하고, 설움도 많고 눈물도 많은 사람이었다. 또한 그 엄살만큼 잡기가 많은 사람이었다. 술도 걸판지게 잘 마셨고, 술 얼근해지면 소리도 한 대목씩 뽑을 줄 알았고, 기생오라비같이 춤을 잘 추었고, 무당의 푸닥거리 흉내를 곧잘 내었다.

김광진 씨는 노력도 포구에 얻어놓고 사는 작은사람 때문에 본처인 수동댁과 등을 진 채 살고 있었다. 논농사 다섯 마지기에 밭농사 네 마지기뿐이기는 하지만 수동댁은 그걸 혼자서 짓고 갯것을 해다 팔면서 아이들을 데리고 살았다. 그러면서 그녀는 김광진 씨가 어떻게 쌀 한 가마니라도 가져가려고 얼굴을 내밀기만 하면, 그에게 머리채를 잡혀 끌려다니면서도 그의 얼굴을 할퀴어주기도 하고 가슴팍이며 어깨며를 물어뜯기도 하여 내쫓곤 했다.

작은각시 데리고 사는 꼴을 죽어도 볼 수가 없다는 것이었다. 작은각시한테 쌀밥 먹이려고 손끝 발끝 다 닳아지도록 농사지은 줄 아느냐고 악을 써댔다. 그러면서 그녀는 “밤이면 당신보다 더 젊고 몽실몽실한 젊은 남자 하나를 물색해서 정을 들여놓고, 남자 생각이 나기만 하면 은밀하게 불러다가 재미 보고 살고 있으니께, 이 집에 얼씬할 생각 말고 그년하고나 천년만년 잘살어" 하고 빈정거리듯이 말했다.

"콩밥은 눌을수록 좋단다. 이년 어디 맛을 한번 봐라. 북어는 콱콱 뚜드려서 찢어 먹고, 여편네는 두들겨 패면서 데리고 살아야 한다고 하더라."

장성한 아들 둘 딸 둘, 방학을 해서 와 있는 그것들이 보는 앞에서 수동댁을 마당에 질펀히 깔아 눕히고 머리통을 힘껏 밟아주고 나오며 이렇게 악을 썼지만 김광진 씨의 마음은 내내 편치를 않았다. 그렇다고 정들여놓은 노력도 포구의 작은각시를 버리고 돌아갈 수도 없었다. 작은각시인 율도댁이 그에게 그렇듯 극진할 수가 없었다. 율도댁한테는 전 남편 소생인 아들 하나 딸 하나가 있었다. 그녀는 김광진 씨와 함께 살기 위하여 스무 살이 가까워진 아이들을 모두 부산의 친정 오빠한테로 보내버렸다. 김광진 씨의 살을 자기 살처럼 생각했고, 그가 장삿길에서 돌아오기만 하면 물을 떠다가 씻어주고 닦아주곤 했다. 좋다는 약 지어다가 보를 해주고, 광어며 장어며 숭어며를 사다가 장복을 시켰다.

"내가 그 사람을 어떻게 만났는 줄 아는가? 그 사람이 죽은 이정길이 각시네. 자네가 청년단 사무실에다가 감춰갖고 나를 빼내준 뒤로 또 지서 습격 사건, 봉화 사건이 일어났지 않았는가. 그때 한 열흘 동안, 사실은 내가 그 이정길이 집 골방에서 숨어 있었네. 정길이는 그때까지만 해도 노출이 안 된 채로 청년단 일을 보고 있었지 않았는가. 정길이 아버지하고 우리 아버지하고는 서당에도 함께 다니고, 옹기배도 함께 타고 그런 처지라, 정길이하고 나하고는 전부터 아주 가까웠었지. 내가 그 집에서 숨어 지내는 동안 정길이 내외는 나한테 참말로 잘해줬었네. 끼마다 쌀밥에 고깃국을 올려주었어. 그때 누가 함부로 사람을 숨겨주려고 하기나 했었는가, 어디? ……그런데, 사람은 참 묘한 것이여. 골방에 숨어 있으면서 나는 묘한 생각을 했어. 그야말로 죄받을 일이지."

김광진 씨는 배질을 해가면서 이렇게 말을 했다. 뱃머리에서는 푸른 물결이 부서졌고, 부서진 물결은 흰 거품을 뿜었으며, 돛대 끝에는 흰 구름이 걸리어 있었다. 김광진 씨는 황두표 씨가 말아 불을 붙여준 담배를 빨면서 말을 이었다.

"밤이면은 잠을 잘 수가 없어. 정길이 각시가 어떻게나 앓고 소리를 질러대는지……. 여자가 호리호리한 것 같으면서도 암팡지고, 오목오목한 구멍새들이 귀엽고 예쁜 데다가, 눈을 거의 감듯이 하고 웃으면서 말을 할 때면 깊이 패는 보조개가 가슴을 아프게 하고, 사근사근 상냥스럽고……. 한 열흘 동안 골방에 살면서 나는 저주받을 생각을 했네. 정길이 각시를 정길이한테서 빼앗을 생각 말이여. 정길이하고 함께 고깃배를 타고 나가서 정길이를 물속에 처넣어버리고 과부를 만든 다음에 차지하자. 아니, 정길이가 출타한 다음에 저 여자를 골방으로 끌어들인 다음 강제로 품어버리자. 그러고는 계속해서 은밀하게 서로 정을 통하면서 살자……. 그러한 생각을 하는 나를 욕하면서 혀를 물어뜯기도 하고, 고개를 저어 그 생각을 떨어버리기도 했지만 그래도 소용이 없어. 정길이 각시가 문을 열고 밥상을 들여주곤 할 때면 나는 가슴이 두방망이질을 하고 얼굴이 불잉걸처럼 달아오르고 그랬네. 그랬는데, 정길이하고 나하고는 같이 입산을 했다가, 불행하게도 정길이 그놈은 못 돌아오게 되었고, 나만 살아 왔지 않는가……. 어쨌든, 자네 손을 잡고 자수를 한 이튿날 나는 배를 타고 노력도로 건너갔지. 한밤중쯤에 그 포구에 도착했는데, 가서 방문을 두드린께 아무 말도 없이 문을 열어주데. 내가 혼자서만 살아 돌아올 줄을 알고 있었다는 것이여. 죄 될 일이었지만, 그녀는 늘 자기 남편이 죽는 생각만 하고, 대신에 내가 불쑥 문을 열고 들어서는 생각만 해왔다는 것이여. 시방 그 사람이 꼭 전에 정길이한테 하던 것하고 똑같이 나한테 하고 있어. 아마, 내가 죽어 없어져도 또 누구한테 그렇게 잘해줄 터이지. 좌우간에 여편네는 참말로 좋은 여편네여."

갈매기들이 떼 지어 날고 있었고, 그 새 떼들은 허옇게 물갈래가 생긴 수면에서 잔고기를 잡아 올리곤 했다. 김광진 씨가 물고 있던 담배를 내던지고 몸을 일으키며, "아따, 이 고기 떼 봐라" 하고 소리쳤다.

"이 고기들 다 놔두고 어디로 헛구녕을 쑤시고 다니냐, 이 멍청한 우다시 뱃놈들아!"

그는 검푸른 수면 위로 파드락거리며 우뻣쭈뻣 솟는 고기들의 번쩍거리는 금빛과 은빛 비늘들을 보면서 마른 입술에 침을 발랐다.

한데 그 장삿길에 김광진 씨와 황두표 씨는 하마터면 소금 가마니와 배와 목숨을 모두 잃을 뻔했다. 진도 앞바다에서 돌풍을 만난 것이었다. 그것은 순식간에 일어난 일이었다. 새까만 구름장이 돛대 머리 위에 얹히는가 싶더니 주변의 바다가 검푸르러지면서 돌풍이 몰아쳐 왔다. 물결이 용솟음치기 시작했고, 배 이물이 물을 퍼먹어댔다. 때마침 숨은 암초 몇 개를 거느린 바위섬 굽이를 돌아가던 참이었는데, 바람과 물결이 배를 그 바위섬 모서리에다가 몰아붙여 짓이겨버렸다. 우지끈 와장창하면서 배가 박살이 났고, 그들은 물속으로 곤두박질쳐 들어가버렸다.

그들의 배가 부서져버린 뒤로 돌풍은 거짓말같이 잠들었고, 바다도 잠잠해졌다. 그들은 바위섬으로 올라가서 지나가는 배를 불렀다. 돌아오면서 그들은 밥을 구걸해 먹곤 했다.

해남으로 들어서다가 날이 저물었고, 그들은 산모퉁이의 한 마을에서 묵어갈 작정을 했다. 땅거미가 내리고 있었고, 그들은 배가 고팠다. 어떻게든 요기를 하고 잠자리를 잡아들어야 하는 것이었다. 마을 어귀에 있는 오두막에 들어가, 헛간이라도 좋으니 묵어갈 수 있게 해달라고 청했다. 늙수그레한 아낙이 내다보며 "동네 안으로 들어가면 네 귀 반듯한 집들이 있으니까 그 집들에 가서나 청해보시오" 하고 말했다. 그 집들에는 사랑채도 있고, 머슴들이 모여 자는 방도 있다는 것이었다.

동네 안으로 들어가기는 했지만, 그들은 요기도 못 한 채 한 부잣집의 사랑채 모퉁이 머슴방에서 웅크리고 잠을 잤다. 한밤중쯤 되었을 때 황두표 씨는 고파 쓰라려오는 뱃속에 맹물이라도 한 그릇 들이켜자 하고 밖으로 나갔다. 나가보니, 그보다 먼저 댓돌 앞에 김광진 씨가 나와서 있었다. 때마침 누군가가 골목길을 달려왔고 대문을 두들겼다. 곤히 자던 늙은 머슴이 나가서 대문을 열어주었고, 그 머슴을 따라 들어온 것은 흰 바지저고리 차림의 늙은 남자였다. 그는 대문을 열어준 머슴에게 자기 머슴을 깨워달라고 했다.

"무덤등 당골 조끔 불러오소. 싸게 갔다가 오소."

잠결에 눈을 비비며 툴툴거리는 자기의 땅딸막한 늙은 머슴에게 그 늙은 남자는 다급한 목소리로 재촉을 했다. 땅딸막한 늙은 머슴은 그 늙은 남자를 외면하고 돌아선 채, "이 밤중에 어떻게 저 재를 넘어갔다가 올 것이오?" 하고 퉁명스럽게 말했다.

"이 사람아, 사람이 다 죽어가네. 초저녁부터 삐댄 애기를 저러고만 있으니 어쩌겠는가."

늙은 남자는 짜증스럽게 통사정을 하듯이 말했다. 그래도 땅딸막한 늙은 머슴은 쉽게 대문 쪽으로 발을 옮기려고 하지를 않았다. 이때 김광진 씨가 늙은 남자 앞으로 나섰다.

"사실은 제가 당골이오. 다급한 대로 제가 가서 비손을 하고 푸념을 해드리리다."

그 말을 듣는 순간 황두표 씨는 눈앞이 아찔했다. 김광진이 저 사람이 오늘 저녁에 무슨 곤욕을 당하려고 저런 거짓말을 하고, 무당질을 자청하는 것일까. 돌풍에 배 깨먹고 물속에서 혼절을 하고, 몇 끼 굶더니 눈이 뒤집힌 것이나 아닐까 하고 어둠에 묻힌 그의 얼굴을 건너다보았다.

늙은 남자에게 왼고개를 틀고 있던 땅딸막한 늙은 머슴이 얼씨구나 하고 "아따, 마침 잘됐네. 내가 앞에 퍼떡 가서 안주인한테 말씀을 드리고 푸념할 준비를 다 해놓을 텐게 우리 주인어르신 따라 찬찬히 오시오" 하더니 대문 밖으로 뛰어나갔다. 늙은 남자는 잠시 어둠 속에 묻혀 있는 김광진 씨의 얼굴을 살피더니 앞장서서 걸어갔다. '이 자식이 들통나서 몰매를 맞아 죽으려고 환장을 했구나. 이 일을 어째야 쓸거나……' 뒤따라가는 황두표 씨의 가슴은 조마조마했다. 김광진 씨의 옆구리를 질벅이고, 대관절 어쩌려고 이러느냐고 귀엣말을 했다. 김광진 씨는 아무런 대꾸도 하지를 않고 따라가기만 했다.

대문을 들어서자 사랑채를 왼쪽에 낀 사간 겹집의 안채가 대나무숲 무성한 언덕을 등에 지고 거대한 짐승같이 엎드려 있었다. 안채의 안방과 부엌 건넌방과 부엌과 사랑채의 한가운뎃방에 불들이 환히 켜져 있었다. 대나무숲 위로는 별들이 오뉴월 산모퉁이의 개망초 꽃망울들처럼 수런거리고 있었다. 대나무숲들은 숨을 죽이고 있었고, 안채의 모퉁이 방에서 산모의 앓는 소리가 흘러나오고 있었다. 마당에는 벌써 멍석이 펼쳐져 있었고, 산모의 남편인 듯한 젊은 남정네는 짚 한 줌을 깨끗하게 추려가지고 나왔고, 산모의 시어머니인 듯한 노파는 부엌에서 개다리소반 하나를 들고 나왔다. 김광진 씨를 앞장서서 집 안으로 들어온 늙은 남자는 자기의 늙은 할멈이 제왕풀이 할 준비를 하고 있는 모습을 잠시 바라보고 서 있다가 안방으로 들어가버렸다.

그사이에 김광진 씨는 뒤란 우물로 가서 목욕을 했다. 황두표 씨는 대문간을 등진 채 서 있었다. 도깨비한테 홀린 것만 같았다. 가슴이 불규칙하게 후두둑거리고 다리가 맥없이 떨렸다. 광진이 저 사람이 제대로 제왕풀이를 할까. 제 놈이 그걸 어디서 배웠을까. 어린 시절에 김광진 씨와 황두표 씨는 큰동네 무당한테 팔렸었고 명절 때마다 그 무당집으로 명절을 쇠러 가곤 했었다. 그러므로 무당집 신어머니가 독경하는 것을 많이 듣곤 했었고, 그 신어머니가 큰굿 하는 데엘 따라가서 굿을 보다가 오곤 했었다. 그러나 그따위 굿을 몇 차례 보았다고 해서 이 제왕풀이를 할 수 있단 말인가.

황두표 씨는 대문간을 돌아보았다. 대문이 활짝 열리어 있었고, 먹물을 칠해놓은 듯한 나지막한 산줄기가 보였고, 그 산 위로 별 떨기들 수런거리는 하늘이 보였다. 그 검은 산줄기가 이 마을 어귀로 들어설 때 넘어 들어온 그 나지막한 푸른 산줄기이거니 하고 생각했다. 그리고 만일에 김광진 씨가 거짓 무당임이 들통나고, 집안사람들이 몽둥이를 들고 덤벼들면 황두표 씨는 뒤도 돌아보지를 않고 그 산줄기를 넘어 줄행랑 놓을 생각을 했다.

노파는 멍석 위에 아들이 추려 온 깨끗한 짚 한 줌을 놓고 그 위에다가 개다리소반을 놓았다. 정화수를 떠다가 개다리소반 위에 올려놓고,

옴배기에 물을 가득 떠 오고, 바가지를 그 물에 엎어놓았다. 숟가락 하나를 그 옴배기 옆에다가 놓아두었다. 아들은 부엌으로 들어가 불을 지폈다.

이윽고 목욕재계한 김광진 씨가 마당으로 나왔고, 그는 서슴지 않고 멍석 위로 올라갔다. 대문간 쪽에 서 있는 황두표 씨는 새로운 걱정과 두려움으로 가슴이 뛰고, 눈앞이 빙글빙글 돌았다. 저 사람이 미쳐도 보통으로 미친 것이 아니다. 어떻게 거짓말 푸념을 우물우물 씨부렁거려 이 집안사람들의 귀를 속일 수는 있을지 모르지만, 제왕신이나 삼신님을 속일 수는 없을 것 아닌가. 삼신할미가 오히려 자기를 업수이여기고 속이고 거짓 푸념을 하는 가짜 무당 때문에 산모의 뱃속에 든 아기를 더 꽁꽁 옭아 묶어버리면 어찌할까. 거짓 무당질로 말미암아 동티라도 나면 어찌할까. 벼락이 떨어지고, 광진이가 저 옴배기 앞에 앉은 채 죽어버린다면 어찌할까. 황두표 씨의 등줄기와 겨드랑이와 손바닥과 발바닥과 이마에서는 진땀이 흐르고 있었다.

김광진 씨는 노파에게 산모의 성명 석 자, 산모 남편과 시아버지 시어머니의 성명 석 자들을 모두 써가지고 오라 이른 다음, 반가부좌를 한 채 눈을 지그시 감고 있었다.

"박씨님네 가문의 어질고 또 어지신 제왕님네, 앉아서 삼천 리를 보시고 서서 구만 리를 보시는 우리 어지신 제왕님네, 쇠술로 밥을 먹기는 먹어도 워낙 미련한 우리네 인간이라 혹시 다른 제왕님네하고 함께 어울려 밥을 먹었는가, 갑오년 난리통에 굶어 죽은 잡귀신, 삼 년 가뭄에 개피떡 먹다가 얹혀 죽은 과부 귀신하고 어울려 밥을 먹었는가…… 우리 못나고 어리석고 미련스러운 인간이 함부로 덤부로 덤부로 함부로 죄를 짓고 잘못을 저질렀더라도 곱게 보시고 어여삐 보시고 가엾게 보시고 불쌍히 보시고 애석하게 보시고 귀엽게 보시어, 비 오다가 자듯이 바람이 불다가 자듯이 진통이 가라앉으시고, 어질고 또 어지시고 너그러우시고 또 인자하시고 자비로우신 우리 삼신님네, 헌 망태에서 그저 줄참외 빠져나가듯이, 그저 순순히 순순히 낳아주시도록 밀어주시고 또 밀어주십시오. 어질고 또 어지신 제왕님네, 우리 박씨네 가문의 종손 며느리 스물두 살 정씨한테 황소 같은 힘을 주셔서 설사 난 검은 소 물케똥을 싸듯이, 통발에 미꾸라지 빠져나가듯이, 열어놓은 수문통에 물 빠져나가듯이 그저 어서 빨리 순산하도록 도와주시고 돌보아주시기를 발원하고 축수 드리옵니다. 용천하신 하눌님네, 어질고 또 어지신 제왕님네, 삼라만상을 다 점지해주신 삼신님네, 그저 거짓말같이, 헌 망태에 줄참외 빠져나가듯이, 통발에 미꾸라지 빠져나가듯이, 그저그저 거짓말같이 순산하도록 도와주십시오. 도와주십시오. 용천하신……."

김광진 씨는 숟가락으로 옴배기 속에서 물을 안고 엎어져 있는 바가지를 동당동당 두드려가면서 재재바르게 푸념을 하여댔다. 그 푸념을 한 번 하고, 또다시 반복했다. 그러한 그의 말마디들은 알아들을 수 있는 것들도 있었고, 전혀 알아들을 수 없는 것들도 있었다.

산모의 시아버지는 툇마루 끝으로 나와 선 채 팔짱을 끼고 김광진 씨의 푸념하는 것을 보고 있었고, 산모의 남편은 아궁이에 불을 지피면서 김광진 씨를 가끔 흘끗거렸고, 시어머니는 며느리의 방으로 들어가더니, 무당이 비손을 하기 시작했으니 이젠 한결 수월하게 낳을 수 있게 될 것이라고 하면서, 얼른 힘을 주어보라고 큰소리로 말을 했다. 진작부터 그 며느리의 방 안에 들어 있던 또 한 사람의 여자가 시어머니와 똑

같은 말을 다급하게 내뱉었다.

　김광진 씨는 아랑곳하지 않고 바가지 꼭지를 동당동당 두드리며 푸념을 계속했다. 그걸 등 뒤에서 바라보는 황두표 씨의 손에는 진땀이 끈끈하게 나 있었다. 어디선가 닭 우는 소리가 아스라이 들려왔다. 열어젖혀진 대문 밖 저쪽의 검은 산머리에 얹힌 하늘이 번해지고 있었다. 산모가 끝내 몸을 풀지 못하고 실신을 해버리기라도 하면 어찌할까. 도망을 치려면 날이 밝기 전에 얼른 도망을 쳐야만 한다. 사랑채 툇마루에 걸터앉아 있는 아들이 방으로 들어가주기라도 하면 좋겠다……. 황두표 씨는 조급하고 초조하여 생오줌이 마렵고 발바닥과 손바닥이 간질거렸다. 김광진 씨 옆으로 다가가서 옆구리를 질벅거리며 얼른 도망치자고 말을 하고 싶었다. 아니 김광진 씨를 남겨두고 자기 혼자서만이라도 도망을 가버리고 싶었다.

　한데 바로 그때 며느리의 방에서 시어머니의 안타까워하는 다급한 목소리가 들려왔다.

　"아이고, 어쩔꺼나, 어째서 양수도 안 터지고 저런다냐?"

　동시에 다른 여자의 목소리도 들려왔다.

　"오냐 됐다, 더 힘줘라. 아이고 잘한다. 그래, 힘줘라."

　시어머니가 울음 섞인 소리로 "아이고 용천하신 하눌님네, 어질고 또 어지신 제왕님네, 삼신님네, 조금만 더 힘을 주게 해주십시오" 하고 말했다. 언제부터인지 김광진 씨의 푸념하는 목소리는 드높아져 있었고, 시부렁거리는 푸념의 말마디들은 더욱 알아들을 수 없도록 빨라져 있었다. 이윽고 "워따 워메 꼬추네" 하는 소리가 들려오고, 그런 지 얼마쯤 뒤에 물 머금은 개구리의 울음소리 같은 아기의 첫 울음소리가 흘러나왔다.

"으허허허허……."

잘 얻어먹고, 노잣돈 두둑하게 얻어 담고, 앞산 위로 둥실 뜬 해를 이마로 받으며 동구 밖을 나선 김광진 씨는 허공을 쳐다보면서 웃어댔다. 풀잎에는 이슬이 유리구슬들처럼 맺혀 반짝거리고 있었고, 푸른 들판과 산자락에는 옥빛의 맑은 안개가 끼어 있었다. 황두표 씨는 길 가장자리에 군락을 이룬 개망초 풀들을 내려다보며 걸었다. 바야흐로 꽃망울들을 터뜨리려 하고 있었다. 그는 웃음이 나오지를 않았다. 간밤 김광진 씨 때문에 애가 단 일들이 밤 내내 악몽을 꾸고 난 듯 아득하고 나른해졌다.

"개 같은 놈, 소가지 없이 웃고 자빠져 있는 것 보소? 하룻밤 내내 옆엣사람 애달아 죽고 못살게 만들어놓고……?"

황두표 씨는 우거지상을 지으며 퉁명스럽게 말했다. 그는 김광진 씨가 새삼스럽게 두려워졌다. 쉽게 범접하지 못할 가시 장벽 같은 것을 둘러치고 있는 듯싶고, 귀기 같은 것이 주변에 서리어 있는 것 같았다. 누더기 같은 거짓으로만 둘둘 말리어 있는 듯싶기도 했다.

산모퉁이를 돌아가다가 김광진 씨는 "으히히……" 하고 실성한 사람처럼 슬픈 소리로 히히거리고 나더니, "내가 어떻게 해서 아기 뺄 때 푸념하는 것을 배웠는 줄 아는가? 어째서 그렇게 겁 없이 그 일을 해낼 수 있게 된 줄 아는가?" 하고 말했다. 황두표 씨는 길바닥에 깔린 자갈들만 내려다보고 걸었다. 어째서 그렇게 되었느냐고 묻지를 않았다. 김광진 씨도 그 까닭을 당장에 말해주려고 하지 않았다. 김광진 씨는 강진읍에서 버스를 타고 나서야 그 말을 꺼냈다.

"그때 정길이하고 도망을 치자고 약조를 했어. 춥고 배고프고, 골골
거리다가 피를 토하며 죽어가고, 보급 투쟁을 나가서 총 맞아 죽고, 토
벌대한테 죽고, 비행기의 기총소사에 죽고……. 그래서, 야, 이래 죽으
나 저래 죽으나 마찬가지다, 마을로 내려가서 따스운 밥에 두꺼운 이불
덮고 여편네나 한 번씩 안고 자보고 죽자……. 이러고 도망칠 작정을 한
것이었지. 부지런한 며느리가 개밥 퍼주러 나와 본다는 초승달이 막 진
뒤에 우리 둘이는 보투(보급 투쟁)를 가겠다고 자청을 하고 나섰어. 우리
는 보투가 목적이 아니고, 도망이 목적이었기 때문에 그냥 마을을 피해
서 산줄기만 타고 남쪽으로 달린 것이여. 그날 밤으로 지리산 줄기를 벗
어나서 용강에 이르렀어. 개울물만 퍼마시고 산골짜기에서 하룻밤을
새웠지. 그리고 이튿날 어두워진 뒤에 마을의 외딴집으로 가서, 총을 겨
누고 밥을 달라고 하고, 옷을 두 벌만 내놓으라고 했지. 쉰이 조금 넘었
을 듯한 부부가 부들부들 떨면서 밥을 지어주고 옷을 주데. 자기 아들은
의용군엘 갔는데, 살았는지 죽었는지 알 수가 없다고 그러면서 말이여.
배가 등가죽에 붙은 참이라 정신없이 퍼먹고 옷을 챙겨 든 우리가 '해
치고 가지 않을 테니께 신고를 좀 늦게, 새벽녘이 가까워지면 하십시오'
하고 그들 부부에게 통사정을 했지. 그들 부부가 그렇게 하마고 하데.
우리는 망을 봐가면서 마을 밖으로 나왔지. 그날 밤에 산줄기를 타고 화
순 쪽으로 가는 데까지 가다가 날이 밝으면 무기를 버리고 민간 옷으로
갈아입을 생각이었지. 한데, 마을 앞 들판으로 막 들어섰을 때 냇둑 쪽
에서 총알이 날아오기 시작했어. 아따 뜨거라 하고 엎어져 뒹굴기도 하
고 불불 기기도 하고 그러면서 산 쪽으로 들입다 뛰었지. 그런데 그 들
판을 미처 다 벗어나지 못했는데, 윽 하는 소리가 뒤에서 났어. 정길이

가 당한 것이여. 뒤돌아 가서 얼마쯤 끌고 왔지. 보니까 아랫배 한가운
데를 관통했어. 피는 허리 쪽과 배에서 퀄퀄 쏟아지고, 총소리는 가까워
지고, 나보다 더 덩치가 큰 사람을 들쳐 업고 뛰어갈 수는 없고……. 정
길이가 그러대. 자네나 얼른 도망을 가라고. 그리고는 이렇게 말을 했
어. '나는 틀렸네. 가서 우리 각시보고 그러소. 다른 사람한테 가지 말고,
애기들 둘 키우면서 자네를 기둥서방으로 삼고 살라 하더라고…….' 그
래도 나는 정길이를 끄집고 갔지. 그런데 아무래도 안 되겠어서, 참말
이지 눈물을 머금고 그 사람을 떨쳐놓고 나 혼자서 뛰었지. 내가 산줄
기 하나를 넘어가는데, 그 들판에서 한동안 총소리가 요란하더구만. 그
런 관통상을 입고도 정길이가 쫓아오는 경찰 쪽에 응사를 한 모양이었
어. 총소리가 잠잠해지는 것을 보고 나는 멍청히 하늘을 쳐다보고 앉아
있었지. 다른 날 밤보다 별들이 더 심하게 까물거리는 것 같데. 물을 머
금은 것 같고 말이여. 참말이지 너무 허무한데. 나도 언제 어디서 그렇
게 총에 맞아 죽을지 모르는 것인께 말이여. 그런데 참말로 이상스러운
것은, 그렇게 피를 보기만 하면 더욱 살고 싶은 생각이 드는 것이여. 그
때 내 머릿속에는 노력리 사는 정길이 각시 생각이 나고, 우리 집사람
생각이 나고, 그 집사람하고 감고 씨근거리던 생각이 나고, 내가 정길
이 집 골방에 숨어 지낼 때 정길이하고 그 각시하고 그렇게 소곤거리고
앓다고 그러던 생각이 나서 환장하겠더구만. 나는 또 이를 갈면서 산
을 타기 시작했지. 얼마쯤 갔을까. 날이 번히 새려고 하길래 옷을 갈아
입고, 마을 어귀에 있는 외딴집을 향해 내려갔네. 지게를 하나 도둑질해
가지고 거기다가 무슨 짐 하나를 얹어 지고 길을 나설 생각을 한 참이었
으니께 말이여. 그런데 이것이 어찌 된 일인가. 그 마을 어귀의 초소에

배치된 의경을 만나버린 것이여. 도망을 칠 수도 없고, 무기를 버렸으니 맞싸울 수도 없고……. 어쩔 수 없이 부득부득 그 앞을 지나서 갔지. 어야, 이 세상에는 알 수 없는 기적이라는 것이 분명히 있네. 그때 내 가슴은 벌떡벌떡 뛰고 있었고, 그 때문에 관자놀이와 귀청은 발동기 돌아가는 소리를 내고 있었고, 눈앞은 어질어질했는데, 그 순간에 초소에서 별로 멀리 떨어지지 않은 외딴집에서 무슨 소리인가가 얼핏 들려온 것이었어. 여인네가 아으으 하고 비명을 질러대는 듯한 소리였어. 그뿐 나는 아무런 생각도 하지를 못하고 그 초소 앞을 지나갔는데, 의경 한 사람이 나한테 총을 턱 겨누면서 어딜 갔다가 오느냐고 묻더구만. 순간적으로 나는 여인네의 비명 소리가 들려오는 외딴집을 가리키면서 '시방 사람이 다 죽어가오. 저는 이 너머에 사는 당골인데, 어저께 이 집 어르신이 왔습니다. 만삭이 된 며느리가 금방 몸을 풀 것 같은데, 만일에 밤중부터라도 애기를 삐대면은 어쩔 것이냐고, 미리 와 비손을 좀 해달라고……. 그런데, 우리 집사람이 하필 큰굿을 하고는 몸살이 나서 누워버린 바람에 제가 대신 쫓아왔구만요' 하고 말을 했네. 그러자, 의경이 내 얼굴을 이리저리 뜯어보면서, 정말이냐고 따지데. 곧 탄로가 날망정 나는 정말이라고, 저 집으로 가보자고 했지. 내 모습이 그때 어땠겠는가. 수염은 길 대로 길었고, 발에는 검정 고무신 찢어진 것을 신고 있었고, 무중우는 몸에 맞지를 않고 헐렁하고, 그동안 못 먹고 잠 잘 못 자고 뛰어다니고 그래서 비쩍 마른 데다가 얼굴 살갗 여기저기에는 가시나무 잎사귀에 긁히고 할퀸 자국들이 있었겠지. 의경이 나를 앞장세우고 그 외딴집으로 갔네. 가서 보니, 고맙게도 그 집 며느리가 한창 진통을 하고 있었지. 며느리의 비명 소리가 들려오는 모퉁이 방에서는 시어머니인 듯한 아낙네의 바싹 밭은 목소리가 황급하게 흘러나오곤 했네. '그렇게 잔 힘을 주지 말고 조금 참았다가 모둔 힘을 줘라.' 내가 총을 겨눈 의경을 앞장서서 마당 안으로 들어서끼께 모퉁이 방문 앞 아궁이에다가 불을 지피고 있던 머리털 희끗희끗하고 허리 구부정정한 남자가 흘끗 돌아보더구만. 그래 나는 그 노인 앞으로 다가가서 인사를 넙죽하고는 '집사람 대신에 제가 왔구만요' 하고 말을 했지. 그런께 노인이 눈을 멀뚱멀뚱하게 뜨고 나를 건너다보더구만. 그러고는 내 등에 총구를 대고 있는 의경을 흘끗 보았어. 그 순간에 나는 어차피 그물 속에 든 고기고 도마 위에 올라간 고기라는 생각이 들었지. 나는 등 뒤의 의경을 아랑곳 하지 않고 몸을 돌려 안방 부엌으로 들어가서 개다리소반을 내오고, 옴배기에 물을 담고, 거기에다가 바가지 하나를 덮어 엎고, 숟가락 하나를 내가지고 나왔어. 다음에는 모퉁이 처마 밑에 둘둘 말리어 있는 멍석 한 장을 내다가 모퉁이 방의 댓돌 앞에다가 펴고, 짚 한 줌을 말갛게 추려 깔고 그 위에 비손할 상을 차렸지. 그러면서 나는 의경과 노인네가 주고 받는 말들을 얼핏 들었어. 의경은 나를 턱으로 가리키며, 저 사람이 정 말로 재 너머 마을에 사는 박수무당이냐고 물었고, 노인네는 얼떨결에 허리를 굽신거리며 그냥, '네네, 그런데 어째서 그러시오?' 하고 되물었 고, 의경은 다시 '그런데 저 사람 하고 있는 꼬락서니가 어째 저란다요?' 하고 물었고, 노인네는 '그 사람 원래 시털부털한 사람이오' 하고 대답을 하고 있더구만. 그 말들 한마디 한마디에 내 등줄기와 이마에서는 진땀이 죽죽 흐르고 있었네. 한데, 의경이 아무래도 내 몰골이 수상쩍었던 지, 돌아서 가지를 않고 끝까지 버티고 선 채로 내 거동을 주시하는 것이여. 초소에 남아 있던 의경까지 들어와서 사립 쪽에 선 채로 내 하는 짓들을 지켜보고 있는 듯싶었어. 나는 이미 그 집의 노인네하고 공범자가 되어 있는 것이라는 생각이 들었지. 그 노인네를 위해서라도, 그 의경들이 의심할 여지가 없도록 익숙하게 비손을 해 보여야만 하는 것이었지. 한데, 우리 집사람이 아기를 뻬낼 때, 장산리 당골네가 와서 푸념을 하는 것을 보고 듣기는 들었지만, 무슨 말을 어떻게 하는지 똑똑히 귀담아듣기나 했겠는가. 그렇지만, 우물쭈물하고 있을 수만은 없었지. 모퉁이 방에서는 며느리의 비명 소리가 점차 드높아가고 있었으니까 말이여. 나는 옴배기 앞에 정좌를 하고 앉기가 바쁘게 숟가락을 들어 물위에 엎어놓은 바가지 꼭지를 동당동당 두드리면서, '세상천지 만물 중에서 사람밖에 또 있는가아아……' 하고, 어디선가 주워들은 사설들을 애절한 음곡과 함께 늘어놓기 시작했네그려. 으허허허…… 여보소. 그 사설이 무슨 사설인가. 회심곡(悔心曲) 아닌가. 그것을 내가 어디서 주워 담았는지 아는가? 어렸을 적에 나랑 자네랑 장산리 무당한테 팔렸지 않았는가. 그래서 내 이름이 어렸을 적에는 광진이가 아니고 판진이었었지, 장가들기 한 해 전까지만 해도 우리는 명절 때면은 장산리 무당집으로 명절을 쇠러 다니곤 했제. 그 늙은 당골네를 어머니라고 부르면서 말이여. 자연 큰굿 작은 굿을 많이 보게 되었고, 그러다가 그 늙은 당골네가 늘어놓곤 하는 그 사설들을 거의 다 외어 담게 되었지. 그리고 술에 취하면 친구들 앞에서 곧잘 그걸 읊조리면서 당골네 굿하는 흉내를 내곤 했지. '……여보시오 시주님네 이내 말씀 들어보소. 이 세상에 나온 사람 뉘 덕으로 나왔는가. 석가여래 공덕으로 아버님 전 뼈를 빌고 어머님 전 살을 빌어 칠성님전 명을 빌어 제석님전 복을 빌어 이내 일신 탄생하니……' 나는 일부러 그들이 잘 알아먹을 수 없도록 빠르게 우물거리는 듯한 어투로 읊조려나갔네. 한참 읊조려나가는데, 얼핏 그 사설의 내용이 아기 삐대는 자리에서 읊조려야 할 성질의 것이 아니라는 생각이 들더구만. 그렇지만 어떻게 하겠어? 그것 말고는 알고 있는 것도 없었고, 그렇다고 그 사설을 멈출 수도 없었고, 그래서 가지고 있는 밑천을 모두 쏟아놓았지. 물론 그렇기 때문에 나는 더 코맹맹이 소리를 내고, 빠른 어투, 우물거리는 불분명한 발음으로 사설을 외워나갔지. 그때 등 뒤에서 노인네의 무슨 말인가가 들려왔고, 의경들 둘이서 자기들끼리 무어라고 도란거리는 소리가 얼핏 귀에 걸려들었네. 아이고 이제는 들통이 났구나. 끌려가서 총살을 당하게 되는구나, 하고 나는 포기를 했네. 그러면서도 나는 그 사설을 계속 늘어놓았네. 그 의경들이 다가와서 내 등덜미를 잡아 끄집을 때까지는 버틸 대로 버티자고 마음을 먹었어. 한데, 이 무슨 기막힌 행운이란 말인가. 바로 그때에 그 집의 며느리가 으윽 하고 힘쓰는 소리를 질렀고, 시어머니의 '오냐 됐다. 한 번만 더 모둔 힘 써라' 하는 소리가 들려왔네. 그 소리에 용기를 얻은 나는 더 목소리를 높여 사설을 늘어놓았지. 그런 지 얼마쯤 뒤에 '아이고, 이내 새 사람!' 하는 시어머니의 목소리가 들려오고, 물을 머금은 듯한 아기의 울음소리가 흘러나왔지. 그리고 '아따, 고생했다. 아이고, 시원하겄다. 꼬추 달았다' 하고 흐뭇해하는 시어머니의 바싹 밭은 목소리가 들려왔어. 그때 다시 한 차례 두 의경의 소곤거리는 소리가 등 뒤에서 들려오고, 발소리들이 사립 쪽으로 멀어져갔어. 나는 나의 기막힌 주술로 염라대왕의 사자를 퇴치시켜버리기라도 한 듯 신이 나서 더 크고 드높은 목청으로 사설을 읊조렸네. 막히면 재빨리 익히 아는 대목을 다시 외고, 또 그 대목을 외었어. '……망령이라 흉을 보고 구석구석 웃는 모양, 애달

고도 설운지고 절통하고 통분하다, 할 수 없다 할 수 없다 홍안백발 늙어
간다, 인간의 이공도를 누가 능히 막을쏜가. 청초는 연년록이라 왕손은
귀불귀라, 우리 인생 늙어지면 다시 젊지 못하리라…….' 내 목청은 마침
내 울음이 섞이어 떨려 나오고 있었네. 얼마 동안이나 그렇게 소리 높여
외워댔을까. '어따 어메, 이것이 뭔 일이라요?' 하는 시어머니의 황급하
게 꾸짖는 듯한 소리가 바로 코앞에서 들려와서 나는 눈을 떴지. 머리털
허연 노파가 힘줄 멀건 손으로 숟가락 잡은 내 손을 잡더구만. 그리고 내
귀에다 대고 '됐소, 보살님 덕분에 순산했소' 하더니 내 손목을 끌어당겨
안방으로 밀어 넣었지. 그 노인네와 늙은 시어머니는 나를 하룻밤 재워
주고, 이튿날 아침에 장짐을 차려 어깨에 걸쳐주면서 마을 밖까지 전송
을 해주었네. 그러면서 그 노인네가 나한테 뭐이라고 한 줄 아는가? '다
른 데 가서 당골 노릇을 할 때는 조심하소. 그 회심곡은 죽은 사람 앞에
서나 하는 것이라네. 아기를 빼대는 데서는 제왕풀이를 해야 써.'"

들에는 가을이 한창이었다. 베어 눕혀놓은 나락도 있고, 아직도 샛노
래진 채 서 있는 나락들도 있었다. 콤바인이라는 타작 기계가 혼자서 슬
금슬금 기어 다니면서 나락밭을 먹어 없애기도 했다. 콩밭들은 벌써 거
무스레하게 비어버렸고, 조와 수수의 가을이 한창이었다. 고구마밭들
만 아직도 푸른 기운을 띤 채 남아 있을 뿐이었다. 사람들은 부지런한
개미 나대듯이 서두르고들 있었다. 들판에서 일하는 사람들은 주로 아
낙네들이었고, 남정네들은 대부분 바닷일을 하러 나가고 없었다. 바야
흐로 물 얕은 데에 있는 김발을 물 깊은 데로 옮기는 철이었다. 며느리
앞세우고 사돈 보기 하러 온 사돈네 식구들까지 부려먹지 않을 수 없도

록 손발이 달리고 다급해지는 것이었다. 그런데도 일손을 잡지 않은 채 어정거리고 빈둥거리는 것들은 어린아이들이거나 그야말로 폐품같이 되어버린 사람들이거나 개, 돼지, 소, 염소들일 뿐이었다.

들을 내다보던 황두표 씨는 술 한 잔을 더 청해 마시고, 문득 구릿한 입 냄새를 풍겨대면서 김광진 씨를 향해 소리를 질렀다.

"이 자식아, 너도 그 짓거리 하고 다니지 말고 땅 널찍할 때 얼른 죽어라. 뗏장 한 장이라도 묵직한 놈으로 떠다가 덮어주마."

요물스러운 여자가 진하게 화장을 한 것 같은 그런 꽃도리방석이나 던적스럽게 결어서 누구한테 주러 다니는 그런 짓거리를 하지 말라는 말이었다. 김광진 씨는 대꾸를 하지 않고 큼 하고 콧방귀를 뀌었다. 방학이 각시는 그들이 티격태격하는 소리가 듣기 싫은 듯 라디오를 크게 틀어버렸다. 때마침 한 유명한 유행가 가수의 '허공 속에 묻힌 이야기'가 꼬리를 길게 늘어뜨리고 있었다. 황두표 씨는 담배 한 개비를 피워 물었다. 내뿜는 담배 연기 저쪽에서 그의 어지러운 사념들이 아물거리고 있었다.

그가 두 번째로 시작한 쌀장사를 엎어버리고 들어온 그해 겨울부터 그는 거의 하루도 빠짐없이 술을 마셨다. 술은 묘한 독약이었다. 마시고 난 이튿날에는 목이 컬컬하면서 밭고 자꾸 물이 씌었다. 그 기분 나쁜 조갈은 물을 아무리 마셔보아도 가시지를 않았다. 막걸리나 소주를 마셔야만 풀렸다. 낙지며, 문어며, 바지락이며, 소라고둥이며를 잘 잡는 아내는 매일 아침저녁으로 국을 끓여 속풀이를 하여주면서, 몸에 살짝 벌 정도로만 술을 마시라고 애원을 하곤 했지만, 황두표 씨는 그 애원을 들어줄 수가 없었다. 큰아들 죽은 것이며, 그가 장사를 두 번이나 들어

엎은 것이며가 꼭 누구인가의 저주로 말미암아 그리 된 것만 같은 생각
이 드는 것이었다.

"내가 뭣을 잘못하고 무슨 죄를 지었다고 당신네들이 내 새끼들을 그
렇게 저주해?"

그는 술을 마시고 들어오면, 아버지와 어머니가 거처하는 안방 툇마
루 끝에 걸터앉아 고함을 치고는 했다.

"황두표 망해가는 꼴이 그렇게 보고 싶으오? 황두표 밑에서 떨어진
손자새끼 하나 죽은 게 어쩌오? 시원하지요? 내가 새끼들을 다 잃어버
리고 빌어먹는 거지가 되었으면 춤을 추겠지요?"

큰아들이 뼛가루로 돌아온 뒤부터, 살가죽이 비닐처럼 얇아지고 입
이 메기처럼 커지고 눈이 퀭하게 들어간 데다가, 허수아비한테다 숨을
불어넣어둔 것처럼 맥없이 어슬렁어슬렁 걸어 다니곤 하는 그의 아내
가 나와서 그를 붙들고 울음 눈물을 뿌리면서, "당신 어째서 이러시오?
세상에, 나 못 할 일은 남도 못 하는 법인데, 누가 내 새끼 죽으라고 무당
데려다가 빌기를 했겠소? 부처님한테 빌기를 했겠소? 예배당에서 축수
를 했겠소? 부끄럽소. 제발 이러지 좀 마시오. 첫째는 나부터가 가슴이
그냥 두근거리고 꽉 막혀서 툭 터지려고 하고, 어디로 훅 날아가기라도
했으면 좋겠고……. 그런 데다가 당신까지 이러신께 암만해도 못살겠
소" 하고 말했다. 그런 아내에게 그는, "뭣이 어째 이년아" 하고 소리치
면서 아내의 머리채를 틀어쥐고 마당으로 질질 끌고 다녔다. 아내는 그
의 팔목을 두 손으로 움켜잡은 채 입을 굳게 다물고 있었는데, 그의 어
머니가 툇마루로 나와 서서 그에게, "오냐, 이놈, 이 에미 머리채 잡아끌
고 다니지 못하니께 애매한 여편네 머리채를 그렇게 끄집는구나. 오냐,

잘한다, 이놈"하고 소리를 질렀다. 아버지는 놋쇠 화로 시울을 대통으로 탕탕탕 두들기며 어흠, 어흠 하고 헛기침만 하고 있었다.

이튿날 새벽녘에 목이 타는 것 같은 조갈 때문에 몸을 일으키고 보니 아내의 모습이 보이지를 않았다. 벌써 밥을 지으러 나갔을까. 간밤에 머리채 잡혀 끌려다닌 설움, 자식 잃은 설움을 하소연하러 과부인 연동댁한테 갔을까. 우물에서 물 한 바가지를 퍼 마시는데, 헛간 쪽으로 두르고 선 눈앞에 희끗한 그림자 같은 것이 어른거리는 듯싶고, 불길한 예감이 머리끝을 곤두서게 했다. 그는 아직 검은 어둠이 가득 담기어 있는 부엌을 들여다보고, 변소간을 들여다보았다. 연동댁의 집엘 가보았다. 돌아와서 아내가 들고 다니는 갯바구니를 찾아보았다. 그게 없었다. 이 사람이 바다에 나갔구나.

황두표 씨는 입술을 깨물었다. 간밤에 자기가 해도 너무했다는 생각이 들었다. 내가 어디 자기 미워서 그랬는가. 그는 골목길을 줄달음질쳐 갔다. 마을의 검은 지붕과 감나무와 살구나무의 잎사귀들 위에 얹힌 별들이 뛰어 달아나고 있었다. 바야흐로 바다에는 썰물이 지고 있었다. 비리고 찝찔한 갯냄새가 그의 콧속으로 파고들었다. 아내가 어느 바위 틈 같은 데에 쪼그리고 앉아 썰물이 지기를 기다리고 있을지도 모른다고 그는 생각했다. 넓바위 연안으로 들어서면서부터 "여보오" 하고 소리쳐 불렀다. 죽은 큰아들의 이름을 외쳐 불렀다. 오래전부터 그는 사람들이 많은 데서 아내를 찾거나 부를 때는 그렇게 큰아들의 이름을 대신 부르곤 했었다. 노루목 연안으로 돌아가며 목이 얼얼해지도록 소리쳐 불렀다.

"성준아야."

응달 연안으로 가며 불렀다. 아내는 대답을 하지 않았다. 먼바다에서 밀려온 파도들이 모래톱과 갯바위 끝에서 철푸럭철푸럭 재주를 넘고 있었다. 바다에는 음험한 검은 밤안개가 서리어 있었고, 연안의 뒷산들은 눈을 힘주어 감은 채 잠이 들어 있었다. 그 잠든 산에서 그의 목소리가 메아리쳐 왔다.

새빨간 해가 고흥 반도의 늘씬한 산허리 위로 솟아올랐을 때, 그는 다시 넓바위 선창으로 달려가다가 모래톱에 쓰러져 있는 아내를 만났다. 아내는 노루목 연안의 흰 모래밭에 새겨진, 간밤의 밀물졌던 물자국 바로 밑에서 네 활개를 펴 늘인 채 눈을 번히 뜨고 누워 있었다. 물을 많이 먹어서 배는 뺑뺑하게 불러 있었고 못 견디어 허우적거린 듯 치마와 저고리가 헤쳐져 있었다. 검은 머리칼들은 헝클어진 그물 자락처럼 어지럽게 뭉쳐져 있었다.

아내의 시신을 안골 잔등에 있는 선산 밑에 묻은 다음부터 황두표 씨는 아버지 어머니와 서로 말을 주고받지를 않았다. 둘째 아들은 제 어머니가 죽은 뒤로 다니던 학교를 내팽개치고 집을 나가버렸다. 서울에서 네댓 차례 편지가 오고, 부산에서 두어 차례 편지가 오더니, 또 얼마쯤 뒤에는 광주에서 자리를 잡았다는 편지가 왔다. 그 편지에 막내를 보내달라는 말이 씌어 있었다. 막내가 중학교를 마치던 해였고, 막내는 그 편지 봉투를 들고 집을 나갔다. 오래지 않아서 둘째 아들이 이발소를 차려보겠다면서 돈 삼백만 원만 올려달라고 하여, 아버지하고 의논도 하지 않고 논 세 마지기를 팔아 올려주었다. 그는 계속해서 술을 마시곤 했고 취하면, "내가 무슨 죄가 있어서 새끼 잃고 여편네 잃어버리는 천벌을 받아야 된다요? 동생한테 빨갱이 노릇을 하라고 쏘색인(속삭여준)

410

적도 없고, 입산을 해서 헤매다가 죽으라고 빈 적도 없소. 죄가 있다면은, 두헌이가 학교에 다닐 적에 뼈가 휘도록 농사짓고 김 양식해가지고 돈 대준 죄밖에는 없소. 그런데 어째서 내가 이런 천벌을 받아야 된다요? 동네 사람들이 그런다고 합디다. 황두표는 부모한테 불효를 하니께 천벌을 받는다고 말이오" 하고 온 마을이 쩌렁쩌렁 울리도록 소리를 질러대곤 했다. 이제는 그가 그런다고 해서 아버지나 어머니가 큰기침 한 번도 하지를 않았고, 문짝 하나도 크게 소리 내어 닫지를 않았다. 숨도 크게 쉬지를 않았다. 문중 어른들이나 마을 사람들도 이제는 황두표 씨에게 불효를 한다고 불러다가 꾸짖거나 회의청으로 끌어내다가 혼을 내주려고도 하지를 않았다. 미친 술주정뱅이쯤으로 여기고, 미친개를 피하듯이 슬금슬금 피해버리곤 했다.

그런데 정말로 천벌을 받은 것이었을까. 그해 5월, 광주에서 큰일이 벌어진 며칠 뒤에 막내아들한테서 급전이 날아왔다. 제 형이 죽었다는 것이었다. 달려가 보니, 아들의 얼굴에는 하얗게 회칠이 되어 있었고, 가슴과 등짝에 총구멍이 나 있었다. 막내아들의 말을 들으니, 그 둘째는 총을 들고 나댄 모양이었다. 황두표 씨는 마치 역적질을 한 아들을 둔 아비 모양으로 주눅이 들어, 관에서 가져다가 묻으라는 대로 망월동 공원묘지에다가 아들의 시신을 묻었다. 그날 밤, 아들의 이발소 안에서 그는 쓴 소주를 벌컥벌컥 들이켜며, "제깐 놈이 뭣이 잘났다고 법을 안 무서워하고 글쎄 총을 들고 날뛰어?" 이 말을 날이 번히 새도록 씹고 또 씹었다. 그리고 이발소를 처분해가지고 막내를 끌고 내려가면서 그는 이렇게 말했다.

"너는 안 돼. 내 옆에서 엎드려 살아야 써. 너 없어지면은 우리 집 대

끊어진다. 황두표 집구석 문을 닫게 된단 말이여."

막내를 데리고 돌아온 뒤부터 황두표 씨는 술을 마시고 들어와도 소리를 지르지 않았다. 대신에 목소리를 푹 낮춘 채 미운 소리만 했다.

"아버지, 어머니, 얼마나 시원하시오? 이것도 내가 두헌이보고 공산 당에 들어갖고 빨치산으로 나가 죽으라고 들쑤신 죄 때문에 떨어진 벌 이오?"

그러면서 숫제 잠을 자지 않고 마당 안을 뱅뱅 돌며, 푸후 푸후 한숨 을 쉬기도 하고, 음, 으음 하고 안간힘을 쓰기도 하고, "시원하시지요?" "두헌아, 저승에 있는 너도 속이 시원하지야?" 하고 중얼거리기도 했다.

"아버지, 어째서 이러시오? 이래싸시면은 나 또 나가버릴랍니다."

막내가 울먹거리면서 아버지인 황두표 씨를 방으로 끌고 들어가려고 하곤 했다.

"오냐, 오냐. 너한테 죄스럽다. 오냐, 들어가자."

황두표 씨는 막내아들한테 이끌려 방으로 들어가기는 가지만, 아들 이 잠이 들고 나면은 곧 밖으로 나가서 또 그렇게 마당 안을 서성거리고 바장이고 두런거리고 중얼거리고 안간힘을 쓰곤 했다.

망월동에 있는 작은아들의 무덤을 파다가 안골 선산 밑으로 옮기는 대신에 보상금을 받고, 그것을 둘째 아들과 동거를 해왔다는 면도사에 게 모두 넘겨주어버린 날 밤에도 황두표 씨는 여느 때와 마찬가지로 술 을 마시고 들어와서 그 수선을 피웠다. 그의 아버지와 어머니가 들어 있 는 안방에서는 옷자락 바스락거리는 소리, 숨결 소리 한 가닥도 들려오 지를 않았다. 한데, 여느 때와 달리, 어둠이 채 걷히지 않은 꼭두새벽에 아버지가 나무 지게를 차려 짊어지고 사립을 나갔다. 그 아버지의 뒤통

수를 향해 황두표 씨는, "땔나무는 뭣 하게 하러 가시오? 그 나무도 노적
가리같이 무더기무더기 쌓아놓았다가 통일이 되면은 두헌이한테 주려
고 그러시오?" 하고 안간힘을 쓰듯이 말했다. 한데, 그 꼭두새벽의 어둠
속에서 황두표 씨는 그 아버지의 살아 움직이는 모습을 마지막으로 본
셈이 되어버렸다. 아버지는 산으로 가서 별로 높지도 않고 크지도 않은
소나무의 가지에 목을 매달고 죽은 것이었다.

"죽으려면은 좋게 죽지, 어째서 남의 가슴에다가 쇠말뚝을 박고 죽어?"

황두표 씨는 안골 선산 밑에 아버지의 시신을 매장하고, 날이면 날마
다 그 아버지의 무덤엘 다녔다. 그 무덤을 손바닥으로 치면서 그는 짐승
처럼 으르렁거리고 울부짖었다. 그의 아버지를 매장한 지 열흘쯤 뒤에
그의 어머니가 집을 나갔다. 큰아들이 보기 싫어 딸한테로 나갔겠지, 하
고 황두표 씨는 생각했다. 그러나 자기 할머니가 고모 두순이의 집에도
가지 않았다는 사실을 안 황두표 씨의 막내아들은 심정이 괴롭다면서
집을 나가버렸다. 그는 그리하여 혼자가 되어버렸다. 끓어오른 울분을
누구에게 하소연하거나 풀어버릴 수가 없어 그는 우리에 갇힌 맹수처
럼 으르렁거리면서 집 안을 맴돌다가 연지에 사는 두순이한테로 갔다.
첫눈이 내린 저녁 무렵이었다. 황막한 초겨울의 검은 들판을 건너서 두
순이의 집으로 들어간 황두표 씨는 두순이를 보자마자, "어무이 어디다
가 숨겨뒀냐? 너 누구를 잡아먹으려고 어머니를 그렇게 숨겨놨냐? 바
른 대로 가르쳐주라" 하고 으르렁거렸다. 두순이의 납처럼 푸르뎅뎅한
얼굴에서 면도날 같은 눈초리가 그에게로 날아들었다.

"어떻게 찾아보려고 근처 절이란 절은 다 뒤졌는데도 없습디다. 여기
는 뭣 하려고 왔소? 이젠 나까지 잡아먹으려고 왔소?" 하고 울먹거리면

413

서 두순이가 그의 등을 걸어 밀었다. 핏빛으로 타는 노을을 등에 짊어진 채 황두표 씨는 돌아왔다. 오면서 그는 또 호주머니에 들어 있는 백 원 짜리 동전 몇 개로 소주를 마셨다.

아득하게 깊어진 그 겨울, 사나흘을 계속해서 혹한이 몰아치고 난 뒤의 어느 날 아침에 파출소에서 순경이 찾아왔다. 용산 장쟁이 고랑 감나무 거리에 어머니가 누워 있으니 찾아가라는 것이었다. 가보니 어머니는 근처의 논에서 가져온 듯한 짚 다발들을 덮어쓰고 누워 있었다. 치마와 저고리는 거멓게 때가 묻어 있었고, 누더기처럼 해어져 있었으며, 머리카락은 헝클어진 실타래처럼 되어 있었다. 몸은 얼부풀어 퉁퉁 부었고 푸르뎅뎅했다.

"아니, 참말로 어째서 이래? 이런다고 나도 따라 죽을 줄 알고? 불불 기어 다니면서 똥 싸가지고 바람벽에다가 맥칠을 할 때까지 살 것인께 잘들 봐."

어머니를 또 아버지의 무덤 옆에 매장하고 나서 황두표 씨는 날이면 날마다 술을 마시고 이렇게 소리를 질러댔다. 황두표 씨는 점차 미쳐가고 있었다. 이제 그의 가슴에 남아 있는 것은 심술과 증오와 저주뿐이었다. 그가 사는 집 안은 잡초들이 무성해지고, 먼지와 낙엽들이 날아와서 쌓이고, 거미들이 줄을 쳤다. 그는 간신히 부엌과 뒷간 길과 안방으로 이어지는 길만 왔다 갔다 하고, 대문간을 통해 술이 있는 사장 거리 가게까지만 뻔질나게 왕래할 뿐이었다. 한데, 다행하게도 방위 교육 소집을 받은 막내아들이 고향에 오면서 작달막하고 예쁘장한 여자 하나를 데리고 왔고, 그들은 모퉁이 방을 치우고 살림살이를 하기 시작한 것이었다.

이때부터 텅 빈 그의 집에서 짐승의 으르렁거림처럼 들려오곤 하던 황두표 씨의 욕지거리는 조금 뜸해지는 듯했다. 그 대신에 그는 사장 거리의 가게에서 김광진 씨를 만나 표독스러운 독설과 욕지거리를 푸짐하게 퍼부어대곤 하였다.

"나 장산리 조카딸한테 간다. 이것 가져다주면은 술잔 값이나 넉넉하게 해줄 것이다. 이놈아, 부럽지야?"

김광진 씨는 꽃도리방석을 총처럼 어깨에 걸쳐 메고 절뚝절뚝 가게를 나서면서 황두표 씨에게 말했다. 황두표 씨는 도끼눈을 해가지고 김광진 씨를 노려보면서, "응, 쯔쯔쯔쯔……"하고 경멸하듯이 혀를 찼다. 그는 김광진 씨가 가엾고 불쌍했다. 그 목청 좋던 소리, 그 기생오라비같이 잘 추곤 하던 춤, 어떤 여자들이든지 한 번만 품에 안겨보면 사족을 못 쓴다던 그 팔팔한 힘, 그 좋던 장사 수완 다 어디다 두고 저 추잡하고 던적스러운 짓거리만 하고 다니더란 말인가. 김광진 씨는 마지막으로 황두표 씨와 동무 김 장사를 하다가 두 번이나 밑천을 홀랑 날리고, 김 양식도 하고, 삼중망 그물도 놓고, 주낙질도 하고 그러다가 스크루에 감기는 그물줄에 발목을 잘리고, 그 발목 때문에 배까지 팔아 없애고, 작은각시와 본각시와 그 밑에 달린 자식들 놓치고……. 이제 그는 황두표 씨보다 더 불쌍한 외돌토리가 되어버린 것이었다.

"이 후레아들 놈아, 내가 그런 것이 부러웠으면은 이날 이때까지 요렇게 꿋꿋하게 살아왔겠냐?"

김광진 씨가 나간 뒤로도 황두표 씨는 한참 동안 쓰고 쿠릿한 소주 냄새를 허공에 뿜어대다가 몸을 일으켰다. 김광진 씨는 목나무 지팡이에 몸을 의지한 채 절뚝거리며 버스 정류장을 향해 걸어가고 있었다.

"아래촌 도깨비, 아래촌 도깨애비이, 아래촌 도깨비 아래촌 도깨애비."

어디선가 아이들의 놀리는 소리가 들려오고 있었다. 아이들의 모습은 보이지 않았다. 미리 몸을 숨긴 채 놀리고 있는 듯싶었다. 여느 때 김광진 씨는 아이들이 자기를 놀리기만 하면 절뚝거리고 가던 걸음을 멈추고 돌멩이를 들어 힘껏 팔매질을 하곤 하던 것이었다. 그러나 김광진 씨는 이날 그러하지 않았다. 그는 다리 부러진 병든 짐승같이 뒤뚱뒤뚱 걸어가고 있기만 했다. 그 모습을 바라보고 있던 황두표 씨는 방학이 각시한테 두 홉들이 소주 한 병을 달라고 했다. 소주병을 움켜쥐고 앞산을 향해 걸었다. 앞산 잔등 너머의 선산 밑에는 황두표 씨의 가슴에 쇠말뚝을 박아주고 먼저 간 아버지, 어머니, 아내, 큰아들, 작은아들의 주검들이 풀 무성한 뗏장들을 덮어쓰고들 누워 있었다. 여느 때, 그는 울적해지고 심술이 끓어나고, 가슴속에 주먹같이 뭉쳐진 억분이 어떻게 감당할 수 없도록 몸을 뒤틀기만 하면 그리로 달려가곤 했다. 오늘도 거기엘 가서 고래고래 소리를 질러줄 참이었다.

'이 똑똑하고 야무진 양반들아, 이 가슴에 쇠말뚝 박아놓고 가는 저승 길이 얼마나 편하시오? 그렇다고 해서 내가 당장 당신들 따라서 갈 줄 아시오? 저승사자가 지긋지긋해하도록 살 테니까 두고 보시오……'

소리쳐줄 말들을 미리 가슴속에 이겨 다지면서 잔등을 오르는데, 어디선가, "얼래껄래, 쌍도깨비, 얼래껄래 쌍도깨비이" 하는 아이들의 소리가 들려왔다. 그것은 자기와 김광진 씨를 싸잡아 놀리는 소리였다. 그 소리를 못 들은 체하고 숲길 모퉁이를 돌아가면서 으험 으험 하고 헛기침을 했다. 백양나무와 벚나무는 벌써 낙엽이 반 이상 떨어져버렸다. 나도 금방 저 낙엽들같이 떨어져 땅에 누울 것이다. 여느 때와 달리 황달이 들고 있는 가을 숲속이 유현해 보이고 고적해 보였다. 그는 쓴 입맛을 다시면서 또 헛목을 다듬었다. 숲 사이로 바다가 열리고, 그 바다 쪽에서 짠 갯냄새 실은 바람이 달려오고 있었다. 길바닥의 낙엽을 밟아가면서 그는 킁킁 그 갯냄새를 맡았다.

문득 아내의 얼굴이 떠올랐다. 장가를 든 이듬해 늦은 가을의 어느 날 땅거미가 내리던 때에 그는 아내를 앞장세운 채 재를 올라오고 있었다. 아내는 며칠 동안 친정엘 가 있다가 돌아오자 선걸음에 바닷일 나온 남편의 마중을 온 것이었다. 새 옷을 입고 화장을 한 아내한테서는 새물내와 화장 냄새와 젖 냄새처럼 비리면서도 시금하고 구중중한 여자의 몸 냄새가 짙게 풍겼다. 혼자 몇 날 며칠 밤을 보낸 그의 코는 여자 냄새에 민감해 있었다. 그 냄새가 그의 가슴을 들끓어 오르게 하고 있었다. 이때껏 참아온 충일이 뚫고 나갈 구멍을 찾아 이리저리 질주하고 있었다. 뒤따라 재를 오르면서 내내, 아내의 잘록하게 띠를 죄어 맨 늘씬한 자락치마 허리와 펑퍼짐한 엉덩이를 보던 그는 바로 이 숲길 모퉁이에서 아내를 불러 세웠다. 아내가 발을 멈추고 분 바른 얼굴을 어슬어슬한 땅거미 속에서 그에게로 돌렸을 때, 그는 잠깐 쉬면서 할 이야기가 있다며 손을 잡아끌고 억새 숲속으로 들어갔었다. 숲속으로 들어간 뒤에, 아내는 "허허, 이거 뭔 일일까" 하고 낮게 말하면서도, 그가 눕히는 대로 드러눕고, 그의 하는 짓이 우스워죽겠다는 듯 쿡쿡 웃었다. 그때 아내의 입에서는 뜨거운 단내가 났었다. 그 억새숲은 오래전에 없어지고, 대신에 백양나무숲이 조성되어 있었다.

바다에는 물오리 떼 같은 부표들이 질펀하게 깔려 있었다. 그 부표들 사이에 성냥갑만 한 배들이 떠 있었다. 김발 일을 하고 있는 배들도 있고 일을 끝내고 선창으로 들어오는 배들도 있었다. 그 배들 가운데 막내 아들 내외가 탄 배도 있을 터이었다. 비둘기같이 다정스럽게 사는 아들 내외를 생각했다. 알아볼 수 있도록 배가 불러지고, 엉덩이가 전보다 더 실팍하게 커진 앳된 며느리의 알따란 입술과 웃으면 패곤 하는 외짝 보조개를 떠올렸다. 빨랫줄에 걸려 있던 그 며느리의 여러 색깔의 팬티들과 젖통 가리개도 떠올렸다.

으흠, 으흠, 황두표 씨는 안간힘을 쓰듯이 헛목을 가다듬고 무덤들 앞으로 나서면서 담배 한 개비를 피워 물었다. 담배 연기를 거듭 내뿜었다.

'내 가슴에 쇠말뚝 박아주고 가는 저승길이 얼마나 편하시오, 아버지? 그렇게 가니께 시원하지요, 어머니? 당신, 이 불효막급한 불상놈 버리고 가니께 얼마나 홀가분한가? 큰놈아, 작은놈아, 너희들 다 나 미워하고 집 떠나가서 그렇게 훨훨 날아들 갔지야? 나 이렇게 낮도깨비같이 끈질기게 살아 어슬렁거리는 것 보니께 어쩌냐……?'

황두표 씨는 여느 날과 마찬가지로 악을 쓰듯이 소리를 지르려고 했다. 한데, 이상스럽게도 이날은 가슴속에 뭉쳐졌던 덩어리 하나가 풀리어 목구멍을 타고 넘어오고 있었다. 그것은 울음이 되려 하고 있었다. 그들의 무덤 앞에 무릎을 꿇고 부르쥔 주먹으로 땅을 치며 통곡을 하고 싶은 충동이 일었다.

'아니, 이 무슨 멍청하고 바보스러운 일이여, 어째서 내가 울어? 어째서 내가 땅을 치며 통곡을 해?' 하고 생각을 하면서 황두표 씨는 몸을 획 돌리고 하늘을 쳐다보기도 하고, 무덤들 주변의 마른 풀숲들을 보기도 했다. 하늘은 쪽물을 들여놓은 것같이 푸르렀고, 흰 구름장들이 한가롭게 떠가고 있었다. 억새풀, 속새풀, 띠풀들은 키 차게 자라서 자주색과 백색과 갈색의 꽃술들을 피워 올린 채 고개들을 흔들고 있었고, 엉겅퀴들은 마른 잎사귀들을 지친 듯 늘어뜨리고 있었고, 쑥부쟁이와 들국화들은 연보라 꽃, 흰 꽃들을 마지막으로 열어놓고들 있었고, 그 꽃들의 샛노란 화분에서 꿀벌 두 마리가 늦부지런을 떨고 있었고, 그 위에 복숭아의 솜털 같은 가을 햇살이 날아들고 있었다. 갯내 나는 짜디짠 바람이 그 숲을 서남쪽으로 눕히고 있었다. 그걸 보자 더욱 감당할 수 없는 울음이 턱밑으로 밀고 올라왔다. 그 마른 풀들 위에 아버지, 어머니, 아내, 큰아들, 작은아들의 얼굴이 함께 어우러지고 있었다. 동생 두헌이의 얼굴도 거기에 겹치어졌다. 어허, 어허 하면서 그는 바야흐로 울음을 터뜨리려고 하는 스스로를 참으로 어이없다는 듯이 비아냥거리며 꾸짖었다.

"얼래, 얼래, 이 무슨 망령이여?"

황두표 씨는 코를 찡긋거리기도 하고, 무덤들 주변의 억새꽃들을 휘어 꺾기도 하고, 그것을 움켜쥔 채 뒷짐을 지고 무덤들 주위를 황급히 맴돌기도 했다. 그러다가 소주병을 터서 한 모금씩 마시면서, 가슴속의 울음 덩어리를 주체 못하는 스스로의 바보스러움을 계속 비아냥거렸다. 이 무슨 망령이여, 이 무슨 망령이여……. 그러나 아무리 비아냥거리고 비웃고 꾸짖어대도 그의 눈에는 기어이 물이 괴고 있었다. 그는 찬바람이 불어오는 산골짜기 쪽을 향해 눈을 끄먹거렸다.

그때, 웅달 연안 쪽의 자드락길을 타고 오 년 동안이나 내리 이장질을 하여오고 있는 마봉식이 올라왔다. 길은 황두표 씨네 선산 밑으로 뻗어 있었다. 마봉식은 두헌이와 함께 북으로 간다고 가버린 마삼열의 막내 동생이었다.

"형님, 산에 나오셨소?"

마봉식은 이렇게 큰소리로 인사말을 하면서 걸어오더니 황두표 씨의 둘째 아들 무덤 앞에 섰다. 황두표 씨는 마봉식의 말을 숫제 듣지 못한 것처럼 몸을 돌리지 않고 눈을 끄먹거리며 눈에 괸 물을 말리고만 있었다. 마봉식은 그의 손에 들린 소주병을 보고, "아, 형님도 이제는 막내가 들어와 살림 잘하고 살고 그러니께, 술을 조끔 조절을 해서 잡수십시오" 하고 말했다. 황두표 씨가 마찬가지로 들은 척도 하지 않았지만, 이장 마봉식은 마치 말썽꾸러기 아이를 달래고 타이르듯이 말을 조용조용 이어나갔다.

"모두들 좋은 세상이 될 것이라고 그래쌓는데, 오늘 밤이라도 딸깍 숨이 넘어가버리기라도 하면은 어쩌실라요? 그때 광주에서 죽은 사람들 신원(伸寃) 풀이도 해주고, 머지않아서 통일도 쉽게 되고 그럴 것이라고 안 그래쌓습디여? 그리고 이제는 돌아가신 아저씨 아주머니한테 오해도 풀어야 쓰겠습디다. 성민이가 시방 어디서 돈이 나서 저렇게 김발을 많이 막았는지 아시오? 형님은 아직 모르고 계셨지요? 사실은 저희 고모 두순이한테서 돈을 가져온 모양입디다. 아저씨가 돌아가시기 전에 두순이보고 그랬다고 합디다. 당신이 돌아가신 뒤로, 만일에 두헌이가 살아 있지 않은 것이 틀림없다 싶으면 두헌이 몫으로 사준 논을 당신 막내 손자 성민이한테 모두 주고, 두헌이 제사를 지내주도록 하라고 했다고……. 그리고 성민이가 아들 둘을 낳으면은, 그 가운데 하나를 두헌이 밑에다가 채워주라고……. 어쨌거나, 그 당신들이 알탕갈탕 모아놓은 재산이 결국에는 형님한테로 옴씨래미 되돌아와버린 셈 아니오? 안 그러요?"

이 말을 듣는 순간, 황두표 씨는 가슴에서 뜨거운 덩어리 하나가 솟구쳐 올라와 목구멍을 틀어막았고, 숨을 쉬지 못한 채 허물어지듯이 주저앉아버렸다. 그리고 마치 불에 덴 벌레처럼 마른 풀 위를 뒹굴었다. 그러다가 아버지의 무덤을 향해 네발짐승처럼 기어갔다. 그 무덤 앞의 누렇게 황달 든 풀 무성한 땅을 철썩철썩 손바닥으로 치면서 황두표 씨는 우황 든 황소처럼 안간힘을 써댔다.

'어째서 당신 혼자 마음대로 우리 막내한테 논을 주고 말고 하고, 그 빨갱이 놈의 제사를 지내라고 하고 말고 하시오? 논 그것을 똑 그렇게 주어야만 쓰겠습디까? 논 그것을 안 주면은 내가 제사를 안 지내줄까 싶어서, 그 논에다가 꼭 그런 이름을 달아서 준단 말이오? 어째서 새삼스럽게 내 가슴에다가 쇠말뚝 한 개를 더 뚜드려 박아대요? 아버지, 어머니, 나는 가슴이 터져서 죽고 못살겠소. 당신들, 시방, 내 가슴 이렇게 터지게 해놓고 나니께 속이 시원하시지요?'

황두표 씨의 가슴에 이 말이 만들어지고 있었지만, 그는 그 말을 입 밖으로 뱉어내지를 않았다. 얼마쯤 뒤에 그는 땅바닥을 치던 주먹으로 자기의 가슴을 치고 있었고, 그러면서 어흑어흑 하고 뜨거운 숨 덩이를 토해내고 있었다. 곰솔숲 빽빽한 골짜기에서 찬바람이 몰아쳐 왔고, 무덤 주변의 무성하게 들솟은 억새풀들이 출렁거리면서 쇳소리 섞인 소리로 울부짖어댔다.

(1987)

까치노을

오다가다 길에서 만난 이라고

그냥 보고 그대로 가고 말 건가

자다 깨다 꿈에서 만난 이라고

그냥 잊고 그대로 갈 줄 아는가

산에는 청청 풀 잎사귀 푸르고

바다에는 중중 흰 거품 밀려든다

십 리 포구 산 너머 그대 사는 곳

송이송이 살구꽃 바람에 난다

수로 천 리 먼 길을 왜 온 줄 아나

옛날 놀던 그대를 못 잊어 왔네.

　중년 여자 종희는 이 시를 늘 외우곤 했다. 소월(素月)의 선생 안서
(岸曙) 김억(金憶)이 썼다는 시였다. 그게 사실인지 모르지만, 안서는
소월이 죽었을 때 그 소월의 집엘 갔다가 돌아오면서 이 시를 읊었다
고 했다.
　종희는 외로울 때도 그 시를 외우고 따분할 때도 외워댔다. 괜히 슬퍼

질 때도 외우고 지루할 때도 외웠다. 며칠 전 고향으로 오면서는 열차 창밖을 내다보며 미친 듯이 그 시를 외워댔다. 그 시는 회진 포구에 살던 영수가 슬픈 목소리로 외우곤 하던 것이었다.

고향 산하는 종희를 포근하게 감싸고 있었지만 그 여자는 그 포근함에서 오히려 아픈 외로움을 느꼈다. 고향은 고향이 아니었다. 전혀 낯선 산하엘 온 듯싶었다. 그만큼 먼 하늘 밑을 떠돌면서 마음과 몸이 닳은 까닭일 터였다. 감각의 모가 없어진다는 것은 사랑할 수 없게 된다는 것일 거라고 생각했다. 그녀는 둔팍해진 감각의 날을 세우고 싶었고, 누군가를 사랑하고 싶었다. 열정적으로 사랑하고 싶었다. 길 가장자리에서 자라는 비름 한 줄기, 명아주 잎사귀 하나, 제비꽃 한 송이, 돌진아비 한 마리라도 사랑하고 싶었다. 억새풀의 허연 꽃들과 불타는 듯한 진달래 꽃 숲속을 내내 헤매고 싶었다. 미쳐버리고 싶었다. 이때껏 그녀의 삶은 백치의 하얀 눈동자처럼 이 세상의 아무것도 점찍어놓지를 못하고 흘려보내버린 듯싶었다. 늦바람이 났다. 그녀는 아쉬웠다. 새로이 소녀 시절, 처녀 시절을 살아보고 싶었다. 누구에게인가 속아서 살아온, 잃어버린 그녀의 알맹이를 되찾고 싶었다.

까치노을이 떴다. 그것은 바다와 하늘의 마지막 울부짖음 같은 빛살이었다. 어둠에 대한 거부의 빛살이었다. 하늘재 꼭대기에 두 여인이 나란히 앉아 그 빛살을 내려다보고 있었다. 한 여자는 중년 여자 종희였고, 다른 한 여자는 마른 북어 껍질처럼 빡빡 늙은 노파였다. 그 노파는 죽은 영수의 어머니였다. 그들의 가슴속에 그 까치노을빛 같은 슬픔과 회한이 담기어 있었다.

종희는 슬픔과 회한을 담고 있는 스스로의 내부를 남의 그것처럼 들여다보고 있었고, 하늘 위로 솟아올라 있는 듯 속속들이 살피고 있었다. 동시에 나란히 앉아 있는 영수 어머니를 자신과 대치시켜놓고 있었다. 영수 어머니와 종희는 오래전부터 늘 대치하여온 사이였다. 영수 어머니는 종희를 이용하려 하였다. 자기 아들 영수가 종희와 사귀면서 방황을 바로잡기만 하면 단칼로 잘라내듯이 그 사귐을 끝내게 할 생각을 곰곰이 품고 있었다. 영수 어머니가 그렇다는 것을 알면서도 종희는 타박하려 하지 않았다. 영수 어머니가 자기를 어떻게 대하건 영수가 그녀의 모든 것을 받아들여버리기만 하면 된다고 생각하고 있었다.

혼령 같은 노파인 영수 어머니의 머리칼에 하얗게 서리가 내려 있었다. 얼굴 살갗에는 주름살들이 깊은 골을 파고 있었고, 짙은 저승꽃들이 곰팡이 포자들같이 번져 있었다. 종희의 얼굴에는 머리카락 같은 가는 주름살들이 몇 개 잡혀 있었다. 눈자위에 푸른 그늘이 앉아 있었다.

산에는 땅거미가 내렸다. 골짜기가 수묵 같은 어둠에 잠기기 시작했다. 그 수묵 같은 어둠은 종희에게 항상 슬픈 아쉬움과 우수의 빛깔이었다. 처녀 시절에 그런 감정을 많이 느꼈다.

등성이의 마른 나무들에는 바야흐로 샛노란 움들이 트고 있었다. 그 움들을 점점이 달고 있는 떡갈나무, 상수리나무, 소나무 숲속에는 진달래꽃들이 불처럼 타오르고 있었다. 그 꽃들을 어둠이 삼키고 있었다. 찬 바람이 바다 쪽에서 달려왔다.

바다에는 안개 같은 어둠이 덮이기 시작했다. 서쪽 하늘에 진달래꽃빛으로 타오르던 황혼이 꺼졌다. 아직 검붉은 기운이 남아 있는 그 하늘에 별 하나가 떴다. 그 별은 너무 빨리 모습을 드러낸 것을 부끄러워하고 있었다. 자꾸 눈을 깜박거렸다. 그 별들처럼 기억들이 하나씩 되살아

나고 있었다. 창피스러운 것이다 싶으면서도 억울하고 분하고 슬픈 것들이었다.

종희는 그 까치노을같이 가슴에 맺히는 슬픔과 울분을 다른 빛살로 채우려고 했다. 전날 바닷가에서 만난 한 젊은 어부의 얼굴을 떠올렸다. 그 얼굴빛이 그 까치노을처럼 밝았다고 기억했다. 산기슭에 타오르는 진달래꽃빛처럼 환했다고 생각했다. 상철을 닮은 청년이었다. 세상은 다음 세대 사람들이 건강한 얼굴을 하고 살고 있을 때 밝아지는 것이라고 그녀는 생각했다.

그 어부의 손에 섬뜩한 의혹 하나가 박혀 있었다. 오른손 집게손가락과 가운뎃손가락의 두 마디씩이 끊어지고 없었다. 더럽혀진 흰 무명 장갑을 끼어 그것을 감추고 있었지만 그 장애를 완전하게 숨길 수는 없었다. 그래도 그 청년은 몸을 움츠리지 않고 있었다. 가슴을 펴고 일을 하고 있었다.

그 청년은 불편한 그 손으로 찢어진 그물을 깁고 있었다. 그의 손놀림은 서투르고 어색하였다. 위태위태해 보이기까지 했다. 수많은 그물코들 사이를 지나다니는 의혹투성이의 오른손 손가락들은 보는 사람을 안타깝게 했다. 그래도 그의 그물 깁는 솜씨는 재빨랐다. 옆에 앉아 같은 일을 하는 그의 아내인 듯한 여자의 손놀림의 빠르기와 조금도 차이가 없었다.

종희는 조개껍데기를 줍다가 그 젊은 어부를 발견했고, 순간 그가 상철의 아들일 것이라고 직감했다. 그녀는 그 어부의 주변을 맴돌았다. 그에게 말을 걸어보려고 했다. 상철의 아들이 틀림없는지 확인하고 싶었고, 그의 아내 이외에 또 누구와 함께 살고 있는지를 묻고 싶었다. 그 틈튼하던 아버지 상철이 왜 그렇듯 갑자기 죽어갔는지도 알아보고 싶었다. 또한 그의 오른손 손가락들이 왜 언제 그렇게 끊어졌는가 하는 것도 캐묻고 싶었다.

한데 종희는 그 어부의 아내가 마음에 걸렸다. 그의 아내가 있는 자리에서 그의 아버지 상철에 대한 이야기를 꺼내고 싶지 않았다. 종희는 그것을 다음 기회로 미루고 그들 옆을 떠났다.

상철과 그의 어이없을 만큼 갑작스러웠던 죽음을 생각하자 영수가 떠올랐다. 영수도 마찬가지로 갑작스럽게 죽었다. 그 죽음에 대한 슬픔과 의혹이 종희의 가슴을 아프게 했다. 그녀는 심호흡을 했다. 가슴 아파지는 것을 그녀는 늘 그러한 심호흡으로 풀곤 했다.

종희의 심호흡을, 영수 어머니는 세찬 한숨으로 받아들였다. 그 키 작달막한 노파는 덮이어오는 어둠을 거부하는 빛살인 까치노을을 보고 있었다. 사방이 모두 어두워지는데 바다 건너 섬들 주위가 치자빛으로 변해지는 그 노을을 누가 까치노을이라고 이름 붙였을까. 그 울화증 있는 사람의 울분 같고 한숨 같은 까치노을은 어찌하여 그렇게 뜨곤 할까. 그녀와 영수 어머니 중의 어느 한쪽은 어둠을 거부하는 까치노을일 것이고 다른 어느 한쪽은 어둠일 것이라고 그녀는 생각했다.

종희가 영수 어머니를 향해 말했다.

"어머니, 다시 내려가시지요. 제 집에서 주무시고 내일 아침 첫차 타고 가십시오."

그녀는 스스로의 거짓을 비웃었다. 그녀의 속마음은 영수 어머니를 귀찮아하고 있었다. 그 노파가 얼른 돌아가주기를 바라고 있었다. 혼자가 되고 싶었다. 그 노파로 인하여 혼란스러워진 스스로의 내부를 얼른 다잡고 싶었다.

영수 어머니는 그녀의 말을 못 들은 척하였다. 그 노파는 소주 몇 잔에 취해 있었다. 재 아래의 종희 집에서 마시고 온 것이었다. 그것은 그 노파가 회진에서 사가지고 온 것이었다. 숭어 안주도 함께 사가지고 왔다. 그 노파는 종희한테 그 숭어회를 초장에 무치라고 했다. 숭어회를 앞에 놓고 그들은 술을 권커니 작커니 했다. 그 오고 가는 술잔은 회한의 물줄기였다.

종희가 술을 못 마신다고 했지만 키 작달막한 영수 어머니는 그녀의 가슴팍에다 술을 억지로 들이붓다시피 했다.

"이 사람아, 술 이것 한 잔을 제대로 못 마시다니 말이 되나?"

노파는 푸념하는 듯한 말투로 술을 권하곤 했다.

술을 한 모금도 못 마신다고 뺃대던 종희는 술을 넉 잔이나 마셨다. 두 홉들이 술 한 병을 둘이서 다 비웠다. 두 여자는 취했다. 취하자 그들은 울었다.

"여기는 무얼 하러 오셨어요?"

종희는 울면서 영수 어머니를 타박했다. 영수 어머니는 그 타박을 어리광쯤으로 받아들였다.

"내가 어째서 너한테 이렇게 왔는지 아나?"

영수 어머니는 취기 어린 소리로 되물었다. 그 말에는 소리꾼들의 슬픈 아니리 같은 가락이 담기어 있었다. 무당들의 넋두리 같았다. 종희는 대꾸를 하지 않았다. 대꾸가 필요 없는 물음이었다.

"아무 말씀도 마십시오. 듣고 싶지 않습니다."

종희는 고개를 회회 저었다. 영수 어머니의 말 한마디 한마디가 아픔이었다. 영수 어머니는 아랑곳하지 않고 말했다.

"길이 다 묵어버렸더라. 섬마을 앞을 둘러서 자동찻길이 난 뒤에는 저재를 넘어 다니는 사람이 아무도 없는 모양이더라."

영수 어머니는 한숨을 쉬었다.

새텃골에서 하눌재를 넘어 회진으로 가는 길 한복판에는 억새풀과 띠풀이 키 차게 자라 있었다. 땅가시 줄기나 칡덩굴들이 얽히고설키었다. 홍수에 길이 패고 갈라졌다. 상처처럼 팬 거기에 쑥대와 억새와 속새들이 무성하게 우거졌다. 군데군데 싸릿대와 명아주와 개망초와 실망초들도 군락을 이루어 들어섰다. 길인지 숲인지 분간할 수가 없었다.

영수 어머니는 드높은 두 개의 산봉우리 사이에 잘록한 하눌재 한가운데를 향해 죽을힘을 다하여 걸어왔던 것이다. 가파른 재였다. 다리가 팍팍하고 숨이 가빴다. 올라오다가 쉬고 또 올라오다가 쉬었다. 다리 힘줄이 끊어지는 듯싶었지만 이를 갈면서 걸었다. 잿길 양쪽에는 무덤들이 널려 있었다. 너덜겅의 산죽들이 바람에 출렁거렸다. 꾀꼬리가 울었다. 호랑지빠귀도 울었다. 그 새 울음소리는 귀신의 소리라고 어려서 어른들이 그랬다. 그녀의 아들 영수의 혼령이 저렇듯 울며 헤매는지도 모른다고 생각됐다.

그녀는 금세 가슴이 답답해졌다. 끌끌 혀를 찼다. 그 자식은 그녀의 가슴에 묻히어 있었다. 뜨겁고 단단한 덩어리가 되어 가끔씩 곤두서곤 했다. 그것이 숨길을 막곤 했다. 그녀는 입을 크게 벌리고 심호흡을 했다.

재 한가운데 들어서자 산밖에는 보이지 않았다. 산 위에는 하늘이 짙푸르렀다. 새 울음소리가 메아리쳤다. 소나무숲, 상수리나무숲이 무성했다. 칙칙한 그 숲에서 호랑이나 여우나 멧돼지 같은 것들이 불쑥 나올 것 같았다. 악귀 같은 것들이 나타날 것 같기도 했다. 그녀는 또 끌끌 혀를 찼다.

그 자식 영수는 왜 이렇듯 가파르고 깊은 재를 무서워하지 않고 그렇게 밤이건 낮이건 가리지 않고 넘어 다녔더란 말인가. 그 생각이 그녀의 가슴을 아프게 도려 파고 있었다.

"……아까 이 재 넘어올 때 스무남은 번쯤은 앉아 쉬고 또 앉아 쉬고 그랬을 것이다. 이를 갈고 왔더니라. 오래전부터, 대관절 저놈의 재가 어떤 재인가 한번 넘어가보자고 생각을 했지야. 이때껏 못 넘었는데 네가 새텃골에 들어와서 살고 있다는 말을 듣고는 그냥 죽을 셈을 치고 한 번 넘어와봤다. 아이고, 이 재 보통 맘 먹고는 못 넘어 다니는 재다! 그런데 그 새끼는 밤이건 낮이건 뭔 일로 그렇게 넘어 다녔더란 말이야!"

허리가 반쯤 굽은 영수 어머니는 흥타령을 하듯이 말을 했다. 종희는 말없이 눈물을 흘리고만 있었다. 눈물이 두 볼을 타고 목줄기로 번져갔다. 노파는 중년 여자의 말라버린 눈물샘을 보충해주려는 것처럼 술을 권했었다. 종희는 그것이 물인지 술인지를 모르고 마셨다. 그녀는 미친 듯이 악을 써버리고 싶은 충동이 일었다. 흐하하하 하고 미친 듯이 웃어대고 싶어지기도 했다. 이를 악물고 참았다.

"아니, 한밤중에 자다가 깨서 그 새끼 방문을 열어보면 그 새끼가 어디를 가고 없어. 그랬다가 이튿날 한낮에 들어오거나 해 질 무렵에 돌아온다. 어디 갔다가 왔느냐고 하면은 갯마을 상철이한테 갔다가 왔다고 하더라. 내가 그 새끼 깊은 속을 다 알고 있었다. 하기 쉬운 말로 상철이를 둘러댔겠지. 사실은 너를 만나고 싶어서 그랬다는 것을 내 다 알았다. 차마 처녀인 너를 불러내서 만나지는 못하더라도 네 집 주변에서 네 냄새를 맡고 싶어 그랬을 거라는 것을 다 알고 있었다. 아이고, 아이고, 나는 어째서 그렇게도 멍청했던고! 당골네가 뭣이냐? 네가 당골네 딸이면 어떻고 백정의 딸이면 또 어떻냐? 그 새끼가 그렇게도 사랑스러워 죽고 못 사는 너였은께 그냥 서둘러 너하고 짝을 맞추어줄 것을……. 그 새끼가 뭐 대단한 무엇이라도 될 줄 알고……. 후유우, 사실은 말이다, 내가 아주 마음씨 불량한 여편네였느니라. 너하고 그렇게 가까이 터놓고 살더라도 절대로 결혼만은 시켜주지 말기로 하자고 그 새끼 아버지하고 약조를 했구나그랴. 당골네 딸년을 어떻게 며느리로 받아들이냐고 말이다."

영수 어머니는 또 한숨을 쉬었다. 그 노파는 삼십 년 전의 이야기를 하고 있었다. 그때의 펄펄 살아 있던 아들 영수의 이야기를 하고 있었다. 그 아들 영수는 스물네 살의 나이에 죽었다. 그 아들의 시신을 그녀는 그녀의 가슴속에 묻은 채 이날 이때껏 살아오고 있었다.

"그만하셔요. 저는 듣기 싫은데요……. 이제 와서 그 이야기 백 번 천 번 뇌까리면 무얼 합니까?"

종희는 신경질적으로 말했다. 영수의 집 쪽에서는 그녀를 며느리로 받아들이려고 하지 않았다. 그러면서도 영수가 그녀와 사귀는 것을 말리려 하지 않았다. 남자인 영수 쪽에서는 손해날 것이 없다는 계산이었던 것이다. 설사 아기를 배더라도 떼어버리고 다른 곳으로 장가를 들이면 된다는 생각이었던 것이다.

"차라리 얼른 너하고 짝을 지어주어버렸더라면 그 일이 일어나지 않았을랬던가!"

영수 어머니는 손바닥으로 무릎을 쳤다.

흥, 하고 종희는 속으로 코웃음을 쳤다. 근동에서는 아무도 무당의 딸인 그녀를 며느리로 들이려 하지 않았다. 그녀의 아버지, 어머니는 그녀를 한사코 먼 도회로 내보내려고 했다. 도회에서 마땅한 남자를 스스로 만나 결혼을 하라고 했다. 절대로 무당 아들한테로는 시집을 보내지 않겠다고 했다.

어둠이 짙어지고 있었다. 진달래꽃들이 모두 그 어둠에 묻혔다. 하늘의 별빛이 더 샛노래졌다. 까치노을이 아직 꺼지지 않았다. 그녀는 까치노을처럼 세상을 살아왔다. 그녀는 가슴을 폈다. 어둠에 묻히고 있는 스스로를 그 밖으로 끄집어냈다.

종희한테는 남편이 있었다. 계급 높은 군인이었다. 예편하고 나서는 큰 기업체의 얼굴 사장을 몇 년째 하고 있었다. 그 남편은 군복을 입고 있을 때 대궐 같은 집도 사고 도회 한복판에 건물도 한 채 사놓고 여기저기에 땅도 사두었다. 그것들이 모두 금싸라기가 되었다. 그 남편은 먹고사는 일이나 아들딸을 가르치는 데에 부족함이 없도록 돈을 잘 주었다. 회사 일은 뒷전이었다. 자기는 회사의 경영에 대하여 아무것도 모른다고 털어놓았다. 다달이 주는 월급만 받아먹을 뿐이라고 했다. 틈만 나면 같은 처지에 있는 동료들과 골프를 치러 다녔다. 줄 잘 타서 국회의원이 된 동료나 선후배들과 만나 술을 마시곤 했다. 자기가 몸담고 있는 기업체의 방패막이 노릇을 하는 것이 그 남편의 주된 임무였다. 그리고 대부분의 나날을 작은여자의 집엘 가 있곤 했다. 사나흘 만이나 대엿새 만에 한 차례씩 본처인 종희한테 와주곤 했다.

종희는 남편 홍병탁이 작은여자 두고 사는 것을 시샘하지 않았다. 남편이 그러는 것이 여러 가지로 편했다. 결혼 초부터 그녀는 홍병탁이 싫었다. 싫은 사람과의 공동생활이란 인고의 세월일 뿐이었다. 그녀는 그에게서 인간미를 느끼지 못했다. 그는 사무적이었다. 늘 가면이었다. 권위 그 자체였다. 진실이란 그의 속에 없었다. 진실이란 풍란하고 같아서 습기가 없는 그의 내부 같은 곳에서는 살아 배길 수 없을 것이라고 그녀는 생각하곤 했다. 그런데도 그는 진실 그 자체인 것처럼 아들딸한테 으스대곤 했다. 여기저기에 칼럼을 기고하곤 했다. 칼럼 속에는 한결같이 올곧은 교훈적인 소리만 가득 들어 있었다.

남편은 자기가 속한 곳의 이야기를 절대로 그녀에게 말하지 않았다. 그녀는 허상하고 살고 있었다. 가면하고 살고 있었다.

남편은 자기가 젊고 싱싱한 작은여자 데리고 사는 것을 시샘하지 않는 그녀를 고맙게 생각했다. 그녀가 넉넉하다고 생각했다. 그녀가 그런 만큼 그도 넉넉해지려고 했다. 그녀를 불러내서 외식을 시켜주기도 하고, 해안 지방이나 산간의 절들로 함께 여행을 가주기도 했다. 제주도와 지리산과 설악산에 콘도가 있었다. 여름휴가 때는 그곳으로 가서 사나흘씩 머물다가 오기도 했다.

아이들이 셋 있었다. 큰아들은 대학을 졸업한 뒤에 유학을 다녀와서 큰 기업체에 들어가 있었다. 결혼을 했다. 손자 둘을 낳았다. 둘째는 대학원을 다니고 있었다. 셋째는 딸인데 대학 3학년이었다. 다들 머리도 좋고 열심히들 했다. 재수 한 번 안 했고, 대학에 들어가서도 그 흔한 데모 한 번을 하지 않았다. 이성 관계로 말미암은 헛걸음질 한 발자국도 치지를 않고 제 코앞만 보고 나아갔다. 그녀가 옆에서 지키면서 돌보아주지 않아도 아이들은 제 할 일들을 다 잘했다. 적당히 약삭빨랐다. 세상에는 진실이라는 것이 없고 진실 비슷한 것이 있을 뿐이라는 것을 어렴풋이 터득하고 있었다.

쉰 살이 넘은 이제야 글을 써보겠다고 나선 그녀를 위하여 남편은 편의를 제공하려고 애를 썼다. 그는 처음 다 늙어가는 마당에 웬 생고생을 사서 하려 하느냐고 한두 차례 말리는 체했을 뿐이었다. 큰아들은 글을 쓰겠다고 나서는 어머니를 안타깝게 여겼다. 왜 필요 없는 고민을 하면서 살려고 하느냐는 것이었다. 생각하지 말고 돼지처럼 그냥저냥 살아가라고 권했다.

그녀는 어둠 밖으로 끄집어낸다고 끄집어낸 스스로의 몸뚱이가 더 짙은 또 다른 어둠 속에 묻히어 있음을 문득 깨닫곤 했다.

그녀는 고향의 이야기를 쓰고 싶었다. 그 어둠 밖으로 도망치려는 몸부림이었다. 그리하여 여기저기에 있는 콘도를 버리고 궁벽한 고향 마을로 돌아왔다. 방을 한 칸 고쳐서 살고 있었다. 서울로 떠나간 사람이 버리고 간 허름한 집이었다. 물은 예전 친정집 자리의 샘에서 길어다가 먹었다. 보일러로 방을 덥히고 가스레인지에다 밥을 해 먹기 때문에 큰 불편이 없었다. 재래식 변소에서 대소변 하기와 목욕하기가 약간 불편했다. 밤이면 전에 가까이 인연 맺으며 살던 사람들의 얼굴이 떠오르곤 하는 것이 끔찍스러웠다.

큰아들의 충고를 그녀는 비웃었다. 그러면서도 깊이 받아들였다.

가벼운 글을 쓰고 싶었다. 골치 아픈 일상에서 빠져나오고 싶었다. 이념이라든지 사상이라든지에서 떠나고 싶었다. 꿈같고 환상 같은 삶을 살고 싶었다. 시도 소설도 희곡도 수필도 아닌 솜사탕 같은 글을 쓰고 싶었다. 그게 필요 이상의 사치인지 알 수 없었다. 그녀는 빛도 어둠도 아닌 뒤범벅 속에서 헤매고 있었다. 날이면 날마다 바다에 나가서 조개도 파고 해초도 뜯었다. 모래밭에서 조개껍데기도 줍고 수평선도 눈이 시리도록 바라보았다. 파도 소리도 귀가 얼얼하도록 들었다.

아무런 생각도 하지 않은 채 몇 날 며칠을 보내기도 했다. 전화를 놓고 아들딸들한테 번호를 가르쳐주었지만 걸려 오는 전화는 받지 않았다. 자유로워지고 싶었다. 놓여나고 싶었다.

조개껍데기 같은 글이나 해초 같은 글을 쓰고 싶었다. 깨끗한 바다 안개와 물새 같은 서정성 풍부한 글을 쓰고 싶었다. 그것이 잘되지 않았다. 그녀의 눈앞에 놓인 조개나 해초나 물새들한테는 깨끗함보다는 그녀가 예상하지 않았던 슬픈 아픔들이 새겨져 있었다. 그 아픔들이 글을 방해했다. 깨끗하고 가벼운 글을 쓸 수 없었다. 실망했다. 쓰기만 하면 그것은 무겁고 질척거리는 글이 될 것 같았다. 그런 글들은 그녀 아니라도 쓰는 사람들이 많은 것이었다.

한 달 가까이 머물러 있으면서도 아직 그녀가 노렸던 글을 한 줄도 쓰지 못했다. 그녀의 의식에는 속속들이 피멍이 들어 있었다. 녹슬어 있었다. 피멍 들고 녹이 슬어 있는 의식 속에 담자마자 글은 시뻘건 핏물, 녹물이 들었다. 그녀는 진저리 치면서 그 핏물을 쏟고 녹물을 쏟듯이 쓴 글들을 찢어 없애곤 했다. 우선 피멍과 녹부터 풀어내고 벗겨내자고 그녀는 생각했다. 날이면 날마다 바다 앞에서 그녀는 그녀의 피멍과 녹을 풀어내고 씻어내고 벗겨내곤 했다.

이젠 싱싱한 글이 좀 써지겠다 싶어 여느 때보다 일찍이 집으로 들어왔는데 영수 어머니가 찾아온 것이었다.

그녀는 영수 어머니를 피해오고 있었다. 영수 어머니와 아버지가 회진에서 예전의 집을 지키며 살고 있다는 소식을 바람결에 듣고 있었다. 고향에 온 첫날 그 두 분을 한번 찾아뵈어야 하지 않을까 하고 생각했었다. 과일이나 술이나 고기를 사가지고 가려고, 한 슈퍼마켓 앞으로 갔다가 몸을 돌렸다. 그녀가 그들 앞에 나타난다는 것은 그들에게 너무 큰 충격일 터였다. 영수에 대한 기억들을 깜박 잊어버리고 사는 두 노인의 가슴 아픈 생채기를 건드리는 것일 터였다.

구태여 찾아가야 할 이유가 없었다. 영수하고 그렇듯 죽고 못 살 만큼 가까이 살아온 것이 아니던 것이었다. 영수와 그녀는 연인 사이도 아니고 친구 사이도 아니었다. 그녀가 그에게 모든 것을 다 주어버리고 싶어 한 반면에 영수 쪽에서는 그녀를 적극적으로 차지하려고 하지 않았던 것이다. 알 수 없는 일이었다.

회진의 영수와 갯마을의 상철은 그녀를 가운데 두고 치열한 싸움질을 하곤 했었다. 싸움질을 하면서도 그들은 서로를 배반하지 않았다. 그들은 외로우면 한밤중이나 새벽녘이나를 가리지 않고 드높은 하눌재를 넘어 서로의 집엘 찾아가곤 했다. 둘이서 만나면 반드시 종희를 찾아왔다.

종희네 사립은 그들의 발자국으로 닳고 팰 지경이었다.

잠을 자다 보면 문득 누군가가 문설주를 두들기곤 했다. 종희는 자다가 그 소리를 듣고 숨을 죽였다. 어떤 때는 창호지에 지네 같은 것이 기어가는 소리를 내는 수도 있었다. 그것은 그들 둘이 문밖에 와 있다는 신호였다. 그들은 절대로 혼자서 그녀를 찾아오는 법이 없었다. 누군가가 혼자서 그녀를 찾아가는 것은 상대방을 배반하는 것이었다. 상대방을 배반하면서까지 그녀를 소유하려 하는 것은 야비한 짓이었다. 스스로의 자존심이 상하는 것이었다.

그녀는 둘이 함께 찾아오기 때문에 어른들의 눈을 대담하게 속이고 따라 나갈 수 있었다. 그들은 그녀를 데리고 바닷가로 나갔다. 그들의 말마따나 그것은 샌드위치 데이트였다. 샌드위치 사랑이었다. 그들이 그녀에게 그 샌드위치 사랑을 요구하여오는 경우는 언제든지 취해 있는 상태였다. 그들에게서는 항상 막걸리나 소주의 냄새가 나곤 했다.

모래톱에 들어서면서 그들은 그녀를 한가운데 두고 나란히 양쪽에 섰다. 그녀의 팔 하나씩을 붙들었다. 그들은, 자기들이 붙어 선 쪽에 있는 그녀의 눈 한 짝, 귀 한 짝, 유방 한 짝, 팔 한 짝, 다리 한 짝, 발 한 짝, 콩팥 한 짝, 콧구멍 한 개, 그쪽의 이빨들 열네 개는 자기의 것이니까 손을 대지 말라고 경고를 하곤 했다. 물론 그녀의 자궁 반쪽, 생식기 반쪽, 심장 반쪽, 간 반쪽, 배꼽 반쪽에 대해서도 소유권을 주장하곤 했다.

그들은 그녀를 옆에 앉혀두고 씨름을 하기도 하고, 팔씨름을 하기도 하고, 깽깽이를 하기도 하였다. 달리기를 하기도 하고, 헤엄 시합을 하기도 했다. 콩트 짓기 내기도 하고 즉흥 시조 짓기 내기도 했다. 암송한 시 읊어대기 내기도 했다.

물론 그것은 그들이 이미 차지한 그녀의 반쪽 이외에 상대 쪽이 이미 차지하고 있는 그녀의 다른 반쪽을 빼앗기 위한 내기이고 싸움이었다. 그들은 언제든지 무승부를 만들어서 그날 밤의 싸움을 그만큼 한 정도에서 끝내놓곤 했다. 무승부는 서로에 대한 대접이었다. 그것은 그들의 삶을 지탱하게 하는 팽팽한 긴장감이었다. 균형이었다.

그들은 배 한 척을 타고 밤새도록 바다 안을 휩쓸고 다니기도 했다. 돛을 달아놓고 돼지 먹따는 소리를 질러댔다. 영수는 유행가들을 끝도 가도 없이 불러댔다.

"흥남 부두 울며 찾던 눈보라치던 그날 밤……."

둘은 피를 토할 것 같은 소리로 노래를 불러댔다.

"하룻밤 풋사랑에……."

이 노래를 부르면서 영수는 울었다.

"황성 옛터에 밤이 되니 월색만 고요히……."

상철은 이 노래를 부르면서 울었다.

종희 어머니와 아버지는 굿 잘하기로 소문난 무당이었다. 관내의 큰 굿들을 다 하고 읍내까지 큰굿 원정을 다녔다. 굿하여 받는 돈이 넘쳐나는 알부자였다.

영수와 상철은 그녀가 무당 딸이기 때문에 함부로 만나고 다녔는지 알 수 없었다. 그녀의 어머니와 아버지가 무당이기 때문에 무당인 그들을 무서워하지 않았는지 알 수 없었다.

그녀의 어머니와 아버지는 늘 그녀를 서울로 쫓아 보내려 하곤 했다. 방학 때에도 내려오지 말라고 했다. 학원에 다니면서 공부를 하라는 것이었다. 어머니나 아버지가 세상 사람들한테 업신여김을 당하면서 살아온 한을 풀어달라는 것이었다. 그래도 그녀는 부모의 간곡한 말을 어기고 방학을 하기가 바쁘게 내려오곤 했다. 영수와 상철을 만나고 싶은 생각에서였다.

"이제 그 이야기를 새삼스럽게 해서 무얼 할 것이냐마는, 그 새끼가 탈영을 한 것이 너 때문이었을 것이다."

영수 어머니가 까치노을을 바라보며 말했다. 여느 때와 달리 까치노을은 오래 떠 있었다. 그것은 말라리아에 걸렸을 때 키니네를 먹고 눈 오줌의 빛깔이었다. 어지럼증 같은 것이었다. 그것을 두고 영수는 '사랑

440

의 어지럼증 같은 것'이라고 했었다. 상철은 '첫사랑의 키스 빛깔'이라고 했었다. 그들은 함께 군대에 들어갔다. 둘 중의 어느 한쪽이 군대엘 가고 다른 한쪽이 세상에 남아 있게 된다면, 그 남아 있는 누구인가가 종희를 가로챌 것이라고 서로를 의심했다. 그 말을 그들은 종희를 앞에 앉혀놓은 자리에서 했다. 그리고 한날한시에 자원입대를 하기로 약속을 했다.

입대를 하루 앞둔 날 밤에 그들은 그녀를 여느 때와 마찬가지로 모래밭으로 불러냈다. 날이 하얗게 밝아지도록 그들은 자기들이 이미 소유한 그녀의 반쪽 이외에 상대방이 소유한 다른 반쪽을 빼앗으려는 내기와 싸움질을 했다. 여느 때와 마찬가지로 무승부였다. 그들은 자기들이 차지하겠다고 생각하고 있는 한쪽 유방을 블라우스 자락 위로 한 차례씩 만져볼 수 있도록 허락을 해달라고 그녀에게 청했다. 그녀에게 눈을 감고 있어달라고 하고, 그들은 차지했다고 생각하고 있는 한쪽 눈과 한쪽 귀에다가 입술을 가져다 댈 수 있도록 허락해달라고 했다. 그녀는 그것을 허락했다.

한데 그해 한여름의 어느 날 밤에 영수가 그녀를 찾아왔다. 그녀가 4학년 되던 해의 여름방학 때였다. 그녀는 고향 집에 내려와 있었다. 영수는 휴가를 나왔다고 했다. 한데 그는 하얀 가는베로 지은 저고리와 바지를 입고 있었다.

그는 상철과 함께 왔을 때처럼 그녀를 바닷가로 끌어냈다. 그들은 말 없이 바닷가를 헤매 다녔다. 그는 상철이랑 셋이서 나란히 걸을 때처럼 그녀의 한쪽만을 소유하려 들었다.

새벽녘에 회진의 자기 집으로 돌아갔다가 이튿날 밤에 또 왔다. 종희

어머니와 아버지가 그를 방으로 불러들여 타일렀다.

"영수하고 우리 종희하고는 신분이 달라서 맺어질 수가 없는 사이요. 상철이랑 함께 오곤 할 때는, 종희 말마따나 그저 친구들 사이로서 그러는가 보다 했어요. 그런데 이제 단둘이 만나곤 하는 것을 보니까는 좀이 쑤셔서 견딜 수가 없구만요. 제발 서로를 위해 이제는 그만 끊었으면 좋겠어요. 우리 종희도 이제는 마땅한 자리를 골라 시집을 가야 할 것이고, 영수는 영수대로 또 마땅한 자리 보아 장가를 들어야 할 것이고……."

종희 아버지가 이렇게 말을 하는 동안 영수는 고개를 깊이 떨어뜨리고 앉아 있기만 했다.

"저 종희한테 장가들고 싶은데요."

고개를 깊이 떨어뜨리고 있던 영수가 이윽고 말했다.

종희 어머니가 고개를 저었다. 종희 어머니는 얼굴을 우거지처럼 일그러뜨리면서 고개를 저었다.

"나 영수 총각네 집안이 어떤 집안인가를 잘 알고 있소. 안 돼요. 영수 어머니가 나를 자주 불러 가고 그래서 내가 영수네 집안을 아주 잘 아오. 이 참봉네 집이라면은 이 면 관내에서 모르는 사람들이 없소. 좌우간에 안 돼요. 사람은 누구든지 혀는 짧아도 침은 멀리 뱉고 싶은 법이오. 그렇지만 우리는 우리 푼수를 잘 알고 있소. 우리 종희는 낯모르는 데에다 여월라고 생각을 하고 있어요. 서로 불행해질 일은 애초에 하지 맙시다. 영수 총각은 좋다고 이래쌓지만 영수 어머니, 아버지가 우리 종희를 받아들이지 않을 것이오. 우리는 우리 종희가 시어머니, 시아버지 사랑을 넉넉하게 받을 수 있는 자리로 여월 생각이오. 일찍이 맘을 돌리

시오. 솔직하게 말을 한다면 영수 총각이 우리 종희하고 붙어사는 한에
는 영수 총각이 늘 치이게 되어 있어요."

"아니, 어느 쪽이 어느 쪽한테 치이고 안 치이고를 떠나서, 영수 총각
은 뭣이 부족해서 우리같이 천한 집 딸을 얻어 갈라고 그래요? 안 돼요.
절대로 안 돼요. 생각 바꾸시오."

종희 아버지와 어머니가 말을 하는 동안 영수는 고개를 깊이 떨어뜨
리고만 있었다.

방 안에 침묵이 감돌았다. 종희 아버지가 담배 한 개비를 입에 물고
불을 댕겼다. 연기가 방 안에 퍼졌다. 앞메 잔등 쪽에서 해조음이 날아
왔다. 바다에는 꽃누에 같은 파도가 일어나 있었다. 하늘에는 구름발이
숨 가쁘게 달려가고 있었다.

"혹시 제가 어떤 말을 하더라도 종희 어머니, 아버지께서는 화를 내지
마십시오."

이윽고 영수가 입을 열었다.

"저는 솔직하고 싶습니다. 저는 손톱만큼이라도 솔직하지 않은 것은
증오스럽습니다. 사실대로 말을 한다면 저는 종희가 보통 사람의 딸이
아니고 무당의 딸이기 때문에 기어이 장가를 들려고 생각을 하는 거예
요. 신비라는 것이 있습니다. 종희는 여느 사람들한테 없는 알 수 없는
어떤 것인가가 있어요. 종희의 매력은 거기 있거든요. 저는 종희가 아니
면 절대로 장가를 가지 않을 겁니다. 종희한테는 묘한 맛이 배어 있어
요. 종희한테 비하면 다른 여자들은 심심해요. 향기가 없단 말이에요."

영수의 그 말이 종희의 가슴에 아픈 금을 그었다. 종희는 영수의 그
솔직함이 좋았다. 아니, 영수가 그녀의 속에 어떤 알 수 없는 것인가가

들어 있다고 말을 한 것이 기뻤다. 영수한테도 알 수 없는 어떤 것인가 가 있다고 그녀는 생각하고 있었다.

종희는 영수가 흰 가는베로 된 바지저고리를 입곤 하는 것이 좋았다. 그는 흰 저고리와 위에 조끼를 입는 것도 아니고, 두루마기를 입는 것도 아니었다. 버선을 신거나 대님을 매는 것도 아니었다. 굴레를 벗은 것 같은 그 차림새가 좋았다.

바지저고리에 호주머니가 없으므로 그는 담배와 용돈을 양말목 속에 찔러 넣고 다녔다. 소매를 팔꿈치까지 걷고 그 걷어 올린 틈새에 그것들 을 넣고 다니는 수도 있었다. 그는 흰 물새 같은 남자였다.

"나 너한테 장가를 들고 난 다음에는 네 아버지처럼 굿 잘하는 박수 무당이 될 참이다. 장구도 치고 징도 치고 북도 치고 아쟁도 켜고 꽹과 리도 치고 춤도 추고 무가도 부르고……. 그게 얼마나 좋은 일이냐? 이 세상 어떤 사람이 말려도 나는 기어이 그렇게 하고 말 것이다."

영수는 술에 취하여 이렇게 말을 한 적이 있었다.

"우리 집에서 주무시고 내일 가시지요."

중년 여자 종희가 몸을 일으켰다. 빡빡 늙은 영수 어머니의 손을 잡아 일으켰다. 날이 어두워졌다. 칙칙하게 묵어버린 비탈길을 어떻게 내려 갈 것인가. 가뜩이나 날까지 저물었다.

영수 어머니는 종희의 손을 뿌리쳤다.

"네 얼굴 봤으니까 되었다. 그냥 내려가거라. 나 혼자서도 넉넉히 갈 수 있다. 가다가 거꾸러지고 나자빠져 죽어도 좋고 벼랑에 떨어져 죽어 도 좋다. 아들이 밟고 다니던 이 길에서 죽는 것이 행복이다."

종희는 영수 어머니를 따라 재를 넘어갈 생각을 하고 있었다.

"그 길 밟아 가다가 저랑 함께 죽으면 더 행복하겠네요."

그녀는 혼자가 되고 싶어 하는 스스로를 배반하고 있었다.

영수 어머니가 손사래를 쳤다. 종희의 팔을 잡아 재의 동남쪽 아래쪽으로 돌려세웠다. 등을 밀어주었다.

"나는 밤이고 낮이고 어디엘 가든지 혼자 다니지를 않는다. 그 새끼하고 같이 다닌다. 지금도 같이 있어. 무섭지도 않고 슬프지도 않다. 늘 그 새끼하고 말을 주고받으니께 심심하지도 않아."

영수 어머니는 종희를 등 뒤쪽에 두고 재의 서북쪽을 향해 걸었다. 어두컴컴한 숲을 헤치면서 갔다. 넋두리를 하듯이 말을 했다. 별들이 서넛 더 나왔다. 별들은 금빛으로 번쩍거렸다.

"가는 데마다 그 새끼가 있어. 숲도 그 새끼고, 냇물도 그 새끼고, 별도 그 새끼고, 바닷물도 그 새끼고, 귓결에 스치는 바람도 그 새끼고, 우짖는 새도 그 새끼다. 지나가는 구름 그림자도 그 새끼고, 발에 밟히는 개미 새끼들도 다 그 새끼여. 말없이 서 있는 바위도 그 새끼고, 중천에 뜬 달도 그 새끼 얼굴이여. 피는 꽃, 달리는 열매, 트는 움, 서 있는 돌부처도 모두 그 새끼란 말이다. 그 새끼는 나 따라다니면서 둥게둥게 기타를 친다. 꾀꼬리 같은 소리로 노래도 부르고 춤도 춘다. 아무리 깜깜한 밤에 길을 가도 앞이 훤하다. 그 새끼가 다 밝혀주니께 그렇지. 그 새끼 죽어서 아마 당골네가 되었을 것이다. 그것이 그 새끼 소원이었은께. 나보고 사람들이 다들 미쳤다고 그러더라. 그래도 좋다. 미친 그 새끼하고 같이 미쳐서 나돌아 다니니께."

종희가 영수 어머니의 뒤를 따랐다. 그녀가 뒤따라오는 줄을 알았을 터인데도 그 노파는 돌아서서 쫓아 보내려 하지 않았다.

골짜기에 이르러 그 노파가 미끄러졌다. 엉덩방아를 찧었다. 종희가 얼른 그 노파의 손을 잡아 일으켜주었다.

종희는 문득 살의를 느꼈다. 영수 어머니를 죽여주고 싶었다. 이 노파는 얼른 죽어야 영수에 대한 악몽 같은 기억에서 벗어날 것이다. 그 기억에서 벗어나서 영원히 편안한 잠을 자는 것이 행복일 터이다. 껌껌한 언덕 아래로 힘껏 그 노파를 밀어뜨리는 자신의 모습이 머릿속에 그려졌다. 그녀는 진저리를 쳤다.

영수 어머니가 다시 앞장서서 걸으면서 말했다.

"종희 너 어째서 혼자 여기 내려와 살고 있냐? 그것이 뭔 일이냐? 아무래도 그것은 사람 일이 아니다."

그녀는 영수 어머니의 생각을 비웃었다. 그러면서도 그녀는, 글쎄 내가 왜 여기엘 내려와서 살고 있을까, 하고 생각했다. 무엇을 하자는 것일까. 솜사탕같이 달콤한 그 글은 써질까. 그 글을 써서 무얼 하자는 것일까.

영수 어머니가 말을 이었다.

"그 새끼가 너를 보내주었다. 그 새끼의 뜻이란 말이다. 물론 네 맘이 쓰여서 그렇게 내려왔겠지야. 그 새끼가 네 맘이 그렇게 씌도록 보이지 않는 어떤 힘을 가한 것이란 말이다."

"그럴 만큼 그 사람하고 저는 가깝지 않았어요."

종희는 고개를 저었다. 그러면서도 그 노파의 말이 사실인지도 모른다고 그녀는 생각했다. 고향에 온 이래로 늘 영수의 꿈을 꾸곤 했다. 바닷가 모래밭을 걸어 다니는 꿈을 꾸기도 하고, 깊은 산 숲속을 헤매는 꿈을 꾸기도 했다. 영수는 헌병들한테 쫓기고 있었다. 그는 산골짜기에서 뒹굴었다. 헌병들은 총을 쏘았다. 그가 총에 맞아 쓰러져 뒹굴었다. 피를 흘렸다.

그 꿈들은 어쩌면 당연한 것인지 알 수 없었다.

그해 여름휴가를 나온 영수는 귀대할 생각을 하지 않았다. 사실은 휴가가 아니었다. 탈영을 했던 것이다. 그의 가족들도 그 사실을 알았고 종희도 알아챘다. 그의 부모들이 귀대할 것을 종용했다. 종희가 만나주지 않겠다고 으름장을 놓았다.

"너 부대 들어가지 않으면 너하고 절교할 거야. 언젠가는 붙잡혀 가서 감옥살이나 할 사람을 결혼 상대자로 생각할 순 없어. 나는 범법자 싫어. 나 만나고 싶거든 순조롭게 군대 마치고 나와. 그때까지 기다려줄게. 아내 노릇 해달라면 아내 노릇 해주고 첩 노릇을 해달라면 첩 노릇을 해줄게. 뭣이든지 네가 원하는 대로 다 해줄 테니까 제발 부대로 다시 들어가. 떳떳하게 제대해 나와."

영수는 고개를 저었다. 자기는 귀대할 수 없다고 했다. 소대장과 중대장과 선임하사관을 두들겨 패버리고 왔다고 했다. 부대에 들어가면 맞아 죽게 될 거라는 것이었다. 이렇게 살다가 붙잡혀 남한산성에 가서 징역살이하다가 평생을 망쳐도 좋다는 것이었다.

"몇 순간이라도 자유롭고 싶었다. 군대에 들어가서 자유라는 것이 얼마나 소중한 것인가를 알았다. 새가 얼마나 부럽게 여겨졌는지 아냐? 인간으로 태어난 것이 그렇게 억울하고 치욕스러울 수가 없더라. 훨훨 허공으로 날아올라버리고 싶은 때가 하루에 천 번도 더 된단 말이야."

몇 달 뒤에 영수는 헌병들한테 붙잡혀 갔고, 군법회의에서 일 년 팔

개월의 실형을 받았다. 그것도 그의 아버지가 논밭 판 돈을 싸 들고 이리 뛰고 저리 뛰면서 손을 쓴 덕분에 많이 감형을 받은 결과였다. 그녀가 대학 졸업을 한 이듬해였다.

영수가 남한산성에서 복역을 하고 있는 동안 그녀는 그의 어머니를 따라 몇 차례 면회를 가곤 했다. 한데 그의 어머니가 그녀를 피했다. 그가 그렇게 된 것을 그녀의 탓으로 돌리고 있었다. 그녀와 그를 떼어놓으면 그의 일이 잘 풀릴 것으로 여기고 있었다. 그와 그녀가 붙어살게 되면 그가 운명적으로 불행하게 될 수밖에 없을 것이라고 고향의 그녀 어머니가 와서 그랬다. 그것은 그녀 어머니의 확신이었다. 허주를 모시고 사는 어머니의 신통력은 놀라운 것이었다.

종희는 그를 위하여 참았다. 그를 잊으려고 애를 썼다. 그때부터 그녀는 지금의 남편 홍병탁과 만나기 시작했다. 영수를 살리기 위하여 그 사람을 취하기로 했다. 그 홍병탁은 사관생도였다. 그 사람은 그녀의 미모에 넋을 잃었다.

영수가 복역을 하기 시작한 지 한 해 뒤의 어느 가을날 상철이 그녀를 찾아왔다. 그는 장교가 되어 있었다. 삼사관학교엘 갔다는 것이었다. 그는 당당했고, 그녀를 극장과 공원으로 데리고 다니면서 너털거렸다. 남한산성에 가 있는 영수에 대한 이야기를 꺼냈다. 그 자식의 인생은 이미 끝났다고 했다. 복역을 하고 나오더라도 관계 진출은 꿈도 꿀 수 없다는 것이었다. 쓸 만한 회사를 잡아들기도 어려울 것이라고 했다.

"탈영이 뭔 줄 아냐? 전시에는 즉결 처분이었어. 총살이란 말이야. 그 자식 정말 무모한 놈이야. 왜 그렇게 모자란 짓거리를 했냐? 나 그 자식이 그런 놈인지 몰랐어."

그는 영수의 몫인 그녀의 반쪽을 인정하려 하지 않았다. 그녀의 모든 것을 혼자서 독차지하려 했다. 그녀는 진저리를 쳤다. 그의 제복에서 찬 바람이 건너왔다.

상철은 그 제복을 즐기고 있었다. 상철과 함께 거리를 거닐거나 극장 속에 들어앉아 영화를 보거나 양식당에 가서 나이프로 스테이크를 썰어 먹고 공원을 바자니는 동안, 그녀는 그 푸른 제복 속에서 견디지를 못하고 몸부림을 치고 발버둥을 치는 왕거미줄에 걸린 나비 같은 영수가 생각났다. 상철은 자기의 진급 계획을 줄줄이 늘어놓았다.

"몇 년 뒤에는 대위다. 다시 몇 년 뒤에는 소령, 또다시 몇 년 뒤에는 중령, 그리고 대령, 그다음에는 별을 달 것이다. 선생을 해먹으려면 대학교수를 해먹어야 하고, 정치를 하려면 국회의원을 해먹어야 하고, 군대 생활을 하려면 역시 별을 달고 해먹어야 한다. 두고 봐라. 나 기어이 별을 따고 말 것이다. 너를 위해서라도 기어이 딴다."

그는 걸으면서 휘익 휘익 휘파람으로 군가를 부르곤 했다. 동작 하나하나에 절도가 있었다. 말씨도 전과 달랐다. 목소리가 우렁찼다. 서양 사람들같이 어깨를 들어 올리면서 으쓱하고 두 손을 가슴께로 올려 손짓을 하고 고개를 갸웃하곤 했다. 얼굴 표정을 근엄하게 만들곤 했다.

"나 지금부터 장군 연습을 하는 거야. 알겠어? 나하고 결혼을 하면 넌 장군 부인이 되는 거다. 장군은 어떻게 되는지 아냐? 별을 따면 되는 거야. 저기 저 별 말이야. 별 따기 아주 쉽단다. 열심히 운동을 하면 딸 수 있다더라. 경우에 따라서는 미인계를 쓰기도 해야 한다더라. 그러기 위해서는 예쁜 아내가 필요하다고 하더라. 인생은 투기다. 나 내 인생의 모든 것을 별에다가 걸었다."

상철은 으스대면서 남한산성의 영수 이야기를 했다.

"그 자식, 운수는 무척 좋은 놈이야. 하필 내 동기 한 놈이 이번에 그리로 배속되어 갔다. 그놈한테 영수를 잘 부탁해놨다. 그놈 내 말이라면 안 들어줄 수가 없다. 바늘같이 빼빼한 놈인데 말이야, 행군할 때 다 쓰러져가는 놈을 내가 업고 기다시피 했다. 그놈 배낭까지를 내가 다 짊어져다가 주었지. 나를 제 놈 할애비보다 더 위한다."

상철은 그날 밤 그녀를 여관으로 끌고 가려고 했다. 그는 용의주도했다. 영수가 당하고 있는 불행에 대하여 자꾸 이야기를 함으로써 자기의 위치를 계속 한 단계씩 올려놓고 있었다.

"이번에 우리 소대에서 훈련 도중에 한 사병이 사고를 당했어. 그 사고는 그 사병의 실수로 말미암은 것이었어. 똑똑한 놈이었고, 제법 영웅심도 있는 놈이었지. 고지를 향해 포복해서 올라간 사병들은 공격 대기 지점에서 잠시 쉴 수 있단 말이야. 여름철에 포복해 올라가기가 얼마나 힘이 드는지 알아? 땀으로 멱을 감게 된단 말이야. 잠시 쉬면서 수류탄 투척 준비를 하지. 그리고 일어서자마자 장전해둔 공포탄 다섯 발씩을 쏘면서 올라가는 거란 말이야. 그 사병은 여기서 묘한 문제가 생긴 거야. 그 사병은 쓰고 있던 철모를 벗어놓고 그 속에다가 총구를 찔러 넣어두었어. 총구에 흙이 들어가지 않도록 하려는 것이었지. 총구에 흙이 들어가면 그것을 씻어내기가 힘이 든단 말이야. 어쨌든지 공격 명령이 내리니까 이 사병은 황급히 철모를 들어 올렸지. 그 순간 공포탄이 터진 거야. 물론 실수로 방아쇠를 건드렸겠지. 공포탄 화염이 철모 안에 담겼고, 철모를 집어 들던 그 사병의 엄지손가락 끝은 그 화염에 타버렸어. 순간적으로 하얀 뼈만 남은 거란 말이야. 그 사병은 상한 손가락을 붙들고 나한테 달려왔더군. 급한 대로 나는 그 사병을 의무중대로 후송을 시켰지. 한데 그 훈련이 끝난 다음에 그 사병의 사고 처리를 어떻게 할 것인지가 문제가 된 거란 말이야. 사병의 말을 곧이곧대로 믿고 처리했다가는 중대장하고 소대장인 내가 책임을 지지 않으면 안 된단 말이야. 사병들한테 안전 교육을 제대로 시키지 못한 책임 말이야. 책임이라는 것은 골치 아픈 거란 말이야. 나중에 진급할 때 고과 점수를 깎아먹는단 말이야. 그 책임을 지지 않으려면 사병이 고의적으로 손가락을 절단하려 했다고 뒤집어씌워야 하는 거야. 중대장이 자기와 소대장인 나의 고과 점수를 위해서 사병을 희생시키기로 작정을 한 거란 말이야. 그 사고를 자해 행위로 보고하라고 하더군. 말하자면 그 사병이 제대를 할 목적으로 자기의 총으로 쏘아 절단했다는 것으로 몰아버리자는 거야. 그 사병은 당장 구속되었지. 사단보통군법회의에 회부되어 일 년 팔 개월의 징역형을 받았어. 전시에 자기 손가락 자르는 행위가 어떤 벌을 받게 되는지 아냐? 즉결 처분이야. 소속 부대장이 당장 그 자리에서 총으로 쏘아 죽일 수 있단 말이야……. 양심의 가책이 되더라마는 어찌할 수 없는 일이었어. 내 진급의 대장정에 먹구름을 만들어놓을 필요는 없었으니까. 이번에 많은 것을 배웠다. 앞으로 더 많은 것을 배우게 될 것이다. 이제는 자신이 있어."

상철은 허공을 처다보면서 너털거렸다. 그때 상철과 그녀는 여관의 현관문 앞에 이르러 있었다.

"나는 밟히는 쪽보다는 밟는 쪽에 서서 살아갈 것이다. 무서운 세상이야. 이 세상에서는 밟히는 쪽만 서러운 법이다. 그런데 영수란 놈은 스스로 밟히는 쪽을 선택한 거란 말이다. 얼마나 멍청한 놈이냐?"

상철은 어쩌면 그녀를 여관방 안으로 끌어들이기 위하여 영수의 존재를 형편없이 왜소하게 만들고 있었을 터이었다.

그녀는 상철이 가증스러웠다. 그에게서 쇳가루와 포연 냄새가 났다. 여관 문 앞에서 그녀는 그를 뿌리쳤다. 화가 나서 걸어가는 그녀를 향해 상철이 말했다.

"너 후회할 거다."

그것이 상철의 마지막 말이었다. 그해 초겨울의 어느 날 뜻밖에도 상철에게서 결혼 청첩장이 날아왔다. 그녀는 예식장엘 가지 않았다. 그녀를 여관방으로 끌고 가려 하던 그날 밤 그의 모습이 그녀의 발을 묶어두었다.

이후로 상철이 월남엘 자원하여 갔다는 소식을 들었다. 어쩌면 그가 따야 할 별을 위한 대장정을 시작한 것일 거라고 그녀는 생각했다.

그는 넉넉히 그럴 만한 사람이었다. 파병을 유도하는 사람들이 자유라는 것과 세계 평화를 위한다는 명분을 앞세우는 자리에서 그는 자기의 별을 위하여 넉넉히 흥분하여 설쳐댈 만한 사람이었다.

나뭇가지가 종희의 얼굴과 목줄기를 할퀴었다. 소나무 잎사귀가 눈을 쑤셨다. 그녀는 내리막길에서 미끄러졌다. 중년인 종희보다는 노파인 영수 어머니가 오히려 더 잘 걸었다. 미끄러지는 종희를 영수 어머니가 잡아 일으켜주었다.

자드락길을 가다가 함께 미끄러지기도 했다. 그 무렵쯤에는 하늘의 별들이 총총했다. 그것들은 마치 영산강 변의 무청 꽃밭같이 일렁거렸다. 별들은 벌통 속의 벌 떼들같이 소리를 냈다. 풍물 소리를 내는 듯싶기도 했다.

별들을 쳐다보면서 종희는 어머니의 굿판을 떠올렸다. 그녀의 어머니는 하얀 소복을 하고 고풀이를 할 때 가장 매력이 있었다. 고를 맺고 또 맺은 흰 베 줄기를 어깨에 걸치고 어기죽어기죽 춤을 추면서 무가를 불렀다. 잽이들은 시나위 가락을 연주했다. 그녀의 아버지는 징잽이였다. 그는 징을 멍석 바닥에 엎어놓고 쳤다. 고개를 쳐들고 목을 길게 빼 늘이고 "아어어아어어으으으" 하고 시나위 가락에 맞추어 무가를 불러주었다. 아버지의 호리호리한 몸은 신명으로 뭉쳐져 있었다.

종희는 진저리를 쳤다. 아버지의 그 신명이 무서워지곤 했다. 그 신명이 내 몸에 오르면 어떻게 할까. 그렇게 되면 자기도 하릴없이 당골네 노릇을 하지 않을 수 없게 될 것 같았다. 그녀는 죽어도 당골네가 되지는 않겠다고 생각했다.

국민학교 특별활동 시간에 무용부 여자 선생님이 자기네 부엘 들어오라고 했지만 당골네가 되지 않겠다는 생각으로 그 선생을 피했던 것이다. 그 무용 선생은 그녀가 춤에 탁월한 재질을 가지고 있다고 했다. 그녀를 교장실로 데리고 갔다. 교육위원회에서 주최하는 무용 콩쿠르에 데리고 나가게 해달라고 했다. 그녀를 데리고 나가기만 하면 우수상 입상은 문제없다는 것이었다. 그녀가 울면서 싫다고 뻗댔다.

도망쳐 나갔다. 문예반으로 들어갔다. 이후로 그녀는 춤하고 담을 쌓고 살아왔다. 만일 춤을 추기만 하면 신명이 오르게 되고, 속에 잠재해 있던 무당기가 드러나게 될 것 같았다. 스스로도 어떻게 막을 수 없는 무당의 길이 열리게 될 것 같았다.

"네 어머니 잘 계시냐? 나는 너의 어머니 은혜를 한시도 잊을 수가 없

453

다. 여기서 사실 때 사흘 걸러서 우리 집엘 오시곤 했다. 내가 그 새끼 앞세우고 나서 시난고난 앓고 있을 때, 그 새끼 넋 씻겨서 극락으로 보내주고, 결혼(사자 결혼)시켜주고, 그 일을 네 어머니가 다 했다."

종희의 어머니는 서울 변두리에서 살고 있었다. 자식들 체면 때문에 무당 노릇을 걷어치웠다. 물론 그녀의 골방에다가 허주는 계속 모셨다. 머리가 파뿌리처럼 희어졌다.

찻길에 내려와서 종희는 영수 어머니를 보냈다. 영수 어머니는 종희의 두 손을 끌어다가 모았다. 힘껏 쥐어주면서 흔들었다. 어둠 속에 잠겨 있는 그녀의 얼굴을 들여다보았다. 고개를 끄덕거렸다. 손을 놓고 돌아섰다. 비틀거리면서 걸어갔다. 별들이 그 노파의 머리 위에 얹히어 있었다. 근처의 숲에서 호랑지빠귀가 울었다. 종희는 그 노파의 모습이 산모퉁이 저쪽으로 사라져갈 때까지 그 자리에 박힌 듯 서 있었다.

재를 넘어가지 않고 산모퉁이를 안고 돌아갔다. 그녀는 상철과 영수에게 휩싸여 살아가고 있었다. 어찌할 수 없이 꽁꽁 묶이어 있었다. 바닷가 모래밭을 두들겨대는 파도 소리를 치마폭에 싸안은 채 집으로 들어갔다. 자리에 누웠다. 영수가 그녀의 의식 속에서 살아 움직이고 있었다.

그해 가을의 어느 날 오후 첫 수업엘 들어갔다가 나오는데 사환 아이가 그녀의 옆구리를 질벅거렸다. 수위실 앞에 누군가가 찾아와 있다는 것이었다. 사환 아이는 여느 때와 달리 속삭였다. 머리를 두 갈래로 갈라땋은 그 사환 아이의 눈은 그녀를 향해 반짝거리고 있었다. 그 눈에서 이상스러운 기미를 느꼈다. 그녀는 영수를 생각해냈다.

영수는 군복 차림이었다. 머리를 중처럼 박박 깎고 있었다. 풀기 없는 쑥빛 모자를 손에 말아 쥐고 있었다. 머플러를 하지 않은 목의 단추 셋을 모두 풀어놓았으므로 하얀 내의가 보였다. 길고 헐렁헐렁한 소매를 팔꿈치까지 걷어붙였다. 군화 대신에 작업화를 신었다. 작업화는 군함만큼 컸다. 허름했다. 먼지가 보얗게 앉아 있었다. 그 작업화의 끈을 풀어놓았다. 걸을 때면 그 작업화를 질질 끌었다.

옆구리에 검누런 서류 봉투 하나를 끼고 있었다. 얼굴에는 수염이 거뭇거뭇했다. 눈은 퀭하게 꺼져 있었다. 눈자위에는 푸른 그늘이 앉아 있었다. 알따란 입술은 귀밑에까지 찢어져 있는 듯싶었다. 광대뼈는 세모꼴로 튀어나왔다. 그와 비례하여 볼은 우묵 들어가 있었다. 살갗에는 노인들의 저승꽃 같은 기미가 끼어 있었다. 그 얼굴 속에서 두 눈동자만 형형하게 빛나고 있었다. 왼쪽 가슴팍에 붙은 명찰은 희미했다. 어깨에는 손가락 굵기의 핏빛 이등병 계급장 표시가 붙어 있었다. 그것도 불그죽죽하게 바래 있었다.

군인은 군인인데 군인이 아닌 것 같았다. 거지 같기도 하고 패잔병 같기도 했다. 군기라는 것을 극도로 무시하거나 그가 속해 있는 어떤 단체의 권위라는 것을 깔아뭉개고 있는 건방지고 오만방자한 졸병이었다. 그야말로 당시 유행하던 말대로 '개판'이었다.

그 군인은 자기 옆으로 걸어오는 종희를 보자마자 싱긋 웃었다. 웃는 그의 얼굴에는 허옇게 드러나는 이빨들뿐이었다. 보얗던 살결들은 어디론가 다 사라져버리고 없었다. 영양 결핍의 싯누런 살갗이 해골처럼 웃고 있었다.

그 군인은 그녀를 덥석 끌어안아버렸다. 허허허허허 하고 웃어댔다. 끌어안은 그녀의 등을 철썩철썩 두들겼다. 운동장에서 놀던 아이들이 그녀와 그 개판 군인의 포옹 장면을 놓치지 않고 구경했다. 그녀가 당황하여 그를 떠밀었다. 그의 힘은 완강했다.

종희는 얼굴이 화끈 뜨거워졌다. 창황 중에 영수의 품을 벗어났다. 그는 그녀의 손목을 낚아채듯이 끌고 교문 밖으로 나갔다. 그는 술집을 찾았다. 가까운 곳에는 술집이 없었다.

그녀는 그를 중국 음식점으로 데리고 갔다. 그를 그 음식점의 한쪽 모퉁이 방 안에 앉혀놓고 학교로 전화를 걸었다. 동료 교사 한 사람한테 자기 대신에 수업을 좀 해달라고 통사정을 했다. 피치 못할 급한 사정이 하나 생겼다고, 나중에 자기가 곱절로 갚아줄 테니까 사정을 보아달라고 했다.

영수는 탕수육과 배갈 두 병을 시켜놓고 그녀를 기다리고 있었다. 그의 앞에 와서 앉는 그녀를 향해 그는 또 입이 귀밑으로 찢어져 돌아가도록 크게 벌리고 웃어댔다.

"야, 꼬박 스무 달 동안이다. 거기서 종희 네 얼굴이 안 떠올랐으면 아마 자살을 했을 것이다."

그의 눈에는 물기가 어려 있었다.

"거기서 말이다, 푸른 색깔이 얼마나 사람한테 좋은 것인가 하는 것도 알았다. 밥 못 먹어 배고픈 것, 술 못 마셔서 속 헛헛한 것, 사랑 못 해서 미치고 환장할 것 같은 것에 대해서는 알고 있었지만, 푸른 색깔을 보지 못해 미칠 것같이 되어버린 경험은 하지를 못했단 말이다. 그런데 거기서 그걸 경험했다. 푸른 색깔을 못 보아서 그 색깔에 배고픈 것, 그것 정말로 못 참는다. 가슴이 두근거리고 괜히 안절부절못하게 되고 이건 정말 환장을 한다. 그 속에서 너를 생각했더니 그 푸른 색깔 배고픔을 견디어낼 수 있겠더라. 너는 그야말로 만병통치약이었어. 무슨 병이든지 너만 생각을 하면은 씻은 듯이 낫곤 하는 거란 말이다."

그는 또다시 입이 귀밑까지 찢어지도록 웃었다. 허연 이빨들만 드러난 그의 얼굴을 보면서 그녀는 그의 모든 것을 품어버리고 싶은 충동을 느꼈다. 그의 의식과 그녀의 의식 사이에 이물감이 없었다. 껍데기는 어디론가 사라지고 없고 알맹이만 남아 있었다. 더러운 것들은 다 씻겨 나가고 눈처럼 희고 청순하고 값진 보석 같은 것만 남아 있었다. 남한산성이라는 데는 참 좋은 곳인가 보다 싶었다. 사람을 어쩌면 저렇듯 귀하고 깨끗하게 씻고 예쁘고 정교하게 조탁해낸단 말인가. 그를 위하여 어떤 성스러운 의식을 치러주고 싶은 충동이 일었다. 그와 앞으로 결혼을 하지 않더라도 좋다고 생각했다. 그의 깨끗함을 몸속 깊은 곳에 저장해두고 싶었다. 그렇게 하지 않으면 깨끗하고 고귀한 그의 모든 것들을 놓치게 될 것 같은 안타까움이 그녀를 못 견디게 하였다. 그가 새처럼 느껴졌다. 구름의 그림자 같았다. 어디론가 날아가버리고 흘러가버릴 것 같았다. 잘 간직하지 않으면 증기처럼 증발해버릴 것 같았다.

한데 붙어살아서는 안 되도록 운명 지어졌다는 어머니의 말이 옳은가 보다고 그녀는 생각했다. 그녀의 어머니와 영수 어머니가 짜고 그들을 떼어놓으려고 그런 수작을 하고 있다는 것을 눈치채고 있었지만 그녀는 그때 그를 금방 놓치고 말 것만 같은 위기의식에 사로잡혔다. 슬픈 예감이었다.

영수는 탕수육을 아귀아귀 먹었다. 독한 배갈을 마시고 또 마셨다. 그녀에게 권하기도 했다. 창백하던 얼굴 살갗에 홍조가 돌고 눈에 핏발이 섰다. 이때부터 그의 눈에서는 아릇한 빛살이 나타났다. 독물이 배인 듯한 빛살이었다. 외부의 위해로부터 자기를 보호하고 살아남으려는 야행성 동물의 눈에서 볼 수 있는 것이었다. 그것을 그의 웃음으로 감추곤 했다. 그 독물 배인 듯한 눈빛을 보면서 그녀는 그를 이때껏 가두어둔 남한산성이라는 데가 참으로 무서운 곳인가 보다 하고 생각했다. 그의 몸에 그렇듯 독물이 배이게 된 것이 그녀 탓인지도 모른다고 그녀는 생각했다. 나한테는 살이 끼어 있는지도 모른다. 그 살 때문에 영수가 죽게 될지도 모른다. 그가 온전한 삶을 살도록 하기 위해서는 쓰라림을 무릅쓰고 내가 그로부터 멀어져 가야 하는 것인지도 모른다. 그녀는 속으로 안간힘을 쓰면서 혀를 물었다.

"거기가 어떤 데인 줄 아냐?"

그는 그녀의 눈 속에 살기 어린 눈빛을 쏘아대면서 물었다. 그녀의 대답을 들으려 하지 않고 말을 이었다.

"한밤중에 모두들 일어나 벌거숭이가 된다. 두 사람씩 짝을 지어 사교춤을 춘다. 블루스, 왈츠, 탱고…… 다 춘다. 두 손으로 자기 꼬추 자기 불알을 움켜쥔다. 떙까땡 떙까땡 떙까땡 하면서 성교하는 흉내를 내기도 하고, 엉덩춤을 추기도 하고, 트위스트를 추기도 한다. 서로를 얼싸안고 뒹굴기도 한다. 하하하……."

입술에 탕수육의 끈끈한 국물을 묻힌 채 영수는 또다시 입이 귀밑까지 찢어져 돌아가도록 웃어댔다. 그녀는 황폐를 생각했다. 물기라고는 약에 쓰자고 해도 없는 열사의 사막을 생각했다. 묵정밭을 떠올렸다. 썰물 진 갯벌밭을 머릿속에 그렸다. 둑을 막고 가두어둔 바닷물을 떠올렸다. 쓰레기들이 둥둥 떠 있고, 고기들이 모두 죽어버린 웅덩이 같은 갇힌 바닷물을 생각했다. 가을걷이를 하고 버려둔 겨울 들판을 생각했다.

거기에 버려진 허수아비의 너덜거리는 옷자락을 생각했다. 그것을 휩
쓰는 겨울 눈보라를 생각했다.

그의 의식이 그렇듯 적막하고 황폐해져 있을 듯싶었다. 그 적막과 황
폐를 그녀가 품어 녹여주어야 할 것 같았다. 그렇게 해주지 않으면 그의
소중한 모든 것들이 순간적으로 산화해버릴 것 같았다. 그의 적막과 황
폐를 치유해주고 나서 그로부터 멀어져 가야 한다고 그녀는 생각했다.

"이게 뭔 줄 아냐? 노예의 기록이다. 여기에 다 써 있다. 자유 찾아 몸
부림친(탈영) 사실도 적혀 있고, 남한산성의 잔인한 날들도 꿈틀거리고
있고, 어디로 찾아가라는 명령도 있다. 이 딱딱한 종이 한 장이 시키는
대로 나는 흘러가고 있다. 사실은 개같이 목에 줄이 매어져 있다. 이 딱
딱한 종이가 사실은 개줄이나 마찬가지다. 개줄에 목이 매여 있는 이 인
생 말이다. 얼마나 더럽고 기막힌 인생이냐? 그래도 나는 여기 이렇게
네가 살고 있다는 것을 생각하면 살맛이 나곤 한다. 너는 나의 소화제고
해열제고 신경안정제야. 셰익스피어가 그랬지? 세상에서 가장 위대한
것은 여자라고 말이야. 너는 참말로 위대한 존재다. 나를 그 지옥에서
구제한 만병통치약이니까, 하하하……. 어떠냐. 이 말만 들어도 행복하
지? 그렇지? 아아, 너는 모를 것이다. 내가 그 속에서 얼마나 너를 생각
하고 또 했는지……."

그는 배갈을 거듭 마셨다. 그의 샛노란 인사기록카드를 빼내서 그녀
의 눈앞에 슬쩍 비춰주었다.

그녀가 그에게 물었다.

"언제 부대에 들어가?"

그녀는 사방이 가려진 공간 속에서 그와 하룻밤을 지내고 싶었던 것

이다. 그의 황막함을 치유해주고 싶었던 것이다.

"오늘 밤 12시까지만 들어가면 된다. 해 저물기 전에 여기서 막차를 타야 한다고 하더라. 그것만 타면 그 부대 앞에서 내리게 된다더라. 거기는 잠시 머무는 보충대야. 거기서 어디론가 또 팔려 가게 된다."

그녀는 맥이 풀렸다. 그의 모든 것을 수용할 기회가 없는 것이었다. 생각 같아서는 그를 붙들어 잡고 싶었다. 그런 생각을 하는 스스로를 꾸짖었다. 그를 붙잡아놓는 것이 결국 그를 더욱 황막하게 만들어놓을 것이다.

"그 막차 놓치면 안 되지 않아?"

그녀의 가슴속에서 슬픈 모성이 고개를 들고 있었다. 그 차를 놓치지 않도록 해주어야 한다고 그녀는 생각했다. 고달프더라도 한사코 참고 이겨내고 나오라고 타일러주고 싶었다.

"부대 배치받으면 편지해. 내가 면회 갈게."

그 말을 하고 나서 그녀는 후회했다. 이번에 헤어지고 나면 다시는 그와 만나지 않아야 한다고 생각했다.

"글쎄, 그때까지 살아 있으리라는 보장이 있을까?"

그는 핏발 선 눈으로 그녀의 얼굴을 건너다보았다. 입술에는 탕수육 소스가 묻어 있었다.

"무슨 소리를 하고 있는 거야?"

그녀는 그를 꾸짖었다. 슬프게 웃으면서 말했다.

"제대하고 나와서 미칠 만큼 예쁜 여자 하나 골라가지고 장가도 가고 아들딸도 낳고 그래야지. 대학원도 다니고 박사 학위도 받고 교수도 되고, 시인도 되고 소설가도 되고, 평론가도 되고 그래야지."

그가 고개를 떨어뜨렸다. 배갈 한 잔을 단숨에 들이켰다. 카하 하고
숨을 토하면서 말했다.

"나 들어가기 싫다. 다 싫다. 그냥 이대로 너하고 어디론가 훨훨 날아
가버렸으면 좋겠어. 야, 종희야, 너 나 좀 숨겨주라. 내 몸뚱이가 영원히
밖으로 노출되지 않도록 네 품에 품어가지고 숨겨줄 수 없겠어? 가령
네 자궁 속에다가 영원히 담아두어버릴 수 없겠어? 그래가지고 전혀 새
사람으로 낳아놓을 수 없겠어?"

자기의 일은 자기 이외의 어떤 사람도 어떻게 해줄 수 없다는 것을 그
가 모를 리 없었다. 그것은 응석이었다. 전혀 새롭게 시작하기 위한 절
망이었다.

그가 한없이 죽치고 앉은 채 마시고 있기만 하려고 하였으므로 그녀
가 먼저 몸을 일으켰다. 그가 윗몸을 굽히고 앉은 채, 일어선 그녀의 얼
굴을 아쉬운 듯 쳐다보았다. 맥없이 검누런 인사기록카드 봉투를 집어
들었다.

"이 한쪽 몸에 붙어 있는 것들은 다 내 것이라는 것 기억하고 있지? 그
야비한 상철이 그 자식이 나 없는 사이에 혹시 내 것에 손대지 않았어?
그 자식, 베트남으로 죽으러 간다고 기막히게 연기를 하면서 내 것에 손
대려 했지? 그랬지? 그 자식은 언제든지 기회만 있으면 그 정해놓은 우
리 법칙을 무너뜨리고 독식을 하려고 들었지? 그랬지?"

그는 그녀와 마주 섰다. 그녀의 한쪽 유방과 한쪽 눈과 한쪽 귀와 한
쪽 다리와 한쪽 엉덩이와 한쪽 팔과 한쪽 어깨와 한쪽 볼을 가리키면서
말했다.

그녀는 슬픈 생각이 들었다. 그는 자기의 실존을 자기의 의식 밖으로

몰아내려고 하고 있었다. 늘 동심 속으로 기어 들어가려고 했다. 미련스러워지려고 하였다. 그는 킥킥 웃고 나서 말을 이었다.

"간밤에 말이야, 상철이 그 자식을 저주했다. 그 자식이 죽고 나면 그 자식이 소유하기로 한 네 그 반쪽들을 모두 내가 차지할 수 있을 것이라고 말이다. 요즘 베트남에서 많이들 죽어 오는 모양이더라. 그 죽은 사람들 명단에 상철이 그 자식 이름이 끼어들어 있기를 나는 앞으로 늘 바랄 것이다. 어찌할 수 없어. 그 자식이 나를 저주하는 만큼 나도 그 자식을 저주할 수밖에. 두고 봐. 내 저주는 틀림없이 효험이 있을 거다. 사랑은 싸움이다. 흐크크……."

"상철이 결혼하고 거기 갔다."

그녀의 말에 그는 화들짝 놀라는 시늉을 했다.

"야, 그 자식이 어떤 생각으로 너를 그렇게 포기했지? 그럼 이 모든 것들이 다 내 것이 되어버렸잖아? 그렇지?"

그는 그녀를 얼싸안고 얼굴을 허공으로 쳐들며 하하하 하고 웃어댔다. 그녀는 속으로 이제 이것이 우리들의 마지막 만남일 것이다, 하고 지껄였다. 너 제대하고 나오면 난 다른 남자하고 살고 있을 것이다.

홍시 감 같은 해가 도회의 지평선 저쪽으로 묻히고 있었다. 지평선에는 검은 장어구름이 차곡차곡 쌓여 있었다. 술에 취한 채 걸어가는 황혼 무렵의 골목길은 눌눌하고 어릿어릿했다. 기우뚱거리고 출렁거렸다. 그녀는 그때 그의 팔 하나를 잡으면서 속삭이듯이 말했다.

"상철이는 중령인가 대령인가 되는 사람 딸하고 결혼했다더라. 앞으로 군대 생활을 하려면 여러 가지로 유리하겠지. 너도 제대한 뒤에는 집안도 좋고 인물도 출중한 처녀 하나 얻어라. 나는 네가 원하면 언제든지 영원한 애인으로 만나주곤 할 테니까. 우리 어머니가 그러시더라. 너하고 나하고는 한데 붙어살면 네가 치이게 된다고…….”

“나는 그런 미신 안 믿는다.”

그는 그녀의 멱살을 잡으면서 이를 물었다.

“우리는 운명적으로 영원히 함께 살도록 되어 있어. 죽든지 살든지…….”

한길로 나왔다. 의정부 쪽으로 가는 막차를 기다리는 동안 그녀는 그 개판 군인의 옷매무새를 바로잡아주었다. 풀어 헤쳐진 윗옷의 단추들을 잠가주었다. 인사기록카드 봉투 속에 쑤셔 넣어놓은 모자를 꺼내 씌워주었다. 쪼그려 앉아 그의 작업화 끈을 매주었다. 어머니의 도움을 받지 않으면 안 되는 국민학교 1학년 학생처럼 그는 가만히 있었다.

그녀가 마지막으로 그의 호주머니에서 푸른 머플러를 꺼내 목에 둘러주고 나서 그를 마주 보았다. 그가 그녀를 향해 거수경례를 하면서 바보스럽게 웃었다. 장교 복장에 중위 계급을 달고 나타난 상철이나, 그녀의 미모에 반하여 토요일마다 그녀를 만나러 나오곤 하는 사관학생 홍병탁의 그것처럼 몸놀림이 절도 있지도 않았고 힘차지도 않았다.

버스가 왔다. 버스는 만원이었다. 그가 사람들의 엉덩이들 사이를 비집고 올라섰다. 버스는 문도 닫지 않은 채 출발했다. 그가 그녀를 돌아보면서 고개를 끄덕거렸다. 순간 그의 모자가 벗겨졌다. 그것이 길 가장자리에 떨어졌다. 그녀가 달려가서 그것을 주워 들었다. 버스를 향해 달려가면서 모자를 내밀었다. 그가 그 모자쯤 없어도 상관없다는 듯 손사래를 쳤다. 차장이 버스 문을 닫아버렸다. 그녀는 색이 바래고 풀 죽은 그의 모자를 손에 움켜쥔 채 멀어져 가는 버스의 꽁무니를 내내 보고 서 있었다. 택시 한 대를 불러 타고 그 버스를 쫓아가서 모자를 전해 주고 싶었다. 모자가 없다고 부대 앞에서 붙잡혀 벌을 서게 되지나 않을까. 가슴이 쿵쾅거렸다. 속이 아리고 코끝이 시었다. 눈에 괴고 있는 눈물 때문에 버스 사라진 길바닥이 굴절되고 있었다.

이튿날부터 그에게서 편지가 오기를 기다렸다. 그러는 동안 그녀를 만나기 위하여 외출을 나오곤 하는 그 사관생도 홍병탁을 이런 핑계 저런 핑계를 대면서 만나주지 않았다.

엉뚱하게도 그로부터 넉 달째 되던 어느 겨울날 한낮에 베트남의 상철에게서 편지가 왔다.

비가 오고 있었다. 텔레비전에서는 시뻘건 물줄기를 보여주고, 댐에서 방류하는 하얀 물보라와 비등하는 물줄기를 타고 떠내려가는 돼지와 송아지와 자동차들과 물에 잠긴 집들을 비추어주었다. 섬같이 떠 있는 지붕과 지붕 사이를 스티로폼 뗏목을 타고 건너다니는 사람들의 모습을 보여주었다. 방학이었다. 그녀는 방바닥에서 모로 누워 텔레비전을 보고 있다가 그의 편지를 받았다.

······오늘 기막힌 전과를 올리고 들어와 이 글을 쓴다. 이곳에서 우리 따이한의 명성은 여러 가지 의미에서 놀라운 것이다. 내가 말을 한 '여러 가지'라는 의미는 나중에 귀국하여 말해주마. 어쨌든 나는 지금 흥분 상태다. 불행하게도 나의 이 흥분 상태는 그 기막힌 전과 때문만은 아니다. 고국에서 온 편지 한 통이 전쟁의 포연과 분진 속에서 돌아온 나를 기다리고 있었다. 그것은 영수의 동생 영님이한테서 온 것이었다. 너도 기억할 것이다. 땅딸막한 단발머리의, 그 눈이 동그란 영님이

말이다. 그 아이의 편지는 어처구니없게도 영수의 죽음에 대한 소식을 담고 있었다. 너 아마 이 편지 받고 코웃음을 칠 것이다. 설마 그럴 리가 있느냐고, 우스갯소리가 좀 지나치다고 할 것이다. 나도 처음에는 그랬다. 그런데 그것이 사실인 모양이다. 우스갯소리 할 것이 그렇게도 없어서 자기 오빠가 죽었다는 소리를 우스갯소리 삼아 편지 속에다 써넣었겠느냐. 아, 신이 있기는 있는 것인가. 왜 그렇게도 무정하고 잔인하단 말이냐…….

그 편지를 구겨 내던지고 그녀는 집을 나섰다. 기차를 탔다. 이튿날 아침나절에 회진에 있는 영수의 집에 이르렀다. 마당에 들어서자 한 중년 여인이 툇마루에 주저앉아 처마에서 떨어지는 물줄기를 멀거니 보고 있었다. 영수 어머니였다. 머리에는 흰 수건이 질끈 동여져 있었다. 넋이 빠져나가고 없는 듯싶었다. 온몸의 맥이 풀려 있었다.
장독대 앞에는 남새 담긴 삼태기와 호미 담긴 먹서리가 비를 맞고 있었다. 함석으로 된 대문은 옆으로 비스듬히 기울어져 있었다. 흙담 위에는 담쟁이덩굴의 잎사귀들이 굵은 빗방울을 두들겨 맞고 통통거렸다. 지붕의 이엉은 바람에 벗겨져 있었다. 부엌문은 활짝 열려 있었다. 설거지통에는 그릇들이 수북하게 담겨 있었다.
종희는 비닐우산을 받치고 마당 안으로 들어섰다. 그녀가 마당 한가운데에 이를 때까지도 툇마루 위의 영수 어머니는 그대로 앉아 있었다. 영수 어머니는 블라우스 단추들을 모두 풀어 헤치고 있었다. 셔츠를 입지 않았으므로 젖가슴이 드러나 있었다. 마른 하눌타리처럼 처진 젖통의 젖꽃판이 바랜 팥죽 덩이 같은 흑갈색이었다.

영수 어머니의 얼굴은 백지처럼 희었다. 머리카락들은 헝클어져 있었다. 눈에는 총기가 없었다. 그 여자의 앉음새와 얼굴 표정으로 미루어 영수가 죽었다는 사실이 어김없다 싶었다.

영수가 대관절 어찌하여 죽었을까. 종희는 툇마루 앞으로 다가갔다. 영수 어머니는 아직도 다가온 그녀를 보지 않았다. 그녀는 한동안 영수 어머니의 넋 나가버린 모습을 보고 서 있기만 했다.

이윽고 방문이 열리더니 영수 아버지가 얼굴을 내밀었다. 눈이 쾡하고 광대뼈가 튀어나왔다. 머리칼들이 부스스했다. 내내 누워 있다가 일어난 것이었다. 누군가가 왔다는 것을 알아채고 일어나서 문을 열고 나온 것이 아니었다. 넋을 놓고 있는 영수 어머니를 달래기 위해서 나온 것이었다.

"그래, 당신도 그냥 그 새끼 따라가버릴 참이여?"

원망 어린 무뚝뚝한 말을 뱉어내고 난 영수 아버지가 툇마루 앞에 선 종희의 얼굴을 건너다보았다. 그녀는 영수 아버지를 향해 머리를 숙여 인사를 했다. 영수 아버지는 멍해졌다.

영수 어머니는 그녀가 종희라는 것을 알고 나서 헉하고 숨을 들이쉬었다. 숨이 제대로 들이쉬어지지 않았다. 들이쉰 숨 한 덩이가 목구멍 한가운데 걸렸다. 얼굴이 납덩이처럼 푸르뎅뎅해졌다. 이를 앙다물더니 주먹으로 헤쳐놓은 가슴팍을 쳤다. 그 주먹으로 마룻바닥을 쳤다. 숨을 쉬지 못하고 몸부림을 쳤다. 쓰러졌다. 뒹굴어댔다. 발버둥을 쳤다. 어어, 어어, 하면서 버르적거렸다. 얼굴이 굳어졌다. 눈을 감아버렸다. 영수 아버지가 그녀의 어깨를 잡아 흔들기도 하고 등을 두들기기도 하면서 달랬다.

"당신 이러다가 죽어. 다른 새끼들은 어떻게 하고 이렇게 죽으려고 그래? 그 새끼만 자식인가? 다른 자식들을 생각해서 독심을 먹고 살아야지."

한참 만에 깨어난 영수 어머니는 종희를 끌어안고 몸부림을 쳤다. "어어어……" 할 뿐 말을 한마디도 뱉어내지 못했다. 아아, 괜히 왔다, 하고 종희는 속으로 소리쳤다. 영수 어머니의 슬픔을 자기가 더 북돋워주고 있다고 그녀는 생각했다. 깨어난 영수 어머니는 종희의 손을 이끌고 마당으로 내려섰다. 빗줄기가 세찼다. 맨발로 걸었다. 허헉 허헉 하고 가쁜 숨을 내뿜으면서 비탈진 골목길을 허우허우 걸어 올라갔다. 골목길이 다하자 산등성이가 나타났다. 산죽들이 빗줄기에 두들겨 맞고 있었다. 산등성이 너머는 밭이었다. 황토밭이었다. 차조숲과 고구마 덩굴들이 덮이어 있었다. 그 밭둑길을 한동안 걸어가자 비탈진 콩밭이 나왔다. 그 콩밭 안쪽에 만들어놓은 지 얼마 안 된 무덤이 있었다. 빗줄기에 두들겨 맞는 무덤 표면이 황톳물을 핏물같이 짜내고 있었다. 그 무덤 앞에서 영수 어머니는 퍼질러 앉았다. 종희가 일으켜 세우려고 해도 듣지 않았다. 황톳물 질퍽거리는 무덤을 손바닥으로 철썩철썩 갈겼다. 황톳물이 사방으로 튀었다. 어헉 어헉 하고 가쁜 숨을 토해냈다. 종희가 쓴 비닐우산 표면을 빗줄기가 두들겼다. 그 쇳소리 섞인 빗방울 소리가 그녀의 몸속에서 아프게 공명하고 있었다. 영수가 정말로 이 속에 누워 있을까. 어떤 얼굴을 하고 있을까. 허허허허 하고 웃어대고 있을까. 아니, 그는 황토 무덤 속에 누워 있지 않을 것이다. 비쩍 마른 몸뚱이를 버려두고 허허허 하고 웃어대면서 허공을 날아다닐 것이다. 새처럼 바람처럼 구름처럼 날아다닐 것이다. 검은 구름장이 산머리에서 어차어차 하고

소리치며 달려가고 있었다. 산 아래에서는 파도가 모래톱을 짓두들겨
댔다. 태풍이 몰려오고 있었다. 산 아래 마을은 비안개에 잠겨 있었다.
거센 바람 한 무더기가 달려와서 종희가 쓰고 있는 비닐우산을 까뒤집
어버렸다. 그것을 원상대로 고쳐보려고 했지만 소용이 없었다. 그녀는
그것을 밭언덕에다가 버렸다. 영수 어머니처럼 비를 그대로 맞았다. 머
리칼과 블라우스 자락 속으로 빗물이 흘러들었다. 차가운 그 빗물이 젖
가슴과 등줄기와 사타구니를 타고 흘러내렸다. 어둠발이 무덤 주변을
덮기 시작했을 때에야 영수 어머니는 몸을 일으켰다. 비탈진 밭둑길을
내려가면서 영수 어머니는 자꾸만 쓰러졌다. 종희가 부축했다. 영수 어
머니와 함께 황톳길에서 미끄러졌다. 밭고랑으로 떨어졌다. 그들은 황
토투성이가 된 채 영수네 집으로 갔다. 빗줄기는 장대처럼 영수네 집의
마당과 지붕을 두들겨댔다. 번개가 쳤다. 천둥도 울었다.

"자살을 했단다. 그냥 인생을 비관하고 그랬단다. 부대장이 그러더라.
그 사람들이 그렇다니까 그런 줄만 알고 시체를 떠메고 왔지야. 선임하
사라는 사람이 우리를 데리고 가서 그 새끼가 죽어 있었다는 데를 보여
주더라. 소나무 가지 하나가 꺾이어 있더라. 거기다가 총 방아쇠를 끼
우고 잡아당겨가지고 죽었다는 것이여. 그 새끼를 염 다 해가지고 관에
다가 담아놨더라. 세상에 이럴 수도 있다냐? 어떻게 누구를 붙들고 하
소연을 할 수도 없고, 원망을 할 수도 없더라. 정말로 그렇게 자살을 했
는지 어느 놈하고 싸움질을 하다가 그 어느 놈이 쏜 총에 맞아 죽었는
지…… . 야무지게 수사를 해달라고 했는데도 부대 안 사람들은 고개를
젓기만 하더라. 부대 안 사람들은 다 그렇게 그 새끼가 자살을 한 것이
라고 입을 맞추어놓고 우리를 기다리고 있었던 것이여. 아가, 종희야,

이것이 꿈이냐 생시냐? 세상에 이럴 수도 있는 것이냐?"

영수 아버지는 이렇게 말을 하고 나서 땅이 꺼질 듯한 한숨을 쉬었다.

해가 산 너머로 떨어졌다. 산그늘이 모래밭에 드리워졌다. 연안 바다 물너울이 검푸르러졌다. 호수 같은 바다 저쪽의 섬들은 아직 흰 빛살 속에 들어 있었다.

키 호리호리하고 얼굴 거무튀튀한 어부가 그물 널려 있는 모래언덕 쪽에서 걸어오고 있었다. 종희가 상철의 아들임에 틀림이 없다고 생각을 하여온 그 어부였다. 그는 고기 구력을 짊어지고 있었다. 고기를 잡아 오는 것이 아니었다. 상한 그물을 깁고 배 밑바닥에 칠을 하고 집으로 들어가는 것이었다.

종희는 조개껍데기를 줍고 있었다. 손바닥에는 우렁이의 껍데기와 비단조개 껍데기와 소라 껍데기와 은실고둥과 삿갓조개 껍데기 몇 개씩이 들어 있었다. 반들반들하게 닳은 것도 있었고, 닳지 않아 꺼끌꺼끌한 것도 있었다. 먼바다의 물너울은 희부옇고 매끄러웠고, 가까운 바다 물결들은 얼턱얼턱했다.

종희는 그 어부를 만나기 위하여 길목을 지키고 있었다.

상철은 영악한 사람이었다고 종희는 생각했다. 그녀는 만일 그 젊은 어부가 상철의 아들이 틀림없으면 그와 많은 이야기를 나누고 싶었다. 어머니하고 함께 살고 있는가. 아니면 그 어머니는 아버지가 죽은 뒤에 개가를 했는가. 아버지에 대하여 잘 알고 있는가. 농사는 얼마나 짓고 사는가. 어머니는 어떤 여자였는가. 아버지는 무슨 일로 어디에서 죽었는가. 궁금한 것이 한둘이 아니었다.

"잠깐 실례하겠습니다. 많이 바쁘시지 않으면 저하고 이야기를 좀 했으면 좋겠는데요."

상철의 아들은 발을 멈추고 앞을 막아선 종희의 얼굴과 차림새를 뜯어보았다. 눈에 이상스러운 빛을 담았다. 이 여자가 나한테 관심을 가지는 이유가 무엇일까. 무엇을 원하는 것일까.

마을에는 종희에 대한 소문이 퍼져 있었다.

"저 여자는 삼십 년 전에 새텃몰의 위뜸에서 살던 무당의 딸이란다. 처녀 적에는 베어 먹고 싶도록 예뻤단다. 근동의 젊은 남자들 쳐놓고 저 종희라는 여자한테 반하지 않은 사람이 없었단다."

"갯마을의 상철이하고 회진의 영수라는 청년하고는 무당네 집의 사립이 패도록 저 여자를 쫓아다녔더란다."

"그 둘이 저 여자 하나를 서로 차지하려고 박이 터지게 싸우곤 했더란다. 그 사람들 셋이 장흥읍에서 웃학교를 같이 다녔는데, 농번기 때나 방학 때에 내려오기만 하면은 밤이고 낮이고 바닷가로 나가서 싸움질을 하곤 했단다."

"그런데 저 여자가 웬일로 고향엘 들어와 살고 있을까. 신들린 것이나 아닐까."

"근사하게 생기고 똑똑하고 튼튼한 군인 서방을 얻어가지고 아들딸 낳고 잘산다더니 왜 혼자 들어왔을까? 혹시 무당 딸임이 뒤늦게 탄로나서 그 남자한테 이혼을 당한 것이나 아닐까."

"아니, 그 남편도 죽었는가 보다. 아이고, 팔자 무지하게 사나운 여자인가 보다. 회진의 영수 잡아먹고 갯마을의 상철이도 잡아먹고 또 그 군인 남자 잡아먹었으니……."

마을 사람들은 그녀를 두고 한없이 숙덕거려댔다.

상철의 아들이 그녀를 경계하는 눈빛으로 살폈다. 그녀를 피해 가려고 기회를 엿보았다. 그녀는 그를 앞에 세워둔 채 모래밭에 엉덩이를 붙이고 앉았다. 그녀는 웃었다. 앉으라고 말했다. 상철의 아들은 당혹스러워했다. 어찌할까 망설였다. 주위를 두리번거렸다.

조개를 파고 해초를 뜯는 아낙들이 여남은 명쯤 썰물 진 갯벌밭을 어정거렸다. 양식장에 배 한두 척이 떠 있고 김을 뜯어 오는 통통배가 물살을 가르고 있었다.

상철의 아들은 담배 한 개비를 꺼내서 입에 물었다. 일회용 라이터로 불을 붙여 빨았다. 쪼그려 앉았다. 구럭 안에는 그물 깁는 실과 바늘과 가위 들이 담기어 있었다.

"어쩌면 그렇게도 많이 닮았을까. 임상철 씨 아드님 맞지요?"

이 어부가 만일 그렇지 않다고 대답을 해버리면 어떻게 할까. 순간적인 두려움이 종희의 등줄기를 훑었다. 상철의 아들은 깊이 들이켰던 담배 연기를 내뿜으면서 바다 쪽으로 눈길을 던졌다. 그는 벌써 사람들을 통해 그녀와 자기 아버지와의 관계를 다 알고 있었다.

"그것을 왜 묻소?"

상철의 아들은 얼굴이 구릿빛이었다. 수염을 오랫동안 깎지 않고 있었다. 머리칼들은 갯물이 들어 눌눌했다. 검은 바짓가랑이에 소금기가 희끗희끗하게 들솟아 있었다.

"들어 알고 있는지 모르지만 나 처녀 때 댁의 아버지하고 친구였어요."

아, 내가 이 사람을 앞에 앉혀놓고 구태여 이런 이야기를 할 필요가 무어란 말인가. 이 사람한테 왜 새 상처를 만들어주려 하는가. 아문 상처를 왜 헤집어놓으려 하는가. 종희는 한동안 고개를 떨어뜨리고 있었다.

상철의 아들은 담배 연기만 빨아 마셨다. 바람이 서남쪽에서 불어왔다. 바다가 짙은 녹색을 띠었다. 점박이 갈매기들이 떼 지어 날고 있었다. 고기 떼를 발견한 모양이었다. 갈매기들이 고기 사냥을 하고 있는 그 물너울은 옅은 쪽빛으로 변하고 있었다. 갈매기들은 어지럽게 선회하고 물의 표면을 향해 폭격을 하는 제트기처럼 꽂히는 듯했다가 솟구쳐 오르곤 했다. 물에 두 발을 담그고 날개를 퍼덕거리는 놈도 있었다.

"어머니하고 함께 살아요?"

그녀가 물었다. 상철의 아들은 책상다리를 한 정강이에다가 손깍지를 하고 힘껏 조였다. 눈길은 갈매기들과 옅은 쪽빛으로 변하고 있는 물너울을 좇고 있었다.

그녀는 괜한 물음을 던지고 있다고 혀를 물었다. 그렇지만 한 번 내놓은 말들이었다. 그것은 자기가 쓰려고 하는 글에 도움이 될 터이었다. 아니, 글로 쓰지는 않을 참이었다. 그녀의 사변을 정리하는 데 도움이 될 것이었다.

"돌아가셨어요."

상철의 아들이 무뚝뚝하게 말했다.

그렇다, 상철의 아내는 상철이 죽자마자 이 아들을 시어머니한테 맡기고 재혼을 해버렸을 것이다. 그리하여 이 아들은 학교 공부를 제대로 하지 못한 채 이렇듯 고기잡이를 하면서 살고 있을 터이다.

"할머니하고 살고 있어요?"

종희가 재우쳐 물었다. 상철의 아들은 고개를 저었다.

"왜 자꾸 캐물으려고 그래싸요? 모두 돌아가셨어요."

그는 담뱃재를 떨면서 퉁명스럽게 말했다.

종희는 바다로 눈길을 던지면서 미안하다고 말했다. 그렇지만 아직도 더 많은 것을 묻고 싶었다.

그녀는 그녀에게 으스대면서 앞으로 펼쳐질 자기 진급의 대장정에 대해 줄줄이 이야기하던 상철의 모습을 떠올렸다. 베트남엘 갔다가 돌아온 상철이 왜 무슨 일로 말미암아 죽었을까. 상철은 다부지고 튼튼한 몸매였다. 그가 병들어 죽었을 리는 없다고 그녀는 생각했다. 스스로 목숨을 끊었을 리도 없을 터이었다.

상철은 데면데면하고 끈질겼다. 한 번 소유하려고 마음을 먹은 것은 기어이 소유하고 마는 위인이었다. 하모니카나 기타나 피리 같은 악기를 한 번 배우려고 마음을 먹으면 밤을 새워가며 불고 뜯어댔다. 입술이 부르트고 손가락에 피물집이 생기고 코피가 터지더라도 기어이 배워버리고 말았던 것이었다. 어떠한 희생을 치르고라도 해내던 것이었다. 영수네 집에 쫓아다니면서 기타를 배우던 상철의 끈질긴 모습을 그녀는 생생하게 기억하고 있었다. 상철의 끈질김은 광적이다시피 했다.

종희는 그들이 재수를 하던 해 한여름의 일을 잊을 수가 없었다. 상철은 장엘 나온 종희를 강제로 끌고 영수의 집으로 들어갔다. 그녀를 옆에 앉혀놓고 기타를 쳤다. 상철은 자기가 무슨 일 때문에 장엘 나왔는지 말해주지 않았다. 그는 장에서 가지고 온 보퉁이 하나를 영수네 집 툇마루 밑에 던져두고 영수의 방에 들어가서 기타를 부둥켜안은 것이었다.

영수는 여동생 영님을 시켜 막걸리를 받아 오게 했다. 숭어회 안주와 마른 오징어 안주를 놓고 그들은 술을 들이켜댔다. 상철과 영수는 술에 취하자 둘이서 번갈아가면서 기타를 퉁기고 노래를 불러댔다. 상철과 영수는 종희를 놓아주지 않았다. 한 사람은 문을 지키고 다른 한 사람은 술을 그녀의 얼굴과 젖가슴께에 들이부을 듯이 억지로 권했다.

해가 졌다. 달이 떴다. 한밤중쯤 되었을 때 상철은 종희에게 집엘 가자고 했다. 하눌재를 넘어 집에 이를 때까지 그녀의 터럭 끝 하나도 손대지 않을 테니까 아무 염려 말고 자기와 함께 재를 넘어가자고 했다. 그것을 영수가 막았다. 상철을 믿을 수 없다고 했다. 영수의 동생 영님도 그녀에게 자기 방에서 자고 가라고 말했다.

종희는 바람벽에 윗몸을 기대고 앉아 있었다. 취기 때문에 어질어질하고 다리에 힘이 없었다. 어떻게 재를 넘어갈 수는 있을지라도 자기 입에서 풍기는 술 냄새를 아버지 어머니 앞에서 도저히 감출 수 없을 것 같았다. 또 상철과 함께 재를 넘어가서는 안 된다고 생각했다. 깊은 숲속 길을 단둘이 들어간다면 그가 그녀에게 어떤 짓을 할지 알 수 없는 것이었다. 상철은 그녀를 송두리째 손아귀에 넣을 기회를 엿보고 있었다. 영수는 믿을 수 있지만 상철은 믿을 수 없었다. 영수한테는 어떤 일을 당해도 좋다 싶었지만 상철한테는 싫었다.

그날따라 영수는 그녀를 그녀의 집까지 데려다 주겠다고 나서지 않았다. 그녀는 그녀의 어머니와 아버지한테 머리칼을 모두 쥐어뜯길 각오를 하고 영님의 방에서 자기로 작정을 해버렸다.

종희가 집엘 가지 않겠다고 하자 상철은 한동안 두 손을 허리에 짚고 우두커니 서 있었다. 낭패감과 끓어오르는 울분을 주체하지 못했다.

"야, 너 사람을 어떻게 생각하고 그러는 거냐? 내가 도둑이냐? 너하고 함께 돌아가려고 이때껏 기다려준 나는 무어냐?"

종희는 상철을 아랑곳하지 않고 영수한테서 기타를 빼앗아 들었다.

기타를 배우겠다고 했다. 상철은 "좋다!" 하면서 화를 간단히 삭여버리고 방바닥에 주저앉았다. 자기도 돌아가지 않겠다고 했다. 자기가 돌아가고 없는 사이에 종희와 영수가 틀림없이 무슨 일인가를 벌일 것 같다고 예견했다. 자기의 차지인 그녀의 반쪽을 지키기 위하여 그는 밤새움을 하겠다고 했다.

영수 아버지와 어머니는 영수가 하려 하는 일을 말리지 않았다. 밤새도록 친구들하고 술을 마시고 기타를 치고 노래를 불러대도 역정을 내지 않았다. 친구들하고 싸우지 않고 즐겁게 너털거리고 논의를 하고 토론을 하는 것을 대견스러워했다. 영수 아버지와 어머니는 장차 영수가 세상을 깜짝 놀라게 할 유행가 작사가나 시인이나 소설가가 될 것이라고 믿고 있었다. 원래 그런 예술가가 될 사람들은 그렇게 술을 마시고 취하여 흥청거리는 것이라고 믿었다.

그들 셋은 새벽녘에야 잠이 들었다. 물론 종희는 영님과 함께 잤고 상철은 영수하고 잤다. 이튿날 아침 상철은 느긋하게 일어나서 영수 어머니가 차려 들인 아침밥을 먹고 종희와 함께 영수네 집을 나섰다. 툇마루 밑에 놓아둔 보퉁이를 집어 들었다. 영수 어머니가 그 보퉁이에 무엇이 들어 있느냐고 물었다. 상철은 뒤통수를 긁적거리면서 콧등을 찡긋했다.

"오늘이 할머니 제사여요. 제찬 몇 마리를 샀는데……."

"아이고, 이 일을 어떻게 할 거나!"

영수 어머니가 탄식을 했다. 상철에게 빨리 가라고 재촉을 했다. 해는 중천에 떠 있었다. 상철은 조급해하지 않았다. 염려 마시라고 했다.

"이 아이들 둘이 함께 가서 제가 우리 어머니한테 매 맞지 않게 해줄 거예요. 거짓말도 다 준비해놨어요. 장흥에서 친구들이 와서 어쩔 수 없이 밤을 새워 놀 수밖에 없었다고 할 참이거든요. 어차피 우리 셋은 공동 운명체여요. 저하고 영수하고는 종희네 집엘 가서 그렇게 거짓말을 해줄 것이고, 또 영수하고 종희하고는 우리 집에 가서 그렇게 말을 해줄 겁니다. 허허허……."

상철은 손에 든 보퉁이를 빙글빙글 돌리면서 앞장서서 골목길을 내려갔다.

그날 상철과 영수는 종희의 집엘 가서 종희 아버지와 어머니 앞에 무릎을 꿇고 빌었다. 간밤에 영수의 집에서 동창들하고 함께 밤을 새우느라고 건너오지를 못했지만 다른 탈은 절대로 없었으니 염려 놓으시라고 손이 발이 되도록 빌었다. 잠을 설친 종희 아버지, 어머니는 어처구니없다는 듯 헛웃음만 쳤다.

물론 그녀는 그날 그들 둘을 따라서 갯마을 상철네 집엘 가지 않았다. 영수 혼자서 상철에게 떨어질 벌을 가볍게 해주기 위하여 갔을 뿐이었다. 한데 상철의 집엘 간 영수는 금방 헐레벌떡이며 종희네 집으로 달려왔다. 굿하러 갈 준비를 서두르고 있던 종희 어머니와 아버지가 사립에 들어선 영수 앞으로 나섰다. 영수는 기막혀 하면서 이렇게 말했다.

"상철이 그 자식, 어쩌면 그럴 수가 있습니까? 그 자식이 장에서 가지고 온 그 보퉁이 속에 그런 것이 들어 있으리라고는 상상도 못 했어요. 그 자식이 자기네 집에 들어가서 그 보퉁이를 제 어머니 앞에 내밀었는데 말입니다, 제 어머니가 그 보퉁이 속에서 생선 세 마리를 꺼냈어요. 농어 한 마리하고 민어 한 마리하고 숭어 한 마리여요. 소금에 절여놨다가 구워서 제상에 올려야 할 것들이랍니다. 그런데 밤새도록 그것이 우리 집 툇마루 밑에 처박혀 있었으니 어떻게 되었겠어요? 완전히 죽같이 곯아버렸더란 말입니다. 아니 장바닥에서 그것을 샀으면은 얼른 집으로 달려가서 소금에 절여놓아야 곯지 않을 것인데 밤새도록 태연하게 술 마시고 기타 치고 노래 부르고 자빠져 있었으니……. 그놈이 어디 사람입니까? 저는 그 보통이 속에 들어 있는 제찬이 그렇게 오래 놔두어도 되는 간고기들인 줄 알았어요. 상철 어머니가 그 죽같이 곯아버린 그것들을 측간 합수 통에다가 처넣고 작대기로 휘휘 저어버리면서 뭐라고 한 줄 아십니까? '너 이놈, 복 타 살기는 다 틀렸다. 조상님 제상에 올릴 제찬을 이렇게 함부로 간수하고 자빠져 있었으니…… 죄받는다, 죄받아!' 이러시더라고요. 아이고 제 얼굴이 화롯불을 끼얹어놓은 것같이 화끈거려서 무어라고 입을 뗄 수조차 없었어요. 그런데도 상철이 그 자식이 제 어머니한테 뭐이라고 한 줄 아십니까? '그것이 그렇게 곯는다는 것을 제가 알았어야 말이지요' 이러더라고요. 그 자식은 사람도 아녀요. 그 자식 제 어머니한테 이렇게 너스레를 떨었어요. '어머니 염려 마셔요. 오늘 밤 제상 위에 제가 옷 활랑 벗고 올라가 누워 있을게요'라고요."

상철이 그렇게 일찍 죽어간 것은 조상님들의 제사 음식을 그렇듯 소홀하게 취급을 한 까닭이었을까. 죄를 받은 것이었을까. 조상님들의 저주를 받은 것이었을까.

"나 한 가지 궁금한 것이 있는데 말해줄 수 있겠어요?"

종희는 상철의 아들을 향해 물었다. 상철의 아들은 새 담배 한 개비를 꺼내 물었다. 피우던 담배 개비는 꽁초가 다 되어 있었다. 불을 옮겨 붙여 빨았다. 종희는 그의 쌍꺼풀 진 눈매를 보면서 물었다.

"왜 그렇게 갑자기 돌아가셨더래요? 아버지께서?"

상철의 아들은 무뚝뚝하게 대답했다.

"명이 짧아서 그랬겠지요."

그의 얼굴은 일그러져 있었다. 그녀는 한동안 그의 얼굴을 건너다보고 있기만 했다. 파도 소리가 그와 그녀 사이를 휘저어댔다.

"장가는 들었어요?"

종희는 재빨리 말을 돌려 물었다.

"아이들이 일곱이나 돼요. 딸만……. 결국 아들 낳기를 포기했어요."

상철의 아들은 얼굴을 붉혔다.

종희는 상철의 아들에겐 거짓말을 해야 쉽게 궁금한 것을 풀어낼 수 있으리라고 생각했다. 그녀가 상철을 죽도록 사랑했는데 상철 쪽에서 그녀를 버리고 다른 여자를 택했다는 말을 해야겠다고 생각했다. 지금도 그녀는 상철을 못 잊어 하고 있다는 말도 해주고 싶었다.

"댁의 아버지께서 그렇게 갑자기 돌아가시게 된 까닭이 무엇이었어요? 어떤 의혹인가가 있었던 모양이던데요. 그걸 좀 말해줄 수 없어요? 제 말을 어떻게 이해할지 모르지만, 따지고 보면 저도 그것을 알아야 할 권리 같은 것이 있어요. 저도 댁의 아버지한테는 매우 소중한 사람이었거든요."

스스로가 간사하고 잔혹하다고 그녀는 생각했다. 죽어간 상철한테 그녀는 절대로 소중한 사람일 수가 없었다. 그녀는 그를 매정스럽게 따돌렸었다. 그녀는 영수를 마음에 두고 있었을 뿐이었다. 영수를 보다 가까이 끌어들이기 위하여 그녀는 상철을 이용하곤 했었던 것이다.

상철의 아들은 종희의 얼굴을 더욱 자세히 뜯어보았다. 그의 눈길을 피하지 않고 마주 보았다. 상철의 아들이 고개를 떨어뜨렸다. 성한 손으로 모래 한 줌을 쥐었다. 그것을 손가락들 사이로 흘려보냈다.

"몰라요. 당시 아버지 주변의 그 어떤 사람도 아버지께서 왜 어떻게 돌아가시게 되었는지를 모른다고 그랬어요. 아마 이러저러해서 그랬을 것이라고 어렴풋이 짐작들을 할 뿐이지요."

그는 말을 더 이으려고 하지 않았다. 모래알들을 손가락들 사이로 흘려보내기만 했다. 종희는 그 모래알들을 보면서 기다렸다. 이윽고 상철의 아들이 말을 이었다.

"그곳이 그런 곳이라고 합디다. 저는 그 문턱 근처에도 못 가본 곳이긴 합니다만."

지극히 애매모호한 말이었다.

"아버지는 성질이 급한 사람이었대요. 월남엘 갔다가 오신 당신은 틀림없이 진급을 하리라고 기대를 하고 있었던가 봐요. 그런데 누락이 됐답니다. 아버지는 너무 담대하고 똑똑한 것이 탈이었다고 하더군요. 말을 하는 사람에 따라서는, 아버지가 육본 인사과엘 직접 찾아가서 담판을 지었다는 말도 있고, 당신이 월남에서 모신 장군한테 가서 훈장 상신을 왜 해주지 않았느냐고 따졌다는 말도 있어요. 그 따진 결과가 그렇게 되었으리라는 거예요. 또 말을 하는 사람에 따라서는 아버지가 횟술을 마시고 부대에 들어가서 총을 들고 모두 쏘아 죽이겠다고 날뛰다가 그렇게 되었을 거라고 하기도 해요. 그것은 어디까지나 그랬으리라는 '설'일 뿐이에요. 어머니와 큰아버지는 돌아가셨다는 통지를 받고 쫓아가서 관 속에 담긴 시신을 인수해 왔을 뿐이었대요. 인생을 비관한 나머지 자살을 한 것이라고 하더래요. 술에 취하기만 하면 늘 죽어야겠다고 버릇처럼 말을 하곤 했노라고 평소 친히 지냈다는 사람들이 말을 하더라는 거예요. 어머니는 아버지의 자살을 인정할 수 없다고 했고, 그 갑작스러운 죽음에 대하여 보다 확실하게 수사를 해달라고 소청을 했대요. 그것이 받아들여져서 수사를 새로이 한다고 하기는 했지만 결과는 똑같은 것이었을 뿐이었다는구먼요. 큰아버지가 그러시대요. 아버지께서 돌아가신 현장엘 가보았다고요. 가보니까 그 자리에는 나뭇가지가 한 개 꺾이어 있었대요. 거기다가 방아쇠를 걸고 당겨서 자살을 한 것이라고 말을 하더래요."

상철의 아들은 갈매기들을 바라보면서 말했다. 종희는 멀거니 그의 얼굴을 건너다보았다. 영수가 죽은 현장과 상철이 죽은 현장이 어쩌면 그렇게도 똑같았을까.

"청년한테 한 가지 묻고 싶은 게 더 있는데요, 혹시 달리 생각지 말고 말해주셔요."

종희는 그 청년처럼 모래를 한 줌 집어 들면서 말했다. 상철의 아들이 장갑 낀 손으로 담배 한 개비를 뽑아 물었다. 라이터로 불을 댕겨 빨았다. 담배 개비를 잡는 것이라든지 라이터를 켜는 손짓들이 서투르고 어색할 수밖에 없었다. 집게손가락과 가운뎃손가락이 잘리고 없는 데다 면장갑을 낀 채로 그 일을 하기 때문이었다. 담배의 푸른 연기가 그의 눌눌한 머리털 뒤쪽으로 흩어져 없어졌다.

"청년의 그 손가락들 말이오, 언제 어째서 그렇게 다쳤어요?"

손에 쥔 모래알들을 손가락 사이로 흘려보내면서 물었다.

상철의 아들은 흠칫 놀랐다. 본능적으로 손가락들이 끊어진 오른손을 왼손으로 감쌌다. 고개를 떨어뜨렸다. 눈살을 찌푸렸다. 어색스럽게 웃었다. 고개를 저었다. 그의 구릿빛 얼굴은 굳어져 있었다.

"나도 몰라요. 어려서, 아주 어렸을 적에 이렇게 되었대요. 할아버지 말을 들으니까 제가 철이 없을 때 혼자서 작두 장난을 하다가 이렇게 되었다고 그러대요. 할아버지가 소여물을 썰다가 잠깐 소피를 보고 오는 사이에 제가 작두에 손댔다는 것이었어요."

흐흠, 하고 상철의 아들은 웃었다. 자조 어린 웃음이었다. 코를 찡긋했다.

"이 손가락 덕을 톡톡하게 봤어요. 저는 방위도 안 받았어요."

"그 할아버지는 언제 돌아가셨어요?"

"진즉에요" 하고 말하며 상철의 아들은 하늘을 쳐다보았다. 흰 구름장들이 떠갔다. 그것은 살아 있는 것들 같았다. 생각을 할 줄 알고 미워할 줄 알고 사랑할 줄 아는 것일 듯싶었다. 곰 새끼 모양의 것도 있고, 지팡이를 짚은 노인 모양의 것도 있고, 오리나 닭 모양의 것도 있었다. 그것들은 그녀와 상철의 아들이 마주 앉아 있는 모래밭을 흘끗거리며 지나가고 있었다.

"할아버지는 참 묘한 분이셨어요. 저를 가르치려고 했으면 고등학교까지는 가르칠 수 있었을 터인데도…… 중학교에도 보내주지 않았어요."

종희는 그의 얼굴을 멍히 보고만 있었다. 그는 또 흐흠 하고 누군가를 비웃었다. 얼굴을 일그러뜨렸다.

"할아버지는 돌아가시면서 저한테 이렇게 말했어요. 당신 돌아가신 다음에 혹시 제가 아들을 낳더라도 절대로 군대엘 보내지 말라고 말이에요. 어떻게 안 보낼 수만 있으면 기어이 안 보내는 쪽으로 꾀를 쓰라고 했어요. 아들 낳는 데 실패를 하고 말았으니까 결국은 그런 꾀를 쓸 필요도 없게 되었어요."

상철의 아들은 사방을 둘러보았다. 장갑 낀 손에 묻은 모래알들을 털었다. 손뼉을 쳤다. 가는 먼지가 일었다. 그것을 보면서 종희는 상철의 아버지를 떠올렸다. 구레나룻이 부스스하게 나 있던 거구의 남자였다. 별명이 껌철구였다. 상철의 아들의 저 손가락들 둘을 어쩌면 그 껌철구가 잘랐을지도 모른다고 그녀는 생각했다.

상철의 아들이 몸을 일으켰다. 잠시 망설이다가 그녀를 모래밭에 앉혀놓고 걸어가버렸다. 그의 등은 굽어 있었다. 그녀는 그의 모습에서 상철을 읽었다. 자기 것이라고 주장하곤 하던 그녀의 반쪽 이외의 또 다른 영수 몫의 반쪽까지를 차지하려고 하던 장교 복장의 상철을 떠올렸다. 그 상철의 아들이 선창 모퉁이를 돌아간 뒤에까지 그녀는 그 자리에 내내 앉아 있었다.

"사람과 동물의 다른 점이 무어라고 생각하나?" 하고 말을 하던 영수의 목소리가 들리는 듯싶었다.

달이 밝았다. 달의 은빛 편린들이 바다 위에 깔려 있었다. 상철이 대답했다.

"동물들은 길바닥에서도 서로 흘레를 하지만 사람들은 이불 속에서만 그 짓을 하는 그 차이겠지."

상철이 종희에게 "종희야 내 말이 틀렸냐?" 하고 맞장구쳐주기를 바랐다. 종희는 상철의 말이 옳다고 생각했다.

"이 자식아, 나는 지금 그 형이하학적인 것 말고 형이상학적인 차이를 묻고 있는 거야. 동물은 자살을 할 줄 모르지만 사람은 자살을 할 수도 있다. 그 자유의 있고 없음의 차이가 사람과 동물을 구분해주는 거야."

영수의 말에 상철이 발끈했다.

"자살은 자유가 아니야. 무책임이야. 자유라는 말을 모독하지 마라."

그들은 자유라는 것을 놓고 싸웠다. 카뮈의 『이방인』과 사르트르의 『구토』를 끌어왔다. 니체의 차라투스트라처럼 산을 헤매다가 내려왔다. 쇼펜하우어를 끌어오고 하이데거를 끌어왔다. 설익은 자기들의 논리에다가 석가모니와 예수를 대입했다. 프로메테우스처럼 불을 도둑질해 오고 시시포스처럼 바윗덩이를 굴리고 올라갔다. 자살이 자유일 수 있느냐, 그것이 죄악이냐 하는 문제는 달이 지고 날이 훤히 새도록 끝나지 않았다.

그날 밤의 달빛이 중년 여자 종희의 머릿속을 하얗고 아득하게 점거하고 있었다.

서울로 가면서 가져갈 만한 조개껍데기들을 주워보려고 했지만 그럴 만한 것들이 보이지를 않았다. 검은 물자국이 있는 모래톱을 무작정 걸었다. 파도는 귀가 먹어갈 만큼 큰소리로 외쳐댔다. 자유, 자유, 자유……. 그것은 영수의 소리였다. 탈영을 한 영수는 미친 듯이 그 자유라는 말을 외워댔다. 영수와 상철의 목소리들이 파도 소리 속에서 끓고 있었다. 자유, 무책임, 자유, 무책임, 자유, 무책임…….

종희는 산기슭을 타고 올랐다. 등성이 하나를 건넜다. 노을이 진달래 꽃빛으로 타올랐다. 가슴속이 그 색깔로 타고 있었다. 복수를 하고 싶었다. 남편 홍병탁이 미웠다. 지금 남편은 골프를 치고 있을 것이다. 그 남편한테 어떻게 복수를 할까. 그 남편은 국회에 진출하려 하고 있었다. 이번에도 공천을 받으려다가 실패했다. 전국구로 나아갈 꿈도 꾸는 듯싶었지만 그것도 좌절되었다. 태어나서 그렇듯 영달을 누리고 살다가 가는 사람들도 드물 것이다. 그녀는 남편의 속물근성을 저주했다. 그를 저주하는 까닭이 무엇인가. 자기한테 영수와 상철의 혼령이 씌어 있는지도 모른다고 그녀는 생각했다.

다시 모래밭으로 내려왔다. 모래톱을 걷다가 선창 쪽으로 갔다. 갯벌밭에 거멓게 드러난 노루목 바위 위로 가서 우뭇가사리와 말미잘과 갈매기들을 보았다. 물속으로 들어서서 추적거리면서 걸었다. 다시 산등성이를 타고 올랐다. 그녀는 우렁이 껍데기의 나선처럼 세상 안을 맴돌고 있었다. 배를 타고 어디론가 한없이 달려가고 싶었다. 남자가 있었으면 좋겠다고 생각했다. 맨살을 섞고 싶었다. 파도가 모래톱을 두들겨대듯이 남자의 맨살을 물어뜯어대고 싶었다. 조금 전에 만난 상철의 아들을 그녀의 침실로 끌어들이고 싶었다. 세상이 발칵 뒤집히도록 어떤 일인가를 저질러놓고 싶었다. 그리고 자기가 바로 홍병탁이란 사람의 아내임을 떠벌려놓고 싶었다. 미쳤다, 하고 스스로를 꾸짖었다.

바다에서 돌아온 종희는 그날 밤 잠을 이루지 못했다. 글을 써보자고 일어났다. 불을 밝히고 책상머리에 앉아 워드프로세서의 자판을 두들겼다. 속이 쓰라려 우유를 마셨다. 잠 한숨을 자는 둥 마는 둥 하고 다시 일어났다. 책을 들여다보다가 또다시 워드프로세서 앞에 앉았다. 한 중년 여자의 바닷가 거닐기에 대한 명상적인 담담한 글을 썼다. 조개껍데기와 파도 소리와 해초와 물새들에 대한 이야기를 썼다. 서울 시장 바닥의 시끄러운 개 짖어대는 소리들과 쉬파리 잉잉거리는 소리들과 썩고 곪은 냄새를 잊어버리고 사는 중년 여인의 지혜로움이 글 속에 깔리고 있었다. 남편 홍병탁의 위선과 허위에 대한 반발이 사회와 역사에 대한 빈정거림으로 솟아오르고 있었다.

떳떳해하는 것들의 내면에 들어 있는 더러움에 대한 이야기를 섞었다. 거대한 힘을 가진 것들의, 셰퍼드와 도사견과 포인터와 진돗개 거느리기에 대한 이야기도 곁들였다. 정치권의 머리 큰 사람들과 악을 심판하며 산다는 법관들과, 밤의 뒷골목에서 칼 휘두르고 주먹질하고 노름하고 마약 밀매를 하면서 사는 사람들하고 어떻게 공조하며 사는가 하는 이야기도 밑에 깔았다. 조개껍데기 줍기와 해초 뜯어먹기와 파도 소리 듣기에 그 이야기들을 섞으면서 그녀는 늘 자유를 부르짖던 영수의 깡마른 얼굴과 진급의 대장정을 줄줄이 늘어놓던 상철의 자신만만한 얼굴과, 작은여자 거느리고 살면서 골프 치러 다니는 한 기업체의 얼굴 사장인 남편 홍병탁의 데면데면한 얼굴을 떠올렸다. 그와 같은 얼굴들이 득시글거리는 속에서 헤어나려고 몸부림치며 도망치려 하는 한 중년 여자를 떠올렸다.

써놓은 글들을 읽어보니 앞뒤의 조리가 맞지를 않았다. 명상적인 글도 아니고 고발의 글도 아니었다. 처음부터 다시 써야 할 것 같았다. 왜 쓰는가 하는 문제부터 다시 생각하지 않으면 안 될 것 같았다. 썼던 것을 지워버리기로 작정했다. 전문 삭제의 기능 단추를 눌렀다. '전체 문건을 지우겠습니까?' 하고 워드프로세서는 묻고 있었다. 이때껏 쏟은 그녀의 노고가 아까웠다. 그렇지만 그녀는 과감하게 '실행'의 단추를 눌렀다. 수천 개의 글자들이 일시에 지워졌다. 액정 화면의 녹색 줄무늬만 남았다. 스위치를 끄고 일어섰다. 다시 속이 쓰라렸다. 우유 한 잔을 더 마셔야겠다고 생각을 하고 몸을 일으키는데 밖에서 무슨 소리인가가 들려왔다.

"종희야, 종희야."

그녀는 소름이 끼쳤다. 영수의 목소리인 듯싶었다. 방 한가운데 우두커니 선 채 밖으로 귀를 기울였다.

영수 어머니가 그녀를 부르고 있었다. 문을 열고 나갔다. 영수 어머니는 툇마루 끝에 엉덩이를 붙이고 앉았다. 어둠에 묻힌 앞메 잔등을 바라보았다. 거기에는 늙은 여자가 청승스럽게 넋두리하며 훌쩍거리는 듯한 해조음이 걸려 있었다. 영수 어머니의 스웨터와 치마에는 이슬이 묻어 있었다. 또 하눌재를 넘어온 것이었다. 그녀의 몸에서는 땀내와 풀 냄새가 물씬 났다. 땀으로 멱을 감다시피 한 채 풀숲 길을 뒹굴어대면서 온 것이었다.

"영수 아버지가 그러더라. 그 사람 이번에 국회의원 되었다고. 영수 부대 중대장 하던 사람……. 그런 사람들은 오래오래 잘도 살더라."

종희가 영수 어머니에게 방으로 들어가자고 했다. 영수 어머니는 고개를 저었다.

"너 봤으니까 되었다. 인제 갈란다. 나오지 말아라."

거동이 불편한 영수 어머니는 몸을 일으켰다. 종희가 그 노파에게 안에 들어가 쉬었다가 날이 밝으면 차를 타고 가시라고 했다. 노파는 그 말을 못 들은 체했다. 종희가 팔을 붙잡아 끌었다. 할 이야기가 있다고 했다. 그러면서 그녀는 스스로의 허위를 꾸짖었다. 그녀의 속은 영수 어머니가 얼른 돌아가주기를 바랐다. 영수 어머니가 그녀의 속을 뚫어보기라도 한 듯 그녀의 팔을 뿌리쳤다.

"그 새끼하고 이런저런 이야기 하면서 저 재를 또 싸묵싸묵 넘어갈란다."

홍타령을 부르듯이 이렇게 말했다. 그 노파를 따라가면서 물었다.

"그 국회의원이 되었다는 사람 이름이 무엇이래요?"

"글쎄, 그 사람 이름을 수백 번 듣고 또 들었다마는 모르겠다. 저기 뭣이냐, 지난번에 그 큰 당에서 국회의원을 한번 해먹었는데 이번에는 공천에서 떨어졌다더라. 그런데 그 돈 무지하게 많은 사람 당으로 나와가지고 당선이 된 모양이더라."

종희는 영수의 중대장이었다는 그 사람이 남편 홍병탁의 친구일지도 모른다고 생각했다. 세상은 참으로 좁다. 그녀는 약육강식을 생각했다. 찬란한 태양빛 아래서 콧등을 번쩍거리며 골프를 치는 일군의 행렬과 어둠 속으로 절뚝거리며 묻히어가는 또 다른 일군의 행렬들이 동시에 떠올랐다. 찬란한 태양 쪽에 홍병탁과 그의 친구들이 들어 있었고, 어둠 쪽에 그녀와 영수 어머니, 아버지와 상철의 아들과 그의 아내와 일곱 딸들이 들어 있었다.

영수 어머니는 종희를 돌려세웠다. 등을 밀었다. 종희의 집 마당으로 밀어 넣고 돌아섰다. 속삭이듯이 말했다.

"따라오려고 하지 마라. 나 내일 밤에 또 올게. 언제든지 오고 싶으면은 오고 오고 또 오고 그러마. 여기를 이렇게 그 새끼 따라서 다녀가는 일이 그렇게 재미있을 수가 없더라."

종희는 멍히 서 있었다. 영수 어머니는 어둠 묻힌 골목길로 들어섰다. 골목길 저쪽 끝에 하눌재를 향해 오르는 비탈길이 있었다. 마을 앞 논둑으로 찻길이 난 뒤로는 아무도 다니지 않아 호랑이들이 새끼를 칠 만큼 묵어버리고 홍수에 깊이 팬 그 비탈길이었다. 어둠에 묻힌 그 길을 향해 거동이 불편한 그 노파는 혼령처럼 가고 있었다.

그 노파하고 함께 가고 있는 영수의 저 자유를 위하여 내가 할 수 있는 일은 무엇일까. 그녀의 가슴속으로 앞메 잔등에 걸려 있는 해조음이 기어들고 있었다. 빡빡 늙은 한 노파의 청승스런 흐느낌 같기도 하고 홍타령 같기도 하고 넋두리 같기도 하고 어떤 병든 짐승의 신음 소리 같기도 한 해조음이었다.

(1992)

검은댕기두루미

썰물로 드러난 회갈색의 바지락 양식장에 앉아 있던 검은댕기두루미 한 마리가 그녀의 집이 있는 쪽으로 날아오고 있었다. 홀로 살고 있는 늙은 두루미였다. 그 두루미는 언제부터인가 그녀의 집이 자리 잡고 있는 언덕 뒤쪽 기슭의 늙은 소나무 가지에 앉아 있곤 했다.

"나 이리로 죽으러 왔다."

이 말을 그녀는 혼자 사는 두루미에게서 배웠다. 그녀로서는 환장하게 향기로운 말이었다. 오래오래 묵은 술처럼, 그녀는 혼자서만 가지기 안타까운 값진 물건을 뭉청뭉청 싸 보내고 싶어지는 친지들에게 문득 그 말을 하곤 했다.

그렇지만, 마흔다섯 살이라는 나이에 걸맞지 않게 청바지에 청점퍼 차림을 한 남동생 창기에게 이 말을 해놓고 그녀는 후회했다. 그냥 바람 쐬러 나섰다는 그에게서 여러 번 포개 접어 숨긴 암수표 같은 음모의 부피와 그림자가 감지되었다.

이 아이가 어쩐 일로 천릿길을 달려왔을까, 늙은 그 여자가 중병이라도 들었을까, 혹시 정리해고되어 심화를 풀려고 돌아다니고 있지 않을까, 함께 살던 젊은 여자하고는 어찌 되었을까. 줄기차게 뻗어가던 생각이 두루마리처럼 말리는 후회. 그 말림 현상이 속을 쓰라리게 했다.

바다로 눈길을 돌렸다. 먼바다에서 달려온 파도가 모래톱에서 두루마리처럼 하얗게 말리고 있었다. 한 스님의 잘린 목에서 솟구쳤다는 흰 피 같은 거품이 일고 있었다. 그 파도는, 혀를 깨물고 죽어버리고 싶을 만큼 울화통이 끓어오르거나 짜증스럽거나 자신이 혐오스러울 때면 문득 고개를 돌려 눈으로 확인하곤 하는 화두였다. 그 화두는, 그래도 이 세상은 참을성 참을성 하고 소리치면서 살아볼 만한 의미와 가치가 있다는 것과 제일 오래 사는 자가 최후의 승리자라는 것을 일깨워주곤 했다. 오래 살면서 지켜보아주는 것만큼 확실한 복수가 있을까. 나에게 상처를 입혀주면서 허섭스레기 같은 이익을 챙기고 즐거워한 자들의 최후의 모습들을 지켜보는 그 통쾌한 슬픔.

콧등이 높고 눈썹발이 까맣고 짙은 데다가 면도날로 밀어낸 구레나룻 밑뿌리가 검푸른 창기의 불안정하게 흔들리던 눈빛이 그녀의 눈알을 더듬었다.

그녀는 그의 칼끝처럼 파고들어 오는 눈빛이 싫어 눈을 내리깔아버렸다.

"죽으면 누가 묻어줄 건데?"

그녀는 그를 등지고 바다를 향해 앉았다. 죽으면 반드시 땅에 묻혀야 하는가. 먼바다에서 달려온 파도들은 모래톱에서 양파의 흰 속껍질처럼 벗겨지고 있다. 양파는 알맹이가 없다. 껍질로만 되어 있다. 벗겨지고 또 벗겨지면 허무만 남는다.

"면장한테 화장시켜달라고 쓴 유서, 화장할 비용 넣어놓은 통장, 도장, 비밀번호 적은 종이를 서류 봉투 속에다가 담아 머리맡에 놓아두고 산다.”

그 말이 그의 가슴에 어떤 울림인가를 일으킬 만큼 그의 삶은 성숙해 있지 않았다. 어떤 지대한 목적인가를 위해 살 뿐이었다. 흘레붙을 암컷을 구하거나 먹이를 구하기 위해 열심히 냄새를 맡고 다니는 개처럼, 고양이처럼.

그는 홀 안을 한 바퀴 둘러보았다. 그녀가 열어놓은 대여섯 평쯤의 공간에는, 조리 기구, 접대용 탁자 네 개, 의자들 여덟 개, 전화기, 텔레비전, 미니 오디오 들이 의좋게 자리 잡고 있었다. 통유리창을 통해, 키 작은 소나무 여남은 그루와 억새 흰 꽃들과 모래밭과 바다와 섬과 하늘이 그녀의 몸 냄새 어려 있는 그 공간을 훔쳐보고 있었다.

뒤쪽 바람벽에 책보자기만 한 유리창이 있었다. 억새풀의 은색 꽃들이 출렁거리는 언덕 위로 활등처럼 굽은 찻길이 있었고, 가끔씩 화물자동차나 승용차나 관광버스들이 미친 말들처럼 달려가곤 했다. 찻길 위쪽의 산등성이와 골짜기에는 바야흐로 불끈 일어서는 듯한 거인이나 공룡 같은 푸른 형상들이 널려 있었다. 오래전부터 그 자리를 선점하고 있는 산딸기나무, 소나무, 상수리나무, 떡갈나무들을 뒤늦게 솟구쳐 올라온 칡덩굴들이 휘감고 덮어버린 것이었다.

그녀의 술집은 두 개의 유리 궁전 같은 횟집 사이에 끼여 있었다. 사간 홑집인 허름한 붉은 벽돌 기와집을 그녀가 사서 개조한 것이었다.

그녀의 몸에 뚫려 있는 모든 구멍들이 당사(唐絲) 같은 파장으로 창기의 머릿속에 웅크리고 있는 음모의 옷을 벗기고 있었다.

“용서해드려. 그 불쌍한 사람.”

그의 입에서 이 말이 흘러나올까 싶어 겁났다. 그녀는 자기 주위에 성을 드높이 쌓듯이 오디오의 볼륨을 한껏 높였다. 실로폰 소리 같은 여자 가수의 노랫소리가 그녀의 헐거운 자궁 같은 공간 속을 가득 채웠다.

"술 한잔해라."

서둘러 술병 마개를 땄다. 곶감을 우린 물 같은 양주. 그녀는 가능하면 그와 눈길을 마주치지 않으려고 애썼다. 그 어떤 것하고든지 눈길을 마주치면 상대에게 자기의 속마음이 들통나곤 했다. 바다, 구름, 달, 억새풀, 참새, 까치, 가끔 부리곤 하는 아주머니들은 벌써 오래전부터 그녀의 속마음을 뽑아 쥐고들 있었다.

창기가 담배 한 개비를 꺼내 물고 라이터를 켰다. 담배 연기가 음습한 안개처럼 퍼졌다. 니코틴의 매우면서도 구수한 냄새가 알레르기성 천식기가 있는 그녀의 가슴속을 움켜쥐고 비틀어댔다.

"나 담배 안 피운다. 두 번만 빨고 꺼라. 손님들 담배 피우는 것도 지긋지긋하다."

그는 그녀의 말을 못 들은 체했다.

그녀는 냄비를 가스레인지에 올리고, 물을 붓고, 냉동실에 들어 있는 농어 새끼들 네 마리와 바지락 여남은 개와 마늘과 표고버섯과 양파와 무와 고추장을 넣고 불을 켰다. 동시에 환풍기를 틀었다. 환풍기 소리와 오디오 소리가 서로를 깔아뭉개려 하고 밀어내려 하면서 한데 엉기어 겯고틀었다.

탕이 끓는 동안 빈대떡을 부치기로 했다. 녹두 두 움큼을 분쇄기에 넣고 스위치를 켰다. 분쇄기는 분노하여 악쓰는 소리를 냈다. 오디오 소리가 분쇄기 소리에 밀리고 있었다.

프라이팬 바닥에 치자빛 식용유를 넉넉하게 두르고 불을 켰다. 물 쳐

서 갠 녹두 가루를 넣었다. 녹두 가루가 뜨거움을 못 견뎌 하면서 푸드
덕거렸다. 삶은 이렇게 저렇게 만난 서로를 지지고 볶도록 되어 있었다.

"나 금방 갈 텐데 술 마시면 안 돼. 여기 오는 도중에 백차 두 대나 만
났다."

창기는 손에 들고 있는 자동차 열쇠를 탁자 위에 얹었다. 그의 차는
호마(胡馬)처럼 키가 크고 기운이 센 검은색 지프였다.

"한잔하고 바닷가 거닐면서 달구경 실컷 하고 깨면 가거라. 달은 열
이레, 열여드레 날 밤 달이 제일 좋다. 하늘도 맑고 바람도 알맞게 불
고……."

"달구경이라는 말을 입에 담고 살아갈 만큼 여유롭고…… 누님은 팔
자 좋네. 그 여자…… 치매가 심각해졌어. 나 그냥 사방 문에 철창 해가
지고 그 여자 가둬놨어. 내 능력으로는 더 이상 어찌할 수 없어. 그 속에
서 똥을 싸든지 악을 써대든지 밥그릇이나 요강을 내던지든지 불을 싸
지르든지 내버려두는 거야. 가끔씩 파출부 불러다가 돈 넉넉하게 쥐어
주면서 씻어내고 목욕시키라고 하고 그래."

그가 기어이 그 여자에 대한 이야기를 입에 담고 있었다.

그녀는 진저리를 쳤다. 그가 '그 여자'라고 부르는 것은 그들의 어머
니였다. 둘이 다 '어머니'라는 말을 입에 담으려고 하지 않았다.

창기는 담배를 꽁초가 될 때까지 다 피웠다. 재떨이에 꽁초를 눌러 죽
이는 그의 손가락을 내려다보다가 "너 진짜 창기 맞는 거냐?" 하고 물으
면서 그에게 등을 두르고 바다를 향해 앉았다.

바다가 모래톱과 검은 갯바위를 물어뜯고 있었다. 갈매기는 요동치
는 파도 속에서 고기 사냥을 하고 있었다. 쾌속선 두 척이 푸른 물굽이

속에 묻혀 있는 지퍼를 하얗게 찢으며 나아갔다. 그 여자에 대한 이야기가, 그녀의 가슴속 어딘가에 숨어 있는 아픈 기억의 종양을 찢고 피고름을 짜내고 있었다.

"무슨 소리를 하고 있어?"

"혹시 그 여자가 너로 둔갑해서 여기 온 것 아니냐?"

동생은 그것을 부정하려 하지 않았다.

"그래, 그런지도 몰라. 그 여자, 지금도 이렇게 저렇게 둔갑을 잘해. 어떤 때는 이 노인이 진짜로 치매를 앓고 있는가 하고 의심이 갈 정도로 말짱해. 또 어떤 때는 내 영혼 속으로 들어와 나를 이리저리 조종하고 있는 것 같고. 내가 없을 때는 말짱해 있다가 내가 눈앞에 나타나면 노망을 부리는 것인지도 모른다고. 원래 백 년 묵은 여우였는데, 그렇게 여자로 둔갑해서 살고 있는지 어쩌는지……."

"나는 네가 진짜로 너인지를 묻고 있는 거야."

그녀는 짜증을 냈다.

그는 고개를 갸웃거리다가 흐흠흐흠 하고 실없이 웃고, "나도 확실하게 잘 모르겠어" 하면서 양주 한 잔을 따라 마셨다.

그는 그 여자에게 물려받은 가죽 도매점을 걷어치우고 가죽 제품과 밍크 옷들을 수입해다가 팔고 있었다.

그녀가 빈대떡 두 장을 그의 앞에 놓았고, 그는 킁킁 빈대떡 냄새를 맡았다.

"이거 진짜 국산 녹두로구나. 나 성녀하고 헤어졌어. 혼자 사는 것이 편해. 걔한테는 향기가 없어. 수입 녹두로 부친 빈대떡같이."

옛날에 왕씨 성을 가진 한 남자가 과거를 보러 가는데, 눈처럼 하얀 여우 두 마리가 사람같이 뒷다리로만 서서 무슨 이야기인가를 주고받고 있었다. 키 작은 여우가 한쪽 앞발로 종이 한 장을 들고 다른 한쪽 앞발로 그것을 가리키면서 속삭였다. 마주 선 여우는 심각한 표정으로 그 말을 듣고 있었다. 그것을 발견한 왕씨는 여우들을 향해 "야!" 하고 소리를 질렀다. 그 여우들은 그의 외침을 아랑곳하지 않았고 달아나려고 하지도 않았다. 왕씨는 달려들어 종이를 낚아채버렸다. 여우 두 마리가 빼앗긴 그것을 되빼앗으려고 덤벼드는 것을 왕씨는 발길로 차기도 하고 주먹을 휘두르기도 하여 여우들을 쫓았다. 몸집 작은 여우는 눈두덩을 호되게 얻어맞고, 좀 살가운 여우는 옆구리를 차인 채 깽 깨깽 하고 울부짖으며 달아났다.

왕씨가 빼앗은 종이에는 알아볼 수 없는 글씨들이 씌어 있었다. 그는 그것을 주머니에 집어넣고 주막으로 갔다. 이 종이에는 필시 어떤 은밀한 사연인가가 적혀 있을 것이다 싶었다.

여남은 명의 과거꾼들이 술이나 밥을 시켜 먹고들 있었다. 왕씨는 그들을 향해 금방 자기가 백 년 묵은 여우 두 마리와 결투를 하고 그들에게서 빼앗은 종이에 대하여 이야기를 하였다. 그때 주막의 사립으로 괴나리봇짐을 짊어진 체구 작달막한 남자 하나가 들어왔다. 그 작달막한 남자는 눈두덩에 퍼런 멍이 들어 있었다. 그 남자는 으스대는 왕씨의 무용담을 한동안 듣고 있더니, 어디 그 여우들에게서 빼앗았다는 종이를 한번 보자고 말했다.

왕씨가 주머니에서 문제의 그 종이를 꺼내려 하는 순간 평상 가장자리에 앉아 국밥을 먹고 있던 한 손님이 눈두덩에 멍든 남자를 가리키며

"여우다!" 하고 소리를 질렀다. 그는 멍든 나그네의 바짓가랑이 사이로 나온 여우의 꼬리를 발견한 것이었다. 눈두덩에 멍이 든 남자는 재빨리 여우로 변하여 달아나버렸다.

왕씨가 서울로 가기 위해 재를 넘어가는데 호미를 든 새 각시 하나가 절름거리며 걸어가고 있었다. 왕씨가 다가가자 그녀는 밭의 김을 매다가 독사에 물렸다고 하면서 자기를 고개 너머 자기네 집까지 좀 업어다 달라고 통사정을 했다. 왕씨는 새 각시의 예쁜 얼굴과 늘씬한 몸매와 날아오는 아릿한 꽃향내에 눈앞이 어지러워졌다. 그러나 그는 냉정을 되찾았다. 첩첩산중 그 어디에 밭이 있다는 것인가. 새 각시가 어쩌면 여우일지도 모른다고 생각하고 치맛자락 밑을 살폈다. 아니나 다를까 꼬리 끝이 나와 있었다. 왕씨는 나뭇가지 하나를 꺾어 들고 새 각시를 후려쳤다. 새 각시는 여우로 변하여 달아났다.

왕씨는 자기 주머니 속에 들어 있는 그 종이에 대한 궁금증 때문에 견딜 수가 없었다. 꺼내어 펼쳐보았다. 나무 난삽하게 흘려 쓴 글자들이라 뜯어 읽을 수가 없었다. 이것은 과거 시험에 나오게 될 글제일 터이다. 과거에 거듭 낙방한 어느 한 많은 귀신이 이렇게 베껴낸 것일 터이다. 이것만 풀이한다면 나는 장원급제를 할 것이다. 앞으로 여우가 어떤 술책으로 빼앗으려 할지라도 나는 절대로 속아 넘어가지 않으리라. 그는 그 종이를 주머니에 넣고 이를 악물었다.

강나루에 이르렀을 때 왕씨는 소스라쳐 놀랐다. 시골에서 농사를 지으며 살고 있어야 할 그의 젊은 아내와 머리 희끗희끗한 어머니가 나귀 등에 봇짐을 실은 채 나룻배를 기다리고 있었다. 왕씨가 달려가서 대관절 어찌 된 일이냐고 물었다. 어머니가 말했다.

"네가 정승 댁의 책사가 되어 살게 되었다고 하루속히 집안 살림살이를 정리하고 서울로 올라오라고 하여 이렇게 올라가는 길이다."

그의 아내는 주머니에서 그가 서울에서 만나자고 써 보낸 편지를 내놓았다. 왕씨는 그 편지를 들여다보았다. 거기에는 아무런 글자도 씌어 있지 않았다.

왕씨는 "아아!" 하고 탄식을 했다. 그 여우란 놈들이 둔갑을 해서 우리 집안을 이렇게 망쳐놓고 있구나. 그는 어머니와 아내에게 "아이고, 그 못된 것들이 우리 가족을 희롱하고 있습니다. 얼른 고향으로 되돌아가 팔았던 집과 논밭을 되찾아놓고 제가 돌아오기를 기다리고 계십시오" 하고 말했다.

바야흐로 나룻배가 건너오고 있었다. 산굽이의 자드락길에서 한 나그네가 그 나룻배를 타기 위해 헐레벌떡 달려왔다. 어머니가 그 나그네를 보고 깜짝 놀라 소리쳤다.

"아니, 이게 누구냐!"

왕씨는 그 나그네가 다름 아닌 십 년 전에 집을 나간 동생임을 알아차렸다. 어머니는 새로이 나타난 작은아들을 얼싸안고 울어댔다.

"어디에서 사느라고 그렇게 소식을 딱 끊어버렸느냐? 아이고, 우리 집은 다 망했다."

동생이 눈물을 닦으며 어찌하여 망하게 되었다는 것이냐고 물었다. 왕씨가 여우에게 희롱당한 이야기를 모두 했다. 그러자 동생이 "대관절 무슨 종이인데 집안을 망하게 했다는 것입니까? 어디 한번 봅시다" 하고 말했다.

왕씨가 주머니에서 그것을 꺼내주었다. 그것을 받아 든 동생이 들여다보더니, 빙긋 웃고 "아아, 이것! 아이고, 이것이 이제야 내 손에 들어왔네" 하며 그것을 움켜쥐고는 몸을 획 돌렸다. 왕씨가 "어!" 하는 사이에 동생은 여우로 변신하여 도망을 쳐버렸다. 물론 어머니와 아내와 나귀도 여우로 변신하여 앞서간 여우를 뒤따라 도망쳤다.

그녀가 대학 시험에 떨어지고 나서 서울로 올라갔을 때, 탕수육에다 고량주를 마시고 난 그 여자가 둔갑한 여우에 대한 이야기를 해주었다. 그리고 눈을 게슴츠레하게 뜬 채, "나도 그 여우같이 살고 있다. 내 눈, 귀, 코, 입, 내 백합꽃 같은 속살에다가 상처 내주고 그 종이 훔쳐갖고 달아난 세상한테 복수를 하고 그것을 찾을라고……" 하고 말했다.

그 여자와 고량주를 함께 마신 김 군의 얼굴은 창백해져 있었다. 눈 주위와 양쪽 볼이 연지를 칠해놓은 듯 불그레할 뿐.

"그 종이만 찾으면은 다시 예전의 착한 암여우로 둔갑해서 산골짜기로 들판으로 마을로 줄달음질 쳐 다니고, 닭장 속으로 들어가 포동포동한 처녀 닭 총각 닭 잡아먹으면서 속 편히 살 터인데……. 그렇게 잘 먹어가지고 기가 팔팔해지면은 진짜 양귀비 같은 미녀로 둔갑해서 내로라 하면서 떵떵거리고 으스대는 놈들 유혹해서 은행 돈 뭉텅이째 빼내다가 쓰기도 하고……. 야아, 얼마나 얼마나 좋겠냐? 안 그러냐. 김 군아?"

앞에 앉은 김 군을 바라보는 그 여자의 눈은 이글거리고 있었다. 그녀가 옆에 앉아 있지 않으면 당장에 암여우로 둔갑하여 김 군의 옷들을 모두 벗겨낸 다음 잡아먹어버릴지도 모를 일이었다.

김 군은 그 여자의 이글거리는 눈에 질리기라도 한 듯 슬그머니 눈을 내리떴다.

줄지어 선 2층 상가의 스카이라인 저쪽에 황혼이 핏빛으로 타오르고
있었다.

"그 종이에는 무엇이 적혀 있어요?"

김 군이 그 여자의 눈치를 살피면서 물었다.

그 여자는 그 물음에 대답하려고 하지 않았다.

"우리 춤 한번 추자."

녹음기 스위치를 눌러놓고 김 군의 손을 끌었다. 김 군은 그녀의 눈치
를 보면서 꽁무니를 뺐지만 그 여자가 그냥 두지 않았다. 그 여자는 달
아나려 하는 김 군을 붙잡아 보듬고 선율에 맞추어 몸을 흔들어댔다. 내
부에서 꿈틀거리는 힘을 주체하지 못했다.

눈꼴사나워 그녀가 몸을 일으켰다. 변소엘 가는 체하고 자리를 피해
주었다.

김 군의 체구는 작달막하면서도 실팍했다. 화장을 곱게 한 예쁜 여자
처럼 얼굴이 희고 고왔다. 코가 오뚝했고, 입술이 얄따라면서 붉었다.
눈에는 흰자위가 많았고, 말을 할 때엔 그 순한 눈을 깜박거리며 수줍게
웃곤 했다. 가슴이 알맞게 벌어지고 허리와 다리가 늘씬했다.

이발을 말끔하게 하고 면도를 날마다 하다시피 했다. 몸에서 늘 비누
냄새, 샴푸 냄새가 끊이지 않았다. 그 여자가 그의 머리 냄새와 땀 냄새
를 싫어하였고, 하루 한두 차례씩 목욕탕엘 다녀오라고 돈을 잡혀주곤
했다.

그로 하여금 그 여자 밑에서 일을 할 수 있도록 뒤에서 작용해준 것
은 그녀였다. 그는 그녀가 재수를 하느라고 들랑거린 학원 앞의 만두집

에서 일을 하던 아이였다. 늘 혼자서 쓸쓸하게 들어와 라면을 청해 먹곤 하는 그녀에게 그는 만두와 빵 두어 개씩을 주인 모르게 주곤 했다.

그는 꾀죄죄한 바지에 낡은 점퍼를 입고 있었다. 몸이 깡말랐고, 피부가 거칠었고, 머리도 윤기 없이 부스스했고, 광대뼈가 튀어나왔고, 눈치를 보면서 쭈뼛거렸었다.

만두 가게의 문을 닫는 날은 그녀와 함께 지산 유원지에 가서 리프트 카를 타기도 하고, 떡볶이를 먹기도 하고, 영화를 보고 나서 천변길을 걸으며 전선에 걸린 달이나 먼지알 같은 별들을 보기도 했다.

그런 어느 날 밤 그가 고아원에서 자란 이야기를 해주었다.

즐겁게 웃을 때에도 슬픈 그늘이 어려 있곤 하는 그의 얼굴을 밝게 만들어주고 싶어졌다.

"좋은 일자리 하나 소개해줄게, 그리고 가서 일해라. 나하고 아주 가까운 여자가 서울 남대문시장에서 가죽 도매점을 냈는데, 지금 믿을 만한 사람을 구하지 못해서, 임시로 어떤 남자 하나를 쓰고 있는 모양이더라. 사실은 그 여자가 우리 집 돈을 모두 빼내다가 쓰고 있거든. 그 여자한테 내 사람 하나를 붙여둬야 하는데……. 니가 내 사람 노릇을 좀 해라. 무조건 찾아가서 일을 시켜달라고 통사정을 하고 한번 붙어 있어봐라. 나하고 아는 사이라든지, 내가 보내서 왔다든지 하는 눈치를 보이면 절대로 안 돼. 그 여자 못된 짓 하지 못하도록 하면서 잘 붙어 있으면 나중에 내가 너 독립하도록 한밑천을 대주자고 할게. 그리고 나도 이번 시험만 치러보고 안 되면 그 여자 가게로 가서 경리 노릇이나 해야겠어. 그 여자가 경영하고 있는 것들, 결국에는 나하고 내 동생이 모두 차지해야 하는 것이니까. 내가 갈 때까지 니가 먼저 가서 자리 튼튼하게 잡고 있어. 처음에는 뜬곬로 나타난 너를 못 미더워 하고 쓰지 않으려 할지 모른다. 퉁겨버리려고 하더라도 그냥 물러서지 말고, 써주기만 하면 정말로 고분고분 시키는 대로 잘하겠다고 하면서 떼를 써. 그래가지고 지금 쓰고 있는 사람을 밀어내고 들어앉으란 말이야. 알겠어, 무슨 말인지?"

그녀는 그에게 그녀의 영혼 담긴 주머니 끈을 통째로 잡혀주고 있었다. 만일 그가 그 여자 밑에서 튼튼하게 뿌리를 내리고 있게 되면 그와 결혼을 할 생각이었다.

"내 서약서를 써줄게. 손바닥 이리 내봐."

그녀는 손가락 끝으로 그의 손바닥에다가 한 글자 한 글자를 아프게 각인했다.

'내가말한대로김석호가잘하고있게되면독립할수있도록한밑천떼어줄것을서약함선우창희.'

그가 그 여자 가게에서 일을 하기 시작했다는 전화를 받자마자 그녀는 서울엘 갔다. 그 여자에게는 한 대학에서 실시하는 백일장에 참석하기 위해서 왔다는 거짓말을 했다.

그 여자는 그를 그녀에게 소개하면서 입이 닳게 칭찬을 했다. 착하고 부지런하고 성실하고 다부지다고.

그날 밤 그녀에게 보라는 듯이 그에게 서울살이의 지혜를 하나하나 짚어주었다.

"시골 놈 서울 놈 따로 있는 줄 아냐? 서울에 사는 놈들 99프로가 시골에서 온 놈들이야. 가슴 쩍 펴고 다녀, 눈치 보지 말고 자신만만하게. 말 서투르고 길 어두워서 실수 한두 번 하는 것 창피하게 여기지 말고. 사람들은 신이 아니기 때문에 누구든지 다 한두 번씩은 크고 작은 실수를 하는 거야. 실수가 아니고 연습이라고 생각해. 실수 때문에 주눅 들어 살지 말어……. 문제는 한 번 한 실수를 또 하느냐 다시는 하지 않느냐 하는 것이 중요한 거야. 알겠어?"

반드시 하루 한 차례씩 갈아입으라고 팬티와 러닝셔츠 열 장씩과 양말 열 켤레를 한꺼번에 사주고, 단추 세 개가 두 줄로 내리 달린 감색 양복 한 벌을 지어 입혔다.

며칠 사이에 그 여자와 그가 너무 밀접해져 있는 것이 수상스러웠지만, 그녀는 그에게 부디 밉보이지 말고 잘 있어달라고 당부를 하고 광주로 내려왔다.

이듬해 봄 그녀가 대학 시험에 실패하고, 진학을 포기해버린 채 서울에 갔을 때, 그는 전혀 딴사람이 되어 있었다. 그는 입술을 굳게 다문 채 윗몸을 양옆으로 흔들면서 천천히 걷곤 했다. 의젓한 성인 남자의 냄새가 났다.

그 여자는 그가 오달지다는 듯이 머리를 쓰다듬어주기도 하고 등이나 어깨를 철썩철썩 치기도 했다. 물건과 돈 회전이 잘된 날 밤에는 그와 함께 탕수육이나 난자완스를 시켜 먹고 고량주를 권커니 작커니 했다. 화투를 치기도 하고 녹음기를 틀어놓고 춤을 추기도 했다. 그의 존재가 종업원인지 애인인지 아들인지 보디가드인지 노예인지 알 수 없었다.

그녀는 그들 둘이 다 미워 견딜 수 없었다.

"야 김석호, 너 하는 짓이…… 그게 무어야?"

그녀가 얼굴을 일그러뜨린 채 그를 비난했다.

"사장님이 그렇게 하자는 것을 난들 어떻게 하겠어? 여기서 붙어 사는 동안에는…… 니가 또 그렇게 잘하면서 붙어 있으라고 시켰잖니?"

김 군은 볼멘소리를 했다.

"그래도 니 주제 파악을 좀 하고, 또 옆에 있는 내 존재에도 신경을 좀 써. 그 여자 너보다 스무 살이나 연상이야. 앞으로 조심해. 그 여자가 어떤 여자인지 아냐?"

그녀의 말에 그는 대꾸를 하지 않았다.

그녀는 그 여자와 그와 그녀가 함께 살고 있는 공간이 짜증스럽고 불편해 견딜 수 없었다.

그녀가 서울에 오기 전까지 그 여자와 그는 서울역에서 만리동으로 가는 길목에 방 한 칸을 얻어 살았다. 그를 다락으로 올려 보내고 그 여자는 방에서 자곤 했던 것이다.

그녀가 함께 살게 되었는데도 그 여자는 방을 옮기려고 하지 않았다. 전과 마찬가지로 그를 다락에서 거처하게 하고, 그녀의 자리를 그 여자의 옆에 마련해주었다.

그녀가 서울에 오지 않았을 때에는, 지금 그녀가 누운 자리에서, 그여자와 그가 서로의 알몸을 보듬고 뒹굴었을지도 몰랐다. 그와 그 여자가 추하게 느껴지고 두려워졌다.

그녀는 옷을 부엌에서 갈아입곤 했고, 자리에 들 때에도 브래지어를 풀지 않았고, 담요로 아랫몸을 둘둘 말고 잤다. 자다가 다락방 위의 그가 스테인리스 요강에 오줌 누는 소리를 듣고 놀라 깨곤 했고, 그때마다 진저리를 쳤다.

이박삼일 동안 울산, 부산, 마산, 전주, 광주의 가죽 점포로 수금을 나갔다가 밤늦어서 돌아왔다. 초인종을 누른 한참 뒤에 김 군이 문을 열어 주었는데, 그에게서 술 냄새가 풍겼다. 야릇한 예감이 머릿속을 스쳤다.

방 안으로 들어섰을 때, 그 여자는 진달래꽃 그림 박힌 담요로 온몸을 감싸고 흰 목 위쪽의 얼굴만 내민 채 바람벽에 윗몸을 기대고 앉아 있었다. 추워서가 아니었다. 알몸이 되어 있었다. 방바닥에는 화투짝 서너 장이 흩어져 있었다.

그 여자는 취해 있었다. 들어오는 그녀를 보자마자 그 여자는 실성을 한 듯이 아하하하하 하고 웃어댔다.

문을 닫고 윗목 구석에 서 있는 김 군은 어찌할 바를 모르고 절절맸다. 그녀의 눈치를 살피면서 무슨 변명인가를 하려고 했다. 그렇지만 아무런 말도 하지 못했다.

두 눈동자와 얼굴 근육들이 취기로 말미암아 풀어진 그 여자는 히죽거리면서 맥주병의 주둥이를 유리컵에 처넣어 따르고, 흰 거품 넘치는 컵을 들어 벌컥벌컥 들이켰다. 입술에 톱밥 같은 거품이 묻어났다.

그녀의 코는 민감하게 떠도는 냄새를 맡았다. 술 취한 사람이 내뿜는 쿠릿한 냄새, 향수 냄새, 남자와 여자의 알몸이 뿜어낸 냄새, 그녀의 머릿속에, 그와 그녀가 문을 안에서 걸어 잠근 채 벌였을 음험한 일이 떠올랐다.

그 여자가 그녀의 머릿속에 떠오른 생각을 감지하고, "야 이년아, 왜 그렇게 서 있기만 해? 쓸데없는 인공위성 띄우지 말고, 이리 앉아서 맥주나 한잔해라. 우리는 탕수육에다가 고량주에다가 소주에다가 맥주에다가 실컷 마셨다. 장거리 여행하느라고 피곤할 거다. 몇 잔 들이켜고 나서 대강 씻고 자거라" 하고 소리쳤다.

그녀는 그 여자가 혐오스러워 견딜 수 없었다. 젊은 배달원 놈하고 내내 음탕한 짓을 해놓고도, 딸인 그녀에게 부끄럼 한 점 없이 너털거리고 너스레를 떨다니……. 미친 황음병이다.

두 사람을 향해 침을 뱉어주고 밖으로 나가버리고 싶은 것을, 이를 악물어 참았다.

그 여자가 다시 소리쳐 말했다.

"아아! 이년아, 오해하지 말어. 오해하면 죄받는다. 나하고 김 군하고는, 네가 생각하는 것 같은 그런 일 절대로 하지 않았으니까."

도둑이 매를 들고 있다고 그녀는 생각했다.

'이 천벌을 받을 악마들!'

그녀는 문을 걷어 밀었다. 밖으로 나오면서 방 안을 향해 퉤하고 침을 뱉었다.

"오해야" 하면서 그가 그녀의 팔을 낚아챘다. 그녀가 그를 뿌리쳤다.

그 여자가 등 뒤에서 그를 향해 소리쳐 말했다.

"그년 못 나가게 붙잡아라! 저런 못된 년은 입을 찢어버리고 대갈통을 깨 죽여야 한다."

그 여자가 자기의 불륜을 눈치챈 그녀를 죽이려 하는 것이라고 그녀는 생각했다. 그녀는 김석호의 팔뚝을 물어뜯었다. 그가 아픔을 이기지 못하고 주저앉았다. 그녀는 대문 밖으로 뛰어나갔다.

"아니야."

김 군이 뒤쫓아 왔다. 그 여자의 미친 듯한 웃음소리가 들려왔다.

희미한 가등 밑에서 그녀의 앞을 막아선 그가 말했다.

"믿어줘. 우린 화투를 쳤을 뿐이야. 한 번 지면 옷을 하나씩 벗기 내기를 한 거라고."

"이 변태 연놈들아, 어떻게 어머니뻘 되는 여주인하고 젊은 배달원 놈하고 그런 내기 화투 놀이를 할 수가 있어? 내가 들어왔기에 망정이지, 그렇게 둘이가 다 알몸이 된 다음에는 무슨 일을 벌이겠어?"

그는 그녀를 포장마차로 끌고 갔다. 곰장어에 소주를 시켜놓고 그가 말했다.

"제발 믿어줘. 그렇게 일단 다 벗은 다음에는, 이길 때마다 옷을 하나씩 다시 입어가기로 한 거야. 지면 그대로 담요로 몸을 휘감고 있는 것이고."

그녀는 고개를 저었다. 그로 하여금 그 여자에게서 멀어지게 하고 싶었다. 그녀는 소주에 취하여 울면서 그에게 통사정을 하듯이 말했다.

"그 여자는 오늘 밤 알몸이 되어 너를 유혹하려고 일부러 내기에 져준 거야. 그 여자는 황음병에 걸려 있어. 그 황음병 때문에 가까이한 남자들을 다 잡아먹었어. 우리 아버지두 그래서 죽었단 말이야. 너도 조심해. 걸려들면 죽어. 그 여자 별명이 무언 줄 알아? 불여우야 불여우. 그 여자 그것은 문어 빨판 같다고 소문이 났어. 그 소문 때문에 광주에서 못 살고 이리로 온 것이야."

그는 고개를 살래살래 저었다.

"아니야, 믿어줘. 나는 니가 시키는 대로 하느라고 사장님 비위를 그렇게 맞추고 있을 뿐이야."

그가 만리동 쪽 셋방으로 들어가 그 여자와 화해를 하라고 했지만 그녀는 그를 뿌리쳤다.

"오늘 밤 생각을 정리해보고…… 그 결과에 따라, 내가 그 여자하고 화해를 하게 될지, 내일로 관계를 끝장내게 될지 모르겠는데…… 너에게 부탁할 말이 한 가지 있다. 너하고 그 여자하고의 관계가 어느 정도 깊어져 있는지 모르겠는데, 그것이 아무리 깊을지라도, 오늘 밤에 내가 한 말들 절대로 그 여자한테 하지 말아라. 그렇게 할 수 있니? 생각을 해보고, 만일 내가 그 여자와의 관계를 더 유지하는 게 좋겠다 싶으면, 네가 그 약속을 지켜주리라 믿고, 내일 아침 가게로 나갈게."

친구의 자취방에서 자고 이튿날 아침 느지막하게 가게로 나가니 그 여자가 혼자서 장부 정리를 하고 있었다.

"마침 잘 왔다. 김 군을 대전에 수금하러 보내놓고 나니까 급한 주문이 두 군데나 들어왔다. 문을 잠가놓고 갈까 어쩔까 하고 있었는데……."

그 여자는 차갑게 말하고 배달처의 약도를 그려주었다.

"한 군데는 북아현동이고, 또 한 군데는 이대 입구야. 북아현동부터 배달하고 이대 쪽으로 가거라. 굴레방다리에서 버스를 내려가지고, 북아현국민학교 오른쪽 옆 계단을 올라가는 거야. 학교 뒤쪽으로 가면 거기 언덕에 블록으로 지은 가게들이 있을 거야. 아홉 번째 집이 공장이니까 거기다가 열다섯 장 배달하라. 열 장은 검정, 다섯 장은 밤색……. 현금 박치기하기로 하고 10프로 싸게 계산서 끊었으니까 반드시 돈 받아와야 한다. 이대 앞 공장은 이 약도대로 찾아가고, 검정 열 장, 밤색 열 장인데 거기도 현금 박치기다. 수표 막느라고 돈 다 들어가버렸으니까 오늘 월급 내 손에서 못 나간다. 그것 받으면 월급보다 몇 만 원 더 많을 거다마는, 그냥 보너스라고 생각하고 다 쓰도록 하거라."

말을 하는 동안 그 여자는 그녀와 눈길을 마주치려 하지 않았다. 간밤의 일이 부끄러워 그러는 것이 아니라고 그녀는 생각했다. 그 여자의 말속에는 거추장스러운 딸을 죽음의 자리로 보내는 독한 어머니의 차가운 매정이 스며 있다고 생각했다. 아니, 내가 오해를 하고 있는지 모른다. 이때껏 맺어온 모녀의 관계를 유지하려면 내가 부드러워져야 한다. 간밤의 일을 잊어야 한다.

쇠가죽 서른다섯 장이면 35킬로그램이 넘는 무게였다.

그녀가 가죽 열다섯 장을 한데 쌓아 묶고, 다시 스무 장을 한데 쌓아 묶는 것을 그 여자는 도와주려고 하지 않았다. 장부를 펼쳐놓고 계산기를 두들겨대기만 했다.

그 여자가 볼륨을 한껏 높여놓은 라디오에서는 가느다란 목소리의 진행자가 수다와 호들갑을 떨어댔다. 초봄인데도 여름날같이 무더운 날씨라고, 서울의 현재 기온이 섭씨 26도라고, 한낮에는 28도쯤일 것이라고, 기상관측을 하여온 이래 가장 높은 온도가 될 거라고.

그녀는 전날 입었던 헐렁한 청바지에 긴팔 유백색 블라우스를 입고 있었다. 그녀는 날마다 단단히 무장하듯이 두꺼운 재질의 옷을 입었다. 살이나 브래지어가 비치지 않을 뿐만 아니라 젖가슴의 선이나 둔부의 곡선이 드러나지 않게 하고 싶었다.

그 여자가 등과 어깨를 툭툭 쳐대고 머리를 쓰다듬어주곤 하는 김 군의 흘끗거리는 눈길과 뒤룩거리는 근육질과 그에게서 날아오곤 하는 비누 냄새와 샴푸 냄새가 싫었다. 그의 눈길과 마주치는 것, 그가 옆을 스쳐 지나가는 것도 지긋지긋했다. 그 여자와 알몸을 섞는 그의 알몸이 떠오르면 진저리가 쳐지고 얼굴이 화끈 달아올랐다. 이때 그녀의 몸에 뚫려 있는 구멍들이 문을 열고 땀이나 이슬 같은 것을 내뿜었다. 그녀의 연꽃살까지도 그랬고, 그리하여 속옷이 젖고 있었다.

가죽 묶음 둘을 양손에 들고 나섰다.

하루라도 빨리 그 여자와 그의 옆을 벗어나고 싶었다. 독립을 한 다음 장식품 가게나 아기 옷 가게나 여자들의 속옷 가게를 차리고 싶었다. 시골에 있는 남동생과 할머니를 데려오고 싶었다. 자기가 번 돈을 할머니에게 드리면서 살림살이를 하게 하고, 남동생의 뒤를 대주고 싶었다.

각오를 단단히 한 만큼 35킬로그램 이상 되는 가죽 짐이 겁나지 않았다.

"한꺼번에 다 배달할 수 있겠냐? 무거울 텐데 가까운 데 먼저 배달하고 와서 다시 한 번 더 가도록 하지."

그 여자가 장부에 눈길을 박은 채 말했다. 부드러움과 따스함으로 포장한 목소리였다.

그녀는 못 들은 체했다. 그 여자는 그녀가 그 무거운 가죽 묶음 둘을 한꺼번에 들고 나가서 실컷 고생하기를 바랄 터이었다. 그녀와 그 여자 사이에는 오래전부터 보이지 않는 싸움이 계속되고 있었다.

열다섯 장짜리를 오른손에 들고 스무 장짜리를 왼손에 들었다. 무거운 것을 양손에 든 만큼 걸음이 어기적거릴 수밖에 없었다. 계산대 앞을 지나가려 하자 그 여자가 차비를 내밀었다. 그것을 받아 청바지 호주머니에 찔렀다. 천 원권 석 장과 동전 열 닢. 버스를 타고 가라는 것이었다.

버스 정류장까지 가면서 그녀는 짐을 다섯 번이나 땅에 놓고 쉬었다. 햇빛이 뜨거운 데다 무더웠다. 무거운 짐을 힘겹게 들고 가는 그녀의 숨결은 가빠졌다. 몸에서는 벌써 땀이 솟기 시작했다.

굴레방다리 쪽으로 가는 버스가 왔다. 양손에 짐을 든 그녀는 어기적 거리며 버스 출입문을 향해 달렸다. 아무리 급히 달려도 그녀의 움직임은 굼뜰 수밖에 없었다.

버스 운전사가 못마땅하다는 듯이 그녀와 그녀의 짐을 노려보았다.

버스비를 내기 위해 짐을 잠시 통로 한가운데 놓는데, 버스 운전사가 눈살을 찌푸리고 소리쳤다.

"거기다가 놔두면 사람들이 어떻게 드나들겠어요?"

운전사는 그녀를 양식이라고는 눈곱만큼도 없는 사람으로 취급하고 있었다. 그녀는 운전사에게 죄송하다고 하면서 짐 둘을 통로 안쪽 가장자리에 쌓았다. 위에 얹은 것이 떨어지지 않도록 한쪽 무릎으로 받쳤다. 무릎을 구부리지 않을 수 없었고, 그러다 보니 윗몸이 수그려졌고, 등쪽에 늘어뜨려놓은 생머리카락들이 이마와 눈과 볼 쪽으로 모두 넘어왔다. 두 손으로 그 머리칼들을 쓸어 넘겼다.

버스가 방향을 바꾸기 위해 몸을 뒤틀 때마다 그녀의 몸이 이리저리 쏠리고 짐이 통로 쪽으로 쓰러지려고 했다. 마침내 한 손으로 짐을 누르면서 무릎으로 떠받치고, 다른 한 손으로는 좌석에 붙은 손잡이를 붙잡았다. 삼단처럼 치렁거리는 머리칼들이 얼굴을 덮었다.

옆에 탄 사람들이 안되었다는 듯이 영화 속의 처녀 귀신 같은 그녀를 흘끗거렸다. 애초부터 눈길 한번 주지 않는 사람도 있었다. 버스 안의 공기는 후텁지근했고, 그녀의 이마와 콧등에서는 땀방울이 맺히고 있었다. 청바지와 블라우스 속의 맨살에서도 땀이 솟았다. 얼굴이 화끈거렸다. 버스는 유난스럽게 몸을 흔들어대면서 달렸다. 자기의 내부에 무거운 짐을 실은 그녀를 골탕 먹이려 하고 있었다.

굴레방다리에 이르렀다. 운전사를 외면한 채 양손에 짐을 들고 어기적거리며 내렸다. 버스는 그녀가 땅바닥에 발을 디디자마자 빽 하고 경적을 울리며 달려가버렸다. 짐을 땅바닥에 놓아둔 채 심호흡부터 했다. 이를 악물었다. 이제부터는 무거운 짐을 나르는 노예가 되었느니라 하고 참아야 한다. 짐 둘을 모두 들고 골목길로 들어서려다가 멈추어 섰다. 두 묶음을 함께 들고 가야 할 이유가 없다. 배달처가 이대 앞인 스무 장짜리 묶음은 어디다가 맡겨놓고 다녀오자.

상업은행 앞에서 쑥과 취나물 따위를 파는 아주머니가 만만해 보였다. 짐을 들고 다가가서, "아주머니, 이것 한 십 분 동안만 여기 놔두면 안 될까요? 이거 가죽인데, 이 작은 것 배달하고 와서 찾아갈게요" 하고 말했다.

아주머니는 잔주름이 가득한 구릿빛 얼굴을 찌푸리며 그녀를 쳐다보았다.

"나 그것 잃어버리면 책임 못 지요?"

"네에, 물어달라는 말 않을게요."

열다섯 장짜리 묶음만 한쪽 손에 들고 자기의 검은 그림자를 밟으며 걸었다.

국민학교 교문 쪽으로 가는 길은 비좁고 가팔랐다. 스무남은 걸음쯤 가다가 쉬고 또 그만큼 가다가 쉬었다. 나아갈수록 짐이 무겁게 느껴졌다. 교문 앞에서 한동안 쉬었다. 학교의 시멘트 벽돌담을 오른쪽으로 끼고 올라가는 길은 기울기가 45도쯤은 될 듯싶었다. 겨울철의 미끄럼 방지를 위해 만들어둔 계단은 하나의 높이가 여느 계단의 두 배쯤은 되었다. 가랑이를 크게 벌리지 않으면 올라설 수가 없었다. 맨몸으로도 오르기 힘든 계단길을, 무거운 짐을 한쪽 손에 든 채 오르자니 정강이, 종아리, 허벅다리의 근육들이 금방 뻐드러졌다. 다섯 계단 오르고 쉬고 또 다섯 계단 오르고 쉬었다. 거듭 땀을 훔치면서 숨을 헉헉거렸다.

학교 뒤쪽 언덕에는 양철이나 슬래브 지붕을 얹은 자그마한 블록 벽돌집들이 다닥다닥 붙어 서 있었다. 그 집을 하나 둘 셋 하고 헤아리기 시작했다. 아홉 번째 집 앞에서 발을 멈추었다. 나왕문이 달려 있었다. 현금을 받아 챙길 수 있다는 기대나 기쁨보다는 무거운 짐 하나를 부리고 돌아갈 수 있다는 홀가분함이 가슴을 부풀게 했다.

손수건만 한 젖빛 유리 한 장이 달려 있을 뿐인 그 문을 살피고 난 그녀는 의아했다. 그 문의 녹슨 고리에는 놋쇠로 된 자물쇠가 걸려 있었다. 그 문짝의 젖빛 유리 아래쪽에는 '장씨 목공소'라는 글자들이 삐뚤삐뚤 씌어 있었다. 매직으로 쓴 그 글씨들은 잿빛으로 바래 있었다. 그녀는 한 걸음 물러서서 그 목공소 양옆을 살폈다. 내가 잘못 헤아렸을까. 그 여자가 잘못 일러주었는지도 모른다. 한 집 너머나 두 집 너머에 가죽점퍼 공장이 있을지 모른다.

양옆에는 세탁소와 구멍가게와 만화방과 쌀집과 철물점과 전파사가 있을 뿐이었다. 가죽점퍼 공장은 물론 양복점이나 양장점이나 가죽점퍼 수선소 같은 것도 눈에 띄지 않았다. 다른 골목으로 들어온 것이 아닐까. 북아현국민학교 뒤쪽 언덕 위에 있는 골목이 이것 말고 또 있을까. 이 학교가 '북아현국민학교'가 분명할까.

구멍가게로 들어가서 주인 남자에게, "혹시 이 근처에 가죽점퍼 공장 어디 있는지 아십니까?" 하고 물었다. 색이 바랜 감색 점퍼에 국방색 바지를 입은 남자는 금방 입이 찢어질 만큼 한 하품 때문에 눈물 질금거리는 눈을 거듭 깜박거리면서 그녀의 얼굴을 뜯어보다가 고개를 저었다.

"나 여기서 십 년 넘게 살고 있고, 이 옆 복덕방에 하루도 빠짐없이 들랑거리지만서도 이 근처에 잠바 공장이 있다는 말은 처음 듣는데?"

"그럼 이 앞에 있는 학교가 북아현국민학교 맞습니까?"

"그래 그것은 맞어."

그녀는 공중전화 부스로 가서 그 여자에게로 전화를 걸었다.

"무슨 소리야? 북아현국민학교라니? 나 아까 북아현중학교라고 했는데? 그 집 전화번호 가르쳐줄게, 직접 물어 찾도록 해라."

그녀는 자기의 귀를 의심했다. 아까 나는 분명 북아현국민학교로 들었는데? 내가 잘못 들은 것일까. 이 무슨 어처구니없는 실수냐?

세탁소 아주머니에게 북아현중학교가 어디에 있는지를 물었다. 언덕길을 따라 신촌 쪽으로 내려간 다음 새고개 쪽으로 잠시 올라가면서 보면 중학교 입구 표지판이 보일 거라고 했다.

어떻게 북아현중학교를 북아현국민학교로 잘못 들을 수 있단 말인가. 자신의 주도면밀하지 못함이 가증스러웠다. 바싹 마른 입술에 밭은 침을 발랐다. 입맛이 쓰디썼다. 가죽 짐을 들고 어기적거리면서 기울기 심한 길을 내려갔다. 내가 실수를 한 것이므로 고문 같은 이 헛고생을 참고 견뎌야 한다.

북아현중학교는 더욱 가파른 언덕 위에 있었다. 그 학교의 시멘트 담을 왼쪽으로 끼고 올라가는 길도 계단길이었다. 독심을 품고 일곱 계단을 오르고는 쉬고, 다시 일곱 계단을 오르고는 쉬었다. 세 번 쉬고 네 번 쉬고…… 열 번 쉬고 스무 번 쉬었다. 다리 근육들이 지쳐 늘어졌다. 그녀의 몸에 뚫려 있는 모든 구멍들이 땀을 뿜어냈다.

그 학교 뒷담을 끼고 길이 나 있었다. 승용차 한 대가 간신히 지나갈 수 있는 그 길을 따라 걸었다. 그러면서 잿빛 골이 쳐진 슬래브 지붕 얹은 블록집들을 하나씩 헤아렸다. 그 집들도 모두 가게였다. 유제품 대리점, 식료품 가게, 만화방, 쌀집, 구멍가게, 세탁소, 약방, 미용실…… 아홉 번째의 집 앞에서 발을 멈추었다. 한데, 그것은 전파사였다. 내가 집 수를 잘못 헤아렸을까. 주위를 둘러 살폈다. 가죽점퍼 공장이라는 간판은 그 어디에도 붙어 있지 않았다.

약방 앞에 있는 공중전화통 앞으로 갔다. 그 여자가 가르쳐준 전화번호를 돌렸다. 신호가 갔다. 저쪽에서 전화를 받은 남자 목소리가 "여기는 가정집이야. 확실하게 알고 전화를 걸어. 죽도록 밤일하고 들어와서 막 눈을 붙이려고 하니까 이런 정신 나간 년이……" 하고 버럭 소리를 질렀다.

내가 번호를 잘못 누른 모양이구나. 아니 접속이 잘못된 것인지도 모른다. 그녀는 다시 한 번 천천히 분명하게 그 번호를 눌렀다. 한데 결과는 마찬가지였다. 아까 그 남자 목소리가 "이런 쓰팔년을 어떻게 쳐죽일까!" 하고 악을 썼다.

그 여자가 불러준 전화번호를 잘못 들은 것일까. 스스로에게 화가 났다. 가게의 그 여자에게로 전화를 걸었다. 통화 중이었다. 삼십 초쯤 기다렸다가 다시 걸었다. 이번에는 전화를 받지 않았다. 삼십 초쯤이나 신호를 보내보았다. 화장실엘 갔는지도 모른다. 일 분쯤 기다렸다가 다시 걸었다. 마찬가지로 받지 않았다. 그 여자가 나를 골탕 먹이려고 이 배달을 시키고 있는 것 아닐까. 배달처를 거짓으로 가르쳐주고 내 힘에 겨울 만큼 무거운 가죽 짐 둘을 들고 헤매게 하고 있는 것이 아닐까.

'아 무서운 마녀.'

그럴 리 없다. 그녀는 고개를 살래살래 저었다. 이것은 나중에 김 군에게 배달하라고 하고 이대 앞 공장에만 배달하고 돌아가기로 하자.

그녀는 가죽 짐을 들고 은행 앞으로 갔다. 그녀는 땀에 흠뻑 젖어 있었다. 한낮이 가까워질수록 날씨는 더욱 무더워졌다.

은행 앞에서 나물 장사를 하는 아주머니에게 사정을 말하고, 작은 짐을 맡겨놓고 큰 짐을 집어 들었다. 버스에 올라탔다. 이대 입구에 내려서 걸었다. 약도를 보았다. 이번에는 골목을 잘못 들어가는 실수를 저지르지 말자.

이대 쪽으로 들어가는 길 오른쪽의 작은 골목에 배달처가 있다고 약도는 말하고 있었다. 그 골목을 얼마쯤 들어가면 동사무소가 나오고, 거기에서 이대 쪽으로 가다가 첫 번째 담배 가게 옆에 있는 이층 건물이 가죽점퍼 공장이라는 것이었다. 약도가 지시한 골목으로 들어갔다.

가죽 스무 장은 그녀의 몸뚱이를 땅속으로 가라앉게 하고 있었다. 그녀는 사력을 다해 그 짐을 들고 걸었다. 그 골목의 막다른 곳까지 나아갔지만 동사무소는 나타나지 않았고, 막다른 곳에서 감색의 철대문이 앞을 막아섰다. 그것은 이태리식 미니 이층집의 대문이었다. 쇠꼬챙이와 유리 조각들을 꽂은 담 위에서 흐드러진 핏빛 덩굴장미꽃들이 그녀를 향해 입이 찢어지게 웃고 있었다. 가슴이 막혔다. 산소 부족한 어항 속의 금붕어처럼 고개를 쳐들고 심호흡을 했다. 그 철대문을 등진 채 그녀는 절망했다. 앞집의 시멘트 지붕 위로 하늘이 부옇게 열려 있었고 거기에 흰 태양이 그녀를 향해 화살 같은 빛살을 날려대고 있었다.

내가 다른 골목으로 들어선 것일까. 동사무소를 지나쳐 온 것일까. 오던 길을 되밟아나갔다. 양옆을 세세히 살피면서 걸었다. 가죽 짐이 짓누르면서 스친 까닭으로 청바지 속의 정강이와 종아리 살결이 화끈거렸다. 그녀는 볼썽사납게 어기적거리고 기우뚱거리며 걸었다. 바람 한 점 없었다. 무더위 때문에 그녀의 얼굴은 뜨거운 불로 익혀놓은 것처럼 빨개져 있었다. 몸은 금방 멱을 감고 난 것처럼 젖어 있었다.

두 차례나 샅샅이 뒤졌지만 그 골목길에는 동사무소가 없었다. 그녀를 그리로 들어서게 한 약도는 엉터리였다. 그녀가 배달해야 하는 가죽 점퍼 공장은 이 세상 그 어디에도 없었다. 그녀는 그 여자에게 농락을 당하고 있었다.

2시가 가까워져 있었다. 공중전화통으로 갔다. 가게에 앉아 악마처럼 싱글거리고 있을 그 여자에게로 전화를 걸었다. 신호만 갈 뿐이었다. 땅바닥에 퍼지르고 앉아 울어버리고 싶은 것을 참았다.

목이 말랐다. 허기가 졌다. 구멍가게로 들어가 우유 한 봉지를 사서 목마름과 허기를 메웠다. 가죽 짐을 그늘에 놓고 엉덩이를 붙이고 앉았다. 폐광의 기나긴 동굴 같은 절망이 절벽처럼 눈앞을 막아섰다. 울분이 기름 저장 탱크에 붙은 불처럼 덩이져 솟구쳐 올랐다.

파김치가 된 채 가죽 짐을 끌고 가게로 돌아갔다. 가게 문이 잠겨 있었다. 문설주에 종이 한 장이 붙어 있었다. 급한 배달을 나간다는 내용이었다. 보조 열쇠로 문을 열고 들어갔다. 가죽 짐을 책상 위에 올려놓고 이를 갈면서 그 여자가 돌아오기를 기다렸다.

수금 나간 그가 그 여자보다 먼저 들어왔다. 그녀는 독 오른 암표범처럼 그에게 덤벼들었다. 그의 젖가슴과 어깨를 물어뜯었다. 그녀를 밀어내려고 하는 그의 손가락과 팔뚝을 물어뜯었다. 그는 그녀를 피하려다가 땅바닥에 주저앉았다.

"아악! 왜 이래? 너 미쳤어?"

그는 데굴데굴 구르면서 몸부림치고 발버둥 쳤다. 그녀는 그를 놓치지 않고 계속 물어뜯었다. 아주 죽일 참이었다.

그 여자가 이날 왜 그녀를 그렇듯 고문한 것인지 그녀는 훤히 짐작하고 있었다. 간밤 그는 그 여자에게 그녀가 한 말들을 모두 까발린 것이었다. 그리하여 그 여자는 밤새도록 그녀에게 할 복수를 계획한 것이었다.

그녀에게 물린 자리를 덮어 누르면서 울고 있는 그의 머리와 가슴을 주먹으로 치고 발뒤꿈치로 밟아버리고 얼굴에다가 침을 뱉었다.

"나쁜 자식! 네놈이 나를 그렇게 배신하고 니 명대로 살 수 있을 것 같냐? 지옥에도 못 갈 더러운 자식, 나 배신하고 그년 보듬고 천년만년 잘 먹고 잘살아라."

언제 왔는지, 그 여자가 그녀의 등 뒤에 서 있었다. 그가 그녀에게 당하는 것을 말리려고 하지 않았다. 개싸움을 보듯 차갑게 구경하고만 있었다.

그녀는 배달처 약도를 그 여자의 눈앞에 펼쳐 보이고 그것을 갈가리 찢어 그 여자의 얼굴로 뿌렸다.

그 여자는 미동도 하지 않고 빈정거렸다.

"그 가죽점퍼 공장 천당에 있는데, 일찌감치 그리로 가라는 것인데, 그것을 눈치 못 챈 니년이 바보 멍청이지!"

그녀는 그 여자에게로 전화기, 소형 금고, 장부, 의자, 방석, 쓰레기통, 가죽 들을 들어 던지며 악을 써댔다.

"이 악마 년아, 죽어 구렁이나 되거라. 지렁이나 되거라."

옷 가방을 챙겨 들고 집을 나와버렸다. 문전처럼 검붉은 해가 지평선 너머로 떨어지고 핏빛 노을이 타올랐다.

"향기 따지고 부드러운 매력 챙기고 그러지 말고 성녀라는 아이하고 다시 살아라."

그녀가 창기를 타일렀다.

"부드러움이나 상냥스러움으로 말할 것 같으면 그 늙은 여우 년이 최고지. 그렇지만 그 여우 년 얼마나 사람을 많이 잡아먹었는지 아냐?"

"잡아먹었다는 표현은 지나치다."

"그 여우 년 편드는 것 보니까 성녀 버린 것도 그 여우 년한테 홀린 때문이구나."

"우리 집안 여자들은 알아주어야 돼. 우리 집안이 요 모양 요 꼴로 풍비박산된 것도 모두 여자들이 잘못 들어온 때문이야."

창기의 말이 옳을지 모른다고 그녀는 생각했다. 그녀가 여우 년이라고 한 그 여자는 무서운 여자였다. 그 여자와 만난 남자들은 하나같이 모두 넋을 빼앗겼다. 그녀를 낳도록 해준 남자도 넋을 빼앗겼던 것이다. 김석호도 그랬다. 그 여자는 어떠한 소재로 그릇을 빚어 구워도 녹아 흘러내리게 해버리는 용광로 같은 가마였다.

"나 몇 가지 서류를 좀 만들어달라고 왔어."

창기가 말했다. 창기도 그 여자에게 넋을 빼앗긴 것이다. 동생으로 둔갑하여 나타난 여우가 왕씨에게서 되찾아 달아난 종이가 생각났다.

"서류라니?"

그녀가 물었다.

"그 여자 건물을 내 앞으로 돌려야 하는데 누님의 허락이 있어야 해. 상속 포기서 말이야. 그리고 종업원으로 있던 김석호라는 남자가 죽었는데, 자기 건물을 누님한테 주라고 유서를 남겼어. 나 그것 담보로 잡히고 돈을 좀 꺼내 썼으면 좋겠어. 일단 누님 앞으로 등기 이전을 한 다음에 서류를 좀 만들어주도록 해."

그녀는 바다로 눈길을 돌렸다. 그녀 앞에 둔갑한 여우 한 마리가 앉아 있었다. 그 여우에게서 찬바람이 날아오고 있었다. 그 종이쪽 내주지 않으면 이 여우가 내 눈두덩에 상처를 입히고 빼앗아 가겠지. 먼바다에서 달려온 파도가 모래톱에서 하얗게 말리고 있었다. 한 스님의 잘린 목에서 솟구쳤다는 흰 피 같은 포말을 날리며. 그녀의 가슴속에도 그 말림 현상이 일고 있었다. 그로 말미암아 가슴속에 생긴 쥐내림 같은 아픔을 그녀는 "그래, 다 해주마. 원하는 대로" 하는 말로 뿜어버렸다.

썰물로 드러난 회갈색의 바지락 양식장에 앉아 있던 검은댕기두루미 한 마리가 그녀의 집 있는 쪽으로 날아오고 있었다. 그녀의 집 뒤쪽 산기슭의 늙은 소나무 가지에 혼자 앉아 있곤 하는 늙은 두루미.

'나 이리로 죽으러 왔다.'

그녀는 그 두루미에게서 배운 환장하게 향기로운 말을 내뱉으려다가 이렇게 말했다.

"조건이 하나 있다. 너, 그 여자 거기 가둬놓지 말고, 이리로 모셔다 놔라. 안골 수락마을 어귀에 빈집이 두 채 있더라. 그것 하나 사가지고…… 거기 살면서 날마다 저 갯벌밭에 나와 바지락도 파먹고 굴도 까먹으면서 저 두루미같이 살다가 가라고. 그렇게 안 해주면 나 너한테 아무것도 안 해준다. 어디서 어떤 모양새로 살건, 사는 것 모두가 갇혀 사는 것이기는 하지만, 좀 더 너른 땅에서 훨훨 날개라도 쳐보면서 사는 것이 좋을 수도 있는 법이니까."

그 말을 하는 순간 어디에서인가 금방 까놓은 생바지락이나 생굴의 향기가 날아오고 있었다. 그 향기가 어디에서 날아올까 하고 주위를 두리번거렸다. 자기 내부에서 솟고 있었다. 수묵처럼 깔리고 있는 땅거미 저쪽의 꽃섬 위에서 치자빛 같은 까치노을이 뜨고 있었다.

(1998)

그러나 다 그러는 것만은 아니다

시간 속에서 모든 것들은 점차 낡아간다. 낡으면 흉물스러워지고 힘이 빠지고 제구실을 다하지 못한다. 그러다가 파괴되고 소멸해간다. 마당 가장자리에 서 있는 수령 육십 년을 넘어선 늙은 재래종 감나무는 나에게 시간을 인식시켜주는 계량기 노릇을 한다. 밑동이 한 아름쯤 되고 가지 끝이 토굴의 지붕보다 더 높은 이놈은, 한여름부터 황달기 든 잎들이 하나씩 둘씩 생기는 듯싶더니 그 잎사귀들과 병들어 주황색으로 물러진 감들을 잔디밭 위에 흘려놓곤 했다. 어린 시절에 먹은 시자(柿子)의 달콤한 맛을 되새기며 먹어보려 했지만 시금털털하면서 떫고 달크무레할 뿐이어서 먹을 수가 없었다. 사나흘에 한 차례씩은 그것들을 줍고 긁어내다가 이놈의 뿌리 위에 놓아주어야 했다. 늦가을로 접어들자 이놈은 여느 젊은것들보다 빨리 잔가지들을 앙상하게 드러냈다. 거대한 지신의 머리털처럼. 이놈은 여름철부터 혼자만 아는 어떤 병인가를 앓아온 것이다.

이놈처럼 나도 앓아오고 있다. 아침은 쌀쌀하고 한낮에는 후텁텁한 기온으로 인하여 무시로 감기가 들랑거린다. 감기는 온몸 무력증과 가슴 쓰라림과 답답증과 부정맥을 가져다주고 콧물을 주체 못하게 한다.

게다가 담까지 생기고 기침을 하게 한다. 그래도 쓰는 일은 하지 않을 수 없으므로 나는 서재의 컴퓨터 앞에 앉아 모니터를 들여다보며 자판을 두들기곤 한다. 짜증과 안으로만 기어드는 음습한 우울증에 찌든 채 가을철의 황혼 같은 현기증을 느끼면서.

아침 식후 차를 마시고 나서 마당에 나와 감나무 밑을 어정거린다. 동병상련인 이놈과 말 없는 말을 주고받는다. 몸의 아픔은 영혼을 겸허하게 하고 오만으로부터 벗어나게 한다.

바람은 언제 어느 때 보아도 짓궂다. 술래에게 바람벽에 머리를 처박은 채 기역 자로 허리 굽히고 있게 해놓은 다음 말뚝박기를 하는 개구쟁이들처럼. 바다 쪽에서 달려오는 바람은, 주렁주렁 매달린 황금색 열매의 무게를 감당하지 못하고 뻐드러진 유자나무 가지를 올라타고 한동안 엉덩방아를 찧어대다가 모두걸음으로 뜀박질 쳐 올라가서 토굴 처맛귀에 대롱거리는 풍경의 양철판 물고기를 흔들어댄다. 그 물고기의 요분질 같은 요동을 견디지 못하고 풍경은 간지럼 잘 타는 아기처럼 몸을 흔들며 뗴엥 뗑그렁 웃어댄다.

그래, 삶은 의무감으로 사는 것이 아니고 저런 바람을 품은 채 한껏 즐기는 것이다. 숨이 붙어 있는 한 저렇게 웃으면서 버티는 것이다. 각자 받은 소명을 다하기 위해서.

쪽빛 천을 깔아놓은 듯한 하늘을 배경으로 산발한 지신의 머리털 같은 검은 잔가지들에는 감 몇 십 개가 꽃봉오리들같이 달려 있고, 그것들은 아침 햇살을 받아 빛난다. 내 생각에 대하여 그렇다고 대답하기라도 하듯.

이놈에게는 상처가 있다. 동쪽으로 뻗었던 가지가 전에 이 집터에 살던 사람이 빨랫줄을 매는 바람에 말라 죽었고, 그 자리에는 내 주먹이 들어갈 만한 구멍이 패어 있어 불개미들이 서식하고 있었다. 그들은 황갈색 나무 가루를 표피 밖으로 밀어내놓았다. 혹시 이 자식들이 다른 줄기도 갉아 나무 전체를 죽이지 않을까. 농약을 뿌려 멸살시킬까 어쩔까, 한참을 망설이다가 소금 몇 줌을 부어 넣고 물을 뿌렸다. 그 뒤로 불개미들은 다른 곳으로 이도를 했는지 더 이상 나무 가루를 내놓지 않았다. 그 상처의 옹이 밑부분에서 움터 나온 새 가지 예닐곱 개가 엘크 사슴의 뿔처럼 자라나더니 하늘을 향해 줄곧 뻗어 올라갔다. 금년에는 그 새 가지에 감이 대여섯 개나 달렸다. 그 감들이 다른 헌 가지의 감들보다 더 굵고 살갗이 매끄럽고 고운 듯싶었다.

내게도 저런 상처가 있고 상처 아문 자리 밑에서 새 가지가 뻗어나고 있을까. 그것에는 앞으로 몇 해 동안 어떤 모양새의 열매가 얼마나 달리게 될까. 새 가지의 감들을 쳐다보고 있는 내 눈과 가슴에 시디신 전류가 흘러들고 있었다.

그때 마을의 한 노인이 마당으로 들어섰다. 그 노인은 평상에 엉덩이를 붙이고 앉기가 바쁘게 기막혀죽겠다고 하소연부터 했다. 율산 마을의 김명윤이었다.

"무슨 일이 있으십니까?"

내가 묻자, 김명윤이 무뚝뚝하게 말했다.

"어야, 이, 이런 때레쥑일 놈이 있는가잉?"

김명윤은 두 달쯤 전, 뇌성벽력 치면서 비 억수로 쏟아진 날 밤에 수방청 우사의 소 열두 마리를 모두 광주 사는 아들에게 도둑맞은 다음 어린 도사견 열 마리를 분양해다가 키우고 있었다. 그는 우사 속에 잠자리

527

를 마련하고 거기서 자곤 했다. 몸 건강이 그만그만해 있고 노망들지 않았을 때 손자의 대학 등록금을 통장에 담아놓는 것이 그의 꿈이었다.

여느 때 웃음도 말수도 없던 그의 구릿빛으로 그을린 주름살투성이의 말상인 얼굴이 가뜩이나 납처럼 차갑고 딱딱하게 굳어 있었으므로 나는 한동안 그의 눈치를 살피다가, 무슨 일이 일어났는데 그러느냐고 조심스럽게 물었다.

"사, 사진쟁이 그 늙은 놈 아, 알제?"

그는 이장환에 대하여 말하고 있었다. 화가 치민 까닭인지 평소와 달리 말을 심하게 떠듬거렸다.

바닷가에서 만난 이장환이 "한 작가, 가야금이나 거문고를 연주하는 사람들이잉, 어째서 줄을 퉁김스롬 흔드는지 아는가?" 하고 말한 지 며칠 뒤에 일어난 일이었다.

키가 호리호리하고 얼굴이 깡마르고 창백한 데다 눈썹과 머리털들이 파뿌리처럼 하얀 이장환은 수문포 마을에 사는 장흥 지방의 원로 사진작가였다.

김명윤과 이장환은 친구 사이였다. 그들 둘이 수문포의 푸줏간을 겸한 식당에서 삼겹살을 구워놓고 마주 앉아 소주를 마시고 있는 자리에 잠깐 끼인 적이 있었다. 그들은 자기들의 사이를 7학년 7반 동창생(77세 동갑)이라고 말했다. 그래놓고 서로 자기가 형이고 상대가 동생이라고 우김질을 했다. 이장환은 나를 향해 코를 찡긋하더니, 자기가 두 살이나 위인데 김명윤이 자기를 형이라고 부르지 않는다고 하소연했다. 김명윤은 "어디가?" 하고 고개를 절레절레 저으면서, 사실은 이장환이 자기보다 정확하게 열 달이나 생일이 늦다고 했다. 이장환이 발끈하여, 그러면 주민등록증을 꺼내 생년월일을 비교하자고 자신만만하게 나섰다. 김명윤은 밑이 찔리는지 거기에 응하려 하지 않고 안주만 집어 먹었다. 이장환은 나를 향해, "저저저, 주민등록증 내놓으면 동생인 것이 분명해진께 못 내놓는 것 보소" 하고 밑을 받쳤고, 김명윤은 눈을 거슴츠레하게 뜬 채 고개를 허공으로 쳐들면서, 주민등록증이라는 것은 그 사람의 출생 날짜를 진실로 말해주는 것이 아니라고, 그것보다 더 확실한 진실은 이 세상 뒤편에 있다고 버티었다. 그 말을 하는 김명윤의 얼굴에 웃음이 사라져 있었다. 그러자, 이장환도 얼굴에 웃음을 거두고 사실을 밝혀주었다.

김명윤의 생일이 자기보다 열 달이나 빠른 것은 사실이지만, 호적에 늦게 오른 이유로 그가 늘 자기에게 당하곤 한다는 것이었다.

김명윤은 그렇게 당하곤 하는 것이 상처가 되어 있었다. 그 상처 아문 자리는 성장 과정에서 생긴 상처로 이어졌다. 이장환의 아버지는 일찍 개화된 사람이어서 아들이 태어난 제 날짜를 호적에 올린 것이고, 김명윤의 아버지는 그렇지 못하여 태어난 지 두 해나 지난 다음에 입적시킨 것이었다. 또한 이장환은 아버지 덕에 중학교 문턱을 디뎌보았지만, 김명윤은 초등학교 문턱도 밟아보지 못한 것이었다. 그 까닭으로 이장환은 사진관을 운영하면서 손톱 밑에 때 들이지 않은 채 평생 베레모 쓰고 카메라 걸치고 멋 부리며 살았고, 김명윤은 평생 고기잡이하고 짐승 키우고 논밭 일구면서 살아온 것이었다. 지금은 늙어 이 친구 저 친구들이 저승으로 떠나고 몇 남지 않아 외로워져서 그렇지, 예전 같으면 같은 술자리에 마주 앉을 수도 없었다. 길거리에서 만나도 기껏 고개나 까딱하고 지나치는 정도였다. 옛날 안양면 관내에서 사진기 가진 사람이 그 혼자였을 때 그에게는 처녀들이 줄줄이 따랐었다. 파출소장이나 면사무소 과장이나 계장이나 면장이나 조합장이나 우체국장들하고만 어울렸었다.

한데 이제는 수문 마을과 율산 마을을 통틀어 동갑내기가 오직 두 사람 남았을 뿐이었다. 언제부터인가 외로운 이장환이 김명윤에게 접근하기 시작했다. 오래전부터 개들까지도 카메라 한 대씩 들고 다닐 정도로 세상이 바뀌고 그의 사진관 영업이 끝장나버린 것이 그들을 가까워지게 한 이유 중 하나였다.

푸줏간을 겸한 식당의 술자리에서 무슨 말끝에 이장환이 "이 자식, 형님한테 하는 버르장머리 조깐 보소이?" 하고 말했었다. 그러자 김명윤이 나를 향해 "저놈이 어린 시절부터 하두 총명하고 귀여워서 오냐오냐하고 키웠등마는 어린양 벗하던 버르장머리가 남어갖고 시방도 저렇게 까부네이" 했었다. 허물없어 보이는 그들 사이에는 보이지 않는 장벽이 가로막혀 있었다.

그런 그들 사이가 무슨 일인가로 새로이 틀어진 것이었다.

"아니, 수문포 이 선생님하고 무슨 일 있으셨어요?"

"머, 머여? 자네 시방 멋이라고 해, 했는가? 잉? 그런 자식은 자, 자네한테서 선생님 말 들을 자객이 없는 호로 싸, 쌍놈이여."

김명윤은 얼굴에 핏대를 올리면서 말했다. 나는 그들이 허물없는 체하며 나누던 농담들을 떠올리며 쓸쓸하게 웃었다. 나의 웃음이 김명윤을 더욱 화나게 했는지 그는 언성을 버럭 높였다.

"어야, 한 선생, 시, 시방 웃을 일이 아니네이. 나 밤새껏 그 자식을 어떻게 때, 때레쥑에야 쓸꼬 하고 궁리를 했네이."

그 말을 듣고 보니 그의 안색이 초췌했다. 입술 표피가 하얗게 말랐고 군데군데 균열이 생겨 있었다. 나는 다시 대관절 무슨 일 때문에 그러느냐고 물으려다가 참고 그를 건너다보기만 했다.

"나는잉, 그 나, 나쁜 자식이 한 일을 차마 어츠쿨로 내 입에 담지를 못하겄네이."

나는 아찔한 생각이 들었다. 이장환은 홀아비였고, 수문포의 대지 이백여 평에 덩그렇게 서 있는 두 채의 집에서 혼자 살고 있었다. 외로움에 찌들어 있는 이장환이 잠시 술김에 눈이 뒤집혀 김명윤의 아내에게 어떤 실수를 저지른 것이 아닐까. 가령 술에 취한 이장환이 김명윤의 집에 갔을 때 하필 노모도 없고 그의 아내 혼자만 있었으므로 덥석 손목을 잡았다든지, 입을 맞추었다든지, 아니 그보다 더한 어떤 일인가를 저지르려 했다든지…….

김명윤의 아내는 늙어 주름살이 깊은 얼굴이기는 하지만, 젊은 시절에 아주 빼어난 미색이었음을 말해주고 있었다. 햇볕과 바닷바람에 그을어 살갗이 거무튀튀하기는 해도 저승꽃이 피지는 않았다. 기름한 얼굴에 구멍새들이 뚜렷뚜렷했고 균형이 잡혀 있었다. 눈은 쌍꺼풀이고 코는 오뚝했고 웃으면 볼우물이 패었다. 추하지 않게 늙어가는 여자였다.

"아니, 그분이 무슨 일을 저질렀습니까? 어르신 댁에 오셔서?"

얼른 대꾸하지 않고 오래 뜸을 들이고 난 김명윤은 마침내 "들어보소이. 그 나쁜 놈이 글쎄, 우리 어무니를……" 하고 말했다. 그러나 기가 막힌 듯 말을 더 잇지 못했다.

나는 정수리를 한 대 얻어맞은 것처럼 멍했고 전보다 더욱 해쓱해진 그의 얼굴을 멀거니 건너다보고 있기만 했다. 이장환이 김명윤의 노모를 어떻게 했다는 것일까. 그의 노모는 백수를 한 해 앞두고 있는 허리 기역 자로 굽은 노파가 아닌가. 혹시 망령이라도 난 것일까. 치매, 그것은 그 사람의 육체와 영혼을 파괴하는 병 아닌가.

이장환은 여섯 해 전에 아내를 여의었다. 아들딸들은 서울과 부산과 광주에 흩어져 살고 있었다. 홀아비인 그가 혼자 거처하는 집은 선창에서 마을 안쪽으로 굽이도는 골목길 어귀에 있었다. 대문간을 겸한 바깥채는 예전에 그가 사진관을 경영하던 곳으로 스무 평쯤의 단층 건물이었다. 대문 안으로 들어가면 정구를 해도 될 만큼 너른 마당이 있고, 그 건너에 기와지붕의 네 칸 겹집인 안채가 늙은 팽나무, 동백나무, 느티나무들 무성한 뒷동산을 등지고 있었다. 잔디 사이사이 쑥국화, 민들레꽃풀, 갯메꽃 덩굴, 질경이, 엉겅퀴, 오랑캐꽃풀, 클로버, 달맞이꽃풀, 코스모스, 채송화, 봉선화, 나발 나물, 비름들이 지천으로 자라나 있는 마당가에는 화단이 있는데 철쭉, 모란, 장다리, 덩굴장미, 사계화, 금송, 동백나무, 만수향나무, 후박나무 따위가 철을 따라 꽃들을 피웠다. 나팔꽃 덩굴과 능소화 덩굴이 후박나무와 동백나무를 타고 올라가고 있었다. 그늘진 데다 습기가 많은 담 밑으로는 이끼들이 파랗게 돋아 있었다.

농협 매장에 가는 길에 들른 김명윤이, 폐가처럼 이게 뭐냐고, 당장 제초제를 뿌려 마당의 풀을 죽여버리라고 했다. 그러나 이장환은 고개를 저었다. 세상에는 잡초라고 하는 풀은 없는 법이라고, 그것들은 꽃을 더욱 앙증스럽고 아름답게 피우는 꽃나무들이라고, 마당 전체를 묵혀버릴지라도 자기는 절대로 제초제를 쓰지 않겠다고 말했다.

김명윤이, 그것은 말도 안 되는 소리라고, 쑥국화풀, 엉겅퀴, 달맞이

꽃풀, 명아주풀과 질경이나 비름이나 바랭이풀들은 잔디를 다 죽이고
말 것이라고 하면서 너 없는 새에 약통을 짊어지고 와서 제초제를 싹 뿌
려버리겠다고 하자, 이장환은 "이 자식 그러면은 나 느그 나락밭에다가
제초제를 뿌려버릴 것이다잉" 하고 으름장을 놓았다. 그리고 그늘진 곳
의 이끼들을 손가락질하며 "저것들은 또 얼마나 이쁜지 아느냐, 가물 때
면 나 저것들한테 물을 준다" 하고 말했다. 김명윤은 어이없어 더 이상
말대꾸하지 않았다.

　비뚜름하게 눌러쓴 검정 베레모 아래로 허연 머리털들을 기다랗게
늘어뜨린 그는 날이면 날마다 적갈색의 양복저고리에 검정 바지를 차
려입고 속에 입은 흰 남방셔츠 칼라를 밖으로 내놓은 채 고물 수동 니
콘 카메라 한 대를 가슴에 대각선으로 걸치고 파이프를 한 손에 들고
가끔씩 물부리를 빨면서 나들이를 했다. 대개의 경우 그 물부리에서는
연기가 나오지 않았다. 평생 동안 걸고 다니는 카메라의 무게가 그렇게
만들었는지 목과 등이 약간 구부정했다. 구부정한 윗몸 때문에 앞을 내
다보는 그의 얼굴은 늘 위쪽으로 쳐들려 있곤 했고, 턱이 새의 부리처럼
튀어나와 있었다. 읍내에 장이 서는 날엔 시장 바닥을 돌았다. 좌판을
벌이고 물건 흥정을 하는 아주머니들과 어물전에 진열해놓은 물고기들
에게 카메라 렌즈를 들이댔다. 철 지난 스웨터에 정강이까지 내려온 검
정 치마를 입은 데다 노랑물을 들인 머리에 울긋불긋한 조화와 번쩍거
리는 장식이 달린 빗을 찌르고 허름한 맹꽁이 가방을 짊어진, 반쯤 어리
미친 여자가 구걸하러 다니는 것을 몰래 뒤따라 다녔다. 가끔씩 카메라
렌즈를 통해 그녀의 모습을 바라보았다. 강냉이 장사의 뻥튀기하는 순
간을 렌즈를 통해 보고, 쇠전에 끌려 나온 소들의 모습과 흥정하는 장사

꾼들의 모습과 입에 문 담배 연기 때문에 얼굴을 찡그린 채 돈을 헤아리는 모습들을 렌즈를 통해 들여다보았다. 그러나 그는 좀처럼 셔터를 누르지 않았다. 그러는 그에게 "필름이 들어 있어요?" 하고 묻는 사람들이 있었다. 그에 대해서 아는 체하는 사람들은 그가 사진을 찍지는 않고 그냥 개멋만 부리며 돌아다닌다고 했다. 사진작가로서의 삶이 이미 끝났다고 했다.

그는 가끔 산과 들과 바닷가를 혼자서 헤매었다. 썰물이 지면 카메라에 망원렌즈를 끼워가지고 갯벌밭으로 나갔다. 그 렌즈를 통해 바지락 캐거나 낙지 잡는 아낙들을 보고 고기 사냥하는 갈매기를 바라보고 갯벌밭에 서서 먹이를 노리는 검은댕기두루미를 보았다. 여름철이면 해수욕을 즐기는 아이들이나 다정스레 거니는 남녀를 또한 그 렌즈를 통해 바라보았다. 정각암 연못에 수련이 피는 때에는 아침 일찍이 가 하루 내내 머무르면서 시각과 햇빛의 정도에 따라 달라지는 수련 꽃봉오리들과 연못 물에 어린 산과 꽃과 단청 칠해진 암자 건물을 그 렌즈를 통해 바라보았다. 수련꽃을 찍고 싶어 암자 연못에 갔다가 연못 앞에서 어정거리는 그를 만났었다. 그는 카메라를 들고 이리저리 다니면서 수련을 열심히 조준했지만 한 번도 셔터를 누르지는 않았다. 어쩌면 카메라에 필름이 들어 있지 않다는 사람들의 말이 사실일지도 몰랐다. 아니면, 벌이가 없는 그가 인색해져서 필름 사용하기를 두려워하는지도 모른다 싶었다.

나는 자전거를 타고 수문포에 갔다가 가끔 푸줏간에 삼겹살구이를 놓고 소주잔을 기울이고 있는 이장환을 만나곤 했다. 그는 나를 푸줏간 안으로 끌어들여 소주를 권했다. 어떤 때는 횟집인 바다 하우스에 혼자 앉아 바지락회나 전어회나 깔따구회나 세발낙지회나 키조갯살, 새조갯살을 놓고 소주잔을 기울이고 있다가 나를 끌어들이기도 했다. 그럴 때 그의 얼굴에는 훤하게 화색이 번져 있었다.

그가 권하는 잔을 받으면서 한번은 "혼자서 어떻게 사십니까?" 하고 말을 건넸고, 또 한번은 "선생님의 작업실이랑 그동안 해놓은 작품들이랑 한번 구경시켜주십시오" 했고, 또다시 한번은 "제가 이렇게 말씀드리면 선생님께서 화를 내실지 모르지만, 어떤 때는 저도 작업실을 차려놓고 선생님한테서 흑백사진 현상하고 인화하는 법을 배워 작품 제작을 좀 해보고 싶은 충동이 들 때가 있어요" 하고 말했고, 얼마쯤 뒤에는 "컬러 작품을 주로 하십니까, 흑백을 주로 하십니까?" 하고 물어보았었다.

첫 물음에는 "이 사람아, 그런 것은 묻는 법이 아니여" 하였고, 두 번째, 세 번째, 네 번째 만났을 때 건넨 말에 대해서는 그냥 쓴 입맛을 다시며 쓸쓸하게 웃어버렸고, 네 번째의 물음에 대해서는 "그냥 그때그때 마음 가는 대로" 하고 말했었다.

다섯 번째는 술집에서가 아니고 바닷가 모래밭에서 만났다. 산책을 나갔다가 아카시아숲 그늘 아래 앉아 바다를 내다보고 있는 그를 만난 것이었다. 다가가서 옆에 앉자 그가 말했다.

"사실은 나 이렇게 돌아다님스롬 카메라를 들이대기는 해도 찍지는 않아. 찍더라도 현상만 해놓고 인화를 안 해."

"왜요? 기왕 하신 작품들인데, 다 인화해가지고 그 가운데서 좋은 것들 몇 십 점 골라 전시회를 한번 해보시지요. 군민회관 전시실이라든지, 안 그러면은 광주 어느 화랑이라든지……."

그는 고개를 저었다.

"다 부질없는 짓이야. 찍을 때 노렸던 것하고 뽑아낸 다음에 나온 것

하고가 너무 달라. 내가 찍은 것이 아니고 어느 촌놈이 한껏 멋을 부려 찍은 것 같어. 그날 내내 찍은 것들 가운데서 한 장도 건지지 못하고 다 찢어버릴 때도 있었어. 사진 찍는 일은 절망만 하게 만들어. 나는 사진 찍을 거리를 찾아댕기는 것, 그것을 찾아갖고 찍는 순간 머릿속에 떠오른 그것이 황홀하고 즐거울 뿐이여."

나는 그의 말이 내포하고 있는 뜻을 얼른 알아차릴 수가 없어 하늘을 쳐다보았다. 사슴 같은 구름 한 장이 떠가고 있었다.

"요즘은 무엇에 관심을 갖고 계십니까?"

나의 물음에, 먼바다로부터 줄줄이 달려온 파도들이 모래톱에서 재주를 넘곤 하는 것을 바라보고 있던 그는 "시간!" 하고 말했다.

"아, 네에!" 하고 나는 감탄사를 뱉어냈다. 모든 것은 시간을 가지고 있다. 파도도 시간을 가지고 있고, 갈매기와 게와 통보리사초와 갯메꽃과 갈대와 물떼새와 숭어도 시간을 가지고 있고, 나도 그것을 가지고 있다. 그 시간에 떠밀려 하구로 흘러가고 있고 소멸되어가고 있다.

"나는 아주 욕심이 많은 사람이여. 요즘은 컴퓨터로 사이버에 떠댕기는 것을 뽑아내기도 하고, 디지털 사진기 하나로 못 하는 것이 없다는디……. 아주 그렇게 발달하는 짐에, 오로라 현상을 찍어내대끼, 사람들 머릿속에 떠댕기는 생각이나 황홀한 기억, 슬픈 추억들도 찍어내는 것이 나왔으면은 좋겠어. 현실보다는 기억이나 추억이 훨씬 안 아름다운가? 물속이나 유리창에 비친 세상같이 말이여."

한데, 사진작가 이장환이 김명윤의 노모에게 무엇을 어찌했다는 것일까. 그 궁금증을 가슴에 담은 채 나는 그날 그가 바닷가 아카시아숲 그늘에서 헤어지기 직전에 한 말을 떠올렸다.

"한 작가, 가야금이나 거문고를 연주하는 사람들이잉, 어째서 줄을 퉁 김스롬 흔드는지 아는가?"

농현(弄絃). 왜 그 연주가들은 농현을 할까. 죄어 있는 상태인 한 줄의 한 음만으로는 어떤 감정의 결이나 무늬를 오롯이 표현할 수 없어 그럴 터이다. 감정은 술잔에 담아놓은 술처럼 늘 가만히 있는 것이 아니다. 술이라고 가만히 있겠는가. 그것은 불을 품은 물 아닌가. 보이지 않는 길항작용을 거듭하고 있을 것 아니겠는가. 풀잎에 맺힌 이슬 한 방울도 속에 여울물과 강물과 바닷물 같은 움직임을 가지고 있기 마련 아닌가. 그 동하는 정서를 표현하기 위해 한 음으로 하여금 그 위쪽과 아래쪽 혹은 양옆으로 넘나들도록 하는 것이 농현 아닐까.

가야금이나 거문고는 두 선을 동시에 뜯어 화음을 내지 않는 대신 한 현을 뜯고 흔들면서 한 소리로 하여금 그 위와 아래 혹은 양옆으로 넘나들게 한다. 수평으로 넘나들게 하고 동시에 수직으로 넘나들게 한다. 대칭의 울림과 비대칭의 울림이 동시에 일어난다. 부처는 부처만이 아니고 중생은 중생만이 아니다. 부처가 중생이고 중생이 부처이다. 부처 속에 중생이 있고 중생 속에 부처가 있다. 여름에 피어 있는 해바라기꽃 속에 지난가을에 맺힌 꽃씨가 있고 그 꽃씨 속에 지난해 여름의 꽃과 다음 여름에 피어날 꽃이 있다. 갓난아기 속에 자기를 낳아준 아비 어미가 있고, 그 아비 어미를 낳아준 할아비 할미가 있고, 그 갓난아기 속에 장차의 아비 어미, 할아비 할미가 있고, 더 먼 장래의 흙 한 줌이 들어 있다.

이장환은 농현 같은 시간을 생각하고 있다. 카메라의 렌즈를 통해 시간 찍어낼 궁리를 하고 있다. 그리하여 그는 시간이 보이지 않으면 셔터를 누르지 않는 것이다. 그래, 그렇다. 내 소설 속에도 시간이 담겨 있도록 해야 한다. 모든 예술 작품은 결국 시간을 형상화하는 것 아닐까.

김명윤이 말했다.

"내가 아침밥을 묵고 수, 수방청에 가고 없는 새에 그 사기꾼 같은 놈이 집엘 찾아왔드란 것이여. 그 나쁜 자식은 일부러 내가 집에 없을 때 차, 찾아왔단 말이여."

이장환은 김명윤의 아내가 설거지를 마치고 바다에 나가려고 하는 참에 마당 안으로 들어섰다. 그의 아내는 이장환이 김명윤을 만나러 온 줄 알고 "시방 수방청 우사에 계시는디라우." 하고 말했다. 그 어른을 만나려거든 그리로 가보라는 뜻으로. 그러나 이장환은 배시시 웃으면서 "아니라우. 하두 오랜만이고 그래서 어무님께 인사를 드리려고 옛날 이약도 조깐 듣고 그랄라고 왔구먼이라우" 하고 말했다.

그의 아내는 이장환을 노모의 방으로 안내해주었다.

이장환은 여느 때나 다름없이 베레모를 배틀짐하게 눌러쓰고 사진기와 보조 가방을 한쪽 어깨에 걸치고 있었고, 한 손에 홍삼 한 뿌리가 그려진 음료수 상자를 들고 다른 한 손에는 진한 치자색의 옷 보자기를 들고 있었다. 그 옷 보자기 속에 무엇이 들어 있을까 궁금했지만 이장환이 그녀에게 주려 하지도 않고 펼쳐 보여주려 하지도 않는 눈치였으므로 그녀는 모른 체하고 서둘러 바구니와 호미를 챙겨가지고 바다로 나갔다.

그날 그의 아내는 바지락과 뻘떡게와 꼬시락을 잡아가지고 점심때가 훨씬 겨웠을 무렵에 돌아왔는데 노모는 집에 있지 않았다. 이웃집이나 노인당에 놀러 가셨겠지 하고 혼자 점심을 먹고 바다에서 잡아 온 것들을 손질해놓고는 나른하여 한숨 잤다. 그랬다가 택시의 경적 소리 때문에 잠에서 깨었다. 천 근이나 되는 몸을 간신히 일으키는데 노모가 현관문을 열고 들어섰다.

이때 그녀는 놀라지 않을 수 없었다. 노모는 새로 지은 것임에 틀림없는 옥색의 치마저고리를 입고 있었고 술에 얼근하게 취해 있었다. 얼굴이 복사꽃 색인 노모를 이장환이 등 뒤에서 보듬다시피 하고 들어왔다. 이장환이 노모를 택시에 태우고 어딘가 갔다가 그제야 돌아오고 있는 것이었다.

"어디 갔다가 오시는디 이렇게……?"

그의 아내가 물어도 노모는 대답하지 않았다. 이장환이 어색하게 웃으며 "지가 어디를 조깐 모시고 가서 점심 대접을 하고 옵니다이" 하고 말했다. 그리고 서둘러 돌아가려 하면서 노모를 향해 "그럼 어무니, 저는 이만 가볼란게 편히 쉬십시오잉" 하고 나서 그의 아내를 향해 "말씀도 안 드리고 모시고 갔다가 너무 오래 지체하고 와놔서 혹시 많이 걱정 안 하셨는지 몰겄소야?" 하고 말했다.

"아니라우."

그의 아내는 고개를 세차게 저어주었다. 이장환이 대관절 어디를 모시고 갔다가 왔는지 궁금해 견딜 수 없었지만 묻지 않았다. 김명윤이 저녁밥을 먹으러 왔을 때에야 그에게 노모의 일을 귀엣말로 전했다.

노모는 자리에 누운 채 밥넘이 없어 저녁밥을 먹지 않겠다고 맥 풀린 소리로 말했다. 그 자식이 대관절 어디에 모시고 가서 과음을 하게 했을까.

"그 사람하고 어디 다녀오셨소?"

김명윤이 퉁명스럽게 물었다.

"그냥 어디 조깐 가자고 하길래 갔다가 왔다이. 오늘 나 그 사람한테서 대접 참말로 잘 받았다."

그는 더 묻지 않고 으흠 하고 헛목을 가다듬었다. 마음이 편하지 않았다. 아들인 자기가 못 해드린 효도를 이장환이 대신 해드렸다는 사실이 그를 속상하게 했다. 자기가 그 가치를 알지 못한 채 헛간 구석에다가 함부로 방치한 보물을 이장환이 꺼내 싣고 가서 먼지와 흙을 털어내고 번쩍번쩍하게 닦아다가 놓은 듯싶었다. 노모를 이장환에게 빼앗긴 듯싶었다. 이제는 노모가 자기의 집 안에 있긴 있어도, 그렇게 있는 것은 등신일 뿐, 그 혼은 이미 이장환에게 건너가버린 것 같았다. 아니, 이장환이 노모를 싣고 어딘가 가서 실컷 희롱하고 온 듯싶었다. 몸이나 영혼의 보이지 않는 많은 부분들이 찌그러지고 망가져 있을 듯싶었다. 노모의 영혼을 이장환이 자기의 정서에 맞도록 개조하고 색칠과 기름칠을 해다가 놓았을 듯싶었다.

김명윤의 가슴은 아파오기 시작했다. 자격지심과 손상된 자존심과 노모의 영혼을 잃어버린 듯한 상실감과, 대관절 어디에 모시고 가서 무슨 짓을 하다가 왔을까 하는 궁금증이 그를 견딜 수 없도록 들쑤셨다.

수문포의 개인택시 기사 둘한테 전화를 걸어, 혹시 이장환과 함께 어디 가지 않았느냐고 물었다. 그들은 이장환에게 불려 간 일이 없다고 했다. 아마 율포 택시를 이용한 모양이라고 했다. 율포 택시 기사들한테 물었다. 그들도 이장환에게 불려 가지 않았다고 했다. 안양 택시 기사들과 장흥 택시 기사들에게도 물었다. 그들도 율산 마을에 불려 가지 않았다고 했다. 그는 울화가 끓었다. 이장환에게 전화를 걸었다. 신호만 갈 뿐이었다.

한데, 이튿날 괴상한 소문 하나가 떠돌았다. 이장환이 그의 노모를 모시고 간 곳은 순천만의 광활한 갈대밭이라는 것이었다. 거기서 노모를 발가벗겨놓고 사진을 찍었다는 것이었다. 이장환은 처음부터 계략을 야무지게 짠 것이라고 했다.

노모는 호사꾼이었다. 술을 좋아했고, 취하면 호탕해졌다. 대접하는 쪽에서 춤을 추라면 추고 노래를 하라면 했다. 그것을 안 이장환이 촬영 준비를 완벽하게 한 다음 맛깔스럽고 부드러운 술과 안주를 가지고 찾아온 것이었다. 아들인 김명윤에게 그렇게 하겠다고 말하면 허락하지 않을 줄 알고 몰래 찾아온 것이었다. 그리고 수문포 택시를 이용하면 말이 날 줄 알고 아예 율포 택시를 이용한 것이었다. 그리고 그 기사의 입을 막기 위해 요금을 곱으로 준 것이었다. 그런데 그 기사가 입이 근질거려 말을 퍼뜨렸고, 그것이 하루 만에 율산 마을까지 날아온 것이었다.

드넓고 울창한 갈대밭 속으로 노모를 모시고 간 이장환은 갈대들을 쓰러뜨린 다음 한 평 넓이의 돗자리를 깔았다. 노모를 그 위에 앉히고 가지고 온 술과 안주를 꺼내 권했다. 노모가 그에게 잔을 건넸지만 그는 사양했다. 취기가 오르면 사진이 되지 않는다면서 마시지 않았다. 자기는 사진을 다 찍어드린 다음에 마시겠다고 했다. 노모는 그가 권하는 대로 다 받아 마셨다. 갈대숲에서 물떼새, 개개비들의 울음소리가 들려왔다. 멀지 않은 개웅에서 청둥오리와 갈매기의 울음소리도 났다. 노모가 얼근해졌을 때 그는 가지고 온 진한 치자빛 보자기를 풀었다. 한복집에 새로 맡겨 지은 옥색 치마저고리가 거기 들어 있었다.

"이 옷은 제가 어무님께 드릴라고 지어 온 것입니다이. 장흥 읍내에서 지일로 솜씨 좋은 사람한테서 지어 왔어라우. 갑자기 돌아가신 지 어무니 생각이 나서……. 그 양반이 올해 여든아홉 살이시라는디, 아직까장도 안경을 끼고 바느질을 해라우. 옛날 읍내 기생 옷은 그 양반이 다 했드라요. 기왕이면 새 옷으로 갈아입으시고 사진을 찍어야지라우. 저는 저쪽 갈대 숲속에 가 있을란께 이 옷으로 갈아입으십시오이. 속저고리, 저고리, 속속곳, 속곳, 속치마, 치마, 버선, 이렇게 갖추갖추 지었은께 시방 입고 계시는 옷은 속옷까지도 다 벗어뿔고 새 각시 시절에 입으시대끼 한번 입어보십시오이. 그래야 태깔이 제대로 날 것 아니겠소? 그라고라우, 여그는 키를 훨씬 넘게 자란 갈대밭 속 아니오? 아무도 보는 사람이 없은께 안심하시고 천천히 입으십시오이."

"아따, 색깔 곱다아! 이것 공단 아닌가? 잉? 아이고, 말년에 옥색 공단 옷이라니이? 아이고, 이 사람, 비싼 돈 들여서어……!"

노모는 고마워 어쩔 줄 몰라 했다. 치마와 저고리를 이리 뒤적여보고 저리 뒤적여보았다.

"아따, 참말로 바느질 실하게는 했네잉."

노모는 솜씨를 찬탄하면서 속저고리와 저고리와 속곳과 속속곳과 치마와 버선들을 하나씩 살폈다.

이때 이장환은 갈대밭 밖에서 앳된 여자 한 사람을 데리고 왔다. 열서너 살쯤 되었을 듯한 앳된 여자는 치자빛 나는 옷 보퉁이를 들고 있었다.

"어무니, 혼자 사진 찍기 멋할까 싶어서 같이 찍을 이쁜 처녀 하나를 데리고 왔구먼이라우. 나란히 앉아서 똑같이 옷을 갈아입으십시오이."

노모는 어리둥절했다. 앳된 여자는 어색해하면서 노모에게 고개를 까딱한 뒤 옆에 앉아 옷 보자기를 풀기 시작했다.

"난 저쪽에 가 있을란께 할무니하고 같이 옷 갈아입어라이. 너 혼자만 먼저 얼른 갈아입어뿔지 말고이……. 할무니한테 먼저 새 옷을 입혀드리고 난 다음에 입어라잉. 무슨 말인지 알겠지야, 잉? 그런께 똑같이 옷을 벗기는 하는데 말이여, 너는 옷을 다 벗은 채로 할무니의 옷을 입혀드리란 말이여, 잉? 절대로 서두르지 말고 천천히……. 너는 먼저 할무니 옷을 완전하게 입혀드린 다음에 입으란 말이여. 먼 말인지 알겠지야? 잉?"

앳된 여자는 그의 말을 알아들었다고 고개를 끄덕거린 뒤 할머니의 옷을 벗기기 시작했다. 그리고 자기의 옷도 허물을 벗듯이 모두 벗었다. 하얀 알몸이 되었다.

이때 이장환은 갈대 숲속에서 망원렌즈로 노모와 앳된 여자의 벌거벗는 모습들을 카메라에 담았다.

이장환의 계략은 치밀했다. 그는 일부러 노모와 앳된 여자의 속저고리와 저고리의 고름, 속속곳 끈, 속곳 끈, 속치마 끈, 치마끈 들을 잘 풀리지 않도록 단단하게 마주 홀맺어놓았다. 홀맺힌 그것들을 푸는 데만도 한 이삼 분씩 걸리도록.

앳된 여자는 그가 지시한 대로 노모의 옷들을 일단 모두 벗긴 다음 새 옷을 입히기 시작했다.

앳된 여자는 알몸이 된 채로 노모의 깡마른 알몸 위에 속속곳과 속곳과 속치마와 치마 들을 차례로 입혔다. 그러느라 앳된 여자는 고개를 젖히면서 몸을 굽히기도 하고 모로 틀기도 했다. 노모는 입혀주는 옷들을 꿰입느라 엉거주춤 일어나서 엉덩이를 쭉 빼주기도 하고 몸을 외틀어주기도 했다. 앳된 여자는 노모의 몸에 한복을 다 입힌 다음 자기의 알몸에 속속곳과 속곳, 속치마, 치마, 속저고리와 저고리를 차례로 입었다. 그녀의 옷고름과 치마끈들도 마찬가지로 단단하게 홀맺혀 있었으므로 그것을 푸는 데 많은 시간이 허비되었다. 앳된 여자가 그것들을 풀어서 입는 동안 갈대 숲속에 몸을 숨긴 이장환은 열심히 사진을 찍어댔다. 뜻밖에 노모가 앳된 여자의 옷 입는 것을 하나하나 도와주었다. 노모는 "아이고, 곱다. 참말로 탐스럽다" 하고 찬탄하면서 앳된 여자의 얼굴 여기저기와 봉긋한 젖가슴을 쓰다듬고 백자 항아리 같은 엉덩이와 사타구니와 늘씬한 다리를 쓸었다. 앳된 여자는 노모의 손길이 닿을 때마다 수줍어하며 몸을 움츠리기도 하고 모로 외틀면서 비비 꼬기도 했다.

그는 카메라 속에 노모와 앳된 여자가 옷을 하나씩 벗어가는 모습들을 담고, 알몸이 된 두 여자의 모습, 속속곳과 속곳과 속치마의 끈을 푸는 모습, 알몸이 된 앳된 여자가 노모의 알몸에 옷을 입히는 모습, 한복을 곱게 차려입은 노모가 앳된 여자의 옷 입는 것을 도와주는 모습, 노모가 앳된 여자의 알몸 여기저기를 탐스럽다고 찬탄하면서 쓰다듬고 어루만지는 모습, 속속곳·속곳·속치마·치마를 차례로 입느라고 엉거주춤 일어서거나 엉덩이를 빼거나 몸을 외튼 모습, 치마를 허리에 두르며 발아래를 내려다보는 모습, 저고리를 입고 고름을 매는 모습, 잘못 맨 것을 노모가 고쳐 매주는 모습들도 담았다.

두 여자가 옷을 입고 나자 그는 그들을 나란히 앉혀놓고 찍고, 앳된 여자로 하여금 노모를 부축하며 걷게 하고 찍었다. 앳된 여자로 하여금 노모를 얼싸안게 하고 찍고, 두 여자의 얼굴을 대어 붙여놓고 찍었다.

이때 노모가 얼씨구, 하면서 춤을 추기 시작했다. 두 활개를 벌리고

앳된 처녀의 두 손을 잡아 흔들면서 너울너울 추었다. 달콤한 매실주 석
잔에 노모는 얼근하게 취해 있었다. 이장환은 노모의 춤추는 모습들을
모두 카메라에 담았다.

"한 선생, 그 자식을 어, 어떻게 했으면 좋겠는가?"
그러나 김명윤의 그 말에 대하여 나는 아무런 말도 하지 못하고 있었
다. 그도 그럴 수밖에 없는 것이, 그가 전해주는 이야기를 듣는 순간 나
는 안타까웠던 것이다. 그 촬영하는 현장에 나도 함께 갔으면, 카메라를
들고 가서 그 노모와 앳된 여자의 알몸 움직임들을 찍었으면 얼마나 좋
았을 것인가. 키를 훨씬 넘기게 자란 갈대숲, 메추라기 새끼들 같은 갈
꽃들이 늦가을의 양광에 젖어 수런거리는 갈대 숲속에서 옷을 갈아입
고 있는 노모와 앳된 여자의 모습은 얼마나 곱고 아름다우면서도 슬플
것인가.
이장환은 대단한 일을 도모하고 있는 것이고, 그의 행위는 결코 지탄
받아야 할 일이 아니다 싶었다. 때문에 나는 김명윤의 울분 어린 비난에
동조할 수가 없었다.
나의 눈빛과 표정에서 내 생각을 읽어낸 김명윤은 발끈했다. 나로부
터 쉽게 동조를 이끌어낼 수 있으리라고 생각했던 그는 나에게서 적잖
이 실망하고 배반감을 느끼고 있었다. 내 눈을 뚫을 듯이 바라보면서 목
줄에 핏대를 세우고 울분 어린 목소리로 말했다.
"그 자식을 응징하려고 한 내가 너무한 것인가? 잉?"
나에게 항의하듯이 말했다.
나는 아니요, 하고 강하게 부정하며 고개를 살래살래 저었다. 그러자

그는 침방울과 함께 줄줄이 거친 말을 뱉어냈다. 밤잠을 자지 못하고 내내 생각에 생각을 거듭한 듯 그의 말은 조리가 있었다.

"먼저 그 나쁜 자식이 찌, 찍은 것들을 죄 뺏어서 쫙쫙 찢어뿌러야 안 쓰겄다고잉? 세, 세상에 남의 빡빡 느, 늙은 어무니의 다 말라비틀어진 알몸 사진을 찍어서 폴아묵을라고 하다니 말이나 되는 일인가? 잉? 나, 우리 어, 어무니를 욕보인 데 대한 울분이 풀릴 때까지 그 자식 귀딱지를 몇 십 번이든 후려쳐뿌러야 쓰겄어. 그라고는 도, 동네 사람들이 모두 모여 있는 자리에서 나한테 무릎을 꿇고 비, 빌라고 해사 쓰겄어. 그 자식이 안 그라면은 절대로 요, 용서해줄 수가 없네. 내 말이 틀렸는가?"

김명윤은 자기가 구상하고 있는 복수 행위가 완벽하게 이루어질 수 있도록 나에게 협조해달라는 것이었다.

그 말에도 나는 대꾸하지 못했다. 그렇지만, 그 복수가 지나치다는 말을 하기에는 그의 흥분 상태가 너무 치열했다.

"좌우간에 한 선생이 마, 말씀을 조깐 해보시소이. 자네가 내 입장이라면은 이 일을 어떻게 처결하겠는가? 잉?"

물론 이장환이 한 일을 떳떳한 것이라고 말할 수는 없었다. 이장환은 자기의 사진 예술만을 위해 이성을 잃었던 것이다. 그렇다고 김명윤의 말대로 하는 것도 안 될 듯싶었다.

그 사건을 무마하는 데는 두 가지 방법이 있을 것 같았다. 첫 번째 방법은, 무조건 이장환이 찍은 사진들을 모두 없애버리고 그로 하여금 김명윤에게 사죄하게 하는 것이었다. 두 번째 방법은, 이장환이 김명윤에게 사죄를 하기는 하지만, 찍은 사진 작품들을 없애지 않는 것이었다. 사술을 쓴 것이 괘씸하기는 하지만 이장환의 예술 행위만큼은 고귀하므로 그것에 대하여 김명윤이 이해하고 어느 정도의 보상을 받은 다음 허락하는 것이었다.

그 두 가지 방법 가운데 하나를 택하여 해결하고 화해하도록 주선해야 한다 싶었다. 그러나 그것이 가능할까. 화해란, 정반대되는 극과 극에 자리해 있는 장본인들이 자기가 지향하는 극을 등지고 돌아서서 그 중간의 어느 어름으로 다가서게 하는 것인데.

이장환이 김명윤에게 사죄를 할지라도 그 필름들을 절대로 내놓으려 하지 않을 듯싶었다. 초상권 침해와 명예훼손으로 말미암아 설사 얼마 동안 옥살이를 하고 자식들에게 위자료를 물어줄지라도 그 작품을 위하여 모든 것을 감수하려 들듯 싶었다.

나는 이장환이 말하던 시간을 생각했다. 갈대밭 속에서 벌거벗은 노파의 알몸과 앳된 여자의 알몸의 대비에서 이장환은 무엇을 건져냈을까. 그 작품들은, 인위적인 연출의 냄새가 배어 있는 작품이기는 하지만, 그 결점을 뛰어넘는 어떤 의미가 넉넉하게 있을 것 같았다. 비록 이성이 흐려진 노모에게 술을 마시게 하고 연출하는 비열한 방법을 동원하였을지라도.

그것을 구제해줄 길이 없을까. 그것은 김명윤으로 하여금 이장환의 예술 행위를 양해하게 하는 길뿐인데, 그게 가능할까. 양쪽을 다 구제할 수 있는 길이 없을까. 그러려면 두 사람이 화해하게 해야 하는데. 양쪽이 다 자기의 자존심을 누그러뜨리고 한 걸음씩 물러서게 해야 하는데.

먼저 이장환으로 하여금 노모에게 모든 것을 솔직하게 고백하게 하고 그 노모가 이장환이 만들려고 한 그 무엇에 대하여 판단함으로써 처결하게 하면 어떨까. 어쩌면 노모는 이장환을 용서해줄지도 모른다. 오히려 이장환이 한 일을 잘한 일이라고 고마워하고 칭찬할지도 모른다. 노모는 죽으면 한 줌 흙이 되어버릴 몸뚱이, 그것을 이용하여 무언가를 얻어보겠다는데 허락해주지 않을 이유가 있느냐고 생각할지도 모른다. 아, 그렇다. 노모로 하여금 아들인 김명윤을 설득하게 해야 한다.

그러나 그것은 이장환의 예술만을 위해주는 일방적인 생각일 뿐이다. 아들인 김명윤의 상처받은 자존심과 정서는 전혀 그 반대쪽에 놓여 있다. 어머니의 오글쪼글한 육신을 사진으로 박아 만천하에 내보이려 한 무도한 놈을 어떻게 용서할 수 있냐고 김명윤은 생각하고 있는 것이다. 노모가 설사 이장환을 이해하고 용서한다 할지라도 아들인 그로서는 그러지 않을 터이다. 김명윤 자기는 설사 용서할 수 있을지라도 다른 자식들이 그 일을 용납하지 않을 것이라며 왼고개를 틀 터이다. 그 노모의 몸과 영혼은 노모 자신만의 것이 아니고, 김명윤 혼자만의 노모도 아니고, 다른 자식들 모두의 것이라 말할 터이다. 몸과 영혼은 유산 이상의 것이라며, 다른 자식들이 알면 이장환을 몽둥이로 쳐 죽이려 들 것이라고 말할 터이다.

헝클어진 실타래 같은 그 사건에 대하여 함부로 말할 수 없어서 나는 "글쎄요, 저로서는 지금 무어라고 말씀드릴 수가 없습니다" 하고 말했다.

그때 응접실의 전화벨이 울렸다. 나는 달려가서 창문을 열고 창턱에 올라앉아 있는 전화기의 송수화기를 들었다. 이장환에게서 걸려 온 것이었다.

"한 작가, 나 이장환인디이, 시방 내가 아주 곤란한 지경에 처해 있네이."

기진맥진한 목소리로 이장환은 말하고 있었다. 나는 그가 김명윤의 노모에게 저지른 일로 말미암아 피해 다니고 있는 곤혹과 난처함을 얘기하는 것으로 여기고 "네, 다 짐작하고 있는데요, 지금 어디 계십니까?" 하고 물었다. 한데 이장환은 내가 짐작하고 있는 것보다 더욱 곤란한 지경에 처해 있었다.

"내가 시방 경찰서 수사과에 와 있는디이, 자네가 얼른 이리 조깐 와 줘사 쓰겄네이."

내가 알았다고, 금방 가겠다고 말하자 김명윤이 눈치를 채고 "그 전화 그 자식한테서 왔제? 그 나쁜 놈 시방 어디 있다고 한가? 잉? 당장에 쫓아가서 요절을 내뿔라네" 하며 이장환이 있는 곳으로 함께 갈 뜻을 비쳤다.

나는 김명윤을 경찰서 수사과로 데리고 가선 안 될 듯싶었다. 무슨 일 때문인지 모르지만 이장환이 그곳에 있다고 하니까 어르신의 노모와 관련된 일에 대해서는 나중에 다른 자리에서 만나 처결하는 게 어떻겠느냐고 통사정을 하듯이 말했다.

"그, 그렇다면은 더 잘되아뿌렀제잉. 차제에 그 자식을 고발해갖고 버, 버르장머리를 때, 때려잡어뿌러야 쓰겄네이."

김명윤은 흥분으로 숨결이 가빠졌다. 얼굴이 창백해졌다.

"무슨 나쁜 일로 조서를 받고 있는 것 같은데, 지금 한참 화나 계시는 어르신까지 가서서 노모하고 관련된 문제로 고소하느니 어쩌느니 하시면 그 어른이 더욱 곤란한 지경에 빠지지 않겠습니까?"

김명윤을 설득하려 들었지만 그는 고개를 저었다. 그가 워낙 완강했으므로 나는 하릴없이 그와 함께 경찰서에 갔다.

일제 때 지은 3층의 시멘트 건물이었다. 중앙 현관 앞에 세운 두 개의 사각기둥이 나란히 옥상 스카이라인까지 치올라 가 있었다. 2층의 두 기둥 사이에 경찰의 상징인 무궁화가 걸려 있고 그 안쪽에 국기 게양대가 있었다. 스카이라인 위쪽으로 치솟은 국기봉 끝에 태극기가 펄럭이고 있었다. 두 개의 기둥이 날 일 자를 그리고 있었다. 무궁화가 걸려 있는 국기 게양대는 날 일 자 중간 획 한가운데에 위치해 있었다.

현관에 들어서자 한가운데에 복도가 있고 그것 양옆으로 과실(課室)들이 늘어서 있었다. 건물의 밑바탕도 날 일 자를 가로눕혀놓은 모양새로 설계한 것이었다. 일본인들은 주도면밀했다. 그들은 물러갔지만 그들의 흔적은 이 땅의 한복판 여기저기에 이렇게 남아 있는 것이다. 흉물스럽고 끔찍한 넋. 그것이 내 몸속 어딘가에도 남아 있지 않을까.

수사과 안은 어수선하고 시끌덤벙했다. 한 형사가 컴퓨터 자판에 두 손을 얹은 채 맞은편에 앉은 피의자를 향해 경멸스러운 어조로 따지기도 하고 힐문하기도 했다. 송수화기를 들고 누군가하고 통화를 하고 있기도 했다.

그곳에서 이장환은 감색 양복의 중년 형사와 마주 앉아 있었다. 담당 형사는 옥색 와이셔츠에 넥타이를 맨 데다 동글납작한 얼굴이 희고 고와 도무지 형사답지 않아 보였다. 경찰서 건물이 지니고 있는 일본식의 위압으로부터 제법 멀리 벗어나 있는 듯싶은 그 형사는 노트북 컴퓨터 자판에 손을 얹은 채 부드러운 얼굴로 신문하고 있었고, 맞은편의 이장환은 한 손으로 다른 한 손을 주무르고 비비면서 쑥스러워하고 어색해하고 난처해하며 묻는 대로 고개를 끄덕거려주며 네네, 하고 대답하고 있었다. 혐의들을 모두 순순히 시인하고 있었다.

형사는 들어서는 나에게 고개를 끄덕거리며 이장환 옆에 앉으라고 말했다. 거짓말을 조금 보탠다면, 보험회사의 생활설계사의 말처럼 부드러웠다. 나는 함께 간 김명윤을 옆의 한 의자에 앉히고 나서 이장환 곁에 앉았다.

김명윤이 이장환을 향해 "너 이 자식, 아, 안 그래도 너를 찾을라고 싸, 싸대는 판인디 여그 잘 붙잡혀 있구나이. 이 나쁜 자식, 너 오늘 나, 나한테 한번 죽어봐라" 하고 소리쳐 말했다. 김명윤은 얼굴이 잿빛이 된 채 부들부들 떨고 있었다. 이장환은 김명윤의 얼굴을 한번 흘긋 건너다보고 나서 고개를 숙이면서 "미안하네이. 나, 참말이제, 이 미안한 말을 어떻게 다 하면 좋을지 모르겠네이. 내가 욕심 땀시 눈이 뒤집혀갖고 그랬네이. 그래서 그 일 저 일 얽혀갖고 내가 시방 여그 요렇게 나와 있네이" 하고 말했고, 김명윤은 씨근거리면서 "이놈아, 사람을 쥐, 쥑에놓고 미안하다는 말만 해뿔면은 그 사람이 사, 살어나냐? 잉?" 하고 쏘아붙이고 나서 형사를 향해 "혜, 헹사님, 이 늙어빠진 놈이 이만저만 나, 나쁜 놈이 아니오이. 나 없는 새에 우리 늙으신 어, 어무니를 꾀어서 갈대밭으로 델꼬 가서 욕을 보인 놈이오. 이 세상에서 지일로 무거운 벌을 받도록 해주시오이. 법에서 그렇게 안 해주면은 나라도 나서서 패 쥑에뿌러야 쓰겄소" 하고 말했다.

형사가 김명윤을 향해 조용히 하라며 "지금 그 혐의를 다 시인했습니다" 하고 말했다.

조서는 금방 끝났다. 형사가 작성한 것을 흰 종이에 뽑아 이장환에게 건네면서 읽어보고 무인을 찍으라고 말했다. 이장환은 읽으려 하지 않고 그것을 나에게 건네주면서 "내가 지금 이런 형편에 놓여 있네이. 한 선생 대하기 참으로 부끄럽네이" 하고 말했다.

나는 이장환이 건네준 조서를 얼떨결에 받아 들었다. 내가 이것을 대신 읽어도 되는 것인가. 그것을 집어 든 나는 얼굴이 화끈거렸고 눈앞이 어질어질했다. 그렇지만 워낙 궁금하던 참이라 얼른 내용을 훑어보았다.

이장환은 열다섯 살인 여중생에게 돈 20만 원을 주겠다고 유혹하여 갈대밭으로 데리고 가 발가벗기고 사진을 찍었다. 그날은 바람이 심하게 불었고 갈대숲이 어지럽게 출렁거렸다. 그 갈대숲 사이를 달려가게 하기도 하고 쪼그려 앉아 있게 하기도 하고 하늘을 향해 누워 있게 하기도 하고, 갈대숲을 한 아름 끌어안게 하기도 하고, 김명윤의 벌거벗은 노모와 나란히 앉혀놓거나 눕혀놓기도 한 채 사진들을 찍었다. 그 일로 말미암아 여중생은 감기에 걸려 앓아누웠고, 그 소문이 학교 안에 퍼졌으며 그것을 안 학부모와 학교 측이 고소를 한 것이다.

내가 조서 내용을 훑고 나자 형사가 말했다.

"사실은 제가 한 선생님한테 전화를 거시라고 했어요. 이 조서 받으신 다음에 혼자 가시면 안 될 것 같아서요. 말이 통하는 누구하고 같이 나가셔서 술이나 한잔하시는 것이 좋을 것 같아서요."

이장환은 내 손을 잡아 흔들어주고 나서 김명윤을 향해 두 손을 내밀어 그의 손을 잡으려 했다. 김명윤은 이장환의 손을 뿌리쳤다. 이장환은 그에게 머리를 조아리면서 말했다.

"내가 쥑일 놈이네이. 용서해주라는 말도 못 하겠네야. 나로서는 자네의 억울하고 분한 것을 어떻게 다 풀어줄 수가 없네이. 법에 따라 처벌을 받는 수밖에. 법대로 처벌받은 것으로 울분이 풀리지 않으면은 내 귀딱지를 치든지 주먹으로 두들겨 패든지 걷어차든지 자네가 알아서 하시소."

"그, 그래, 이놈아, 니가 니놈의 자, 잘못을 알기는 아는구나잉. 오냐, 이 앞 길바닥에 나가서 콱 패 쥑에주마."

거기에 형사가 끼어들었다.

"친구 사이인데, 폭력으로 하면 안 되고요, 이장환 씨가 잘못을 시인하고 용서를 구하는 만큼 서로 화해하여 다시 옛날로 돌아가셔야지요. 이제 팔십이 다 된 처지에 앞으로 사시면 얼마나 더 사신다고……."

이장환은 의자에 붙이고 있던 엉덩이를 들더니 시멘트 바닥에 꿇어앉았다. 김명윤을 향해 두 손을 마주 비볐다.

"내가 자네한테 어떻게 해주면은 분이 풀리겠는가? 자네가 하라는 대로 함세. 담당 형사 앞에서 말을 좀 해주소이."

김명윤은 조건을 제시했다. 찍은 사진들을 모두 찢어 없앨 것, 노모에게 사술을 쓴 죄를 빌고 용서받을 것, 친구를 속인 대가로 귀딱지를 열 대만 칠 테니까 잠자코 얻어맞을 것이었다. 이장환은 그 조건들을 모두 받아들이겠다고 했다.

담당 형사가 고개를 젓고 나서 말했다.

"이 자리에 있는 사람이 그럴 입장도 처지도 아니오마는 김명윤 씨한테 한 말씀 드릴랍니다. 여중생을 성희롱했다고 고소가 들어와서 지금 조서를 작성하기는 했는데, 조서를 다 받고 나니 이장환 씨의 예술 정신이 참으로 순수하다는 생각이 들었습니다. 물론 어리고 순진한 학생을 자기 예술을 위해 돈을 주고 이용한 것은 응징을 받아야 합니다. 그런데, 그 행위는 성희롱 차원도 원조 교제 같은 비도덕적인 음란 행위나 성매매 차원도 아니고 어디까지나 예술 행위란 말입니다. 다만 욕심이 지나쳐서 어떠한 선을 넘은 것이란 말입니다. 나도 학생 시절부터 사진을 찍는 취미가 있었거든요. 이번에 이장환 씨가 찍은 것을 보지는 않았지만, 그 사진은 저질의 외설적인 사진하고는 하늘하고 땅만큼의 차이가 있을 거예요. 그리고 김명윤 씨가 이장환 씨하고는 서로 모르는 처지도 아니고 이웃 마을에서 어린 시절부터 고추 맞잡고 지내오신 벗이니까 외롭게 살아오신 예술가를 위해서 좀 양해를 해주시지요. 만일에 친구이신 김명윤 씨가 너그럽게 생각해버리기만 하면 해결되는 일이에요. 들어보니까 노모께서 갈대밭에 가 계시는 동안 정말로 즐거워하셨고, 또 집에 돌아오실 때까지 내내 유쾌해하셨다고 하고……. 애초에 이장환 씨가 노모나 김명윤 씨를 깔보고 희롱하려는 게 아니라 작품을 만들기 위해서 한 일이니까…… 물론, 허락을 받지 않고 한 일이므로 김명윤 씨가 또 고소를 하신다면 저로서는 어쩔 수 없이 함께 처리할 수밖에 다른 도리가 없습니다마는……."

담당 형사의 말에서 용기를 얻어 나는 이장환이 말하던 '농현'을 떠올리며 "어르신들, 오늘 저기 여다지 횟집에 가서 소주나 한잔하면서 이야기하십시다. 이 선생님께서 후회하고, 정중하게 사죄를 하고 그러시니까 오늘 모든 것을 풀어버려야 하지 않겠습니까?" 하고 거들었다.

이장환은 고개를 살래살래 저었다. 자기가 저지른 죄는 어떤 수를 써도 용서될 수 없는 일이므로 잠시 헛꿈을 꾸었다고 생각하고 필름들을 모두 불태우고 친구 김명윤 씨와 노모의 처분대로 따르겠다고 했다.

순간 나라도 김명윤에게 사술을 써서 이장환의 '농현'을 구해내고 싶었다. 진짜 필름을 감추고 가짜 필름을 김명윤이 보는 앞에서 파기하면 될 터이다.

횟집에서 술이 거나해졌을 때 내가 말했다.

"이 선생님, 먼저 노모에게 가서 사죄를 하시고, 필름을 모두 없애십시오. 김명윤 어르신께서는 울분이 풀릴 때까지 귀딱지 열 대를 치시겠다고 한 것은 접으시고, 이 일은 없던 일로 하시고 예전의 친구 사이로 되돌아가시지요."

김명윤은 고개를 끄덕거렸고 나는 곧 택시 한 대를 불렀다. 우리 셋은 율산 마을로 갔다.

이장환이 노모 앞에 큰절을 한 다음 꿇어앉은 채, 얼마 전 갈대밭에서의 무례한 행위를 안 아들이 화를 주체 못하고 있음을 말하고, 그날 찍은 사진들을 모두 없애기로 약조하고 이렇게 사죄드리러 왔다고 했다. 그러자 노모는 김명윤과 이장환과 나를 향해 거듭 손사래를 쳤다.

"안 된다이. 절대로 안 된다잉. 그 사진 다 맨들어갖고 오너라이. 나 진작에 모든 것을 다 알고 있었어야. 장환이 이 사람이 사진에 미친 놈이란 것을 이 근동 사람 쳐놓고 모르는 사람이 어디 있냐? 잉? 나 그 사진 얼른 보고 싶다이. 그라고잉, 그것들 죽을 때 내 관 속에 넣어주라고 할란게 하나도 뗀게뿔지 말고 옴씨래미 다 가지고 오너라이. 죽으면은 썩어질 몸뚱이 사진으로 조깐 찍으면 어짠다냐? 잉? 느그 어메 살이 닳아진다더냐? 명이 짧아진다더냐? 사진기 눈깔이 느그 어메 살을 파묵는다더냐, 잉? 그날 나 얼매나 즐거웠는지 아냐? 이 늙은 몸뚱이가 아직 쓸모가 있다고 생각한게 환장하게 좋드라이. 그냥 춤을 덩실덩실 췄어야. 사람은 살어서 남 좋은 일을 해야 쓰는 법이여. 죽을 때 제 몸뗑이를 의사들한테 해부용으로 쓰라고 주기도 한다지 않드냐? 아무 소리 말고

잉, 그날 찍은 사진 다 갖고 온나이. 잉? 젊고 싱싱하고 피둥피둥했던 살이 얼마나 어떻게 망가졌는지 한번 봐보게. 그라고 나하고 같이 찍은 그 이쁜 가시내 사진도 갖고 온나잉? 그 가시내 젖통, 엉뎅이, 눈, 코, 입, 귀, 볼, 턱, 머리카락 들 참말로 참말로 참깨꽃같이 희고 보들보들하고 탐스럽드라이. 다 찌그러진 몸뗑이하고 참깨꽃같이 피어난 몸뗑이하고, 그 두 가지 것 한번 맞대보자이. 그 가시내 벗은 몸을 본게 나 젊었을 적 일이 생각나드라. 내가 다시 그렇게 싱싱해진 것같이 가슴이 수런거리고 환장하게 좋기만 하드라……."

무릎을 꿇고 엎드려 이마를 방바닥에 대고 있던 이장환은 몸을 일으키더니 노모를 향해 다시 큰절을 했다. 그것은 예사 절이 아니었다. 부처님 앞에 절할 때처럼 이마를 방바닥에 댄 다음 짚었던 손바닥 둘을 하늘 쪽으로 뒤집어 받들듯이 폈다. 그 절을 세 번이나 거듭했다. 마지막 절을 한 다음에는 오래오래 엎드려 있었다. 어흑어흑 하고 흐느껴 울고 있었다. "이 사람아, 울기는……" 하고 노모가 소리치면서 앉은걸음으로 다가가 그를 얼싸안아 일으키고 얼굴에 번들거리는 눈물을 손바닥으로 닦아주었다. 이장환은 노모의 가슴에 얼굴을 묻은 채 밖에서 억울한 일을 당하고 들어온 아이처럼 엉엉 울고 있었다.

시간 속에서 모든 것들은 점차 낡아진다. 낡아지면 흉물스러워지고 힘이 빠지고 제구실을 다하지 못한다. 그러다가 파괴되고 소멸해간다. 그러나 다 그러는 것만은 아니다.

(2001)

반(反)파우스트 – 목선(木船)에서 농현(弄絃)까지

1 〈목선〉 재고(再考)

피에르 부르디외는 문학 연구에 있어 흔히 범하곤 하는 오류들 중 하나로 소위 '회고적 환상'을 꼽는다(《예술의 규칙》, 동문선, 285쪽). 이미 그 문학적 성취를 충분히 인정받은 작가의 생애 초기 혹은 작품 활동 초창기로 거슬러 올라가, 해당 작가의 작품 세계가 오래전부터 일관되게 지금의 완성태를 예비하고 있었음을 밝히는 식의 해석이 그것이다. 부르디외의 경고에는 타당한 측면이 있는데, 그런 식으로 사후에 재구성된 연대기적 일관성이란 대부분의 선조적 역사 서술이 그렇듯 허구일 경우가 많다. 그와 반대로 역사 일반도, 문학사도, 한 작가의 문학적 전기도 많은 단절과 전회의 계기들과 우발적인 비약의 순간을 포함하고 있게 마련이다. 지난 시대의 진보사관이나 목적사관이 비판받는 이유도 여기에 있을 것이다.

그러나 올해로 등단 50년을 맞은 작가 한승원의 자선 중단편들을 통독하고 나서 드는 생각은 좀 다르다. 그의 경우 50년 동안의 작품 활동 전체에서 확연한 일관성이 발견된다. 등단작에서부터 최근작에 이르기까지 그는 거의 모든 작품에서 '바다(그것이 실제의 바다가 되었건, 여성으로 상징화된 바다가 되었건, 화엄의 바다가 되었건)'를 떠난 적이 없다. '신화'와 '역사'와 '여성성'을 떠난 적도 없다. 그는 줄곧 이 주제들을 깊이 파고 넓게 확대하고 달리 재해석하면서, 자신만의 광대한 소설 세계를 구축해온 예외적인 작가다.

그런 이유로 부르디외의 경고를 거슬러, 등단작 〈목선〉이 이후 한승원의 문학 세계 전체를 미리 예비하고 있었다고 '회고'하는 것도 부당하다고만 할 수는 없다. 한 인터뷰에서 작가는 이 작품을 두고, "단편소설이 갖추어야 할 요소로서 최소한의 인물 배치만 했어요. 세 사람만 등장합니다. 구성도 아주 단순하고요(네이버 캐스트, 〈살아 있기 위해 글을 쓰는 작가, 한승원〉)"라고 자평하지만, 이 말은 지나친 겸사다. 구성도 단순하고 최소한의 인물만 등장하는 소품이라지만, 〈목선〉에서 우리는 이후 한승원의 소설에 등장하게 될 중요한 요소들 대부분을 발견할 수 있기 때문이다. 〈목선〉은 사후적으로 회고했을 때, 한승원 문학의 '모나드'다.

우선 작중인물 '양산댁'의 얼굴과 속살을 비추는 '노을'이 있다(22쪽). 이후로 노을은 한승원의 많은 작품들에서 욕망과 피와 역사의 상흔과 신화적 죽음을 두루 상징하면서 세계 전체를 빨갛게 물들이게 된다. 〈앞산도 첩첩하고〉에서 '오달병'과 '장례'가 처음 합궁을 치르던 저녁, 장례네 수수밭과 그녀의 머리 위 흰 수건을 핏빛으로 물들이는 것(210쪽)이 저 노을이다. 〈해신의 늪〉에서 '성만'이 물에 잠기는 '영님'을 구해내던 날 그들을 비추고 있던 것도 저 노을이고(280쪽), 〈기찻굴〉의 화자가 매형의 신변에 이상이 생겼음을 예감하던 날의 퇴근길, "광천동 뒷산 마루에 얹힌 한 무더기의 비늘구름 속에서 붉게 타고 있었(295쪽)"던 것도 저

노을이다.

노을뿐만 아니라 달과 여성성의 '조응'도 있다. 〈목선〉에서 노을이 지고 달이 뜨자 '석주'가 듣는 것은 양산댁의 달처럼 하얀 엉덩이 사이에서 흘러나오는 오줌 줄기 소리다. 신화에서 흔히 그렇듯 한승원의 소설 속에서 달의 차고 이지러짐은 인간의 몸과 조응한다. 인간과 자연 간의 조응은 아주 중요한 신화소들 중 하나인데, 이후로 한승원 소설 속에서 밤을 지배하는 것은 사람이 아니라 달의 인력이다. 그 가장 훌륭한 예가 〈해신의 늪〉이 시간적 배경으로 삼은 정월 대보름 밤이다. 이 아름다운 단편에서 보름달은 마을 사람들 전체를(특히 성만의 아내 영님을) 일종의 광기 상태에 이르기까지 들뜨게 만들고야 만다(291~292쪽).

그러나 〈목선〉을 두고 한승원 문학의 기원이자 모나드라고 말할 수 있게 하는 가장 결정적인 요소는 아무래도 세 인물들이 그려내는 모종의 '삼각형'이다. 배 가진 과부인 '양산댁'을 두고 '석주'와 '태수'가 갈등한다. 이후 한승원의 소설들은 유사한 형태의 삼각형들을 자주 그리게 되는데, 〈해신의 늪〉에서 '영님'을 꼭짓점 삼아 '성만'과 '달식'이 그리는 삼각형, 〈까치노을〉에서 '종희'를 꼭짓점 삼아 '영수'와 '상철'이 그리는 삼각형, 그리고 무엇보다도 〈폐촌〉에서 '미륵례'를 중심으로 '검은 개'와 '밴강쉬'가 그리는 삼각형 등이 그 예들이다.

물론 이 삼각형들을 그저 흔한 애정과 욕망의 삼각관계쯤으로 이해해서는 곤란하다. 배를 소유하고 있고 자연과 조응하는 몸을 가진 양산댁이 바다라면, 그 바다를 사이에 둔 태수와 석주의 갈등은 가히 문명사적인 결투라 할 만하다. 태수가 외지와 연결되어 있는 근대인이고 석주가 바다에만 의지해 사는 토박이라는 점을 고려할 경우(당연히 작가 한승원은 항상 후자를 긍정적인 초점 인물로 설정한다) 이는 더 명확해지는데 이후로 한승원 소설 속에서 자주 등장하는, 바다와 여성을 사이에 둔 문명과 자연의 대결, 신화시대와 근대의 대결, 좌와 우의 대결, 에로스와 타나토스의 대결 등과 같은 굵직한 주제들이 모두 이 둘의 갈등으로부터 미리 예비된다. 확인해둘 것은 그 어떤 삼각형도 그 중심에는 신화적 여성과 바다가 있다는 점이다. 요컨대 등단작 〈목선〉으로 미루어볼 때, 작품 활동 초기부터 한승원의 소설 세계는 바다와 신화와 여성성을 그 기원으로 삼고 있었다.

따라서 등단 이후 그가 발표한 초기작들(이 작품집에는 실리지 않았다)이 〈신화〉 연작(〈황소에게 밟힌 순이의 발 – 신화 1〉, 〈우리들 모두의 여자 – 신화 2〉, 〈상여 소리 – 신화 4〉, 〈민담 시대 – 신화 5〉)이었다는 사실은 어찌 보면 당연하다. 이 자선 중단편집《야만과 신화》에 실린 초기작 〈갈매기〉와 〈어머니〉에서도 우리는 쉽사리 신화적 모티프에 대한 작가의 관심을 확인해볼 수 있는데, 가령 〈갈매기〉가 저 바닷새의 울음소리에 관한 일종의 '기원 설화' 형식을 취하고 있다는 사실, 그리고 〈어머니〉가 그 유명한 '바리데기 설화'의 모티프를 차용하고 있다는 사실이 그렇다. 그러니까 한승원이 〈목선〉으로 등단하던 1968년부터 〈어머니〉를 발표하던 1974년 사이, 한국 문학사는 아직 무르익지 않았으나 이례적으로 건강하고 장대한 이야기들의 씨앗 하나를 배태하고 있었던 셈이다. 그리고 그 씨앗이 일차 결실을 맺게 되는 것은 1976년이 되어서의 일이다. 그해는 〈폐촌〉이 발표된 해다.

2 〈폐촌〉 근처

〈폐촌〉은 한승원의 초기작들이 맹아적으로 품고 있던 신화적 세계 인식의 편린들이 극적으로 집대성된 작품이다. 작품의 분량이나 수준에 있어서도 그렇고, 이후에 한승원이 개척하게 될 묵직한 주제들이 새로 등장한다는 점에서도 그렇다. 이 작품에 대해서는 기왕에 비교적 자세히 언급한 적이 있으므로(졸고, 〈완전한 문명〉, 《문학들》 2006년 봄호), 여기서는 중언부언하기보다 〈폐촌〉에 이르러 한승원 문학에 더해진 것이 무엇이었던가를 살펴보는 편이 합당해 보인다.

가장 먼저 눈에 띄는 것은 이 작품을 통해 신화에 대한 관심이 역사에 대한 관심과 결합한다는 점이다. 우선 폐촌이 된 '하룻머릿골'의 내력은 이렇다.

> 폐촌이 된 지 오래인 이 하룻머릿골은 무뚝뚝하고 상스럽기 이를 데 없는 뱃사람들 이십여 세대가 모여 살던 작은 바닷가 마을로, 해방과 6·25를 전후해서 이런저런 사건이 많이 일어나기로 대호면 일대에서 이름난 곳이었다(99쪽).

하룻머릿골에서 "해방과 6·25를 전후해서" 일어났다는 "이런저런 사건"이란 물론 미륵례의 아버지 '비바우 영감'의 친일, 해방과 그의 죽음, 이후 이어진 좌우간 이데올로기 대립과 살육 등을 말한다. 특히 밴강쉬네 일족이 미륵례네 일족에게 가한 폭력은 상상을 초월한다. 이쯤에서 폐촌이 된 하룻머릿골이 전후 한국을 상징하는 장소라는 점을 짐작해

내기는 어렵지 않다. 하룻머릿골은 식민지 수탈과 동족 간의 살육전에 의해 폐허가 된 한국, 곧 문명의 종착지다. 문제는 이 폐허가 된 문명을 어떻게 재건할 것인가 하는 점일 텐데, 그럴 때 한승원이 제안하는 것이 바로 신화적 상상력이다.

소설 초입에 묘사된 하룻머릿골의 지형부터가 신화적이거니와, 뱃강쉬와 미륵례는 설화 세계로부터 소환된 인물들이다. 그 두 인물, 곧 음과 양, 좌와 우, 신화와 역사의 결합과 화해가 새롭고도 완전한 문명을 탄생하게 한다는 것이 이 작품의 전언이다. 요컨대 중편 〈폐촌〉에 이르러 자칫 탈역사화되고 낭만화되기 쉬웠던 한승원 초기 작품들의 신화적 모티프들이 한국 현대사의 중요한 국면들과 결합함으로써 구체성을 획득하고, 당대 현실을 재고하는 바로미터로서의 역할을 수행하기 시작했던 것이다. 이후로 한승원의 문학이 역사를 도외시한 적은 없다. 한승원 최고의 걸작 〈해변의 길손〉이 그 대표적인 사례가 될 것인 바, 〈폐촌〉은 그에게 이 땅의 역사를 선물한 작품이다.

신화적 상상력으로부터 시작된 한승원의 문학에 역사뿐만 아니라 인간의 심층 심리에 대한 탐구가 더해진 것도 〈폐촌〉에 이르러서다. 이 작품에서 미륵례는 내내 문어와 같은 여자로 묘사된다. 미륵례는 또한 짐승과 교접하고 바다에서도 주눅 들지 않는데, 그녀가 문어를 잡는 장면의 긴 묘사는 사실 이 소설의 압권이라고 해도 과언이 아니다. 그럴 때 뱃강쉬가 그녀에 대해 느끼는 감정은 애욕과 더불어 공포심이다. 문어처럼 흡반이 있어 자신을 질식시키거나 즙을 빨아내버릴 것만 같은 여자가 바로 미륵례다. 아마도 이와 같은 미륵례의 형상에 가장 적합한 표현을 우리는 신화학자 조지프 캠벨에게서 찾을 수도 있을 것이다. '이빨

달린 요니(Vagina Dentata)'가 그것인데, 이 말은 어머니와 자궁에 대해
남성 주체가 취하는 양가적 태도를 지시한다. 애욕과 공포의 양가감정,
⟨폐촌⟩에 이르러 한승원은 '바다'와 '여성'에 하나의 차원을 더했던 셈
이다. 그리고 이 주제는 ⟨폐촌⟩ 이후 여러 작품에서 다양한 방식으로 변
주되기도 한다. 가령 ⟨폐촌⟩이 발표된 다음 해인 1977년에 발표한 ⟨낙
지 같은 여자⟩(원제는 ⟨두족류⟩)의 다음과 같은 장면은 한승원이 이제 바다
와 여성성을 보다 중층적으로 이해하고 있음을 여실히 보여준다.

> 그녀는 나를 끌어안은 채 물 속에 몸을 묻었다.
> "나 죽이고 가씨요."
> 그녀는 기다란 팔과 다리로 나를 휘감았다. 여자의 두 다리가 내 허벅
> 다리와 종아리를 오르내리면서 물장구를 쳤다. 그리고 깊고 뜨거운 빨
> 판으로 나를 빨아들이고 있었다. 나는 어쩌면, 낙지를 잡느라고 갯벌
> 에 파놓은 무르고 깊은 수렁 속으로 빠져 들어가고 있었고, 그 수렁 속
> 에 든 거대한 낙지의 우악스런 발에 휘감기고 있었다. 이빨이 톱날 같
> 은 상어처럼, 빨판이 억세고 큰 낙지였다. 나는 눈을 감은 채 흡혈귀의
> 피 묻은 입 같은 낙지의 빨판에 온몸을 빨리고 있었다(264~265쪽).

이 장면은 신화적으로도 흥미로운데, 고래의 여신들(가령 인도의 '칼리')
이야말로 이와 같은 양면성의 전형적인 체현자들이었기 때문이다. 그
신들의 자궁은 모두 생명의 원천이면서 동시에 죽음의 장소이기도 했
다. ⟨폐촌⟩ 이후 이와 같은 양가성이 바로 한승원의 여성상이 된다.
한편 ⟨폐촌⟩은 서구의 신화에 대한 한국적 수용, 혹은 재해석이란 측

면에서도 중요한 작품이다. 눈 밝은 독자라면 〈폐촌〉의 주인공 뱀강쉬가 혼돈에 질서를 도입하는 문명 영웅이라는 점을 알아보기 어렵지 않을 것이다. 해방과 전쟁을 치르면서 폐허가 되어버린 하룻머릿골이 일종의 혼돈 상태라는 점에 대해서는 앞서도 말한 바 있지만, 거기에 문명을 재도입하는 자가 바로 뱀강쉬다. 물론 문명을 세우려는 영웅에게는 반드시 수행해야 할 난사(難事)가 과제로서 주어지게 마련인 바, 페르세우스는 메두사를 죽여야 했고, 테세우스는 미노타우로스를 물리쳐야 했으며, 헤라클레스는 열두 가지의 난사들을 차례차례 해결해야만 했다. 처치한 괴물들이 무질서하고 괴기스러운 혼돈의 형상을 지녔음을 상기할 때, 그들이 질서와 문명의 도입자들이란 점에 대해 더 부언할 필요는 없을 것이다. 뱀강쉬가 치러야 했던 검은 개와의 일전이 바로 그와 같은 문명과 혼돈 간의 대격투에 해당한다. 비유하자면 뱀강쉬는 페르세우스이자 테세우스이고 또한 헤라클레스다. 따라서 결투 후 찾아온 아침의 평온한 모습은 검은 개가 상징하는 혼돈 상태의 종결로 읽어 무방할 것이다.

〈폐촌〉 이후로도 이와 같은 시도는 줄곧 이어져서 한승원은 여러 작품에서 서양 신화의 한국적 수용과 재해석 작업을 수행한다. 예를 들어 〈앞산도 첩첩하고〉의 소리꾼 오달병 씨의 행적에서 오르페우스 신화의 흔적을 읽어내는 일도 어렵지 않고, 〈낙지 같은 여자〉에서 로렐라이 전설의 흔적을 읽어내는 일도 어렵지 않다. 이 두 작품은 한국 특유의 정서인 '한'과 서양 신화의 모티프들이 만나 기묘한 화음을 이룬 한국 문학사상 이례적인 작품들이다. 요컨대 〈폐촌〉은 초기 한승원 문학을 집대성하면서 그의 소설 세계를 역사적으로 확대하고, 심리적으로 심층

화하고, 인류학적으로 보편화한 작품이었다.

3 〈기찻굴〉 이후

한승원의 문학적 연대기에서 두 번째 변곡점을 이루게 될 계기는 그의 나이 마흔 즈음에 찾아왔던 것으로 보인다. 1978년에 발표한 〈기찻굴〉이 그에 해당한다. 이 시기부터 '실재(라캉적 의미에서)로서의 죽음'에 대한 사유가 한승원 문학의 전면에 부상한다. 불혹이라는 나이를 고려해볼 때, 이런 변화는 작가가 (하이데거의 표현을 빌리자면) '죽음으로 미리 달려가'볼 만한 시점에 이르렀기 때문일 수도 있으리라. 그러나 한편으로 생각해보면 죽음이라는 테마는 〈폐촌〉과 〈낙지 같은 여자〉에서 작가가 바다와 여성의 이중성(살리면서 죽이는)에 대해 숙고했을 때부터 이미 자연스럽게 전경화될 채비를 하고 있었다고 말할 수도 있다. 그 시기부터 바다와 여성은 생명을 주는 존재일 뿐만 아니라 그것을 거두어 가기도 하는 존재로서 이해되고 있었기 때문이다. 그러나 한 작품 전체가 '죽음'과 대면하려는 인물에게 바쳐지기는 〈기찻굴〉이 처음이다. 이 작품에서 죽음은 도처에 즐비한 '구멍'과 '어둠'의 형태로 등장한다.

우선 화자가 출근길에 들여다본 개집의 어두운 입구가 있다. 화자는 그 구멍에서 기어 나오는 개를 두고 "개집 속의 먹물 같은 어둠을 온몸에 묻혀가지고 나오는 듯"하다고 말한다(297쪽). 신문사 안 국장이 실종된 매형을 두고 하는 말 속에서도 구멍은 등장한다. "……그런데 그 교회당이 새까만 입을 벌리고 있더라는 거야. 현관 앞에 동굴 같은 비막이를 세운 데다가 현관문을 활짝 열어놓았기 때문에 그렇게 보였는지도 모르는데 어쨌든 그것은 마치 언덕 모퉁이에 커다랗게 뚫어진 새까만 구멍 같더라는 거야. 뭐라고 할까, 자네 매형의 말을 그대로 빌리자면, 연옥이나 지옥의 입구처럼 으스스하고 새까맣더래(301쪽)." 안 국장은 매형이 조우했다는 그 구멍을 두고 "아무리 손을 뻗쳐 잡으려고 해도 잡히지 않는 '싸늘한 텅 빈 공간' 말이야. 그것이 이때껏 마흔 살이 다 되도록 살아온 자네 매형의 가슴속에 커다란 묘혈처럼, 아니 새까만 어둠에 잠긴 폐광의 광구처럼 깊이 패어 있는지도 모르겠어(303쪽)."라고 설명하는데, 이해할 수도 받아들일 수도 없는 '싸늘한 텅 빈 공간'이 지시하는 것이 실재로서의 죽음임은 말할 나위도 없을 것이다. 매형은 평생을 죽음과 더불어 살아온 사람이다.

그런데 우리들 중 누구도 죽어본 적이 없고, 또 죽어본 자는 이미 그것에 대해 말할 수 없다. 죽음은 그처럼 영원한 타자이자 치명적인 위험이다. 그러나 또한 우리는 의지와 무관하게 시시각각 죽음을 향해 가고 있고, 그런 의미에서 죽음은 항상 내 안에서 삶과 동거하고 있다. 죽음이 삶에 대해 하는 역할은 마치 라캉의 '실재'가 '상징계'에 대해 하는 역할과 유사해 보인다. 후자는 전자의 부인을 통해서만 유지되고 전자를 받아들이는 일은 삶에 위기를 가져오지 않을 수 없다. 그러나 한편으로 바로 그 상징화될 수 없는 잔여로서의 실재, 곧 우리는 모두 죽어야 하는 존재이고, 허방처럼 죽음은 삶의 도처에 존재한다는 사실이야말로 삶의 최대 진실은 아닐는지. 아니나 다를까, 실종된 매형은 어느 언덕 위에서 멍하니 죽음의 입구를 내려다보고 있는 모습으로 발견된다. 그러고는 이런 말을 한다.

"저 두 산을 봐라. 저게 말이야, 꼭 벌거벗은 여자가 벌렁 드러누운 채 두 무릎을 곧추세우고 있는 것만 같은 형국이란 말이야. 여자가 그렇게 하고 있는 것을 나는 많이 보아왔지. 산부인과 공부를 한다고 할 때……. 그런데 말이지, 저 한가운데 뻥 뚫어진 것은 무엇인가 하면 말이야, 바로 죽음을 낳는 곳이야. 경우에 따라서는 생명을 낳기도 하지만, 따지고 보면, 실은 그게 바로 그것이야(323쪽)."

아마도 저 순간 매형이 깨달은 것, 그것은 삶과 죽음이 동거한다는 점, 에로스는 타나토스와 형제라는 점, 그리고 죽음 또한 삶에 대해 필수적인 요소라는 점이었던 듯하다. 한승원은 그런 식으로 작품 〈기찻 굴〉을 통해 죽음을 자신의 문학 속에 성공적으로 받아들이면서 죽음을 포용하고 죽음과 화해한다. 물론 죽음에 대한 이와 같은 태도는 이어지는 작품들 속에서도 줄곧 유지된다. 그는 이어서 죽음을 노래한 아름다운 소품 〈가을 찬바람〉을 썼고, 결국에는 걸작 〈해변의 길손〉을 쓴다. 한승원에게 이상문학상을 안겨주기도 했던 이 작품은, 실은 '우촌 도깨비 황두표' 씨가 평생을 애써 부인해오던 실재, 곧 죽음과 대면하게 되는 이야기다.

〈해변의 길손〉은 우선 문체와 인물의 대조로부터 빚어지는 묘한 아이러니가 도드라지는 작품이다. 작품 초입, 죽음을 부르는 김형영의 시구를 제사로 인용한 후("죽음아/내 너한테 가마./세상을 걷다가 떨어진 신발/이젠 아주 벗어 던지고/맨발로 맨발로 너한테 가마.") 작가는 황두표 씨의 집터를 공들여 묘사한다.

그는 뒤란을 한 바퀴 돌면서 몇 차례나 거미줄을 얼굴에 뒤집어썼다. 집 안에 절진해 있는 고적함처럼 거미줄은 촘촘히 주렁주렁 걸쳐져 있었다. 마당 주변의 남새밭에는 무성하게 군락을 이룬 실망초며 개망초며 명아주며 비름이며 강아지풀이며 뚝새풀이며가 마른 채 씨들을 달고 있었다. 그늘에는 퇴색한 군청색의 이끼들이 말라붙어 있었다. 돌쩌귀가 떨어진 철대문은 아주 떼어다가 담에 기대놓았다. 양철 지붕은 붉은 칠들이 벗겨지고, 그 자리에 밤빛 녹이 슬어 있었으며, 차양은 군데군데 쳐져 늘어지기도 하고 떨어져 나가기도 했다. 비가 샌 처마 끝의 서까래는 검게 썩었고, 썩은 자리에 달걀빛 버섯이 돋아 있었다.

다만 막내아들 내외가 거처하는 부엌 건넌방의 방문에 발린 장지만 새하얄 뿐이었다(349~350쪽).

거미줄, 집 안을 지배하는 고적한 기운, 군락을 이룬 잡초들, 퇴색한 이끼들, 돌쩌귀 떨어진 대문, 칠이 벗겨지고 녹슨 양철 지붕, 썩은 서까래 등등 문장들은 모두 쇠락과 죽음을 지시하는 이미지들로 점철되어 있다. 저 집은 이미 죽어가는 자의 집, 죽음의 기운이 깊게 드리운 집이다. 그런데도 황두표 씨의 의지는 그와 다르다. 그 역시 "이제는 자기도 확실히 늙었다고" 생각한다. 그러나 "다리에 힘이 없고 부들부들 떨리곤" 할 때마다 그는 스스로를 이렇게 다잡는다. "흠, 어림도 없다. 나는 똥을 싸서 바람벽에 이겨 바를 때까지 살 것이다(349쪽)." 아이러니는 여기서 발생한다. 죽음의 분위기를 물씬 풍기는 문장들, 그러나 그것을 끝내 부인하고 삶에 대한 욕망으로 불타오르는 중늙은이 황두표. 그러나 심리학의 상식에 따르면 강한 부정은 실은 강한 긍정이다. 독자는 금방 이해하게 된다. 황두표의 의지와 달리 그가 곧 죽음과 대면하게 되리라는 사실, 도리 없이 죽음을 받아들이게 될 거라는 사실은 자명하다.

물론 그가 그토록 죽음을 부인하는 데에도 이유는 있다. 그는 아버지와 어머니와 형제들과 아들들을 모두 앞세워 보냈다. 마을 가장자리 선산에 그들 모두가 묻혀 있다. 〈폐촌〉이후 한승원이 역사를 도외시한 적은 없었다고 했거니와 그들 각각의 죽음은 일제시대로부터 해방, 여순반란, 한국전쟁, 월남전, 그리고 최종적으로는 5·18에 이르기까지 한국현대사의 참담한 사건들과 직간접적으로 관련되어 있다.

그런데 가족이 하나둘씩 죽어나가던 매번의 사건 때마다 황두표는 그 죽음들에 대해 모종의 책임이 있었다. 동생 두헌을 사지로 내몬 것도 자신이었고, 아버지와 아내를 자결하게 하고 어머니를 객사하게 한 것도 자신이었다. 따지고 보면 큰아들을 월남전에 참전하게 하고, 작은아들을 5·18 때 죽게 한 데에도 그의 책임이 없다고는 할 수 없다. 그들 모두가 바로 자신 때문에 죽었던 것이다. 그런 그가 그 많은 죽음들을 모두 제 몫으로 받아들이는 일이 쉬웠을 리는 없다. 그러니까 일종의 방어기제로서 그는 죽음을 회피하고 저주하고, 그것과 맞대면하는 순간을 끝없이 연기한다.

물론 그런 방어기제가 영원할 수는 없다. 당연히 그도 죽을 것이고, 자신이 죽게 만든 모든 이들의 죽음과 대면해야 하는 순간을 맞이할 수밖에 없을 터인데, 소설 말미에 아버지의 무덤을 쥐어뜯으면서 통곡하는 그의 모습이 마치 '실재'와 대면한 주체가 윤리적으로 각성하는 순간처럼 읽히는 것도 그런 이유다. 〈해변의 길손〉은 그런 방식으로, 죽음에 역사를 부여하고 실존적 깊이를 부여한다. 그리고 한국 문학사는 아직

황두표 씨의 그 통곡만큼 숭고한 죽음과의 대면식을 우리에게 보여준
바 없다.

4 〈까치노을〉과 새로운 야만

1992년에 발표된 〈까치노을〉 역시, 읽기에 따라서는 〈기찻굴〉 이후
전경화된 죽음 탐구의 연장선상에 있는 작품으로 보인다. 예의 그 삼각
형 때문이다. 이 작품에서도 삼각형의 가운데 꼭짓점에는 물론 여성이
있다. 종희가 그다. 그리고 나머지 두 꼭짓점을 영수와 상철이 각각 차지
한다. 그런데 영수와 상철은 마치 데칼코마니의 양면처럼 지극히 대조
적인 인물들이다. 다음의 대화 장면은 둘의 차이를 극명하게 보여준다.

> "사람과 동물의 다른 점이 무어라고 생각하냐?" 하고 말을 하던 영수
> 의 목소리가 들리는 듯싶었다.
> 달이 밝았다. 달의 은빛 편린들이 바다 위에 깔려 있었다. 상철이 대답
> 했다.
> "동물들은 길바닥에서도 서로 흘레를 하지만 사람들은 이불 속에서만
> 그 짓을 하는 그 차이겠지."
> 상철이 종희에게 "종희야 내 말이 틀렸냐?" 하고 맞장구쳐주기를 바랐
> 다. 종희는 상철의 말이 옳다고 생각했다.
> "이 자식아, 나는 지금 그 형이하학적인 것 말고 형이상학적인 차이를
> 묻고 있는 거야. 동물은 자살을 할 줄 모르지만 사람은 자살을 할 수도

있다. 그 자유의 있고 없음의 차이가 사람과 동물을 구분해주는 거야 (482쪽)."

화제의 요지는 '인간다움'에 대한 것이다. 상철은 동물과 다른 인간의 특징을 "이불 속에서만 그 짓을 하는 그 차이"라고 말한다. 이 말은 맞는 말이다. 오로지 인간만이 번식 외의 목적으로도 성을 활용하기 때문이다. 바타유는 이것을 에로스의 일이라고 불렀다. 반면 영수는 인간다움을 '자살 가능성'에서 찾는다. 이 말도 맞는 말이다. 인간만이 생물의 자기 보존 본능을 거슬러 스스로의 의지에 따라 목숨을 버릴 수 있기 때문이다. 프로이트는 이를 타나토스의 일이라고 불렀다. 상철이 삶의 본능, 곧 에로스의 화신이라면 영수는 죽음의 본능, 곧 타나토스의 화신이다.

그 둘을 사이에 두고 종희는 샌드위치 데이트를 즐긴다. 정확히 종희의 몸과 정신의 반씩을 둘은 나누어 갖는다. 마치 한 몸에 에로스와 타나토스를 모두 가진 자궁처럼, 저 세 사람이 만드는 삼각형은 실은 하나의 몸에 기거하는 두 가지 충동의 조화에 대한 은유에 다름 아니다. 종희가 가장 행복했던 날들은 영수와 상철과 더불어 지내던 젊은 날이었다. 사랑과 죽음이 나란히 서로의 영역을 존중하면서 공존하던 날들이 그날들이다. 〈까치노을〉을 두고 〈기찻굴〉 이후 죽음 탐구의 연장선상에 있는 작품이라고 했던 이유가 여기에 있다.

그런데 〈까치노을〉에서는 한승원의 죽음 탐구에 다시 하나의 차원이 더해진다는 사실을 지적할 필요가 있다. 종희의 현재 남편 '홍병탁'이 그 새로운 차원의 도입자다. 고위 장교 출신이자 재력가이고 속물이자 골프광이며 공천에서 탈락한 국회의원 지망생이기도 한 그는, 영수와 상철의 죽음 모두에 연루되어 있다. 영수는 군대의 억압적인 규율을 견디지 못해 자살했고, 상철 역시 군대에서 끝내 자신의 욕망을 이루지 못해 자살했다. 소설 말미에 작가는 이 둘의 죽음에 홍병탁이 간접적으로 개입되어 있을 가능성을 얼핏 암시한다. 말하자면 홍병탁이야말로 종희가 유지하던 에로스와 타나토스의 조화로운 공존 상태를 파괴한 자다. 그에게 어떤 이름을 주는 것이 합당할까? 아마도 '권력'일 것이다. 정치와 국가로부터 나오는 권력, 에로스를 시들게 하고 타나토스를 폭주하게 하는 권력, 그것이 바로 〈까치노을〉에서 한승원이 새로 발견한 '야만' 혹은 '검은 개'의 다른 이름이다.

그러나 〈폐촌〉의 검은 개가 혼돈과 자연 편에서 오는 야만이었다면 홍병탁은 그와 사뭇 다른 야만이다. 그는 문명 편에서 인간의 삶과 죽음, 신화와 여성성을 억압하러 건너온 야만이다. 검은 개는 새로운 문명을 위한 희생양의 운명을 피할 수 없었지만, 홍병탁이라는 새로운 야만에는 적수가 없다. 왜냐하면 시대가 그의 편이기 때문이다.

괴테의 《파우스트》 이후, 근대적 문명이 가장 싫어하는 것이 바로 신화이고 바다라는 사실은 익히 알려져 있다. 최초의 근대적 개척자 파우스트가 바랐던 그대로, 언덕 위에 살던 바우키스와 필레몬 노인은 죽고 바다는 메워진다. 바다의 간척 작업에 나선 개척 영웅 파우스트는 파도와 신화적 인물들(바우키스와 필레몬)과 생명수들의 파괴자이기도 했던 것이다. 사후 자신의 의도는 아니었다고 결백을 주장하지만, 실제에 있어 그가 파괴해버린 것은 신화시대로부터 울려 퍼지는 종소리였고, 바다의 무한성이었다. 이후로 근대 문명은 유독 바다를 견디지 못한다. 신화도 견디지 못한다. 필레몬과 바우키스 노인의 화형은 그런 점에서 필연

이었을 것이다. 삶과 죽음이 공존하는 신화적 세계에 대해서라면 문명
이야말로 새로운 야만인 셈이다. 그리고 밴강쉬와 달리 자살해버린 영
수와 상철의 처지로 미루어보건대, 그 야만에는 확실히 적수가 없다. 어
떤 영웅이 있어 '파우스트 – 홍병탁'에 맞설 것인가?

5 〈그러나 다 그러는 것만은 아니다〉와 '농현'

　평생 신화와 바다와 여성성을 자신의 문학적 기원이자 일터로 삼아
온 한승원이 마지막으로 봉착한 난사는 그러므로 성공 가능성이 매우
희박하다고 말하는 것이 솔직할 것이다. 우리 시대에 신화는 힘이 없다.
따라서 〈검은댕기두루미〉의 여주인공 입에서 나온 "나 이리로 죽으러
왔다"라는 말은 여러모로 의미심장하고 그 울림도 크다.

　　"나 이리로 죽으러 왔다."
　　이 말을 그녀는 혼자 사는 두루미에게서 배웠다. 그녀로서는 환장하게
　　향기로운 말이었다. 오래오래 묵은 술처럼, 그녀는 혼자서만 가지기
　　안타까운 값진 물건을 뭉청뭉청 싸 보내고 싶어지는 친지들에게 문득
　　그 말을 하곤 했다(491쪽).

　등단 후 50년 동안 한승원이 이룩한 문학적 업적들을 두루 훑어보고
난 독자들에게, "환장하게 향기로운" 저 말은 어떤 결산의 말처럼 들리
기도 하고 패퇴한 문명 영웅의 퇴각 선언문처럼 들리기도 한다. 그래서

인지 이 자선 중단편집 마지막에 실린 〈그러나 다 그러는 것만은 아니다〉의 첫 구절은 이렇게 시작한다. "시간 속에서 모든 것들은 점차 낡아간다. 낡으면 흉물스러워지고 힘이 빠지고 제구실을 다하지 못한다. 그러다가 파괴되고 소멸해간다(525쪽)." 작품집 전체를 통틀어 작가 자신이 직접 인물들 중 하나이자 화자(한 선생)로 등장하는 유일한 작품임을 고려할 때, 저 문장들을 쓰면서 한승원은 이제 자신의 문학이 도달한 막바지 어딘가에 이른 듯하다. 저 말을 작가가 자신의 문학적 연대기 전체를 개관하는 말처럼 읽지 않을 도리는 없다.

물론 시간을 이겨낼 장사는 없다. 그것이 소설이 되었건, 신화가 되었건, 영웅이 되었건, 바다가 되었건 다 마찬가지다. 그러나 다 그러는 것만은 아니다. 왜냐하면 '농현'이 남기 때문이다. 작가에 따르면 농현이란 이런 것이다.

여름에 피어 있는 해바라기꽃 속에 지난가을에 맺힌 꽃씨가 있고 그 꽃씨 속에 지난해 여름의 꽃과 다음 여름에 피어날 꽃이 있다. 갓난아기 속에 자기를 낳아준 아비 어미가 있고, 그 아비 어미를 낳아준 할아비 할미가 있고, 그 갓난아기 속에 장차의 아비 어미, 할아비 할미가 있고, 더 먼 장래의 흙 한 줌이 들어 있다.
이장환은 농현 같은 시간을 생각하고 있다. 카메라의 렌즈를 통해 시간 찍어낼 궁리를 하고 있다. 그리하여 그는 시간이 보이지 않으면 셔터를 누르지 않는 것이다. 그래, 그렇다. 내 소설 속에도 시간이 담겨 있도록 해야 한다. 모든 예술 작품은 결국 시간을 형상화하는 것 아닐까(537~538쪽).

작가가 생각하기에 "갓난아기 속에 자기를 낳아준 아비 어미가 있고, 그 아비 어미를 낳아준 할아비 할미가 있고, 그 갓난아기 속에 장차의 아비 어미, 할아비 할미가 있고, 더 먼 장래의 흙 한 줌이 들어 있다". 그리고 그처럼 하나의 시간이 다른 시간들과, 마치 현이 다른 현을 넘나들 듯 겹치는 일, 그것이 농현이다. 순천만 갈대밭을 배경으로 작중 '이장환'이 찍은 사진 속 노파와 소녀의 알몸 사진이 그토록 아름다울 수 있는 것도 그 농현 때문이다. 소녀의 싱싱한 몸과 노파의 주름진 몸의 겹침, 오래된 시간과 시작되는 시간의 겹침, 더 멀리서 온 이야기들과 이제 막 피어난 이야기들의 겹침, 그 순간을 포착한 이장환의 사진은 그것을 실물로 보지 않고서도 관에 가지고 들어가고 싶을 만큼 아름답다.

그러나 이장환의 사진만 그럴 것 같지는 않다. 우리는 이미 그보다 더 장엄한 농현을 마주하고 있지 않은가? 50년 동안 한승원이 써온 이야기들이 이 책《야만과 신화》속에 모여 있다. 오달병이 호남가를 부르며 죽은 장례를 찾아 기찻굴 속으로 들어가는 세계, 뱅강쉬가 죽었다가 물아래 김 서방으로 환생하는 세계가 여전히 우리 눈앞에 있다. 〈목선〉이 〈해변의 길손〉을 예비하고, 50년 전의 문장이 50년 후의 문장들에 의해 다시 살아나는 세계, 그러니까 이 책《야만과 신화》는 말하자면 영원한 농현의 책, 시간이 아무리 흘러도 사라지지 않을 일종의 무한 텍스트다.

야만과 신화

초판 1쇄 발행 2016년 10월 10일
초판 2쇄 발행 2024년 10월 18일

지은이 한승원
펴낸이 최순영

출판1 본부장 한수미
라이프 팀장 곽지희
디자인 이세호

펴낸곳 ㈜위즈덤하우스   **출판등록** 2000년 5월 23일 제13-1071호
주소 서울특별시 마포구 양화로 19 합정오피스빌딩 17층
전화 02) 2179-5600   **홈페이지** www.wisdomhouse.co.kr

ⓒ 한승원, 2016

ISBN 978-89-5913-069-6 03810